Nora Roberts

*Sonnenblüte*

Nora Roberts

# Sonnenblüte

Roman

Deutsch von Uta Hege

blanvalet

Die Originalausgabe erschien 2022 unter dem Titel
»The Choice« bei St. Martin's Press, New York.

Das Zitat von William Shakespeare auf S. 7 stammt aus »Macbeth«, übersetzt von Dorothea Tieck, das Zitat von John Milton stammt aus »Paradise Lost«, übersetzt von Adolf Böttger, Leipzig, Verlag Philipp Reclam jun.



FSC www.fsc.org MIX Papier | Fördert gute Waldnutzung FSC® C083411

Klimaneutral* Druckprodukt ClimatePartner.com/14044-1912-1001

Penguin Random House Verlagsgruppe FSC® N001967

1. Auflage 2023

Redaktion: René Stein
Umschlaggestaltung und -motiv: © Johannes Wiebel | punchdesign,
unter Verwendung von Motiven von Shutterstock.com
(Le Do; DJTaylor; Johannes Rigg; Jason Wilde)
BSt · Herstellung: sam
Satz: Uhl + Massopust, Aalen
Druck und Bindung: CPI books GmbH, Leck
Printed in the EU
ISBN 978-3-7341-1050-4

www.blanvalet.de

*Für Griffin,*
*unser magisches Kind*

# Teil 1

# VERLUST

*Gib Worte deinem Schmerz. Gram, der nicht spricht,*
*presst das beladne Herz, bis dass es bricht.*

William Shakespeare

*Die Erde wie beängstet, die Natur erdröhnte seufzend,*
*trübe war der Himmel und weinte donnernd*
*Tränen seiner Trauer*
*ob der Vollbringung dieser ersten Sünde.*

John Milton

# Prolog

Die Menschen gehen im Verlauf der Zeiten immer wieder davon aus, dass ihre Welten einzigartig sind, und die, die glauben und die verstanden haben, dass sie nicht allein existieren, denken, dass sie anderen, mit denen sie die unendliche Weite teilen, überlegen sind.

Natürlich ist das falsch, weil ihre Welten weder einzigartig noch was Besseres als die anderen Welten sind.

Und immer wieder gibt es in den Welten Wesen, die von Frieden sprechen, aber sich nicht scheuen, zur gleichen Zeit im Namen ihrer aktuellen Lieblingsgottheit und in ihrer unstillbaren Gier nach Macht, nach Land, nach Ressourcen oder fremden Reichtümern die Kriegstrommeln zu rühren.

So ist es, und so war es immer schon.

Für manche ist nun mal der Krieg die Gottheit, der mit Blut und wilder Leidenschaft gehuldigt wird.

Egal, ob wir in einer Welt der prachtvollen, auf goldenem Sand erbauten Städte, glitzernder Paläste auf dem Grund des Meeres oder irgendwo auf einem kleinen Flecken, der im besten Fall als Funke in der Dunkelheit zu sehen ist, unser Heim errichtet haben, und ganz gleich, ob wir am Wasser oder in den Bergen, irgendwo in einer Großstadt oder einer tief im Wald verborgenen Hütte unsere Trommeln schlagen oder unsere Kinder wiegen, wollen wir alle leben. Darin sind wir alle gleich.

Vor langer Zeit gab es mal eine Welt mit Städten und

Palästen, Seen und Wäldern, tiefen Meeren und hohen Bergen, in der die Menschen, Fey und Götter gleichberechtigt und noch jede Menge wunderbarer Magie möglich waren.

Natürlich fanden dort auch Kriege statt, aus Gier und aus dem Durst nach Macht, der sich auch mit dem Blut der Unterworfenen nicht völlig stillen lässt. So trank ein dunkler Gott das Blut von Mensch und Fey und anderen und wurde deswegen aus ihrer Welt verbannt.

Was aber nicht das Ende war.

Und als das Rad der Zeit sich weiterdrehte, trübten Angst und Argwohn das Zusammenleben zwischen Menschen, Göttern, Fey. Statt um Magie ging es nur noch um Fortschritt, und statt ihren alten Göttern huldigten die Menschen nur noch ihrer Gier.

Statt sich aber ebenfalls von ihren alten Göttern abzuwenden und den Zauber aufzugeben, zogen sich die Fey nach all den Hexenjagden und den Scheiterhaufen in der Welt der Menschen nach Talamh zurück.

Dort schufen sie Portale für den Übergang in andere Welten, weil ein jeder per Gesetz entscheiden konnte, ob er bleiben oder gehen wollte, um sich anderswo ein neues Leben aufzubauen. Und dort, in einem Land der grünen Hügel, hohen Berge, blauen Seen und tiefen Wälder, lebten sie in Frieden und gingen weiter ihrem alten Zauber nach.

Was jedoch nicht das Ende war.

Der dunkle Gott in seiner dunklen Welt schmiedete Rachepläne, scharte die Dämonen und Verdammten um sich und erlangte abermals durch Blut genügend Kraft, um das gesicherte Portal von seiner in die Welt der Fey zu öffnen und dort eine junge Hexe zu hofieren, die zur Taoiseach auserkoren war. Er blendete die junge Frau mit Liebe und mit Lügen, bis er einen Sohn von ihr geschenkt bekam, versetzte sie in einen Zauberschlaf und saugte dann dem Säugling Nacht für Nacht die Kräfte aus.

Die Liebe einer Mutter aber ist ein eigener großer Zauber, und als sie aus dem erzwungenen Schlaf erwachte, drängte sie den dunklen Gott mit einem Heer der Fey zurück in seine Welt, versiegelte den Übergang und warf das Schwert der Taoiseach wieder in den Lough na Fírinne, damit ein anderer danach tauchte und von ihr dazu den Stab des auserwählten Anführers des Volkes überreicht bekam.

Dann kehrte wieder Frieden ein, und eingebettet in den Frieden und das Grün der Hügel und der Wälder ihres Landes wuchs ihr Sohn heran. Und eines Tages sah sie voller Stolz und Trauer, wie er mit dem Schwert in einer Hand dem See entstieg und sich den Stab des Taoiseach überreichen ließ.

Der Frieden hielt auch unter seiner weisen, teilnahmsvollen Führung an, sie fuhren reiche Ernten ein und übten sich begeistert in der Kunst der Zauberei.

Dann wollte es das Schicksal, dass er sich in eine Menschenfrau verliebte, die mit ihm in seine Heimat kam und dort ein Kind der Liebe und des Glücks gebar.

Der Zauber dieses Mädchens strahlte hell, und die drei ersten Jahre ihres Lebens waren mit Liebe angefüllt.

Der Durst des dunklen Gottes aber war noch immer nicht gestillt, und angesichts des Glücks der Kleinen nahm sein Zorn noch zu. Wieder steigerte er seine Kraft durch Blutopfer und dunkle Zauber, wobei ihm eine Hexe nach dem Wechsel aus dem Licht ins Dunkle behilflich war.

Er stahl das Kind und sperrte es unweit des Übergangs aus seiner in die andere Welt in einen Glaskäfig im Fluss. Und während Vater, Großmutter und alle Krieger von Talamh sich auf den Weg zu ihrer Rettung machten, spürte es zum ersten Mal in seinem Leben statt der warmen Liebe seiner Freunde und Familie die nackte Angst.

Doch aus der Angst entwickelte sich Zorn, der wilder als der Zorn des dunklen Gottes war. Und aus dem Zorn erwuchsen solche Kräfte, dass sie den von einem Gott von ihrem Blut erschaffenen Käfig sprengte, während ihr das Heer der Fey zu Hilfe kam. Auch diesmal schlugen sie den dunklen Gott und ließen ihn dann unter den Ruinen seiner schwarzen Burg zurück.

In ihrer Angst verlangte ihre Mutter, mit der Tochter in die Welt, aus der sie einst gekommen war, zurückzukehren und die Erinnerung des Kindes an Talamh, den Zauber und die Wesen, die dort lebten, auszulöschen, weil es nicht auf den Gedanken kommen sollte, dass es auch noch etwas anderes als die Welt der Menschen gab. Aus Liebe kam der Vater dieser Bitte nach. Er führte sie zurück durch das Portal, und wenn er selbst aus Pflichtgefühl und Liebe in die Heimat reiste, ließ er Frau und Tochter in der Menschenwelt zurück.

Er hörte niemals auf, sein Kind zu lieben, doch die Liebe zwischen Menschenfrau und Fey verebbte mit der Zeit, und sein Bemühen, in zwei Welten parallel zu leben, brach ihm fast das Herz.

Und dann bedrohte abermals der dunkle Gott Talamh und andere Welten, und als Taoiseach führte er die Fey noch einmal in die Schlacht. Auch diesmal schlugen sie den dunklen Gott zurück, doch vorher brachte der den eigenen Sohn mit seinem schwarzen Schwert und seinem dunklen Zauber um.

So brach die nächste Zeit der Trauer und Entscheidungen an.

Und diesmal zog ein Junge, beinah noch ein Kind, das

Schwert des Taoiseach aus dem See. Er hatte um den Taoiseach so getrauert wie um seinen eigenen Vater, der schon in der ersten Schlacht gefallen war, und während dieser Junge im Verlauf der Zeit zum Mann heranwuchs, der seinem Bruder und der Schwester auf dem Hof im Tal half, in der Hauptstadt Recht sprach, auf dem Rücken seines Drachen durch das Land flog oder für die unausweichliche Schlacht trainierte, wuchs das Mädchen in der Welt der Menschen auf.

Aus Furcht und aus Verbitterung erzog die Mutter sie dazu, sich stets zurückzunehmen und niemals voranzugehen, stets den Blick gesenkt zu halten, statt sich umzuschauen, und ihre Hände in den Schoß zu legen, statt die Chancen zu ergreifen, die das Leben einem bot. Deshalb führte sie ein ruhiges Leben ohne jeden Zauber oder Glanz und stützte sich dabei auf einen Freund, der ihr im Grunde eher ein Bruder, und auf einen Mann, der ihr in seinem Herzen eine bessere Mutter als die Frau war, die sie geboren hatte.

Mitunter träumte sie von einem anderen Leben, aber allzu häufig wurden ihre Träume von verschwommenen Bildern und von Dunkelheit beherrscht. Und tief in ihrem Innern trauerte sie immer noch um einen Vater, von dem sie als Kind von einem auf den anderen Tag verlassen worden war.

Doch eines Tages öffnete sich eine Tür, und sie entschied hindurchzugehen. Sie flog nach Irland, denn womöglich fände sie in diesem Land ja ihren Vater und sich selbst. Vor allem aber stellte sich auf dieser Reise eine grenzenlose Liebe für das viele Grün, den Nebel und die sanft wogenden Hügel bei ihr ein.

In einem kleinen Haus in einer Bucht begab sie sich an die Erforschung ihrer Träume und vor allem auf die Suche nach sich selbst. Und eines Tages kam sie während einer Wanderung zu einem Baum im Wald, der aus dem Fels zu wachsen schien. Sie kletterte auf einen langen, dicken Ast, und plötzlich stürzte sie kopfüber in die Welt, in die sie einst hineingeboren war.

Mithilfe ihrer Großmutter, die sie von ganzem Herzen liebte, einer Feenfreundin aus der Kindheit und des Jungen, der jetzt ein Mann und obendrein der Taoiseach war, kamen die Erinnerungen und ihre ganz besondere Kraft zurück.

Sie hörte, dass ihr Vater in der Schlacht gefallen war, und trauerte um ihn. Sie hörte auch vom Opfer ihrer Großmutter und liebte sie dafür. Entdeckte ihre eigenen Fähigkeiten und die Freude, die sie daran hatte, überwand die ihr von ihrer Mutter anerzogene Furcht, nahm den ihr zugedachten Platz in ihrer alten Heimat ein und übte mit den Fäusten, mit dem Schwert und Zauberei für ein Gefecht mit einem dunklen Gott von ihrem Blut.

Sie lebte in zwei Welten und verfolgte in der Welt der Mutter weiter ihre Menschenträume und trainierte in der Welt des Vaters für den Kampf der Fey.

Dann merkte sie, dass sie den Taoiseach liebte, fand den Mut, den sie als Tätowierung an der Innenseite ihres Handgelenkes trug, und gab sich ganz dem Wunder dieser neuen Welt mit ihren Feen, Elfen, Weren und anderen Zauberwesen hin.

Und als das Böse nach Talamh kam, um sie alle zu vernichten, lehnte sie sich mit den Fäusten, mit dem Schwert und allen Zauberkräften, die ihr zur Verfügung standen, gegen die Bedrohung auf. Sie schaffte es, das Licht zu schützen und zu nutzen, um das Dunkel abzuwehren.

Auf diese Weise wurde sie zu der, die sie schon immer hätte werden sollen.

Was aber längst noch nicht das Ende war.

# 1

Nach der Schlacht beim finsteren Portal hielt Breen sich noch drei Wochen in der Hauptstadt auf. Die ersten Tage waren so schmerzlich, sie war selbst überrascht, dass sie nicht einfach zusammenbrach. Sie half bei der Behandlung der Verwundeten und sammelte zusammen mit den anderen die Toten auf dem blutgetränkten und mit Asche übersäten Schlachtfeld ein.

Sie nahm Morena, ihre älteste und beste Freundin, in den Arm, wenn sie um den gefallenen Bruder weinte, und sie tat ihr Möglichstes, um Phelins Eltern, seiner schwangeren Witwe, seinem Bruder, dessen Frau und Kindern und den Großeltern des Toten beizustehen, obwohl die Trauer auch ihr selbst das Herz zerriss. Kaum dass sie sich zum ersten Mal nach all den Jahren begegnet waren, war er bei der Verteidigung Talamhs gegen die Mächte gefallen, die von ihrem Großvater entfesselt worden waren.

Sie stand beim Abschied an der Seite der Familie, und sie und Harken hielten Morenas Hände. Als die Asche ihres Bruders übers Meer flog und sie neben sich die vielen anderen sah, die das gleiche Ritual vollführen mussten, stieg Morenas grenzenlose Trauer auch in Breens eigenen Innerem auf.

Sie nahm die Freundin noch mal in den Arm und sah ihr hinterher, als sie mit Harken aufbrach, um zurück ins Tal zu fliegen, und als Seamus und Finola ihnen mit verschränkten

Händen folgten, nahm sie auch die Trauer der verwaisten Großeltern des toten Phelin in sich auf.

Da Keegan ständig Ratssitzungen hatte oder an den Grenzen ihres Landes patrouillierte, suchte sie die Hinterbliebenen auf und fragte sich, warum sie in dem Meer der Tränen, die dabei vergossen wurden, nicht ertrank.

Nach einer Woche bat sie Marco, in ihr Häuschen auf der anderen Seite heimzukehren.

Er sah sie grimmig an. »Ich lasse dich ganz sicher nicht allein.«

Sie hatte mit dieser Antwort gerechnet und sich ihre Argumente bereits sorgfältig zurechtgelegt. Sie standen auf der Brücke unterhalb der Burg, sahen Faxe, ihrem Hund, beim Schwimmen und beim Planschen zu, und lächelnd hakte sie sich bei dem Freund ein, der ihr sogar in eine fremde Welt gefolgt war.

»Es geht mir gut.«

»Ganz sicher nicht. Du lädst dir so viel auf, dass du total erledigt bist.«

»Wir alle laden uns so viel wie möglich auf. Du selbst …«

»Ich habe auch etwas getan, ja klar.« Er blickte auf den Platz, auf dem die Leute Schwert- und Faustkampf sowie Bogenschießen trainierten, und erinnerte sich an die unzähligen Toten, die vor Kurzem dort gelegen hatten, und das viele Blut, das dort vergossen worden war.

Die grauenhaften Bilder hatten sich ihm unauslöschlich eingeprägt.

»Ich habe meinen Teil geleistet, aber du lädst dir viel mehr als alle anderen auf, und zwar hier drinnen«, fügte er hinzu und zeigte auf sein Herz.

»All das hat Odran meinetwegen inszeniert. Das ist nicht

meine Schuld«, kam sie dem Einwand ihres Freunds zuvor. »Ich selbst, mein Vater, meine Mutter, meine Nan können nichts dafür. Das ist allein seine Schuld. Das aber ändert nichts daran, dass alle diese Leute nicht mehr leben, weil er es auf mich und meine Fähigkeiten abgesehen hat. Wenn ich also den Schmerz der anderen in mich aufnehmen und dadurch ein wenig lindern kann, muss ich es tun.«

Kopfschüttelnd machte er sich von ihr los, zog sie an seine Brust und wiederholte nachdrücklich: »Und deshalb lasse ich dich sicher nicht allein.«

»Deshalb bitte ich dich ja zu gehen.« Sie legte eine Hand an seine Wange und begegnete dem warmen, doch besorgten Blick aus einem braunen Augenpaar. »Ich würde selbst gern zurück in unser Häuschen, habe aber das Gefühl, dass ich noch etwas bleiben muss. Doch das bedeutet, dass ich dann nicht für Morena, Seamus und Finola da sein kann. Sie sind für mich Familie, Marco, und ich bin nicht für sie da.«

»Aber du warst es, und jetzt bist du hier für Phelins Mom und Dad, für seine Frau und seinen Bruder da.«

»Genau. Auch deshalb muss ich hierbleiben. Und wissen, dass du für Morena und die anderen da bist, bis ich selbst nach Hause kommen kann. Kehr du bitte mit Brian heim, okay?«

»Das dürfte etwas schwierig werden, denn er bricht bei Tagesanbruch morgen Richtung Westen auf. Und zwar auf seinem Drachen, und ich selbst werde nie im Leben noch einmal auf einen Drachen steigen, das verspreche ich.«

»Ich könnte dir ja ein Beruhigungsmittel brauen«, schlug Breen ihm lächelnd vor.

»Genau!«, stimmte er augenrollend zu. »Dann fliege ich auf einem Drachen, aber bin schon vorher high. Auf keinen Fall!«

»Und warum reitest du dann nicht auf einem Pferd? Ein Teil der Truppen, die nach Westen sollen, nehmen Pferde. Du reitest schließlich gern. Verdammt, ich reite nicht mal halb so gut wie du, was wirklich ätzend ist. Und wenn du dein Talent jetzt nutzen würdest, um ins Tal zu reiten, wäre ich dadurch zumindest eine Sorge los, Marco. Ich schwöre dir, dass das die Wahrheit ist.«

»Zeig her.« Er legte eine Hand unter ihr Kinn, zwang sie, ihn anzusehen, und räumte seufzend ein: »Verdammt, du denkst tatsächlich, dass es so am besten ist. Aber ich lasse dich nicht gern allein hier zurück.«

»Ich weiß, aber ich habe ja noch Keegan und vor allem meinen wilden Hund.«

Bei diesen Worten sprang Faxe auf die Brücke, schüttelte sein nasses Fell und stieß ein gut gelauntes Bellen aus. Er wirkte völlig harmlos, doch er hatte sich mit einem kämpferischen Blitzen in den Augen todesmutig mit ihr in die Schlacht gestürzt und einen Gegner nach dem anderen in der Luft zerfetzt.

»Vor allem weiß ich zwischenzeitlich, dass ich selbst eine ziemlich gute Hexe bin.«

»Was deutlich untertrieben ist. Okay, ich werde gehen, aber nur, wenn du versprichst, dass du mir täglich eine Nachricht schickst. Wenn ich nichts von dir höre, komme ich zurück. Also schick mir täglich einen Falken oder so.«

»Ich war gestern bei Ninia Colconnan im Geschäft und habe einen Kristallspiegel für dich gekauft.«

»Was ist denn das?«

»Ein Spiegel, über den ich mit dir reden kann. Und dazu ist er auch noch wirklich hübsch. Betrachte es als eine andere Form von Zoom. Ich werde dir noch zeigen, wie es geht.« Sie fuhr sich mit den Händen durch ihr wild gelocktes rotes

Haar. »Es ist mir wirklich eine riesige Erleichterung, wenn du wieder in unserem Häuschen bist. Vor allem wird es Sal und Derrick unglaublich beruhigen, wenn sie endlich wieder etwas von dir hören.«

Das war ein gutes Druckmittel, weil Sally schließlich ihrer beider Herzensmutter war.

»Da hast du recht.« Er stopfte seine Hände in die Hosentaschen und gab zu: »Sie machen sich bestimmt schon Sorgen, weil wir jetzt schon ewig nicht mehr zu erreichen waren.«

»Dann ruf am besten gleich in Philadelphia an, wenn du in unserem Häuschen bist. Und fang vor allem endlich wieder an, für mich zu arbeiten«, verlangte Breen und bohrte ihm den Zeigefinger in den Bauch.

Dann ging sie in die Hocke, glitt mit ihren Händen über Faxes Fell und strich ihm über die wilde, schwärzlich violette Lockenpracht.

»Was ist mit dir? Ich glaube kaum, dass du in letzter Zeit besonders viel geschrieben hast.«

Sie zupfte leicht an Faxes Bart und richtete sich wieder auf. »Ich schaffe es jetzt gerade nicht, was Fröhliches zu schreiben, also habe ich mich statt mit Faxes nächstem Abenteuer erst einmal mit meinem Erwachsenenroman befasst. Ich weiß jetzt schließlich aus Erfahrung, wie es ist, in eine Schlacht zu ziehen.«

»Ach, Breen.«

Sie lehnte sich wie schon ihr Leben lang an Marcos breite Schulter an.

»Schon gut, Marco. Wir haben gekämpft und böse Wesen umgebracht.« Sie straffte ihre Schultern und sah ihn aus harten grauen Augen an. »Das werde ich auch wieder tun, und zwar so oft, bis dieser Krieg gewonnen ist.« Dann wurde ihre

Miene wieder weich, und sie nahm seine Hand. »Na komm, ich helfe dir beim Packen und erkläre dir, wie dieser Spiegel funktioniert.«

Am nächsten Tag stand sie im Morgennebel und sah Marco hinterher. Er war ein echter Stadtmensch, doch man hätte meinen können, dass er im Sattel groß geworden war. Die Stute tänzelte vor Ungeduld, und lachend brach er mit den Kriegern Richtung Westen auf.

Über ihren Köpfen segelten drei Drachenreiter auf den Rücken ihrer leuchtend bunten Tiere am Novemberhimmel, und zwei Feen flatterten den Reitern hinterher. Es würde wieder Krieg und Blutvergießen geben, auf Betreiben des gefallenen Gottes Odran, dessen Enkelin sie war.

Doch Marco würde sicher sein, so sicher wie es ging in einem friedliebenden Land, von dem ein dunkler Gott beschlossen hatte, es mit Krieg zu überziehen.

Und er, der beste Mensch, der je geboren war, würde mit dem Mann, der seine große Liebe war, zusammen sein.

»Es wird ihm gut gehen«, stellte Keegan fest. Er stand an ihrer Seite und sah ebenfalls den Reitern und den Drachenfliegern hinterher. »Du hattest recht, ihn dazu zu bewegen heimzukehren.«

»Ich weiß. Und ich weiß auch, dass er den Leuten dort im Tal Trost spenden wird und dass das wichtig ist.«

»Oh, ja, das ist es«, stimmte ihr der Taoiseach zu. »Du könntest sie vielleicht noch besser trösten, und ich weiß, dass du dort nützlich wärst und es dich vielleicht selbst trösten würde, dort zu sein, doch es gibt … Gründe, weshalb ich dich noch ein bisschen hierbehalten will.«

»Ich bin noch nicht bereit für Trost.« Sie betrachtete den

starken, muskulösen Mann, den Hexer und den Kämpfer, den sie liebte, wollte und so dringend brauchte, dass es fast nicht zu ertragen war. Die dunklen Haare mit dem Zopf des Kriegers waren zerzaust, und der Blick aus seinen grünen Augen war im selben Maße zornig wie erschöpft.

»Und du anscheinend auch nicht«, stellte sie mit ruhiger Stimme fest.

»Oh, nein, ganz sicher nicht.«

»Und nachdem Odrans Welt jetzt abermals versiegelt ist, gibt's augenblicklich niemanden mehr hier, den du bekämpfen kannst.«

Er sah sie reglos an. »Wer sich den Krieg wünscht, will den Tod. So gehen wir die Dinge hier nicht an.«

»Das habe ich damit nicht sagen wollen«, verteidigte sie sich. »Ihr trainiert hier für den Krieg, damit ihr eure und auch alle anderen Welten dauerhaft beschützen könnt. Das habe auch ich selbst auf die harte Tour gelernt, denn schließlich hast du mir beim Training immer wieder ordentlich den Arsch versohlt.«

Achselzuckend sah er dorthin, wo ein Trupp Soldaten sich im Schwertkampf übte, und gab gleichmütig zurück: »So einfach ist das gar nicht mehr.«

»Weil du nicht alles gibst. Ich gebe es nur ungern zu, doch während unseres Trainings hältst du dich die meiste Zeit zurück. Ich werde niemals wirklich gut mit einem Schwert umgehen können und werde auch mit Pfeil und Bogen nie so gut wie Robin Hood.«

»Ich mag diese Geschichten. Die von Robin Hood. Und nein, das wirst du nicht.«

»Wenn's um Kritik geht, hältst du dich ganz sicher nicht zurück.«

Er wickelte sich eine ihrer roten Locken um den Finger, und ein sanftes Lächeln huschte über sein Gesicht. »Weswegen sollte ich auch lügen, wenn die Wahrheit offensichtlich ist? Zumindest bist du besser, als du es am Anfang warst.«

»Was nicht viel zu bedeuten hat.«

»Du hast, nachdem du dich verbessert hast, weitere Fortschritte gemacht. Und deine unglaublichen Zauberkräfte werden immer deine schärfste Waffe sein. Und das hier?« Er nahm ihre Hand und glitt mit einem Finger über das Tattoo an ihrem Handgelenk. »Du trägst diese Tätowierung nicht umsonst. *Misneach*. Dein Mut ist ebenso erstaunlich wie die Zauberkräfte, die du hast.«

»So war es nicht immer.«

»Aber oft genug. Das hast du gerade abermals bewiesen, als du Marco hast gehen lassen, damit er andere trösten kann. Du hättest auch mit ihm nach Hause reiten können, aber weil ich dich hier brauche, hast du ihn allein losgeschickt.«

»Denn schließlich hast du … Gründe dafür, dass du mich noch hierbehalten willst.«

»Genau.«

Jetzt gingen die Jungen auf den Übungsplatz. Ein paar von ihnen gähnten, aber ein paar Feen flogen, und die Elfen rannten ihnen schnell wie Pfeile hinterher.

Nachdem man in Talamh die Ausbildung der Kinder durchaus ernst nahm, war anscheinend heute keine Schule, dachte Breen. Faxe folgte ihrem Blick und sah dann flehend zu ihr auf.

»Na lauf.«

Vor Freude bellend rannte er davon, und Keegan stellte fest: »Du fragst mich gar nicht, was das denn für Gründe sind.«

»Du denkst, dass ich hier sicherer bin, denn schließlich wollte Shana mich schon zweimal töten, und wir wissen, dass sie jetzt auf Odrans Seite steht.«

»Um dich zu töten, müsste sie hier rüberkommen, aber sämtliche Portale werden streng bewacht, das heißt, dass sie dir erst mal nicht gefährlich werden kann.«

»Ich weiß, dass Shana mich nicht töten wird.«

Er sah sie aus zusammengekniffenen Augen an. »Hast du gesehen, wie es mit ihr weitergehen wird?«

Sie schüttelte den Kopf. »Ich werde niemals zulassen, dass dieses Weibsbild mich besiegt. Doch außer ihr hat es auch noch Isolde auf mich abgesehen. Auch sie hat schon zweimal versucht, mich zu erwischen, auch wenn sie nicht so verrückt wie Shana ist und mich deshalb nicht hätte töten wollen. Sie wollte mich zu Odran bringen, und wenn du nicht beim ersten Mal im letzten Augenblick erschienen wärst, hätte sie das sicher auch geschafft. Und dann, beim zweiten Mal, bin ich allein mit ihr klargekommen, aber statt sie gleich zu töten, habe ich mich in dem Augenblick von meinen Emotionen, meinem Zorn und dem Verlangen, ihr Schmerzen zuzufügen und sie zu bestrafen, leiten lassen, was ein großer Fehler war. Das wird mir nicht noch mal passieren, das verspreche ich.«

»Du hast eine enorme Leidenschaft entwickelt, *mo bandia*.«

Ach ja? Sie selbst hätte eher gesagt, dass sie Entschlossenheit entwickelt hätte. Ja genau, Entschlossenheit.

»Ich hielt mich jahrelang für durchschnittlich oder noch weniger. Inzwischen aber weiß ich, was ich bin und was ich kann, und werde alle Fähigkeiten nutzen, die mir zur Verfügung stehen. Und deine Angst um mich lenkt dich von anderen Dingen ab. Du solltest also endlich aufhören, um mich besorgt zu sein.«

Inzwischen stellten sich die Kleinen für das Training auf. Wie jung sie waren, dachte er, und ein Gemisch aus Stolz und aus Bedauern wogte in ihm auf. Dann glitt er mit der Hand über die Scheide seines Schwerts, und ihm fiel ein, dass auch er selbst bereits in diesem Alter für den Kampf ausgebildet worden war.

»Glaubst du, ich würde dich nur deshalb hierbehalten wollen?«

»Wahrscheinlich auch, weil ich hier durchaus nützlich bin.«

»Das stimmt. Du hast bei der Versorgung der Verwundeten geholfen und den Leuten Trost gespendet, und das tust du immer noch, wenn du die Trauernden besuchst. Doch dabei lädst du dir viel zu viel auf. Das sehe ich dir an.«

»Na, vielen Dank. Am besten schminke ich mich bald, wenn dir mein Aussehen so nicht mehr gefällt.«

»Du bist die schönste Frau, die mir in meinem Leben je begegnet ist«, bemerkte er in beiläufigem Ton und rief mit diesen Worten eine geradezu absurde Freude in ihr wach. »Selbst wenn du hundemüde, kreidebleich und voll mit ihrer Trauer bist.«

»Du nimmst doch selbst die Trauer dieser Leute in dich auf. Okay, du bist der Taoiseach, deshalb ist das deine Pflicht, doch es ist mehr als das. Du trauerst selbst um jeden einzelnen Gefallenen, stimmt's?« Sie hob die Hand, um sie an seine Brust zu pressen, aber er schob sie zurück.

»Nimm mir die Last der Trauer ja nicht ab. Die brauche ich genau wie meinen Zorn und die Kaltblütigkeit, um gegen unsere Feinde vorzugehen. Ich weiß, dass du zusammen mit den anderen die Toten auf dem Schlachtfeld eingesammelt hast. Das hättest du ganz sicher nicht gesollt.«

»Es sind auch meine Leute, denn ich bin zur Hälfte selbst eine Fey. Vielleicht sogar noch mehr, als ich jemals ein Mensch gewesen bin.«

»Ich finde trotzdem, dass du das nicht hättest machen sollen. Und dazu hast du auch noch Marco heimgeschickt, obwohl ich dir an diesem Ort, an dem du nicht im selben Maß daheim bist wie in Irland oder wie im Tal, nicht die Art von Gesellschaft bieten kann, die dir durch ihn zuteilgeworden ist. Ich hatte in den letzten Tagen keine Zeit, um mehr als nur das Bett mit dir zu teilen, und so erledigt, wie wir beide immer waren, hat uns selbst die Energie für mehr gefehlt … Ich habe das Gefühl, als hätten du und ich seit Wochen keine Unterhaltung mehr gehabt, die länger war als diese hier.«

»Du bist der Taoiseach und du hattest Ratsversammlungen, Gerichtsverhandlungen und hast sämtliche Verwundeten und obendrein noch alle Hinterbliebenen persönlich aufgesucht. Das weiß ich, weil sie es mir erzählen. Dazu müsst ihr Wiederaufbauarbeit leisten und trainieren und tausend andere Dinge tun. Da ist es doch wohl logisch, dass du keine Zeit mit mir verbringen kannst, wenn's so viel anderes zu tun und zu bedenken gibt.«

Er blickte sie durchdringend an und sah dann wieder auf den Trainingsplatz und auf das Dorf.

»Ich weiß, dass du das nicht erwartest, und wahrscheinlich tut mir gerade deshalb leid, dass ich so wenig Zeit mit dir verbringen kann. Du bist mir immer noch ein Rätsel, Breen Siobhan. Wobei mir das, was ich für dich empfinde, ebenfalls ein Rätsel ist und manchmal ziemlich ungelegen kommt.«

Bei diesen Worten huschte abermals ein Lächeln über ihr Gesicht. »Was du mir schon des Öfteren überdeutlich zu verstehen gegeben hast.«

»Ich brauche dich aus all den Gründen, die du selbst genannt hast, weiter hier. Aus allen diesen Gründen, doch vor allem meinetwegen, auch wenn mir das ebenfalls eher ungelegen kommt. Besser kann ich es dir nicht erklären.«

Sie fand es rührend, dass er sich zumindest Mühe gab.

»Ich finde, dass du immer besser wirst. Im Erklären, meine ich. Brillant wirst du wahrscheinlich niemals, doch mit genügend Übung kriegst du es auf Dauer sicher halbwegs hin.«

Das Zucken seiner Mundwinkel verriet, dass ihm ihr Spott in diesem Fall durchaus nicht ungelegen kam. »Das habe ich verdient.«

»Auf jeden Fall. Ich werde gern gebraucht.« Sie glitt mit ihren Fingern über seinen Kriegerzopf. »Ich wurde früher nie gebraucht. Okay, von Marco und von Sally und von Derrick, aber das war etwas anderes, denn im Grunde kamen sie auch immer ohne meine Hilfe klar. Also reichen mir erst mal der Schlaf, das bisschen Sex und die paar kurzen Treffen, was wir zwischen all die anderen Dinge quetschen können, die es abzuhaken gilt.«

»Wobei es auch jetzt bei einem kurzen Treffen bleiben müssen wird. Gleich steht nämlich die nächste gottverdammte Sitzung mit dem Rat an.«

»Das macht mir nichts, weil ich gleich selbst zum gottverdammten Bogentraining muss.«

»Ich habe dir doch schon gesagt, dass du nicht mehr so jämmerlich wie ganz am Anfang schießt.«

»Ach, halt den Mund und regier einfach weiter deine Welt.«

Er zog sie auf die Zehenspitzen, und als er sie küsste, löste sich der morgendliche Nebel endlich auf.

»Behalt den Hund bei dir, okay? Und wenn du in den Ort

willst oder jemanden besuchen möchtest, nimm Kiara oder Brigid oder wen auch immer mit.«

»Hör auf, dir Sorgen um mich zu machen.«

»Meine Angst wird abnehmen, wenn du auf mich hörst.«

»Okay. Dann hole ich jetzt meinen Bogen und versuche, nicht mehr ganz so jämmerlich zu zielen. Wobei ich mich bestimmt mehr amüsieren werde als du dich bei deiner Sitzung mit dem Rat.«

»Auf jeden Fall. Und behalt Faxe bei dir«, wiederholte er und lief zurück zur Burg, auf deren Turm die Fahne immer noch auf halbmast hing.

Sie hatte weiter alle Hände voll zu tun, indem sie praktisch und mit Zauberei beim Wiederaufbau half, und brachte jeden freien Augenblick mit der Familie des gefallenen Phelin zu.

Sie konnte sich an immer mehr Details aus ihrer Kindheit in Talamh erinnern, und sie wusste, dass sie damals von den Eltern des verstorbenen Freundes wie ein viertes Kind behandelt worden war. Flynn hatte sie mit seinen großen Händen schwungvoll in die Luft geworfen, bis sie vor Vergnügen kreischte, Sinead hatte sie mit hübsch mit buntem Zuckerguss verzierten Plätzchen und mit anderen Leckereien verwöhnt, Morena war mit ihr über die Felder hinter ihrem Haus gerannt, und Seamus hatte sich mit Phelin ständig irgendwelche neuen Abenteuer für sie ausgedacht.

Sie hatte sich bei ihnen ebenso zu Hause gefühlt wie auf dem Hof, auf dem sie auf die Welt gekommen war.

Doch es war Flynn, das Ratsmitglied, der Krieger und der Vater, der am Schluss die Ketten sprengte, mit denen sie die eigene Trauer hatte tief in ihrem Innern fesseln wollen.

Sie hatte in den frühen Morgenstunden erst zwei Stunden

lang an ihrem Buch geschrieben und war dann mit ihrem Hund zu einem Spaziergang aufgebrochen, denn sie hatte sich nach Ruhe und nach frischer Luft gesehnt.

Sie stähle sich ein wenig Zeit, um einfach nichts zu tun, und danach würde sie mit Rowan – Ratsmitglied und Weiser – und mit ein paar jungen Hexen ein paar Zaubertränke brauen, um die nach der Schlacht geleerten Flaschen wieder aufzufüllen. Inzwischen wusste sie, dass sogar für den allerkleinsten Zauber Übung, Mühe, Fähigkeiten und vor allem gute Absicht nötig waren. Im Anschluss würde sie noch bei der Gartenarbeit helfen, um die in der Schlacht zerstörten Felder wiederherzustellen, und hoffte, dass sie Sinead und Noreen dazu bewegen könnte mitzukommen, denn die frische Luft und Sonne täten ihnen sicher gut. Dann musste sie zum Training, auch wenn Schwert- und Nahkampf immer noch die reinste Folter für sie waren.

Es war erstaunlich, wie voll ihre Tage in der Hauptstadt waren und wie die Zeit verflog. Doch auch wenn die Burg sie faszinierte und sie auch die wilde Brandung liebte, die sich an den Klippen brach, fehlten ihr ihr hübsches Häuschen auf der anderen Seite, ihre Großmutter und ihre Freunde auf dem Hof im Westen von Talamh, und die Routine, die sie im Verlauf der Zeit entwickelt hatte, nachdem sie in Irland und in ihrer alten Heimat angekommen war.

Doch erst mal wurde sie noch hier gebraucht, und ihr war klar, dass es den Menschen Hoffnung gab, wenn sie Breen bei der Arbeit sahen.

Sie spürte, dass auch Faxe seine Bucht in Irland, Aislings Jungen und vor allem Mab, die liebe Wolfshündin und Hüterin der Kinder, fehlten, auch wenn er das Bad im Wasser unterhalb der Brücke ebenfalls genoss.

Dann kehrte er zu ihr zurück, und da ein eisiger Novemberwind aus Richtung See herüberwehte, trocknete sie ihn mit einem Zauber ab. Es roch nach Meer und umgepflügter Erde, und sie sah die Leute in den Gärten auf den Hügeln, die die Winterernte einfuhren.

Sie hatte mitgeholfen, die verkohlte, blutgetränkte Erde nach der Schlacht zu heilen, und den Kürbissen, dem Grün- und anderem Kohl zufolge, die dort jetzt geerntet wurden, hatte ihre Arbeit sich auf jeden Fall gelohnt.

Auch Blumen und Kräuter wuchsen und gediehen abermals, die Dächer einiger der Häuser waren mit frischem Stroh gedeckt, aus Schornsteinen quoll dichter Rauch, die Kinder spielten vor den Türen, und die Erwachsenen gingen auf dem Markt und in den Läden ihrer Arbeit nach.

Das Leben und das Licht waren zäh, ging es ihr durch den Kopf. Das mussten sie auch sein, um gegenüber Tod und Schwärze zu bestehen. Sie ließen sich nicht mühelos wie eine Kerze auslöschen, sondern brannten immer weiter, ganz egal, was auch geschah. Sie hatte teil an diesem Licht und Leben, und sie würde tun, was nötig wäre, damit dieses Feuer nie erlosch.

Der junge Faxe tänzelte ein Stück voraus und tauchte unter einem tief hängenden Weidenast hindurch. Sie folgte ihm und sah, dass Flynn, den Kopf des Hundes auf dem Knie, auf einer Steinbank saß.

Sie brauchte seine Trauer nicht zu sehen, wenn sie wie ein Stein auf ihrem Herzen lag.

Und trotzdem tätschelte er sanft den Lockenkopf des Tiers und stellte lächelnd fest: »Was für ein lieber Kerl.«

»Das ist er.«

»Und jetzt wird es nicht mehr lange dauern, bis man seinen Heldenmut im ganzen Land besingen wird. Von diesem Fleck aus kann man sehr viel sehen. Den Ort und all das Treiben, das dort herrscht, die Felder und die Hügel und die Schatten, die die Berge werfen, während man im Hintergrund den Trommelschlag des Meeres hören kann. Ich war noch nicht geboren, als deine Nan die Bank hier hat aufstellen lassen. Ich habe oft mit deinem Vater hier gesessen, um in Ruhe nachzudenken, und da drüben?«

Er wies mit dem Finger auf ein Haus.

»In das Mädchen, das dort lebte, war ich während meiner wilden Jugendjahre hemmungslos verliebt. Das war vor Sinead, denn sie hat mein Herz mit einem Schloss versehen, das niemand knacken kann. Aber damals war ich trotzdem hoffnungslos verliebt und denke auch nach all den Jahren noch gern daran zurück, denn schließlich war das alles völlig unschuldig und hat niemandem wehgetan.«

»Und wo ist dieses Mädchen jetzt?«

»Sie ist verheiratet mit einem Bauern, mit dem sie drei Kinder hat. Das heißt, ich glaube, es sind vier. Sie leben in den Midlands und kommen nur zum Handeln und für Tauschgeschäfte in die Stadt. Ich habe mich nach frischer Luft gesehnt und wollte etwas Ruhe haben, aber bitte setz dich doch.«

Sie spürte, dass er neben frischer Luft jetzt auch Gesellschaft brauchte, und kam seiner Bitte nach. Und als er ihre Hand berührte, fühlte sie sein Herz und wusste, dass sie ihn hier hatte treffen sollen.

»Als Jungen im Tal haben dein Dad und ich uns nach dem Treiben in der Stadt gesehnt. Im Gegensatz zu Eian und zu meinem eigenen Dad war ich kein Bauer und auch handwerklich nicht sonderlich geschickt. Natürlich gab es die

Musik, die mich und Eian damals schon verbunden hat. Ich habe unsere Auftritte in all den Pubs hier in Talamh und drüben auf der anderen Seite mehr als alles andere geliebt. Ich, Eian, Kavan, Brian – wir waren wie Brüder, doch ich hatte immer schon ein Krieger werden wollen. Mit Sinead unsere Kinder großzuziehen war trotzdem wunderbar. Es war eine Zeit der Freude und des Friedens, auch wenn dieser Frieden leider nicht von Dauer war.« Er wandte sich ihr zu und sah ihr ins Gesicht. »Dein Vater war mit deiner Mutter ebenfalls sehr glücklich. Hoffentlich ist dir das klar.«

Breen nickte, auch wenn dieses Glück so wie der Frieden in Talamh dann irgendwann vorbei gewesen war.

»Aber du, mein kleiner roter Hase, warst sein Herzschlag und das Licht in seiner Seele, und als Odran dich entführt hat, haben wir befürchtet, dass er den Verstand verlieren und sich von seinem Wahn und seiner Angst beherrschen lassen würde, aber er hat seine Angst um dich in seinem Herzen eingeschlossen und stattdessen seine Stärke, seine Macht und seinen Verstand benutzt. Genau wie du, obwohl du praktisch noch ein Baby warst. Genau wie du«, murmelte Flynn.

»Deine Mutter hat mich wieder heimgeflogen, und dann hat mich Sinead sanft im Arm gewiegt und mir was vorgesungen. Ich kann mich wieder ganz genau erinnern, und ich weiß noch, was für ein Gefühl von Sicherheit sie mir gegeben haben und dass all die Ängste, die ich ausgestanden hatte, einfach von mir abgefallen sind. Und als ich jetzt zurückkam, hat mich Nan im Feuer sehen lassen, wie mein Vater und sie selbst in der Nacht gekämpft haben. Genau wie du mit deinen großen Flügeln und mit deinem Schwert. Du hast für mich gekämpft, für ihn und für Talamh.«

»Es war eine schreckliche, brutale Nacht, aber ich habe

mich danach gesehnt zu kämpfen, und ich wäre in den Tod gegangen für dich, für ihn und für Talamh. Ich hatte mich entschieden, doch ich habe überlebt. Wogegen Kavan in der Nacht gestorben ist.«

»Ich weiß.«

»Auch er war für mich wie ein Bruder, und als dann auch Brian und Eian fielen, haben die Tode meiner Brüder ihren Tribut von mir verlangt, wie es nun mal üblich ist. Ich habe trotzdem überlebt, als Krieger, Ehemann, als Vater und als Großvater. Ich habe ohne diese Teile, die mir durch das Ableben dieser drei entrissen worden waren, überlebt, weil man geliebte Wesen, die man durch den Tod verliert, am besten dadurch ehrt, dass man mit seinem eigenen Leben weitermacht und sich dem Tod auch weiterhin entgegenstemmt, so gut es geht.«

»Ich weiß, dass du das tust.« Sie folgte seinem Blick und sah den Hasen – grau wie ihre Augen –, der sich an dem Kohl auf dem Feld gütlich tat.

»Ich habe bisher niemanden verloren, der mir wirklich nahestand. Ich dachte jahrelang, mein Vater hätte einfach nichts mehr von mir wissen wollen.«

»Er hätte dich niemals verlassen. Nie.«

»Inzwischen weiß ich das, und ich weiß auch, dass man Verstorbene, die man geliebt hat, so ehrt, wie du es gerade gesagt hast.«

»Ich bin im Rat, und ich versuche, möglichst klug und ehrlich dort zu sein. Ich kämpfe gegen unsere Feinde an. Ich bin verantwortlich für meine Frau, die Witwe meines Jungen, seinen Bruder, seine Schwester, meine Ma und meinen Da. Für diese Leute muss ich stark sein, weil auch ihnen durch den Tod von meinem Sohn etwas entrissen worden ist. Aber mein Sohn, mein Kind, das seinen ersten Atemzug in meinen Armen tat, ist nicht mehr da. Und das Kind, das jetzt geboren werden wird, wird seinen Vater niemals kennen. Seine Frau wird niemals mehr in seinen Armen liegen, und ich selbst und seine Mutter werden niemals wieder seine Stimme hören. All diese Dinge wurden uns genommen, und ich weiß nicht, wie ich jetzt noch weiterleben soll.«

Breen nahm ihn wortlos in den Arm. Sie hatte keine Worte und auch nicht die Macht, ihm seine Trauer abzunehmen, doch sie konnte seinen Schmerz zumindest teilen und ihm zeigen, dass er nicht allein war.

»Du bist ein Krieger«, stellte sie am Ende fest. »Ein Ehemann, ein Vater und ein Großvater. Das heißt, dass du dich abermals dem Tod entgegenstemmen wirst. Das Licht der Toten wird die leeren Stellen füllen, die dir durch den Tod entrissen wurden, und Phelins Licht wird in dir weiterbrennen und immer bei dir sein.«

Sie unterdrückte die in ihren Augen aufsteigenden Tränen, legte eine Hand an seine Brust und sah ihm ins Gesicht. »Ich kann sein Licht in deinem Herzen spüren. Und das von meinem Vater auch. Es ist so hell, dass nicht einmal der Tod es trüben kann.«

Flynn legte seinen Kopf auf ihrer Schulter ab und stellte leise seufzend fest: »Er wäre furchtbar stolz auf dich gewesen.«

»Sein Licht leuchtet auch in mir.«

Er hob den Kopf und streichelte ihr Haar. »Ich sehe ihn in dir, und das ist mir ein Trost. Und auch du selbst bist mir ein Trost.« Er küsste ihre Stirn. »Ich danke welcher Macht auch immer, die dich zu der Bank geführt hat, während ich hier saß. Mein kleiner roter Hase«, murmelte er rau. Dann küsste er sie abermals, stand auf und ging.

Am liebsten wäre Breen in Tränen ausgebrochen, ganz allein mit der Last der Trauer unter diesem Weidenbaum.

Nicht hier, sagte sie sich, denn vielleicht käme irgendwer vorbei und sähe ihren Schmerz. Entschlossen stand sie auf und rief nach ihrem Drachen, denn, bei Gott, sie brauchte Luft und Abstand zu der ganzen Trauer, die sie hier umgab.

Als Lonrach landete, erklomm sie seinen roten Rücken mit den goldenen Spitzen, doch als Faxe es ihr gleichtun wollte, meinte sie: »Du wartest hier, okay?«

Dann ließ sie Lonrach in den Himmel schießen, hoch und schnell, damit die Luft an ihr vorüberzog und ihre Haare und den Umhang wehen ließ. Der Wind war schneidend, als es immer höher durch die klammen Wolken ging. Und als Talamh nur noch wie eine Spielzeuglandschaft wirkte, fing sie an zu schreien.

Sie schrie die ganze Trauer und den ganzen Zorn, der eng damit verbunden war, heraus. Die Luft um sie herum erbebte, Blitze zuckten, Donner grollten, aber das war ihr egal.

Sie hatte es verdient zu schreien, nach all dem Blut und all den Tränen, die vergossen worden waren. Licht und Dunkel prallten aufeinander, und die Wolken brachen auf und ließen ihre Tränen ungehindert auf die Erde fallen.

Breen hieß den Sturm willkommen und reckte ihre Fäuste in die Luft.

»Ich werde dich verdammen!«, brüllte sie. »Ich schwöre dir bei allen Göttern, für den Tod von meinem Vater, für den Tod von Phelin und die Tode all der anderen bringe ich dich um.«

Dann ließ sie Lonrach wieder tiefer fliegen zu dem Ort, an dem sie seit dem Tag der Schlacht nicht mehr gewesen war.

Er landete im Wald, und während Wind und Regen durch

die Bäume peitschten, sprang sie ab und trat entschlossen vor den Schlangenbaum. Ihr Blut hatte den Übergang geöffnet und die Hölle nach Talamh gebracht, bevor er dann mit ihrem Blut und dem von ihrer Nan und Tarryn abermals geschlossen worden war.

Sie bündelte all ihre Kräfte, reckte ihr Gesicht dem Sturm entgegen und verschmolz mit ihm. Dann stand sie in und neben sich und hell wie eine Feuersäule vor dem Baum.

»Odran, du Verdammter, höre meine Stimme und erzittere vor Furcht. Ich bin Breen Siobhan O'Ceallaigh, Kind der Fey, der Menschen und der Götter, Licht und Dunkel, Hoffnung und Verzweiflung, Frieden und Zerstörung. Bin der Schlüssel und die Brücke und die Antwort, und ich werde dich, mit allem, was ich bin, vernichten. Werde dafür sorgen, dass das Blut in deinen Adern kocht, das Fleisch an deinen Knochen brennt und alle Welten deine Angst- und Schmerzensschreie hören. Höre meine Stimme, Odran, den die Götter einst aus ihrem Kreis verstoßen haben, und erschaudere. Nicht mal die Hölle wird am Ende deine Asche haben wollen. Es ist mein Schicksal, dich vollständig zu vernichten. Und ich werde es erfüllen, das schwöre ich bei allem, was mir heilig ist.«

Aus ihren ausgestreckten Händen strömte Licht, und ihre Augen waren so wild und dunkel wie der Sturm.

»Du musst da weg!«

Sie fuhr herum, und Keegan schaffte es mit Müh und Not, nicht umzufallen, als ihm ihre grenzenlose Energie entgegenschlug.

»Du musst da weg!«, schrie er noch mal und funkelte sie wütend an. »Willst du riskieren, den Übergang mit deinem Zorn zu öffnen?«

»Keine Angst, die Tür bleibt zu. Aber ich wollte, dass mich Odran sicher hört.«

»Du hast ihm deins gesagt, und jetzt tritt einen Schritt zurück.« Sie stand, verdammt noch mal, zu dicht am Baum, und sandte Wellen glühend heißen Zorns in seine Richtung aus, deshalb marschierte Keegan auf sie zu und packte sie am Arm.

Der Schlag, den er verpasst bekam, erschütterte ihn bis ins Mark, doch es gelang ihm wenigstens, sie einen Schritt zurückzuziehen.

Der Hund stand nass und jaulend neben ihm, und Breen bedachte ihn mit einem bitterbösen Blick.

»Glaubst du, du kannst mich aufhalten?«

»Wenn's sein muss.« Keegan schob sich zwischen sie und das Portal, und plötzlich drückte ihre Miene neben Zorn Verwirrung aus. »Du musst jetzt aufhören.«

»Womit? Was ist denn los?«

»Du hast den Sturm heraufbeschworen und musst jetzt dafür sorgen, dass er sich auch wieder legt.«

»O Gott.« Erschaudernd schlug sie sich die Hände vors Gesicht. »Es tut mir leid. Es tut mir leid.« Zitternd sank sie auf den Boden und erklärte abermals. »Es tut mir leid.«

Der Wind erstarb, der Regen ebbte ab, und auch die Spannung, die die Luft hatte erbeben lassen, legte sich.

»Du hättest nicht allein herkommen sollen«, fing Keegan an, sie aber rollte sich zu einem Ball zusammen und brach in hemmungsloses Schluchzen aus.

Nachdem die Wut verraucht war, brachen sich die allzu lang zurückgehaltenen Tränen der Verzweiflung und der Trauer Bahn.

Der Hund lief leise wimmernd zu ihr, und auch Keegan

beugte sich zu ihr herab und strich mit seinen Händen über ihre Haare, ihre Schultern und den Rücken, bis sie warm und trocken war. Dann zog er sie an seine Brust und überlegte, wie er sie am besten trösten könnte, doch am Schluss fiel ihm nichts anderes ein als ein banales: »Schschsch …«

»Es tut mir leid.«

»Das sagtest du bereits. Jetzt ist es ja vorbei. Heul meinetwegen noch ein bisschen weiter, wenn's nicht anders geht.«

»Ich habe Flynn getroffen und … ich habe seine Trauer neben all der anderen Trauer einfach nicht mehr ausgehalten, deshalb habe ich …«

»Die Götter angeschrien.«

Sie blickte auf, und er sah sie mit einem schiefen Lächeln an. »Ich nehme an, dass deine Schreie selbst im fernen Westen noch zu hören waren.«

»Oje, wie dumm von mir.« Noch einmal schlug sie sich die Hände vors Gesicht. »Das hätte ich nicht machen sollen. Ich habe sicher allen einen Riesenschrecken eingejagt.«

»Ich bitte dich, wir sind hier schließlich in Talamh. Wir kriegen nicht gleich weiche Knie, wenn sich eine von uns Luft macht, und im Grunde waren die Leute eher begeistert, als sie mitbekommen haben, was für Riesenkräfte du inzwischen hast. Wobei der Sturm vielleicht ein bisschen übertrieben war, weil er die Wäsche von den Leuten von den Leinen hat fliegen lassen und so.«

»Es tut mir …«

»Langsam kann ich's wirklich nicht mehr hören. Du hattest mir versprochen, nicht allein hierherzukommen«, hielt er ihr grimmig vor.

»Das wollte ich auch nicht.« Sie schüttelte den Kopf und brach in neuerliches Schluchzen aus. »Das heißt, so hatte ich es nicht geplant. Wahrscheinlich bin ich einfach kurz ein bisschen durchgedreht.«

»Ich finde, eine Stunde ist nicht wirklich kurz. Ich wusste nicht sofort, wo ich dich finde, aber dann hat mich der kleine Kerl hier abgeholt.« Er streichelte Faxe. »Ich habe dich gesucht, um dir zu sagen, dass es losgehen kann. Wobei du nach der ganzen Energie und all den Tränen jetzt wahrscheinlich zu erledigt für die Reise bist. Am besten warten wir also bis morgen früh.«

»Wo soll's denn hingehen?«

»Ins Tal.« Er richtete sich wieder auf und zog sie hoch.

»O nein. Ich musste meinem Herzen Luft machen und Odran wissen lassen, dass ich ihn vernichten werde, denn sonst wäre ich geplatzt. Aber du kannst mich nicht einfach nach Hause schicken, nur weil ich kurzfristig … nicht ganz bei mir war.«

»Nicht ganz bei dir? Du hast einen solchen Sturm entfacht, dass selbst die Schafe durch die Luft geflogen sind.«

»O Gott.«

»Sie sind am Ende wieder gut gelandet, und auch wenn ich als der Taoiseach dich mit Fug und Recht nach Hause schicken könnte, werde ich statt in der Hauptstadt erst mal anderswo gebraucht. Und du wirst mich begleiten, weil ich die Gesellschaft brauche und mir klar ist, dass du auch nicht länger in der Hauptstadt bleiben kannst.«

»Das stimmt.« Jetzt trat sie auf ihn zu und lehnte ihren Kopf an seine Schulter. »Ich muss hier weg. Am besten heute noch.«

»Dann reisen wir noch heute ab. Wir machen uns ein bisschen sauber, und dann kannst du packen und dich von den anderen verabschieden. Und vielleicht könntest du ja Marco sagen, dass ich nichts dagegen habe, falls er heute Abend seine tollen Spaghetti Bolognese für uns macht.«

»Okay.« Sie atmete erleichtert auf. »Am besten richte ich mich etwas her, denn so verheult sollen mich die anderen nicht sehen.«

»Nein.« Er packte ihre Hand. »Sie haben dich schreien hören, also können sie auch deine Tränen sehen. Sie sollen dich so sehen, wie du bist. Und eins kann ich dir sagen – Odran hat nicht mal den Hauch von einer Chance gegen diese Furie, die eben hier gestanden hat.«

»Das weiß ich selbst. Und jetzt komm mit. Wir wollen schließlich heute noch zurück ins Tal.«

# 2

Breen verabschiedete sich noch und nahm für Aisling und Morena Briefe ihrer Mütter mit. Und als sie hinter Faxe auf dem breiten Rücken ihres Drachen Lonrach Platz nahm, dachte sie an ihren wilden Flug in Richtung Hauptstadt vor der großen Schlacht zurück. Erfüllt von nackter Angst, war sie in aller Eile Richtung Osten aufgebrochen, und jetzt kehrte sie als eine andere ins Tal und in ihr Häuschen in der Bucht zurück.

Sie kannte dieses Land, die fruchtbaren Täler und die grünen Hügel, den Geruch der dichten Wälder und die Berge, deren Gipfel majestätisch in den Himmel ragten, all die Dörfer, Häuser, Höhlen und all die, die dort zu Hause waren.

Durch die Wolken sah sie einen Reiter, der den Weg hinuntergaloppierte, eine Frau mit einem Umhang und mit einem Wäschekorb unter dem Arm, da vorn einen Hirsch, der wie ein König aus dem Wald geschritten kam, und dort am Ufer eines Baches eine Frau mit einer Angel, neben der auf einer Decke ein dick eingepacktes Baby lag.

In den Minen in den Bergen gingen die Trolle ihrer Arbeit nach, und in den Klassenzimmern hingen Kinder, statt dem Unterricht zu folgen, abenteuerlichen Träumen nach. Bauern wetzten ihre Pflüge und fuhren die Winterernte von den Feldern ein, und Mütter brachten ihre Kinder für den Mittagsschlaf zu Bett.

Und überall trainierten Krieger für den Kampf, um diese

Hügel und die Täler, Berge, Flussläufe und alle, die hier lebten, vor dem Zorn eines gefallenen Gottes zu bewahren.

Und jetzt, nachdem sie selbst für Talamh gekämpft und Blut vergossen hatte, war auch sie ein Teil von alledem.

Sie sah dorthin, wo Keegan auf dem Rücken seines Drachen saß. Die unduldsamste und zugleich geduldigste Person, der sie in ihrem Leben je begegnet war. Ein harter, doch in seinem tiefsten Innern sanftmütiger Kerl. Ein Mann der Widersprüche, der bereit war, in den Kampf zu ziehen, zu töten und sein eigenes Leben hinzugeben, um der Welt der Fey und anderen Welten dauerhaften Frieden zu bescheren.

Sie lenkte Lonrach etwas dichter neben Cróga, weil sie sonst über den laut pfeifenden Wind hinweg nicht zu verstehen war.

»Und was passiert als Nächstes?«

Er sah sie kurz an und blickte dann erneut über das Land und durch die Luft bis hin zur fernen See.

»Du machst mit dem Kampf- und Zaubertraining weiter wie zuvor.«

»Ich meine, jetzt.«

»Das machst du jetzt und morgen und am Tag danach. Wir haben noch Zeit, aber wir können es uns nicht leisten, auch nur eine Stunde zu vergeuden. Odran hat bei dieser Schlacht viel mehr verloren als wir. Er trauert zwar nicht so wie wir, weil die Dämonen und die dunklen Kräfte, die er gegen uns ins Feld geschickt hat, ihn nicht wirklich interessieren. Aber er hat Kraft verloren.«

»Das heißt, dass er jetzt neue Kräfte sammeln muss. Was Wochen, Monate oder vielleicht auch Jahre dauern kann.«

»Ganz sicher keine Jahre. Diesmal nicht.«

»Weil ich hier bin.«

»Und weil er denkt, er wäre kurz davor, dich zu erwischen. Dich und alles, was du bist. Du bist der Schlüssel und die Brücke und als Menschen-, Fey- und Göttertochter alles, was er will. Und jetzt glaubt er, es würde nicht mehr lange dauern, bis er sich dich schnappen und an allen Welten rächen kann.« Er wandte sich ihr wieder zu. »Aber da liegt er falsch. Er ist von seinem Ziel weiter entfernt als je zuvor.«

»Warum denn das?«

»Wegen allem, was du bist. Also, willst du in dein Häuschen oder erst einmal ins Tal? Ich bringe dich, wohin du willst, bevor ich selbst noch einen Abstecher nach Süden machen muss.«

»Du fliegst nach Süden?«

»Ja. Solange sie mich in der Hauptstadt brauchten, konnte ich die Pflichten, die ich auch dort unten habe, nicht erfüllen. Mahon kümmert sich um den Wiederaufbau, um den Klosterabriss und den Bau des Denkmals, aber ich muss zeigen, dass auch der Süden vom Taoiseach nicht vergessen worden ist.«

»Dann will ich auch nach Süden fliegen.«

»Aber es ist jetzt schon Wochen her, seit du zum letzten Mal zu Hause warst.«

»So geht es dir doch auch. Und nein, ich bin kein Taoiseach«, kam sie ihm zuvor. »Aber du hast gesagt, dass ich die Leute meine Trauer sehen lassen soll. Das werde ich jetzt auch im Süden machen, oder hätte ich mich etwa nur den Leuten in der Hauptstadt zeigen sollen?«

Er sah sie an, doch schließlich nickte er und bog nach Süden ab.

»Die Wärme wird wahrscheinlich eine nette Abwechslung«, bemerkte er im Plauderton.

»Bestimmt. Aber die Kälte macht mir eigentlich nichts

aus. Ich mag zum Beispiel, was sie mit den Bäumen macht. Das Grün der Pinien wirkt dann dunkler, und ich mag es, wenn das Laub der Eichen und Kastanien und der Ahornbäume explodiert. Das Licht verändert sich, die Nächte werden länger und das Rotwild kriegt sein Winterfell. Ich hätte nie erwartet, hier auch einen Herbst und einen Winter zu erleben. Nicht, als ich nach Irland kam, und auch nicht, als ich plötzlich in Talamh gelandet bin.« Sie zeigte Richtung Norden, wo zwei Drachenreiter auf Patrouille waren.

»Die zwei gehören zu uns«, erklärte Keegan ihr.

»Natürlich tun sie das, weil Odran schließlich keine Drachen hat«, ging es ihr plötzlich auf.

»Genau. Sie sind so rein, dass er es nicht schafft, sie umzudrehen oder zu versklaven, so wie einige der Fey.«

»Und wenn er ihre Reiter umdreht?«

»Drehen sie sich nicht mal ihrer Reiter wegen mit. Dann trauern sie, und manchmal gehen sie vor lauter Trauer ein. Und wenn die Reiter nicht freiwillig auf die dunkle Seite wechseln, sondern Odran sie versklavt, dann warten sie auf sie.«

Er glitt mit einer Hand über die glatten Schuppen seines eigenen Drachen und fuhr fort. »Wenn Odran könnte, würde er sie alle töten, weil er sie niemals auf seine Seite ziehen können wird. Da vorn.« Er wies mit seiner freien Hand nach vorn. »Da sind der Süden und sein Meer.«

Breen sah das endlos weite, leuchtend blaue Wasser, goldene Strände, sanft wogende, grüne Hügel und den dichten Wald.

Auf einem Hügel oberhalb der Strände und des ausgedehnten Dorfs ragte ein kreideweißer, riesengroßer Dolmen in die Luft.

»Ist das das Denkmal?«

Keegan flog im Kreis und sah es sich von allen Seiten an. Und ja, er wusste noch zu gut, was an dem Ort geschehen war.

»Genau dort stand das Kloster, das den Frommen überlassen worden war. Wobei das Wort nicht passt, weil diese angeblichen Frommen Folterer und Mörder waren. Das Kloster wurde ihnen überlassen, nachdem sie geschworen hatten, nur noch gute Taten zu vollbringen, aber dann haben Toric und die anderen Schufte das Geschenk missbraucht, um weiter ihre grauenvollen Taten zu begehen. Das war unverzeihlich, deshalb haben wir das Haus, in dem sie ganz Talamh verraten haben, abgerissen, und den Grund, auf dem es stand, gereinigt und dann unserem Land sowie der Freiheit aller Fey geweiht. Der Dolmen steht als Sinnbild für das Opfer derer, die gefallen sind, um unsere Freiheit und den Frieden zu bewahren.«

»Er ist wunderschön.« Und traurig, dachte Breen. Wie Trauer, die in Stein gemeißelt war. »Das alles hier ist wunderschön. Das Meer, die Strände und das Dorf. Das Feuer an Samhain hat uns Brutalität und grenzenlosen Mut gezeigt. Ich habe dich, Mahon und Sedric und die anderen kämpfen sehen, aber jetzt ist es hier wieder wunderschön.«

»Wir haben uns gewehrt und werden uns auch weiter wehren, denn schließlich bleibt uns keine andere Wahl.«

Er lenkte Cróga zu dem Hügel und sprang ab, und während Faxe es ihm gleichtat, gab er Breen die Hand.

Sie atmete tief durch, bevor auch sie sich aus dem Sattel schwang, und als sie vor ihm auf der Erde stand, erklärte er: »Wir werden sie ein bisschen fliegen lassen, und wenn wir sie brauchen, kommen sie zurück.«

»Na lauf«, wandte sich Breen an ihren Hund, der gehorchte und eilig in Richtung Strand lief, wo er sich ins Wasser stürzte, um dort mit den Meerjungfrauen zu spielen.

»Er hat immer seinen Spaß.« Sie selbst wandte sich dem mindestens drei Meter hohen Dolmen zu. »Das ist ein mächtiges Symbol.«

Dann trat sie wieder einen Schritt zurück, als Mahon angeflogen kam und zwischen ihr und seinem Schwager landete. »Ihr kommt genau zur rechten Zeit. Den Schlussstein haben wir erst heute früh gesetzt.«

»Und offensichtlich passgenau. Ich hoffe, ihr kommt mit dem Wiederaufbau ebenfalls voran.«

»Wir sind so gut wie damit durch. Obwohl es ein paar böse Worte gab, nachdem du Nila abgeworben hast.« Er strich sich grinsend über seinen mahagonifarbenen Bart. »Ich werde sie nicht wiederholen, aber trotzdem haben sie ihre Sache weiterhin nicht schlecht gemacht und kamen durchaus gut voran. Du siehst ja selbst, dem Dorf geht's wieder gut, und die Feriengäste haben ebensolchen Spaß hier wie der Hund, der mit den Meerjungfrauen spielt.«

Wie zuvor Breen berührte er den Stein und stellte fest: »Und dieses Denkmal hier erinnert sie daran, weshalb das möglich ist.«

»Von Toric und von seinesgleichen gibt's hier keine Spur mehr«, meinte Breen. »Der Boden ist jetzt wieder grün und fruchtbar, und das Denkmal hier hält die Erinnerung an all die unschuldigen Opfer und die tapferen Krieger wach, die die Dunkelheit zurückgeschlagen haben. Und wie Talamh und wie die Fey wird es für alle Zeit bestehen.«

Gefangen in ihren Emotionen und in der Magie des Orts

baute sich Breen zwischen den beiden senkrecht stehenden Steinen auf.

»Aber wenn sie diesen Hügel sehen und auf dem grünen Gras spazieren gehen, muss es mehr geben als Leid. Dann braucht es auch …«

Sie hob die Hand und schüttelte den Kopf, doch Keegan forderte sie auf: »Erzähl uns, was du siehst. Was braucht es noch?«

»Vor allem fühle ich. Ich fühle eine weiße, helle, starke Kraft, die in den Steinen und im Boden unter diesen Steinen lebt. Ich spürte Luft und warmes Sonnenlicht auf meiner Haut, und wenn es Nacht wird, gehen die beiden Monde über diesem großartigen Denkmal für die Mutigen, die Unschuldigen, die Verlorenen auf. Das heißt, dass dies ein Ort des wahren Glaubens und der Ehre ist.«

»Dazu stehen hier drei Bäume, die im Frühjahr wie die Hoffnung blühen, selbst wenn der Wind die Blütenblätter auf die Erde weht und sie damit bedeckt. Und im Sommer tragen diese Bäume Früchte wie die Tapferkeit der Krieger Früchte trägt, und wenn das Rad sich weiterdreht, werden im Herbst die Blätter bunt und tanzen dann im Winter durch die Luft. Dann dreht das Rad sich abermals, bis sie im nächsten Frühjahr abermals in Blüte stehen.«

Sie trat zwischen den Steinen hervor. »Und dann steht hier auch noch ein Brunnen mit Wasser klar wie Glas, und dieses Wasser ruft in jedem, der es trinkt, ein Gefühl des Friedens wach. Und oben auf dem Schlussstein brennt ein Feuer, das niemals erlöscht und das von Entschlossenheit und Stärke zeugt.«

»Also sehen wir alle auf zu diesem Ort oder spazieren hier auf dem Gras und nehmen die vier durch Zauberkraft verbundenen Elemente wahr. Und alle, die das Monument besuchen, um die Unschuldigen und die Mutigen zu ehren, verspüren neue Hoffnung, weil sie merken, dass der Tod nicht nur ein Ende ist, weil Leben, Licht und Liebe immer wieder auferstehen.«

Erschaudernd fuhr sie sich mit ihren Händen durch das Haar. »Das war … sehr viel. Es tut mir leid, ich wollte nicht …«

Keegan hob eine Hand, und sie brach ab. »Wir werden es so machen, wie du es gesehen hast. Mahon, wir brauchen Feen, um die Obstbäume zu pflanzen, einen Steinmetz für das Wasserbecken und drei Hexer oder Hexen, die das Becken füllen. Schick bitte einen Elf mit einem Kupferkessel rauf, und danach fliegst du heim, denn deine Frau und deine Kinder haben dich schon eine halbe Ewigkeit nicht mehr gesehen, und falls du nach mir heimkommst, wird mir Aisling in die Eier treten, und das würde ich doch gern vermeiden, wenn es möglich ist.«

»Den Wunsch erfülle ich dir gern. Und wann kommt ihr ins Tal?«

»Spätestens morgen früh.«

Lächelnd wandte sich Mahon an Breen und gab ihr einen Wangenkuss. »Ich kann nicht sehen, was du siehst, aber ich freue mich schon drauf, mir alles anzuschauen, wenn es fertig ist.«

Er breitete die Flügel aus und flatterte davon, und Breen rang unglücklich die Hände und stieß aus: »Falls ich eine Grenze überschritten habe, Keegan …«

»Habe ich gesagt, dass du das hast? Du hast vollkommen recht, deswegen machen wir es so, wie du's gesehen hast.«

»Aber dieser Dolmen ist das, was du selbst gesehen hast und hier haben wolltest«, widersprach sie ihm.

Er schaute sich die ausdrucksstarken weißen Steine an. Es stimmte, dachte er, er hatte dieses Monument gesehen und sonst nichts.

»Ich habe mich von meinem Zorn und meiner Trauer lenken lassen, und ich hatte recht, als ich das Denkmal habe hier errichten lassen, also bleibt es stehen. Doch es ist nicht genug, denn erst die Hoffnung gibt uns die erforderliche Kraft, mit unserem Leben und dem Kampf gegen das Böse fortzufahren. Die Feen werden die drei Bäume bringen, der Steinmetz wird den Brunnen bauen, und du zündest das immerwährende Feuer auf dem Schlussstein an.«

»Ich habe nie – ich bin nicht sicher, ob ich weiß, wie man das macht.«

»Natürlich weißt du das, denn schließlich war es deine eigene Vision, und du wirst dafür sorgen, dass das Licht hier auch im Dunkeln weiterbrennt. Und daran halten wir uns alle fest.«

Als der Junge mit dem großen, rot schimmernden Kupferkessel kam, ließ Keegan ihn bis oberhalb des Schlusssteins steigen, setzte ihn dort ab und wandte sich dem Jungen zu.

»Den hast du gut gewählt.«

»Mahon meinte, er sollte möglichst groß sein«, gab der Junge grinsend zu. »Darf ich weiter zusehen, Taoiseach?«

»Ja, natürlich. Das heißt, warte. Lauf noch mal ins Dorf und sag auch allen anderen, dass sie zusehen sollen, wie das immerwährende Feuer am Ort des Gedenkens von mir selbst und der Tochter der Fey entzündet wird.«

Laut juchzend lief der Junge los.

»Na toll. Jetzt haben wir auch noch Publikum.«

»Breen Siobhan«, fuhr Keegan sie ein wenig ungehalten

an. »Zerbrich dir wegen einer solchen Kleinigkeit nicht deinen hübschen Kopf. Du bist gekommen, um gesehen zu werden, und jetzt werden dich die Leute sehen. Und nie vergessen, dass du dieses Feuer angezündet hast. Und davon werden auch noch ihre bisher nicht geborenen Kinder hören. Und alle, die zu diesem Denkmal kommen, werden sich daran erinnern, dass der Taoiseach und die Tochter der Fey für die Unschuldigen, Tapferen und alle anderen eingetreten sind. Wir haben uns genau wie sie dem Dunkel widersetzt und ihnen jetzt das Licht gebracht.«

»Du bist echt gut in deinem Job«, murmelte sie. »Ich vergesse manchmal, dass du wirklich der geborene Taoiseach bist.«

»Ich mache einfach meine Arbeit.«

»Nein, du bist tatsächlich der geborene Anführer.« Sie lächelte, als Faxe rechtzeitig zu ihrem großen Auftritt wieder auf den Hügel gelaufen kam. »Und wenn ich es vermassele, gebe ich einfach dir die Schuld daran.«

Am Fuß des Hügels kamen die Leute aus den Läden und den Häusern, hielten in der Arbeit inne, und die Paare und Familien, die am Strand spazieren gingen oder fröhlich in den Wellen planschten, drehten ihre Köpfe, um sehen zu können, was dort vor sich ging. Sogar die Meerleute trieben gemächlich auf der grenzenlosen, blauen Weite oder machten es sich auf dem einen oder anderen Fels bequem.

Kinder saßen auf den Schultern ihrer Väter, Babys auf den Hüften ihrer Mütter, und in ihren Gedanken hörte Breen, wie die Erwachsenen sagten: »Seht gut hin und vergesst nie, was hier geschieht.«

»Nimm meine Hand«, bat Keegan sie. »Es gibt ganz sicher keinen Grund, nervös zu sein, Tochter von Eian O'Ceallaigh.

Lass die Kräfte einfach kommen, lass sie in dir aufsteigen und sprich die Worte, die du in dir hast.«

Natürlich hatte sie den Text parat. Sie spürte seine Kraft, die sich aus ihrem Inneren auf Keegan übertrug und mit der Kraft in seinem Inneren verband.

*»Wir rufen diese alte Macht,*
*zu ehren das Leben und den Tod.*
*Ein Feuer, das erhellet auch die Dunkelheit der Nacht,*
*bis sie vertrieben wird durchs erste Morgenrot.*
*So tun wir unsere Schuldigkeit,*
*indem gedenken wir der Opfer und der Helden bis in alle*
*Ewigkeit.«*

Dann fuhr Keegan fort:

*»Die Flamme lodert hell zu aller Zeit,*
*und steiget immerwährend auf zum Himmel weit.*
*Nicht Flut noch Sturm wird je erlöschen lassen ihre Glut,*
*die ewig ehren soll den feyschen Heldenmut.«*

Dann reckten Breen und Keegan ihre freien Hände in die Luft, und als der Kessel oberhalb des Dolmens schwebte, fuhren sie wie mit einer Stimme fort:

*»Entzünde dich, oh, ew'ges Licht,*
*für die, die starben in Erfüllung ihrer Pflicht,*
*und gib uns anderen neue Zuversicht.«*

Mit Tränen in den Augen sah Breen auf die rauchlos-reine, goldene, starke Flamme, die in Richtung Himmel stieg.

*»Erfüll das Land mit deinem hellen Schein,*
*o Flamme rein,*
*denn wie wir wollen, so soll es sein.«*

An den Stränden, in den Türen der Häuser und vor den Geschäften brachen ihre Zuschauer in lauten Jubel aus.

»Fang bloß nicht an zu heulen«, warnte Keegan Breen und drückte ihre Hand. »Wir trauern schließlich nicht, sondern wir ehren die Gefallenen. Das heißt, dass dies ein Augenblick der Stärke ist. Deshalb drehst du dich jetzt am besten um und zeigst den Leuten, wer du bist.«

Sie unterdrückte ihre Tränen und blickte Richtung Tal.

Auch Keegan wandte sich den Leuten zu, reckte sein Schwert, und wieder jubelte die Menge, als der Schein der Flamme auf die Klinge fiel.

»Für die unschuldigen Opfer und die tapferen Krieger. Für Talamh und alle!«, rief er laut genug, dass es selbst an den Stränden zu verstehen war.

»Ich habe keine Ahnung, was ich machen soll.«

»Du hast getan, weshalb du hergekommen bist. Also ruf jetzt deinen Drachen, denn wir fliegen heim.«

Die Leute jubelten auch noch, als sie und Keegan auf die Rücken ihrer Drachen stiegen, und mit einem letzten Blick in Richtung des von ihr entfachten Feuers machten sie sich auf den Weg zurück ins Tal.

Oh, nein, sie würde sicher nie vergessen, was an diesem Tag geschehen war.

Zuerst ging sie zu Marg, die offenbar bereits mit ihr gerechnet hatte, weil die leuchtend blaue Tür des Cottages trotz der Kälte offen stand. Laut bellend lief ihr Hund ins Haus, und als sie Faxe folgte, bekam der schon das erhoffte Leckerli von ihrer Nan. Im Kamin brannte ein Feuer, auf dem Ofen pfiff der Wasserkessel, und der Duft von frisch gebackenem Brot hing in der Luft.

Ein Wirrwarr von Gefühlen wogte in ihr auf. Zu Hause, dachte sie und schmiegte sich an Marg.

»Mein Schatz.« Marg schloss sie in die Arme und zog sie an ihre Brust.

»Ich habe dich vermisst. Ich freue mich unglaublich, dich zu sehen.«

»Du hast mir auch gefehlt. Was aber offenbar nicht alles ist.« Marg schob sie etwas von sich fort und sah ihr forschend ins Gesicht. »Am besten setzen wir uns, essen Ingwerplätzchen, trinken Tee und du erzählst mir, was dir auf der Seele liegt.«

»Das weiß ich selbst erst, seit ich hier angekommen bin. Es war alles furchtbar viel. Der Tag – die Kämpfe und das Blut und Phelin und der ganze Rest. Manchmal sehe ich die Dinge nur verschwommen, aber manchmal sehe ich auch alles völlig klar. Und alles, was danach gekommen ist. Ich frage mich, wie es die Leute schaffen, nach so etwas mit ihrem Leben fortzufahren, Nan. Aber sie schaffen es. Sie schaffen es, obwohl sie wissen, dass das nicht die letzte Schlacht gewesen ist.«

»Jetzt setz dich erst mal hin, damit ich dich etwas verhätscheln kann, mein Schatz.« Marg wärmte die noch leere Teekanne mit ihren Händen auf. »Als Eian fiel, habe ich mich gefragt, wie es jetzt für mich weitergehen soll. Du warst noch auf der anderen Seite, und du wusstest nichts von mir und meinem Jungen, der von seinem eigenen Vater abgeschlachtet worden war. Wie hätte ich da weitergehen oder sprechen oder essen oder schlafen sollen? Und trotzdem habe ich all das getan.«

Breen setzte sich und schaute zu, wie Marg Gebäck auf einen Teller gab. Sie hatte sich die roten Haare hochgebunden, und der grüne Wollpullover und die Stiefel an ihr verrieten, dass sie gerade aus dem Garten kam.

»Du bist so stark.«

»Das war ich damals nicht. Mein Herz und meine Seele waren gebrochen, und ich hätte beinah den Verstand verloren. Ich habe mir die Haare abgeschnitten«, murmelte sie rau. »So kurz, dass kaum noch etwas davon übrig war. Und abends wanderte ich ziellos durch den Wald. Sedric dachte, ich würde nicht bemerken, dass er mir als Katze hinterherlief, falls ich seine Hilfe bräuchte, und ich habe so getan, als würde ich ihn tatsächlich nicht sehen. Auch er hat damals fürchterlich getrauert, denn dein Vater war für ihn so etwas wie ein Sohn. Aber ich konnte meine Trauer zu der Zeit nicht mit ihm teilen und habe mich geweigert zu erkennen, dass es uns als seiner Ma und seinem Da geholfen hätte, unsere Trauer um den Sohn zu teilen, der uns genommen worden war. Dafür war ich zu egoistisch.«

»Nan.«

»Das musste ich am Anfang sein. Ich musste egoistisch sein und durch die Gegend wandern, um nicht vollends durchzudrehen. Man braucht nun einmal, was man braucht«, erklärte sie, als sie mit Teekanne und Tassen kam. »Und Sedric hat geduldig abgewartet, bis ich zu ihm kam und akzeptierte, dass auch er ein Kind verloren hat. Also liefen wir zusammen durch die Gegend, sprachen, aßen, schliefen und fuhren mit unserem Leben fort.«

»Ich bin sehr froh, dass ihr euch hattet.«

»Sedric ist die Liebe meines Lebens und noch mehr. Und jetzt erzähl mir, wie es dir ergangen ist.«

Bei Tee und Plätzchen sprach Breen von dem Trost, den sie den Hinterbliebenen gespendet hatte, von der Heilung der verbrannten Felder, dem Gespräch mit Flynn und dem von ihr heraufbeschworenen Sturm.

»Ich glaube, dass ich für das alles nicht gerüstet war. Rückblickend betrachtet war mein altes Leben sehr behütet und sehr einfach, und auch wenn ich dort in Philadelphia nicht wirklich glücklich war, stand ich einfach jeden Morgen auf, fuhr zur Arbeit, kam dann wieder heim und korrigierte Aufsätze und so. Natürlich hatte ich dort Marco, Sally und den wundervollen Derrick, aber davon abgesehen fiel ich keiner Menschenseele auf. Das heißt, im Grunde war ich unsichtbar.«

»Hier in Talamh bist du nicht mehr behütet, und dein Leben ist entsetzlich kompliziert. Hier fällst du auf und stehst sogar im Mittelpunkt. Bist du hier glücklich, Schatz?«

»Auf jeden Fall.« Breen presste sich die Finger vor die Augen und ließ ihre Hände wieder fallen. »Trotz allem, was passiert ist und passieren könnte, bin ich hier so glücklich wie seit einer Ewigkeit nicht mehr. Ich habe hier so viel. Ich habe dich.« Sie nahm die Hand der Großmutter. »Und habe großen Spaß an dem, was in mir steckt. Doch dass ich heute Morgen in der Hauptstadt diesen Sturm heraufbeschworen habe, war verwegen«, wurde ihr mit einem Mal bewusst. »Ich habe das, was in mir steckt, die Oberhand gewinnen lassen, dabei hätte ich es kontrollieren sollen.«

»Man braucht nun einmal, was man braucht«, wiederholte ihre Nan. »Ist irgendwem dabei ein Leid geschehen?«

»Nein. Aber …«

»Ah.« Marg reckte einen Finger in die Luft. »Vertraust du mir?«

»Natürlich, und zwar blind.«

»Dann glaub mir, wenn ich sage, dass du selbst und deine ganz besonderen Fähigkeiten nur den Kräften schaden können, die eine Gefahr für andere sind. Das weiß ich, weil mein Blut und das von meinem Sohn durch deine Adern fließt.«

»Aber ich stamme auch von Odran ab.«

»Genauso wie dein Da. Doch Odran irrt sich, wenn er denkt, dass er den Teil, den du von ihm hast, nutzen kann. Genau der Teil, *mo stór,* wird ihn am Schluss zerstören. Machst du dir Gedanken, dass du anderen schaden könntest?«

»Erst seit heute früh. Es war wie während der Gerichtsverhandlung, als ich Toric gegenüberstand. Es hat mich einfach überwältigt. Diese Hitze und die Kraft.«

»Die machen dir ein bisschen Angst.«

»Auf jeden Fall.«

»So sollte es auch sein, denn Macht ist etwas Wildes, und wenn man sie falsch einsetzt, verschlingt sie einen selbst. Aber wenn man sie zu sehr beherrscht, wird sie geschwächt. Wir werden diese Dinge üben, doch am Ende musst du selbst wissen, wie du damit umgehen sollst.«

Breen atmete erleichtert auf. »Auch deshalb hast du mir gefehlt. Weil du es immer schaffst, mich zu beruhigen, ganz egal, worum es geht. Genau wie dieses Tal. Ich finde es bereits beruhigend, hier zu sein. Die Hauptstadt ist zwar wunderschön und voller Leben, aber …«

»Sie ist nicht dein Zuhause.«

»Nein, das ist sie nicht. Ich war inzwischen auch im Süden, und er ist so schön, so ruhig und gleichzeitig lebendig, aber … Oh, fast hätte ich’s vergessen. Wir haben das Denkmal eingeweiht.«

»Sedric und ich waren selbst vor ein paar Tagen dort. Keegan hatte mich gefragt, ob ich beim Aufstellen des Dolmens helfen kann, weil er noch in der Hauptstadt bleiben musste, und ich finde, dass das Denkmal wirklich schön geworden ist und ausdrucksvoll daran erinnert, was verloren wurde und von unseren Truppen verteidigt worden ist.«

»Das stimmt.« Breen raufte sich das Haar. »Vielleicht war es ja falsch, noch etwas daran zu verändern, und wir hätten es genauso lassen sollen.«

»Was willst du damit sagen?«

»Dass ich noch … was anderes gesehen habe, als ich dort mit Keegan stand.«

»Und was hast du gesehen?«

»Ich habe … können wir es uns vielleicht im Feuer anschauen?«

Sie trat vor den Kamin, streckte die Hände aus und wartete auf Marg.

»Ich habe noch was anderes gesehen.«

Sie sahen drei Bäume, die im Frühjahr weiß und rosa blühten, einen kleinen Brunnen am Fuß des Dolmen, der das Licht der weißen Steine reflektierte, und das goldene Feuer, das von ihr entzündet worden war. Und als die Blüten wie ein rosa-weißer Teppich auf die Erde fielen, Früchte an den Bäumen wuchsen, sich die Blätter rot und golden färbten und die Bäume später ihre kahlen Äste in den Himmel reckten, ging die Flamme niemals aus.

Marg presste eine Hand vor ihren Mund und blickte Breen mit Tränen in den Augen an.

»Und dieses Bild hast du gesehen?«

»Ganz deutlich, Nan. Wir haben das Feuer angezündet, bevor wir hierhergeflogen sind, und ich …«

Marg wandte sich ihr zu und nahm sie in den Arm. »Das Bild wurde durch Liebe, Mitgefühl und Macht in deinem Inneren heraufbeschworen. Das ist das Erbteil deines Vaters, denn ich weiß, genau das hätte auch er selbst gesehen.«

»Meinst du wirklich?«

»Allerdings. Und ich bin froh, dass das auch Keegan klar gewesen ist. Natürlich war es weise, dass er dieses Haus des Bösen schleifen lassen und an seiner Stelle diese starken Steine hat errichten lassen. Noch weiser aber war, auf dich zu hören und noch das Licht hinzuzufügen, das den Menschen Hoffnung gibt. Was hattest du für einen aufregenden Tag.«

»Er kommt mir eher wie eine Woche vor.«

»Dann gehen wir jetzt zusammen zum Willkommensbaum, damit du rüber in dein Häuschen kannst.«

»Aber ich wollte vorher noch Morena, Seamus und Finola sehen.«

»Dafür ist morgen auch noch Zeit. Du brauchst jetzt erst mal einen Augenblick für dich.« Marg nahm ihrer beiden Umhänge vom Haken an der Tür. »Schlaf erst mal aus, und morgen früh nimmst du dir etwas Zeit zum Schreiben, denn wir brauchen, was wir brauchen«, meinte sie noch mal und hüllte sich in ihren Umhang ein.

Breen brauchte wirklich etwas Zeit für sich, deshalb nahm sie die kurze Steintreppe zum Baum und winkte Marg noch einmal zu. Dabei sah sie das Bauernhaus im letzten Licht des Tages und den Rauch, der aus dem Schornstein quoll. Sie liebte diesen Ort, die Landschaft und die Luft, die sie umgab, jetzt aber brauchte sie erst einmal das, was auf der anderen Seite lag.

Also stieg sie auf die breiten, sanft geschwungenen Äste

des Willkommensbaums und auf der anderen Seite wieder auf den glatten Fels, der schon in Irland lag.

Faxe tänzelte mit gleichmäßigem Schwanzwedeln voraus und störte sich nicht an dem kalten Nieselregen, der vom grauen Himmel fiel. Statt einen kurzen Umweg durch den Bach zu machen oder hin und her zu laufen, stapfte er schnurstracks den Pfad hinab.

Auch sie nahm kaum Notiz vom Regen, und im Gehen sog sie den Geruch der feuchten Erde und der nassen Pinien in sich ein.

»Du freust dich auf das Zuhause, stimmt's?«

Er blickte fragend zu ihr auf.

»Wobei ich das vielleicht ja auch nur denke, weil ich selbst es kaum erwarten kann. Auf alle Fälle sind wir jetzt bald da.«

Sie holte abermals tief Luft. »Riechst du die Bucht, den Torfrauch und das nasse Gras?«

Als sie den Wald verließen, sah sie auch die Bucht, den Torfrauch und das nasse Gras, die Kräuter und die Blumen in ihrem Garten und das Haus mit seinem strohgedeckten Dach, den dicken Steinmauern, der reizenden Terrasse und dem Licht, das durch die Fenster fiel.

Und wie damals, als sie das Haus zum allerersten Mal gesehen hatte, füllte sie der Anblick völlig. Genau so ein Zuhause hatte sie sich immer schon gewünscht.

Statt runter zur Bucht zu rennen, lief der Hund zur Tür und bellte einmal laut.

Bevor sie selbst das Haus erreichte, machte Marco ihnen bereits auf. Er trug ein Geschirrtuch über einer Schulter, hatte sich die hübschen Rastazöpfe so wie immer, wenn er kochte, zu einem Pferdeschwanz gebunden, und im Hintergrund erklang Musik.

Als Faxe auf den Hinterbeinen tanzte, lachte er laut auf. »Du hast es wirklich drauf. Na komm, tanz erst einmal ins Trockene. Und da ist ja meine Breen!«

»Marco!« Da sie leider keine Flügel hatte, rannte sie entschlossen los und sprang ihm in die Arme.

Er schwenkte sie herum und küsste sie geräuschvoll auf den Mund. »Dein Mann hat euer Zeug bereits geschickt, und da ich weiß, wie gerne er Spaghetti Bolognese isst, habe ich schon die Soße aufgesetzt.«

»Mein Mann?«

»Ich bitte dich.« Er küsste sie erneut. »Ich habe schon auf euch gewartet, und wenn Brian und Keegan vorbeischauen, kommt genau das Essen auf den Tisch. Aber jetzt habe ich dich erst einmal für mich allein.« Er schälte sie aus ihrem Umhang, warf ihn über einen Haken an der Tür und schwenkte sie erneut im Kreis. »Ich liebe dieses Haus. Wenn man ein solches Haus nicht lieben würde, wäre man verrückt. Auch wenn es ohne meine beste Freundin nicht dasselbe ist.«

»Das Haus und du und alles hier habt mir total gefehlt.«

»Ich habe dir schon deinen Laptop hingestellt, damit du etwas schreiben kannst, bevor wir anderen morgen aus den Federn kommen, und in deinen Blogs läuft alles weiter wie geschmiert. Aber darüber können wir auch noch später reden. Lass uns erst mal diesen netten Hund hier füttern, und dann setzen wir uns auf die Couch und trinken ein Glas Wein.«

»Oh, ja.«

Sie schlang ihm lachend ihre Arme um den Hals und dachte abermals, dass sie an diesem Ort zu Hause war.

Im Grunde sollte es nicht möglich sein, dass sie in zwei verschiedenen Welten heimisch war. Doch es war möglich, und sie fühlte sich deshalb vom Schicksal reich beschenkt.

# 3

Als sie noch im Dunkeln wieder ihre Augen aufschlug, merkte sie, dass Keegan und Faxe verschwunden waren. Trotzdem blieb sie noch kurz liegen und genoss den Augenblick der Ruhe, Wärme und des Trosts, der mit dem Übergang von Nacht zu Tag verbunden war.

Nachts hatte Keegan neben ihr geschlafen, und der treue Faxe hatte sich auf seinem Hundebett vor dem Kamin zusammengerollt. Und abends hatten sie mit Marco und mit Brian gegessen, und die Unterhaltung hatte sich um andere Dinge als um Kämpfe, Kriege und die Vorbereitung auf die nächste Schlacht gedreht.

Sie hatten viel gelacht, Musik gehört und jede Menge Spaß gehabt.

Und danach hatten sie und Keegan sich im Schein des Feuers im Kamin einander voll Verlangen zugewandt, bevor sie schließlich eingeschlafen waren.

Natürlich war das nur ein kurzes Zwischenspiel gewesen, doch sie hoffte, eines Tages sähe so der Alltag für sie alle aus. Doch dazu mussten sie den Krieg gewinnen und, um Odran zu besiegen, für die bevorstehende Schlacht gewappnet sein.

Also stand sie auf und zog wie jeden Morgen Leggins und ein T-Shirt an. Sie würde erst einmal etwas für ihren Körper tun, bevor sie sich an ihren Schreibtisch setzte, um dort ihrer Arbeit nachzugehen. Und danach würde sie hinüber nach Talamh gehen, um ihre Zauberkräfte auszubauen, Morena und die anderen zu sehen und mit Keegan für die anstehenden Kämpfe zu trainieren.

Als Allererstes aber bräuchte sie wie jeden Morgen einen Kaffee aus dem Automaten, der in der Küche stand.

Auf ihrem Weg nach unten hörte sie das Murmeln zweier Männer, und es roch nach angebranntem Speck. Keegan und Brian standen vor dem Herd und starrten auf die Pfanne, in der das Fleisch brutzelte, während der Hund vor seinem Napf stand und sein Trockenfutter fraß.

»Probleme?«, fragte sie und wandte sich dem Kaffeeautomaten zu.

Ihr Liebster runzelte die Stirn. »Der Herd ist … kompliziert.«

»Wir dachten uns, wir wechseln uns beim Frühstückmachen ab«, erklärte Brian ihr, und das vergnügte Blitzen seiner Augen machte deutlich, dass die Probleme seines Taoiseach mit der Technik in der Menschenwelt ihn zutiefst amüsierten. »Keegan war als Erster an der Reihe und hat festgestellt, dass das nicht ganz so einfach ist.«

Breen trank den ersten Schluck Kaffee und schaute sich das braune Rührei an, das in einer anderen Pfanne klebte.

»Das sehe ich. Tja nun, da kann ich nur empfehlen, dass du fleißig weiterübst. Wahrscheinlich wirst du nie ein Meisterkoch, doch so erbärmlich wie im Augenblick stellst du dich dann ja vielleicht nicht mehr an.«

»Haha.« Keegan löffelte ein bisschen von dem Ei auf eine Scheibe Toast und biss entschlossen davon ab. »Schmeckt gut.«

»Dann wünsche ich dir guten Appetit.«

Sie ging zur Tür, und kaum dass sie sie aufgezogen hatte, schoss der Hund an ihr vorbei und lief bereits hinunter in die Bucht, bevor sie selbst in das fahle Licht und in die morgendliche Kälte trat.

Über dem grauen Wasser stiegen feine Nebelschwaden auf und krochen spinnengleich über das feuchte, grüne Gras. Sie roch den Rosmarin, den würzigen Geruch der Feuerhexennelken, den Vanilleduft des Heliotrops. Die hübschen Beeren der Stechpalmen schimmerten wie kleine rote Perlen, und die sommersonnengelben Blüten eines Rosenbuschs trotzten der morgendlichen Kälte, die vom nahenden Winter sprach.

Sie trank ihren Kaffee und sah zu, wie Faxe gut gelaunt im Wasser planschte und sich der Nebel verzog, als die Sonne durch die Wolken brach.

Früher hatte sie sich morgens immer sputen müssen. Hatte ihren Kaffee mitgenommen, wenn sie mit dem Bus zu einem Job gefahren war, den sie nicht hatte machen wollen, weil sie dafür einfach nicht geeignet war.

Sie hatte sich in ihrer kleinen, bunten Ecke Philadelphia durchaus wohlgefühlt. Doch alles andere hatte sie wie graue Schatten wahrgenommen, wobei sie selbst noch grauer als der Rest gewesen war. Von einem Leben wie dem hier hätte sie früher nicht einmal geträumt. Hier tat sie eine Arbeit, die sie liebte, und vor allem hatten sie ein Ziel.

Ein echtes Ziel, auch wenn es überwältigend und furchteinflößend war.

Und dazu hatte sie, zumindest für den Augenblick, noch diesen ganz besonderen Mann, ging es ihr durch den Kopf, als Keegan aus der Küche kam.

»Ich weiß, dass du und Brian euch nicht über den angebrannten Speck und das verkohlte Rührei unterhalten habt, als ich nach unten kam.«

»Der Speck war einfach ganz besonders kross, und auch das Rührei war genau so, wie es hätte werden sollen.«

»Meinetwegen, aber darum geht es nicht. Es hat mich unglaublich gefreut, dass wir uns gestern Abend über etwas anderes unterhalten konnten als den Krieg und Odran und den ganzen anderen Mist. Aber ich weiß, dass du und deine Krieger weiter Pläne schmieden und ihr euch vorbereiten müsst.«

»Das haben wir getan. Du wirst heute Morgen weiterschreiben, und ich helfe Harken etwas auf dem Hof, bevor ich mich um andere Dinge kümmern muss. Die Sonne geht inzwischen früher unter, also kommst du eine Stunde eher als sonst zum Trainingsplatz.«

»Okay.«

Als Brian aus dem Haus kam, wandte Keegan sich zum Gehen.

»Hab einen schönen Tag, Breen«, wünschte Brian ihr.

»Du auch.«

»Und du kommst eine Stunde eher«, rief Keegan ihr noch einmal in Erinnerung. »Ich hoffe, dass du pünktlich bist.«

Er lief in Richtung Wald, blieb stehen und kam noch mal zu ihr zurück.

Mit etwas wildem Blick nahm er sie in den Arm, zog sie an seine Brust und gab ihr einen Kuss.

»Sei pünktlich«, wiederholte er und ließ sie stehen.

Sie lächelte in sich hinein, und als der Tag erblühte, fing sie mit dem morgendlichen Training an. Es fühlte sich auf lächerliche Art fantastisch an, dass sie dabei ins Schwitzen geriet, und es erfüllte sie mit Stolz, als sie die schärferen Konturen ihrer Muskeln sah. Wahrscheinlich brächte sie's mit Schwert und Bogen nie zur Meisterschaft, aber, bei Gott, das gnadenlose Training, das sie absolvierte, zahlte sich auf alle Fälle aus.

Und auch die heiße Dusche, die sie nach dem Work-out genießen durfte, fühlte sich fantastisch an.

Sie zog sich an und nahm mit einer Cola aus dem Kühlschrank hinter ihrem Schreibtisch Platz. Sie fuhr den Laptop hoch, atmete tief durch und wandte sich an Faxe, der gemütlich auf dem Fußende des Bettes lag.

»Es geht heute um dich.«

Sie hatte seit der Schlacht nicht einen Satz des nächsten Hundebuchs geschrieben, denn das hätte sie bei all dem Elend und dem Leid nicht übers Herz gebracht.

Doch jetzt, zu Hause und mit Faxe auf dem Bett, kamen die Worte von allein. Und riefen ein Gefühl der Freude in ihr wach.

Sie hatte jedes Zeitgefühl verloren, als sie mit dem Kapitel fertig war. Der Hund lag nicht mehr auf dem Bett, und aus der Küche wehte ein verführerischer Duft zu ihr hinauf.

Als sie aus ihrem Zimmer kam, stand Marcos Laptop auf dem Esstisch und er selbst am Herd, mit dem er mühelos zurechtkam, rührte dort in einem großen Topf und kippte etwas Weißwein in das schmurgelnde Gericht.

»Was ist das für ein wundervoller Geruch?«

»Hi, Mädel. Du warst so in deine Schreiberei versunken, dass du nicht mal mitbekommen hast, als Faxe noch mal rausgegangen ist. Hast du schon was gegessen? Du warst schon völlig in dein Buch vertieft, als ich um neun Uhr runterkam, und bist anscheinend jetzt erst wieder aufgetaucht.«

»Das stimmt. Ich habe dir doch schon erzählt, dass ich an dem Erwachsenenroman geschrieben habe, als ich in der

Hauptstadt war, aber für Faxes nächstes Abenteuer einfach keinen Kopf hatte.«

Sie holte sich die nächste Cola aus dem Kühlschrank, denn die hatte sie sich rechtschaffen verdient. »Und heute – bam! – oh, Gott, es hat mir einen Riesenspaß gemacht.« Sie drehte eine kleine Pirouette, und ein breites Grinsen huschte über ihr Gesicht. »Es war, als hätte ich in meinem Innern einen Schalter umgelegt. Urplötzlich waren die Worte einfach da.«

»Das höre ich natürlich gern, auch wenn mir das verrät, dass du noch nichts gegessen hast. Ich mache dir ein Sandwich, wenn du willst.«

»Ich kann mir auch allein ein Sandwich machen, aber warum kriege ich nichts aus dem Topf? Egal was es auch ist, es riecht so, wie ich mich fühle. Und zwar einfach wunderbar.«

»Das muss noch etwa köcheln, bis es fertig ist. Also sorg dafür, dass es nicht anbrennt, wenn wir beide rübergehen. Wir gehen doch rüber, oder nicht?«

»Ja, sicher, aber – wie spät haben wir denn?« Ihr fiel die Kinnlade herunter, als sie auf die Uhranzeige vom Ofen sah. »Verdammt, ich hätte schon vor einer halben Stunde mit dem Schreiben aufhören und rübergehen sollen.«

»Ich komme mit. Sorg du dafür, dass unser Essen nicht verschmurgelt, und ich mache dir ein Brot, das du im Gehen essen kannst.«

»Und was soll nicht verschmurgeln?«

»Ich war heute früh französisch drauf«, erklärte er und schnitt zwei Scheiben Brot für das versprochene Sandwich ab. »Also habe ich Baguette gebacken, dazu gibt's Poulet en Cocotte.«

»Und was ist Poulet en Cocotte?« Sie hob den Deckel an,

betrachtete das gebräunte Hähnchenfleisch, Möhren, Kartoffeln, Zwiebeln und den Sellerie und sog den himmlischen Geruch, der ihr entgegenschlug, in ihre Lunge ein.

»Mein Gott, ist das … legal?«

»In Frankreich schon. Ich hätte das Rezept zur Feier eurer Heimkehr ausprobieren wollen, aber nachdem Keegan ausdrücklich Spaghetti Bolognese verlangt hat, habe ich es mir für heute Abend aufgespart.«

»Du bist ein echter Zauberer, Marco.«

»Allerdings.« Er drückte ihr das Vollkornbrot mit Käse und Schinken in die Hand, sie zogen ihre Stiefel und die Jacken an, und nachdem Breen sich noch in einen dicken Schal gewickelt hatte, gingen sie los.

Als Faxe sie entdeckte, kam er angerannt, sprang gut gelaunt um sie herum und lief dann vor in Richtung Wald.

Grinsend rückte Marco seine Strickmütze zurück, zog sein iPhone aus der Tasche und erklärte: »Auf dem Weg nach drüben mache ich noch ein paar Bilder für den Blog. Echt schade, dass die Dinger in Talamh nicht funktionieren. Bist du sicher, dass du da nichts machen kannst?«

»Sie haben sich nun mal für die Magie entschieden. Also nein.«

»Ich weiß, ich weiß. Ist trotzdem schade.«

Er blieb stehen und machte Aufnahmen von ihrem Haus, der Bucht und Faxe, der mit schräg gelegtem Kopf am Waldrand saß.

»Ich hole uns am Wochenende einen Baum.«

»Für Weihnachten?«

»Genau. Und Schmuck und Lichterketten und den ganzen anderen Kram.«

»Das würde mir gefallen. Wir brauchen auch Geschenkpapier und Schleifen – und Geschenke. Oh, und dazu müssen wir noch bei den Vorbereitungen einer Weihnachtshochzeit helfen.«

»Ich hätte euch die Stimmung gestern Abend nicht verderben wollen, aber wie es aussieht, will Morena jetzt doch erst im Frühjahr oder Sommer heiraten.«

»Was sagst du da? Warum denn das?« Bevor er etwas sagen konnte, gab sich Breen die Antwort selbst. »Wegen Phelin. Weil sein Tod sie furchtbar mitgenommen hat. Ich wünschte mir, ich hätte nach der Schlacht mehr Zeit für sie gehabt, doch sie und ihre Großeltern sind nach dem Abschied gleich zurück ins Tal.«

»Finola hat gefragt, ob ich nicht mit ihr reden kann.« Er machte weitere Aufnahmen vom Wald. »Sie meint, sie hätte es versucht, doch unser Mädchen hätte einfach dichtgemacht. Und da ich auch nicht zu ihr durchgedrungen bin, versuchst ja vielleicht du einmal dein Glück bei ihr.«

»Das mache ich auf jeden Fall. Auch wenn ich weiß, dass Harken es verstehen wird, wenn sie wirklich nicht bereit ist und die Hochzeit noch einmal verschieben will. Ich werde jedenfalls versuchen, ein Gefühl dafür zu kriegen, ob sie wirklich warten will.«

Inzwischen hatten sie den Übergang erreicht, und während er sein Handy wieder in die Tasche steckte, bot ihr Marco an: »Dann lasse ich euch beiden erst einmal allein, denn manchmal braucht eine Frau einfach nur eine andere Frau, stimmt's?«

Sie wechselten von Irland nach Talamh. Der Himmel überspannte diese andere Welt wie eine harte, leuchtend blaue Kuppel, und das starke, helle Sonnenlicht verlieh den Wiesen einen grünen und den Feldern einen goldenen Glanz.

Die Schafe auf den Weiden grasten friedlich vor sich hin, und Harken und Morena fuhren mit einem Pferdefuhrwerk Richtung Hof.

»Sie waren im Moor und haben Torf geholt«, erkannte Breen. »Sie haben ihn gestochen und getrocknet, und jetzt lagern sie ihn für den Winter ein.«

»Finola sagt, Morena würde vormittags zu Hause helfen, danach wäre sie bei Harken auf dem Hof, und abends wäre sie manchmal mit ihrem Falken unterwegs, doch davon abgesehen …«

»… gönnt sie sich nicht einmal mehr die geringste Freude.« Breen nickte knapp. »Ich hätte eigentlich direkt zu Nan gehen wollen, aber jetzt werde ich erst einmal nach Morena sehen.«

»Ich könnte deiner Nan ja sagen, dass du später kommst. Dann wartet sie zumindest nicht auf dich.«

»Das wäre nett.«

Sie überquerten eins der kleinen Felder und erklommen die Mauer, die an seinem Ende stand.

»Sag Nan, dass ich nicht weiß, ob ich es noch schaffe.«

»Okay.«

Als sie zur Straße kamen, ging er weiter, und sie nahm den Weg zum Hof. Sie nickte Faxe zu, und eilig lief er los und bellte Harken und Morena zur Begrüßung an.

Drei blaue Vögel wurden von dem Bellen aufgeschreckt und schossen schnell wie Pfeile durch die Luft davon.

Als Morena Breen entdeckte, winkte sie ihr zu, und Harken gab ihr einen Kuss und einen kleinen Stoß, der sie vom Wagen springen ließ. Sie bückte sich nach Faxe, streichelte sein Fell und rannte dann dorthin, wo ihre Freundin stand.

»Harken hat gesagt, du wärst zurück. Ich hatte schon gehofft, dass wir uns heute sehen.«

Und als Morena ihr die Arme um den Hals schlang, übertrugen sich die Trauer, Freude und Erleichterung, die sie empfand, auf Breen.

»Ich freue mich unglaublich, wieder hier zu sein. Die Hauptstadt ist die Hauptstadt, doch das Tal ist …«

» … eben unser Tal«, beendete die Freundin ihren Satz. »Und du kommst haargenau zur rechten Zeit, weil ich jetzt nicht helfen muss, den blöden Torf zu schichten. Warum kommst du nicht mit ins Haus und trinkst mit mir zusammen einen Tee?«

»Ich habe fast den ganzen Tag am Schreibtisch zugebracht, ich würde also gern ein Stückchen gehen, wenn das für dich in Ordnung ist.«

»Auf jeden Fall.« Sie streichelte erneut den Hund. »Und dieser kleine Wildfang hier will sicher baden gehen.«

»Es ist wärmer, als ich dachte«, meinte Breen.

»Die Sonne ist erstaunlich stark, doch Harken meint, dass es ab morgen kälter werden wird. Wobei er das vielleicht auch nur gesagt hat, um mich dazu zu bewegen, den verdammten Torf holen zu fahren.« Morena hatte sich das sonnenhelle Haar zu einem Zopf geflochten, aber jetzt schob sie sich neben ihrer Mütze eine wilde Strähne aus der Stirn.

»Wo ist denn Amish?«

»Der ist gerade bei der Jagd.« Sie sah zum Himmel auf, an dem ihr Falke regelmäßig seine Kreise zog. »Du hast heute also wieder was geschrieben.«

»Ja, genau. Ich bin bei meinem zweiten Faxe-Buch, und als ich nach der Arbeit in die Küche kam, meinte Marco, dass er dieses Wochenende einen Weihnachtsbaum für uns besorgen wird. Mein erstes Weihnachten in Irland und hier in Talamh. Wir werden sehr beschäftigt sein«, erklärte Breen im Plauderton. »Da Aisling meint, ihr Baby würde statt im Februar eher zum Julfest kommen, kriegt sie ja vielleicht an Weihnachten ihr Kind. Ich hoffe nur, es kommt nicht in dem Augenblick, in dem du und Harken euch das Jawort gebt.«

»Ich glaube, dass wir mit der Hochzeit vielleicht bis zum Frühjahr oder Sommer warten.«

»Ach.«

»Mit Weihnachten und mit dem Baby stehen schließlich schon genügend andere Dinge an. Vor allem hat mir eigentlich von Anfang an das Frühjahr vorgeschwebt, und ich kann ja wohl kaum von der Familie verlangen, ein großes Fest zu feiern, während wir in Trauer sind. Und Harken meint, es ist für ihn okay, wenn's Frühjahr oder Sommer wird.«

»Natürlich ist es das, denn schließlich will er, dass du glücklich bist. Er liebt dich, und er würde dich niemals bedrängen. Im Gegensatz zu mir.«

»Ich wünschte mir, du würdest das nicht tun.«

»Ich will nur, dass du zuhörst, aber wie du auch entscheidest, ich bin auf deiner Seite. Du bist meine älteste und beste Freundin, und egal was du auch brauchst, kannst du dir meiner Unterstützung sicher sein. Ich wusste allzu lange gar nicht mehr, dass es dich gibt«, fuhr Breen mit ruhiger Stimme fort. »Doch als ich herkam, fiel mir alles wieder ein. Auch deinen Bruder Phelin und die anderen hatte ich vergessen, aber dann war alles wieder da. Ich musste sie nur wiedersehen. Ihr alle wart für mich Familie, und das seid ihr immer noch.«

Inzwischen hatten sie den Strand erreicht, und Faxe rannte bellend Richtung Meer.

»Es hat mir die Welt bedeutet, dass du nach dem Abschied noch ein bisschen in der Hauptstadt warst und meine Eltern und die anderen mit ihrer Trauer nicht allein gelassen hast. Ich gebe zu, ich hätte dich natürlich gerne hier im Tal gehabt, und trotzdem war ich froh, dass du noch dortgeblieben bist.«

»Wir alle waren dort, wo wir gebraucht wurden.«

Morena schloss die Augen und genoss die frische Luft, die ihr entgegenblies. »Phelin war der Beste von uns allen. Ich liebe jedes Mitglied unserer Familie, aber keiner war so nett und lustig und loyal wie er. Er war ein Trickser, ja, doch er hat niemandem in seinem ganzen Leben wehgetan. Und er hat seine Frau geliebt und sich unglaublich auf sein Kind gefreut. Und jetzt ist er urplötzlich nicht mehr da. Er hat sein Leben für Talamh, für uns, für alles hingegeben, und das ehre ich. Versprochen, Breen.«

»Ich weiß, dass du das tust. Doch dadurch nimmt der Schmerz nicht ab.«

»Glaubst du, dass er das jemals wird?«

Entschlossen nahm Breen ihre Hand und ging mit ihr zum Meer. »Ich dachte, dass mein Vater mich verlassen hätte, weil ich ihm nicht wichtig genug war, um weiter für mich da zu sein. Das hat mir furchtbar wehgetan. Und als ich nach Talamh kam und erfuhr, dass er gefallen war, tat das auf andere Art genauso weh. Da hat auch nicht geholfen zu erfahren, was die Gründe dafür waren. Natürlich tut es mir noch immer weh, aber auf eine andere Art. Und wenn ich mich an ihn und an die Zeit mit ihm erinnere, kann ich das inzwischen auch mit Freude tun. Genauso wird es dir mit Phelin gehen. Und im Verlauf der Zeit wird deine Freude deine Trauer lindern, davon bin ich überzeugt.«

»Ich habe auch schon vorher an den Abschieden für Freunde oder Nachbarn teilgenommen, aber keiner dieser

Leute stand mir derart nah. Deshalb kommt es mir egoistisch vor, in einer solchen Zeit mein neues Leben zu beginnen und von der Familie zu verlangen, mit uns zu feiern und zu tanzen und sich über mein und Harkens Glück zu freuen.«

»Ich werde dir erklären, warum das alles andere als egoistisch wäre, aber vorher sage ich noch einmal, dass du selbst entscheiden musst. Aber ich habe Zeit mit deinen Eltern, Großeltern und deinem Bruder zugebracht, deswegen weiß ich, was es ihnen bedeutet, dass du Harkens Antrag angenommen hast. Deine Mutter hat gesagt, dass es die Aussicht auf die Hochzeit ist, die sie trotz allem nicht den Lebensmut verlieren lässt.«

»Was sollte sie als Mutter anderes sagen? Aber …«

»Und dein Bruder und Noreen. Es würde ihnen einen Teil von ihrer Trauer nehmen, wenn sie miterleben könnten, wie du diesen neuen Teil von deinem Leben an der Seite deines Ehemanns in Angriff nimmst. Aber vor allem muss dein Vater sehen, wie glücklich du bei deiner Hochzeit bist. Im Frühjahr oder Sommer oder erst in einem Jahr, wenn du es willst. Doch diese Hochzeit brächte Licht in ihrer aller Leben, und genau das brauchen sie.«

Morena blickte sie mit Tränen in den Augen an. »Bist du dir sicher?«

»Allerdings. Wenn du noch nicht dafür bereit bist, wart noch ab. Doch warte nicht deiner Familie wegen, denn das würden sie nicht wollen.«

»Nan sagt, dass sie mit meiner Mutter jeden Tag über den Spiegel über meine Hochzeit und die Blumen und das Kleid und alles anderes spricht. Sie meint, sie würde ihr nicht sagen, dass ich dieses Fest verschieben will. Sie sagt, es würde Ma in ihrer Trauer helfen, über dieses Fest zu sprechen, und wenn ich ihr diese Freude nehmen wollte, müsste ich das selbst tun.«

»Aber das hast du bisher nicht getan.«

Morena schüttelte den Kopf und wischte sich die Tränen fort. »Ich sage mir die ganze Zeit, dass ich es ihr noch beichten muss. Ich nehme es mir jeden Morgen vor, doch bisher habe ich's nicht übers Herz gebracht, weil sie inzwischen kaum noch von was anderem spricht.«

»Weil ihr das hilft.«

Mit einem neuerlichen Seufzer lehnte sich Morena an Breens Schulter an. »Ich will nicht warten. Schließlich haben wir den Termin vom Frühjahr auf die Wintersonnenwende vorverlegt, weil ich nicht warten will.«

»Dann solltest du das auch nicht tun. Dein Bruder ist im Licht. Ich weiß, dass du das glaubst.«

»Ich weiß, dass es so ist.«

»Das heißt, dass er an deinem Hochzeitstag dabei sein wird. Ich selbst habe ewig vor mir hergeschoben, das zu tun, was ich schon immer hätte machen wollen. Aber so bist du nicht, Morena. Du hast bereits alles, was du willst. Und jetzt versprichst du nur, die Liebe, die euch zwei verbindet, weiter zu bewahren und zu respektieren.«

»Ich habe das Gespräch mit dir gebraucht.« Morena wandte sich ihr zu und nahm sie in den Arm. »Ich habe dich gebraucht, und du hast mir den Kopf zurechtgerückt.«

»Dann geh und sag es Harken.«

»Ja, das mache ich. Und danach gehe ich zu Nan, damit wir meine Mutter kontaktieren und über diese Hochzeit reden, bis mir von der ganzen Aufregung der Schädel dröhnt.«

»Und heute Abend kommst du auf ein Gläschen Wein zu uns und erzählst mir und Marco, wie die Unterhaltung war.«

»Das tue ich. Ich danke dir.« Morena drückte sie. »Ich

schwöre dir, dass du mir eine Riesenlast vom Herz genommen hast, und freue mich schon auf den Wein.«

Dann lief sie los, und hoch am Himmel hörte Breen den Ruf des Falken, der dort seine Kreise drehte, ehe er sich auf den Arm der Freundin sinken ließ.

Anschließend ging sie mit Faxe bis zum Häuschen ihrer Nan, die gerade ihre Rosen schnitt.

»Geh schon mal rein und bitte Sedric, dir ein Leckerli zu geben«, bat die Großmutter den Hund. Als er daraufhin loslief, schob sie sich den Strohhut aus der Stirn und wandte sich an ihre Enkelin. »Er und Marco backen gerade Apfelkuchen und sind so auf ihre Arbeit konzentriert, als suchten sie die Lösung sämtlicher Mysterien der Welt.«

»Weshalb du dich hierher in deinen Vorgarten geflüchtet hast.«

»Genau. Warum gehen du und ich nicht noch für eine Stunde in die Werkstatt?«

»Gern. Auch wenn ich etwas später als geplant gekommen bin.«

»Was macht unsere Morena?«

»Ihre Hochzeit findet statt.«

»Das höre ich natürlich gern.« Marg drückte Breen die Hand und lief mit ihr zum Bach und zu der kleinen Brücke, über die man in die Werkstatt kam. »Sie brauchte jemanden, der sie beruhigt. Das habe ich auch ihrer Nan gesagt, die fürchterlich in Sorge um sie war. Wir brauchen endlich wieder Glück und Freude, denn auch wenn wir alle die, die wir verloren haben, ehren und betrauern, würden wir ihr Opfer schmälern, wenn wir keinen Raum mehr für das Glück und für die Hoffnung ließen, findest du nicht auch?«

»Aus Hoffnung erwächst Kraft, und das Versprechen, das die zwei sich geben werden, geben sie im Grunde nicht nur sich. Es zeigt, dass unser Leben weitergeht.«

»Wie sehr du doch gewachsen bist, *mo stór,* seit du zum ersten Mal hierher zurückgekommen bist.«

Breen blickte auf die Werkstatt, die von Bäumen und von einem Blumenmeer umgeben war. »Ich will, dass du mir noch was Neues beibringst, Nan.«

»Obwohl du mich in mehr als einer Hinsicht längst schon überflügelt hast?«

»Ich habe viel gelernt, doch das ist nicht genug. Also zeig mir noch mehr.«

Marg nickte, hob die Hand und öffnete auf diese Art die Werkstatttür.

Sie brachten eine Stunde in der Werkstatt zu und dann noch einmal fast dieselbe Zeit im Wald.

»Du bist die Luft, und sie ist du. Sie hält dich, so wie du sie hältst. In deinem Kopf ist für nichts anderes mehr Platz als für die Brise, für den Atem und das Leben, das er bringt.«

Marg kreuzte ihre Hände über ihrem Herzen, als sich ihre Enkeltochter mit geschlossenen Augen und nach oben offenen Handflächen ein kleines Stück über den Waldboden erhob. »Die Erde lässt dich gehen und wartet darauf, dass du wiederkommst. Vertrau der Luft, die dich genauso wie die Erde hält.«

Sie fühlte sich nicht schwerelos. Sie spürte ihren Körper, ihre Haut, die Schläge ihres Herzens, und empfand die sichere Gewissheit, dass die Luft um sie herum sie eingeladen hatte und sie andersrum die Luft nicht nur in ihrem Herzen und in ihren Gedanken, sondern überall im Körper trug.

»Verdammte Hacke!«

Marcos Ruf zerstörte den Moment, und sie fiel derart unsanft wieder auf die Erde, dass sie fast das Gleichgewicht verlor.

»Es tut mir leid. Ich hätte euch nicht stören wollen, aber, wow.« Noch immer starrte Marco sie mit großen Augen an und drückte den mit einem Tuch bedeckten Kuchenteller an die Brust. »Du bist geschwebt wie Doctor Strange.«

»Anscheinend kann ich nicht nur Gegenstände schweben lassen, sondern selbst schweben«, klärte Breen ihn auf und wandte sich an Marg. »Nur habe ich mich nach dem Schrei von Marco nicht mehr richtig konzentriert.«

»Du hast es trotzdem gut gemacht. Für heute reicht's.«

»Und wie hat sich das angefühlt?«, fragte Marco.

»Als ob ich Teil von etwas wäre. Oder eher von allem. Und jetzt fühlt es sich an, als hätte ich ein halbes Dutzend wirklich feiner Shots gekippt. Vor allem kann ich deinen Apfelkuchen nicht nur riechen, sondern schmecken, denn ich nehme plötzlich alles schärfer und viel klarer wahr. Zum Beispiel sehe ich in deinen Augen auch die Katze, die du bist«, wandte sie sich an Sedric, der ebenfalls dazugestoßen war. »Weswegen habe ich die vorher nie gesehen? Sie ist in deinen Augen.«

»Ja, natürlich. Schließlich sind wir eins.«

»Jetzt ist es gut. Entlass die Luft, so wie die Erde dich entlassen hat. Für heute reicht's.«

Breen schloss erneut die Augen, breitete die Hände aus und ließ die Luft, die sie getragen hatte, gehen.

»Jetzt könnte ich tatsächlich einen Shot vertragen.«

»Ein Spaziergang ist genauso gut. Ich nehme an, dass Keegan dich bereits erwartet.«

»Ja genau, und die Erniedrigung, die mich dort ebenfalls erwartet, wird mich schneller wieder auf die Erde bringen als Marcos Schrei. Danke, Nan. Ich wünschte mir, wir hätten uns nicht nur so kurz gesehen, Sedric.«

»Wir sehen uns wieder, und vor allem haben wir alle vier die Zeit hervorragend genutzt.«

Breen gab ihm einen Wangenkuss, und über ihre Schulter hinweg blickte er auf Marg.

»Wir kommen morgen wieder.«

Breen und Marco wandten sich zum Gehen, und Sedric trat zu Marg, legte einen Arm um ihre Schulter und bemerkte: »Damit hast du ihr ein ganz besonderes Geschenk gemacht.«

»Oh, nein, sie selbst ist das Geschenk. Ich hätte ihr nur einen kleinen Vorgeschmack aufs Schweben geben und ihr helfen wollen, doch sie hat mich nicht gebraucht. Ich war im Grunde nur der Anker, der verhindert hat, dass sie davongeflogen ist. Jetzt wird es nicht mehr lange dauern, bis sie keiner Führung mehr bedarf und nichts und niemand sie noch halten können wird.«

»Trotzdem wird sie dich auch weiter brauchen. Komm, die grenzenlose Energie der jungen Leute hat mich vollkommen erschöpft. Warum nehmen wir nicht mit einem Whiskey vor dem Feuer Platz?«

Ein Lächeln auf den Lippen, hakte sie sich bei ihm ein. »Das wäre jetzt genau das Richtige.«

Auf ihrem Weg zurück zum Hof löcherte Marco Breen. Wie hatte sie es angestellt zu schweben? Was war das für ein Gefühl? Bekam sie das noch einmal hin?

Sie hatte kein Problem mit seinen Fragen, denn auch wenn sie nicht mehr wirklich schwebte, hatte das Erlebnis sie in Hochstimmung versetzt.

»Ich will es nicht versuchen, ohne dass Nan in der Nähe ist«, erklärte sie. »Ich bin mir nämlich nicht ganz sicher, ob ich es allein kontrollieren kann.«

»Heißt das, du würdest sonst vielleicht auf Nimmerwiedersehen davonschweben?«

»Vielleicht. Vor allem aber brauche ich noch viel mehr Übung, wie auch in all den anderen Dingen«, meinte sie und sah dorthin, wo Keegan mit dem Aufstellen von Zielscheiben beschäftigt war. »Du kommst mit Pfeil und Bogen schon viel besser klar. Im Gegensatz zu mir.«

»Das stimmt. Du triffst sogar noch weniger als ich. Da vorn sind Aisling und die Jungs. Statt eines Babybauchs hat sie inzwischen einen echten Babyberg.«

»Ich rate dir, das nicht zu sagen, wenn sie in der Nähe ist.«

»Ich bin schließlich nicht blöd.«

Sie folgten Faxe, der mit einem Satz über die Mauer sprang, um Mab, den riesengroßen Wolfshund, zu begrüßen, und dann mit den Jungen herumzutollen.

Breen hörte sie begeistert juchzen, während Aisling, eine Hand auf ihrem Babyberg, langsam in ihre Richtung kam.

*»Fáilte! Míle fáilte!«* Sie nahm die beiden in den Arm, und Breen erkannte, dass sie ziemlich blass und müde war. Doch trotz der Blässe strahlte sie, und dieses Licht kam von dem Leben, das in ihrem Innern wuchs.

»Du siehst fantastisch aus.«

»Ich bin inzwischen fett wie eine Kuh, die eine andere Kuh gefressen hat. Und die gefressene Kuh tritt heftig um sich und sucht nach dem Ausgang aus der Kuh, die sie verschlungen hat.«

»Du leuchtest«, meinte Marco, und sie lächelte ihn an.

»Jetzt dauert's nicht mehr lange, bis der Kleine statt in

meinem Bauch in meinen Armen liegen wird, und das ist ein Gedanke, der mich glücklich macht.« Sie wandte sich an Breen. »Genauso glücklich, wie mein Bruder deinetwegen ist.«

Breen blickte Richtung Trainingsplatz, doch Aisling schüttelte den Kopf. »Nicht Keegan, sondern Harken, weil Morena ihre Hochzeit doch nicht mehr verschieben will. Er singt, seit sie von dem Gespräch mit dir zurückgekommen ist, und so, wie ich es sehe, feiern wir fast gleichzeitig die Ankunft eines neuen Lebens und die Hochzeit meines Bruders auf dem Hof.«

»Sie heiraten hier auf dem Hof?«

»So hat sie es nach vielem Hin und Her auf jeden Fall gesagt. Natürlich ist das Häuschen ihrer Nan viel hübscher eingerichtet, aber hier haben sie mehr Platz, und schließlich zieht sie nach der Hochzeit hierher um. Da ist es ja wohl logisch, dass das Fest zum Anfang ihres neuen Lebens hier stattfinden wird.«

»Und da kommt auch der singende Bräutigam in spe.«

Die Stimme hatte Breen bereits in einem Traum gehört, und auch wenn Harken auf Talamhisch sang, war nicht zu überhören, dass er glücklich war.

Er war im Stall gewesen, aber als er sie entdeckte, kam er lächelnd auf sie zu, und wieder mal bemerkte Breen, wie ähnlich und zugleich verschieden die zwei Brüder waren.

Sie waren beide attraktiv, mit hohen Wangenknochen und kantigen Gesichtern, aber während Keegan oft vergaß, sich zu rasieren, waren Harkens Wangen immer glatt.

Jetzt kam er auf Breen zu und küsste sie zu ihrer Überraschung auf den Mund.

»Jetzt weiß ich, welches Glück Morena mit dir hat.«

»Auf jeden Fall. Ich liebe alle meine Schwestern«, fuhr er fort. »Natürlich diese eine hier, doch auch Noreen und Maura, die für mich wie Schwestern sind, und dich als Schwester meiner zukünftigen Frau. Wobei du heute ganz eindeutig meine Lieblingsschwester bist, Breen Siobhan.« Er legte einen Arm um sie, als Keegan auf sie zugelaufen kam. »Sie ist heute meine Favoritin, *mo dhearthháir,* und wenn du allzu unsanft mit ihr umspringst, kriegst du es mit mir zu tun.«

»Das Risiko gehe ich ein.«

»Da es mir schwer genug fällt, meine beiden Jungs daran zu hindern, sich die Köpfe einzuschlagen, nehme ich sie mit ins Haus, bevor sie ihre Onkel aufeinander losgehen sehen. Wir danken dir, dass du den Torf geholt hast, Harken. Mahon stapelt ihn gleich auf. Und wenn ich meinen verzogenen Söhnen was zu essen mache, mache ich für dich und für Morena gern was mit.«

»Das ist ein nettes Angebot, aber ich koche nachher selbst was für uns.«

»Statt was zu kochen, legst du dich am besten erst mal hin«, wies Keegan seine Schwester an. »Du bist inzwischen fast so fett wie Harkens preisgekrönte Kuh.«

Er grinste einfach, als er eine ihrer Fäuste in den Bauch gerammt bekam.

»Komm nachher noch kurz rein, wenn du ein bisschen Zeit hast«, wandte Aisling sich an Breen und bot dann Marco an: »Und du komm einfach jetzt schon mit. Faxe kann noch etwas mit den Jungen spielen, weil er mir ebenfalls willkommen ist. Im Gegensatz zu dir.« Sie bohrte Keegan ihren Zeigefinger in den Bauch, rief nach den Jungen und ging ins Haus.

»Wenn wir die Kinder kriegen müssten, gäbe es ganz sicher nicht so viele«, rief ihr Keegan hinterher, und lachend drehte Aisling sich noch einmal nach ihm um.

»Das hast du gerade noch mal hingebogen«, bemerkte Marco.

»Immerhin legt sie sich jetzt ein bisschen hin. Na los, hol deinen Bogen, Breen. Und Marco, du trainierst mit Harken.«

»Kein Problem.« Im Gehen schlug Marco Harken vor: »Warum kommst du nicht mit Morena heute Abend rüber? Es gibt Poulet en Cocotte und Apfelkuchen.«

Keegan blickte über seine Schulter auf Breens Freund. »Das ist Bestechung, Bruder.«

»Warum ist mir das nicht eingefallen?«, knurrte Breen und trottete, den Bogen in der Hand, in Richtung Trainingsplatz.

# 4

Sie verfiel so mühelos in die Abläufe, wie sie abends ihre Füße in ein Paar Pantoffeln schob. Natürlich wusste sie, dass dieser Alltag nicht von Dauer wäre, aber sie genoss es, dass die Träume sie in Ruhe ließen und sie wenigstens vorübergehend sicher waren.

Natürlich würden die Visionen zurückkehren. Und auch die Gefahren. Gerade deshalb war sie dankbar für den Alltag und für all die lichten Augenblicke, die er bot.

Was gab es beispielsweise Schöneres, als ihrer Freundin bei der Auswahl ihres Hochzeitskleides beizustehen?

»Ich habe drei«, begann Morena. »Meine Mutter hat es sich nicht nehmen lassen, die drei Kleider auszusuchen und mit einem Drachen herzuschicken, denn wahrscheinlich hat sie Angst, ich zöge für meine Hochzeit sonst einfach irgendwelche alten Sachen aus dem Schrank. Was ich bestimmt nicht täte, weil ich weiß, dass diese Dinge wichtig sind und ich an meinem großen Tag so gut wie möglich aussehen will.«

»Sie hat nur eine Tochter«, meinte Breen. »Da überrascht es mich, dass sie dir nicht ein Dutzend Kleider hat schicken lassen.«

»Entweder das oder nur eins, weil sie sich schließlich denken kann, dass ich mir über so was nicht den Kopf zerbrechen will.«

»Hier, nimm, und dann zieh endlich eins der Kleider an«,

bat Marco sie und drückte ihr ein Sektglas in die Hand. »Soll Breen dir helfen?«

»Nein. Ich will, dass sie es sieht, wenn ich es anhabe. Und bitte seid vollkommen ehrlich, ja?« Sie nippte vorsichtig an ihrem Glas, atmete tief durch und gönnte sich den zweiten Schluck. »Also gut, dann fangen wir jetzt an.« Sie hatte ihre Kleider auf das Bett im unteren Schlafzimmer gelegt, und als sie sich zum Gehen wandte, fragte sie: »Und ihr seid sicher, dass nicht plötzlich Keegan oder Brian auf der Matte stehen?«

»Sie haben gesagt, sie kämen frühestens um Mitternacht«, rief Breen ihr hinterher. »Das heißt, solange haben wir das Haus für uns.«

»Was für ein Spaß.«

Auch Breen bekam ein Sektglas in die Hand gedrückt.

»Auf jeden Fall.«

Sie fragte sich, was ihre eigene Mutter machen würde, sollten sie und Keegan jemals heiraten. Ob sie bereit wäre zu kommen? Aber würde Breen sie überhaupt bei ihrer Hochzeit haben wollen?

Sie konnte es nicht sagen, doch bevor sie weitergrübeln konnte, tauchte ihre Freundin wieder auf.

»Okay, hier kommt das erste Kleid. Und wie gesagt, seid bitte völlig ehrlich, ja?«

Breen seufzte, denn das blütenweiße Kleid mit weich fließendem Rock und schmalem Glitzeroberteil war wirklich wunderschön.

»Es sieht fantastisch aus. Du siehst fantastisch aus.«

Marco ließ den Zeigefinger kreisen, denn natürlich wollte er das Outfit auch von hinten sehen. »Dreh dich mal um, Mädchen.«

Der seidig weiche Rock schwang sanft um ihre Beine, und

die Rückseite des Oberteils war durchsichtig und hatte einen tiefen V-Ausschnitt.

»Sieht aus, als wüsste deine Mom genau, was ihrer Tochter steht. Wie fühlst du dich?«

»Tja nun, man muss sich einfach schön fühlen in einem solchen Kleid. Das heißt, natürlich fühle ich mich schön, nur leider nicht wie ich.«

Breen blickte Marco an, und beide nickten knapp.

»Das Kleid passt besser in die Hauptstadt als hierher ins Tal«, erklärte Breen. »Es ist unglaublich elegant, und auch du selbst wirkst darin wirklich elegant.«

Doch Marco schüttelte den Kopf. »Du strahlst nicht wirklich in dem Kleid. Das heißt, es ist vielleicht nicht ganz das Richtige für dich.«

»Ich kann es also ablehnen, ohne undankbar zu sein?«, wandte Morena sich an Breen.

»Auf jeden Fall. Es ist zwar eins der schönsten Hochzeitskleider, die ich je gesehen habe, aber eben nicht für dich gemacht.«

»Den Göttern sei Dank, denn Harken hätte mich darin wahrscheinlich nicht einmal erkannt.«

»Dann zeig uns jetzt das zweite Kleid«, scheuchte Marco sie wieder fort, und als sie aus dem Raum lief, prostete er Breen zu.

»Was ist, wenn keins der Kleider zu ihr passt?«, erkundigte sie sich im Flüsterton.

»Dann suchen wir ihr einfach etwas anderes aus.«

»Aber wir haben nur noch zwei Wochen Zeit.«

»In einer Welt der Feen und Hexen finden wir auf jeden Fall etwas. So wie an Halloween, als du die passenden Kostüme für dich selbst, für Faxe und für mich gezaubert hast.«

»Aber das waren Illusionen. Und für Morena brauchen wir ein echtes Kleid.«

»Genau wie für dich selbst, denn schließlich wirst du ihre Trauzeugin.«

»Darüber werde ich mir erst Gedanken machen, wenn Morena etwas gefunden hat.«

»Okay«, rief ihre Freundin in dem Augenblick. »Hier kommt das nächste Kleid.«

Es war aus weichem, cremefarbenem Samt und hatte einen schlichten, aber trotzdem raffinierten Schnitt.

Breen seufzte abermals. »Du wirkst darin wie eine Feenkönigin. Saum und Gürtel glitzern, und ich finde, dass der Ausschnitt deine Schultern ganz besonders gut zur Geltung kommen lässt.«

»Das Kleid ist wirklich chic«, stimmte ihr Marco zu.

»Aber?«

»Trotzdem ist es nicht dein Kleid«, erklärten Breen und Marco wie aus einem Mund.

»Verdammt.« Morena nahm noch einen Schluck Champagner. »Warum können wir nicht einfach unseren Spruch aufsagen und dann eine anständige Sause steigen lassen? Aber schließlich habe ich euch extra drum gebeten, dass ihr völlig ehrlich seid, das heißt, wir haben nur noch eine letzte Chance.«

Mit diesen Worten zog sie sich erneut ins Schlafzimmer zurück.

»Okay, wir brauchen einen Plan, falls auch das dritte Kleid nichts ist.« Breen lief nervös im Zimmer auf uns ab. »Am besten spreche ich mit Nan, denn sie kennt sicher eine gute Schneiderin. Und vorher soll Morena uns erzählen, was ihr vorschwebt, denn das hat sie bisher nicht gesagt. Wir müssen uns beeilen, Marco, doch ich denke, dass es machbar ist.«

»Auch in Irland heiraten die Leute, oder nicht? Am besten klappern wir die Brautmodengeschäfte in der Gegend ab.«

»Gute Idee. Am besten fahren wir dafür nach Galway oder so. Dort gibt es doch bestimmt …«

»Dies ist das letzte Kleid.«

Breen wandte sich ihr zu. Und rang nach Luft.

»Oh«, war alles, was sie sagen konnte. »Oh.«

Das helle Violett der Seide und die eingewirkten Silberfäden wirkten lässig-elegant, und Marco rieb sich überrascht die Augen, weil der Stoff wie Wasser über ihren Leib und bis auf ihre Knöchel floss.

Auf seinen Wink drehte Morena ihm den Rücken zu, damit er auch die Silberträger sehen konnte, die sich oberhalb der zarten Schleife mit den langen, weich fallenden Bändern hinter ihrem Rücken kreuzten.

Er strahlte wie ein Honigkuchenpferd. »Das ist dein Kleid. Wir können uns die Fahrt nach Galway sparen, Breen.«

»Es ist perfekt.« Breen wischte sich die Tränen fort. »Du bist perfekt. Das Kleid sieht aus wie deine Flügel. Es passt wunderbar zu dir. Es ist perfekt.«

»Seid ihr euch sicher? Denn ich selbst bin hin und weg. Nur wollte ich nichts sagen, weil es nicht so elegant und prachtvoll wie die beiden anderen Kleider ist. Aber ich fühle mich darin wie eine Braut. Ich fühle mich wie ich. Ich bin darin Morena Mac an Ghaill als Braut.«

»Und damit hast du völlig recht.« Mit einem neuerlichen Seufzer wischte Breen sich abermals die Tränen fort.

»Und dazu brauchst du Stiefel in derselben Farbe«, beschied Marco ihrer Freundin. »Mit ein bisschen Glitzer dran.«

»Oh, ja! Mit diesem Kleid und solchen Stiefeln sehe ich bestimmt fantastisch aus. Und Marco, du musst mir die Haare machen, denn ich möchte jede Menge Zöpfe und darüber einen Blumenkranz. Versprich mir, dass du mir die Haare machen wirst.«

»Ich … soll dich frisieren? An deinem Hochzeitstag! Auf diesen Schreck muss ich mich erst mal setzen. Und vor allem brauche ich noch was zu trinken.« Schwankend ließ er sich aufs Sofa fallen.

»Heißt das, dass er es macht?«, erkundigte Morena sich bei Breen.

»Das heißt, dass er es macht. Und jetzt gibt's erst mal Nachschub an Schampus für uns drei!«

»Aber das Kleid ziehe ich vorher aus, damit es keine Flecken kriegt. Und danach trinke ich euch zwei unter den Tisch!«

Der kalte Dezemberatem ließ die Bäume und das Wasser in der Bucht erzittern, und die dünne Frostschicht, die den hart gefrorenen Boden überzog, knirschte bei jedem Schritt.

Das ganze Haus war weihnachtlich geschmückt, und der von Brian aus dem Hochland mitgebrachte Baum war unter all den Lichterketten, Kugeln und den zahlreichen Figuren, die an seinen Ästen hingen, fast nicht mehr zu sehen. Es duftete in allen Räumen nach Pinien und nach Marcos pausenloser Weihnachtsbäckerei, und dazu hatte Breen von Aisling bunte Weihnachtsstrümpfe stricken lassen und an den Kamin gehängt.

Auf Keegans Einwand, dass nur Kinder Weihnachtsstrümpfe hätten, hatte Breen darauf bestanden, dass Weihnachten alle Menschen Kinder wären.

Und drüben in Talamh sah es nicht anders aus. Die Bäume

waren reich geschmückt, die Weihnachtsstrümpfe aufgehängt, und neben Lichtern hatten dort die Feen noch kleine Silberglöckchen in den Bäumen aufgehängt und die Elfen für die wilden Tiere Beeren und Nüsse ausgelegt.

Nach einer Zeit der Trauer breitete sich endlich wieder Freude aus. Breen nutzte diese Phase, um zu schreiben, zu trainieren, an ihren magischen Kräften zu feilen und Geschenke einzukaufen, einzutauschen oder selbst in Margs Werkstatt herzustellen.

Deshalb war es ein Schock, als urplötzlich die Träume wiederkamen und sie Isolde ebenfalls in einer Werkstatt sah. Sie hatte graue Strähnen in den dunkelroten Haaren, und die Bewegungen, die sie machte, waren seltsam steif. Obwohl sie schlief, war Breen zufrieden, denn sie wusste, dass die dunkle Hexe ihretwegen so gealtert war.

Und ebenfalls im Schlaf versetzte ihr der schwarze Zauber, den sie miterleben musste, einen Stich. Sie hörte das Gezischel der zweiköpfigen Schlange, die gemolken wurde, bis ihr dickflüssiges, graues Gift in eine Schüssel troff.

Dann legte ihre Gegnerin die Schlafschlange zurück in einen Korb. Dort stürzte sich das Biest begierig auf zwei Mäuse, die vor Panik schrien, bevor es sie verschlang.

»Jetzt ruh dich aus, mein Schatz.«

Isolde hinkte durch das Zimmer, in dem hundert Kerzen brannten, zu den Käfigen, in denen junge Rehe und Kaninchen, Zicklein, Lämmer und ein höchstens dreijähriger Junge eingeschlossen waren.

Sie holte sich das Kind, das vollkommen apathisch war. Es blickte sie aus trüben Augen an, und Breen ging auf, dass es verzaubert war. Ihr Herzschlag setzte aus, als sie Isolde einen Dolch ergreifen sah.

Sie schnitt dem Jungen in die bereits mit Narben übersäte Hand und ließ sein Blut in ihre Schale tropfen, wo es sich mit seinen Tränen und dem Schlangengift verband.

Und so wie andere eine Dose Kräuter nach Verwendung wieder ins Regalbrett stellten, bugsierte sie danach den Jungen abermals in seinen Käfig.

Dann holte sie sich einen Vogel, schnitt ihn auf und warf sein Herz in das Gebräu.

Dazu kamen Belladonna, ein paar schwarze Steine, Eisenhut sowie drei kleine, scharfe Zähne, und am Ende reckte sie die Arme in die Luft. Sie schrie vor Schmerzen auf und stützte sich erbleichend auf den Tisch, doch schließlich drückte sie den Rücken wieder durch, und ihre Augen wurden schwarz wie Onyx, als sie wütend schrie: »Dafür wirst du bezahlen und bezahlen und bezahlen, du elendige Mischlingsbrut!«

Dann reckte sie mit steinernem Gesicht erneut die Arme in die Luft.

*»Götter der Verdammten und des Dunkels, hört mich an.*
*Als Odrans Sklavin stehe ich in seinem und in eurem Bann.*
*Verleiht mir eure schwarze, grauenhafte Macht,*
*damit ich euer Werk verrichten kann.*
*Den ganz besonderen Sud ich braue hier*
*zu nehmen ihren Willen ihr.*
*Der Enkelin des unheiligen Gotts zu rauben ihre Macht,*
*rühr an ich diesen ganz besonderen Trunk in dieser Nacht.*

*Mit Tränen und mit Blut von einem Menschenkind,*
*dem Herzen eines der drei Spatzen, die von mir gefangen worden sind.*

*Mit Zähnen des Dämonenjungen, zu beißen in ihr allzu liebliches Gesicht,*
*und dunklen Steinen, zu löschen ihr besonderes Licht.*
*Mit Kräutern zu bringen ihr Atemnot,*
*bis sie sich wünscht, sie wäre tot.*
*Mit Schlangengift für einen tiefen Schlaf,*
*auch wenn mit gleichzeitigen Schmerzen ich sie straf.*

*Mit Feuer und mit Rauch, verrührt und sorgfältig vermischt,*
*ich koche meinen Sud, damit ihr Licht für alle Zeit erlischt.«*

Sie stand im dichten Rauch, der aus dem Kessel stieg, und plötzlich wurden ihre bisher grauen Strähnen wieder rot, und statt Schmerzen drückte ihre Miene Kraft und Selbstbewusstsein aus.

*»In Odrans Namen und zur Stärkung seiner Macht,*
*ich habe diesen ganz besonderen Zauber hier erdacht.*
*Durch ihren Tod zu führen uns zum endgültigen Sieg*
*und ein für alle Male zu gewinnen diesen Krieg.*
*Oh, dunkle Götter, lasst in diesem Kampf mich nicht allein,*
*denn wie wir wollen, so soll es sein.«*

Dann stützte sich Isolde außer Atem wieder auf den Tisch, in ihren Augen aber blitzte eine grauenhafte Freude auf.

»Was für ein schrecklicher Gestank!«

Sie wirbelte herum und warf abwehrend eine ihrer Hände in die Luft. »Bleib, wo du bist, damit du von dem Rauch nichts abbekommst!«

In der Tür stand Shana, schlank und strahlend schön in einem goldenen Kleid. Ihr aufwendig gelocktes, silberblondes Haar war so aus dem Gesicht gekämmt, das es die prächtigen Rubine, die in ihren Ohren steckten, vorteilhaft zur Geltung kommen ließ.

»Ich gehe hin, wohin ich will. Und achte drauf, in welchem Ton du mit mir sprichst, wenn Odran dich nicht abermals bestrafen soll. Denn du bist schwach und nutzt ihm kaum noch was.« Lächelnd drehte Shana eine Strähne ihrer Haare auf dem Zeigefinger auf. »Wenn ich ihn darum bitte, wird er dich so grausam foltern, dass du wünschst, dass du nicht mehr am Leben wärst. Du hast versagt. Ich nicht.«

Sie machte einen Schritt nach vorn, stieß gegen eine unsichtbare Wand und zischte schlangengleich.

»Du wagst es, mich des Raumes zu verweisen?«

»Ich versuche nur, dein Kind zu schützen. Odrans Kind. Der Rauch ist giftig, und auch wenn er dir vielleicht nicht schadet, schädigt er vielleicht das Kind, in dessen Adern auch das Blut von Breen O'Ceallaigh fließt. Und wenn das Kind durch dich ein Leid erfährt, wird Odran alles andere als glücklich sein.«

Obwohl Shana mit den Achseln zuckte, trat sie wieder einen Schritt zurück. »Dann können wir jederzeit ein neues Baby machen. Schließlich habe ich bewiesen, dass ich fruchtbar bin. Im Gegensatz zu dir.«

»Du dummes Ding. Ich habe selbst drei Kinder auf die Welt gebracht, die Odran ihrer ganz besonderen Kräfte wegen ausgesaugt hat, so wie er es auch mit deinem Baby machen wird. Und mit der Kraft und mit dem Blut der Kinder hat er das Portal durchschritten, um mit Mairghread ebenfalls ein Kind zu zeugen und danach die Tochter dieses Kindes zu entführen. Ich habe ihm den Weg dafür geebnet, Jahr für Jahr.«

»Und ihn dann Jahr für Jahr enttäuscht.« Gleichmütig winkte Shana ab. »Das werde ich ganz sicher nicht, und wenn Talamh in Schutt und Asche liegt, sitze ich mit ihm auf dem Thron. Aber jetzt habe ich erst einmal eine Aufgabe für dich. Ich will nicht fett und unbeholfen durch die Gegend watscheln, bis das Kind geboren ist. Also wirst du was tun, damit ich weiter aussehe wie jetzt.«

»Das wäre dann nur eine Illusion, denn mehr kann ich nicht tun, wenn ich dem Kind nicht schaden will.«

»Dann tu zumindest das«, fuhr Shana sie mit barscher Stimme an. »Und zwar zackig.«

»Dafür muss ich noch ein paar Dinge vorbereiten, also komm am besten morgen wieder.«

»Nein, du kommst zu mir. Ich bin schließlich die Gefährtin Odrans, während du nur seine Hexe bist.«

»Dann komme ich zu dir.«

Isoldes Lächeln schwand, kaum dass die andere aus dem Raum gegangen war. »Ich finde mühelos ein Dutzend Frauen wie dich für Odran, undankbares Kind. Ich schwöre dir, der erste Atemzug des Kindes wird dein letzter sein.«

Noch einmal füllte sich der Raum mit Rauch, und Breen erwachte aus dem Traum.

Sie sah, dass Keegan neben ihr im Bett saß, und auch Faxe an den Rand des Betts getreten war.

»Erzähl mir deinen Traum.«

»Moment.«

»Ich habe nicht versucht, dich aufzuwecken, weil du offenbar nicht panisch warst. Es war ein Traum, in dem du was gesehen hast, nicht wahr?«

»Das stimmt. Ich brauche trotzdem einen Augenblick. Natürlich weiß ich, dass ich all das Dunkle und das Böse nicht vergessen kann, aber ich hatte es vorübergehend verdrängt.«

»Hier, trink erst mal etwas.« Er streckte einen seiner Arme aus und drückte ihr ein Glas mit Wasser in die Hand.

»Danke.« Sie trank, erschauderte, und diesmal machte er mit einer Handbewegung Feuer im Kamin.

»Isolde war in ihrer Werkstatt, und zu meiner Freude hat sie sich von ihren Verletzungen noch immer nicht erholt. In meinem alten Leben hätte ich mich nicht darüber freuen können, wenn es jemand anderem schlecht gegangen wäre, aber sie jetzt so leiden zu sehen, da war ich wirklich froh.«

»In deinem alten Leben wusstest du auch nicht, dass es so widerliche Kreaturen wie Isolde gibt.«

»Das stimmt.« Und plötzlich hatte sie nicht mehr einen Hauch von Schuldgefühlen. »Ich finde, dass sie mindestens so schlimm wie Odran ist, denn schließlich wurde sie im Licht geboren und ausgebildet und hat freiwillig entschieden, dass sie auf die dunkle Seite wechseln will. Sie hat ein Gift gebraut – für mich.«

»Du meinst, speziell für dich?«

»Genau.« Sie nahm den nächsten Schluck aus ihrem Wasserglas. »Speziell für mich. In meinem alten Leben hat mich niemand umbringen wollen – oder falls doch, habe ich nichts davon gewusst. Das heißt, auch das ist neu für mich.«

»Hast du gesehen, woraus das Gift besteht?«

»Ich glaube, ja. Es war das Gift von einer dieser widerlichen Schlangen.«

»Von einer Schlafschlange?«

»Genau. Und, meine Güte, Keegan, sie hat Käfige dort stehen. Mit jungen Tieren und mit einem Menschenkind.« Sie brach in stumme Tränen aus. »Er war noch klein, zwei oder drei, und vollkommen apathisch. Und als sie ihm in die Hand geschnitten hat, sah ich die ganzen Narben, die er dort schon trug. Sie hat sein Blut und seine Tränen zu dem Gift gegeben und dann einen jungen Spatzen aufgeschlitzt.«

Sie wischte sich die Tränen fort und zählte noch die anderen Sachen auf, die Isolde in den Topf geworfen hatte.

»Und was hat sie gesagt? Hast du gehört, wie sie gesprochen hat?«

»Ich habe jedes Wort gehört. Es war, als ob ich in der ersten Reihe im Theater sitzen und einem Stück beiwohnen würde.«

Keegan rollte sich entschlossen aus dem Bett und holte einen Block und einen Stift.

»Dann schreib die Worte auf, so gut du dich an sie erinnern kannst.«

»Warum? Es war ein schwarzer Zauber, und wir würden nie …«

»Natürlich nicht, doch Gegenzauber sind erlaubt, und wenn wir wissen, was sie für ein Gift gebraut hat …«

»Oh, du meinst so etwas wie ein Gegengift.«

»Das nutzt man hinterher. Wir brauchen was, um dich … immun zu machen. Was, damit dir dieses Gift nicht schaden kann.«

»Das ist brillant. Und tröstlich.« Sie griff nach dem Kugelschreiber und dem Block und fing an zu schreiben. »Sie hat mich nicht gesehen und nicht gespürt. Das weiß ich ganz genau. Vielleicht, weil sie noch immer angeschlagen ist. Sie hat während des Zaubers zwar an Kraft gewonnen, aber die ist danach wieder verblasst. Sie hat Schmerzen, sie ist wütend und verbittert, was nicht nur an Odran liegt. Sie will sich an mir rächen.«

»Aber dummerweise hat sie ihre Rechnung ohne dich gemacht.«

Breen lächelte. »Genau. Wobei es in dem Traum auch noch um jemand anderen ging.« Sie blickte Keegan reglos an. »Als sie das Gift gebraut hat, tauchte plötzlich auch noch Shana auf. Die offenbar von Odran schwanger ist.«

»Das tut mir leid.«

»Aber es überrascht dich nicht«, bemerkte Breen verblüfft.

»Dachtest du, er hätte sie sich bringen lassen, damit sie die Böden für ihn schrubbt oder ihm Essen kocht?«

»Ich hätte angenommen, dass es ihm vor allem um ihr Wissen geht. Ihr Vater war ein Ratsmitglied, und sie war deine Freundin. Das bedeutet, dass sie sehr viel mitbekommen hat.«

»Natürlich sind ihm auch die Sachen wichtig, die sie ihm erzählen kann. Aber sie ist nun mal auch jung und schön und offensichtlich fruchtbar, deshalb ist es wenig überraschend, dass sie jetzt mit einem Halbgott schwanger ist.«

»Du weißt, was er mit diesem Baby machen wird. Ich brauche dir nicht zu erzählen, dass er auch seinen eigenen Kindern ihre Kraft aussaugt und sie ermordet, weil er dadurch seine eigenen Kräfte steigern kann. So war es auch mit den drei Kindern, die Isolde ihm geboren hat. Aber das wusstest du natürlich schon.«

»Ich wusste nicht, wie viele Nachkommen sie hatte, aber für mich klingt es logisch, dass sie Odran ihre Treue auch auf diese Art bewiesen hat.« Da jetzt an Schlaf nicht mehr zu denken war, stand Keegan auf und zog sich seine Hose an. »Wie auch dein Vater und die Taoiseachs vor ihm schicke ich manchmal Spione in die dunkle Welt und weiß deswegen ziemlich gut, was drüben vor sich geht.« Er raufte sich das

Haar und griff nach seinem Hemd. »Wahrscheinlich fragst du dich, warum wir bisher keinen Weg gefunden haben, um die Unschuldigen, die er dort gefangen hält, zu retten.«

»Es sind noch Babys, Keegan, Babys, deren Kraft er aussaugt und mit deren Blut er die Portale öffnen will. Es gibt doch sicher einen Weg, sie dort herauszuholen.«

»Der vorletzte Taoiseach hat fünf Krieger losgeschickt, um unschuldige Kinder dort herauszuholen. Drei sind umgekommen, und die beiden anderen wurden schwer verletzt. Trotzdem haben sie drei kleine Kinder durch den Wasserfall gebracht, doch eine Stunde nach dem Übertritt in unsere Welt waren sie tot. Er markiert sie gleich nach der Geburt«, fuhr Keegan fort. »Markiert sie so, dass es in unserer Welt nicht die geringste Überlebenschance für sie gibt. Das heißt, sie sterben dort durch seine Hand oder nach ihrer Rückkehr nach Talamh durch die Markierung, die er ihnen mitgegeben hat. Trotzdem hat auch Eian es noch mal versucht und eine Hexe hingeschickt, die sich als Kindermädchen ausgegeben hat. Sie hat versucht, den Fluch, mit dem das Kind belegt war, aufzulösen, doch es starb, noch während es in ihren Armen lag. Sie sitzt bei uns im Rat und kann bis heute nicht von dem Moment und von der Trauer sprechen, die sie deshalb immer noch verspürt.«

Obwohl seine Worte ihr in Körper und Seele wehtaten, zwang sich Breen, ebenfalls aufzustehen. »Er hatte meinen Vater nicht markiert, weil er das nicht für nötig hielt. Er dachte, dass er einfach nur den treusorgenden Ehemann und Vater spielen müsste, damit Nan ihm noch ein Kind gebärt, das er aussaugen kann.«

»Genau. Doch diesen Fehler macht er sicher nicht noch mal.«

»Und warum hat er mich dann nicht markiert, nachdem er mich gekidnappt hatte?«

Keegan tippte ihr gegen die Stirn. »Benutz deinen Verstand, Weib. Du stammst schließlich nicht direkt von Odran ab.«

»Okay, dann reicht es also nicht, einfach mit ihm verwandt zu sein. Er muss die Kinder selbst zeugen, um sie mit der ganz besonderen Markierung zu versehen. Doch wenn er sie damit versieht, kann niemand mehr was für sie tun, und ich kann nachvollziehen, wie schwer es für dich ist, dass du sie einfach ihrem Schicksal überlassen musst.«

»Wir denken, dass der Fluch mit seinem Tod erlischt, doch sicher wissen wir das erst, wenn er nicht mehr am Leben ist.«

»Das Schicksal ihres Babys ist ihr vollkommen egal. Ich meine, Shana.« Breen band sich das Haar zu einem Pferdeschwanz. »Obwohl natürlich auch Isolde ihre Kinder freiwillig geopfert hat, hat ihr das wehgetan. Sie hat zwar nicht gezögert, diesen Preis zu zahlen, aber es hat sie was gekostet. Wohingegen Shana einzig den besonderen Status genießt, den ihr ihre Schwangerschaft verleiht. Das Baby selbst ist ihr gleichgültig, denn sie geht davon aus, dass sie problemlos jederzeit noch mal ein Kind empfangen kann. Sie hat einzig davor Angst, nicht mehr so attraktiv und so begehrenswert wie jetzt zu sein. Deswegen soll Isolde dafür sorgen, dass sie, auch wenn dieses Kind in ihrem Inneren heranwächst, weiter rank und schlank aussieht.«

»Das passt zu ihr.«

»Und dazu hat sie sich damit gebrüstet, dass sie Loren umgebracht hat«, fügte Breen hinzu. »Doch das erzähle ich dir nicht aus Eifersucht, weil du einmal mit ihr zusammen warst.«

Kopfschüttelnd legte er die Hand auf ihre Schulter.

»Ich mochte sie und kann nicht leugnen, dass es mir dabei vor allem um den Sex gegangen ist. Aber ich hatte sie auch gern, oder auf jeden Fall die Frau, die sie mich hat sehen lassen. Natürlich habe ich auch ihre Fehler registriert, aber ich dachte, dass das einfach kleine Macken wären. Mir war nicht klar, dass sie besessen war von ihrer Gier nach Macht, und ich bereue es zutiefst, dass ich nicht sehen konnte oder wollte, was im Grunde nicht zu übersehen war.«

»Ich glaube, selbst wenn ihre Schönheit dir die Sinne nicht vernebelt hätte, hättest du das nicht so klar gesehen. Sie hatte ihre dunklen Seiten gut mit ihrem Charme und ihrer Schönheit überdeckt, doch irgendwann haben ihre dunklen Triebe dann die Oberhand gewonnen und die Person getötet, mit der du zusammen warst. Wenn sie dich hätte dazu überreden können, sie zu heiraten …«

Er stieß ein bitteres Lachen aus. »Das wäre niemals passiert. Ich mochte sie, doch mehr auch nicht.«

Breen wandte sich ihm zu, weil dieser Teil der Unterhaltung wirklich wichtig war.

»Sie hat was anderes geglaubt, und wenn es ihr gelungen wäre, in Talamh als deine Frau die Macht an sich zu reißen, hätte sie sie gnadenlos missbraucht. Das heißt, du konntest nur verlieren, Keegan, ob durch eine Heirat oder dadurch, dass du diese Sache zwischen euch beendet hast.«

Er griff nach seinem Schwert und dachte über ihre Worte nach. »Das stimmt, und es beweist mir wieder mal, dass Frauen ganz unmöglich zu durchschauen sind.« Er legte eine Hand an ihr Gesicht und gab ihr einen Kuss. »Jetzt sind wir früher aufgestanden als gedacht, und vielleicht kannst du die gewonnene Zeit ja nutzen und das Frühstück machen, denn bei mir brennt sicher wieder alles an.«

»Ihr Männer seid im Gegensatz zu uns echt einfach zu durchschauen.«

»Das stimmt. Uns reichen Essen, Sex und ab und zu ein Bier zum Glücklichsein vollkommen aus.«

»Ich wünschte mir, das wäre wahr. Doch zwei Portionen Rührei kriege ich vor meinem Frühsport sicher hin.«

»Das wäre schön.« Er nahm den Zettel mit Isoldes Zauberspruch und wandte sich zum Gehen. »Wobei ich mich besonders freuen würde, wenn du ein paar dieser Pfannkuchen mit Blaubeeren zaubern könntest, die Marco immer macht.«

»Jetzt wirst du unverschämt, und ich kann dir versichern, dass du meine Gummi-Pfannkuchen bestimmt nicht gerne isst.«

»Dann nehme ich das Ei.«

Sie machte so viel, dass es auch für Brian reichte, und briet auch noch etwas Speck, bevor sie ihren Kaffee mit nach draußen nahm, um Faxe in der Bucht beim Spielen zuzusehen.

Der Inhalt ihres Traums war alles andere als beruhigend, aber da sie unbemerkt Isoldes Treiben hatte mitverfolgen können, war sie zuversichtlich, dass sie auch in Zukunft auf der anderen Seite spionieren konnte, um zu sehen und zu hören, was sich dort tat.

Durch Isolde, dachte sie. Die war die Schwachstelle, die sich ihr bot.

*Dann willst du mich also vergiften, blödes Weib? Damit du mich dann hilflos und geschlagen deinem Gott zum Fraß vorwerfen kannst? Und nutzt dafür das Blut von einem unschuldigen Kind?*

*Wir werden sehen, wer dafür am Ende zahlt, du schwache, elende Verräterin.*

Die Dämmerung brach an, und eine Lerche sang ihr Morgenlied. Breen sah die weißen Wölkchen ihres Atems, während unter ihren Schritten der gefrorene Boden knirschte, und als sie zurück zum Haus ging, traf sie vor der Tür die beiden Männer an.

»Na, ihr habt aber schnell gefrühstückt«, meinte sie.

»Man kriegt das Essen eben schneller runter, wenn es schmeckt«, gab Keegan unumwunden zu.

»Da ich das Frühstück hätte machen sollen, danke ich dir doppelt«, fügte Brian noch hinzu.

»Meine Mutter, Minga und Morenas Leute reisen heute aus der Hauptstadt an.«

»Wie schön.«

»Auf jeden Fall. Behalt den Hund und Marco heute in der Nähe, denn noch haben wir kein Gegenmittel gegen das verdammte Zeug, mit dem Isolde dich vergiften will.«

»Okay. Und wenn ich rüberkomme, frage ich, ob Nan mir bei der Vorbereitung eines Gegenzaubers helfen kann.«

»Ich gehe gleich zu ihr. Und nein«, wehrte er ihre Frage ab, ob sie mitkommen sollte. »Wir haben alles, was wir brauchen, also mach du erst mal deine Arbeit hier und komm im Anschluss rüber nach Talamh. Ich kann mir sowieso gut vorstellen, dass Marg sich in dem Fall von meiner Mutter helfen lassen wird. Und die ist noch nicht da.« Er neigte seinen Kopf und gab ihr einen Kuss. »Aber komm nicht zu spät zum Training.«

Er lief mit Brian Richtung Wald. Faxe rannte ihnen hinterher und schüttelte sein nasses Fell.

»Pass heute ganz besonders auf sie auf«, bat Keegan ihn und trocknete ihn ab.

»Ich kann auch hierbleiben oder ihr einen meiner Leute schicken«, meinte Brian.

»Ich glaube nicht, dass sie das will. Sie ist nicht dumm, das heißt, sie sieht sich sicher vor. Trotzdem werde ich gleich einen Falken in die Hauptstadt schicken, damit meine Mutter mit einem der Drachenreiter kommt. Je schneller wir ein Gegenmittel gegen dieses Gift entwickeln, umso besser.«

»Aber nichts und niemand kommt durch die Portale.«

Keegan schüttelte den Kopf. »Es gibt in anderen Welten auch noch andere Portale, und wenn dieses Weib durch ein Portal gelangen oder einen Mörder schicken will, schafft sie das auch. Das braucht vielleicht ein bisschen Zeit, aber sie findet sicher einen Weg.«

»Aber Breen hat doch gesagt, Isolde wäre schwach.«

»Das war sie, doch das Brauen dieses Gifts hat sie zumindest kurzfristig gestärkt, und ich an ihrer Stelle würde alle meine Kräfte nutzen, um ein Fenster aufzumachen, durch das ein gedungener Mörder unbemerkt in eine unbewachte Welt gelangen kann. Ich würde jemanden schicken, der sich frei von ihrer Welt in eine andere und von dort nach hier oder Talamh bewegen kann.«

»Aber so ein Mörder müsste erst an unseren Wachleuten vorbei.«

»Er könnte ja versuchen, sie in dieser Welt hier zu erwischen. Marg hat einen starken Schutzzauber rund um das Haus errichtet, aber einen Versuch wäre es wert. Um auf unsere Seite zu gelangen, nähme sie am besten einen Wer. Einen Hund, der sich unter dem Schnee im Norden durchgräbt, oder eine Eule, die im Schutz der Dunkelheit die Grenze überfliegt.«

Inzwischen hatten sie den Baum erreicht, und Keegan schwang sich auf den ersten Ast.

»Oder vielleicht ist der Mörder auch schon in Talamh, und

sie braucht nur noch einen Weg zu finden, wie sie ihm das Gift zukommen lassen kann.«

»Das wäre jemand, der hier lebt.«

Auch Brian stieg durch den Willkommensbaum zurück in seine eigene Welt.

»Von denen gibt es hier genug.« Der Taoiseach blickte auf das Grün der Wälder und das Gold der Felder seines Tals und fragte sich, weshalb sich immer wieder Wesen fanden, denen nichts an dieser wunderbaren Gegend und dem Frieden lag, der dort herrschte. »Aber wir werden dafür sorgen, dass sie den Verrat bereuen, den sie an uns begehen.«

# 5

Zuerst ging er zu Harken, der bereits in Arbeitskleidung in der Küche stand. Der Frühstückstee war stark genug, um seine preisgekrönten Kühe umzuwerfen, aber ohne diesen ganz besonderen Muntermacher kam er morgens einfach nicht zurecht.

»Du kommst gerade rechtzeitig zum Melken.«

»Tut mir leid, ich habe keine Zeit. Ich muss zu Marg, doch vorher wollte ich zu dir.«

»Das heißt, dass es Probleme gibt.«

»So sieht es aus. Breen hat im Traum gesehen, wie Isolde ein besonderes Gift gebraut hat, mit dem sie Breen töten will. Aber sie ist noch nicht wieder ganz gesund, sagt Breen.«

»Am besten hätte sie sie umgebracht«, bemerkte Harken finster und trank einen weiteren Schluck von seinem Tee.

»Sie wird nicht ewig leben, das verspreche ich. Breen hat die Zutaten für mich notiert und auch den Zauberspruch, den dieses Weib gemurmelt hat.«

Er übergab dem Bruder das Papier, und Harken stellte seinen Becher fort und las.

Seine Miene wurde hart. »Sie quält unschuldige Kinder so, wie es die bösen Hexen in den Märchen tun.«

»Das heißt, dass sie der Archetyp der bösen Hexe ist. Vielleicht sind sie und ihresgleichen ja die Vorbilder der Hexen, um die es in den Geschichten geht.«

»Die Zauber, die sie bewirkt, sind rabenschwarz.«

»Das ist mir klar.«

»Dagegen brauchst du einen ganz besonderen Schild. Einen, der gleichzeitig von innen und von außen wirkt. Aisling …«

»Ich weiß selbst, dass das reiner Aberglaube ist«, fiel Keegan ihm ins Wort. »Aber ich möchte trotzdem nicht, dass meine Schwester derart kurz vor der Geburt von ihrem dritten Jungen in Kontakt mit etwas derart Dunklem kommt.«

»So geht's mir auch. Wir brauchen einen Trank und einen ganz besonderen Schutzzauber. Für innen und für außen, und dazu noch einen Spruch, der ihm besondere Kraft verleiht. Natürlich ist Breen stärker als Isolde, also hat das Weib wahrscheinlich ein besonders bösartiges Gift entwickelt.«

»Um ihr möglichst schlimme Schmerzen zuzufügen, ohne dass sie stirbt, damit sie mitbekommt und leidet, während Odran ihr das Blut aussaugt. So will sie Rache nehmen für die Schmerzen, die sie selbst hat.«

»Sie hat bestimmt schon einen Plan, wie sie Breen mit dem Zeug vergiften will.«

»Ich denke, dass es bald passieren wird. In einer Zeit der Freude. Um die Wintersonnenwende, Jul, eine Hochzeit und eine Geburt herum.«

Er nahm den Zettel wieder an sich und erzählte beiläufig: »Im Übrigen erwartet Shana Odrans Kind.«

Jetzt drückte Harkens Miene Mitgefühl statt Ärger aus. »Das tut mir leid. Nicht für Shana, denn sie hat versucht, dich zu verzaubern und hat einer Freundin wehgetan. Sie hat den Mann, der sie geliebt hat, umgebracht und hätte Breen und einen kleinen Jungen töten wollen. Sie hat entschieden, das zu tun, und meiner Meinung nach ist es nur recht und billig, wenn sie jetzt dafür bezahlt.«

»Das hat sie, und sie wird auf alle Fälle einen hohen Preis dafür entrichten. Aber fürs Erste tun wir, was uns möglich ist. Ich werde einen Falken in die Hauptstadt schicken, damit unsere Mutter einen Drachen nimmt und uns so schnell es geht bei der Entwicklung eines Gegenzaubers helfen kann.«

»Das übernehme ich. Amish ist ganz in der Nähe, und auch wenn Morena noch nicht aufgestanden ist, kann ich ihren Falken rufen, damit er die Nachricht in die Hauptstadt bringt.«

»Okay. Dann spreche ich mit Marg. Ich komme sobald wie möglich wieder.«

Als Keegan ging, setzte sich Harken an den Tisch und trank den Rest von seinem Tee. Dann verfasste er die Botschaft an die Mutter, rief nach Amish und ging für das morgendliche Melken seiner Kühe in den Stall.

Nach dem Gespräch mit Marg rief Keegan seinen Drachen und flog zu den Trollen, um die Dinge einzutauschen, die sie bräuchten, um das Gegenmittel herzustellen.

Bei seiner Rückkehr traf er seine Mutter in Margs Küche an.

»Na, du warst aber wirklich schnell.«

»Das war ich.« Tarryn blickte auf, und Keegan gab ihr zur Begrüßung einen Kuss. »Und ich muss zugeben, dass ich inzwischen fast vergessen hatte, wie erfrischend und wie aufregend ein Flug auf einem Drachen ist. Hast du bekommen, worum dich Marg gebeten hat?«

»Das habe ich und habe nicht mal was dagegen eingetauscht.«

Mit einem überraschten Lachen lehnte Tarryn sich auf ihrem Stuhl zurück. »Die Trolle haben dir was geschenkt?«

»Das haben sie. Sul hat sich rundheraus geweigert, was dafür zu nehmen. Sie hat gesagt, sie würden alles dafür tun, damit der Tochter nichts passiert.«

Marg lächelte. »Dann hat Breen offenkundig großen Eindruck dort gemacht. Und wie geht's Sul?«

»Sie sagt, es ginge ihr sehr gut, und so sieht sie auch aus. Sie ist so dick …« Er hielt sich seine Hände vor den Bauch. »Und hat gefragt, wann Breen sie noch einmal besuchen kommen kann.«

»Ich hoffe bald«, erklärte Marg. »Doch erst mal brauchen wir sie hier.«

»Sie soll euch dabei helfen, ihren eigenen Schutzzauber zu kreieren?«

»Wir brauchen zusätzliche Kraft und zusätzliches Licht«, klärte ihn Tarryn auf. »Und dafür brauchen wir auch dich und Harken und zwei andere, aber Aisling nicht.«

»Nein, Aisling lassen wir bei dieser Sache außen vor«, sagte Marg. »Und wenn die Sache abgeschlossen ist, gehen wir sieben noch zu den Ruinen, befreien die dort gefangenen Geister und schicken sie entweder ins Licht oder die immerwährende Dunkelheit.«

Er seufzte und sagte zu seiner Mutter: »Das ist nicht die Heimkehr, die ich dir gewünscht hätte.«

»Zumindest bin ich wieder da.« Sie griff nach seiner Hand. »Und wenn wir dieses Gegenmittel haben und bei der Ruine waren, fängt die Zeit der Freude an.«

»Und wann und wo soll sich der Hexenzirkel treffen?«

»Kurz vor Sonnenuntergang.« Marg blickte Tarryn an, und als die nickte, fügte sie hinzu: »Ich weiß, dass du um diese Zeit mit ihr trainierst, aber wir brauchen nun einmal das Licht.«

»Das Training kann sie später nachholen.«

»Wofür du sorgen wirst. Was meinst du, Tarryn, gehen wir runter an die Bucht?«

»Die wäre meiner Meinung nach ideal. Dort haben wir Wasser, Erde, Licht und Luft und fachen obendrein auch noch ein Feuer an. Ich werde jetzt erst mal zu Aisling gehen und nach den Kindern sehen, aber ich bin rechtzeitig zurück, um dir bei deinen Vorbereitungen zur Hand zu gehen.« Mit diesen Worten stand sie auf und tätschelte der Freundin aufmunternd die Hand. »Und keine Angst, wir werden dafür sorgen, dass dem Mädchen nichts passiert.«

»Ich kenne dich und weiß, dass ich mich stets auf dich verlassen kann.«

»Warum begleitest du mich nicht ein Stückchen, Keegan, bevor du mit deiner Arbeit weitermachst?«

Er half ihr höflich in den Umhang und nahm sich, bevor er ging, ein Plätzchen von dem Teller auf dem Tisch.

»Ein heller Tag«, bemerkte Tarryn, als sie neben ihm den Weg hinunterlief. »Kalt und frisch und hell, so wie er sein sollte. Ich werde dich nicht fragen, was die Hochzeitspläne deines Bruders machen, weil du davon sicher keine Ahnung hast.«

»Ich habe durchaus ein paar Sachen mitbekommen.«

Ein Lächeln auf den Lippen, hakte sich die Mutter bei ihm an. »Na, dann erzähl mir bitte alles, was du weißt.«

»Harken hört inzwischen nicht mehr auf zu singen, und Morena zerbricht sich zum ersten Mal im Leben ihren Kopf über Frisuren, Stiefel und den ganzen anderen Kram. Die beiden reden von nichts anderem mehr als ihrem großen Tag, von der Musik und von dem Essen … Wobei anscheinend Marco einen ziemlich großen Anteil an Musik und Essen haben wird.«

»Er hat sich wirklich gut hier integriert.«

»Und ist ein wirklich anständiger Kerl. Und was macht die Familie von Morena?«

»Diese Hochzeit ist das beste Gegenmittel gegen ihre Trauer, und auch mich macht der Gedanke glücklich, dass mein Junge sich jetzt mit der Frau, die er von ganzem Herzen liebt, ein Leben aufbauen wird. Vor allem, weil auch ich Morena liebe, und ich weiß, dass du sie ebenfalls sehr gerne hast.«

»Sie war für mich schon immer so etwas wie eine Schwester, und jetzt wird es durch die Hochzeit einfach offiziell. Ich bin dir wirklich dankbar, weil du derart schnell gekommen bist, doch jetzt muss ich dich fragen, ob du wirklich all das auf einmal auf dich nehmen willst. Die Geister laufen schließlich schon die ganze Zeit an dem verfluchten Ort herum.«

»Und hätten sich womöglich mitten unter uns bewegt und an Samhain die Leute umgebracht, wenn Breen nicht an dem Tag am Grab von ihrem Vater mitbekommen hätte, dass etwas nicht stimmt. Wir haben die Türen versiegelt, aber dieses Siegel ist nicht für die Ewigkeit gedacht. Deswegen hätte ich die Geister jetzt zur Wintersonnenwende in das Licht und in die Dunkelheit entlassen wollen, doch dafür ist nun wegen Harkens und Morenas Hochzeit keine Zeit. Also machen wir es jetzt und bringen es auf diese Weise hinter uns. Es sei denn, als Taoiseach würdest du es anders machen wollen.«

»Oh, nein. Natürlich hast du recht. Am besten bringen wir's so schnell wie möglich hinter uns. Ich wähle noch zwei Leute für den Zirkel aus, bevor ich mich an meine Arbeit mache, aber leider muss ich langsam los.« Er küsste ihr die Wangen, und da ihm das nicht reichte, zog er sie auch noch an seine Brust.

Dann rief er Cróga, weil er in den fernen Westen fliegen wollte, und die Mutter lief allein weiter, blieb dann aber wieder stehen und stemmte lächelnd ihre Hände in die Hüften, als ihr Enkel Finian seine Runden auf dem Pony drehte, das sein sehnlichster Geburtstagswunsch gewesen war.

Er hatte einen wirklich guten Sitz, erkannte sie. Und ihre Tochter hielt den zweiten Enkel an der Hand und hatte ihre andere Hand auf ihrem Bauch und ihrem dritten Enkel liegen, während sie am Rand der Koppel stand.

Als Finian seine Großmutter entdeckte, winkte er ihr fröhlich zu. »Nan, Nan, Nan! Siehst du, wie gut ich reite, Nan?«

Oh, ja, das sah sie, dachte Tarryn voller Stolz.

Dann riss sich Kavan juchzend von der Hand der Mutter los, kam auf sie zugerannt und breitete urplötzlich seine kleinen Flügel aus.

Wie schnell die Kinder groß wurden, ging es ihr durch den Kopf, und fing lächelnd ihren Enkel auf.

Bei Kavans Anblick strömten Aisling Tränen über das Gesicht. »Das ist sein erster Flug. Oh, Ma, das ist sein erster Flug.«

»Und sicher nicht sein letzter.« Tarryn küsste seine Stirn und Wangen, während sie ihn Richtung Koppel trug. »Das ist ganz sicher nicht dein letzter Flug, mein Schatz, und auch dein Bruder reitet sicher nicht zum letzten Mal. Das hier ist erst der Anfang, meine lieben Jungen, und ich schwöre euch bei allen Göttern, dass wir dafür sorgen werden, dass ihr eine wundervolle Zukunft habt.«

Als Breen mit Marco und mit Faxe nach Talamh kam, trafen gleichzeitig mit ihnen auch die Pferde und die Drachen, Feen und Reiter aus der Hauptstadt ein. Sie dachte an das erste Mal, als sie den Tross gesehen hatte, und daran, wie aufgeregt sie vor dem ersten Treffen mit der Mutter und der rechten Hand des Taoiseach und den anderen gewesen war.

Jetzt war es völlig anders, denn inzwischen war ihr all das nicht mehr fremd.

Sie schaute zu, wie Tarryn nach dem Zügel eines Pferdes griff, als Minga abstieg, und wie Flynn die Witwe seines Sohnes und ihr Neugeborenes vom Rücken eines Drachen hob.

»Da vorn ist Hugh«, rief Marco aus und winkte seinem Freund. »Ich frage mich, wie's seiner Frau im Norden geht.«

»Warum gehst du nicht hin und fragst ihn?«

»Vielleicht warte ich noch kurz, bis all die großen Drachen weiterziehen.«

»Du Schisser.«

»Ich bin einfach lieber etwas vorsichtig.«

Lachend kletterte sie selbst über die Mauer und fiel Sinead zur Begrüßung um den Hals.

»Willkommen im Tal.«

»Wir haben dich vermisst, obwohl du bis vor Kurzem selbst noch in der Hauptstadt warst. Und sieh dir dieses strahlende Wesen an«, wandte sich Sinead ihrer Tochter zu. »Man sieht dir schon von Weitem an, wie sehr du dich auf deine Hochzeit freust.«

»Ich bitte dich.«

»Ich sage einfach, wie es ist. Und da ist auch der Bräutigam.« Sie umarmte den zukünftigen Schwiegersohn.

»Der seine Hochzeit ebenfalls nicht mehr erwarten kann. Willkommen, Mutter. Noreen ist wahrscheinlich ziemlich müde von der Reise, deshalb haben wir schon die Zimmer vorbereitet, und du kannst sie mit dem Kind nach oben bringen, damit sie sich ein bisschen ausruhen kann.«

»Das war sehr umsichtig und nett von euch. Dann bringe ich sie erst mal rein, den armen Schatz.«

Bei diesen Worten füllten ihre Augen sich mit Tränen, deshalb gab ihr Harken einen neuerlichen Kuss.

»Ich werde euch begleiten«, meinte Breen.

»Tatsächlich wirst du anderswo gebraucht. Aber ich hoffe, dass wir Marco bitten können …« Harken gab ihm ein Signal, und als er Marcos schiefes Lächeln sah, bemerkte er: »Er fürchtet sich noch immer vor den Drachen, stimmt's? Am besten hole ich ihn. Morena, hilfst du der Familie, sich einzurichten?«

»Klar. Und heute Abend feiern wir«, erklärte sie und ging mit Sinead Richtung Haus.

Dann tauchte Flynn mit Seamus, Maura und den Kindern auf, und während Breen auch sie willkommen hieß, bemerkte sie, dass Harken eindringlich mit Marco sprach.

Dann atmete der Freund tief durch und folgte Harken trotz der Drachen, wenn auch immer noch ein wenig ängstlich, in den Hof.

»Wir haben Marco dazu überredet, dass er für uns kocht«, erklärte Harken und versetzte Marco einen freundschaftlichen Rippenstoß. »Finola wird ihm dabei helfen, und ich schätze, dass auch Sinead einen Beitrag leisten wollen wird.«

»Ich weiß, dass Marco gerne kocht«, erklärte Breen und sah die Männer fragend an. »Bei eurer Unterhaltung ging es aber noch um etwas anderes, stimmt's?«

»Du wirst jetzt erst mal anderswo gebraucht. Und da kommt meine Mutter«, wich ihr Harken aus.

»Ich freue mich unglaublich, euch zu sehen, Breen Siobhan und Marco, und man sagte mir, dass ich mich heute Abend auf ein ganz besonderes Essen freuen kann.«

Wie immer von ihr hingerissen, nahm er ihre Hand und küsste sie. »Sie sind wie immer wunderschön.«

»Ich wünschte mir, du würdest in der Hauptstadt leben und mir täglich solche Komplimente machen«, antwortete sie. »Wir beide werden uns nachher zusammensetzen und ausführlich tratschen, aber erst mal werde ich jetzt anderswo gebraucht.«

»Das macht hier offenbar die Runde«, meinte Breen.

»Das stimmt. Komm mit.« Sie klopfte Breen aufmunternd auf den Rücken und tätschelte Faxe, der begeistert an ihr hochsprang, den gelockten Kopf. »Wir machen uns jetzt besser langsam auf den Weg.«

»Ich wüsste wirklich gerne, was hier vor sich geht.«

»Zeit für ein bisschen Zauber«, meinte Tarryn, während sie auf ihren Drachen stieg. »Für Licht und Helligkeit. Es geht um deinen Traum, geliebtes Kind. Marg und ich haben alles vorbereitet, damit dich Isolde nicht vergiften kann.«

Breen sah dorthin zurück, wo Marco stand und ihnen hinterherblickte.

»Du wolltest nicht, dass Marco mich begleitet.«

»Natürlich wäre er wie überall im Land willkommen, aber auf dem Hof nützt er uns mehr, weil er sich dort um Sinead und um die Familie kümmern kann.«

»Morena weiß Bescheid«, erklärte Harken Breen. »Aber wir dachten, dass es auch nichts hilft, wenn die Familie sich unnötige Sorgen macht. Sie sollen erst mal genießen, dass sie heimgekommen sind.«

»In Ordnung, ja. Und Noreen sah tatsächlich hundemüde aus. Was soll ich tun?«

»Wir werden einen Hexenzirkel bilden«, meinte Tarryn und erläuterte ihr den Plan.

Am Abzweig zu Margs Cottage hielt Breen an. »Ihr wollt das beides nacheinander tun? Den Schutzschild oder was auch immer für mich herstellen und die Geister aus dem alten Kloster holen?«

»Glaubst du, das kriegen wir nicht hin?« Gebieterisch hob Tarryn eine Braue an.

»Es ist nur – das sind beides ziemlich starke Zauber, und der Zauber für den Schutzschild hat doch sicher noch ein bisschen Zeit. Ich werde auf der Hut sein, und nachdem ich sie schon mal geschlagen habe, kann ich …«

»Nein. Als Mutter und als rechte Hand des Taoiseach sage ich dir, dass der Traum dich warnen sollte und du deshalb sofort etwas unternehmen musst. Und auch wir anderen werden alles tun, um dich zu schützen, denn du hast dein Schicksal angenommen, und du riskierst dein Leben dadurch, dass du deine Pflicht erfüllst. Ich bitte dich, sorg mit für deinen eigenen Schutz, denn wenn wir sieben dort versammelt sind, um die alten Mächte anzurufen, wird uns das besondere Kraft verleihen. Die werden wir auch brauchen, denn womöglich plant Isolde ja zur Wintersonnenwende noch mal einen Anschlag wie den an Samhain. Ich aber lasse ganz bestimmt nicht zu, dass irgendetwas Dunkles seine Schatten auf die Hochzeit meines Sohnes oder die Geburt von meinem dritten Enkel wirft.«

Harken küsste seine Mutter sanft aufs Haar. »Du sollest auf sie hören, *deirfiúr*. In dieser Stimmung lässt sie keine Widerrede zu.«

Mit einem leisen Seufzer fügte Breen sich in ihr Schicksal und lief mit den anderen von Margs Haus hinunter zur Bucht. Inzwischen kannte sie den Hexenzirkel und die Rolle, die sie darin spielte, und vertraute darauf, dass die ausgewählten sieben stark genug für diesen ganz besonderen Zauber waren.

Sie sah die kleine, ihr bekannte Kindergang mit Stöcken und mit einem roten Ball auf einem Feld, am Rand des Walds ein Reh mit seinem weiß getupften Kitz und oben auf dem Berg die Trolle, die nach ihrer Arbeit in der Mine auf dem Weg nach Hause waren.

Vor einem Häuschen in der Nähe hingen weihnachtliche Glöckchen und Kristalle in den Bäumen, und alles wirkte wie an einem ganz normalen, kalten, aber sonnigen Dezembernachmittag.

Doch das, was in der Bucht geschähe, wäre alles andere als normal.

Mit in der Brise wehenden Haaren trat Marg zu Breen und wartete dann schweigend ab.

»Dies ist für dich«, erklärte Tarryn Marg, und Keegan nickte zustimmend.

»Dies ist für dich.«

Marg macht einen Schritt nach vorn.

»Ich danke euch, dass ihr mir eure Kraft und euren Glauben leiht, um abermals das Dunkle abzuwehren. Uns allen liegt dies Kind der Fey am Herzen, aber als die Tochter meines Sohnes ist sie mir noch kostbarer. Deshalb bin ich euch dankbar, weil ihr alle hier versammelt seid.«

Jetzt machte Rowan aus der Hauptstadt, die das unschuldig verfluchte Kind in Odrans Welt nicht hatte retten können, einen Schritt nach vorn. »Wir sind zu siebt und sind in dieser Angelegenheit geeint.«

Die anderen taten es ihr nach. Und jeder stellte eine mitgebrachte Kerze in den Sand.

Dann bildeten sie einen Kreis und riefen die vier Wächter erst des Ostens und des Westens und danach des Nordens und des Südens an. Die Kerzen, die in ihrer Mitte standen, fingen an zu brennen und übertrugen ihre ganz besondere Kraft auf Breen.

Der Taoiseach legte einen Stein am Boden ab.

*»Der Stein, von Trollen aus den tiefen Höhlen*
*heraufgeschafft,*
*verleihe uns besondere Kraft.«*

Als Nächstes stellte Tarryn einen Kupferkessel auf den Stein.

*»Der Kessel hier, geschmiedet für das hohe Ritual,*
*uns helfe, abzuwenden von der Tochter jede Qual.«*

Als Sidhe legte Harken drei Kristalle sowie eine Handvoll hellen Feenstaub dazu.

*»Auf dass das Licht*
*das Dunkle bricht.«*

Auch Rowan legte ihre Gaben auf den Stein.

*»Die Kraft der Eicheln und der Pinienzapfen aus dem*
*Elfenwald,*
*das Leben ihr erhalt.*
*Mit Federn und mit Fell die Were zollen ihr Tribut,*
*damit gestärkt werde ihr Mut.«*

Dann trat noch einmal Tarryn stellvertretend für das Meervolk vor.

*»Und die drei Perlen hier, in denen sich das Licht*
*der Sonne bricht,*
*sollen stärken ihren Glauben und erfüllen sie*
*mit großer Zuversicht.«*

Auch Keegan begab sich noch einmal in den Kreis und legte einen roten Stein inmitten all der anderen Gaben ab.

*»Als Reiter ich dazu ein Drachenherz*
*als Opfer bringe dar,*
*und werde ihr zur Seite stehen in jedweder Gefahr.«*

Dann sprachen alle sieben wie aus einem Mund:

*»Hier stehen wir vereint und bündeln unser aller heil'ge Kraft,*
*um abzuwehren, was das Böse schafft.«*

Als Breen nach vorn trat, pulsierten ihre Haut und ihr gesamtes Wesen von der Macht, die innerhalb des Kreises aufgestiegen war.

»Ich bin Tochter der Fey, der Menschen und der Götter. Bin Talamh und bin die Brücke, die in andere Welten führt, ein Kind und eine Dienerin des Lichts. Und unter diesem Licht erbitte ich den Schutz gegen den dunklen Zauber, der von einem Wesen, das die Gabe missbraucht hat, gegen mich heraufbeschworen worden ist. Ich bitte nicht um meines eigenen, sondern um der Leben aller willen, dass ich diesen Kampf gewinnen und den Welten Frieden bringen werde, und ich trete in den Kreis der sieben, um den bösen Zauber abzuwehren und mein Schicksal zu erfüllen.«

Bei ihren Worten ging der Stein, der auf dem Boden lag, in Flammen auf. Zur gleichen Zeit erhob sich rund um sie herum ein wilder Sturm, die Flammen aber und die Kerzen hielten selbst den stärksten Böen stand.

»Götter des Lichts!«, rief Marg.

*»Bezeuget, dass wir sieben eine Einheit sind,*
*die antritt, um zu retten unser Kind.*

*Auf dass kein dunkler Zauber sie erreicht.«*

Entschlossen ergriff Tarryn eine Opfergabe aus den Flammen und ließ sie in den Kessel fallen.

*»Und jedes Wesen, das das Zeichen Odrans trägt,*
*der Stärke und der Helligkeit der Tochter weicht.«*

Auch Keegan griff nach einer Gabe, warf sie in den Kessel, und die anderen taten es ihm gleich.

Breen hatte das Gefühl, als ob sie selbst zur Flamme würde, als sie einen Gegenstand ergriff, doch statt sich an der Hitze zu verbrennen, wurde sie von einer ungeahnten Kraft erfüllt.

*»Erde, Feuer, Wasser, Luft,*
*um euren Schutz die Tochter euch ersucht.*
*Beschützet mich mit einem Schild,*
*vor dem besonderen Gift, das mir mein Traum enthüllt.*
*Zu diesem Ort an dieser Zeit,*
*wir stehen für das Licht und wehren ab die Dunkelheit.*

*Zu siebt vereint wir stehen füreinander ein,*
*und niemand steht in diesem Kampf allein,*
*denn wie wir wollen, so soll es sein.«*

Es donnerte einmal, und rote, goldene, blaue Flammen hüllten ihre Arme und den ganzen Körper so fest in sich ein, dass es ihr fast den Atem nahm.

Sie hörte den Gesang von tausend Stimmen, dann aber brach er ab, und statt der Flammen sah sie wieder einen Stein.

Die Kraft in ihrem Innern aber war auch weiterhin zu spüren, und Keegan tauchte einen Becher in den Kessel und hielt ihn ihr hin.

Sie sah auf die gespenstisch grüne Flüssigkeit, die wirkte wie der See oder der Fluss unter dem Wasserfall.

»Trink, Tochter«, bat er sie. Breen nahm ihm den Becher ab und leerte ihn in einem Zug.

Marg nickte zustimmend. »Mit diesem Zauber bist du, so die Götter wollen, gegen das besondere Gift gefeit.«

»Jetzt schließen wir den Kreis und nehmen die besonderen Kräfte mit, die er uns verliehen hat. Das hast du wirklich gut gemacht, mein Kind«, stellte auch Tarryn fest.

»Das hat sich … unbeschreiblich angefühlt.« Als wäre sie nicht nur ein Teil von diesen sieben, sondern auch von allen und von allem anderen gewesen, und als hätten alle ihre Kräfte auf sie übertragen, um ihr gegen ihre Feindin und deren böse Absichten beizustehen. »Inzwischen ist es dunkel.«

»So was braucht nun einmal seine Zeit.«

»So kam es mir nicht vor.« Sie tastete nach ihrem Haar und merkte, dass es nicht mehr straff zusammengebunden war.

»Ich mag es, wenn es lose ist«, bemerkte Keegan und nahm

ihre Hand. »Und jetzt ruf deinen Drachen, denn wir haben schließlich noch zu tun. Wie hat der Trank geschmeckt?«

»Sehr mächtig. Das ist vielleicht kein Geschmack, aber …«

»Es sagt alles, was ich wissen muss.«

Die Macht flog mit ihr, als sie von der Bucht in Richtung der Ruine flog, die sich mit ihrem grauen, bröckelnden Gemäuer gespenstisch schön im Licht der beiden Halbmonde erhob. Die Monde segelten an einem sternenübersäten Himmel und beschienen die Grabsteine, die Blumen und das hohe Gras, den Steinkreis auf dem Hügel und den runden Turm.

Dies war der Ort, an dem die Fey von abtrünnigen Frommen gefoltert und geopfert worden waren.

Breen stand auf dem Hügel gegenüber der Ruine, die sie selbst mit ihrem eigenen, Tarryns und mit Faxes Blut versiegelt hatte, und der Hund an ihrer Seite stieß ein dumpfes Knurren aus. Sie legte eine Hand auf seinen Kopf und spürte, dass er zitterte wie Espenlaub.

»Der Ort war einmal heilig«, stellte Tarryn fest. »Doch das ist ewig her. Ein Ort der guten Taten, des Gebets, der Gelehrsamkeit und Mitgefühls, bevor er durch die Frommen im Namen falscher Götter und im Namen eines falschen Glaubens der Bigotterie und Brutalität geopfert worden ist.«

»Und im Namen dieses falschen Glaubens und des dunklen Gottes haben sie dunkle Zauber angewandt, um unser Licht mithilfe blutrünstiger Geister zu zerstören«, griff Marg den Faden auf. »Doch das wird nie wieder passieren. Das haben wir uns vor langer, langer Zeit geschworen. Und dieser Schwur wird heute Abend noch mal von uns sieben wiederholt.«

»Wir geben diesem Ort die ursprüngliche Heiligkeit zurück«, erklärte Keegan, eine Hand an seinem Schwert. »Wir werden die Ruine hier nicht schleifen, sondern reinigen. Genauso wie das Land, auf dem sie steht, und wie die Luft, die sie umgibt, und lassen sie als Mahnmal für die Verderbtheit dunkler Mächte stehen. Das schwören die sieben, die zu dieser Zeit an diesem Ort versammelt sind.«

»Wir kommen, um die eingeschlossenen Geister zu befreien«, fuhr Harken fort und baute sich auf Tarryns anderer Seite auf. »Um sie ins Licht oder die Dunkelheit zu schicken, je nachdem, ob sie als Opfer oder Täter hier gefangen waren. Das schwören wir, die wir heute Abend hier stehen.«

Breen streichelte noch einmal ihren Hund. Dann bat sie ihn zu bleiben, wo er war, und bildete zusammen mit den anderen nochmals einen Kreis.

Sie hörte das Geschrei und Stöhnen der Gequälten und das Heulen und Schnarren der Folterer, die in den alten Mauern eingeschlossen waren.

Und oben auf dem Hügel nahmen sich die sieben an den Händen, bündelten so ihre Kräfte und erhoben ihre Stimmen in der Dunkelheit.

*»Wir kommen heute Nacht*
*und bringen das Licht,*
*zu richten mit Bedacht*
*und zu erfüllen unsere Pflicht.*
*Ihr bösen Geister habt die Finsternis gewählt*
*Und anderen niederem Grunde gequält.*
*Deswegen werdet jetzt für alle Zeit ins Land*
*der Höllenqualen und der Dunkelheit verbannt.*

*Ihr unschuldigen Seelen aber,*
*euer Leid ist jetzt vorbei,*
*ihr seid ab jetzt von allen Qualen frei,*
*und befreit aus dieser finsteren Abtei.«*

Das Licht der sieben breitete sich aus und hüllte die Ruine ein. Es atmete und sang, und oben auf dem Hügel fing der Steinkreis ebenfalls an zu singen.

Während der Wind an ihrem Umhang zerrte, setzte Marg mit starker, klarer Stimme an:

*»Was Zauber einst verschloss, durch neuen Zauber wir jetzt*
*öffnen weit,*
*damit die Seelen finden ihren Weg ins Licht oder die*
*Dunkelheit.«*

Die alten Türen brachen auf, und als die Erde bebte und die Schreie der Gefangenen und der Folterknechte die Luft zerrissen, zückte Keegan Cosantoir und rief mit lauter Stimme aus:

*»Ich bin der Taoiseach, und ich richte über euch.*
*Kommt her und findet euren Frieden oder geht in die*
*Verdammnis, elendes Gekreuch.*
*Aus dieser Welt für alle Zeit wir werden euch befreien,*
*denn wie wir wollen, so soll es sein.«*

Blutrote Flammen entstiegen seinem Schwert, als eine Unzahl wunderschöner wie auch grässlicher Geschöpfe durch die offenen Türen der Ruine quoll. Die weißen Wesen stiegen Richtung Himmel auf, und Breen verfolgte freudig und erleichtert, wie sie zu dem Steinkreis strömten, während die dunklen Wesen kreischend in ein Loch im Boden stürzten und verbrannten, bis nur noch ein Häufchen Asche übrig war.

Der Steinkreis auf dem Hügel hieß die Unschuldigen mit Gesang willkommen, während unten in dem Loch die Meute der Verdammten in den Flammen briet. Und Keegan stand, das Flammenschwert des Taoiseach über seinen Kopf gereckt, reglos wie eine Statue da.

Dann wurde es urplötzlich totenstill.

»Geschafft«, erklärte er, bevor er Cosantoir zurück in seine Scheide schob.

Die Reinigungs- und Segnungsrituale brauchten Zeit, doch nach dem wilden Rausch der Macht, die sie empfunden hatte, war die anschließende Ruhe jetzt genau das Richtige für Breen.

Zum ersten Mal betrat sie die Ruine und sah sich die dicken Steinmauern, die Säulen und Gräber, die gewundenen Treppen und Altäre aus der Nähe an.

»Ich kann sie hier noch immer spüren.«

»Das sind nur die Echos und Erinnerungen, weiter nichts«, erklärte Keegan ihr. »Das Licht und Dunkel, die hier eingekerkert waren, sind nicht mehr da, aber die Steine werden hier auch weiter stehen und uns gemahnen, dass hier niemals wieder etwas derart Grausames geschehen darf.«

»Ich habe einige der Geister, die ins Licht gegangen sind, gesehen. Sie waren noch Kinder, Keegan, sie waren furchtbar klein. Und da war eine Frau, die hielt ein Baby in den Armen. Ich werde nie verstehen, wie jemand Kinder foltern und ermorden kann.«

»Es geht dabei um Macht«, erwiderte er schlicht. »Im Guten

wie im Schlechten. Doch jetzt haben sie ihren Frieden, denn es stand in unserer Macht, sie zu befreien. Vergiss das nicht.«

Wie könnte sie das je vergessen, nachdem auch sie selbst von dieser Macht erfüllt gewesen war?

»Ich brauche einen Augenblick für mich. Am besten gehe ich kurz dorthin, wo mein Vater liegt.«

Als sie aus der Ruine trat und mit Faxe zum Grab des Vaters schritt, roch sie das Gras, die Blumen und die frische Luft.

»Hast du gedacht, dass ich mal wiederkommen und bei so etwas wie heute Abend helfen würde?«, fragt sie. »Ich wünschte mir, ich wüsste es. Auf alle Fälle warst du da und hast die Wesen in Empfang genommen, die ins Licht gegangen sind. Das habe ich gespürt, und dabei habe ich mich dir ganz nah gefühlt.«

Sie sah, dass Marg durchs Gras herangelaufen kam, und wartete, bis sie an ihrer Seite stand.

»Hast du ihn auch gespürt?«

»Oh, ja. Und er war mindestens so stolz auf dich wie ich, *mo stór.*«

»Ich war bisher noch nie an einer derart wichtigen Mission beteiligt«, meinte Breen. »Ich habe nie zuvor in meinem Leben so ein Maß an Güte, Liebe, Fürsorge gespürt. Ich weiß, wir müssen auch mit Schwertern und mit Pfeil und Bogen kämpfen, weil sich die Gewalt ganz einfach nicht vermeiden lässt, aber am Ende wird die Güte siegen, davon bin ich überzeugt. Vielleicht klingt das naiv.«

»Oh, nein. Das ist die Wahrheit«, stimmte ihre Nan ihr zu. »Und jetzt fliegst du zurück zum Hof und lässt dir Marcos wunderbares Essen schmecken, ja?«

»Kommst du nicht mit?«

»Ich fliege lieber heim zu Sedric, setze mich vor den Kamin und trinke einen Whiskey, denn ich brauche heute Abend meinen Mann, seine Güte und den Trost unseres Zusammenseins.«

»Dann sehe ich euch beide morgen.«

»Sei gesegnet, Breen.«

»Sei ebenfalls gesegnet, Nan«, sagte Breen, als ihre Großmutter nach ihrem Drachen rief.

Dann drehte sie sich um und sah den Taoiseach, der in seinem Ledermantel auf sie zuschritt.

Sie wusste nicht, ob es nicht etwas übertrieben wäre, Keegan ihren Mann zu nennen, doch sie sehnte sich nach seiner Güte und dem Trost ihres Zusammenseins.

# 6

Der Tag der Wintersonnenwende brach mit grellem Sonnenlicht und winterlicher Kälte an. In ihrem Häuschen hatte Frühaufsteher Marco alle Hände voll mit seinem ganz besonderen Hochzeitsbrunch zu tun, und um ihm nicht im Weg zu stehen, bereitete Breen selbst alles für die Gäste vor.

Die Braut würde mit ihrer Mutter, Großmutter, der Schwägerin, der Schwiegermutter, Marg und Minga erst zu Brunch und Wein kommen; danach würden sich die Frauen die Haare machen lassen und sich für das Fest umziehen.

Breen wollte, dass das Häuschen einen möglichst guten Eindruck machte, und mit all den Blumen auf den Tischen war es wirklich wunderschön. Sie hatten bisher nie so viele Gäste gleichzeitig gehabt – und der Gedanke, dass auch Frauen aus der Hauptstadt kämen, machte sie etwas nervös.

Am Hochzeitstag von ihrer ältesten und besten Freundin wollte sie das ihr von Marg geschenkte Heim von seiner besten Seite präsentieren.

Und dass Marco, der mit Faxe zusammen ausnahmsweise beim Frauenbrunch dabei sein durfte, seit Stunden in der Küche war, verriet ihr, dass es ihm in Bezug aufs Essen ebenso erging.

Nur einmal tauchte er aus seiner Kochtrance auf und blickte auf den sorgfältig von Breen gedeckten Tisch.

»Heilige Maria Stewart, Breen, so einen Tisch habe ich bisher nur in irgendwelchen Zeitschriften gesehen.«

Sie machte einen Schritt zurück und betrachtete die durchsichtige Glasschale, in der auf einem Bett aus schimmernden Kristallen Blumen und Kräuter angeordnet waren, die Teelichter, Champagnerflöten, Wassergläser und die bunten Stoffservietten, die sie mühselig nach einer komplizierten Anleitung gefaltet hatte, um sie auf den weißen Tellern zu drapieren.

»Du findest also nicht, dass das ein bisschen übertrieben ist?«

»Wir feiern heute eine Hochzeit, Mädchen. Kannst du mir mal sagen, wie man dabei übertreiben soll?« Jetzt kam er aus der Küche und sah sich im Wohnraum um. »Okay, das hast du wirklich super hingekriegt.«

»Und es ist wirklich nicht zu viel? Du findest nicht, dass es zu viele Blumen sind?«

»Es ist hier wie in einem Garten, und genau so ist es schön. Und Mann, du hast ein Feuer im Kamin gemacht, die Kerzen angezündet und die Kissen ausgeklopft. Und da am Fenster steht der wunderschöne Weihnachtsbaum. Das Ganze sieht nach einer echten Mädchenfeier aus. Und ich habe die Ehre und das Glück, dass ich dabei sein darf.« Er legte einen Arm um ihre Schulter und sah Richtung Tür. »Und da kommen die Frauen. Dann hole ich am besten schon mal den Champagner und Orangensaft.«

Breen nahm die Gäste in Empfang, und Tarryn blieb kurz stehen, um sich das Häuschen anzusehen.

»Ein reizenderes Häuschen gibt es einfach nicht. Und seht euch diesen Garten an! Selbst im Dezember blüht es hier noch.«

»Die Aussicht ist fantastisch«, stellte Sinead fest und blickte Richtung Bucht. »Vor allem an einem derart sonnenhellen

Tag. Und da ist ja auch unser süßer Hund.« Sie küsste Faxe auf die Nase, und er wedelte begeistert mit dem Schwanz.

»Herzlich willkommen. Kommt doch erst mal rein.«

Sie traten ein und füllten das gesamte Haus mit ihren hellen, gut gelaunten Stimmen an.

»Champagner für die Damen«, erklärte Marco, als er mit den Gläsern aus der Küche kam. »Und frisch gepresster O-Saft für die Frauen, deren Babys keinen Schwips bekommen sollen.«

»Auf die Braut«, fing Tarryn an.

»Lass mich den ersten Toast ausbringen, ja?«, fiel ihre zukünftige Schwiegertochter ihr ins Wort. »Auf die besten Freundinnen und Verwandten, die es gibt. Vielen Dank, dass ihr den Tag für mich zu etwas ganz Besonderem macht. *Sláinte!*«

Sie prosteten einander zu, tranken, unterhielten sich und trugen dann die Kleider für die Feier in das Schlafzimmer und legten Noreens Baby dort aufs Bett.

»Wie schön sie ist, Noreen.«

»Und süßer als ein Engel.« Die stolze Mutter trat vom Bett zurück und wandte sich an Breen. »Die kleine Brenna hat die Augen ihres Vaters, und es tröstet mich, dass ich ihn in ihr sehen kann. Er fehlt mir immer noch so sehr, aber unsere Tochter hat seine Augen. Und heute bringe ich auch seine Freude über das besondere Glück von seiner Schwester mit.« Sie sah sich um. »Es ist sehr nett von dir, dass du uns dieses Zimmer überlässt, in dem du sonst deine Geschichten schreibst.«

»Dies ist die erste echte Party hier. Ich hoffe also, du hast Hunger mitgebracht.«

»Der wäre spätestens gekommen, als mir all die wundervollen Düfte aus der Küche entgegengeschlagen sind.«

»Dann setzen wir uns jetzt am besten an den Tisch und schlagen uns die Bäuche voll.«

Sie langten so begeistert bei Omelette mit Winterkürbis, Schinken aus dem Ofen, armem Ritter, kleinen, süßen Brötchen, Sahne, Beeren und all den anderen von Marco zubereiteten Köstlichkeiten zu, dass sich Morena seufzend fragte, ob ihr Hochzeitskleid nicht viel zu eng für ihre vollgefressene Wampe war. »Du bist ein echter Zauberer in der Küche«, wandte sie sich an Marco.

»Das ist er, und als Dank für all die Mühe spülen wir Frauen das Geschirr«, fügte Finola noch hinzu. »Aber die Braut ist ebenfalls vom Küchendienst befreit.«

»Oh, ja.« Morena prostete ihr grinsend zu.

»Wenn ihr euch sicher seid, kann ich ja schon mal mit Morena raufgehen und ihr die Haare machen«, bot der Koch und Figaro den Frauen an.

»Ach, ist es schon so weit? Ja, bitte. Mach mich schön, Marco.«

»Das bist du schon.«

Unter den »Ahs« und »Ohs« der Frauen gingen Marco und Morena in den ersten Stock.

Dann hörten sie das Baby leise wimmern, doch bevor die Mutter nach ihm sehen konnte, stand schon Maura auf; sie war groß, mit einem Kriegerinnenzopf im kurzen, glatten Haar und einem Kurzschwert an der Seite. »Ich hole sie, aber bevor ich sie dir bringe, knuddele ich sie noch kurz.«

»Wahrscheinlich muss ich ihr die Windel wechseln.«

»Keine Angst, ich weiß noch, wie das geht.«

»Im Grunde hätte ich die Kleine holen wollen.« Kopfschüttelnd sah Sinead Maura hinterher. »Dann werde ich sie knuddeln, wenn sie eine frische Windel und etwas getrunken hat. Aisling, warum setzt du dich nicht mit Noreen und meiner süßen Enkelin vor den Kamin, während wir anderen den Tisch abräumen und das Geschirr spülen?«

Während die Frauen mit geübten Griffen Teller, Schüsseln, Platten, Töpfe, Pfannen sauber machten, drehte Breen die Stereoanlage auf und lachte, als sie ihre Nan zusammen mit Finola einen kurzen Stepptanz machen sah.

»Ich wusste nicht, dass ihr das könnt! Ihr müsst mir zeigen, wie das geht.«

»Na klar. Im Übrigen siehst du genauso glücklich aus wie unsere Braut.«

»Ich habe so etwas wie heute nie zuvor erlebt.« Sie stellte eine weitere Champagnerflasche in den Kühler auf dem Tisch und sah sich um. »Wir haben zwar auch in Philadelphia Freunde, aber … nie zuvor war eine Gruppe Frauen, die mir derart am Herzen liegt, bei mir eingeladen, und ich habe auch noch nie das Haus mit einem Weihnachtsbaum, mit Blumen und mit Kerzen dekoriert. Und dazu sitzen zwei von meinen Freundinnen mit einem Baby am Kamin, während sich meine älteste und beste Freundin gleichzeitig von meinem ältesten und besten Freund das Haar für ihre Hochzeit machen lässt.«

»Sie wird dir diesen Morgen nie vergessen«, stellte Tarryn fest. »Und jetzt.« Sie klatschte in die Hände, wandte sich den anderen Frauen zu und rief: »Auf ins Gefecht, die Damen. Wir müssen uns in Schale werfen, wenn wir pünktlich für die Hochzeit fertig werden wollen.«

Breen hörte lautes Lachen, ehe sie mit Harkens Mutter und der Mutter und der Großmutter der Braut ihr Schlafzimmer betrat.

Morena saß auf einem Hocker vor dem Spiegel, während

Marco ihre sonnenhellen Haare sorgfältig zu jeder Menge Zöpfe flocht. Er hatte diese Zöpfe zusätzlich mit Silberbändern und mit winzig kleinen Glöckchen aufgepeppt, und Breen schlug sich die Hände vor den Mund.

»Oh, Gott.«

»Bist du begeistert oder eher entsetzt? Er lässt mich ja nicht gucken.«

»Keine Angst, du siehst unglaublich aus«, erklärte Breen der Braut, und Sinead fächerte sich Luft mit ihren Händen zu.

»Mein Mädchen! Du siehst auch schon ohne Brautkleid rundherum entzückend aus. Ich und Tarryn haben uns heute früh das Haar von Minga machen lassen, und ich gebe zu, ich hatte etwas Angst, dass du der Aufgabe womöglich nicht gewachsen wärst, Marco. Und jetzt hast du aus meiner Tochter eine wunderschöne Braut gemacht.«

»Ma.«

»Lass mich ein bisschen weinen und plappern, Schatz. Tarryn, schmink mich bitte so, dass das Make-up von meinen Tränen nicht verläuft.«

Dann wandte Minga sich an Breen. »Ich kann dir gern die Haare machen, wenn du willst.«

»Das wäre toll. Ich habe keine Ahnung, was ich damit machen soll.«

»Dafür sehen deine Haare aber immer super aus. Dann hast du also keine Vorstellung, wie du sie haben willst?«

»Nicht die geringste.«

»Dann zeig mir erst einmal dein Kleid, und wenn du mir vertraust, bekommen wir deine Haare sicher passend hin.«

Da Mingas eigenes Haar perfekt gelockt auf ihre Schultern fiel, vertraute Breen ihr blind.

Dann brach in ihrem Schlafzimmer ein unbeschwertes Chaos aus. Die Frauen legten ohne Scheu vor Marco ihre Kleider ab und richteten ihr Haar und schminkten sich, als fände, wenn sie nicht perfekt aussähen, keine Hochzeit statt.

Minga steckte Breen das Haar mit ein paar Blumennadeln auf, zupfte ihr ein halbes Dutzend weicher Locken ums Gesicht und in die Stirn, bevor sie den anderen Frauen half.

Am Ende machte Marco einen Schritt zurück und atmete geräuschvoll aus. »Okay, jetzt kannst du gucken. Hoffentlich gefällt es dir. Ich kenne niemanden mit so viel Haar wie du, Mädchen.«

»Endlich!« Eilig wandte sich die Braut dem Spiegel zu, schlug sich die Hände vors Gesicht und rief: »Bei allen Göttern, Marco!«

»Heißt das, dass du zufrieden oder eher unzufrieden bist?«

Die dünnen Silberbänder in den Dutzenden von Zöpfen, die ihr auf den Rücken fielen, schimmerten im Licht, das durch die Fenster fiel.

»Genauso wollte ich es haben. Das heißt, so prächtig hätte ich mir diese Zöpfe niemals vorgestellt.« Sie sprang begeistert auf, fiel Marco um den Hals und drehte eine Pirouette, die die Zöpfe fliegen ließ. »Seht ihr, wie sie schwingen? Danke, tausend Dank. Und hier ist ein Geschenk der Braut für dich.«

Sie drückte Marco eine kleine Schachtel in die Hand. »Ich hoffe, dass sie dir gefällt und du sie tragen wirst.«

»Das ist … eine Harfe so wie die, die ich von Breen bekommen habe, und wie mein Tattoo. Eine Anstecknadel. Das war doch nicht … Ach, vergiss es, ich bin froh, dass du sie mir geschenkt hast. Jetzt gehe ich nach drüben, werfe mich in Schale und stecke die Nadel an.«

Er wandte sich an Breen und musterte ihr dunkelviolettes,

knöchellanges Samtkleid. Die langen, weiten Ärmel und der Saum waren mit glitzernden Pailletten übersät und funkelten genauso wie die Bänder, die von Marco in Morenas Zöpfe eingeflochten worden waren.

»Wie's aussieht, hast du dich schon schick gemacht. Das heißt, ihr alle seht bereits fantastisch aus. Ich habe also alle Hände voll zu tun, wenn ich zumindest annähernd so gut aussehen will wie ihr.«

Mit diesen Worten lief er aus dem Zimmer, und Morena drückte auch der Freundin eine Schachtel in die Hand. »Auch du bekommst was von der Braut geschenkt. Mit tausend Dank für diesen wunderbaren Tag in deinem Heim mit all den Frauen, die mir wichtig sind.«

Breen klappte die Schatulle auf, in der ein runder Anhänger mit dem Symbol des Drachen auf einem dunklen Samtbett lag.

»Der Anhänger ist wunderschön.«

»Ich dachte, dass du ihn zusammen mit dem Drachenherzen und dem Ring von deinem Vater tragen kannst, denn schließlich bist du eine Drachenreiterin.«

»Das werde ich.« Sie zog die Kette über ihren Kopf, befestigte den Anhänger und legte sie dann wieder an. »Und zwar mit Stolz. Wobei schon der Tag selbst ein Geschenk für mich gewesen ist.«

»Bevor wir alle anfangen zu heulen, helfen wir der Braut jetzt erst mal in ihr Kleid«, mischte sich Tarryn lächelnd ein.

Natürlich gab es wieder Tränen, als die Frauen Morena halfen, und dann noch mal, als sie den von ihrer Mutter und der Großmutter geflochtenen Blumenkranz aufs Haar gedrückt bekam.

Dann gingen die Frauen zurück ins Erdgeschoss und sahen

der Braut dabei zu, als sie ebenfalls die Treppe nahm. Sie tupften sich die letzten Tränen fort, und Faxe, der ein hübsches Blumenhalsband trug, wedelte begeistert mit dem Schwanz, bevor es für die Fotos, die man in Talamh später nicht machen konnte, raus auf die Terrasse ging.

Am Ende liefen sie gemeinsam durch den Wald bis zum Willkommensbaum, doch als Morena ihn erklimmen wollte, hielt die Mutter sie zurück.

»Breen wird dir Gesellschaft leisten, während wir schon einmal rübergehen. Wir gucken erst mal nach, ob Harken dort ist, wo er sein soll, damit er dich nicht schon sieht, bevor du ihm von mir und deinem Vater übergeben wirst. Ich liebe dich so sehr, mein Kind.«

»Genauso wie ich dich.«

Dann gingen die anderen los, und Faxe sah zu seinem Frauchen auf.

»Geh du schon mal mit Nan und Marco vor. Wir kommen gleich hinterher.«

»Dann ist es jetzt also so weit. Jetzt wird es nicht mehr lange dauern, und ich bin tatsächlich Harkens Frau.«

»Bist du nervös?«

»Kein bisschen. Oh, lass uns nach drüben gehen und anfangen, Breen. Ich kann es nicht erwarten, bis es endlich losgeht.«

»Zwei Minuten«, bat die Freundin sie. »Ich habe deiner Ma versprochen, dich zurückzuhalten, wenn du einfach losstürmen willst.«

»Sie kennt mich eben durch und durch. Habe ich dir erzählt, dass Harken Weihnachten ein Hündchen von mir kriegt? Einen Wasserspaniel so wie Faxe, auch wenn es natürlich keinen zweiten Hund wie deinen Faxe gibt. Die Kleine ist aus einem Wurf einer Cousine seiner Mutter und hat die schönsten Augen, die man sich nur wünschen kann.«

»Das wusste ich noch nicht. Da wird er sicher ganz begeistert sein.«

»Auf jeden Fall. In letzter Zeit war so viel los, dass ich total vergessen habe, es dir zu erzählen. Bei den Göttinnen und Göttern, sind die zwei Minuten jetzt vorbei?«

»Gleich hast du es geschafft. Und deine Augen leuchten so, dass es mich überrascht, dass nicht der ganze Wald in ihrem Licht erstrahlt.«

»Ich platze gleich vor Ungeduld.«

»Okay, wir können ja extra langsam gehen, dann machen wir auf diese Weise wett, dass wir schon etwas früher aufgebrochen sind.«

Man hatte ihr bereits erzählt, womit sie rechnen könnte, aber trotzdem holte Breen geräuschvoll Luft, als sie die mannshohen weißen Kerzen links und rechts des Weges und den dicken Blumenteppich auf der Erde sah. Die abendliche Sonne zauberte die ersten rosa Streifen an den blauen Himmel, und die Feen, die dort mit den Drachen flogen, ließen Glitzerstaub auf ihre Köpfe regnen, als Morena dorthin flatterte, wo ihre Eltern ihr entgegensahen.

Flynn küsste ihr die Wangen, und abermals mit Tränen in den Augen drückte Sinead ihrer Tochter ein Bouquet aus Blumen und Kräutern in die Hand.

»Sei gesegnet, Schwester«, wünschte Breen und ging den Weg hinab.

Dann spielte plötzlich die Musik auf, und zu den Klängen von Dudelsack und Harfe lief sie durch den Feenstaub, der immer noch vom Himmel fiel.

Vor dem Hintergrund der Hügel und der Felder und der

Berge mit den schneebedeckten Spitzen stand der Bräutigam mit Keegan und mit seiner Mutter, und die Lederwesten und die weißen Hemden, die die beiden Männer trugen, waren genauso elegant wie Tarryns silberfarbenes Kleid.

Breen lächelte die Männer an, und ihr ging auf, dass sie den Bräutigam noch nie in etwas anderem gesehen hatte als in seiner Arbeitskleidung. Doch Harken hatte einzig Augen für die Frau, die ihm flankiert von ihren Eltern und angeführt von Breen entgegenkam.

Und als Breen neben Keegan trat, nahm Tarryn ihre beiden Söhne an den Händen, drückte sie, ließ sie dann wieder los und blickte lächelnd auf die Braut.

»Morena, ich als Harkens Mutter heiße dich willkommen und nehme dich als meine Tochter auf.«

»Harken, wir als Eltern von Morena heißen dich willkommen und nehmen dich als Sohn in die Familie auf«, wandten sich Flynn und Sinead an den Bräutigam.

»Ich bringe meine Liebe mit in die Familie, Mutter, Vater, Frau.«

»Genauso mache ich es auch, Mutter und Mann.«

Dann gaben Harken und Morena sich die Hand, traten unter einen Blumenbogen, wandten sich einander zu, und lachend zog er sie an sich und küsste sie.

»Das kommt doch erst am Schluss!«

»Halt deine Klappe«, rief Morena ihrem Bruder zu, sah dabei aber weiter Harken an.

»Willst du mir etwas sagen, Harken?«

»Allerdings, und dazu habe ich auch noch etwas für dich.« Er zog den Ring aus seiner Tasche und fuhr fort. »Der Ring hier steht für einen Kreislauf, der nie enden wird. Nimmst du den Ring und mich zu deinem Ehemann? Ich liebe dich bereits mein ganzes Leben und verspreche dir vor allen diesen Leuten hier, dass diese Liebe niemals enden wird, denn du bist alles, was ich jemals wollte, und ich werde dir an hellen Tagen und in dunklen Nächten beistehen, dir alles geben, was ich bin, und alles nehmen, was du bist. Ich hoffe, dass du mir gehören wirst so wie ich dir.«

»Das werde ich. Verflixt, du kannst mit Worten einfach besser umgehen als ich. Jetzt weiß ich nicht mehr, was ich hätte sagen wollen, und dabei habe ich die Rede ein ums andere Mal geübt.«

Die anderen lachten fröhlich auf, doch dann nahm sie den Ring aus ihrem Strauß und atmete tief durch.

»Okay. Der Ring hier steht für einen Kreislauf, der nie enden wird. Nimmst du den Ring und mich zu deiner Ehefrau? Ich liebe dich schon, seit ich denken kann, auch wenn ich darüber am Anfang alles andere als glücklich war. Was ziemlich dumm war, weil ich nie in meinem Leben auch nur annähernd so glücklich war wie jetzt in diesem Augenblick. Du hast Geduld mit mir bewiesen, deshalb liebe ich dich umso mehr. Und ich verspreche dir all das, was du mir eben versprochen hast. Ich werde dir zwar nicht versprechen, jeden Tag für dich zu kochen, weil du deutlich besser kochst als ich, aber ich werde helfen, deine Kühe zu versorgen, deine Felder zu bestellen und alle anderen Arbeiten verrichten, die auf einem Hof anfallen.«

»Ich nehme an, das ist ein guter Deal.«

»Auf jeden Fall. Ich werde deine endlose Geduld bestimmt auch weiter auf die Probe stellen, weil ich nicht anders kann, doch ich werde dich von ganzem Herzen lieben, Harken, ganz egal, was auch geschieht. Denn du bist alles, was ich jemals wollte, und ich will dir alles geben, was ich bin, und alles nehmen, was du mir zu geben hast. Ich hoffe, dass du mir gehören wirst so wie ich dir.«

»Das tue ich.«

Der Taoiseach trat zu ihnen, wickelte ein weißes Band um ihre Hände und erklärte: »Bruder, Schwester, mit dem Band erkläre ich euch offiziell zu Mann und Frau. Ihr habt versprochen, euch zu lieben und für alle Zeiten füreinander da zu sein. Gesegnet seid ihr beide und die Kinder und die Kindeskinder, die das Schicksal euch vielleicht bescheren wird.«

Dann küssten sie sich unter dem Applaus der Gäste, küssten sich ein zweites Mal und reckten ihre Hände mit der weißen Kordel in die Luft.

»Jetzt bin ich Harkens Frau.«

»Und ich bin jetzt Morenas Ehemann.«

Er nahm sie in die Arme, wirbelte sie durch die Luft, und während sie noch lachte, stellte er sie wieder auf der Erde ab.

Und dann begannen das Essen, die Musik, die Toasts, während der Abend in die längste Nacht des Jahres überging.

Natürlich gab es einen Hochzeitstanz, und nach den ersten Takten luden Harken und Morena auch die anderen zum Tanzen ein. Ein paar der Gäste aber saßen weiter um das Wintersonnenwendenfeuer oder gingen ins Haus und tranken einen Whiskey am Kamin oder wiegten eins der Babys in den Schlaf.

Und als die Monde aufgegangen waren, wurde es urplötzlich totenstill. Panisch wandte Breen sich Keegan zu.

»Erzähl mir nicht, wir müssten irgendwelche Reden halten. Davon hat mir niemand was gesagt.«

»Nein. Sieh da.« Er wies nach Westen, denn dort zog ein kaltes, weißes Licht am Himmel auf und breitete sich immer weiter aus.

»Ist das Fins Steinkreis?«, fragte Breen.

»Genau. Die Monde tauchen diese Steine in der längsten Nacht des Jahres in ein ganz besonderes Licht. Und jetzt hör zu.«

Obwohl die Steine meilenweit entfernt waren, hörte sie sie leise singen, und auf Engelsflügeln breitete die Melodie sich wie das Licht im ganzen Land bis in den letzten Winkel aus, und andere Steine fielen in den Gesang mit ein.

Und während sie von Frieden und von den Verheißungen der Zukunft sangen, erschien Marco, nahm Breens Hand und blickte sie mit Tränen in den Augen an.

*Das ist der Grund, aus dem wir kämpfen*, dachte sie erfüllt von einem reinen Glücksgefühl. *Damit zwei Menschen ihre Liebe leben und sie weitergeben können, für das Licht, für dieses Lied, für das Wunder und die Schönheit dieser ganz besonderen Nacht.*

Und sie war Teil des Wunders und des herrlichen Gesangs.

Das Wintersonnenwendenfeuer und die Fackeln und die Kerzen brannten, und für einen Augenblick war ganz Talamh in diesem Glück vereint. Dann nahm das Licht im Westen langsam wieder ab, und der Gesang erstarb.

»Das heißt, dass sich das Rad der Zeit jetzt wieder weiterdreht«, erklärte Keegan ihr. »Und du warst jetzt zum ersten Mal dabei.«

»Das stimmt. Das habe ich noch nie erlebt. Und was machen wir jetzt?«

»Jetzt tanzen wir.«

Inzwischen spielte wieder die Musik, deswegen tanzten sie und tanzten, und Breen trank genügend Wein, um zwei Duette mit ihrem Freund zu singen, ehe sie, den jungen Kavan auf dem Arm, erneut die Hüften schwang.

Auch Faxe tanzte fröhlich auf den Hinterbeinen und verdiente damit derart viele Hundekuchen bei den Kindern, dass es ihn bestimmt nicht stören würde, wenn Breen ihm frühestens in einer Woche wieder was zu fressen vorsetzen würde.

Erschöpft vom vielen Tanzen, setzte Breen sich irgendwann zu Aisling an den Tisch.

»Das hier ist meine erste Hochzeit in Talamh. Ich glaube nicht, dass irgendetwas diese Feier toppen kann. Sind Hochzeiten hier immer so verrückt und fröhlich?«

»Allerdings. Das Brautpaar leistet seinen Schwur und danach wird gefeiert, bis es kracht. Es ist die Ehe selbst, die die Arbeit macht. Sie werden streiten, sich versöhnen und sich lieben und sich wieder streiten, aber es wird sicher funktionieren.« Lächelnd rieb sie sich den runden Bauch. »Könntest du mir einen Gefallen tun?«

»Na klar.«

»Mahon und meine Mutter tanzen gerade wie die Wilden, aber vielleicht wärst du ja so nett und holst sie her.«

»Na klar. Stimmt etwas nicht?«

»Es geht mir gut, nur ist es einfach an der Zeit.«

»Wofür – oje. Bleib ganz ruhig sitzen und beweg dich nicht. Ich bin gleich …«

»Augenblick.« Die Freundin legte eine Hand auf ihren Arm. »Bleib bitte noch kurz hier. Blockier den Schmerz, sonst überträgt er sich von mir auf dich. Blockier ihn, ja?«

Sie war zu spät, deswegen konnte sie die Wehe spüren. Der Schmerz und der Druck in ihrem Inneren waren ein solcher Schock, dass Breen zusammenfuhr.

»Du liegst schon in den Wehen. Wie lange, wie – ich weiß im Grunde nicht, warum ich dich das frage, weil ich schließlich keine Ahnung habe, wie so etwas abläuft. Am besten hole ich Mahon.«

»Moment noch. Es hat bereits angefangen, als wir drüben waren und uns umgezogen haben, aber jetzt wird's langsam ernst. Doch diese Wehe wäre erst einmal geschafft. Ich hätte auch gern Marg dabei, denn sie ist eine wirklich gute Hebamme.«

»Ich hole sie.«

»Und Keegan soll sich um die Jungen kümmern, denn wahrscheinlich halten sie noch ein, zwei Stunden durch.«

»Wir kümmern uns um sie. Hab keine Angst, wir kümmern uns um sie, und auch ansonsten lassen wir dich nicht allein.«

»Ich habe keine Angst«, tat Aisling ihre Bitte lachend ab. »Dies ist schließlich bereits das dritte Mal für mich. Das heißt, ich weiß, was mir bevorsteht.«

Doch Breen war nicht so entspannt und schob sich panisch durch die Menge auf der Tanzfläche bis zu Mahon. »Es geht um Aisling. Sie sagt, dass es losgeht. Dass das Baby kommt.«

»Ach ja?« Ein Lächeln huschte über sein Gesicht. »Dann werde ich jetzt Marg und ihre Mutter holen.«

»Nein, geh du schon mal zu ihr. Ich hole sie und kümmere mich um die Jungen. Geh du einfach zu deiner Frau.«

»Danke.«

Als er loslief, rannte sie, gefolgt von Faxe, weiter und entdeckte Tarryn, die zwei volle Weinkrüge zu einem der Tische trug.

»Aisling, das Baby«, stieß sie keuchend aus. »Sie sagt, es ist so weit.«

»Ach ja? Wie wunderbar. Und Mahon fliegt sie schon ins Haus. Kannst du die Krüge auf den Tisch stellen, damit ich zu ihr gehen kann?«

»Ja, ja. Ich suche auch nach Marg und kümmere mich um

die Jungen. Du solltest wirklich gehen. Die Wehen haben schon eingesetzt.«

»So muss es sein, damit das Baby kommt.« Mit einem leisen Seufzer sah sich Tarryn um. »Zu dieser Wintersonnenwende fangen jede Menge neuer Leben an. Harken und Morena haben ihr neues Leben angefangen, und jetzt erblickt mein nächstes Enkelkind das Licht der Welt.« Sie drückte Breen die beiden Krüge in die Hand und wandte sich zum Gehen. »Eine derart schöne Wintersonnenwende hatten wir schon seit Ewigkeiten nicht mehr.«

Breen blickte auf den Hund. »Such Nan. Such Nan und bring sie her.«

Dann sah sie Keegan, der mit einem Bierkrug in der Hand in einer Gruppe Männer stand, und lief entschlossen auf ihn zu.

»Deine Schwester kriegt ihr Kind.«

»Ach ja?« Mit einem Lächeln nahm er ihr die beiden vollen Krüge ab. »Da haben die O'Broins in dieser Nacht tatsächlich alle Hände voll zu tun.«

»Ich meine jetzt oder auf alle Fälle bald. Sie hat gesagt, dass du dich um die Jungen kümmern sollst.« In ihrem Innern wogte neue Panik auf. »Aber ich habe keine Ahnung, wo sie sind!«

»Sie sind bestimmt hier irgendwo. Finian ist mit Liam und ein paar der anderen Jungen im Stall und gibt mit seinem Pony an, und Kavan …« Er brach ab und sah sich suchend um. »Ah da, er sitzt auf Sedrics Schoß und futtert Kuchen.«

»Gott sei Dank. Jetzt muss ich nur noch Marg finden. Pass du solange auf die Jungen auf, Keegan!«

Sie rannte wieder los. Kopfschüttelnd sah er ihr hinterher und trank einen Schluck von seinem Bier.

Kaum war Breen wieder losgelaufen, kam ihr Hund mit stolzer Miene in Begleitung ihrer Granny anmarschiert.

»Aisling.«

»Ah, ich warte schon die ganze Zeit darauf, dass sie mich ruft.«

»Mahon hat sie ins Haus gebracht, und Tarryn hat sich ebenfalls schon auf den Weg gemacht.«

»Dann tue ich das auch. Könntest du Sedric sagen, wo ich bin? Und falls er heimwill, ehe wir dort fertig sind, komme ich einfach später nach.«

Breen rannte wieder los. »Wo ist Kavan? Eben war er doch noch hier?«, fragte sie hektisch.

»Der kleine Kerl hat mich im Stich gelassen, als ein hübsches, blondes Mädchen kam.« Sedric wies dorthin, wo Kavan unter wildem Flattern seiner kleinen Flügel hin und her sprang, weil er von der Braut zum Tanzen aufgefordert worden war.

»In Ordnung, gut. Aisling bekommt ihr Kind, und Nan ist rüber, um ihr beizustehen.«

»Ein Wintersonnenwendenbaby. Das bringt Glück.«

Breen starrte ihn mit großen Augen an. »Ihr alle geht erschreckend lässig damit um.«

»Wir Fey sind nun einmal Geschöpfe der Natur, und es ist schließlich ganz natürlich, Kinder auf die Welt zu bringen, oder nicht?«

»Sagst du als Mann.«

Lachend stand er auf und gab ihr einen Wangenkuss. »Das stimmt, und trotzdem ist eine Geburt was ganz Natürliches.« Er legte eine Hand auf ihre Schulter und sah Richtung Haus. Hinter den Fenstern brannte Licht, und aus dem Schornstein stieg Rauch in den Himmel auf. »Was dort passiert, ist Leben,

Licht und ein Versprechen. Und am Ende all der Arbeit und der Schmerzen ist die Freude groß. Ich trinke noch ein letztes Bier und stoße noch mal auf das Brautpaar an, und danach werde ich nach Hause gehen. Möchtest du auch etwas?«

»Nein, danke. Ich muss mich um Kavan und um Finian kümmern«, meinte Breen.

»Das ist sehr nett von dir, aber es sind ja schließlich auch zwei wirklich nette Jungs. Auch wenn du dich von Kavan nicht beschwatzen lassen darfst, wenn er noch ein Stück Kuchen haben will, weil er sonst sicher Bauchschmerzen bekommt.«

»Kein Kuchen mehr für Kavan. Alles klar. Verdammt, da läuft er. Faxe, lauf ihm nach und guck, wohin er will.«

»Auch Mab ist hier«, bemerkte Sedric und sah Faxe hinterher. »Und sie gibt eine wirklich gute Nanny ab. Mach dir also keine Sorgen, ja?« Er tätschelte Breen aufmunternd den Arm und schlenderte davon.

Bevor sie die Verfolgung ihres Schützlings aufnehmen und sich überlegen konnte, wo sein großer Bruder steckte, trat Morena neben sie.

»Ich wüsste wirklich gern, warum du nicht auf meiner Hochzeit tanzt.«

»Das habe ich, doch Aisling kriegt ihr Baby, ich soll mich um die Jungen kümmern und …«

»Sie kriegt ihr Kind? Hast du gehört, Harken?«, wandte Morena sich an ihren Mann. »Deine – unsere – Schwester stiehlt uns an unserem großen Tag die Show und kriegt ihr Kind.«

»Sie steht nun einmal gern im Mittelpunkt.«

»Ich brauche ihre Jungen irgendwo, wo ich sie auch im Blick behalten kann.«

»Die beiden haben ihren Spaß«, erklärte Harken Breen. »Siehst du, da vorn kommt Finian mit Liam aus dem Stall, und Liam kann sehr gut mit Kindern umgehen. Und Kavan fallen gleich die Augen zu, auch wenn er das nicht glauben will. Es wird also bestimmt nicht lange dauern, bis er irgendwo in einer Ecke liegt und einschläft.«

»Wie wäre es mit einem Glas Wein?«

»Wenn ich die Jungen eingesammelt habe.«

Eilig lief sie wieder los, doch nach drei Schritten trat ihr Marco in den Weg.

»Wie wäre es mit einem dritten Lied? Die Leute wollen uns noch mal hören.«

»Keine Zeit. Aisling bekommt ihr Kind, weshalb ich mich erst mal um ihre Jungen kümmern muss.«

»Okay, aber danach – Moment! Sie kriegt ihr Baby? *Jetzt*?«

»Endlich«, jauchzte Breen und warf die Hände in die Luft. »Du weißt gar nicht, wie froh ich bin, dass du normal auf diese Nachricht reagierst. Ich bemühe mich, nicht auszuflippen, aber das ist alles andere als leicht, vor allem, weil die anderen alle so gelassen sind.«

»Sollten wir etwas tun? Kocht jemand Wasser?«

»Keine Ahnung. Nan ist bei ihr.« Und vor allem wurde Breen dank Marcos Reaktion selbst wieder halbwegs ruhig. »Nan und Tarryn und Mahon sind alle bei ihr. Es ist also alles gut.« Sie atmete geräuschvoll aus. »Sie werden wissen, was zu tun ist, und ich muss mich nur um Aislings Jungen kümmern und – okay, da vorn ist schon mal Finian. Er sitzt auf Keegans Schultern, und jetzt nimmt er auch den kleinen Kavan auf den Arm. Das heißt, ich muss jetzt nur noch sehen, dass keiner von den Jungs noch mal die Flucht ergreift.«

»Ich werde Brian sagen, dass es so weit ist. Dann schicken wir ihr unsere guten Wünsche. Das ist doch ganz sicher nicht verkehrt.«

»Auf keinen Fall.«

Sie ging zu Keegan, der auf die beiden Kinder aufpasste.

»Sie sind kein bisschen müde«, stellt er ironisch fest, als Kavans Kopf auf seine Schulter sank und Finian sich bemühte, seine Lider aufzuhalten, die inzwischen ein ums andere Mal zufielen.

»Genau!«

»Das sehe ich.« Breen streckte ihre Hände nach dem kleinen Kavan aus und nahm ihn auf den Arm.

»Ma hat gesagt, wir bräuchten heute Abend erst ins Bett, wenn wir es wollen, weil Onkel Harken heute eine Frau bekommen hat und jetzt auch noch das Baby kommt.«

»Und woher weißt du das?«

»Ich habe es gesehen …« Jetzt fielen Finian doch die Augen zu, und müde legte er die Wange auf dem Kopf des Onkels ab. »Ich konnte sehen, dass es unterwegs ist, und ich will es gleich begrüßen, wenn es kommt.«

»Dann gehen wir am besten schon einmal ins Haus.« Er zog den Jungen von seinen Schultern, nahm ihn auf den Arm und wandte sich zum Gehen.

»Er schläft und wird bis Mitternacht bestimmt nicht noch mal wach.«

»Bis dahin wäre es zwar nur noch eine Stunde, aber schließlich reicht es auch, wenn er das Baby morgen früh willkommen heißt.«

Sie brachten ihre Schützlinge ins Haus und weiter in ihr Zimmer, legten sie in ihre Betten, und der Onkel zog den beiden ihre Jacken und die Stiefel aus. »Ich kümmere mich um sie. Geh du am besten rüber und lass Aisling wissen, dass sie schlafen, ja?«

»In Ordnung. Sollte ich danach noch mal nach ihnen sehen?«

»Das wird nicht nötig sein. Sie schlafen tief und fest. Aber sag ihr und ihrem Vater, dass die beiden sicher hier in ihren Betten liegen und sich niemand um sie kümmern muss.«

Sie eilte los und einen kurzen Gang hinab bis zu dem Raum, aus dem sie Stimmen hörte, öffnete die Tür und starrte auf das Bett, auf dem die nackte Aisling saß. Ihre Augen waren vor Anstrengung und Schmerzen glasig, und sie lehnte sich ermattet an Mahon, während die Mutter ihre Hand hielt und Breens Granny zwischen ihren angezogenen Knien saß.

»In Ordnung«, meinte Marg. »Jetzt musst du noch mal pressen, Mädchen.«

Aisling holte Luft, und als sie tat wie ihr geheißen, küsste Tarryn ihre Hand. »So ist es gut. Du bist sehr tapfer, Schatz.«

»Nur noch ein bisschen. So ist's richtig, so ist's gut. Und jetzt hör auf und atme erst mal durch.«

Als Aisling ihre Augen schloss und sich an ihren Mann lehnte, fuhr Tarryn ihr mit einem feuchten Lappen durchs Gesicht.

Breen hätte sich diskret verziehen wollen, aber Tarryn winkte sie herein.

»Oh, nein, komm rein und halte Aislings andere Hand. Wir haben es fast geschafft.«

»Den Göttern sei Dank«, meinte Mahon und küsste Aisling auf die Schulter. »Du bist eine echte Kämpferin, mein Schatz.«

Als Breen ans Bett trat, ergriff Aisling ihre Hand. »Nimm

mir den Schmerz nicht ab, verstanden? Der gehört mir ganz allein. Der ist für mich allein, doch deine Hand zu halten tut mir gut. Und jetzt, Marg, muss ich wieder pressen!«

»Also gut, dann zeig uns, was du kannst. Noch mal, genau«, erklärte Marg, als Aisling ihre Zähne aufeinanderbiss und alles gab. »Und jetzt musst du kurz hecheln und danach die Luft anhalten, denn beim nächsten Pressen kommt der Kopf.«

In diesem Augenblick trat Keegan durch die Tür, machte aber eilig wieder kehrt.

»Typisch.« Wieder lehnte Aisling sich an ihren Mann. »Bei den Göttinnen und Göttern, jetzt geht's wieder los.«

Breen sah benommen, wie der Kopf mit seinem dunklen Haar und den geschlossenen Augen mit den langen Wimpern aus dem Leib der Mutter glitt.

»Jetzt musst du hecheln! Halt, hör auf!«

»Seht euch das Gesicht an. Kannst du auch was sehen, Aisling?«

»Gesicht und Haare hat es von Mahon. Und jetzt … will auch der Rest des Babys raus.«

»Dann press dein Baby jetzt ins Licht und in die Welt, Mutter.« Marg legte ihre Hände um den kleinen Kopf und drehte ihn, als Aisling presste, sachte um. Dann tauchten auch die Schultern und der Torso auf, und zur Begrüßung schrie das neue Leben auf.

»Das Kleine hat der Welt sofort Bescheid gegeben, dass es angekommen ist.«

Dann war das Baby auf der Welt und machte eine Faust.

»Ein strammer, kerngesunder Sohn«, verkündete die Hebamme und küsste seinen Kopf. »Und eine starke Lunge hat er auch.«

»Ich bringe offenbar nur Jungen, aber dafür lauter wunderschöne Jungen auf die Welt. Sag unserem dritten Jungen guten Tag, Mahon.«

Mit Tränen in den Augen schmiegte er seinen Kopf an ihre Wange. »Du bist eine echte Kämpferin. Du bist mein Herz, mein Leben, meine Liebe, und ich danke dir für unseren Sohn.«

Marg richtete sich auf den Fersen auf, fuhr sich mit der Hand über die schweißglänzende Stirn und bat die frischgebackene Großmutter: »Durchtrenn bitte die Nabelschnur.«

»Das mache ich.« Sie wandte sich an ihren neugeborenen Enkelsohn. »Du bist ein Geschöpf der Liebe, und wir nehmen dich mit Freuden in Empfang.« Mit Licht durchtrennte sie die Nabelschnur, küsste dem Kind die Stirn und legte es der Tochter in den Arm.

»Wir haben auf dich gewartet, lieber Schatz.« Auch Aisling küsste ihn und drehte sich mit ihm zu seinem Vater um. »Und endlich bist du da.«

Sie wandte sich an Breen. »Zu Ehren eines Mannes, der bei mir die Stelle des Vaters eingenommen hat, nachdem mein eigener Vater zu den Göttern ging, wird dieser Junge Kelly heißen, und ich hätte gern, dass du ihn ebenfalls mit einem Kuss willkommen heißt.«

»Willkommen in Talamh und allen anderen Welten, Kelly.«

Deshalb, dachte Breen, als sie die weiche Babywange küsste … deshalb würden sie noch einmal kämpfen.

Und gewinnen, um Talamh und alle Welten für die Kinder zu bewahren.

# 7

Breen war begeistert von der Weihnacht in Talamh. Es war die Zeit der Freude, der Gemeinschaft und des Lichts, und Heiligabend zündeten die Fey die Lichter in den Bäumen draußen wie auch in den Häusern an, tauschten Geschenke aus und füllten für die Kleinen die Weihnachtsstrümpfe über den Kaminen mit kleinen Spielsachen und ganz besonderen Leckereien.

Im Tal versammelten die Leute sich bei Sonnenuntergang, um die Lichter des Willkommensbaumes anzuzünden und mit Glühwein anzustoßen, während gleichzeitig ein Chor aus Abgesandten aller Stämme sang.

Aber ohne die Familie von der anderen Seite des Atlantiks hätte Breen und Marco während ihrer ersten Weihnacht in Talamh und Irland was gefehlt, deswegen setzten sie sich vor den Baum in ihrem Häuschen und riefen über den Laptop Sal und Derrick an.

Die beiden hatten Glitzerweihnachtsmützen auf, und hinter ihnen funkelte das Licht des größten der sechs Weihnachtsbäume, die sie sich geleistet hatten, und auf dessen Spitze eine Discokugel thronte.

Sie prosteten sich über die Entfernung hinweg zu.

»Ihr fehlt uns.« Marco schmiegte sich an Breen. »Das ist das erste Weihnachten seit einer Ewigkeit, an dem wir nicht im Sally's sind.«

»Wünscht bitte allen frohe Weihnachten von uns«, bat Breen. »Und schickt uns jede Menge Bilder!«

»Machen wir«, sagte ihr Sally zu. »Wir waren ganz begeistert von den tollen Hochzeitsfotos, die du hochgeladen hast. Sag deiner Großmutter, wir würden wissen wollen, was das Geheimnis ihrer Jugend ist. So eine gut aussehende, coole Granny haben wir noch nie gesehen.«

»Das richte ich ihr aus. Wir werden sie noch sehen, wenn … das Licht des großen Weihnachtsbaums entzündet wird. Dann treffen sich hier alle, singen und stoßen miteinander an. Das ist hier Tradition.«

»Was macht dein nächstes Buch?«, erkundigte sich Derrick. »Dieser große Fantasyroman. Du weißt, ich liebe Fantasy.«

»Ich habe das Gefühl, als käme ich recht gut damit voran. Zumindest hoffe ich, dass es so ist.«

»Ihre Agentin will, dass sie ihr endlich eine Leseprobe schickt«, mischte sich Marco ein, und Breen rempelte ihn unsanft mit dem Ellenbogen an.

»Ich bin noch nicht so weit.«

»Mich lässt sie auch nichts lesen«, fügte er hinzu.

»Weil's noch nicht fertig ist. Und schließlich hast du selbst noch nichts eingeschickt, obwohl du weiter fleißig komponierst.«

»Weil bisher keins der Lieder fertig ist«, griff er mit einem gleichmütigen Achselzucken ihre Worte auf.

»Unsere Kinder.« Sally seufzte und sah Derrick an.

Sie unterhielten sich noch eine Stunde. Dann packten sie ihre Geschenke aus, und Marco führte ihnen seinen schokoladenbraunen Ledermantel vor.

»Wahnsinn. Dieses Ding ist echt der Hit.«

»Breen hat gesagt, dass du auf Keegans Ledermantel neidisch wärst.«

»Und jetzt habe ich selbst einen. Den ziehe ich wahrscheinlich nicht einmal zum Schlafen aus!«

»Er ist echt sexy«, stellte Sally fest. »Ich wette, dass dein gut aussehender Künstler genauso denkt.«

»Ich freue mich schon drauf, wenn er mich in dem Mantel sieht.«

»Und ich bin hin und weg von meinen Stiefeln.« Breen betrachtete die schwarzen Lederstiefel, die bis über ihre Knie reichten und deren Reißverschlüsse unter den gekreuzten Schnüren an den Seiten nicht zu sehen waren. »Sie sind der Wahnsinn. Ich komme mir in ihnen wie eine Generalin vor.«

»Wie eine wirklich heiße Generalin«, fügte Derrick noch hinzu. »Sieh dir die Süße an, Sally. Inzwischen ist sie eine durch und durch erwachsene Frau.«

Marco legte einen Arm um ihre Taille und nahm eine heiße Pose ein. »Die Sachen ziehen wir heute Abend an. Es wird die anderen umhauen, wenn sie uns in diesem coolen Aufzug sehen.«

»Auf jeden Fall.« Breen ließ sich wieder auf das breite Sofa fallen. »Jetzt seid ihr beiden dran.«

»Na endlich.« Derrick riss so unsanft an dem festlichen Papier, dass Sal zusammenfuhr.

»Du weißt, wie furchtbar ich das finde. Schließlich haben die beiden die Geschenke extra hübsch und liebevoll verpackt, und jetzt reißt du so ungeduldig dran herum, als wärst du ein dreijähriges Kind.«

»An Weihnachten sind alle drei.«

Breen lachte. »Das habe ich auch gesagt. Vor allem hoffen wir, dass hauptsächlich der Inhalt der Pakete zählt.«

Sie nahmen eine Schachtel aus dem festen Pappkarton, in

dem die Sendung aufgegeben worden war. Sie war aus blank poliertem Zedernholz mit kupfernen Beschlägen und mit einem reich verzierten Schloss, und in den Deckel waren ihre Namen in das Unendlichkeitssymbol graviert, das auch auf ihren Hochzeitsringen war.

»Prachtvoll.« Sally zog mit einem Finger ihre beiden Namen nach. »Und was für eine Handwerkskunst.«

»Sedric – ich habe euch doch schon von ihm erzählt – hat uns bei dem Entwurf geholfen, und danach hat Seamus sie nach dieser Vorlage gebaut. Das ist eine Erinnerungskiste«, kläre Breen die Freunde auf. »Und noch ein bisschen mehr. Was noch, seht ihr, wenn ihr sie aufmacht.«

Sally öffnete den Deckel, und als die Musik erklang, brach er in Tränen aus. »Das ist unser Hochzeitslied. Wir hatten damals einen Klassiker gewählt.« Er wandte sich an seinen Schatz und gab ihm einen Kuss. »*I got you, babe.*«

»*I got you, babe*«, stimmte Derrick ein.

»Ich muss ihn entweder betrunken machen oder dieses Lied spielen, damit er mit mir singt.«

»Ich habe nun mal eine Stimme, die wie eine traurige Posaune klingt.« Derrick räusperte sich leise und wandte sich wieder Breen und Marco zu. »Das ist ein ganz besonderes Geschenk. Wir werden es in Ehren halten, Kinder.«

»Davon bin ich überzeugt. Vor allem, wenn ich euch erzähle, dass das Lied von Marco für euch aufgenommen worden ist.«

»Im Ernst? Ach, Kind, wie wunderbar. Wie hast du das gemacht?«

»Er hat gezaubert«, meinte Breen, weil es tatsächlich so gewesen war.

Auch sonst war es ein zauberhafter Abend, dachte Breen, als sie mit Marco und dem Hund hinüber zu den anderen ging.

Faxe trug eine rote Mütze auf dem Kopf, von der er ganz begeistert war.

Als sie Talamh erreichten, sahen sie die Leute bereits auf der Straße, auf den Feldern und den Mauern stehen.

Manche hielten Flöten oder Fiedeln in den Händen, andere prosteten sich gut gelaunt mit Glühwein zu, und als Morena sie entdeckte, stellte sie mit neiderfüllter Stimme fest: »Seht euch nur an. Und Faxe wirkt mit seiner Mütze wie ein echter Weihnachtshund.«

Sie nickte anerkennend, aber Faxe schoss bereits begeistert auf die Kinder zu, die in seiner Nähe spielten. »Und dieser Mantel ist noch weicher als ein Babyhintern, auch wenn ich noch neidischer auf diese obermegacoolen Stiefel bin.«

»Das kann ich nachvollziehen. Frohe Weihnacht oder eine segensreiche Lichternacht.«

»Du kannst mir beides wünschen, denn wir feiern schließlich beides hier. Und jetzt holt euch am besten erst mal einen Glühwein, denn die Sonne wird gleich untergehen.«

»Vorher will ich das Baby sehen.«

Breen bahnte sich den Weg durch das Gedränge und war glücklich, als sie jede Menge Freunde und Bekannte erkannte. Dann entdeckte sie Tarryn, die mit Aisling etwas abseits stand und ihren jüngsten Enkel in den Armen hielt.

»Eine segensreiche Lichternacht, Breen Siobhan, und frohe Weihnachten. Ich sehe, dass du einen Wunsch hast«, fügte Tarryn noch hinzu und legte ihr den Säugling in den Arm.

»Ich danke dir.« Sie sog den Babyduft in sich auf und stellte fest: »Du siehst tatsächlich wie dein Vater aus. Und wenn mal deine grünen Flügel wachsen, fliegst du über Land und Meer und erfüllst die Luft mit deinem Gesang.« Sie blinzelte. »Es tut mir leid. Ich hätte nicht …«

»Nein, nein, es war mir eine Freude, das zu hören. Das Licht der Sidhe habe auch ich selbst schon in ihm gesehen, aber die anderen Sachen nicht. Dann wird er also musikalisch.« Aisling streichelte dem Kleinen sanft die Wange. »Schön.«

»Okay, jetzt gib ihn mir«, beschied Finola Breen, als sie in einem leuchtend roten Umhang und in leuchtend roten Stiefeln auf der Bildfläche erschien. »Ich brauche schließlich etwas Übung, denn ich hoffe, Harken und Morena werden mich nicht lange auf ein Baby warten lassen, nachdem sie den Bund fürs Leben eingegangen sind. Ich finde, Neugeborene verströmen einen ganz besonderen, zauberhaften Duft.«

»Seine Brüder sagen etwas anderes, wenn er eine frische Windel braucht.« Aisling sah sich suchend nach den beiden um und nickte, als sie sie, behütet von der treuen Mab, ein Stückchen weiter spielen sah. »Da vorn jammert Bridie Marg was vor. Du solltest deine Granny retten, Breen. Am besten sagst du ihr, ich hätte dich nach ihr geschickt. Mit frischgebackenen Müttern sind die Leute meistens nachsichtig.«

»Das mache ich.«

Sie lief entschlossen los, tauschte weitere Grüße aus und sah das Farbenmeer am Himmel, als die Sonne langsam unterging. Bald würden sie die Lichter am Willkommensbaum entzünden, ihre Stimmen in der kalten, klaren Luft erheben und auf diese Weise zeigen, dass sie guten Willens und eine Einheit waren.

»Frohe Weihnachten, Breen Siobhan.«

Sie blieb kurz stehen und lächelte das Mädchen an. Es war jung und hübsch, mit einem dicken Zopf aus weichem, braunem Haar, und irgendwo hatte sie es schon mal gesehen. Sie suchte nach dem Namen, aber er fiel ihr nicht ein.

»Das ist der Gruß von eurer Seite.«

»Von der anderen Seite, ja«, verbesserte Breen sie, weil sie inzwischen schließlich auch in dieser Welt zu Hause war. »Und dir wünsche ich eine segensreiche Lichternacht.«

»Ich bin Caitlyn Connelly aus dem Häuschen in der Nähe der Ruine«, stellte sich das Mädchen vor, und plötzlich wusste Breen, wo sie ihm vorher schon einmal begegnet war.

»Ich habe dich dort mal spazieren gehen sehen, als ich am Grab von meinem Vater war.«

»Ich habe dich dort ebenfalls gesehen. Hier, trink einen Glühwein, denn gleich wird die Sonne untergehen.«

»Danke.«

»Auf Talamh und eine Nacht der Freude.«

Breen hob den ihr angebotenen Becher an den Mund, doch plötzlich spürte sie und wusste, welche Absicht mit dem Angebot verbunden war. Am besten hätte sie den Becher einfach ausgekippt, dann aber ging ihr auf, dass dies der Augenblick der Prüfung war.

Sie trank den Becher aus und nahm das harte Lächeln in den Augen ihres Gegenübers wahr.

Sie ließ den Becher wieder sinken und bedachte Caitlyn mit einem ausdruckslosen Blick.

»Und du wählst ausgerechnet einen solchen Abend, um das Werk des dunklen Gottes zu verrichten? Einen Abend, an dem alle friedlich hier versammelt sind und während unsere Kinder in der Nähe spielen? Du würdest diesen Augenblick durch meinen Tod, der kein Tod ist, zerstören wollen?«

»Du wirst grauenhafte Schmerzen leiden, und es wird dich niemand retten können.«

Ihr Hund kam knurrend angeschossen, aber Breen sah weiter Caitlyn an.

»Ich werde keine Schmerzen leiden, aber du wirst vor Gericht gestellt, weil du die ganz besonderen Gaben, die dir mitgegeben wurden, absichtlich besudelt hast. Bleib hier!« Erfüllt von einer ungeahnten Macht, ließ sie die Hand nach vorn schießen, und bevor die junge Frau die Flucht ergreifen konnte, legte sie ihr unsichtbare Fesseln an.

Caitlyn funkelte sie zornig an und wollte fauchend wissen: »Warum bist du noch nicht umgefallen?«

»Mein Licht ist stärker als Isoldes Dunkelheit und wird es immer sein. Du hast dein Volk verraten, Caitlyn Connelly.«

»Ich bin eine Dienerin von Odran, dem Herrscher über alle Welten. Er wird sich die von ihm an dich verliehene Macht zurückholen und diese Welt in Schutt und Asche legen.«

Ein paar Leute aus der Nähe traten vor und sahen Caitlyn drohend an.

Dass Breen keuchte, lag nicht an dem Gift, das ihr verabreicht worden war. Es lag an ihrer Trauer und dem Zorn, den sie empfand, weil Odran seinen Schatten auf die Nacht des Lichts und der Gemeinschaft warf.

»Bitte, bleibt zurück. Haltet die Kinder von ihr fern und ruft den Taoiseach.«

»Ich bin hier«, erklärte Keegan und trat neben sie. »Was ist passiert?«

»Das Mädchen hier gehört zu Odran und hat ihr Isoldes Gift gebracht.«

»Du bist von seinem Fleisch und Blut. Du bist für ihn gemacht«, spie Caitlyn verächtlich aus. »Und wenn nicht jetzt, holt er sich dich ein andermal.«

»Ich kenne dich«, erklärte Keegan. »Doch erst jetzt erkenne ich, wer du in Wahrheit bist.«

»Odran, unser aller Gott, der Gott der Dunkelheit, wird sich am Blut der Tochter laben und das Land mit eurem Blut tränken, wenn es in Schutt und Asche liegt.«

»Schlaf«, befahl ihr Keegan. Sie ging zu Boden, und ihr fielen die Augen zu. »Und jetzt schafft sie fort«, bat er zwei Krieger, bevor er ein kleines Fläschchen aus der Rocktasche des Mädchens zog. »Wie klein es ist.« Er richtete sich wieder auf und wandte sich an Breen: »Ich brauche auch den Becher, den sie dir gegeben hat.«

Dann wies er seine Krieger an. »Schafft sie hier weg, aber bewacht sie gut, weil sie Breen auf Befehl von Odran einen hochgiftigen Schlaftrunk angeboten hat.«

Ein Aufschrei der Empörung ging durch die Menge.

»Bringt sie und die Beweismittel mit einem Drachen in die Hauptstadt und sperrt sie bis zur Verhandlung ein.« Er nahm Breens Hand und rief mit lauter Stimme aus: »Sie wird nach unseren Gesetzen vor Gericht gestellt. Aber nicht heute Abend, denn die Glocken werden ihretwegen nicht verstummen, und das Licht wird nicht durch ihre dunkle Tat getrübt.« Er wies nach Westen, wo die Sonne unterging. »Talamh wird in der Nacht der Lichter erstrahlen. Komm mit«, wandte er sich an Breen und rief dann abermals mit lauter Stimme aus: »Wo ist mein Neffe? Wo ist Finian, der Sohn von Aisling und Mahon?«

»Hier.« Der Junge starrte ihn mit großen Augen an.

»Er ist ein Kind der Fey, ein Sohn Talamhs.« Er setzte sich den Kleinen auf die Schultern, damit ihn die Leute sahen. »Also hebt eure Kinder hoch und zeigt ihnen das Licht, das uns gehört. Damit sie und alle sehen, wie dieser

Sohn Talamhs die Lichter am Willkommensbaum erstrahlen lässt.«

Finian neigte seinen Kopf und flüsterte seinem Onkel zu: »Ich habe bisher nur mal ein paar Kerzen in der Küche angezündet, aber nie allein.«

»Du musst einfach daran denken, dass du Licht, nicht Feuer schicken sollst. Es brennt in deinem Inneren, heller als der Tag. Und wenn du Hilfe brauchen solltest, bin ich da. Also schick das Licht zum Baum, Junge, und zünde dort die erste Kerze an.«

Der Junge richtete sich auf und blickte erst dorthin, wo seine Eltern standen, und danach in Richtung des Willkommensbaums.

*»Ich – schicke dieses Licht in dieser Nacht*
*als Zeichen unserer hellen Macht …«*

Als Finian stockte, half ihm Keegan aus:

*»Auf dass wie jedes Jahr des Guten und des Rechten …«*
*»… wird gedacht.«*

Die Hand des Jungen zitterte ein wenig, aber trotzdem flackerte ein kleines Licht an einem der Äste auf und breitete sich immer weiter aus.

»Weißt du auch, wie es weitergeht?«

»Ich glaube, aber …«

»Am besten sagen wir den Spruch zusammen auf, und zwar so laut, dass jeder hier es hören kann.«

Dann fuhren sie gemeinsam fort:

*»Dazu kommt jetzt auch noch das Licht von allen,*
*die hier stehen,*
*damit im ganzen Tal und ganz Talamh es ist zu sehen.*
*Das Zeichen unseres Glücks erhellen soll die Nacht,*
*und froh vereint wir alle werden feiern, wenn das Werk*
*vollbracht.«*

In Wäldern, Gärten und den Eichen und Kastanien, die vereinzelt auf den Feldern standen, gingen die Lichter an, und die Vertreter aller Stämme sangen von Frieden, Freude und der Kameradschaft, die die Fey verband.

Breen hatte das Gefühl, als gäbe es nichts Reineres und Schöneres als einen Heiligabend in Talamh, und lächelte, als Keegan seinen Neffen in die Luft warf und erklärte: »Das hast du echt super hingekriegt. Ich finde, dafür hast du einen Drachenflug verdient.«

»Jetzt gleich?«

Der Onkel schüttelte den Kopf, dann aber meinte er: »Warum eigentlich nicht? Nur nehmen wir dann auch noch Kavan mit.«

»Okay.«

»Ruf deinen Drachen und nimm Kavan mit«, bat Keegan Breen.

»Ich – was?«

»Die Leute sollen uns beide und das Licht sehen, das wir am Himmel säen. Und Odran und Isolde sollen es spüren und wissen, dass ihr Plan nicht aufgegangen ist. Wir schenken dieses Licht Talamh und treten Odran damit in den Arsch.«

Und kurz darauf flogen auf Lonrachs Rücken Breen, der Hund und Kavan hinter Cróga hier, wobei der Junge fröhlich juchzend und mit wild rudernden Armen Feenstaub auf die Umgebung regnen ließ.

Dann reckte Keegan einen Arm über den Kopf, und ein weißer Regenbogen dehnte sich am Himmel aus. Breen machte es ihm nach, und während sich der zweite Regenbogen zeigte, funkelten weit unter ihnen die unzähligen Lichter von Talamh.

Da sie nach dem Zwischenfall mit Caitlyn Connelly keine Lust mehr auf Glühwein hatte, trank sie nach der Rückkehr in ihr Häuschen auf der anderen Seite Wein. Dann ging es an die Geschenke, und obwohl sie schon ein paar der Skizzen kannte, die der talentierte Brian angefertigt hatte, war sie völlig sprachlos, als sie das Gemälde von sich selbst unten in der Bucht bei Sonnenaufgang überreicht bekam.

»Ein derart schönes Bild habe ich nie zuvor gesehen. Diese Farben und die Nebelschwaden, und da vorn sieht man sogar Faxe, der durchs Wasser springt.«

»Die Morgendämmerung ist offenkundig deine Lieblingszeit, deswegen dachte ich, dass ist ein nettes Dankeschön, weil du dein Heim für mich geöffnet hast.«

»Es ist auch Marcos Heim. Aber das hier?« Sie sah dorthin, wo der Künstler neben seinem Schatz vor dem Kamin in einem der breiten Ohrensessel saß. »Das hier behalte ich für mich und hänge es in meinem Zimmer über meinem Schreibtisch auf, damit es mich bei meiner Arbeit inspiriert.«

Sie trat vor Marcos Liebsten, gab ihm einen Wangenkuss und drückte ihm ein Päckchen in die Hand. »Und das ist für dich, auch wenn die Auswahl vielleicht egoistisch war.«

Es war ein Kasten voll mit Stiften, Farbe, Kreide, einem Skizzenblock sowie zwei kleinen Leinwänden.

»Wie schön.«

»Ich dachte, dass es praktisch wäre, wenn du ein paar Malsachen auch hier im Häuschen hast.«

»Unbedingt.«

Dann wählte sie ein anderes Paket und ging zurück dorthin, wo Keegan saß. »Frohe Weihnachten.«

»Danke.« Wie zuvor auch Derrick riss er einfach das Papier entzwei.

Sie hatte ihm ein kompliziert geflochtenes Lederband gemacht und einen Drachen in den leuchtend blauen Labradorit graviert.

»Ich weiß, du trägst normalerweise keinen …«

»Das Armband trage ich auf jeden Fall, denn du hast Cróga wirklich gut getroffen«, fiel er ihr ins Wort.

»Wobei mir Nan und Sedric eine große Hilfe waren. Allein hätte ich das niemals hingekriegt.«

»Es sieht ihm wirklich ähnlich. Das bedeutet mir sehr viel.« Er zog das Armband an und band die Enden zusammen. »Er wird sich darüber genauso freuen wie ich. Und jetzt bist du dran.« Er stand auf und zerrte einen langen Leinensack hinter dem Weihnachtsbaum hervor. »Ich habe kein Talent zum Einpacken.«

»Der Sack ist auch sehr hübsch.« Sie zog die Kordel auf und hielt ein Schwert in einer Scheide in der Hand.

»Das ist ein wirklich ungewöhnliches Geschenk«, erklärte Marco lachend, ehe er den nächsten Schluck von seinem Glühwein trank.

Breen lachte ebenfalls, als sie mit einem Finger über die Gravuren in der Scheide glitt. »Das Muster ist sehr ziseliert und wunderschön.«

»Wofür du Brian und Sedric danken kannst. Sie haben die

Symbole aller Stämme, das Symbol der Menschen und auch das der Götter darin eingraviert.«

»Und die beiden Monde von Talamh.« Sie zog behutsam die Konturen nach. »Oh, und ein Kleeblatt, das bestimmt für Irland steht.« Jetzt schaute sie sich auch die anderen Symbole noch genauer an. »Marco, hier ist auch die Freiheitsglocke, die für Philadelphia steht.«

»Für die gibt's einen Extrapunkt.«

»Der Apfel repräsentiert New York, denn schließlich hast du ab und zu beruflich dort zu tun, und der Drache steht für dich als Drachenreiterin. Du brauchst ein eigenes Schwert und kein geliehenes. Normalerweise wird ein Schwert vom Vater an den Sohn vererbt, aber das Schwert von deinem Vater ist für dich zu schwer. Deshalb kriegst du jetzt dieses hier. Es wurde extra an die Größe deiner Hände und deine Armlänge angepasst.«

Sie nahm den Griff und spürte den Unterschied sofort. Er war ein bisschen kürzer als der Griff des Schwerts, das sie bisher verwendet hatte, und als sie es aus der Scheide zog, erkannte sie, dass es auch etwas leichter war.

»Vorsicht, Mädchen, sonst stichst du mir noch ein Auge aus.«

Sie aber starrte weiter auf das in die Klinge eingravierte Wort.

*Misneach*.

»Ich danke dir.« Entschlossen schob sie es zurück in die Scheide und gab Keegan einen Kuss. »Das bedeutet mir sehr viel.«

Und später, als das Feuer im Kamin herunterbrannte, gingen sie nach oben, und sie setzte sich aufs Bett, um sich die Stiefel auszuziehen.

»Echt clever«, meinte Keegan, als sie den versteckten Reißverschluss herunterzog. »Das macht es leicht, sie an- und auszuziehen. Sie sind … verführerisch.«

Sie blickte auf. »Ach ja?«

»Das weißt du selbst ganz genau. Man fragt sich automatisch, wie du aussehen würdest, hättest du nur diese Stiefel an.«

»Marco meint, dazu gehört dann noch ein Männerhemd. Vielleicht probiere ich das bald mal aus.«

»Das sähe sicher super aus.« Er trat ans Fenster, wandte sich ihr wieder zu und sah sie an. »Breen, ich weiß, dass Weihnachten dir wichtig ist, aber ich muss in die Hauptstadt, denn dort wartet diese Frau auf ihren Prozess.«

»Natürlich. Du hast recht. Am besten fliegen wir gleich morgen früh.«

»Es ist nicht nötig, dass du mitkommst, denn wir haben sowohl den Flakon als auch den Becher. Außerdem hat sie gestanden, dass sie dich hat vergiften wollen. Und sie ist stolz auf den Versuch, deshalb wird sie auch vor Gericht zu ihren Taten stehen.«

»Wahrscheinlich hast du recht«, murmelte Breen.

»Warum hast du das Gift getrunken? Warum hast du es riskiert, obwohl du wusstest, was in dem verdammten Becher war?«

»Ich hätte das giftige Zeug fast weggekippt.« Jetzt stand sie auf und stellte ihre Stiefel fort. »Dann aber ging mir auf, dass ich Vertrauen haben muss. In dich, in Marg, den Hexenzirkel, seinen Zauber und das Licht. Ich musste mich auf das verlassen, was ich tief in meinem Inneren empfunden habe, nämlich dass der helle Zauber stärker als Isoldes Zauber ist. Ich musste an das glauben, was ich selbst inzwischen bin.

Deswegen habe ich entschieden, dieses Zeug zu trinken und mir selbst und allen zu beweisen, dass wir Odran und den dunklen Mächten überlegen sind.«

»Ich hätte dich daran gehindert, doch das wäre falsch gewesen. Trotzdem würde ich dich auch in Zukunft daran hindern, unnötig dein Leben zu riskieren.«

»Wie soll ich meine Rolle in dem Kampf gegen die dunklen Mächte, für Talamh und alle Welten einnehmen, wenn ich nicht selbst an mich glaube?«

»Du hast recht, und trotzdem …«

»Willst du damit sagen, dass du mich nicht mit zu dem Prozess nimmst, damit mir dort nichts passiert?«

»Nein. Und wenn wir dich dort brauchen, schicke ich dir einen Falken und erwarte, dass du kommst. Caitlyn hat Familie und einen Freund, und mir ist klar, dass ihre Herzen jetzt gebrochen sind. Ich werde vielleicht nie erfahren, wie Odran es geschafft hat, sie umzudrehen. Und werde niemals sicher wissen, bei wie vielen anderen ihm das noch gelungen ist.«

Er trauerte, erkannte Breen. Um den Verlust der jungen Fey und wegen seiner Rolle während des Verfahrens gegen sie. »Du wirst sie verbannen, und das fällt dir schwer.«

»Ihre Schwester Janna hat als Kriegerin mit uns zusammen in der Schlacht beim finsteren Portal gekämpft und dort ihr Leben für Talamh gegeben, und jetzt haben ihre Eltern ihre zweite Tochter an den dunklen Gott verloren, der die Verantwortung für den Verlust der ersten Tochter trägt. Wie viel hat Janna Caitlyn von den Patrouillen, Plänen, Strategien erzählt, so wie es Schwestern tun? Und wie viel hat dann Caitlyn an Odran übermittelt und auf diese Weise ihre eigene Schwester in den Tod geführt?« Er schüttelte den Kopf. »Ich glaube also nicht, dass die Verbannung der Verräterin mich allzu sehr belasten wird.«

Doch Breen war klar, auch wenn er etwas anderes sagte, fiele ihm das Fällen eines derart harten Urteils alles andere als leicht.

»Werden ihre Eltern zum Prozess kommen?«

»Ich habe ihnen Zeit gegeben, sie zu sehen und mit ihr zu sprechen, bevor die Soldaten mit ihr Richtung Hauptstadt aufgebrochen sind. Und Aisling braucht mehr Zeit mit unserer Ma, und die braucht noch ein bisschen Zeit mit ihr und den drei Jungs. Ich selbst aber werde in der Hauptstadt bleiben müssen, und ich komme frühestens zum Jahreswechsel wieder her.«

»Du hast als Taoiseach Pflichten, Keegan. Das verstehe ich. Musst du schon heute Abend los?«

»Ich möchte diese Nacht mit dir verbringen, oder das, was jetzt noch davon übrig ist. Ich will mit dir zusammen sein.« Er zog ihr den Pullover aus und warf ihn achtlos hinter sich. »Ich will dich spüren, über mir und unter mir und rund um mich herum.« Er fuhr ihr mit den Händen durch das Haar. »Ich mag das Rot, ich mag, wie dicht es ist, und mag es, wenn es wild auf deine Schultern fällt.«

Sie dachte an die Zeit zurück, in der sie ihre roten Locken braun gefärbt und mühselig geglättet hatte, um sich möglichst unsichtbar zu machen und nicht aufzufallen. Doch diese Zeiten waren ein für alle Mal vorbei.

Sie schlang ihm ihre Beine um die Hüfte, küsste ihn und knabberte an seinem Hals.

»Ich will dich auf und unter mir, um mich herum und tief in meinem Inneren. Der Morgen ist noch weit, also genießen wir die Nacht.«

Dann packte sie ihn an den Haaren und zog ihn zu sich.

In seinem Innern wogte glühendes Verlangen nach ihr auf, und ihr berauschender Geschmack verstärkte die Begierde noch.

In aller Eile zog er erst sie, dann sich selbst aus und – heiße Haut an heißer Haut – presste sie mit dem Rücken an die Wand, bohrte ihr die Finger in die Hüften und drang in sie ein. Es kümmerte ihn nicht, ob er ihr wehtat, und das Feuer, das in seinem Innern brannte, wurde durch ihr Keuchen weiter angefacht.

Er sah ihr ins Gesicht und nahm den Schock und das Verlangen in ihren grauen Augen wahr, als sie ihm ihre Beine samtig weichen Fesseln gleich noch fester um den Körper schlang und ihm auf diese Weise zu verstehen gab, dass seine harten Stöße ihr durchaus willkommen waren.

Sie klammerte sich an ihm fest, nahm auf der Haut die Hitze der brüllenden Flammen, die sich im Kamin entzündet hatten, und die Glut der Kerzen wahr, die von selbst angegangen waren, und sog mit jedem ihrer Atemzüge seinen ganz besonderen Duft ein. Er füllte sie mit seiner ganzen Kraft, Gefährlichkeit und seinem glühenden Verlangen, und sie gab sich den unaussprechlichen Gefühlen hin, die er in ihr wachrief.

Das Feuer und die Flamme seiner Leidenschaft verbrannten sie, er aber dämpfte ihren Schrei mit seinem Mund und tat sich an ihr gütlich, bis sie zitternd kam.

Dann kam auch er, sie aber füllte ihn auch weiter an und, obwohl ihre Muskeln weich wie Wasser waren, schlang sie ihm auch weiter ihre Beine und die Arme um den Leib und fragte sich, warum die lauten Schläge ihres Herzens nicht in dieser und in jeder anderen Welt zu hören waren.

Sie holte mühsam Luft und sah, dass Faxe auf dem Hundebett am Feuer lag und absichtlich in eine andere Richtung sah.

»Wir haben das Feuer und die Kerzen angezündet, und ich glaube, wir haben Faxe ziemlich in Verlegenheit gebracht.«

»Ich sehe dich nun einmal gern in Feuerschein und Kerzenlicht. Und Faxe wird sich dran gewöhnen, dass so etwas zwischen uns passiert. Auch wenn das so ganz sicher nicht geplant gewesen ist.«

»Ach nein?«

»Ich hätte es eher langsam und gemächlich angehen wollen. Doch du bist selbst schuld daran, dass es nicht so gekommen ist, denn schließlich hast du mich verführt.«

Sie liebte den Gedanken, dass sie dazu in der Lage war.

»Wir haben bisher nur einen kleinen Teil der Nacht genutzt, das heißt, dass du es jetzt noch einmal ruhiger angehen kannst.«

»Ich weiß zwar, wo du herkommst, doch ich habe mich schon oft gefragt, auf welchem Weg du jetzt bei mir gelandet bist.«

»Das habe ich mich andersrum bestimmt genauso oft gefragt, dann aber habe ich beschlossen, dass das eigentlich egal ist, weil ich froh bin, dass es so gekommen ist.«

»Das bin ich auch, und trotzdem kann ich es nicht nachvollziehen. Aber da wir uns jetzt nun einmal getroffen haben, werde ich dir zeigen, wie mein ursprünglicher Plan für heute Abend ausgesehen hat.«

# 8

Keegan brauchte Zeit und das Gefühl von Merlin unter sich, deswegen schwang er sich vor Tagesanbruch – und noch ehe Harken mit der Arbeit auf dem Hof begonnen hatte – auf den Rücken seines Pferds und galoppierte durch die kalte Dunkelheit davon.

Er brauchte das Alleinsein und die Schnelligkeit, und in der Stille, die nur von den Hufschlägen des Hengstes auf dem hart gefrorenen Boden durchbrochen wurde, dachte er noch einmal über die Geschehnisse des Vortags nach.

Dann hatte Odran also einen Weg gefunden, um Isoldes Gift herüber nach Talamh zu schaffen, wo es dann von einer seiner Dienerinnen übernommen worden war. Zwar wurden die Portale überwacht, doch undurchdringlich waren sie nicht. Womöglich hatte Odran einen Raben losgeschickt oder einen Wer in Tiergestalt. Oder vielleicht hatte ja Isolde die Wachen kurzfristig verzaubert und sich selbst auf den Weg gemacht.

Sie konnten und sie würden die Armeen des dunklen Gottes daran hindern, durch die Übergänge hier bei ihnen einzufallen, doch ein einzelner Spion war etwas anderes. Das wusste er, denn schließlich schickte auch er selbst auf diesem Weg Spione in die dunkle Welt.

Sie hatten Odrans Kräfte in der Schlacht am finsteren Portal geschwächt, aber nicht vollständig besiegt. Den endgültigen Sieg erreichten sie allein durch Odrans Tod.

Es reichte nicht, den dunklen Gott zu schwächen, damit dieser Krieg ein Ende nahm. Erst mit dem Ende ihres Widersachers wäre es vorbei.

Ein Ende, das nur Breen dem dunklen Gott bereiten könnte, weil nur sie ihm ebenbürtig war.

Das Schwert des Taoiseach und all das, wofür es stand, reichten für diesen Schlag nicht aus. Denn, bei den Göttinnen und Göttern, schließlich hatte Eian dieses Schwert geschwungen und sein Leben hingegeben, als er gegen Odran in den Krieg gezogen war.

In allen Liedern und Geschichten hieß es, dass die Tochter diese Last zu tragen hätte, und er könnte nichts dagegen tun.

Und jetzt, da er sie liebte, brachte die Angst um sie die bisher ruhigen Schläge seines Herzens aus dem Gleichgewicht und trübte seinen Verstand. Also galoppierte er dem ersten Licht entgegen, in der Hoffnung, durch den Abstand, den er so zu ihr gewänne, wieder einen klaren Kopf zu bekommen. Als das Land um ihn herum erwachte, verfiel er in einen flotten Trab. Die Lichter in den Häusern und den Bauernhöfen gingen an, die Tiere auf den Feldern rührten sich, die Vögel sangen in der Dämmerung.

Glitzernd fiel das Licht der aufgehenden Sonne auf die eisbedeckten Gipfel des Gebirges, und aus Bachläufen und Wäldern stiegen Nebelschwaden auf. Ein königlich in Winterfell gehüllter Sechsender watete durch den weißen Dunst, sah sich nach allen Seiten um, und als er Richtung Bach ging, lief ihm lautlos eine kleine Herde hinterher.

Zwei Falken auf der Jagd nach ihrem Frühstück kreisten am Himmel, und ein Fuchs schlich sich über ein Feld in Richtung Wald und zog sich nach getaner Nachtarbeit in seinen Bau zurück.

Das waren lauter kleine Wunder, dachte er, genauso wichtig für ein gutes Leben wie der nächste Atemzug. Ein kleiner Junge trottete verschlafen hinter seinem Vater für die morgendliche Arbeit über dessen Hof, und eine Frau in einem blauen Umhang fütterte die Hühner und ergriff zum Einsammeln der Eier den noch leeren Korb, der über ihre Schulter hing. Ein Fohlen wurde aus dem Stall geführt und machte wilde Freudensprünge, als es auf die Koppel kam. Torfrauch hing in der Luft, die Kühe muhten, eine Frau ging singend ihrer Arbeit nach.

Der Taoiseach freute sich, dass er das Pferd genommen hatte, denn auf Crógas Rücken hätte er zwar einen Überblick über das ganze Land gehabt, auf Merlin aber war er weiterhin ein Teil davon. Vor allem brauchte er die Zeit, damit er sich daran erinnerte, dass er trotz aller Angst geschworen hatte, für das alles einzustehen und sein Leben für Talamh und für die Fey zu geben, würde es von ihm verlangt.

Er beugte sich ein wenig vor und streichelte den muskulösen Hals des Pferds. »Bist du bereit?«

Zur Antwort verfiel Merlin abermals in einen kraftvollen Galopp.

Obwohl Keegan sich nicht angekündigt hatte und allein in die Hauptstadt kam, traten die Menschen vor die Türen ihrer Häuser, um ihn zu begrüßen, als er durch die Straßen ritt.

Die Kinder, die erst mit Beginn des neuen Jahres wieder in die Schule müssten, streichelten sein Pferd, und die, die um den Brunnen standen, um sich dort mit Wasser und mit neuen Klatschgeschichten zu versorgen, sahen ihm ehrfürchtig hinterher.

Er sah Morenas Neffen Bran, der eilig auf ihn zugelaufen

kam, und verlangsamte das Tempo seines Pferds von Trab zu Schritt.

»Sie haben gesagt, du würdest kommen, aber niemand wusste den genauen Zeitpunkt. Doch dann kam Cróga angeflogen, also dachte ich, ich gehe schon mal raus und warte hier auf dich.«

»Wobei es dir wahrscheinlich mehr um meinen Drachen als um mich gegangen ist.«

»Um euch beide und natürlich auch um Merlin«, gab der Junge grinsend zurück. »Ich kann ihn in den Stall bringen und trocken reiben, denn der Ritt war sicher ziemlich anstrengend für ihn.«

»Ach ja?«

»Na klar.« Eifrig trottete das Kind neben dem Pferd entlang. »Und ich kann ihm auch Wasser geben und den ganzen Rest besorgen.«

»Und was würdest du dafür haben wollen?«

»Für den Taoiseach mache ich das auch umsonst«, behauptete der Junge, auch wenn seine hoffnungsvolle Miene etwas anderes verriet. »Der arme Merlin ist total verschwitzt.«

»Das bin ich auch, obwohl es unterwegs recht kühl gewesen ist.« Keegan stieg ab und drückte Bran die Zügel in die Hand. »Kümmre dich um ihn, denn das hat er verdient. Und gib ihm zur Belohnung auch noch eine Möhre, ja? Und dann frag deine Eltern, ob du eine Runde auf dem Drachen drehen darfst.«

»Die sagen ganz bestimmt nicht Nein!«

»Wahrscheinlich nicht, und trotzdem fragst du sie. Wie geht's euch allen überhaupt?«

Bran streichelte dem Pferd die Nüstern und erklärte rau: »Mein Onkel war ein mutiger, loyaler Krieger, und ich weiß, dass er im Licht ist. Aber … ich vermisse ihn.«

»Ich auch.« Der Taoiseach legte eine Hand auf seinen Kopf. »Das tun wir alle.«

»Wir sind traurig, und es tut mir weh, an ihn zu denken und zu wissen, dass wir uns nie wiedersehen. Aber meine Ma sagt, dass sein Licht in einem der Sterne leuchtet, die wir nachts am Himmel sehen. Natürlich ist das nur ein Märchen, aber …«

»Es ist schön und durchaus wahr, weil du, wenn du die Sterne siehst, an deinen Onkel denkst. Das heißt, es stimmt, was deine Mutter sagt. Ruf Cróga einfach, wenn er kommen soll.«

Der Junge riss die Augen auf. »Einfach so?«

»Ich werde es ihm sagen, also ja. Und jetzt kümmre dich gut um Merlin, frag bei deinen Eltern, ob du fliegen darfst, und ruf den Drachen, wenn sie damit einverstanden sind.«

»Ich werde Merlin gut versorgen!«, versprach Bran, führte das Pferd in Richtung Stall, drehte sich noch mal um und strahlte Keegan an. »Ich habe heute Morgen schon mit meiner Ma trainiert, weil keine Schule ist. Ich habe hart trainiert, Taoiseach, damit ich meinen Platz im Kampf gegen den dunklen Gott einnehmen kann.«

*Bitte, Göttinnen und Götter*, dachte Keegan, *bitte lasst das niemals nötig sein*.

Er ging vorbei am Brunnen Richtung Burg, auf deren Turm das Banner in der morgendlichen Brise wehte, und gab sich wie immer alle Mühe, sich nicht sofort eingeengt zu fühlen, als er durch die hohen Türen trat.

Als Erstes ging er rauf in sein Gemach, um sich zu waschen und sich umzuziehen. Dann traf er die Mitglieder des Rats und hörte sich die Anregungen, die Beschwerden, Hoffnungen und Ideen auch noch jeder Menge anderer Bittsteller an. Und nach der Mahlzeit mit Morenas Leuten – die durch ihre Heirat mit dem Bruder jetzt zu seiner Familie gehörten – wurde ihm bewusst, so schnell käme er sicher nicht ins Tal zurück.

Die Mutter bräuchte dort noch etwas Zeit mit ihrer Tochter und den Enkeln, und die hatte sie auf jeden Fall verdient.

Das hieß, die Treffen, Aufgaben, Entscheidungen, die normalerweise Tarryn als geduldige und talentierte rechte Hand des Taoiseach übernahm, fielen jetzt ihm selbst zu. Und auch wenn er Mahon als frischgebackenen Vater nicht zu den Gesprächen einbestellte, traf er sich mit Kriegern und Gelehrten jeden Tag im Kartenraum.

Auch seine eigene Werkstatt nutzte er für Zauber und die Herstellung von Tränken und die Suche nach Visionen, damit er dafür sorgen konnte, dass Talamh, seine Einwohner und alle Welten weiter sicher wären.

Am letzten Tag des Jahres fand die Gerichtsverhandlung statt.

»Wie nicht anders zu erwarten, ist der Saal bis auf den letzten Platz gefüllt«, erklärte Flynn. »Die Leute hoffen, Breen zu sehen und einen Auftritt zu erleben wie damals, als Toric von den Frommen vor Gericht gestanden hat.«

»Da werden sie enttäuscht sein, denn es ist nicht nötig, dass sie kommt«, gab er zurück. »Du hast mit eigenen Augen miterlebt, was an dem Tag geschehen ist, und deine Aussage wird niemand anzweifeln. Dazu haben wir auch noch andere Zeugen, die dabei gewesen sind, vor allem aber wird sie nicht bestreiten, dass sie Breen hätte vergiften wollen, denn sie ist auch noch stolz auf dieses Attentat.«

»Auf deine Bitte habe ich mit ihr gesprochen, deshalb weiß

ich, du hast recht. Trotzdem wird es ihnen leidtun, wenn sie jetzt nicht miterleben können, wie Breen sie fertigmacht. Das tut mir selbst ein bisschen leid, weil unsere Breen einfach erstaunlich ist.«

»Das ist sie«, stimmte Keegan zu. Er hatte selbst ergebnislos versucht, während der letzten Tage nicht die ganze Zeit an sie zu denken, und jetzt griff er stirnrunzelnd nach seinem Stab. »Dann lass sie raufbringen, damit wir hören, was sie uns zu sagen hat.«

Tatsächlich war der Saal, wie Flynn bereits berichtet hatte, voll besetzt. Als Keegan ihn betrat, wurde es still, und schweigend ging er bis zum Stuhl des Rechts und nahm dort als der höchste Richter seines Landes Platz. Hier war kein Raum für seine Angst um Breen und seinen Zorn. Auf dieser Position galt es ruhig Blut zu wahren, man brauchte einen möglichst klaren Kopf.

Als Flynn das Mädchen brachte, brachen die Besucher abermals in leises Murmeln aus.

Wie jung sie war. Ein hübsches, junges Mädchen, Tochter anständiger Eltern, die sich, bei den Göttinnen und Göttern, über das Interesse, das die Leute an ihr zeigten, regelrecht zu freuen schien.

Was war mit ihr passiert, dass sie so gleichgültig und schlecht geworden war?

Sie hatten ihre Elfengaben zwar gebannt, wahrscheinlich aber hätte sie sie sowieso nicht nutzen wollen, um aus dem Saal zu fliehen.

»Caitlyn O'Conghaile, es heißt, dass du Talamh und alle, die hier leben, dein Geburtsrecht sowie unsere Gesetze vorsätzlich verraten hast, um Odrans Wünsche zu erfüllen, und dass du Breen O'Ceallaigh mit einem mit dunkler Zauberkraft gebrauten Trank hast vergiften und sie Odran überlassen wollen, damit er sie vernichten kann. Was sagst du dazu?«

»Ich bin eine Magd Odrans des Prächtigen.« Caitlyns Wangen glühten, als sie sprach. »Sein Wille ist Gesetz. Es gibt nur sein Gesetz und keinen anderen als seinen Weg.«

Auf ihrem Platz vergrub die Mutter ihr Gesicht an der Schulter ihres Ehemanns und brach in leises Schluchzen aus.

»Du leugnest diese Taten also nicht?«

»Weswegen sollte ich das tun? Du bist ein Nichts mit deinem lächerlichen Stab und deinem schwachen Schwert. Mit einem bloßen Fingerschnippen könnte Odran dich zerstören.«

»Nur hat er das bisher noch nicht getan.«

»Die Zeit wird kommen«, prophezeite Caitlyn und lächelte den Taoiseach boshaft an.

»Obwohl du alles zugibst, hören wir uns auch noch einen Zeugen an. Flynn Mac an Ghaill, bist du bereit zu sprechen?«

»Allerdings. Am Vorabend von Jul, als die Bewohner unseres Tals versammelt waren, um zu singen und zu feiern, sah ich, wie die Frau hier Breen O'Ceallaigh, angeblich aus Nettigkeit, etwas zu trinken angeboten hat. Dann habe ich gesehen, wie du, Taoiseach, eilig auf die beiden zugelaufen bist, als Breen zunächst gezögert, aber dann den Becher an den Mund gehoben hat. Dann habe ich wie alle anderen gesehen und gehört, wie die Angeklagte wütend von ihr wissen wollte, warum sie nicht umfallen würde, und wie sehr sie sich geärgert hat, weil Breens Licht stärker erstrahlte als der dunkle Zauber in dem Becher.«

»Das war die Schuld der Hexe! Ihre Zauber waren schwach!«

»Von welcher Hexe redest du?«, hakte der Taoiseach nach.

»Isolde! Diese blöde Hexe hat versagt, und dafür wird sie bezahlen. Ich habe meine Aufgabe erfüllt, aber Isolde hat versagt. Das werde ich auch Odran sagen.«

»Und woher weißt du, dass Isolde diesen Trank gebraut hat?«

»Nun, sie hat ihn mir geschickt.« Caitlyn schüttelte erbost den Kopf. »Durch das Portal, mit einem Raben, und in meinen Träumen hat Odran mir versprochen, alle meine Wünsche zu erfüllen, wenn ich tue, was er sagt.«

»Und woher weißt du, dass das wirklich Odran war? Woher kennst du sein Gesicht und seine Stimme?«

Sie stemmte die Hände in die Hüften und erklärte ihm in einem Ton, als spräche sie mit einem Kind: »Weil ich schon vor ihm stand, warum wohl sonst? In seiner Welt, in seiner schwarzen Burg voller Juwelen, in der es donnert und die See anfängt zu kochen, wenn er will.«

»Und wie bist du dorthin gekommen?«

Jetzt stieß sie einen Seufzer aus. »Mit euren Waffen und mit eurer Dummheit könnt ihr mich bestimmt nicht daran hindern, Odran zu besuchen, wenn ich will. Torian hat mich durch das Portal geführt. *Grab die Kartoffeln um, ernte den Kohl und füttere die Hühner*«, stimmte Caitlyn einen monotonen Singsang an und wandte sich verächtlich an die Eltern, deren Trauer und Verzweiflung nicht zu übersehen war. »So ging's bei uns den ganzen Tag, doch dann kam Torian und hat mir erklärt, dass es auch noch was anderes gibt. Und dann ist er mit mir durch die Portale in die andere Welt und hat es mir gezeigt. Er brachte mich zu Odran, der mich erst gesegnet und mir dann versprochen hat, mir alle Wünsche zu erfüllen und mich zu Torians Frau zu machen, wenn er erst regiert. Aber dann hast du ihn umgebracht.«

»Wen?«

»Torian, du Schwein! Als er stark und mutig angeflogen kam, um die Mischlingshexe zu entführen, als sie am Grab von ihrem Vater stand. Sie selbst konnte nur schreien und um sich treten, aber dann kamst du, hast ihn enthauptet, und ich habe dich dafür verflucht. Und als dein Drache ihn verbrannt hat, bis nur noch ein Häuflein Asche von ihm übrig war, habe ich die verdammte Bestie ebenfalls verflucht. Und jetzt verfluche ich dich noch einmal.«

Die dunkle Fee, erinnerte sich Keegan, gegen die er hatte kämpfen müssen, als er Breen zum ersten Mal begegnet war.

»Torian war mit dir zusammen, als er Breen am Grab von ihrem Vater hat stehen sehen?«

»Er war mit mir zusammen, und wir hätten Odran dieses Weibsbild bringen wollen, damit er uns dafür belohnt. Am besten hätte er dich umgebracht, dann stünden wir nicht hier. Ich hätte seinen Tod gerächt und Odran weiterhin gedient, aber der Zauber dieser Hexe war zu klein. Ich war mit Torian verlobt, und ich bin Odrans Dienerin und schwöre dir, dass du bezahlen wirst, Keegan O'Broin. Ihr alle werdet dafür bezahlen.«

Sie fuhr zu ihren Eltern und den anderen Zuschauern herum.

»Ihr alle werdet Odrans Sklaven oder ihm geopfert werden, und ich werde tanzen und die Schmerzensschreie, die ihr ausstoßt, werden wie Musik in meinen Ohren sein.«

»Es reicht.« Caitlyns Mutter warf sich auf die Knie. »Bitte, Taoiseach, mach der Angelegenheit ein Ende.«

Keegan nickte knapp und wandte sich erneut der Angeklagten zu. »Caitlyn O'Conghaile, du hast dich selbst mit deinen Worten und mit deinem Tun verdammt. Du hast die heiligen Gesetze unseres Landes übertreten und das heilige Vertrauen unseres Volks missbraucht.«

Zur Antwort spuckte Caitlyn vor ihm aus, und die Zuschauer rangen nach Luft.

»Für deine Taten wirst du in die Welt der Finsternis verbannt, die du nie mehr verlassen wirst.«

Er klopfte mit dem Stab des Richters auf den Boden, denn das Urteil war gefällt.

»Er wird dich zerquetschen, mich befreien, und alle, die du in die Welt der Finsternis verbannt hast, werden sich erheben, um dann gegen euch ins Feld zu ziehen.«

»Du hast deine Familie verraten, die dich liebt und immer für dich da gewesen ist. Du tust mir leid. Und jetzt bringt sie zum Dolmen.« Erfüllt von diesem Mitleid, stützte er sich auf den Stab und erhob sich von seinem Platz. »Es ist geschehen.«

»Ihr alle werdet bluten und verbrennen«, brüllte Caitlyn, als Flynn sie aus dem Saal zerrte. »Odran wird die Tochter aussaugen und über euch regieren.«

Keegan ging zu Caitlyns Mutter, zog sie auf die Füße und erklärte ruhig: »Das ist nicht deine Schuld, deine Familie hat nichts Unrechtes getan.«

»Aber sie ist mein Kind.«

»Nicht mehr, und das tut mir von Herzen leid, *Máthair*. Der dunkle Gott hat dir dein Kind genommen, und ich schwöre dir bei allem, was ich bin, dafür wird er bezahlen. Ich bitte dich, kehr heim und sieh nicht zu, wenn sie in die Verbannung geht. Kehr heim ins Tal, dann sehen wir uns dort, sobald es möglich ist.«

»Sie war verloren«, stieß die Mutter schluchzend aus. »Sie war verloren.«

»Ja, das war sie, und ich traure mit euch um den Verlust.«

Er wandte sich zwei Drachenreitern zu, die ein wenig abseits standen. »Ihr bringt die beiden sicher heim.«

Und dazu würde er noch seine Mutter bitten, Caitlyns Eltern in Empfang zu nehmen und für sie da zu sein.

Doch vorher kehrte er noch mal zum Stuhl des Rechts zurück und blieb dort stehen, als die Familie den Saal verließ.

»Sie können nichts dafür«, erklärte er noch mal. »Und heute Abend zünden wir hier Kerzen für die Trauernden und all jene mit gebrochenen Herzen an. Und jetzt kehrt heim zu euren eigenen Familien, zu den Wesen, die ihr liebt, und dankt dafür, dass ihr sie habt. Das Verfahren ist geschlossen, und das Urteil ist gefällt.«

Dann tat er seine Pflicht, sandte die reulose Verräterin in eine Welt des Elends und der Dunkelheit, schwang sich auf seinen Drachen und flog hoch genug, dass er nur noch das kalte Blau des Himmels sowie unter sich das Weiß der Wolken sah.

Er hatte sich bereits als Kind gewünscht, Soldat zu sein, und hatte mit Entschlossenheit und Stolz trainiert. Er hätte auch mit Stolz die Felder ihres Hofs beackert wie sein Bruder Harken, aber niemals mit Entschlossenheit. Dann hatte ihm das Schicksal Schwert und Stab des Taoiseach überreicht, und diese beiden Dinge und all das, wofür sie standen, ließen ihn bis an sein Lebensende nicht mehr los. Doch manchmal wünschte er, das Schicksal hätte ein nicht ganz so kompliziertes Leben für ihn vorgesehen.

Wie gerne wäre er nach Westen heim ins Tal geflogen, heim zu Breen.

Um dort das Bett mit ihr zu teilen und während einer wunderbaren Stunde zu vergessen, welche Last auf seinen Schultern lag.

Und dann vernahm er plötzlich ihre glockenklare Stimme in der stillen, kalten, klaren Luft, die ihn umgab.

*»Wir müssen beide unsere Pflicht erfüllen, aber ich bin hier und warte, bis du wiederkommst. Freiwillig, nicht aus Pflichtgefühl. Ich liebe dich. Das macht mir Angst und macht mich stark, aber so ist es nun einmal. Ich liebe dich, und deshalb bin ich hier und warte, bis du wiederkommst.«*

»Bei den Göttinnen und Göttern, dass sie gerade jetzt so etwas zu mir sagt. Oder vielleicht auch nicht«, erkannte er, denn vielleicht hatte er die Worte ja auch selbst heraufbeschworen. »Am besten fliegen wir zurück, Cróga. Wir müssen heute schließlich weiter unsere Pflicht erfüllen.«

Es war für Keegan auch eine Pflicht, dem Fest zum Jahreswechsel beizuwohnen, doch er konnte sich ihr unmöglich entziehen.

Also saß er an dem langen Tisch am Kopfende des Festsaals, aß, trank Bier, sprach über Dinge, die er gleich wieder vergaß, und tanzte ebenfalls aus reinem Pflichtgefühl.

Dann reichte Mingas Tochter Kiara ihm die Hand.

»Du siehst wie immer reizend aus.«

Lächelnd schüttelte sie ihren Kopf, und ihre schwarzen Locken und die Samtbänder, die sie hineingeflochten hatte, tanzten wie die Leute rund um sie herum.

»Zum Dank für diese schmeichelhaften Worte bitte ich dich statt um diesen Tanz um eine kurze Pause an der frischen Luft.«

»Wofür ich dir ein Dutzend Komplimente schuldig bin.«

»Aiden weiß, dass ich dir helfen will, dem Trubel wenigstens für einen Moment zu entfliehen.«

»Bist du mit ihm glücklich?«, fragte Keegan, während er mit ihr ins festlich bunte Licht auf der Terrasse trat.

»Und wie. Ich wollte eigentlich nur mit ihm flirten, aber dann hat er mein Herz gewonnen. Und ich seins.« Sie blickte dorthin, wo das goldene Freudenfeuer angezündet worden war. »Seither ist nichts mehr für mich, wie es vorher war. Jetzt weiß ich, was es heißt, zu lieben und geliebt zu werden, und ich habe das Gefühl, als hätte ich das vorher nicht gewusst. Zumindest nicht auf diese Art. Ich dachte … ich war heute im Gerichtsaal.«

»Ja.«

»Ich habe sie gesehen und gehört, wobei mir aufging, dass sie … wie Shana ist. Ich dachte all die Jahre, dass ich Shana kennen würde, habe sie geliebt wie eine Schwester und mir eingebildet, dass auch sie mich lieben würde, doch das hat sie nicht getan. Genau wie dieses Mädchen im Gerichtssaal nichts für seine eigene Familie empfunden hat.«

»Odran hat sie dazu verführt.«

»Das stimmt, doch muss man nicht was in sich haben, was auch Shana in sich hat, damit man sich ihm überhaupt auf diese Weise öffnen kann?«

»Ich glaube schon. Wir sind nun mal nicht alle gleich, Kiara.«

»Früher dachte ich, in unserem Inneren wären wir das. Aber auf alle Fälle gibt es Leute, die viel mehr als andere lachen oder weinen oder reden so wie ich.«

Er küsste ihr die Hand. »Niemals.«

Und brachte sie dadurch zum Lachen wie erhofft.

»Ich dachte, tief in unseren Herzen wären wir alle gut. Wir wären einfach gut als Fey oder als Wesen, so wie meine Mutter eines ist. Aber jetzt weiß ich, dass das nicht so ist, und deshalb haben die Worte, die du ihren Eltern mitgegeben hast, mich ebenfalls berührt.«

»Tatsächlich?«

»Du hast gesagt, sie trügen keine Schuld. Ich habe mir die Schuld daran gegeben, dass ich Shana oft bei ihren kleinen Tricks geholfen habe, denn sie kamen mir harmlos und im Grunde einfach lustig vor. Aber sie waren nicht harmlos, weil sie niemals harmlos war.«

»Das war nicht deine Schuld.«

»Das stimmt, auch wenn mir das erst heute klar geworden ist. Genauso wenig können ihre Eltern was dafür. Natürlich haben sie Shana verwöhnt, aber sie haben sie nun mal geliebt. Sie war mir niemals eine echte Freundin, und sie hat mich nie geliebt. Sie hat mich einfach nur benutzt.« Sie blickte Keegan an, nahm seine Hände und erklärte ihm in eindringlichem Ton: »Das sage ich, damit du wachsam bist. Sie wird dir wehtun, wenn sie kann. Dir vor allen anderen. Sie täte alles, um dir wehzutun. Dir selbst, deiner Familie und Breen. Sie wird versuchen, jedem, den du liebst, etwas anzutun. Das habe ich zwar viel zu spät erkannt, aber inzwischen weiß ich ganz genau, dass es so ist.«

»Ich habe selbst viel zu spät erkannt, wer sie in Wahrheit ist. Und bitte dich jetzt im Gegenzug, auf dich achtzugeben.«

»Das mache ich. Wird meine Mutter bald nach Hause kommen?«

»Spätestens in ein paar Tagen ist sie da. Versprochen«, sagte er ihr zu.

»Mein Da und ich vermissen sie. Aber jetzt habe ich dich lange genug aufgehalten, und am besten gehen wir langsam wieder in den Saal. Und richte Breen bitte die besten Wünsche von mir aus, wenn du sie siehst.«

»Das mache ich. Du bist im Tal zwar nicht zu Hause, aber

dir ist hoffentlich bewusst, dass du dort jederzeit willkommen bist.« Er gab ihr einen Kuss und zauberte dadurch ein Lächeln auf ihr liebliches Gesicht. »Und jetzt geh tanzen, denn dein hübsches rotes Kleid ist wie dafür gemacht.«

»Das stimmt. Und gleich ist Mitternacht, das heißt, dass ich allmählich Aiden finden muss. Ich wünsche dir ein frohes neues Jahr.«

»Das wünsche ich dir auch.«

Statt wieder in den Saal ging Keegan dorthin, wo das Freudenfeuer brannte, und war froh, als er die Leute singen hörte, denn sie sollten sich schließlich zum Jahreswechsel amüsieren.

Er würde sich dazugesellen, wie es sich gehörte, aber vorher bliebe er noch einen Augenblick für sich.

Die beiden Monde und die Sterne tauchten ganz Talamh in helles, kaltes Winterlicht, die Wellen des Meeres wogten auf und ab und sangen dabei ihr eigenes Lied, und in den goldenen Flammen nahm er ein rotes Glühen wie von einem Drachenherzen wahr.

Und ohne dass er sie dort hätte sehen wollen, entdeckte er auch Breen, in einem dunkelgrünen Kleid, das glitzerte wie Feenstaub und ihre wohlgeformten Beine vorteilhaft zur Geltung kommen ließ. Und ihre goldenen Schuhe mit den nadeldünnen Absätzen waren sicher alles andere als praktisch, aber dafür … wirklich heiß.

Er hatte sie noch nie in einem so aufreizenden Look gesehen.

Sie sang mit Marco und mit Harken, und obwohl er sie nicht hören könnte, zeigte ihr Gesicht, wie fröhlich sie beim Gesang war. Und ihre wunderbaren Haare fielen weich gelockt, wohin es ihnen gefiel.

Da vorn tanzte seine Schwester mit Mahon, und seine Mutter klatschte gut gelaunt im Rhythmus der Musik.

Er stellte sich die fröhliche Musik, das Stampfen all der Füße und die lauten Stimmen der Sänger vor, und der Gedanke wärmte ihn von innen auf. Er schaute lächelnd zu und teilte während eines Augenblickes ihre Fröhlichkeit, zugleich jedoch empfand er Sehnsucht nach zu Hause, nach der Familie und der Frau im grünen Glitzerkleid.

Dann endete das Lied zusammen mit dem Jahr, und Keegan stellte sich die lauten Jubelrufe vor, mit denen man im Tal wie in der Hauptstadt die Geburtsstunde des neuen Jahrs willkommen hieß.

Plötzlich sah sie auf, und ihre Blicke trafen sich durch Feuer und durch Rauch. Sie lächelte ihn an, hob ihre Finger an die Lippen, streckte sie in seine Richtung aus, und er – der nichts von solchen Dingen hielt – tat es ihr nach.

Schließlich flogen Feen durch den Himmel, ließen buntes Licht auf ihn herunterregnen, und die Glocken auf der Burg, im Ort, im ganzen Land fingen an zu läuten.

Er aber sah auch weiterhin nur Breen.

Bis Marco sie an seine Brust zog und sie küsste und das Bild verschwamm.

Er blieb noch zwei Minuten stehen, doch schließlich ging er wieder Richtung Saal, um weiter seine Pflicht zu tun. Noch ein, zwei Toasts und ein, zwei Tänze, und dann wäre es gestattet, sich in sein Gemach zurückzuziehen.

Auf seinem Weg ins Haus kam Phelins Bruder Seamus ihm entgegen und drückte ihm einen Bierkrug in die Hand.

»Ich danke dir, doch warum bist du jetzt nicht drinnen und herzt deine Frau?«

»Das habe ich bereits getan, und jetzt tanzt sie mit meinem Vater, also wünsche ich dir erst einmal ein frohes neues Jahr.«

»Das wünsche ich dir auch.«

»Du wurdest drinnen schon vermisst.«

»Das hätte ich mir denken können.« Aber erst mal gönnte Keegan sich den ersten großen Schluck aus seinem Krug.

»Ich habe dir als unserem Anführer ein frohes, neues Jahr gewünscht, jetzt aber spreche ich zu dir als Freund und sage dir, du kehrst jetzt besser erst mal heim.«

»Willst du mich loswerden?«

»Du hast getan, was nötig war, und wirst bestimmt bald wieder hier gebraucht, jetzt aber kehr erst mal zurück ins Tal auf deinen Hof, zu deinen Leuten und zu deiner Frau. Wir halten hier die Stellung, bis du wiederkommst.«

»Ich weiß, dass ihr das tut.« Er trank den nächsten Schluck von seinem Bier. »Aber sie ist noch nicht in jeder Hinsicht meine Frau.«

Kopfschüttelnd prostete ihm Seamus zu. »Sagst du, *mo dheartháir,* und glaubst wahrscheinlich auch, dass es so ist, doch das ist Quatsch. Tja nun. Nimm dir am besten trotzdem etwas Zeit für dich. Du hast uns viel gegeben, und das wirst du auch in Zukunft tun. Nach dem Verlust von Phelin, den die Göttinnen und Götter selig haben mögen, hast du uns getröstet und warst mit dem Herzen für uns da.«

»Er war mir schließlich ein genauso guter Freund wie du.«

»Das ist mir klar. Aber du hast hier gegeben, was die Leute brauchten, und wir haben füreinander eingestanden und gekämpft und werden das auch wieder tun. Die heutige Verhandlung war bestimmt nicht leicht für dich, doch du hast deine Sache gut gemacht, und jetzt ist es erledigt, das heißt, du hast deine Pflicht erfüllt.« Er blickte Keegan fragend an.

»Hast du im Feuer euren Hof und eine Handvoll Leute dort gesehen?«

»Das habe ich, und das hat mir die Kraft gegeben, hier noch ein paar Tage durchzuhalten und die gottverdammten Ratsversammlungen und den anderen Mist zu überstehen. Aber vor allem muss ich noch mit dir, mit deinem Vater und mit ein paar anderen Vertrauen über all das sprechen, was bei der Verhandlung rausgekommen ist. Denn die Verräterin hat viel preisgegeben, was uns bei unserer Planung weiterhelfen kann.« Er wandte sich erneut dem Feuer zu. »Es gibt noch andere wie sie, die klein und schwach oder ganz einfach gierig oder böse sind. Wir müssen diese Leute finden, Seamus, auch wenn es mich schmerzt, wenn ich sie in die Dunkelheit verbannen muss.«

Nach kurzem Schweigen meinte Seamus: »Ich bin an dem Tag mit dir zusammen in den See gesprungen und habe dich beneidet, als das Schwert sich von dir hat finden lassen. Ich war unglaublich neidisch auf die Waffe, die im Sonnenlicht gefunkelt hat. Was zeigt, wie jung und dumm ich damals war.« Er klopfte Keegan auf die Schulter. »Ich beneide dich ganz sicher nicht mehr um das Schwert und um den Stab. Aber keine Angst, wir werden dieses Übel bei der Wurzel packen, Taoiseach, und wenn du dann die Verräter in die Dunkelheit verbannst, tust du das auf die ehrenvolle Art, die dir zu eigen ist.«

»Aber die Familien dieser Leute werden trauern, so wie die von Shana und von Caitlyn.«

»Das werden sie, doch daran sind allein die schuld, von denen sie und alle Fey verraten worden sind.«

»Das stimmt, und deshalb werden wir uns treffen und beraten, wie am besten vorzugehen ist. Aber nicht morgen, denn dann haben die meisten sicher einen Brummschädel und nehmen sich vor, nie mehr so viel zu trinken, wie sie es jetzt gerade tun. Und das ist was, worauf ich durchaus neidisch bin«, erkannte er. »Ich würde mich am liebsten selbst betrinken, schlafen gehen und erst übermorgen wieder aufstehen.«

»Du brauchst nur was zu sagen, und ich bin dabei«, bot Seamus ihm mit einem neuerlichen Schlag auf seine Schulter an.

»Nicht heute Abend«, schränkte Keegan lachend ein. »Ich habe morgen schließlich wieder Pflichten zu erfüllen. Aber sei unbesorgt, das holen wir bald nach. Und jetzt muss ich noch zweimal tanzen, bevor ich verschwinden kann.«

»Bridie Mag Aoidh hat's offenkundig auf dich abgesehen.«

»Ist das die mit dem rötlich blonden Haar, die andauernd so seltsam kichert?«

»Das ist ihre Schwester. Bridie ist die mit den blonden Haaren, deren Stimme wie eine rostige Flöte klingt.«

»Bei den Göttinnen und Göttern, sie hat Füße wie zwei Lastkähne und nicht einmal ein Mindestmaß an Taktgefühl.«

Wieder schlug ihm Seamus auf die Schulter, und dann kehrten sie zurück zu Tanz und zu Musik. »Ich bin tatsächlich nicht mehr neidisch darauf, dass das Schwert sich damals von dir hat finden lassen.«

# 9

Der Januarwind war kalt und feucht, deshalb verbrachte Breen den Morgen des Neujahrstags mit ihrem Blog, mit Faxes zweitem Abenteuer und mit ihrem Erwachsenen-Fantasyroman. Inzwischen war sie zuversichtlich – und sie liebte dieses herrliche Gefühl –, dass sie mit ihrem zweiten Faxe-Buch bis Frühjahr fertig sein würde.

Jedes Mal, wenn sie sich an den Schreibtisch setzte, hinterfragte sie den Fantasyroman, und immer tauchte sie bereits nach wenigen Minuten wieder ganz in die Geschichte ein und erst nach Stunden wieder auf, wenn's an der Zeit war, nach Talamh zu gehen.

Die Nachmittage dort verbrachte sie mit Zauberei und ihrem Training, Drachenflügen oder Ausritten auf ihrem Pferd Boy. Und abends hatte sie ihr Haus und Marco, und inzwischen schaute auch Brian regelmäßig vorbei. Dann setzte sie sich manchmal noch für ein, zwei Stunden an den Schreibtisch, um an Faxes Abenteuer oder dem Erwachsenenroman zu feilen, während der Hund am Feuer schlief.

Ihre Nächte waren vielleicht nicht einsam, doch wenn Keegan nicht an ihrer Seite weilte, waren sie geradezu erschreckend lang.

Sie nahm sich Zeit, um Aisling und die Jungen oder Seamus und Finola zu besuchen, unternahm Spaziergänge mit ihrer besten Freundin und sah zu, wenn Morena ihren Falken fliegen ließ.

Mitunter schaffte sie es, die Gedanken an den Krieg und Odran zu verdrängen, dachte über ihre Zukunft nach und überlegte, wie es für sie weitergehen würde, wenn die letzte Schlacht geschlagen war.

Was würde sie dann tun?

Ende der ersten Januarwoche liefen Minga, Tarryn, Marg und sie durch die Ruine, und obwohl sie immer noch den Widerhall der Schreie hören konnte, hatte sich die Dunkelheit gelegt.

»Sie wird als Denkmal erhalten bleiben«, stellte Tarryn fest. »Ich denke, dass man Fehler und Verbrechen, die vergessen werden, allzu häufig wiederholt. Deshalb werden wir niemals vergessen, was im Namen des Glaubens hier verbrochen wurde, und verhindern, dass so was noch mal passiert.« Sie drehte einen Kreis und sah in ihren hohen Stiefeln und mit dem zu einem schlichten Zopf geflochtenen Haar ehrfurchtgebietend aus. »In Zukunft werden auch noch andere zu der Ruine kommen, um sich alles anzusehen und sich daran zu erinnern, was auf keinen Fall noch mal geschehen darf.«

»In meiner Welt spricht die Geschichte.« Minga ging durch einen Säulengang, und ihre weiten Hosenbeine flatterten im Wind. »Sie spricht von einer Zeit, in der die Hautfarbe bestimmt hat, welcher Teil des Volks den anderen beherrscht.« Sie wies auf ihren goldfarbenen Teint. »Die eine Farbe hat studiert, das Land besessen und Reichtümer angehäuft, die nächste hat das Land beackert und den Herrschenden Tribut gezahlt, die dritte hat gesät, geschmiedet und gebaut, und die vierte war versklavt und hat sich für die anderen krummgelegt. So ging es Jahr für Jahr.«

Dann ging sie die geschwungene Steintreppe hinauf und

sah durch eine Öffnung auf das Land, das die verfallene Abtei umgab. »Und eines Tages sagten große Teile aller dieser Gruppen: Nein, es reicht. In unseren Adern fließt das gleiche Blut, und diese Welt und dieses Land gehören nicht nur ein paar wenigen von uns. In Largus brach ein Krieg aus, viel Blut wurde vergossen, rotes Blut, wie es durch unser aller Adern fließt. Also haben die Gesetze und die Bräuche sich geändert, doch obwohl ein Teil der Leute aus dem Krieg gelernt und ihn niemals vergessen hat, haben andere die Geschehnisse verdrängt.«

Sie kehrte zu den anderen Frauen zurück.

»Ich glaube, dass in allen Welten all jene, die lernen und sich erinnern, sich nach Kräften gegen die behaupten müssen, die dazu nicht willens oder in der Lage sind.«

»Und deshalb, *mo dheirfiúr,* bist du ein Mitglied unseres Rats.« Tarryn nahm ihre Hand und wandte sich an Breen. »Was spürst du hier?«

»Trauer wegen all der schlimmen Dinge, die hier vorgefallen sind, vor allem aber frische Luft. Und … Erleichterung, weil es vorbei ist.«

»Ja genau. Wir haben die Geister der Gefolterten ins Licht und die der Folterknechte in die Dunkelheit geschickt. Und wenn sie noch mal auf die Reise gehen, können sie entscheiden, wie es für sie weitergehen soll.«

Lächelnd nahm sie Breens und Mingas Hände, während Tarryn Breens noch freie Hand ergriff.

»Wir haben hier ein gutes und gerechtes Werk getan. Ein Werk des Lichts. Ich wünsche uns und ihnen allen Segen für die neue Reise und das neue Jahr.«

Der Hund lief los, und auch die Frauen wandten sich zum Gehen.

Breen hätte spüren oder wissen sollen, dass er in der Nähe war. Er saß auf seinem muskulösen schwarzen Hengst, der gut gelaunt am hohen Gras des Friedhofs knabberte, und als sie ihn erblickte, hätte sie vor lauter Glück am liebsten laut gelacht. Dann stieg er ab, ließ Merlin weiter mit den anderen Pferden grasen, und begrüßte erst mal Faxe, der ihm schwanzwedelnd entgegenlief.

Der Winterwind ließ seine Haare und den Ledermantel flattern, als er auf die Frauen zuging. Zuerst begrüßte er die eigene Mutter, und sie nahm ihn lächelnd in den Arm.

»Willkommen daheim, *mo chroí*. Du warst erstaunlich schnell.«

»Die Straßen waren hart und trocken, deshalb kam ich gut voran.«

Er küsste Marg und Minga, starrte Breen mit großen Augen an, und Tarryn rollte ihre Augen himmelwärts.

»Bei den Göttinnen und Göttern. Küss das Mädchen, du Idiot.«

»Das mache ich.«

Sie kam sich wie die Heldin einer Schnulze vor, als er sie von den Füßen riss, und dann wurde ihr schwindelig, als sie einen deutlich mehr als brüderlichen Kuss von ihm bekam.

»Sehr gut«, beglückwünschte ihn seine Mutter. »Und jetzt sage ich erst mal Auf Wiedersehen, Breen.« Sie legte ihre Hände an die roten Wangen der jungen Frau und küsste sie ebenfalls.

»Heißt das, dass du jetzt wieder in die Hauptstadt musst?«

»Es ist so weit.«

»Deaglan und Bria warten mit den Drachen auf dem Hof.« Keegan nahm die Mutter in den Arm. »Auch wenn mich Aisling garantiert dafür verfluchen wird, dass du nicht noch ein bisschen länger bleiben kannst.«

»Sie weiß, dass ich trotz allem meine Pflicht erfüllen muss, und schließlich haben wir das Feuer und den Spiegel, über die wir miteinander reden und uns sehen können, bis ich zurückkehren kann.«

»Gute Reise, und dir auch, Minga«, bat Breen. »Und richte bitte Kiara Grüße von mir aus.«

»Das mache ich.«

»Ich reite noch ein Stückchen mit und sage euch dann auf dem Hof Auf Wiedersehen.« Marg drückte Breen die Hand. »Wir beide sehen uns morgen Nachmittag.«

Breen blieb bei Keegan stehen, als sich die anderen Frauen auf die Rücken ihrer Pferde schwangen, um zurück zum Hof zu galoppieren.

Laut bellend rannte Faxe ihnen hinterher, machte dann kehrt und kam zurück zu Breen, die immer noch wie angewurzelt neben Keegan stand.

»Ich hatte keine Ahnung, dass du kommst und die drei Frauen dafür gehen.«

»Ich hätte eigentlich schon früher hier sein wollen, aber leider hatte ich dann doch noch ziemlich viel zu tun. Es gab …«

»Du musst mir nichts erklären.«

»Und wie soll ich das wissen?«, fragte er und tippte sich frustriert gegen die Stirn. »Woher soll ich wissen, was ich dir erklären sollte und was nicht?«

Sie lächelte ihn einfach an. »Warum belassen wir's nicht erst einmal dabei, dass ich mich wirklich freue, dich zu sehen? Und dass du mich noch einmal küsst?«

»Okay.«

Er zog sie abermals an seine Brust, und sie schlang ihm die Arme um den Hals. Und nach dem Kuss presste er seine

Braue gegen ihre Stirn und hielt sie noch ein wenig länger fest.

»Warst du auch schon bei deinem Vater?«

»Ja, bevor wir reingegangen sind. Die Ruine ist jetzt rein, Keegan. Sie ist auch weiterhin ein Ort der Trauer, aber rein. Willst du sie dir auch von innen ansehen oder gleich zu den Gräbern unserer Väter gehen?«

»Heute nicht.« Er sah über die Straße und das Feld zu einem kleinen Haus.

»Oh. Die Connellys. Du musst sie besuchen, stimmt's?«

»Ich war schon dort, bevor ich hergekommen bin. Sie haben mir erzählt, du wärst mit meiner Mutter hier. Sie sind dir dankbar. Und das bin ich auch.« Er ließ sie wieder los. »Wollen wir ein bisschen gehen? Ich habe eine halbe Ewigkeit im Sattel zugebracht.«

»Ich würde gern ein Stückchen gehen.« Sie tätschelte dem Hund den Kopf. »Das heißt, wir beide würden gern ein Stückchen gehen.«

Sie holten ihre Pferde, nahmen sie an den Zügeln und kehrten dem verfallenen Gemäuer den Rücken zu.

»Ich habe dich in der Silvesternacht gesehen. Genau um Mitternacht.«

»Ich bin kurz an die frische Luft gegangen, und dort habe ich dich ebenfalls gesehen. Anscheinend hattet ihr ein schönes Fest.«

»Das hatten wir.«

»Ich kannte das grüne Kleid noch gar nicht.«

»Das haben Sal und Derrick mir geschenkt, bevor es für mich zum ersten Mal nach Irland ging, und Marco hat mich regelrecht dazu gezwungen, es anzuziehen. Er meinte, wenn ich dieses Kleid nicht an Silvester anziehen könnte, fände sich so schnell bestimmt keine Gelegenheit dafür. Hat es dir nicht gefallen?«

»Oh, doch. Das bisschen Kleid, das da war, hat mir durchaus zugesagt.«

»Die Feier in der Hauptstadt war doch sicher wunderschön.«

Achselzuckend warf er den von Faxe angeschleppten Stock. »Ich nehme an, den meisten Leuten hat sie durchaus Spaß gemacht. Ich habe mehr getanzt und weniger getrunken, als ich hätte wollen. Und Kiara hat gesagt, dass ich dich grüßen soll.«

»Wie geht es ihr?«

»Sehr gut. Ich habe festgestellt, dass ich bei ihr genauso falschgelegen habe wie bei Shana. Was vielleicht an Shana lag. Ich fand sie süß und fürchterlich naiv. Und sie ist wirklich süß, aber naiv ist sie ganz sicher nicht. Vor allem steckt sie voller Leben.«

Keegan dachte an die junge Frau in ihrem hübschen roten Kleid und mit den hübschen Samtbändern im Haar. Sie war tatsächlich voller Leben, dachte er noch mal, und überraschend stark.

»Sie ist an dem Verrat durch Shana nicht zerbrochen, sondern noch gewachsen.«

Abermals warf er den Stock und fuhr nach kurzem Schweigen fort.

»Ich dachte, spätestens in einer Woche wäre ich zurück. Ich wollte meiner Mutter etwas Zeit mit Aisling und den Kindern geben, aber dann zurück nach Hause kommen. Nur …«

»… gab's in der Hauptstadt eben viel zu tun.«

»Genau. Ich werde dir davon erzählen. Ich werde es dir nicht erklären, aber dir davon erzählen.«

»Okay.«

»Ein paar der Sachen waren einfach notwendige Kleinigkeiten, die ein Taoiseach machen muss. Verdammte Politik, Diplomatie und all der andere Kram.«

Beim dritten Mal warf er den Stock so weit, als würfe er mit ihm die Politik, Diplomatie und all die anderen von ihm verabscheuten Aufgaben fort.

»Meine Mutter hat ein Händchen für all das. Für mich ist das die reinste Qual. Am besten reden wir deshalb gar nicht davon. Ich habe auch mit den Gelehrten, mit den Kriegern und den Ausbildern gesprochen, denn wir brauchen schließlich eine Strategie. Wobei auch das ein ganz normaler Teil von meiner Arbeit ist. Aber der Prozess. Ich werde dir davon erzählen, weil du wissen solltest, wie er abgelaufen ist.«

»Sie hat den Anschlag weder geleugnet noch dich um Gnade angefleht.«

Er runzelte die Stirn. »Das weißt du schon?«

»Ich habe es ihr an dem Abend angesehen. Sie ist nicht weniger fanatisch, als es Toric war. Sie hat es vielleicht nicht so offen ausgelebt und war vielleicht nicht so brutal, aber was den Fanatismus angeht, ist sie mindestens genauso schlimm wie er.«

»Das stimmt. Und sie war stolz auf ihre Tat, außerdem verachtet sie ihre Eltern und Talamh. Ich konnte beinah hören, wie es ihrer Ma das Herz gebrochen hat.«

Breen drückte ihm die Hand, und Faxe trottete, den Stock im Maul, neben den beiden her.

»Aber vor lauter Fanatismus, Stolz, Verachtung hat sie uns sehr viel erzählt. Ich hätte nicht gedacht, dass wir so viel aus ihr herausbekommen würden, und dann hat sie uns freiwillig alle Einzelheiten aufgetischt. Isolde hat das Gift mit einem

Raben nach Talamh geschickt, das heißt, dass die Portale offenbar nicht völlig abgeriegelt sind.«

»Und wie hat Odran es geschafft, das Mädchen umzudrehen?«, überlegte Breen. »Woher hat er gewusst, dass gerade sie sich mühelos auf seine Seite ziehen lässt?«

»Ich glaube, dass Isolde im Verlauf der Jahre öfter in verschiedenen Gestalten in Talamh gewesen ist. Und dann sind da noch all die anderen Späher und Spione aus der dunklen Welt. Durch den Willkommensbaum kommt niemand, der uns schaden will, doch keins der anderen Portale ist so gut geschützt wie er. Natürlich schützen wir die anderen Übergänge auch«, erklärte Keegan ihr. »Doch wie das Meer die Klippen höhlen der dunkle Zauber und die böse Absicht unserer Feinde diesen Schutz im Lauf der Jahre aus.«

»So war es auch beim Wasserfall.«

»Genau. Und so machen sie Jagd auf die, die schwach sind, zornig oder unglücklich. Das Mädchen hat gesagt, es hätte Odrans Welt besucht.«

»Der Mistkerl hat sie in seine Welt geholt?«

»Hat sie auf jeden Fall behauptet, und sie klang dabei so stolz, dass das ganz sicher nicht gelogen war. Er hat ihr Reichtümer und einen Mann versprochen. Die verdammte dunkle Fee, von der du angegriffen worden bist, als du zum ersten Mal am Grab von deinem Vater warst.«

Erschaudernd dachte sie daran zurück, wie sie der Unhold in die Luft gerissen hatte, bevor Keegan auf dem Rücken seines Drachen angeflogen und mit seinem Schwert auf ihren Gegner losgegangen war. An ihren Sturz aus großer Höhe und den abgetrennten Kopf, der direkt neben ihr im Gras landete.

»Das ist doch jetzt schon ewig her«, murmelte sie.

»Das heißt, dass sie schon länger auf der dunklen Seite stand. Und dann hat Torian dich gesehen und sie zurückgelassen, um dich zu entführen.«

»Du hast ihn umgebracht. Deswegen denkt sie, wir wären schuld an seinem Tod«, schloss Breen. »Das hat wahrscheinlich fürchterlich an ihr genagt. Und dann hat sie Kontakt zu Odran aufgenommen, damit er weiß, dass ich hier bin, und er hat mir Isolde auf den Hals gehetzt. Aber …« Sie blieb stehen und blickte Keegan an. »Es gibt doch sicher auch noch andere wie sie und die Verräter von Samhain, noch andere wie Toric und die Frommen, die ihm treu ergeben waren.«

»Natürlich gibt es die. Auch deshalb saß ich derart lange in der Hauptstadt fest. Wir haben überlegt, wie wir am besten vorgehen sollen, um die zu finden, die bereit sind, ihre Stämme und Familien zu verraten, und sie zu verbannen oder zu benutzen, je nachdem, was besser für uns ist.«

»Am besten setzt ihr sie zur Spionageabwehr und zur Gegenspionage ein«, schlug Breen ihm vor. »Das heißt, ihr füttert sie mit falschen Infos oder Infos, die sie weitergeben sollen.«

Keegan bedachte sie mit einem nachdenklichen Blick. »Du lernst sehr schnell, das heißt, dass ich mir die ausführlichen Erklärungen sparen kann.«

»Deswegen ist es trotzdem ätzend, denn obwohl du diese Leute als ihr Taoiseach schützen würdest, und obwohl sich unsere Väter für sie aufgeopfert haben, wären sie bereit, das alles eines Arschlochgottes wegen zu verraten, der nicht zögern würde, ihnen ihre Hälse aufzuschlitzen, einfach, weil er's kann. Und warum?«

Zornig warf sie eine ihrer Hände in die Luft, und ihre Fingerspitzen sandten heiße Funken aus.

»Weil sie mehr Macht wollen als die, die ihnen schon gegeben ist? Weil sie noch reicher werden wollen, obwohl es ihnen hier ganz sicher an nichts fehlt? Oder weil sie geil sind auf die Grausamkeit und Kälte, für die Odran steht?«

»Reg dich nicht auf«, bat Keegan sie nach einem Augenblick.

»Natürlich rege ich mich auf. Die Fey sind friedlich, großzügig und fröhlich, und all diese Dinge spüre ich seit meiner Rückkehr auch in mir. Ich bin ein Teil von diesem Volk, und wir sind mutig und loyal. Natürlich haben wir wie alle Lebewesen unsere Fehler, aber Odrans Art und seine Welt der Welt hier vorzuziehen?«

Sie atmete tief durch.

»Manche lernen aus alten Fehlern, andere nicht«, fielen ihr Mingas Worte wieder ein.

»So kann man …« Er hielt inne, und aus welchem Grund auch immer fand sie es beruhigend, dass er auf der Suche nach den rechten Worten war.

»… zusammenfassend sagen«, beendete Breen den Satz für ihn.

»Ja, genau. Selbst Götter machen Fehler, und es war ein Fehler, dieses Mädchen auszuwählen. Sie war zu zornig, um noch klar zu denken, und wir werden auch noch andere finden, die zu wütend oder dumm sind, um seine Befehle richtig auszuführen.« Er sah sie von der Seite an. »Es ist für mich ein bisschen seltsam, neben dir zu laufen und so viel zu reden, ohne dass mich das Gerede nervt. Du bist meistens sehr vernünftig, Breen.«

»Aber nicht immer?«

»Nein. Es hat mir gutgetan, als ich dich an Silvester in den Flammen sah. Ich konnte dich nicht singen hören, doch ich konnte spüren, wie fröhlich du beim Singen warst. Hast du mich vorher schon einmal gesehen?«

»Silvester?«

»Nein, nach dem Prozess. Ich habe dieses Mädchen in die Welt der Finsternis geschickt, und dann bin ich mit Cróga losgeflogen. Hast du mich bei diesem Flug gesehen und mit mir gesprochen?«

»Nein. Weshalb willst du das wissen?«

»Weil ich dich gehört habe. Du hast mit mir gesprochen wie vor all den Jahren im See. Ich habe dich gehört, aber ich konnte dich nicht sehen.«

»Ich … was habe ich zu dir gesagt?«

»Du hast gesagt …« Er zögerte und schließlich meinte er: »Du hast gesagt, wir müssten unsere Pflicht erfüllen. Du hast in dem Moment genau das Richtige zu mir gesagt. Oder vielleicht habe ich mir auch nur eingebildet, dass es deine Stimme war.«

»Natürlich musst und wirst du immer deine Pflicht erfüllen. Das macht dich schließlich aus.«

»Und wie steht es mit dir?«

»Ich denke, und ich hoffe, dass es mir genauso geht. Habe ich sonst noch was gesagt?«

Er zuckte mit den Achseln. »Es waren genau die richtigen Worte. Am besten reiten wir den Rest des Wegs und gucken, wie gut du inzwischen galoppieren kannst.«

Sie schlug sich wacker, auch wenn er mit seinem Lob – wie immer – sparsam war. Als sie auf den Hof kamen, unterrichtete Morena ihre beiden älteren Neffen in der Kunst der Falknerei, und Darling, Harkens neues Hündchen, kletterte begeistert auf der Wolfshündin herum, die es mit der ihr eigenen stoischen Gelassenheit ertrug.

»Willkommen zu Hause«, wandte sich Morena an ihren Schwager. »Dein Bruder ist noch in der Scheune, und Mahon ist auf Patrouillenflug. Ich selbst amüsiere mich ein bisschen mit den Jungen, damit Aisling etwas Ruhe mit dem Baby hat.«

Sie bückte sich nach Faxe, und nachdem sie ihn gestreichelt hatte, rannte er begeistert zu dem Welpen, um mit ihm zu spielen, und Mag war die Erleichterung, dass sie jetzt endlich wieder ihre Ruhe hätte, überdeutlich anzusehen.

»Auf diese Weise drücke ich mich vor der Arbeit«, fuhr Morena fort. »Und habe endlich selbst mal etwas Zeit mit unserem kleinen Hund, der Harken jetzt schon kaum noch von der Seite weicht. Wir haben Tarryn und Minga noch Auf Wiedersehen gesagt, und dann hat Marco Sedric, meine Nan und deine Nan geschnappt, weil er mit ihnen in eurem Häuschen auf der anderen Seite um die Wette backen will. Wozu er mich nicht eingeladen hat.«

»Dann lade ich dich eben zum Probieren ihrer Kuchen ein.«

»Okay.«

»Ich nehme nicht an, dass er auch noch was fürs Abendessen kochen will?«, mischte sich Keegan ein.

»Bestimmt. Denn schließlich hat er schon was vorbereitet, ehe wir vorhin hierhergekommen sind.«

»Dann freue ich mich auf das Essen, falls ich dazu eingeladen bin.«

»Was denn wohl sonst? Denn schließlich hast du mir gefehlt«, erklärte Breen ihm schlicht.

»Gut«, gab er genauso schlicht zurück und wandte sich zum Gehen.

»Jetzt hat Faxe neben Mab noch eine zweite Freundin«, meinte Breen.

»Die Kleine ist ein echter Wirbelwind. Und gleichzeitig so lieb, dass ich versuche, ihr nicht nachzutragen, dass sie mir ein Loch in einen meiner Lieblingskniestrümpfe gerissen hat. Vielleicht verzeihe ich auch Harken die Bemerkung, dass das nur passieren konnte, weil ich meine Strümpfe auf dem Boden liegen lassen habe. Doch ich konnte sie nicht aufräumen, weil ich es dafür zu eilig hatte, mit dem Kerl ins Bett zu gehen.«

»Das Eheleben scheint recht anstrengend zu sein.«

»Ich liebe jeden Augenblick als seine Frau. Im Ernst. Gut, Fin. Super. Und jetzt ist dein Bruder dran.«

Breen schaute zu, wie Finian Kavan, der vor Aufregung mit seinen kleinen Flügeln flatterte, beim Anziehen des Handschuhs half. Und Faxe rollte ebenso begeistert mit dem putzmunteren Welpen durch das Gras.

Was für ein wunderbarer Augenblick, dachte sie, als Kavan seinen Arm ausstreckte und den Vogel rief. Dann landete das Tier auf seinem Arm. Unter dem Gewicht sackte er etwas ab, doch strahlend wandte Kavan sich der Tante zu.

»Das hast du ebenfalls sehr gut gemacht.«

»Amish hat seinen Spaß.«

Morena nickte zustimmend. »Dass du das siehst, bedeutet, dass du ihn gut lesen kannst. Aber hallo«, meinte sie, als Kavan seinen Arm nach oben drückte, damit Amish wieder losflog. Dann rannte er vor seinem Bruder weg, flog in die Luft, wo er nicht zu erreichen war, und streckte lachend seinen Arm nach Amish aus.

»Das hätte ich ihm erst noch beibringen wollen«, stellte Morena fest, als Amish wieder ruhig auf Kavans Handschuh hockte. »Aber frühestens in einem Jahr.«

»Er ist dafür geboren.« Und plötzlich nahm Breen neben

dieser Szene auch noch eine andere wahr. »Die beiden werden eines Tages fliegen, Kavan mit den Flügeln, die er hat, und Finian auf seinem Drachen, und die Brut deines Falken fliegt mit.«

»Das kannst du sehen?«

»Ich habe es nur kurz gesehen, dafür aber ganz klar.« Breen ging das Herz vor Freude auf. »Aber verrat ihnen das nicht. Ich glaube … manche Dinge sollten einfach passieren.«

»Dann halte ich den Mund.« Morena schob sich ihre Mütze aus der Stirn und schaute nachdenklich die Jungen an. »Aber ich werde sie dafür trainieren, so gut es geht.«

»Breen Siobhan.«

Sie fuhr herum, und es war reines Glück, dass sie das Schwert, das Keegan ihr zuwarf, tatsächlich auffing.

»Na los.« Bevor sie ihre Position einnehmen konnte, hatte er sie bereits umgebracht.

»Ich gehe besser aus dem Weg«, beschloss Morena und trat eilig zwei Schritte zurück.

»Ich war noch nicht so weit.«

»Deswegen bist du tot, denn du musst jederzeit gewappnet sein. Jetzt nimm dein Schwert und setz dich gegen mich zur Wehr, Frau.«

Dieses Mal traf Stahl auf Stahl, und das Klirren ihrer Klingen hallte in der Winterluft.

Er war mal wieder gnadenlos. Genau wie all die dunklen Feen, irren Elfen und Dämonen, die er auf sie losgehen ließ.

Das war anscheinend amüsant genug, dass Harken aus der Scheune kam, um ihnen zusammen mit Morena, Finian, Kavan und dem kleinen Hund, der zwischen seinen Beinen saß, beim Training zuzuschauen.

Und während ihr der Schweiß in Strömen in die Augen

lief, kam auch Mahon von seinem Patrouillenflug zurück und gesellte sich zu ihrem Publikum. Sie alle feuerten sie lautstark an, doch eine echte Hilfe waren sie ihr nicht.

Sie hörte auf zu zählen, wie oft sie schon gestorben war, und kämpfte weiter mit dem Schwert, mit der Magie, mit Händen und mit Füßen gegen ihre Feinde an. Obwohl die Klingen sie nicht schneiden und die Zähne und die Klauen sie nicht in der Luft zerreißen konnten, waren die Treffer schmerzlich, und am Ende tat ihr jede einzelne Faser am Körper weh.

Keuchend ließ sie ihren Schwertarm sinken, der wahrscheinlich nicht einmal mehr eine Feder hätte halten können.

»Du hättest mehr trainieren sollen«, stellte Keegan grimmig fest.

»Ich habe jeden gottverdammten Tag trainiert.«

»Mit diesen Luschen hier.« Er zeigte auf ihr Publikum. »Die sind viel zu nachsichtig mit dir.«

Inzwischen hatte sich auch Aisling mit dem Baby in dem Tuch vor ihrem Bauch dazugesellt und rief ihm zornig in Erinnerung: »Dafür hast du fünf Gegner gleichzeitig auf sie gehetzt.«

»Denn schließlich dreht sich in diesem Krieg alles hauptsächlich um sie. Und falls die anderen eine Chance haben, sie von uns zu trennen und einzukreisen, werden sie das tun. Und wenn ihr sie derart verhätschelt, wird sie niemals lernen, sich zu wehren.«

»Verhätscheln?«, widersprach der Bruder ihm. »Wir haben hart mit ihr trainiert.«

»Aber nicht hart genug. Morgen wird sie's besser machen.«

»Du kannst uns mal, Keegan. Komm mit ins Haus«, wand

Aisling sich an Breen. »Dort kannst du dich am Feuer wärmen, und ich rühre eine Salbe gegen deine Schmerzen an.«

»Ich danke dir, aber es geht mir gut.« Dass sie sich jetzt *verhätscheln* ließe, ließ ihr Stolz nicht zu. »Und ich muss langsam heim.«

»Du hast dich gegen diesen Bären und den Dämonen mit den langen Zähnen wirklich gut geschlagen.«

»Das ist nett, dass du das sagst, Mahon.« Sie drückte Keegan ihre Waffe in die Hand. »Ich wünsche euch noch einen schönen Abend. Komm, Faxe.«

Sie wandte sich zum Gehen und betete, dass sie es schaffen würde, noch die kleine Mauer zu erklimmen, ohne laut zu stöhnen.

Dann tauchte plötzlich Keegan auf und hob sie schwungvoll über das steinerne Hindernis hinweg.

»Du solltest längst mit deinem eigenen Schwert trainieren und anfangen, es zu tragen, wenn du rüberkommst.«

»Das wäre ja wohl ziemlich lächerlich, denn schließlich bin ich keine Kriegerin.« Sie knirschte mit den Zähnen, als sie die Treppe Richtung Baum erklomm, und kämpfte sich mit wackeligen Beinen auf den ersten Ast.

Er folgte ihr nach Irland, wo ein sanfter Regen niederging.

»Wir sind im Krieg, deshalb ist es bestimmt nicht lächerlich, wenn du bewaffnet bist.«

»Das bin ich sowieso.« Sie wedelte kurz mit dem Arm und hielt eine Feuerkugel in der Hand.

»Das bist du, aber durch das Schwert hast du noch einen zusätzlichen Schutz.« Er legte ihr die Arme auf die Schultern und zwang sie, ihn anzusehen. »Ich habe dir das Schwert geschenkt, weil du es dir verdient hast, und der Tradition nach ist es keine Kleinigkeit, wenn man ein Schwert für jemand anderen schmieden lässt und es ihm schenkt.«

»Das weiß ich zu schätzen, aber …«

»Du verstehst mich nicht. Ich hätte dir das Schwert niemals geschenkt, wenn du es nicht verdient hättest, denn dadurch würden diese Waffe, du und auch ich selbst herabgesetzt. Du hast trainiert, und nein, du wirst mit einem Schwert niemals brillant sein, doch du arbeitest an dir und hast dich mutig in den Kampf gestürzt. Also nein, du hast dich nicht dafür entschieden, eine Kriegerin zu sein, doch du trainierst und kämpfst, und du gibst alles, was in dir steckt. Das heißt, du hast ein Schwert verdient. Und zwar ein Schwert, das zu dir passt und das mit deinen Symbolen versehen ist. Ich bitte dich deshalb, dass du es trägst.«

Er nahm ihr ihre Schmerzen, und trotz ihres Ärgers und verletzten Stolzes atmete sie auf.

»Sie haben mich nicht verhätschelt. Sie sind vielleicht nicht so gnadenlos wie du, aber wer ist das schon? Verhätschelt haben sie mich trotzdem nicht.«

»Das sehe ich etwas anders, aber in einem hatte Mahon recht. Du hast dich gegen diesen Bären wirklich gut geschlagen.«

Sie bedachte ihn mit einem durchdringenden Blick, und Faxe zu ihren Füßen sah zwischen ihr und Keegan hin und her.

»Das sagst du nur, weil du zum Essen eingeladen werden und danach noch mit mir schlafen willst.«

»Natürlich will ich das, aber dem Wer hast du es tatsächlich gezeigt.«

Sie sagte sich, am besten wäre es, nicht näher auf das Thema einzugehen. »Aber ich habe keinen Gürtel für das Schwert.«

»Bring's morgen mit, dann mache ich dir einen. Ich kenne schließlich deine Maße«, meinte er und legte seine Hände links und rechts auf ihren Hüften ab.

Halbwegs besänftigt setzte sie den Weg in Richtung ihres Häuschens fort, als plötzlich Faxe fröhlich bellend losrannte.

Ein Stück vor ihnen auf dem Weg tänzelten Lichter durch die Luft, und Breen vernahm die Stimme ihrer Nan.

»Braver Junge. Braver Schatz. Und wo ist unser Mädchen?«

Umschwärmt von kleinen Lichtern, traten Marg, Finola und Sedric aus dem Nebel auf sie zu. Sie alle hielten Körbe in den Händen, denen ein verführerischer Duft entstieg.

Und sahen aus wie Teenager, die auf dem Weg zu einer Party waren.

»Wir hatten einen wirklich wunderbaren Nachmittag«, setzte Finola an.

Mit jeder Menge Wein, schloss Breen, weil offenkundig alle drei leicht angesäuselt waren. »Und welcher Kuchen war der beste?«

»Nach ausführlicher Debatte und nach gründlicher Verkostung aller Backwaren haben wir beschlossen, Strohhalme zu ziehen«, klärte Sedric sie mit ernster Miene auf.

»Wir haben so viel probiert, dass es kein Abendbrot mehr geben wird.« Marg zeigte ihnen ihren Korb. »Vor allem haben wir immer noch genug fürs halbe Tal.«

»Ich würde auch gerne probieren.«

»Für euch gibt's noch genug im Haus.« Finola bohrte Keegan ihren Zeigefinger in die Brust. »Aber wir geben auf dem Hof auch noch etwas für Aisling und die Jungen ab.«

Er gab ihr einen Wangenkuss. »Da war noch etwas Mehl.«

»Du Schlawiner.« Lachend griff sie in den Korb. »Ein Plätzchen, aber mehr ist nicht drin.«

»Ihr solltet mit dem Kuchen warten, weil es vorher noch Pozole gibt. Auch den haben wir probiert, und er war wirklich fein.«

»Und scharf.« Finola wackelte mit ihren Brauen. »Genau wie Marco selbst. Ich habe was davon für meinen Seamus mitgenommen, denn der mag es scharf.«

»Und zu den ganzen scharfen und den süßen Sachen gab es literweise Wein.« Marg lehnte sich an Sedric an. »Wir hatten wirklich eine tolle Zeit. Und jetzt ins Haus mit euch und amüsiert euch ebenfalls.«

Als sie sich wieder in Bewegung setzten, schaute Keegan ihnen hinterher. »Sie sind alle etwas angeschickert, aber kamen mir durchaus zufrieden vor.« Er biss von seinem Plätzchen ab. »Und trotzdem haben sie diese tollen Plätzchen hingekriegt.«

Er bot ihr großmütig die Hälfte seines Kekses an, sie aber schüttelte den Kopf. »Ich weiß, wie der Pozole schmeckt, deswegen warte ich mit dem Gebäck bis hinterher.«

»Was ist dieser Pozole außer scharf?«

»Unglaublich gut«, versicherte sie ihm, und als er durch die Haustür trat, erkannte er, dass das auf jeden Fall der Wahrheit entsprach.

»Es scheint, als hättest du dich wieder einmal selbst übertroffen, Marco.«

»Du bist wieder da!« Ein Geschirrtuch über seiner Schulter, kam der Koch zu ihnen in den Flur und nahm Keegan zur Begrüßung in den Arm.

»Ich bin ganz verschwitzt, Bruder.«

»Dann zieh erst mal den Mantel aus. Und du die Jacke, Breen. Wein oder Bier?«

»Egal.«

»Ich habe einen Wein, der gut zu dem Pozole passt. Ich hoffe, dass ihr Hunger habt.«

»Selbst wenn ich ohne Hunger hergekommen wäre, hätte er sich angesichts der Düfte, die mir hier entgegenwehen, sofort eingestellt. Und Kuchen gibt es auch.«

»Mit Äpfeln und Rosinen«, klärte ihn Marco auf. »Und dazu habe ich noch einen Flan versucht, doch gegen Sedrics Teegebäck habe ich keine Chance. Das kriegt niemand so hin wie er, aber er hat uns ein paar Plätzchen hiergelassen, und wir haben auch ein paar Stücke von Finolas Sahnetorte und ein paar der Winterbeerentörtchen deiner Nan. Mein Gott, was für ein wunderbarer Tag.«

Plappernd schenkte er den Wein für seine Freunde ein, und Breen setzte dem Hund sein Wasser und sein Futter vor.

»Das machen wir jetzt einmal jeden Monat, abwechselnd bei deiner Nan, Finola oder hier bei uns.«

»Sidhewein?«, erkundigte sich Keegan nach dem ersten Schluck aus seinem Glas.

»Den hat Finola mitgebracht. Sie meint, dass er zu allem passt.«

»Das stimmt. Es gibt in ganz Talamh keinen besseren Wein.«

»Wem sagst du das? Wir haben beim Backen gleich zwei Flaschen von dem Zeug geleert. Es fehlt ganz sicher nicht mehr viel, damit mir Flügel wachsen, denn wir hatten einen wirklich tollen, tollen Nachmittag.«

Breen fing an, den Tisch zu decken, während Keegan an der Arbeitsplatte lehnte und sich von dem Wettbacken erzählen ließ. Im Hintergrund erklang Musik, und als Faxe sich zu einem Nickerchen vors Feuer legte, zündete sie ein paar Kerzen an.

Gleich würden sie zusammen essen, danach würden sie und Keegan schlafen gehen, und am Ende seiner Schicht käme auch Brian zu Marco heim.

Trotz des Trainings und der ungezählten Niederlagen, die sie auf dem Übungsplatz erlitten hatte, fand auch sie, dass es ein wunderbarer Tag gewesen war.

Von dem sie, wie Morena, jeden Augenblick genoss.

# 10

Es regnete fünf Tage durch. Die Straßen in Talamh und Irland waren schlammig, und der Himmel, der sich über beiden Buchten spannte, wirkte grau und schwer wie Blei.

Das Grün hingegen schimmerte wie ein geschliffener, riesiger Smaragd, wenn Keegan jeden Tag die Übergänge abflog, um zu sehen, ob sie noch ausreichend gesichert waren. Daneben half er Harken auf dem Hof, hielt über den Spiegel täglich Kontakt zu seiner Mutter in der Hauptstadt und setzte gleichzeitig die Jagd nach Odrans Spähern und Spionen fort.

Obwohl Breen es vorgezogen hätte, sich mit ihrer Arbeit, der Musik des Freundes und den Köstlichkeiten, die er in der Küche zauberte, in ihrem heimeligen Cottage zu vergraben, zwang sie Keegan unbarmherzig, weiter täglich zu trainieren.

Also trottete sie jeden Abend pudelnass, mit schlammverkrusteten Klamotten und mit unzähligen blauen Flecken an den Armen und den Beinen heim, immer dabei ihr neues Schwert, woran sie sich inzwischen fast gewöhnt hatte.

Als sich zum ersten Mal ein wenig Blau am grauen Himmel zeigte, kam sie aus dem Arbeitszimmer in die Küche, in der Marco über seinem Laptop saß. Sie ließ den Hund hinaus und setzte sich mit einer Cola an den Tisch, um Marco bei der Arbeit zuzusehen.

»Moment noch«, bat er sie. »Der Blog, den du vorhin geschrieben hast, war übrigens echt gut.«

Sie sah ihn an.

Er hatte sich die Zöpfe ordentlich zu einem Pferdeschwanz gebunden, trug den von Morenas Gran für ihn gestrickten roten Wollpullover und wippte in einem unhörbaren Rhythmus mit den schwarzen, knöchelhohen Turnschuhen, während er die Finger über die Tasten fliegen ließ.

»Das war's. Ich habe deine Beiträge in den sozialen Medien hochgeladen, und ich hätte gerne, dass sie Darling einmal rüberbringen, damit ich Aufnahmen von ihr und Faxe machen kann. Ich gehe schließlich davon aus, dass sie in einem seiner nächsten Abenteuer vorkommen wird.«

»Du kennst mich wirklich gut, und das ist eine ausgezeichnete Idee. Ohne dich käme ich mit dem ganzen Zeug, das ich in den sozialen Medien posten soll, bestimmt nicht hinterher.«

»Du würdest weiter deine Bücher schreiben und die Blogs verfassen, aber auf Twitter wärest du wahrscheinlich nicht die größte Leuchte«, stimmte er unumwunden zu und gönnte sich den ersten großen Schluck von seinem Mineralwasser.

»Warum schreibst du kein Kochbuch?«

»Was?«

»Du hast die Kommentare in den Blogs gelesen. Immer wenn ich irgendwas erwähne, was du gekocht oder gebacken hast, wollen die Leute die Rezepte haben, und auch wenn ich dir bei deiner Arbeit in der Küche sicher keine große Hilfe wäre, kann ich dir mit Texten und mit Fotos helfen. Zudem ist meine Agentin Carlee der Ansicht, dass ein solches Kochbuch sich auf jeden Fall verkaufen lässt.«

»Meine Güte, Breen.« Er fuhr sich mit den Händen durchs Gesicht. »Du weißt doch, wie ich koche. Ich probiere einfach rum, bis ich mit dem Geruch, mit dem Geschmack, dem Aussehen von etwas zufrieden bin.«

»Genauso sollst du es auch weitermachen. Das sagt Carlee

auch, denn schließlich soll es keine zusätzliche Arbeit für dich sein. Ich kann mir vorstellen, dass das durchaus Spaß macht. Also denk darüber nach.«

»Das werde ich, obwohl …«

»Denk einfach drüber nach, okay? Und dann wären da auch noch zwei andere Sachen, über die ich gerne mit dir reden würde.«

»Müssen wir nicht langsam rüber nach Talamh?«

»Das müssen wir, und deshalb mache ich auch extra schnell. In anderthalb, zwei Monaten müsste mein nächstes Faxe-Abenteuer fertig sein. Vielleicht. Wahrscheinlich. Hoffentlich.«

»Sehr gut.«

»Und ich weiß auch schon ungefähr, worum es in dem dritten Abenteuer gehen soll. Und ja, da wird auch Darling eine Rolle spielen.«

»Wusste ich es doch! Und jetzt gib mir den zweiten Band, damit ich ihn schon einmal lesen kann. Dann kann ich kleine Hinweise in den sozialen Medien geben, um die Neugier deiner Follower zu wecken, auch wenn ich natürlich nichts vorwegnehmen werde, was die Spannung abflauen lässt.«

»Du redest wie ein Medienprofi.«

»Der ich schließlich bin. Ich hätte nie gedacht, dass ich damit mal meinen Lebensunterhalt verdienen würde, aber es macht wirklich Spaß.«

»Das merkt man und das freut mich, weil mich das zu meinem nächsten Thema führt. Ich denke, und ich hoffe, dass wir im April kurz in die Staaten fliegen und Sally an seinem Geburtstag überraschen könnten.«

Er starrte sie mit großen Augen an. »Du willst nach Philadelphia fliegen?«

»Ja. Ich würde gerne Sal und Derrick sehen … und mit meiner Mutter sprechen.«

Er nahm ihre Hand und drückte sie. »Da komme ich auf alle Fälle mit.«

»Nein, danke. Das ist was, was ich allein machen will und muss. Und danach fahren wir weiter nach New York.«

Jetzt klappte ihm die Kinnlade herunter, und ihm quollen beinahe die Augen aus dem Kopf. »Wir fahren nach New York? Nimmst du mich auf den Arm?«

»Ich finde, es ist höchste Zeit, dass du die Leute im Verlag persönlich kennenlernst. Und wenn wir bis dahin ein Konzept für dieses wundervolle Kochbuch haben, das du schreiben wirst …«

Jetzt sprang er auf und stapfte durch den Raum. »Bis April? Du machst mir Angst.«

»In unserer alten Wohnung wohnt jetzt eine Fey. Die würde ich gern einmal treffen, und ich hoffe, dass wir das Portal benutzen können, das dort eingerichtet ist. So sparen wir jede Menge Zeit und hätten einen Tag mit Sally und mit Derrick und danach noch einen in New York. Natürlich hängt das alles davon ab …«

» … ob dann schon Krieg herrscht oder nicht.«

»Wenn sie mich drüben brauchen, kann ich nicht mal für zwei Tage weg, und Nan und Keegan wissen auch noch nichts von meinem Plan. Ich wollte erst von dir hören, was du davon hältst. Und du wirst Brian fragen wollen, wie er das sieht.«

»Das stimmt.«

»Es wird nicht so ruhig bleiben, wie es gerade ist. Ich würde deshalb sagen, lass uns jetzt nach Philadelphia reisen, nur dass ich dann gern den zweiten Faxe-Band mit rübernehmen würde, der noch nicht ganz fertig ist.«

»Wir werden reisen, wenn du's sagst. Das wird für Brian auf jeden Fall in Ordnung sein. Wir müssen schließlich jeder unsere Arbeit machen, oder nicht? Und das hier ist nun einmal unsere Arbeit, also fahren wir nach New York zum Verlag. Wobei ich auch noch eine Frage habe.«

»Ich war noch nicht fertig.«

»Trotzdem. Was ist mit dem anderen Buch? Wann kriegt deine Agentin das?«

»Es ist noch nicht fertig.«

»Das erzählst du mir jetzt schon seit einer halben Ewigkeit.« Bevor sie etwas sagen konnte, hob er abwehrend die Hand. »Ich weiß genauso gut wie du, dass Carlee dich auf ihre nette und zurückhaltende Art bedrängt, dir einen Teil davon zu schicken. Also, wann wirst du es endlich tun?«

Jetzt war es Breen, die aufsprang und durchs Zimmer lief. »Ich habe fürchterliche Angst, dass es ihr nicht gefällt. Das zweite Faxe-Buch ist kein Problem für mich, denn die Materie ist mir zwischenzeitlich hinlänglich vertraut, und es zu schreiben macht mir einfach einen Riesenspaß. Aber das andere Buch … ich weiß ja nicht mal, was ich ihm für einen Titel geben soll.«

»Wie heißt es denn bisher?«

»*Von heller und von finsterer Magie,* aber vielleicht …«

»Oh, nein, das klingt echt stark. Und lass mich bitte lesen, was nach diesem starken Titel kommt. Das erste, nein die ersten zwei Kapitel«, bat er sie. »Gib sie mir heute Abend, ja?«

»Es ist noch nicht …«

Er stieß sie mit dem Zeigefinger an.

»Gib mir noch zwei Wochen. Danach kriegst du zwei Kapitel, die du lesen kannst.«

Er winkelte den kleinen Finger an. »Schwörst du mir das?«

»Verdammt.« Sie holte zischend Luft, doch dann verhakte sie den kleinen Finger mit dem kleinen Finger ihres Freunds. »Zwei Wochen.«

»Du hast es geschworen, also halt dich dran. Und jetzt sollten wir wirklich langsam rübergehen. Vielleicht hat's in Talamh ja auch inzwischen aufgeklart. Sorg bitte noch dafür, dass unser Schmorbraten nicht anbrennt, ja?«

»Du hast einen Schmorbraten im Ofen? Der riecht wirklich gut. Doch eine Sache ist da noch.«

»Wir können auch im Gehen reden.«

Eilig schnappte sie ihr Schwert, zog ihre Jacke an und hüllte sich in einen Schal. »Es ist schon etwas wärmer«, meinte sie, als sie nach draußen ging. »Wir haben zwar noch immer Winter, aber etwas wärmer ist es schon.« Als Faxe aus der Bucht kam, trocknete sie ihn schnell ab und blieb kurz stehen.

»Die Bucht ist blau und nicht mehr grau, und alles riecht ganz neu und frisch.« Sie drückte Marcos Hand und wandte sich zum Gehen.

»Habt du und Brian euch schon drüber unterhalten, wie es nach der ganzen Sache weitergehen soll? Ich meine, wenn der Krieg vorüber ist.«

»Das haben wir, und uns ist klar, dass wir dann weiterhin zusammenbleiben wollen. Wahrscheinlich hier auf dieser Seite, denn ich brauche meine heiße Dusche, meinen Geschirrspüler und meinen Internetanschluss. Und du wirst auch hierbleiben, stimmt's? Ich glaube, das war mir schon klar, als wir zum ersten Mal hierhergekommen sind. Du hast das Haus gesehen und geweint. Du hast geweint, denn so ein Häuschen hast du dir dein Leben lang gewünscht.«

»Das stimmt.«

»Natürlich haben wir in Philadelphia Derrick, Sal und meine Schwester, doch die können wir besuchen, und der Rest meiner Familie … tja, ich musste akzeptieren, dass sie mich nie akzeptieren wird. Genauso wenig würden sie Brian akzeptieren. Also haben wir uns überlegt, dass wir uns was in deiner Nähe suchen werden und auch in der Nähe von Talamh, weil mir die Leute dort total ans Herz gewachsen sind.«

»Du könntest hier in Irland glücklich sein?«

»Ich liebe es, seit ich hier angekommen bin. Ich hätte nie gedacht, dass ich einmal hier leben würde, doch genauso wenig hätte ich erwartet, jemanden wie Brian zu treffen. Jemanden, der mir die Welt bedeutet und dem ich genauso wichtig bin.«

»Es ist fantastisch, das zu sehen und zu spüren und zu wissen, dass es so was gibt.«

»Es war die sprichwörtliche Liebe auf den ersten Blick«, gab er mit einem seelenvollen Seufzer zu. »Ich habe nie daran geglaubt, doch plötzlich war sie einfach da. Und in praktischer Hinsicht kann ich meinen Job egal wo machen, Hauptsache, ich habe Internet.« Er drückte ihr die Hand. »Und bis es so weit ist, haben wir uns, mein Schatz.«

»Ich weiß und liebe dich. Und wenn du sicher bist, dass ihr auf dieser Seite in der Nähe des Willkommensbaumes leben wollt, kann ich ja Nan fragen, ob sie noch ein paar Zimmer an das Haus anbauen lassen kann.«

»Breen.«

»Hör einfach zu, okay? Ihr hättet eure eigenen Räumlichkeiten, oder, besser noch, gibt es bestimmt genügend Platz, um noch ein zweites Haus zu bauen. Für dich und Brian. Das hieße, dass wir Nachbarn wären.«

»Nachbarn.«

»Und bei Harken wäre sicher noch genügend Platz im Stall, damit du dir ein eigenes Pferd zulegen kannst, schließlich reitest du wirklich gern. Und in dem Haus könntest du deine Küche und die Dusche selbst entwerfen und ein Zimmer haben, wo du komponieren und musizieren kannst.«

Er blieb stehen und schlang ihr lächelnd seine Arme um den Hals. »Ach, Breen, ich liebe dich.«

»Genauso wie ich dich. Bitte sag Ja, Marco. Ich hätte gerne, dass du weiterhin in meiner Nähe bist.«

»Ich müsste erst mit Brian sprechen, doch das wäre die Erfüllung meines größten Traums. Jetzt fange ich bestimmt gleich an zu heulen.«

Sie küsste seine tränenfeuchte Wange, drückte ihn und fügte aufmunternd hinzu: »Wir werden all das überstehen, Marco, und dann ist dieser Krieg vorbei, und unsere größten Wünsche werden sich erfüllen.«

Sie trafen Marg und Sedric vor der Küche an. Die beiden trugen Hosen und Pullover sowie bunte Strickmützen auf ihrem silbrigen beziehungsweise roten Haar und schnitten einen Berg von Äpfeln, während ein Stück weiter ein kupferner Kessel über einem Feuer hing.

»Willkommen. Breen, *mo stór,* geh bitte kurz ins Haus und hol ein Leckerli für unseren Jungen, denn ich habe gerade beide Hände voll.«

»Apfelsoße?«, fragte Marco, während Breen den Hundekuchen holen ging.

»Apfelwein«, klärte ihn Sedric auf. »Die Äpfel hat mein junger Vetter mir vorbeigebracht, und da ich keine Ahnung hatte, was ich damit machen sollte, keltern wir jetzt Apfelwein.«

»Ach ja?« Die Flüssigkeit im Kessel sah wie klares Wasser

aus. »Wie macht man den? Ihr kocht die Äpfel doch bestimmt nicht einfach aus.«

»Oh, nein. Dafür sind viele Arbeitsschritte nötig, doch nachdem der Regen endlich aufgehört hat, freuen wir uns über eine Arbeit, die man draußen machen kann.«

Breen brachte Faxe seinen Hundekeks, und er verschwand damit unter dem Tisch.

»Können wir euch helfen?«

»Wir sind mit dem Schneiden unserer Äpfel jetzt fast fertig, aber ihr könnt uns Gesellschaft leisten, wenn ihr wollt.«

»Das ist ein Fermentierer, richtig?« Marco wies auf einen zweiten Topf mit einem Auslaufrohr.

»Genau. Du bist wirklich clever.«

»Die Apfelstücke kommen in einen Sack, den binden wir dann zu, hängen ihn in den Fermentierer und gießen erst heißes und danach zum Abkühlen kaltes Wasser drauf. Und danach lässt man alles ziehen.«

»Und nach den nächsten Arbeitsschritten und ein bisschen Zauber muss man sich gedulden, denn ein guter Apfelwein braucht schließlich Zeit.«

Sobald der zugebundene Apfelsack im Fermentierer hing, bot Marco an: »Ich hole mir schnell Handschuhe und trage euch den großen Kessel an den Tisch. Der ist doch sicher furchtbar schwer.«

»Nicht nötig. Tritt am besten einen Schritt zur Seite, Marco«, meinte Marg und leitete das kochend heiße Wasser nur durch Ausstrecken der Hände bogenförmig aus dem Kessel in den anderen Topf.

»Du könntest frisches Wasser aus dem Brunnen holen«, schlug Sedric Marco vor. »Dann wärst du an der Herstellung des Weins beteiligt.«

»Und während Marco kaltes Wasser in den Kessel gießt, gehen wir schon einmal in die Werkstatt«, wandte Marg sich ihrer Enkeltochter zu.

»Ich würde gerne vorher über ein paar Dinge mit dir reden«, meinte Breen. »Was sehr gut dazu passt, dass Marco Wasser aus dem Brunnen holen geht. Das wird er zukünftig bestimmt noch öfter tun, weil er nämlich in Irland bleiben will. Er und Brian wollen dauerhaft in Irland leben, damit Brian regelmäßig herkommen kann.«

»Das freut mich sehr. Genau das hatten wir gehofft, nicht wahr, Sedric?«

»Auf jeden Fall. Also, Nachbar, gieß das Wasser langsam in den Topf.« Sedric nickte, als Marco das Wasser aus dem Eimer in den Fermentierer goss. »Genau so ist es gut.«

»Ich wollte ausreiten. Ist es okay, wenn ich in ein, zwei Stunden wiederkomme, um zu sehen, wie es weitergeht?«

»Ich hätte selbst nichts dagegen auszureiten. Also lass uns reiten gehen, und danach fahren wir hier mit unserer Arbeit fort.«

»Es freut mich sehr, dass du und Brian in der Nähe bleiben werdet«, meinte Marg und legte ihm die Hände ans Gesicht. »Der Gedanke macht mich glücklich, dass du weiter in Breens Nähe bist und wir uns auch in Zukunft regelmäßig sehen.«

»Ich würde ihn auch weiterhin so nah wie möglich haben wollen«, griff Breen den Faden auf. »Wäre es deshalb in Ordnung, wenn wir auf dem Grundstück bei der Bucht ein zweites Häuschen bauen würden, in dem er mit Brian wohnen kann?«

»Das ist eine ganz ausgezeichnete Idee, nicht wahr, Sedric?«

»Auf jeden Fall.«

»Es ist dein Land, *mo stór,* und du kannst damit tun und lassen, was du willst«, meinte Marg.

»Aber du hast mir dieses Land geschenkt.«

»Es wird uns eine große Freude sein, ein zweites Häuschen dort zu bauen. Nah genug zu Freunden und zu Nachbarn, aber mit genügend Abstand, um auch mal für sich zu sein. Ich werde Seamus bitten, uns zu helfen, denn er kennt sich mit allen Dingen rund um den Hausbau aus. Am besten gehst du zu ihm, Marco, und erzählst ihm, wie das Häuschen werden soll, auch wenn Finola sicher ihren Senf dazugeben wird. Genau wie Sedric hier.«

»Ich werde einfach meine Meinung sagen, weiter nichts. Zum Beispiel, dass das Herz des Hauses Marcos Küche werden sollte und dass Marco einen Raum für die Musik und Brian einen Raum zum Malen braucht.«

»Bevor ich wieder anfange zu heulen, muss ich noch was sagen«, setzte Marco an. »In Philadelphia habe ich zwar Sal und Derrick, aber meine eigenen Eltern kommen mit meinem Schwulsein nicht zurecht.«

»Das tut mir leid für sie«, murmelte Marg. »Ich hoffe, irgendwann brechen die Schlösser, die sie an den Herzen tragen.«

»Darauf würde ich nicht wetten. Aber darum geht es jetzt auch gerade nicht. Es geht um die Familie, die ich hier gefunden habe. Um dich und Sedric, denn ihr fühlt euch wie Familie für mich an. Ich liebe euch.«

»Und ich und Sedric lieben dich. Mein lieber Junge«, meinte Marg und nahm ihn in den Arm. »*Garmhac.* Mein Enkelsohn. Und jetzt nimm deinen Grandda mit zum Hof, sattelt die Pferde und reitet los.«

»Okay. Dies ist ein wirklich guter Tag.«

»Das ist es, und am besten halten wir uns daran fest.«

Breen sah den beiden Männern hinterher. »Das alles hier bedeutet ihm und mir unglaublich viel.«

»Ich frage mich, wie jemand deinen jungen Freund nicht lieben kann. Tja nun, wir lieben ihn auf jeden Fall, nicht wahr?«, erkundigte sich Marg bei Faxe, der sich sanft an ihren Beinen rieb.

»Ich wollte auch noch über etwas anderes mit dir reden«, meinte Breen auf ihrem Weg in Richtung Wald. »Ich möchte im April für zwei Tage nach Philadelphia und New York.«

»Um deine Mutter zu besuchen und zu deinem Verlag zu fahren.«

»Genau. Natürlich werde ich nicht fahren, wenn's hier nicht so … ruhig ist wie im Augenblick, denn schließlich ist mir klar, dass es in diesem Krieg um alles geht.«

»Auch deine Arbeit und Familie dort sind wichtig, deshalb solltest du auf alle Fälle fahren. Wobei ich nicht verstehe, warum du bis Frühjahr mit der Reise warten willst.«

»Weil Sally dann Geburtstag hat und ich meinen nächsten Faxe-Band bis dahin fertig haben will.«

Bei der Erwähnung seines Namens wedelte der Hund vor Freude mit dem Schwanz und hüpfte übermütig in den Bach.

»Natürlich. Und nimm Sally bitte ein Geschenk mit, denn als ich nicht für dich da sein konnte, hat er dich geliebt.« Wie so oft blieb Marg auf der Brücke vor der Werkstatt stehen. »Und jetzt erzähl mir, was du fühlst.«

»Die Bäume, die sich wie die Erde vor dem Frühjahr ausruhen. Und … vier Rehe mit drei Kitzen. Jährlingen. Sie warten ab, bis Faxe reinkommt, und gehen dann zum Trinken an den Bach. Aus dem fernen Westen fliegt ein Drachenreiter Richtung Osten, und ich spüre Lonrach, der mit deiner Dilis an den See fliegt und …«

Ihr Atem stockte, und sie tastete nach Mairghreads Hand.

»Nan. Ich spüre Odran, Blut und böse Zauber. Tief und dunkel, aber nicht beim Wasserfall. Ich kann nicht sehen, wo, ich kann's nicht sehen.«

»Spürt er dich auch?«

»Ich – nein.«

»Du musst den Vorhang zulassen, *mo stór.*«

»Aber das ist nicht leicht, weil er inzwischen deutlich stärker ist. Ich spüre seinen Zorn, der ihn so wie das Blut von seinen Opfern nährt.«

»Mach einen Schritt zurück. Mach einen Schritt zurück.«

»Aber ich muss ihn sehen.«

»Mach einen Schritt zurück und guck von dort. Er kann nicht durch den Vorhang schauen, und ich bin bei dir, also mach jetzt einen Schritt zurück und guck, was du von dort aus sehen kannst.«

Dann stand mit einem Mal ihr Hund an ihrer Seite, und Margs Licht verlieh ihr zusätzliche Kraft. Sie konnte sich, die Großmutter und Faxe wie in einem Spiegel sehen, und obwohl der Wunsch, noch einen Schritt nach vorn zu machen, übermächtig war, trat sie zurück und konnte plötzlich durch den dünnen, aber dichten Vorhang schauen.

Der finstere Gott stand nackt in einem Kreis aus schwarzen Kerzen, und er hatte eine kleine Narbe über seinem Herzen auf der Brust. Tosend brachen sich die Wellen an den Klippen, und die Luft war mit Gesängen und mit Rauch erfüllt. Auf einem steinernen Altar lag eine junge Frau. Auch sie war nackt, und ihre Haut war blutverschmiert.

Statt Angst empfand das Mädchen eine grässliche Erregung, und als Odran es bestieg und auf brutale Weise nahm, wurden die Gesänge dumpfer und noch drohender als zuvor.

»Bleib stark und ruhig«, wies Marg die Enkeltochter in Gedanken an, und Breen sah Klauen, die das Feenfleisch zerfetzten, und das frische Blut, das auf die Steine troff.

Das Mädchen schrie, doch nicht vor Schmerzen, sondern vor Ekstase, und als sie der Blick aus seinen rot glühenden Augen traf, rief sie mit lauter Stimme aus: »Ich opfere mich deinem Ruhm, Odran, du Einziger. Ich gebe meinen Körper, meine Seele und mein Leben für dich hin.«

»Ich nehme dieses Opfer an.«

Er fuhr mit einer seiner Krallen über ihren Hals, und während die Gesänge immer weiter anschwollen, saugte er sie aus.

Breen sah und spürte ihr Verzücken, und dann sah sie plötzlich Shana außerhalb des Kreises stehen. Sie trug ein goldenes Kleid, war mit Juwelen behängt und klatschte fröhlich in die Hände, als das Mädchen starb.

Sie sah, dass Shana den Verstand verloren hatte, und sie spürte, dass der Vorhang sich bald öffnen und die anderen mitbekommen würden, dass sie Zeugin ihres Treibens war.

»Genug!«, rief Marg. »Du musst es kontrollieren. Du musst zurückkommen. Es reicht.«

»Es ist vorbei. Es ist vorbei. Ich muss mich setzen.«

»Komm mit rein. Du bist ganz kalt und bleich. Stütz dich am besten auf mich auf.« Marg öffnete die Werkstatttür und machte abermals mit einer bloßen Handbewegung Feuer im Kamin. »Du setzt dich erst mal hin«, befahl sie ihrer Enkelin. »Dann hole ich dir was zu trinken, was dich wärmt und dich beruhigt.«

»Hast du es auch gesehen? Mein Gott, hast du es auch gesehen? Du standest schließlich direkt neben mir. Du und Faxe standet direkt neben mir. Ich habe uns gesehen.«

»Ich habe etwas über dich gesehen, aber nicht alles«, meinte ihre Gran. »Und jetzt setz dich ans Feuer, denn du zitterst immer noch wie Espenlaub.«

Marg hüllte sie in eine Decke ein, und Faxe legte seinen Kopf auf ihren Knien ab.

»Ich bin okay«, erklärte Breen, die Kälte aber drang ihr immer noch durch Mark und Bein. »Es war einfach – so viel. Ich hätte durch den Vorhang treten können, Nan. Ich hätte durch den Vorhang treten und versuchen können, dieses Opfer zu verhindern.«

»Dort, wohin ich dir nicht hätte folgen können, um es ganz allein mit derart vielen Gegnern aufzunehmen? Du hättest es ganz sicher nicht verhindern können, *mo stór.* Hier, trink.«

Marg drückte ihrer Enkeltochter einen von ihren Händen aufgewärmten Becher in die Hand.

»Am Ende habe ich auch Shana außerhalb des Kreises stehen sehen. Du auch?«

Marg schüttelte den Kopf. »Der Vorhang wurde immer dünner, deshalb habe ich mich darauf konzentriert, ihn weiter zuzuhalten. Was genau hast du gesehen?«

»Ich habe in ihr Inneres geblickt, auf das, was in ihr wächst. Das Baby, es ist schlecht wie er und krank wie sie und wächst nicht, wie es wachsen soll. Ich glaube, es ist deformiert, aber ich weiß nicht, was das zu bedeuten hat.«

»Sie hat sich freiwillig entschieden, sich ihm hinzugeben, Breen.«

»Ich weiß.« Sie trank den ersten Schluck des dampfenden Gebräus, und sofort wich die schlimmste Kälte. »Die junge Sidhefrau auf dem Altar. Die hast du doch bestimmt gesehen.«

»Das habe ich.«

»Sie *wollte*, dass er sie missbraucht und umbringt. Sie war deshalb furchtbar aufgeregt und fühlte sich geehrt. Und als er auf ihr lag, hast du gesehen, in was er sich in dem Moment verwandelt hat?«

»Ich weiß, was Odran ist.«

»Nein, nein, ich meine seine roten Augen und die Krallen, die er plötzlich ausgefahren hat.«

Jetzt stockte Marg der Atem, und sie starrte Breen mit großen Augen an. »Was sagst du da?«

»Er ist nicht nur ein Gott. Er ist zugleich auch ein Dämon. Das habe ich gesehen und gespürt.« In ihren Augen stiegen Tränen auf. »Wenn er zum Teil ein Dämon ist, bin ich das auch.«

»Bist du dir sicher, dass er was von einem Dämon in sich hat?«

»Ganz sicher. Oh, was sollen wir nur machen, wenn der Dämon auch bei mir zum Vorschein kommt?«

»Red keinen Unsinn«, herrschte Marg sie ungehalten an. »Du irrst dich, wenn du denkst, alle Dämonen wären schlecht. Wie alle Wesen können sie sich entscheiden, welchen Weg sie gehen wollen. Und wenn du was von einem Dämon in dir hast, verleiht dir das noch zusätzliche Kraft. Vor allem darfst du nicht vergessen, dass dann auch dein Vater was von einem Dämon hatte. Trotzdem bleibt er ja wohl der, der er zeit seines Lebens war.«

»Das stimmt. Glaubst du, er wusste es?«

»Ich glaube nicht, und auch du selbst weißt es nur, weil sich der Vorhang weit genug für dich geöffnet hat, damit du sehen konntest, was du sehen musstest, weil es wichtig für uns ist. Bist du bereit, dich mir zu öffnen, damit ich in dich hineinsehen kann? Ich würde dich zu Harken schicken, weil er darin besser ist als ich, doch du bist meine Enkelin, da reichen meine Fähigkeiten sicher aus.«

Die Kälte hatte sich in Eis verwandelt, das ihr auf der Seele lag.

»Du musst mir sagen, wenn es schlimm ist, und versuchen, eine Möglichkeit zu finden, es zu unterdrücken«, bat Breen ihre Großmutter.

»Jetzt gib mir erst mal deine Hände.« Marg nahm ihr den Becher ab und stellte ihn auf einen Tisch. »Du musst mir deine Hände geben und dich öffnen.«

»Aber erst versprich mir, dass du mir die Wahrheit sagen wirst.«

»Ich würde dich niemals belügen. Also Ehrenwort.«

Breen hielt ihr ihre Hände hin. »Du musst mir helfen, denn das kriege ich wahrscheinlich nicht allein hin.«

»Natürlich tust du das, aber ich helfe dir. Jetzt sieh mich an, und zwar genauso wie ich dich. Öffne dich dem Wesen, das dich liebt. Genau, das machst du ganz hervorragend. So ist es gut.«

Breen hatte das Gefühl zu schweben und nahm nur noch ihre Stimme wahr.

»So ist es gut, mein Schatz. Ich sehe Licht. Ich sehe jede Menge Licht. Und Kraft und neu gefundenen Mut und Stärke, die noch wächst. Dazu ein großes Herz und sehr viel Leidenschaft.«

»Ist das was Schlechtes? Ist das schlimm?«

»Du bist erfüllt von einem hellen Licht, und es gibt nichts in deinem Inneren, vor dem du dich fürchten musst. Genau wie sich dein süßer Faxe nicht vor den Dämonenhunden fürchten muss, die unter seinen Vorfahren sind.«

»Das hatte ich total vergessen.« Abgrundtief erleichtert bückte Breen sich nach dem Hund. »Ich habe nie auch nur für einen Augenblick daran gedacht, dass du ein kleiner Wasserdämon bist. Da haben wir also noch eine Gemeinsamkeit.«

»Und dafür kriegt er noch ein Leckerli.« Die Großmutter stand wieder auf, und Faxe wedelte begeistert mit dem Schwanz, als sie den Hundekuchen aus der Dose nahm.

»Erzähl das alles Keegan, weil er das bestimmt benutzen kann. Aber vorher gleichen wir die düsteren Bilder noch durch ein paar helle Zauber aus.«

Auch Breen stand auf. »Ich brauche jede Übung, die ich kriegen kann. Die Phase relativer Ruhe wird nämlich ganz sicher nicht von Dauer sein.«

»Hör zu, geliebtes Mädchen, Licht von meinem Herzen, Kind von meinem Kind. Hör zu und glaube mir: Du bist ihm haushoch überlegen. Das weiß ich mit allem, was ich bin.«

»Das würde ich gern glauben«, meinte Breen und atmete geräuschvoll aus. »Aber dafür muss ich erst noch jede Menge lernen, und wenn du mir ein paar zusätzliche helle Zauber zeigen würdest, wäre das bestimmt nicht schlecht.«

Den ersten hellen Zauber wirkte dann ihr Hund, indem er fröhlich auf den Hinterbeinen tanzte, ehe er sein Leckerli verschlang.

## Teil 2

# LEBEN

*Das Leben ist eine reine Flamme,*
*und wir leben von der unsichtbaren Sonne,*
*die in unseren Herzen scheint.*

Sir Thomas Browne

*Zu sein, was wir sind, und zu werden,*
*was wir werden können,*
*ist das einzige Ziel des Lebens.*

Robert Louis Stevenson

# 11

Nach der Arbeit in der Werkstatt rief Breen ihren Drachen, ließ Faxe aufsitzen und stieg hinter ihrem Hund auf. Sie hatte sich dank Marg beruhigt, jetzt aber brauchte sie den Flug, Lonrachs Nähe und die grenzenlose Freude, die ihr Hund verströmte, als er auf das Meer im Westen von Talamh hinuntersah.

Dann flogen sie zurück, und als sie unter sich das Lager der Trolle entdeckte, landete sie kurzerhand ein Stückchen oberhalb. Die Kinder hörten auf zu spielen, und die Erwachsenen, die noch bei der Arbeit waren oder an den Feuern saßen, blickten skeptisch auf. Statt sofort abzusteigen oder Faxe zu erlauben loszurennen, hielt sich Breen an die Gepflogenheiten dieses Stamms und neigte ehrerbietig ihren Kopf.

»Ich grüße euch und hoffe, dass ich euch willkommen bin, auch wenn es diesmal nicht um einen Handel geht.«

Sie sah, wie sich Sul erhob, eine große Frau mit Armen wie Baumstämmen und einem dicken Bauch unter der grob gewebten Kleidung.

»Du bist willkommen, Tochter des O'Ceallaigh, Kind der Fey und Kriegerin der Schlacht beim finsteren Portal.« Sie legte ihren Kopf ein wenig schräg, und ihr geflochtener Kriegerinnenzopf schwang hin und her. »Genauso wie dein vierbeiniger Freund, denn schließlich kennen wir die Geschichten von deinem tapferen, treuen Hund.«

»Ich danke dir.« Bevor sie abstieg, wies sie Faxe an, höflich bei Fuß zu gehen. »Seid gegrüßt, Mutter der Trolle, und auch alle anderen. Der tapfere, treue Faxe würde gerne mit den Kindern spielen, und wir erbitten die Erlaubnis, dass er sie dabei berührt. Das dürfen sie natürlich andersherum auch.«

»In Ordnung«, meinte Sul und legte eine Hand auf ihren Arm. »Loga ist noch in der Mine, aber ich kann nach ihm schicken, wenn du mit ihm reden willst.«

Inzwischen streichelten die Kinder und auch ein paar Ältere den Hund und lachten fröhlich auf.

»Ich wollte eigentlich zu dir. Ich wollte sehen, wie es dir geht. Aber bitte richte Loga meinen Dank aus, weil er mit den anderen Leuten deines Stammes mit uns in den Kampf gezogen ist.«

»Dafür brauchst du ihm nicht zu danken. Schließlich sind wir alle Fey. Wein für die Tochter«, brüllte sie, und Breen nahm auf dem Boden vor Suls Hütte Platz. »Es ist sehr nett, dass du vorbeigekommen bist, um mich zu sehen.«

»Die Brandwunde ist gut verheilt.«

»Dank deiner Hilfe«, meinte Sul und hielt ihr einen Becher hin.

»Und auch ansonsten geht's dir gut?«

»Ich bin wohlauf und stark, genau wie dies Geschenk von einem Kind, auch wenn ich seinetwegen erst mal keinen Met mehr trinken kann. Du darfst mich übrigens berühren.«

»Danke.« Breen tastete nach Sul und deren Kind, schloss die Augen und erklärte seufzend: »Gesundheit, Stärke, Helligkeit. Ich hatte meine Gründe dafür, dass ich diese Dinge spüren musste, in dir selbst und in dem Kind, das in dir wächst.« Sie sah dorthin, wo Faxe unermüdlich den Stöcken nachsetzte, die die Kinder unermüdlich warfen. »Ich musste auch die jungen, glücklichen Gesichter eurer Kinder sehen, auch wenn ich leider gleich schon wieder weitermuss. Ich habe Pflichten, aber wenn ich wiederkomme, bringe ich Gebäck zum Handeln mit.«

»Du bist uns stets willkommen«, klärte Sul sie lächelnd auf. »Genau wie dein Gebäck.«

Erleichtert machte Breen sich wieder auf den Weg und erreichte eine gute Stunde früher als geplant den Hof. Die Zielscheiben am Rand des Walds standen ein gutes Stück vom Haus entfernt. Dann wäre heute also statt des Schwerts der Bogen dran, was auch nicht besser war. Dann fiel ihr auf, dass niemand sie willkommen hieß. Weder Harken noch Morena noch die Kinder oder der Taoiseach waren irgendwo zu sehen.

Verwundert stieg sie ab, streichelte Lonrachs Schuppen und spitzte die Ohren.

Ein paar Pferde grasten auf der Weide, doch die Koppel auf dem Hof war leer. Schafe blökten, Kühe muhten, Hühner gackerten und Schweine grunzten, aber davon abgesehen war es totenstill.

Sie dachte an das erste Mal, als sie durch den Willkommensbaum … gepurzelt war. Auch da war es so still gewesen, aber neben den Geräuschen, die die Tiere machten, hatte sie auch Harken singen hören, als er hinter seinem Pferd und Pflug über das Feld gelaufen war.

Das war vor weniger als einem Jahr gewesen, doch sie hatte das Gefühl, als hätte sie schon immer hier gelebt. So zugehörig und erfüllt hatte sie sich während ihres alten Daseins in den Staaten nie gefühlt.

Und wie auch immer es mit diesem Leben weiterginge, würde sie niemals bedauern, dass sie nach Talamh gekommen war.

Hier hatte sie sich selbst gefunden und noch viel mehr.

Sie streichelte mit ihrer freien Hand den Hund und schmiegte ihr Gesicht an Lonrachs elegant geschwungenen Hals. Sie spürte, dass er gleich zum Drachennest zurückkehren würde, das oben in den Bergen lag. Und dass sie ihn nur in Gedanken rufen musste, damit er zurückkam und sie wieder durch die Lüfte trug.

»Wir würden mitkommen, wenn wir könnten«, raunte sie ihm zu, dann aber trat sie einen Schritt zurück, bevor er sie aus seinen bernsteinbraunen Augen ansah und wieder abhob.

Sie wandte sich dem Wohnhaus zu, doch Faxe rannte Richtung Stall und forderte sie bellend auf zu folgen.

»Also gut.«

Sie lief über das dichte, von dem tagelangen Regen nasse Gras, bemerkte, dass die Stalltür offen stand, und hörte, dass dort jemand bei der Arbeit war.

Sie dachte, dass es Harken wäre, aber es war Keegan, der mit leiser, wunderschöner Stimme auf Talamhisch sang.

Es roch nach Heu, nach Mist, nach Schweiß und Leder, und in einer von den Boxen träumte Eryn von dem Fohlen, das sie unter ihrem Herzen trug. Auch Merlin, der zwei Boxen weiter stand, war rundherum zufrieden, und die beiden Katzen warteten darauf, dass eine Maus das Wagnis einging, nach dem auf dem Boden verstreuten Korn zu rennen.

Es tat ihr leid, dass der Gesang abbrach, als Keegan Faxe sah.

»Besuchst du uns?«, nahm er den Hund mit einem ungewohnt sanften Lächeln in Empfang. »Du kommst genau im rechten Augenblick, denn wir sind gerade erst von einem langen, schweißtreibenden Ritt zurück.«

Er stand in schlammverspritzten Stiefeln da, sein Ledermantel hing über der offenen Tür der Box, und seine windzerzausten Haare fielen auf den Kragen seines Hemds, als er mit einer Bürste über Merlins Flanke strich.

Er wirkte glücklich, dachte Breen. Die Arbeit machte ihm anscheinend Spaß.

»Und wie ich sehe, hast du auch dein Frauchen mitgebracht. Zur Abwechslung bist du einmal zu früh.«

Sie würde seine gute Laune und Zufriedenheit zerstören, wurde ihr bewusst, doch das Gespräch über die Dinge, die sie von der anderen Seite mitbekommen hatte, konnte sicher noch ein paar Minuten warten.

»Was war das für ein Lied?«

»Tja nun, es geht darin um eine hübsche, blonde Frau, die einem jungen Mann das Herz gebrochen hat. Du solltest unsere Sprache lernen. Vielleicht von Marg, denn mir fehlt's dafür an Geduld.«

»Ein bisschen kann ich schon. *Brísfaídh mé do magairlí.*«

Er lehnte sich an Merlin an und fragte sie mit einem etwas schiefen Lächeln: »Und was habe ich verbrochen, weshalb du mir in die Eier treten willst? An deiner Aussprache musst du zwar noch ein bisschen feilen, aber die Bedeutung dieses Satzes ist mir klar.«

»Den Satz hat mir Morena beigebracht. Sie dachte, dass ich den bestimmt gebrauchen kann.«

»Tja dann … Tatsächlich spricht man eine Sprache erst dann richtig, wenn man auch die Flüche kennt, nicht wahr? Und du willst jetzt wahrscheinlich deine Möhre haben, Merlin«, wandte er sich an sein Pferd und hielt ihm die Karotte hin. »Und dazu hast du dir ein Nickerchen verdient.«

Als er sich seinen Ledermantel schnappte, schoss der Hund den beiden Katzen hinterher.

»Wenn sie ihre Krallen ausfahren, wirst du es bereuen, *mo chara*«, rief ihm Keegan hinterher.

»Das heißt *mein Freund*. Ich kann ein bisschen mehr als Flüche und Verwünschungen«, erklärte Breen und musste grinsen, als die Maus die Gunst der Stunde nutzte, um sich das gewünschte Korn zu holen. »Wohin bist du denn geritten?«

»Ich war hier und da.« Er zog sich den verschlammten Mantel wieder an und schloss die Tür der Box. »Zum Beispiel in den Midlands, denn dort haben sie einen Spion aus seinem warmen Haus geholt.«

Sie packte seinen Arm. »Ihr habt einen gefunden? Bist du dir ganz sicher, dass er einer ist?«

»Seit ich ihn selbst und Odrans Schrein in seinem Haus gesehen habe, ja. Er ist ursprünglich von der anderen Seite – Alabama in den USA –, aber lebt seit fast zwölf Jahren hier. Eine unserer Frauen, eine Elfe namens Minia, hatte sich damals in ihn verliebt und ihn hergebracht.«

Er blieb kurz bei der Stute stehen, sah ihr in die Augen, streichelte ihr sanft den Hals und teilte einen der Äpfel aus dem Eimer, der neben dem Möhreneimer stand. »Es heißt, dass sie zwei Kinder hatten, aber dass sie diese Kinder mitgenommen und ihn verlassen hat, weil er ein fauler Nichtsnutz war.«

Er gab dem Pferd die eine Apfelhälfte und bot Breen die andere an. Sie aber schüttelte den Kopf, deshalb aß er ihn selbst, als er in Richtung Stalltür ging. »Auch mit den Nachbarn kam er nicht zurecht, und einsam und verbittert, wie er war, hat er sich Odran zugewandt.«

»Wie habt ihr ihn gefunden?«

»Shanas Vater Uwin meinte, dass sich einer unserer Späher mal dort umsehen soll. Also haben sie dort Position bezogen und gesehen, wie er einen Raben losgeschickt hat und ein anderer Rabe zu ihm kam. Wir selbst nutzen Falken, also mussten diese Raben von der anderen Seite sein.« Er blickte auf die Hügelkette, die am Rand des Feldes stand. »Die Wege des Schicksals sind oft so verschlungen, dass man sie im Grunde erst im Nachhinein erkennt. Hätte Uwin Shana nicht derart verwöhnt und im Vertrauen Staatsgeheimnisse erzählt, wodurch sie Odran nützlich wurde, hätte ich sie nicht verbannt, und meine Mutter hätte für die Eltern der Verräterin kein Häuschen auf dem Land gesucht, das in der Nähe von dem Haus des anderen Verräters liegt, der Uwin aufgefallen ist.«

»Du wirst den Mann verurteilen.«

»Ja.«

»Das heißt, er wird verbannt.«

»Vielleicht.«

»Was sonst?«

»Wenn der Verrat bewiesen werden kann, verbanne ich den Kerl vielleicht tatsächlich in die Welt der Finsternis. Aber da wir noch nicht sicher wissen, ob er jemandem ein Leid zugefügt hat, schicken wir ihn vielleicht einfach nur zurück in seine eigene Welt und löschen die Erinnerungen an Talamh.«

»So haben sie es damals auch mit mir gemacht.«

»Es war so ähnlich, nur dass er im Gegensatz zu dir ganz sicher nicht noch mal hierher zurückkommen wird. Egal, was ich am Ende für ein Urteil fälle, wird er mindestens für alle Zeit von hier verbannt. Er hätte ja nach Hause zurückkehren können, als er hier nicht mehr zufrieden war. Stattdessen hat er einen Weg gewählt, um auch die Zukunft seiner eigenen Kinder zu zerstören. Und es ist schon für sich genommen eine ziemlich ernste Angelegenheit, dass seine Frau ihn irgendwann nicht mehr ertragen hat.«

»Sie hat sich also von ihm scheiden lassen. Das kommt in den Staaten häufig vor.«

»So laufen diese Dinge für uns nicht.« Er runzelte die Stirn. »Wir wenden uns mit unseren Partnerschaften nicht an die Gerichte, denn die gehen nur uns selbst etwas an. Wir Fey nehmen das Versprechen, uns für alle Zeit zu lieben, und das Ende dieses Bundes ganz bestimmt nicht auf die leichte Schulter, also habe ich persönlich mit der Frau geredet, und obwohl die Liebe zu dem Mann in ihr erstorben ist, hat sie den Vater ihrer Kinder immer noch beweint. Sie hat geweint, als ich mit ihr gesprochen habe, und andere haben mir bestätigt, dass er sich in den vergangenen Jahren rundheraus geweigert hat, die Tochter und den Sohn auch nur zu sehen.«

»Wann wirst du in die Hauptstadt fliegen?«

»Morgen, und da wir noch darauf hoffen, dass sich andere Zeugen für das Treiben dieses Mannes finden, bleibe ich wahrscheinlich ein paar Tage dort.« Er sah auf sie herab. »Was ich dir nicht erklären muss.«

»Das musst du nicht.«

»Dann fangen wir jetzt am besten mit dem Bogentraining an. Vielleicht triffst du ja diesmal annähernd das Ziel.«

»Ich bin nicht ohne Grund so früh gekommen, Keegan«, meinte Breen.

»Wahrscheinlich war dir klar, dass du noch jede Menge Übung brauchst.«

»Das auch. Aber ich habe Odran und die dunkle Welt gesehen. Hatte eine Vision, von der ich dir erzählen muss. Ich – nein.«

»Du willst mir nicht davon erzählen?«

»Natürlich will ich das. Dir und dem Rat. Dem Rat, den

wir im Tal gebildet haben, auch wenn ich nicht weiß, wo alle anderen gerade sind.«

»Harken und Morena drehen den Torf zum Trocknen um, Mahon ist auf Patrouille, und ich nehme an, dass Aisling irgendwo im Haus ist, weil die Jungen dort gespielt haben, als ich vorhin kam. Wenn du mir schon mal sagst …«

»Ich würde es am liebsten nur einmal erzählen, aber ich kann ja schon einmal Nan und Sedric holen, wenn du willst.«

Er sah sie durchdringend aus seinen leuchtend grünen Augen an. »Das klingt, als ob es wirklich wichtig wäre.«

»Allerdings. Ich glaube, dass es wirklich wichtig ist.«

»Dann hol Marg, Sedric und Aisling, und ich rufe Cróga und sammle die anderen ein.«

Es dauerte, bis sich am Schluss der ganze Rat am Küchentisch versammelt hatte. Da Marco in Erwartung einer Trainingseinheit ebenfalls gekommen war, fiel es ihm zu, die beiden größeren Jungen mit Spielen abzulenken, deren kleiner Bruder am Kamin im Wohnzimmer in seiner Wiege lag und schlief.

Als Aisling die Küche betrat, stemmte sie die Hände in die Hüften und erklärte schlecht gelaunt: »Ihr Männer und Morena habt mir jede Menge Dreck ins Haus geschleppt. So unbedacht und dreist wäre nicht mal mein dreijähriger Sohn.«

»Wir machen nachher sauber. Meine Güte, Aisling, setz dich erst mal hin.« Erbost zog Keegan einen Stuhl für sie zurück. »Es geht um Wichtigeres als ein bisschen Schlamm.«

Obwohl sie ihn mit einem bösen Blick bedachte und die Arme vor der Brust verschränkte, setzte sie sich zu den anderen an den Tisch.

»Du wolltest, dass wir hier zusammenkommen, Breen. Also sag uns, worum es geht.«

»Okay. Ich habe was gesehen.«

Sie erzählte so genau wie möglich, was sie von der anderen Seite mitbekommen hatte, und am Ende richtete sie das Wort an Keegan. »Du solltest auch dem großen Rat davon berichten, wenn du in die Hauptstadt kommst.«

»Das mache ich auf jeden Fall.«

»Bevor wir weitermachen, habe ich noch eine Bitte. Mir ist klar, dass wir mit niemand anderem über Dinge, die im Rat besprochen werden, reden sollen, doch ich würde Marco gern von der Vision erzählen. Ich fände es nicht richtig, wenn er nicht erfahren würde, was hier vor sich geht.«

»Dazu muss ich was sagen«, erhob ihre Freundin ihre Stimme, ehe jemand anderes die Gelegenheit dazu bekam. »Im Rat der Hauptstadt sitzt auch Minga. Sie ist keine Fey und stammt nicht aus Talamh, doch sie ist durch und durch loyal, und da auch Marco ein ums andere Mal bewiesen hat, dass er auf unserer Seite steht, hat er verdient zu hören, was Breen gesehen hat.«

»Da hast du recht«, stimmte ihr Harken zu, und alle anderen taten es ihm gleich.

»Ich danke euch für das Vertrauen, das ihr ihm entgegenbringt. Ich wusste nichts von dem Dämon in Odrans und in meinem Inneren. Nan hat in mich geguckt und sagt, ich hätte keine Dunkelheit in mir. Sie meint, es gäbe auch Dämonen, die nicht böse sind. Ich kenne mich damit nicht aus, aber sie hat es überprüft, und wenn ihr möchtet, lasse ich auch Harken noch mal schauen.«

»Wir zweifeln weder deine noch Margs Worte an«, erklärte Harken ihr. »Ich weiß auch ohne in dich reinzusehen, was du bist.«

»Also Schluss mit diesem Unsinn.« Aisling nahm Breens Arm. »Wir wollen davon nichts mehr hören.«

»Du bist der Taoiseach und trägst die Verantwortung für alle hier«, wandte sie sich an Keegan.

»Du hast gehört, was meine Schwester sagt. Denkst du, ich bin plemplem?«

»Plemplem?«

»Ein Vollidiot«, mischte Morena sich in das Gespräch. »Natürlich sind wir alle ab und zu Idioten, doch wir alle wissen, wer und was du bist. Also vergiss es, Breen, und konzentrier dich auf die Dinge, die jetzt wirklich wichtig sind. Ich habe nie zuvor gehört, dass Odran auch etwas von einem Dämon in sich haben soll.«

»Aber das würde viel erklären, oder nicht?« Keegan bedachte Breen mit einem nachdenklichen Blick. »Natürlich können Götter auf die dunkle Seite wechseln, aber keiner war jemals so bösartig wie Odran. Und trotzdem haben sie ihn für die von ihm begangenen Verbrechen nicht getötet, sondern einfach nur verbannt.«

»Das liegt vielleicht an dem Dämonenblut«, stimmte Mahon ihm nickend zu. »Das heißt, dass er kein echter Gott gewesen ist. Deswegen wàr er es nicht wert, für seine Taten in den Tod zu gehen. Er war so unwichtig, dass sie ihn einfach fallen gelassen und beschlossen haben, ihn zu ignorieren.«

»Wodurch sein Zorn, seine Verbitterung, sein Machthunger und seine Rachsucht immer weiter angeschwollen sind.« Marg griff nach ihrem Tee, doch statt davon zu trinken, starrte sie nur in die dunkle Flüssigkeit. »Er will sich alle Welten unterwerfen, um dann vielleicht eines Tages Krieg gegen die Gottheiten zu führen, derer er aus ihrer Sicht nicht würdig war.«

»Aber es gibt auch noch andere Halbgötter, nicht wahr?«, erkundigte sich Breen.

»Und zwar jede Menge«, klärte Harken sie mit einem Grinsen auf. »Wenn stimmt, wie's in den Liedern und Geschichten heißt. Doch Odran hat ein göttliches Gesetz gebrochen und den Frieden zwischen Fey und Göttinnen und Göttern dauerhaft gestört. Durch das Erbringen von Blutopfern von Fey, von Menschen und von Dämonen hat er die Dunkelheit heraufbeschworen, von der er sich ernährt.«

»Weil er sich über alle anderen erheben will«, fuhr Keegan fort. »Weil er der Herrscher über alle Welten, selbst die von den anderen Göttern, werden will. Diesen Teil von sich hat er bisher versteckt, vielleicht weil er sich dafür schämt oder nicht will, dass seine Anhänger erkennen, dass er nicht reinen Blutes ist.«

»Könnte beides zutreffen.« Morena runzelte die Stirn und wandte sich an Breen. »Und du hast den Dämon in ihm nur in dem Augenblick gesehen, als er sich sein Opfer genommen und gequält hat?«

»Genau. Aus seinen Fingern wurden plötzlich Krallen, und die hat er in sie hineingebohrt, bis sie geblutet hat. Und seine Augen wurden rot und seine Zähne lang und spitz.« Sie kniff die Augen zu und rief das Bild noch einmal auf. »Es war keine Vergewaltigung. Sie wollte es und … meiner Meinung nach hat sie es auch gesehen oder gespürt, doch das war ihr egal. Und falls die Zuschauer es ebenfalls gesehen haben, war es ihnen auch egal … Es war, als stünden sie völlig in seinem Bann, als wären sie betrunken oder so. Der Rauch, das Blut, die Schreie, der Gesang. Es war die reinste Raserei, und als er sie getötet, als er ihr die Kehle aufgeschlitzt hat, um ihr Blut zu trinken, haben sie ihn bei seinem Namen angerufen, und sie hat ihm applaudiert, als wäre er der Schauspieler in einem Theaterstück.«

»Das Opfer?«, hakte Keegan nach.

»Nein, Shana. Und das Kind in ihrem Innern, Keegan, es ist krank und deformiert und alles andere als unschuldig.«

»Das tut mir leid, denn dieses Baby hatte keine Wahl. Im Gegensatz zu ihr.«

»Er hat sich so gefreut, als Eian auf die Welt gekommen ist.« Marg stellte ihren Becher wieder fort. »Inzwischen frage ich mich, ob es vorher auch schon andere Kinder von ihm gab, die nicht gesund und stark und unschuldig gewesen sind.« Sie wandte sich an Breen. »Das Leben seines Sohnes, das er hätte nutzen wollen, um Talamh und andere Welten zu zerstören? Dieses Leben wird durch dich, *mo stór,* am Schluss ihn selbst zerstören.«

»Ich werde in der Hauptstadt mit dem Rat und den Gelehrten sprechen. Vielleicht hat ja irgendwer schon mal von dem Gerücht gehört, dass auch Dämonenblut in Odrans Adern fließt, und kann mir sagen, wie wir dieses Wissen nutzen können«, stellte Keegan fest.

»Die alte Mutter Dorcas.«

Keegan verzog schmerzlich das Gesicht. »Bei den Göttinnen und Göttern, Marg, die Alte kaut einem stundenlang das Ohr ab und zwingt einen, diesen widerlichen Tee zu trinken, bis man Zahnschmerzen bekommt.«

»Ich habe selbst beides durchgemacht, doch es gibt nun mal niemanden, der so viel von den alten, im Nebel versunkenen Zeiten weiß wie Mutter Dorcas.«

»Und ich hatte gehofft, ich bräuchte mir das nicht noch einmal anzutun, wenn sie von mir ein hübsches kleines Haus bekommt, in dem sie mit ihren vielen Katzen leben kann. Verdammt, ich werde mit ihr reden, denn natürlich hast du recht. Wenn jemand mir etwas dazu sagen kann, dann sie.«

Bei dem Gedanken fuhr er sich mit beiden Händen durchs Gesicht. »Okay, wir wissen mehr als vorher, und wir finden garantiert noch mehr heraus. Du sagst, es war ein anderes Portal als das beim Wasserfall?«, erkundigte er sich bei Breen.

»Es war woanders«, stimmte sie ihm zu. »Aber ich kann nicht sagen, wo genau. Es war dunkel, doch das Dunkel hatte Odran mitgebracht. Ich weiß, dass es passiert ist, während ich es sah. Ich habe das Meer gehört und konnte ein paar Bäume sehen. Feuer, einen Kreis aus schwarzen Kerzen, Rauch und den Altar aus schwarzem Stein.« Sie legte ihren Kopf ein wenig schräg und kniff die Augen zu. »Der Rauch. War etwas in dem Rauch? Wie in dem Nebel, den Isolde mal heraufbeschworen hat. Ich konnte es ganz deutlich riechen, aber trotzdem habe ich mir nichts dabei gedacht. Oh, Nan, ich habe mich derart aufs Sehen konzentriert, dass mir das gar nicht weiter aufgefallen ist. Ich konnte etwas riechen – einen süßlichen Geruch wie den von überreifem Obst. So ähnlich, aber nicht genau. Der Nebel, daran hat mich dieser Rauch erinnert, aber das wird mir erst jetzt bewusst.«

»Das heißt, er braucht das zusätzliche Element«, bemerkte Marg. »Er braucht Isoldes Zauber, um die anderen in seinen Bann zu ziehen.«

»Und vielleicht auch, damit das Opfer willig ist«, beendete Keegan ihren Gedankengang.

»Es reicht nicht, dass sie sich für ihn entschieden haben, und auch seine eigenen Kräfte reichen nicht. Das heißt, dass er noch immer seine Hexe braucht.«

Morena nickte zustimmend. »Weil ihre Kräfte größer sind als die der anderen Weisen, die vielleicht auf seiner Seite stehen.«

»Sie hat versagt, und trotzdem hat er sie nicht umgebracht. Weil er sie weiterhin braucht«, meinte auch Breen.

»Und sie dient ihm auch weiterhin voller Leidenschaft und wird auch weiterhin versuchen, ihm zu bringen, was er begehrt. Wobei sie abermals versagen wird«, erklärte Keegan voller Zuversicht. »Und spätestens wenn er untergeht, ist auch ihr Schicksal besiegelt.« Er blickte durch das Fenster in den Sonnenuntergang und zündete durch Wedeln seiner Hand die Kerzen in der Küche an. »Wir können jetzt nicht mehr trainieren, also nutzen wir die Zeit, und ich erzähle euch von dem Spion, den wir in den Midlands aufgegriffen haben.«

Nach seinem Bericht erhob er sich.

»Jetzt hoffe ich darauf, dass Marco was zum Abendessen vorbereitet hat.«

»Das hat er, doch ich würde gerne erst mit ihm allein rübergehen, um ihm alles zu erklären.«

»Okay. Dann warte ich hier noch, bis Brian kommt, und bringe ihn dann mit.«

»Ich danke dir.«

»Und morgen muss ich in die Hauptstadt, denn dort steht das Verfahren gegen den Spion an. Die Zielscheiben lasse ich stehen, Harken, und ich hoffe, du oder Morena nehmt euch morgen etwas Zeit, um mit Breen das Bogenschießen zu trainieren.«

»Das übernehme ich«, bot sich Morena an. »Und ich trainiere auch mit Marco, weil der ebenfalls noch etwas Übung braucht. Richte du meiner Familie liebe Grüße aus, wenn du sie siehst.«

»Das mache ich auf jeden Fall. Ich denke, dass es in der Hauptstadt ein paar Tage dauern wird.« Er wandte sich erneut an Breen. »Wahrscheinlich nicht so lange wie beim letzten Mal, aber auf alle Fälle mehr als einen Tag.«

»Du wirst Mahon mitnehmen, stimmt's?«, mischte sich Aisling ein. »Ich weiß, dass du ihn in den letzten Wochen extra hiergelassen hast, und das war wirklich nett von dir, doch uns geht's gut, deswegen sollte er dabei sein, wenn du in die Hauptstadt fliegst.«

»Da hat sie recht. Im Grunde hat sie nur gesagt, was ich dir hätte selbst sagen wollen«, pflichtete ihr Ehemann ihr bei.

»Da ich dich wirklich brauchen kann, kommst du auf alle Fälle mit. Bei Tagesanbruch geht es los. In drei, vier Tagen sind wir wieder da«, sagte der Taoiseach seiner Schwester zu.

»Dann werde ich jetzt Kelly holen, und wenn du Marco vor den Kindern rettest, Breen, sag ihnen, dass sie zu ihren Eltern in die Küche kommen sollen. Gute Reise.« Aisling trat auf Keegan zu und gab ihm einen Wangenkuss.

»Ich danke euch, dass ihr euch Zeit für das Gespräch genommen habt.« Breen legte eine Hand auf Mairghreads Schulter ab. »Wir sehen uns morgen, ja?«

Dann zog sie ihre Jacke an und ging hinaus, wo Marco Kavan auf dem Rücken trug und wie ein Wilder tanzte, während Finian in die Mundharmonika blies, die er von ihm geschenkt bekommen hatte.

Ob er und Brian eines Tages eine eigene Familie gründen würden?, überlegte sie. Ob sie wohl irgendwo ein Mädchen oder einen Jungen fänden, dem sie all die Liebe weitergeben könnten, die sie seit dem ersten Augenblick verband?

Sie hoffte es.

»Jetzt muss ich Marco leider mit nach Hause nehmen.«

»Aber er bringt mir gerade bei, auf meiner Mundharmonika zu spielen!«

»Üb weiter.« Marco stellte Kavan auf die Erde und zerzauste Finian das Haar. »Dann kriegst du bald noch einmal Unterricht von mir. Du bist echt talentiert.«

»Das habe ich gehört«, erklärte Breen und fügte noch hinzu: »Ich soll euch sagen, dass ihr in die Küche kommen sollt. Und wir kommen morgen wieder.«

»Also komponiere ich für morgen noch ein neues Lied.«

»Ich kann es nicht erwarten, es zu hören. Komm, Faxe.«

Bellend rannte er im Kreis, fuhr Mab zum Abschied mit der Zunge durchs Gesicht, warf Darling um und rannte Richtung Wald.

»Die Kinder und die Hunde haben eine solche Energie, dass ich total erledigt bin«, gab Marco lächelnd zu. »Ich werde sicher schlafen wie ein Stein. Ist irgendwas passiert? Ich dachte, Keegan käme mit.«

»Er kommt ein bisschen später nach.« Sie gingen bis zur Treppe unterhalb des Baums, wo Faxe saß. »Warum fragst du mich nicht, worum es bei dem Gespräch gegangen ist?«

»Ich weiß, dass du mir nichts davon erzählen darfst.«

Auf ihrem Weg zurück in eine andere Welt ergriff Breen Marcos Hand. »Dieses Mal schon, deshalb kann ich dir sagen, dass sie einen weiteren Spion geschnappt haben, gegen den jetzt ein Verfahren in der Hauptstadt eingeleitet wird.«

»Ohne Scheiß? Na, das ging aber ziemlich schnell.«

»Ich schätze, dass das wieder einmal eine der seltsamen Wendungen des Schicksals war. Er wohnte in den Midlands, also dort, wo jetzt auch Shanas Eltern leben, und ihr Vater hat uns erst auf seine Spur gebracht. Er kam von unserer Seite nach Talamh, aus Alabama, und hat sich eines Tages Odran zugewandt, obwohl er hier mit offenen Armen aufgenommen worden ist.«

Sie fasste kurz zusammen, wie es abgelaufen war.

»Er hat sogar zwei Kinder?« Hin- und hergerissen zwischen Mitgefühl und Abscheu schüttelte der Freund den Kopf. »Wenn man es verbocken will, spielt es keine Rolle, wo man angefangen hat. Es geht im Grunde nur darum, wo man am Ende landet, findest du nicht auch?«

»Ein Ort, an dem der Kerl bestimmt nicht endet, ist Talamh. Keegan muss noch mal für ein paar Tage in den Osten, und ich bin mir sicher, dass er ihn verbannen wird. Doch es gibt noch was anderes, was ich dir erzählen muss, auch wenn das alles andere als einfach wird.«

»Das ruft aus meiner Sicht nach einem Glas Wein, wenn wir zu Hause sind.«

»Das wäre wirklich schön. Ich hatte heute Nachmittag eine Vision, als ich mit Nan zusammen war.«

»Oh, Gott, ich hoffe, sie war nicht zu schlimm. Wie geht es dir seitdem?«

»Sie war zwar ziemlich übel, aber mir geht's trotzdem gut.« Am Rand des Waldes blieb sie stehen und sog den Anblick ihres Häuschens in sich auf.

»Bald solltet du und Brian einen Platz für euer Häuschen wählen.«

»Ich muss ihm erst noch sagen, dass wir hier ein eigenes Häuschen kriegen sollen. Was hält denn Keegan von deiner Idee?«

»Bei all den anderen Sachen bin ich bisher nicht dazu gekommen, ihn zu fragen. Aber warum reden wir nicht mit den beiden, wenn sie nachher rüberkommen?«, fragte Breen. »Und jetzt erst mal zurück zu der Vision.«

Sie fing auf ihrem Weg zur Haustür an, fuhr fort, als Marco eine Flasche und zwei Gläser holen ging, und endete mit ihrem Bericht, als sie mit Marco am Kamin saß und den Rest von ihrem Rotwein trank.

»Das heißt, er ist ein kranker Hurensohn und obendrein so was wie ein Vampir, der sich von fremdem Blut ernährt?«

»So in etwa. Auch wenn er der jungen Frau nicht in den Hals gebissen hat. Er hat ihre Halsschlagader mit einer seiner Krallen aufgerissen und danach ihr Blut getrunken.«

»Also ist er kein Vampirgott – was im Grunde auch nicht den geringsten Sinn ergeben hätte, weil er dann so etwas wie ein Zombie wäre, und ich wüsste nicht, dass er das ist.«

»Oh, nein, er ist noch quicklebendig, aber trotzdem hat er was von einem Dämon in sich, Marco, und das habe ich von ihm geerbt.«

»Das ist mir klar. Wobei es alle möglichen Dämonen gibt. Ich dachte früher immer, dass es so was wie Dämonen nur in Büchern und in Filmen gibt, doch sogar die abstrusesten Geschichten haben meistens einen wahren Kern. Und der Dämon in ihm ist heiß auf Blut. Aber das bist du nicht.«

»Oh, nein, igittigitt.«

»Du isst ja nicht einmal ein Steak, wenn's nicht ganz durchgebraten ist. Geschweige denn Tartar.«

»Auf keinen Fall.«

»Das solltest du zwar unbedingt einmal probieren, aber ich wollte damit sagen, dass der Dämon in seinem Inneren ganz wild auf Blut ist, deiner aber nicht.« Er reckte mahnend einen Finger in die Luft. »Im Gegensatz zu dir braucht er als ausgemachter Psycho eben diesen ganz besonderen Kick, und du weiß selbst, was Spike gesagt hat.«

»Buffys Spike?«

Der Freund bedachte sie mit einem durchdringenden Blick. »Es gibt nur einen Spike, Mädel. Und jetzt zurück zu dem Zitat. *Blut ist Leben*. Das ist es, worum es geht, und weißt du auch, warum?«

»Weil er ein Vampir ist?«

»Ja und nein. Wenn Odran fremdes Blut trinkt, saugt er jemand anderem dadurch das Leben aus. Weil er ein Psycho ist und weil es ihm um Macht geht und um das besondere, kranke Ritual. Vor allem ist es eine irre Show, mit der er seinem Publikum was ganz Besonderes bieten kann.«

Breen starrte ihn mit großen Augen an und ließ den Kopf gegen die Lehne ihres Ohrensessels fallen. »Verdammt, Marco, es stimmt. Genau das ist es, worum es diesem Typen geht. Er braucht das Blut aus allen diesen Gründen, und er braucht die große Show, damit die Leute ihm die Stange halten und sich sagen, dass er etwas ganz Besonderes ist.«

»Aber den Dämon in seinem Inneren lässt er sie nicht sehen. Er präsentiert sich seinen Getreuen ausschließlich als Gott. Ein paar von ihnen sind schließlich selbst Dämonen, und wenn sie erkennen würden, dass dasselbe Blut in seinen Adern fließt …«

»… wäre er nichts Besonderes mehr für sie. Du. Hast. Den. Nagel. Auf. Den. Kopf. Getroffen«, meinte Breen und boxte ihm bei jedem Wort auf den Arm.

Mit einem selbstzufriedenen Grinsen meinte er: »Ich habe eben durchaus meine Fähigkeiten.«

»Allerdings. Aber warum ist es dir nicht mal ansatzweise unheimlich, dass auch Dämonenblut durch meine Adern fließt?«

»Vielleicht, weil ich mit dir in eine andere Welt gesprungen und in einen Kerl verschossen bin, der Flügel hat und einen gottverdammten Drachen reitet, oder vielleicht einfach, weil du dieses Feuer ohne Streichholz angezündet hast.

Aber vor allem …« Er wandte sich ihr zu, legte die Hand unter ihr Kinn und zwang sie sanft, ihm ins Gesicht zu sehen. »Kennt irgendjemand dich so gut wie ich?«

»Auf keinen Fall. Weder in dieser noch in irgendeiner anderen Welt.«

»Dann ist meine beste Freundin also eine Hexe mit Dämonenblut oder vielleicht ein Dämon mit Hexenblut.«

»Ich habe auch was von den Sidhe und den Menschen«, rief Breen Marco lächelnd in Erinnerung.

»Genau.« Er klopfte sich aufs Knie, und Faxe legte ihm den Kopf aufs Bein. »Und dazu hast du auch noch einen wirklich tollen Hund, der einen Dämon unter seinen Vorfahren hat.«

»Und der geduldig auf sein Abendbrot gewartet hat, bis wir mit unserer Unterhaltung fertig waren. Aber jetzt kriegt er etwas von mir hingestellt, und danach decke ich den Tisch für uns«, erbot sich Breen.

»Okay. Dann mache ich die Klöße, die's zu unserem Braten geben soll.« Auch Marco stand jetzt wieder auf. Faxe rannte in Erwartung seines Fressens in die Küche und nahm vor seinem Napf Platz.

»Wir sind ein wirklich gutes Team«, bemerkte Breen.

»Das waren wir seit dem ersten Tag und werden es auch immer sein.«

# 12

Am nächsten Morgen kehrte Keegan nach Talamh zurück und flog auf dem Rücken seines Drachen zurück in die Hauptstadt. Natürlich würde er ihr fehlen, doch das Bogentraining würde mit Morena sicher nicht so anstrengend wie mit ihm.

Sie stand mit ihrem Umhang über dem Pyjama und mit einer Kaffeetasse in den Händen vor dem Haus, als sich das erste Licht des Tages in den aus dem Wasser aufsteigenden Nebelschwaden brach.

Dann wurde hinter ihr die Tür geöffnet, und sie drehte sich nach Brian um.

Wie jeden Morgen brachte er ihr eine Scheibe Toastbrot mit.

»Ich danke dir.«

»Ich habe in den nächsten Tagen Frühdienst, und ich wollte kurz mit dir allein sein.«

»Okay?« Sie sah ihn fragend an.

»Ich war gestern Abend völlig sprachlos, und das bin ich immer noch. Das Haus, das du uns angeboten hast …«

»Heißt das, du willst es nicht?«

»Oh, doch«, erklärte er ihr schnell. »Das wäre die Erfüllung unseres größten Traums, und ich weiß wirklich nicht, wie ich dir dafür danken soll, dass du bereit bist, so etwas für ihn zu tun.«

»Das tue ich für ihn, für dich und für mich selbst. Ich tue es für Marco und für dich, aber genauso für mich selbst.«

»Das ist mir klar.« Das kleine weiße Wölkchen seines Atems löste sich im Nebel auf. »Und das zu wissen, macht es umso kostbarer für mich. Mir fehlen die Worte, um …«

»Aus meiner Sicht hast du es durchaus passend formuliert.« Vor allem fing ihr Tag durch seinen Dank mit einer hellen Note an. »Wir werden alle in zwei Welten leben, was ein seltsamer Balanceakt werden wird. Aber gleichzeitig können wir das Beste aus den beiden Welten haben. Sobald Frieden herrscht.«

»Ich würde überall mit Marco hingehen, und dass wir jetzt in einem Haus auf diesem Grundstück leben können, ist ein zusätzliches Geschenk. Ich möchte ihn, so schnell es geht, meiner Familie vorstellen. Natürlich wissen sie bereits, dass es ihn gibt. Ich habe ihnen gesagt, dass ich den Richtigen gefunden habe, und sie sind schon unglaublich gespannt auf ihn. Und wenn sie ihn erst kennen, möchte ich ihm einen Antrag machen.«

Breen warf begeistert ihre Hände in die kalte Morgenluft. »Moment! Du willst ihn heiraten? Oh, Gott, oh, Gott.« Sie wirbelte so schnell herum, dass der Rest von ihrem Kaffee überschwappte, und gab zu: »Jetzt fehlen mir die Worte. Das ist ja fantastisch!«

»Dann bist du also einverstanden«, stellte Brian grinsend fest. »Ich dachte, deiner Meinung nach ginge es vielleicht etwas zu schnell.«

»Auf keinen Fall. Aber ich darf es ihm nicht sagen, stimmt's? Verdammt, verdammt, dadurch würde der große Augenblick kaputtgemacht. Moment.« Sie drückte ihm den praktisch leeren Becher in die Hand und drehte sich erneut im Kreis. »In Ordnung, meine Lippen sind versiegelt«, meinte sie und tat, als schlösse sie den Mund wie einen Reißverschluss. »Ich werde ihm kein Wort verraten. Das verspreche ich bei allem, was mir heilig ist.«

»Ich wollte deine Zustimmung, weil du seine Familie bist.«

»Und ich setze ein goldenes Siegel unter deinen Antrag, stempele ihn dreifach ab und drücke ihn dir wieder in die Hand. Natürlich bin ich einverstanden. Mehr als das. Oh, aber … Derrick, Sal und Marcos Schwester wären bei der Hochzeit sicher gern dabei.«

»Ich denke, dass das warten muss, bis endlich Frieden herrscht. Aber dann können wir uns das Versprechen zweimal geben, in Talamh und hier in dieser Welt.«

»Dann darf er also zweimal heiraten?«

Begeistert schlang ihm Breen die Arme um den Hals, trat wieder einen Schritt zurück und vollführte einen kleinen Freudentanz.

»Okay, das toppt natürlich alles, aber falls jemand verdient hat, dass ihn jemand zweimal heiratet, dann er. Verdammt, warum habe ich nie gelernt, ein Rad zu schlagen? Was soll's, ich mache einfach in Gedanken einen Superpurzelbaum.«

»Du füllst mein Herz, Breen Siobhan«, murmelte Brian.

»Zwei Hochzeiten für Marco. Und jetzt seid ihr bald verlobt. Ich weiß, wie viel euch das bedeutet, und ich kann dir sagen, dass es ihm die Welt bedeuten wird.«

»Und du bist wieder mal die Brücke, Breen, denn schließlich hast du uns zusammengeführt.«

»Was mich echt glücklich macht.« Sie ruderte mit ihren Händen durch die Luft. »Okay, verdammt. Er wird mir meine Freude sicher ansehen, aber dann werde ich einfach behaupten, dass es mit dem Buch echt super läuft. Sag mir, dass du mit deinem Antrag nicht mehr lange warten wirst, sonst platze ich.«

»Ich muss vorher den Taoiseach fragen, ob er mir vier

Tage Urlaub gibt, weil Marco nicht mit mir auf Hero fliegt. Als ich versucht habe, ihn dazu zu bewegen, meinte er …«

Der Sidhe legte seinen Kopf ein wenig schräg und ahmte Marcos amerikanischen Akzent so treffend nach, dass Breen sich vor Vergnügen auf die Schenkel schlug.

»Mein Herz! Ich liebe dich vom Kopf bis zu den Eiern, aber nein. Niemals.«

»Du hast ihn wirklich gut getroffen.«

»Habe ihn getroffen, um ihn zu behalten«, wandelte er die Bedeutung ihres Satzes ab. »Und mit den Pferden brauchen wir je einen Tag für Hin- und Rückreise, und zwischendurch wären wir zwei Tage dort. Wobei ich mir nicht sicher bin, ob wir dich so lange allein lassen sollen.«

»Mein Herz«, ahmte jetzt Breen den Freund genauso treffend nach. »Ich habe fast den ganzen letzten Sommer ganz allein hier verbracht und bin gut klargekommen. Also gönn dir deinen Urlaub und stell Marco deinen Eltern vor.«

»Dann werde ich mit Keegan sprechen, wenn er wieder aus der Hauptstadt kommt. Und jetzt muss ich zum Dienst.«

»Du hast mir diesen Morgen unglaublich versüßt. Ich danke dir.« Sie nahm ihm ihren Becher wieder ab. »Bis dann. Und …«

Wieder tat sie so, als zöge sie einen unsichtbaren Reißverschluss vor ihren Lippen zu, und ging zurück ins Haus.

Es kostete sie alle Willenskraft, den Mund zu halten, und um Marco nicht womöglich doch was zu verraten, lenkte sie sich, während Keegan seinen Pflichten in der Hauptstadt nachkam, auch abends mit Schreiben ab.

Als nach drei Tagen nur Mahon zurückkam, unterdrückte sie mit Mühe ihre Ungeduld. Je eher Keegan wiederkäme, umso eher konnte Brian ihn um Urlaub bitten. Und sie konnte endlich den verdammten imaginären Reißverschluss aufziehen und laut vor Freude schreien.

Doch Keegan musste seine Pflicht erfüllen, weshalb er noch drei weitere Tage in der Hauptstadt blieb.

Also ließ sich Breen von Seamus zeigen, wie man kleine Pflänzchen für das Frühjahr vorzog, ließ zusammen mit Morena deren Falken fliegen und studierte unter Anleitung von Marg mit religiösem Eifer zusätzliche helle Zauber ein. Zu ihrer Freude blieben weitere Visionen erst mal aus. Solange Talamhs Grenzen und der Vorhang hielten, könnte sie sich weiter vorbereiten, um so gut, gewieft und stark zu werden, wie es ging.

An einem sonnenhellen, nicht mehr ganz so kalten Nachmittag ritt sie mit Marco aus. Er saß auf einer hübschen, jungen, schwarz-weiß gefleckten Pintostute, deren hoher Schritt aus seiner Sicht von echtem Feuer sprach.

»Harken hat sie Álainn genannt, denn das bedeutet *hübsch,* und das ist sie auf jeden Fall.«

»Das weiß sie selbst. Und jetzt, wo du im Sattel sitzt, kommt sie sich offenbar noch hübscher vor.«

»Im Ernst? Was meinst du?« Marco reckte stolz das Kinn und nahm eine selbstbewusste Reiterpose ein. »Sehen wir gut aus oder was?«

»Ihr seht fantastisch aus. Sie passt mit ihrer Größe wirklich gut zu dir, und solange dir bewusst ist, dass du ihr genauso Freude machen solltest wie sie dir, kommt ihr bestimmt hervorragend zurecht.«

»Wer würde einem derart hübschen Mädchen keine Freude machen wollen?« Er beugte sich ein wenig vor und streichelte der Stute sanft den Hals. »Ich überlege ernsthaft, ob ich mir ein eigenes Pferd zulegen soll, und als ich Harken darauf angesprochen habe, meinte er, ich sollte sie ein paarmal reiten, um zu sehen, ob es passt. Ich habe jetzt schon das Gefühl, als ob es passen würde, und wenn es so bleibt, schlage ich Harken einen Handel vor, obwohl ich keine Ahnung habe, was er gerne hätte oder braucht.«

»Machst du Witze? Erstens könntest du ihm auf dem Hof zur Hand gehen, denn jetzt fängt doch sicher bald die Frühjahrsaussaat an. Und zweitens kochst du wie ein Gott. Meistens kocht er selbst und zweimal in der Woche Morena, aber schließlich zauberst du sowieso inzwischen häufig für die beiden etwas Leckeres mit und bringst ihnen auch öfter was von deinem feinen Kuchen rüber nach Talamh.«

»Okay, das stimmt. Aber das macht man unter Freunden und Nachbarn eben so.«

»Genauso laufen diese Dinge hier.«

»Das wirkt erschreckend simpel, findest du nicht auch? Kannst du dich noch erinnern, Breen, als wir nicht wussten, ob das Geld noch bis zum Ende eines Monats reicht? Jetzt haben wir alles, was wir jemals hätten haben wollen, und brauchen dafür nichts zu tun als zu leben und zu teilen und einer Arbeit nachzugehen, die uns Freude macht.«

»Du hast noch nicht mit den Trollen verhandelt«, klärte Breen ihn lachend auf und blickte Richtung Berg, auf der ein Teil der Trolle für die Mittagspause aus den Minen kam. »Sie sind die härtesten Verhandlungspartner, die man sich vorstellen kann.«

»Ich kann problemlos ein paar Bleche Plätzchen backen, wenn du was zum Tauschen brauchst. Wie wäre es mit einem Ritt zum Wasserfall? Ich war einmal mit Sedric dort und würde ihn mir gern noch mal ansehen.«

»Tut Brian dort nicht gerade Dienst?«

»Das ist natürlich auch ein Grund«, gab Marco unumwunden zu. »Aber in den Staaten habe ich nie einen echten Wasserfall gesehen, und einen so wie diesen hier gibt's sowieso kein zweites Mal.«

»Er ist wirklich einzigartig«, stimmte Breen ihm zu, und als er ihre Stimme hörte, blickte er sie fragend von der Seite an.

»Falls du dich dort nicht wohlfühlst, reiten wir woandershin.«

»Ich fühle mich dort wohl. Das heißt, tue ich nicht«, verbesserte sie sich. »Der Wasserfall ruft alle möglichen Gefühle in mir wach. Und gerade deshalb wäre er ein gutes Ziel, denn statt Gefühlen auszuweichen, sollte ich sie akzeptieren und sehen, wohin das führt.«

»Du hattest es schon immer in dir.« Marco klopfte an der Stelle auf sein Handgelenk, an der die Freundin ihre Tätowierung trug. »Du musstest es nur finden.«

Mut, sagte sich Breen. Sie durfte nie vergessen, dass sie mutig war. Dann sah sie Faxe an, der ihren Vorschlag aufgriff und losrannte.

»Wie wäre es mit einem Rennen zwischen Boy und deinem hübschen Mädchen?«

Ehe Marco eine Antwort geben konnte, galoppierte sie schon los.

Wer hätte je gedacht, ging es ihr durch den Kopf, dass sie beide mal im Sonnenschein auf winterkaltem Boden durch die Gegend galoppieren würden? Sie sah Faxe, der die Abkürzung quer durch den Wald nahm, die zwei Elstern, die an ihr vorüberflogen, und ein Lächeln huschte über ihr Gesicht.

Zwei Elstern brachten einem alten Spruch nach Glück,

und praktisch Kopf an Kopf erreichten sie und Marco ihre eigene Abzweigung zum Fluss.

»Du bist schon vor mir losgeritten.«

»Boy und ich haben uns extra zurückgehalten, bis ihr zwei auf unserer Höhe wart.«

»Kann sein.« Er streichelte die Stute abermals, und Breen erkannte, dass er bereits hoffnungslos in sie verschossen war. »Wobei mein Mädchen wirklich rennen kann.«

»Sie frisst gern Äpfel«, meinte Breen.

»Ach ja? Dann hole ich ihr einen.«

Sie lenkten ihre Pferde in den Wald und wurden statt in hellen Sonnenschein in weiches, grünes Licht getaucht, das auf den moosbedeckten Stämmen und Steinen zu pulsieren schien.

Dann ließ der laut tosende Wasserfall die Luft erbeben, und sie sahen die Windungen des gespenstisch grünen Flusses, in den sich der Katarakt ergoss.

»Ein herrlich unheimlicher Ort.« Mit großen Augen sah sich Marco um. »Ich fühle mich, wie wenn ich auf dem Sofa sitze, um im Fernsehen einen anständigen Gruselfilm zu schauen.«

Nur war das hier kein Film, sagte sich Breen. Hier hatte Odran sie als Kind in einen Glaskäfig gesteckt, und seine Hexe hatte sie mit ihrem besonderen Nebel hergelockt. Genauso hatte sie an dieser Stelle erstmals von dem Drachen, dessen Reiterin sie war, geträumt, und – wenn auch widerstrebend – daran mitgewirkt, den Spalt zu schließen, der von ihren Feinden in den Wasserfall gerissen worden war.

Natürlich konnte sie nicht leugnen, welche ganz besondere Schönheit dieser Ort aufgrund des gleißend hellen Lichts besaß. Es fiel durch die Bäume auf den Boden und den moosbedeckten Stamm, der sich wie eine Brücke über das Gewässer spannte.

Die Elfen und die anderen Bewohner dieser Gegend nutzten diese Brücke, um den Fluss zu überqueren. Eichhörnchen und Vögel nisteten in den mit Moos und Flechten überzogenen Bäumen, Füchse und Eulen gingen hier auf die Jagd, und Hirsche kamen zum Saufen hierher.

Sie spürte ihre Vitalität und die der Bäume und der Erde und des Flusses, weil sie alle miteinander in Verbindung standen und sie selbst Teil des ganz besonderen Zaubers war, der hier herrschte.

Zwischen den Bäumen trat ein Reh hervor, wurde zu einer Frau und lächelte sie freundlich an.

»Breen und Marco. Guten Tag.«

»He, Mary Kate! Du hast mir einen Riesenschrecken eingejagt.«

Grinsend warf sie ihre dunkelbraunen, geflochtenen Haare über eine Schulter und strich sich mit einer ihrer Hände über ihren Kriegerinnenzopf. »Also bitte, Marco, Schätzchen. Ich bin Mary Kate, egal, ob ich ein Reh bin oder eine Frau. Dein Hund ist vor euch angekommen, Breen, deswegen wussten wir, dass ihr den Wasserfall besuchen wollt. Er hat sich sofort in den Fluss gestürzt und schwimmt dort wie ein Fisch.«

»Dann geht es euch hier also gut?«

»Tut es. Es war ein langer, ruhiger Tag, da kommt euer Besuch uns gerade recht. Ich gehe schon mal vor und lasse Brian und die anderen wissen, dass ihr gleich zum Fluss herunterkommt.«

Sie glitt in ihre Rehgestalt wie in ein Paar bequeme Schuhe und sprang los.

»Daran werde ich mich nie gewöhnen.« Marco schüttelte

den Kopf. »Ich fahre jedes Mal zusammen, wenn so etwas passiert.«

»Gut so«, meinte Breen. »Auf diese Art bleibt dieser ganz besondere Zauber weiterhin für dich bestehen. Am besten reitest du schon einmal vor und nutzt die Zeit mit Brian«, meinte sie und stieg von ihrem Pferd. »Ich selbst gehe das letzte Stück zu Fuß.«

»Bist du dir sicher? Falls dich die Erinnerungen quälen …«

»Sie sind nicht alle schlecht, und ich habe ganz einfach Lust, ein Stück zu gehen. Vor allem ist Mary Kate ganz sicher nicht die Einzige, die in diesen Wäldern patrouilliert, das heißt, dass mir hier sicher nichts passieren wird.«

»Wenn du dir sicher bist. Aber bleib am Ufer, ja? Wenn du ein Stückchen weiter gehen willst, gib mir Bescheid, damit ich dich begleiten kann.«

»Ich will tatsächlich noch ein Stückchen gehen, halte mich aber hier am Fluss.«

Er trottete davon, und sie blieb stehen und spitzte ihre Ohren.

Das Wasser, das sich rauschend in den Fluss ergoss. Das Wispern kleiner Elfenfüße und das leise Surren von Vogelschwingen in der Luft.

Sie folgte ihrem Instinkt und führte Boy am Fluss entlang. Sie brauchte einfach etwas Zeit für sich zum Fühlen und zum Sehen, und wieder spürte sie das Leben rund um sie herum und nahm ein Glitzern auf dem Grund des Flusses wahr.

Entschlossen lief sie auf dieses Glitzern zu und erkannte die goldene Kette mit dem leuchtend roten Stein. Die hatte sie bereits des Öfteren gesehen, in ihren Träumen, ehe sie nach Irland und Talamh gekommen war …

Und in dem Bild von ihrer Großmutter. In dem Porträt

trug Nan die Kette um den Hals, die Breen jetzt auf dem Grund des Flusses liegen sah.

Sie hatte sie nach dieser Kette fragen wollen, bevor es wieder in Vergessenheit geraten war, jetzt aber kniete sie sich hin und streckte ihre Finger nach dem Schmuckstück aus. Doch sie kam nicht heran, obwohl es so nah schien.

Wie war es möglich, dass die Kette hier am Grund des Flusses lag, obwohl sie auf dem Bild der Großmutter zu sehen gewesen war? Hatte Nan die Kette vielleicht irgendwann verloren?

Sie müsste sie erreichen, um sie ihrer Nan zurückzubringen, weil sie kostbar war. Sie *wusste,* dass sie kostbar … und bedeutsam für den Ausgang dieses Krieges war.

Sie streckte ihren Arm ein wenig weiter aus, geriet ins Rutschen und wäre beinah kopfüber in den Fluss gestürzt.

Sie durfte nicht ins Wasser fallen, nicht an dieser Stelle, solange sie allein war. Nicht dort, wo sie mit ihren Händen an die Wand des Glaskäfigs getrommelt und nach ihrem Da geschrien hatte, nachdem ihr Großvater Odran sie gekidnappt hatte.

Mit wild klopfendem Herzen streckte sie die Hand erneut in Richtung Kette aus. Versuchte, ihre ganze Willenskraft zu bündeln, damit ihr der Anhänger ein Stück entgegenkam.

Er aber lag auch weiter glitzernd auf dem Grund, als wollte er, dass sie ins Wasser ging.

»Ich werde Marco holen, weil er längere Arme hat.«

Sie krabbelte zurück, richtete sich wieder auf, griff nach den Zügeln ihres Pferds und lief in Richtung Wasserfall. Dort angekommen vernahm sie die Stimmen und spürte Faxes Freude, als ihm eine großzügige Seele ein Stück Käse überließ.

Über dem Wasser und den bunten, glatt polierten Steinen flogen Feen durch die Luft, und links und rechts des Wasserfalls und beiderseits des Flusses waren Wachen aufgestellt. Die hübsche Stute graste, während Marco zwischen Brian und Mary Kate auf einem umgestürzten Baumstamm hockte und sich unterhielt.

Sie wollte nach ihm rufen und ihn bitten, noch einmal mit ihr dorthin zurückzukommen, wo die Kette auf dem Grund des Flusses lag.

Dann aber sah sie aus dem Augenwinkel einen Schatten dicht hinter dem Wasserfall. Es war, als würde sich das Wasser an der Stelle teilen, um ihn durchzulassen, und sie riss die Hand nach oben, als sie statt des Schattens plötzlich einen Raben sah.

»Brian!«

Er sprang auf und folgte ihrem Blick.

»Duncan!«

Sofort kreuzte der strohblonde Junge mit dem noch erschreckend kurzen Kriegerzopf die Arme vor der Brust und flog als Falke los.

»Fang ihn nicht ab, sondern verfolge ihn und guck, wohin er fliegt.«

»Ich habe nichts gesehen.« Eine Elfe flatterte auf Brian zu. »Das schwöre ich. Dabei haben ich und Gwain den ganzen Wasserfall nach Rissen abgesucht.«

»Mir ist er auch nicht aufgefallen.« Brian wandte sich an Breen. »Als du nach mir gerufen hast, ist es mir aufgefallen, doch dann war sofort wieder alles dicht. Dann habe ich nur noch den Himmel und den Wald gesehen. Und dann den Raben. Kam er durch den Wasserfall?«

»Im Grunde war es nur ein Schatten, ganz am Rand des

Wasserfalls. Ich glaube … ich muss mir die Stelle aus der Nähe ansehen.«

»Die Steine dort sind furchtbar glitschig, aber wenn du mir vertraust, kann ich dich hinbringen.«

»Ich hätte dich tatsächlich gern dabei, aber ich glaube, dass ich dort allein hinmuss. Licht gegen Dunkelheit, Kraft gegen Kraft«, fügte sie hinzu.

Mit diesen Worten fing sie bereits an zu schweben, unterdrückte ihre Angst vor einem Absturz und stieg immer höher in die Luft.

Jetzt sprang auch Marco auf. »Oh, Mann, verdammt. Lass sie bloß nicht allein.«

»Ich habe sie bisher niemals auf diese Weise schweben sehen«, meinte Brian.

Inzwischen war sie einen guten halben Meter aufgestiegen, und in ihrem Innern toste es genauso brüllend wie der Wasserfall.

Die Gischt benetzte ihr Gesicht und ihre Kleider, aber ihre Kräfte nahmen immer weiter zu. Das Donnern, das ihr Inneres erfüllte, übertönte selbst das Rauschen, mit dem sich das Wasser in den Fluss ergoss.

»Ein winzig kleiner Spalt, der sich geöffnet und sofort wieder geschlossen hat.« Sie schwebte gut sechs Meter oberhalb des Flusses und sah auf die Stelle, wo der Schatten durchgebrochen war. »Ihr dunkler Zauber hat ihn aufgerissen und dann wieder zugeschoben. Klein, im Schatten, praktisch unsichtbar. Seht ihr den Nebel hier? Er ist ganz fein, und er reicht gerade aus, damit der Spalt nicht zu erkennen ist. Ich sehe trotzdem was. Im Gegensatz zu ihr.«

»Ich sehe nichts«, gab Brian, der an ihrer Seite schwebte, unumwunden zu.

»Aber ich sehe was. Ich sehe Licht im Dunkel. Licht in ihrer und in Odrans Finsternis. Ich kann den Spalt genauso schließen wie die Faust.«

Sie hob den Arm, ballte die Faust, und Brian vernahm ein knackendes Geräusch.

Breen lächelte. »Jetzt wundere dich, Hexe, weil dein Zauber wieder einmal nicht gefruchtet hat. Weil dieser Spalt jetzt abermals verschlossen ist und nicht noch mal geöffnet werden kann. Wundere und fürchte dich, weil der Tag kommen wird, an dem ich dich zerquetschen werde, dich und deinen blutgetränkten Gott.« Sie öffnete die Faust und ballte sie erneut. *»Ar shaol m'athar, swear me e mé é.«*

Als sie in sich zusammensank, fing Brian sie auf.

»Lass mich bloß nicht ins Wasser fallen.«

»Niemals.« Er flog mit ihr ans Ufer, setzte sie dort ab und rief: »Bring ein wenig Wasser für die Tochter!«

»Kein Problem. Es geht mir wieder gut. Mir war nur kurz ein bisschen schwindelig, und ich konnte mich nicht mehr aufs Schweben konzentrieren.«

»Trink trotzdem erst mal was«, bat Marco, während er den Wasserschlauch an ihre Lippen hielt. »Ein derart kreidebleiches Mädchen habe ich noch nie gesehen. Und wie zum Teufel konntest du vergessen, mir zu sagen, dass du fliegen kannst?«

»Das kann ich nicht und habe ich auch nicht gemacht. Es ist im Grunde eher wie schweben, und das habe ich bisher auch nur versucht, wenn Nan in meiner Nähe war.«

»Du musst endlich aufhören, mir solche Angst zu machen, Mädel. Und auch deinen vierbeinigen Freund hier hast du echt erschreckt.«

Sie schlang den Arm um Faxe, der sich an sie schmiegte.

»Ich konnte es ganz deutlich spüren, als ich dort oben war. Ich musste diesen Spalt verschließen.« Sie legte eine Hand an Brians Brust und richtete sich wieder auf. »Aber es geht mir wieder gut. Auch wenn ich mich bei dir dafür bedanken muss, dass du mich aufgefangen hast.«

»Kannst du dich noch daran erinnern, was passiert ist?«, fragte er.

»Oh, ja. Ich musste mich unglaublich konzentrieren. Ich habe mehr gespürt als jetzt. Ich konnte ihren Zauber spüren und ich wusste, dass es mir gelingen würde, ihn zu brechen und den Spalt zu schließen.«

»Also hast du das getan, und zwar mit deiner bloßen Faust.« Er drückte ihr die Hand. »Und in den Worten, die du dort gesprochen hast, lag eine solche Kraft und so was wie Musik. Du hast geleuchtet wie die Sonne, und die Schwärze deiner Augen wirkte wie der Himmel während einer Neumondnacht. Und als du angefangen hast zu lächeln …«

»Ich soll in dem Augenblick gelächelt haben?«, fragte sie ihn überrascht.

»Oh, ja, und zwar wie eine Kriegerin, nachdem sie eine Schlacht gewonnen hat. Ich wusste übrigens gar nicht, dass du Talamhisch sprichst.«

Verwundert schob sie sich die nassen Haare aus der Stirn und schränkte ein: »Nur ein paar Worte, aber die sind nicht der Rede wert.«

*»Ar shaol m'athar, swear me e mé é.«*

»Das sagt mir nichts. Was soll das heißen?«

»Erst hast du erklärt, dass du die Hexe irgendwann zusammen mit ihrem Gott zerquetschen wirst. Und dann hast du in unserer Sprache noch hinzugefügt, dass du ihr das beim Leben deines Vaters schwörst.«

»Daran kann ich mich nicht erinnern, aber sicher habe ich es so gemeint.«

»Daran bestand für mich nicht der geringste Zweifel.«

»Jetzt bringe ich dich erst mal heim«, mischte sich Marco ein und legte einen Arm um sie. »Statt zu trainieren, setzt du dich zu Hause an den Kamin und ruhst dich aus. Keine Widerrede.«

»Wenn er in diesem Ton spricht, tu am besten, was er sagt«, empfahl ihr Brian und lächelte sie an.

»Da vorn kommt Duncan«, meinte Breen und blickte auf.

Der Falke tanzte durch die Bäume, schwebte quer über den Fluss und ließ sich abermals als Junge auf die Erde fallen.

»Ich bin dem Raben bis zum Trolllager gefolgt. Er hat dort eine Schriftrolle in einer Hütte abgegeben, und der Mann, der sie bewohnt, heißt Thar. Und neben diesem Schriftstück hat der Rabe ihm auch noch ein Messer überlassen, auf dem Elfenzeichen waren. Thar hat das Schriftstück laut verlesen, als würde er nur dann verstehen, was dort geschrieben steht. Es hieß, dass er mit diesem Messer Loga von den Trollen erstechen und das Messer in der Leiche stecken lassen soll. Er soll es in ihm stecken lassen und behaupten, dass er einen Elf namens Argo gesehen hat, der Loga damit angegriffen hat. Dieser Elf lebt im Tal.«

»Ruf deinen Drachen, Mara, und berichte unserem Taoiseach, was geschehen ist. Sag ihm, ich würde sofort zu den Trollen fliegen und versuchen, diesen Anschlag zu verhindern.«

»Ich komme mit«, erklärte Breen und wandte sich, bevor er protestieren konnte, an Marco. »Die Trolle kennen mich, und sie vertrauen mir. Vor allem hört Sul auf mich, und das kann durchaus wichtig sein.«

»Das ist es sogar ganz bestimmt, wenn ich dort einen Troll verhaften soll. Ich passe auf sie auf«, versicherte ihm Brian.

»Verdammt, aber okay. Dann bringe ich die Pferde auf den Hof zurück und warte dort mit Faxe, bis ihr wiederkommt.«

Brian wandte sich ihm zu und gab ihm einen Kuss. »Ich werde sie dir wohlbehalten wiederbringen.«

»Ich hoffe, dass ihr beide wohlbehalten wiederkommt.«

»Ich passe auf dich auf«, erklärte Brian, packte Breen und flog mit ihr davon.

»Ich weiß, dass du ein Krieger und eine der rechten Hände eures Taoiseach bist, aber ich muss dich trotzdem bitten, dass du erst mal mir das Reden überlässt«, bat Breen.

»Das mache ich, doch falls der Kerl versucht, dir oder jemand anderem etwas anzutun oder zu flüchten, werde ich ihn aufhalten. Genau wie jeden anderen Troll, der etwas gegen die Verhaftung einzuwenden hat.«

»Wir müssen sie erst um Erlaubnis bitten …«

»Dafür ist jetzt keine Zeit. Sie werden damit leben müssen, dass es auch mal anders gehen muss.«

Er flog direkt zum Lager der Trolle, und bei ihrer Ankunft sprangen alle auf. Die Kinder hörten auf zu spielen, und die anderen unterbrachen ihre Arbeit und sahen alles andere als glücklich über diese Störung aus.

»Wir bitten um Verzeihung, weil wir hier so einfach eindringen«, begann Breen. »Aber wir müssen unbedingt mit Loga sprechen. Bitte, es ist wirklich eilig.«

Sul kam aus dem Stall, der ein Stück unterhalb der Höhlen lag. Dann blieb sie stehen, stemmte ihre Hände in die Hüften und bedachte sie mit einem bösen Blick. »Wir mögen nicht, wenn einfach jemand ohne Einladung zu uns ins Lager kommt.«

»Es ist wirklich dringend«, wiederholte Breen. »Bitte – wo ist Loga? Jemand hat es auf sein Leben abgesehen.«

»Wie kommst du denn auf die Idee? Ich habe ihn vor zehn Minuten noch gesehen, nachdem er einen Handel abgeschlossen hat.«

»Wo ist der Troll mit Namen Thar?«, mischte sich Brian ein.

»Und was geht dich das an, Sidhe?«

»Er hat den Auftrag, Lago umzubringen, Sul. Ich schwöre dir, dass es so ist. Odran hat ihm einen Raben mit der Anweisung und einem mit Elfenzeichen verzierten Messer geschickt.«

»Du wagst es zu behaupten, dass mein Sohn ein Mörder ist?«, schrie eine Frau. »Du lügst und bist nicht mehr willkommen.«

Sul wandte sich ihr zu. »Ich entscheide, wer bei uns willkommen ist und wer nicht. Am besten sprechen wir mit Thar, damit der Unsinn, den ihr uns erzählt, ein Ende nimmt.«

»Er ist runter zu den Höhlen«, rief ein Kind.

»Da hätte ich ihn doch gesehen«, widersprach ihm Sul.

»Ich sage dir, ich habe ihn gesehen, als er runter zu den Höhlen ging, Ma. Kurz bevor die beiden angekommen sind.«

»Ist Loga in den Höhlen?«

Sul nickte knapp. »Oder vielleicht auch auf dem Weg von dort zurück.«

Sie machte auf dem Absatz kehrt und rannte los.

Für eine große, schwangere Frau war sie erstaunlich schnell, doch Breen gelang es, sie zu überholen, während Brian zu den Höhlen flog. Auch andere rannten ihnen hinterher, während andere Alarm schlugen.

Breen sah es, als sie um die Kurve bog.

Ein Troll mit wirren roten Haaren stürzte sich auf Loga und stieß ihm ein Messer in den Bauch.

Im Laufen streckte sie den Arm nach vorn aus und schickte einen Kraftstrahl zu dem Kerl, der ihn nach hinten fliegen ließ. Und während Brian ihn sich schnappte, ehe er sich abermals auf Loga stürzen konnte, ließ der Angreifer das Messer fallen.

Blut quoll aus Logas Bauch. Eilig drückte Breen die Wunde mit den Händen zu, und während Thar in Brians Armen zappelte und fluchte, starrte Loga Breen aus Augen an, die vor Schock und Schmerzen glasig waren.

»Ich habe nicht erlaubt, dass du mich anfasst«, stieß er krächzend aus.

»Bitte gib mir die Erlaubnis«, flehte sie ihn an.

»Es ist nur … ein Kratzer.«

»Bitte gib mir die Erlaubnis, ihn zu heilen, damit ich mich beruhigen kann.«

»Na los«, verlangte Sul, als sie an seiner Seite auf die Knie fiel und seine Hand ergriff. »Du sturer alter Narr. Spürst du das Leben, das in mir heranwächst? Also gib ihr die Erlaubnis, ja?«

»Nur, damit ihr Frauen euch nicht länger aufregt«, knurrte er, bevor ihm die Augen zufielen.

»Du sollst mich loslassen, verdammter Sidhebastard. Er steckt mit dem Elfenmörder unter einer Decke, von dem Loga angegriffen worden ist!«, schrie Thar. »Er hat ihn entkommen lassen.«

Hinter ihnen spannten ein paar Trolle ihre Pfeile ein.

»Er lügt«, wandte sich Breen an Sul. »Ich habe selbst gesehen, wie er mit dem Messer auf ihn losgegangen ist. Das schwöre ich.«

»Ich habe nichts gesehen. Heil meinen Mann.« Sie wandte

sich den kampfbereiten Trollen zu. »Moment! Die Tochter des O'Ceallaigh weiß, dass Thar auf Loga losgegangen ist.«

»Sie lügt! Sie lügt! Ihr hört doch sicher nicht auf diese Außenseiterin und Menschenbrut? Ich sage euch, Argo, der Elf, hat euren Clanchef umgebracht. Es ist sein Messer, mit dem Loga abgestochen worden ist.«

»Aber er ist nicht tot«, rief Breen. »Und er wird auch nicht sterben. Das verspreche ich.«

Dann blendete sie all die Stimmen, ihren Zorn, den Ärger und die Furcht, dass sie versagen könnte, aus. Es war nicht nur ein Kratzer, und vor allem hatte Loga bereits jede Menge Blut verloren.

Der Kampf zur Heilung seines Fleischs und seiner Muskeln und zur Stillung seiner Blutung tat so weh, dass er sich unter ihren Händen hin und her warf, um die Schmerzen und die Hitze abzuwehren, die sie in ihm wachrief.

»Du tust ihm weh«, fuhr Sul sie ungehalten an.

»Es tut mir leid, es tut mir leid. Wenn du nach Aisling schicken würdest oder meiner Nan …«

»Tu ihm ruhig weiter weh, wenn du nur so sein Leben retten kannst. Tu einfach das, was nötig ist.« Die Trollfrau packte Breen am Arm. »Tu, was du kannst, und jammre hier nicht rum.«

»Lass sie in Ruhe, Frau«, stieß Loga aus, ohne seine Augen aufzuschlagen. »Das ist doch nur ein Kratzer. Damit kommt sie sicher klar.«

»Halt deinen Mund.« Jetzt kullerte die erste Träne über Suls Gesicht. »Ich meckere, so viel ich will.«

»Jetzt geht sie zu. Ich muss – es geht nur langsam. Ich bin nicht so gut wie … meine Güte, solche Muskeln habe ich noch nie gesehen.«

»Hätte ich mir als Vater meiner Kinder einen Schwächling suchen sollen?«

»Wer hat hier wen gewählt?« Er zwängte seine Lider flatternd auf und sah Sul ins Gesicht. »Und jetzt genug des Aufhebens.«

»Noch einen Augenblick. Ich muss die Wunde richtig schließen, wenn sie nicht noch einmal aufgehen soll. Du bist so stark, dass diese Wunde, die dich hätte umbringen sollen, wirklich kaum mehr als ein Kratzer ist. Trotzdem war sie ziemlich tief, und du hast jede Menge Blut verloren. Dafür brauchst du einen Trank und Salbe für die Wunde, aber all das habe ich nicht hier.«

»Wir haben unsere eigene Medizin«, erklärte Sul. »Sag einfach, was er braucht.«

»Und jetzt verschwindet alle, oder glaubt ihr, dass ich hier noch ewig auf dem Boden liegen bleiben will, damit ihr mich begaffen könnt?«, wies Loga seine Leute an und rappelte sich auf.

Obwohl er jede Menge Blut verloren hatte und erschreckend bleich war, stemmte er die Beine in den Boden, starrte in die Luft und wies dann Brian an: »Lass Thar los, Mann.«

»Wir bringen ihn in die Hauptstadt, und dort wird er vor Gericht gestellt, denn so ist das Gesetz der Fey, und das gilt auch für euch.«

»Denkst du, ich kenne die Gesetze nicht?« Er wandte sich an seinen Stamm, der sich um sie versammelt hatte. »Wir kennen die Gesetze, und wir ehren sie. Also legt eure Waffen weg, ihr Schwachköpfe, und hindert diesen Sidhe nicht daran, den Kerl, der mit dem Messer auf mich los ist, vor Gericht zu stellen. Aber vorher werde ich noch selbst ein Wörtchen mit ihm reden. Das ist mein verdammtes Recht.«

»Das stimmt.«

Jetzt stellte Brian den Verräter auf die Erde, hielt ihn aber weiter fest.

»Du bist also mit einem Messer auf mich los? Und das, nachdem du ein ums andere Mal an meinem Feuer eingeladen und bei mir gegessen und getrunken hast? Nachdem ich all die Jahre wie ein Vater für dich war?«

»Der warst du nie. Mein Vater ist gefallen, als er für die hier in den Krieg gezogen ist.« Er spuckte vor Breen aus.

»Weil er ein tapferer und loyaler Krieger war.« Sul nickte einigen der Frauen zu, und tröstend scharten sie sich um die Mutter des Verräters, die in Tränen ausgebrochen war. »Du bist eine Schande für den Mann, der dich gezeugt, und für die Frau, die dich geboren hat.«

»Loga ist ein Schwächling, und das seid ihr anderen auch, solange ihr dem Taoiseach folgt. Wir rackern uns in den verdammten Höhlen und Minen ab, und ein paar jämmerliche Hütten in den Bergen sind der Dank dafür. Wenn Odran kommt – und er wird kommen –, werde ich die Starken anführen, und die Schwachen werden auf den Knien liegen und um Gnade flehen.«

»Stell ihn vor Gericht und sag dem Taoiseach, dass ich zur Verhandlung kommen werde und dass Thar kein Mitglied meines Stamms mehr ist. Egal was der Prozess ergeben wird, ist er aus diesem Lager und aus unserem Stamm verbannt. Wir kennen ihn nicht mehr.«

»Das mache ich. Dann rufe ich jetzt meinen Drachen und liefere den Gefangenen in der Hauptstadt ab. Breen …«

»Flieg einfach los. Ich werde Lonrach rufen, aber erst bereite ich noch diesen Trank und diese Salbe zu.«

»Sie steht ab heute unter unserem Schutz«, erklärte Loga

Brian. »Hier in den Bergen und in ganz Talamh. Das schwöre ich.«

Sie fesselten den Attentäter, und als Hero kam, flog Brian ihm mit Thar entgegen und nahm rittlings auf ihm Platz. »Ich werde Marco sagen, dass du nicht mehr lange brauchst«, rief er zurück und machte sich mit dem Gefangenen auf den Weg.

»Am besten kommst du noch mit in die Höhlen und suchst dir dort etwas aus, als Bezahlung für die Heilung meines Kratzers«, bat Loga Breen.

»Auf keinen Fall. Ich habe einen Freund geheilt, das lasse ich mir ganz sicher nicht bezahlen.«

Er sah sie aus zusammengekniffenen Augen an, und während Breen sich noch Gedanken machte, ob sie ihn vielleicht beleidigt hätte, zückte er sein Messer. Erschreckt hielt sie den Atem an.

»Gibst du mir deine Hand?«

Sie musste einfach auf das Beste hoffen, denn sie hatte keine andere Wahl. Wenn auch ein wenig zögernd reichte sie ihm die Hand, und er schnitt erst sich selbst und danach ihr entschlossen in den Handballen und drückte danach ihre Hände fest genug zusammen, dass sie zusammenfuhr.

»Jetzt sind wir blutsverwandt, und alle haben es gesehen! Die Tochter des O'Ceallaigh teilt jetzt unser Blut. Von heute an ist sie auch eine Tochter unseres Stamms und jederzeit willkommen, ohne dass sie um Erlaubnis bitten muss.«

»Ich fühle mich geehrt.«

»Zu Recht.« Er grinste breit. »Und jetzt beruhigst du dich und trinkst ein Bier mit uns. Das heißt, du trinkst wahrscheinlich lieber Wein. Dann ist das Bier für mich.«

Kurz darauf wählte sie seinen Trank und seine Salbe aus, und als sie Lonrach rief, trat eine von den jungen Frauen auf sie zu.

»Ich bin Narl, die erstgeborene Tochter von Loga und Sul.«

»Du hast die Augen deiner Mutter«, meinte Breen und blickte auf den schmalen, goldenen Reif mit Drachenherzen, den sie in die Hand gedrückt bekam.

»Der ist von allen ihren Kindern, auch von dem, das bald geboren wird, von deren Kindern und von allen, die noch kommen werden«, meinte Narl. »Es ist keine Bezahlung, sondern ein Geschenk, mit dem wir uns bei dir bedanken wollen.«

»Das ist ein wirklich wunderschöner Reif.«

»Am besten trägst du ihn im Kampf.« Narl setzte ihn ihr auf den Kopf. »Er soll dich schützen und den anderen eine Warnung sein, dass du zwar keinen Kriegerinnenzopf, doch Trollblut in dir hast.« Dann trat Narl wieder einen Schritt zurück. »Von jetzt an sind wir Schwestern, also kämpfe leidenschaftlich und gib niemals auf.«

»Ich werde das Geschenk in Ehren halten und mit Trollstolz tragen«, sagte Breen ihr zu und zauberte dadurch ein Lächeln auf das Gesicht des Trollmädchens.

# 13

Auf ihrem Flug zurück zum Hof lehnte sich Breen an Lonrachs Nacken an. Dann schloss sie die Augen, die Anspannung fiel von ihr ab, und auch das Denken stellte sie vorübergehend ein.

So eine tiefe Wunde hatte sie noch nie geheilt, und die Anstrengung hatte sie vollkommen ausgelaugt. Zwar hatte sie das viele Blut von ihren Händen abgewaschen, aber der Geruch hatte sich auch in ihren Kleidern festgesetzt.

Deshalb genoss sie jetzt den Wind, der ihr entgegenpeitschte, und die Feuchtigkeit, als sie durch eine Wolke flogen, richtete sich aber immer noch nicht wieder auf. Sie wusste nicht, wann sie in ihrem Leben je zuvor derart erschöpft gewesen war.

Im Vertrauen darauf, dass Lonrach sie nicht fallen ließe, döste sie an seiner Schulter, bis sie auf dem Hof gelandet waren. Und als sie sich von ihm heruntergleiten ließ, kam Marco, dicht gefolgt von Faxe und Morena, aus dem Haus gerannt.

»Brian ist bei uns vorbeigeflogen, um uns zuzurufen, dass du auch gleich kommen würdest, aber das ist jetzt schon eine ganze Weile her. Mein Gott, wir hätten beinah einen Suchtrupp losgeschickt.«

Breens Zunge war so schwer, dass sie nur mühsam ein paar Worte rausbekam. »Hat etwas gedauert.«

»He, du trägst ja eine Wonder-Woman-Krone oder eher

ein Diadem«, bemerkte Marco, als er ihren goldenen Haarreif sah.

»Mit Trollgravuren«, fügte Morena fasziniert hinzu. »Das Tragen eines solchen Schmucks ist nur den Mitgliedern ihres Stamms erlaubt.«

»Sie haben mich zum Ehrentroll gemacht.« Noch immer etwas schwindlig beugte Breen sich vor und tätschelte dem Hund, der leise winselte, den Kopf.

»Die Geschichte will ich hören, aber nicht jetzt.« Morena packte Breen am Arm, damit sie nicht vornüberfiel. »Du siehst total erledigt aus. Komm erst mal rein und setz dich hin, dann kriegst du einen Tee und was zu essen vorgesetzt.«

»Ich will nur noch nach Hause und mich kurz aufs Ohr hauen. Das alles war echt viel.«

»Das sehe ich. Also bring sie rüber, Marco, und versuch, sie dazu zu bewegen, dass sie etwas isst. Soll ich dir helfen?«

Marco legte einen seiner Arme um die Taille seiner Freundin, schüttelte den Kopf und blickte auf den Hund. »Wir kommen klar, nicht wahr, Faxe? Und du, Morena, rührst den Eintopf hin und wieder um. Wenn ihr essen wollt, garnierst du ihn, wie ich es dir gesagt habe.«

»Nachdem du alles andere gemacht hast, kriege ich das sicher hin. Und du, Breen, ruhst dich erst mal aus. Wir reden morgen, ja?«

Breen nickte stumm, und statt wie üblich vorzurennen, lief Faxe neben ihr bis zum Willkommensbaum. Dort angekommen, zerrte Marco sie die Treppe hoch und durchs Geäst, bis sie in Irland waren.

»Brian hat gesagt, dass du Loga gerettet hast. Das ist der Chef der Trolle, stimmt's?«

»Das ist er, doch ich bin mir nicht ganz sicher, ob ich so

weit gehen würde zu behaupten, dass ich ihn gerettet habe«, meinte Breen. »Er war verletzt, deswegen musste er behandelt werden, aber er ist wirklich stark. Er hatte schlimme Schmerzen, Marco, aber er hat kaum gezuckt, selbst als er wieder zu sich kam.«

»Du hast die Schmerzen ebenfalls gespürt, nicht wahr? So läuft das doch.«

»Vor allem war ich völlig panisch, weil er jede Menge Blut verloren hat. Meine Hände waren voll davon«, murmelte sie und lehnte sich ermattet an ihn an. »Ich hatte Angst, dass meine Kräfte nicht ausreichen, und nach den Geschehnissen am Wasserfall stand ich noch immer etwas neben mir. Aber …«

»… dann hast du getan, was nötig war.«

»Wir wären fast zu spät gekommen. Wenn Brian nicht so schnell gewesen wäre, hätte Thar vielleicht noch einmal zugestochen, hätte Loga vor den Höhlen verbluten lassen, sodass der Rest des Stammes ihm vielleicht Glauben geschenkt hätte, dass jemand anderes der Täter war.«

»Doch das ist nicht passiert. Dafür habt Brian und du gesorgt. Aber warum hätte dieser Kerl den Mord einem anderen in die Schuhe schieben wollen?«

Breen hatte das Gefühl zu träumen, als sie durch die kalte Luft, das Plätschern eines Bachlaufs in den Ohren, in Richtung ihres Häuschens lief. »Vor ein paar Tagen hatten Argo und Loga Streit. Es ging um irgendein Geschäft, sie haben sich Beleidigungen an den Kopf geworfen und sind mit den Fäusten aufeinander los. Anscheinend kommt so etwas manchmal vor, aber danach haben sie die Angelegenheit mit einem Achselzucken abgetan. Trotzdem bot sich Argo deswegen als Sündenbock für diesen Anschlag an. Sul denkt, Thar hätte einen Raben losgeschickt und Odran über diese

Auseinandersetzung informiert. Ich glaube auch, dass es so war, wobei all das ein furchtbarer Schlamassel ist.«

»Das stimmt.« Inzwischen waren sie fast zu Hause, dachte er, und fuhr gut gelaunt fort, obwohl er immer noch in großer Sorge um die Freundin war. »Aber zumindest hast du eine Trollkrone bekommen.«

»Die soll ich in der Schlacht aufsetzen, um zu zeigen, dass ich leidenschaftlich wie die Trolle bin.«

»Uh-huh.« Am Rand des Walds nahm er sie auf den Arm und trug sie bis zum Haus.

»Ich brauche einfach etwas Schlaf.«

»Ich werde dafür sorgen, dass du ihn bekommst.«

Er trug sie bis zur Couch und legte sie dort ab, wo sie auch von der Küche aus zu sehen war. Dann ging er zum Kamin, aber bevor er ein Feuer machen konnte, ging der Torf bereits in Flammen auf.

»Ich kann es noch«, stellte sie lächelnd fest, und dann fielen ihr die Augen zu.

»Oh, ja, mein Schatz, du kannst es noch.« Er schob ein Kissen unter ihren Kopf, nahm vorsichtig das Diadem von ihrem Haar und hüllte sie in eine Decke ein.

Als Faxe sich danebensetzte, um den Schlaf von seinem Frauchen zu bewachen, nickte er ihm zu.

»Du bist ein wirklich braver Hund. Pass du gut auf sie auf, dann koche ich solange was für sie.« Dann strich er ihr sanft das Haar aus dem Gesicht. »All dieser Zauber gibt dir was, doch mir ist klar, dass er dir im Gegenzug auch etwas abverlangt.«

Als sie die Augen wieder aufschlug, brannte immer noch ein Feuer im Kamin, und die Lampen und die Kerzen tauchten die Umgebung in ein warmes Licht. Auch die Musik im Hintergrund war sanft und warm, vor allem aber roch sie neben Torf und Kerzenwachs den wundervollen Duft, der aus der Küche drang. Ihr Magen knurrte, denn inzwischen war das Frühstück ewig her.

Und direkt neben ihrem Kopf entdeckte sie das kleine Stofflamm, das momentane Lieblingsspielzeug ihres Hundes.

Der treue Faxe selbst lag vor dem Kamin und döste, aber als sie zu sich kam, schlug er sofort die Augen auf, tänzelte schwanzwedelnd zur Couch und fuhr ihr mit der Zunge durchs Gesicht. Und Marco saß, die Füße auf dem Couchtisch und ein Buch in seinen Händen, in einem der Sessel und rief fröhlich aus: »Da bist du ja! Du hast wie eine Tote geschlafen, Zuckerstück.«

Sie richtete sich auf und versuchte, sich zu strecken, während sie zugleich mit einer Hand über das Fell des Hundes fuhr. »Wie lange habe ich geschlafen?«

Marco griff nach seinem iPhone. »Vier Stunden.«

»*Vier?* Das war dann ja wohl deutlich mehr als nur ein kurzes Nickerchen.«

»Du hast den Schlaf gebraucht. Du hast uns wirklich Angst gemacht. Harken und Morena sind vorhin vorbeigekommen, um nach dir zu sehen, und Harken meinte, dieser Schlaf wäre das Beste, was dir jetzt passieren kann. Und damit hatte er anscheinend recht, denn endlich hast du wieder Farbe im Gesicht.«

»Es tut mir leid, dass ihr in Sorge um mich wart, aber jetzt fühle ich mich wirklich wieder gut. Ich habe einen Riesenhunger, aber davon abgesehen geht's mir gut. Was ist das für ein wunderbarer Duft, der aus der Küche kommt?«

»Boeuf bourguignon, nach meinem eigenen Rezept. Ich

dachte mir, du bräuchtest rotes Fleisch, und hoffe, dass es langsam fertig ist. Da Brian heute Abend ganz bestimmt nicht mehr zurückkommt, sind wir zwei und unser kleiner Freund allein. Bleib sitzen.«

Er ging in die Küche und holte dort Antipasti. Als er zurückkam, machte er die Tür für Faxe auf und warf dem Hund, als er an ihm vorbeilief, noch ein Würstchen hin. »Er ist einfach der beste Hund der Welt.«

»Und ich habe die besten Freunde, die man sich nur wünschen kann.«

»Bleib sitzen«, wiederholte er, verschwand noch mal und holte Gläser sowie eine Flasche Wein. »Wir trinken erst einmal ein Gläschen, während du das Loch in deinem Bauch mit ein paar Antipasti füllst. Auf diese Weise kann das Hauptgericht noch etwas ziehen, und du kannst mir erzählen, was zum Teufel bei den Trollen los gewesen ist.«

Sie schnappte sich ein Stückchen Wurst und schob es sich begierig in den Mund. »Lecker. Gott. Das ist echt gut. Am besten fangen wir damit an, wie froh ich war, dass Brian in der Nähe war. Allein hätte ich das alles sicher nicht geschafft. Und Thar? Er war wie diese Caitlyn Connelly. Voll verbittert.«

Sie trank einen ersten Schluck von ihrem Wein und erzählte Marco ausführlich, was geschehen war.

Zu gleicher Zeit lud Keegan in der Hauptstadt Brian zum Abendessen ein.

»Auf diese Art kann ich in Ruhe essen und entgehe dem Geschwätz im großen Saal. Selbst wenn die Ankunft dieses Trolls bedeutet, dass ich jetzt noch ein, zwei Tage länger nicht nach Hause kann.«

»Das tut mir leid.«

»Wir haben zwar dich als Zeugen, aber trotzdem werden wir mit der Verhandlung warten, bis ihr beiwohnt. Glaubst du, es geht ihm gut genug, dass er die Reise antreten kann?«

»Er war schon wieder auf den Beinen, als ich losgeflogen bin. Der Attentäter hat nur einmal zugestochen, bevor Breen ihn aufgehalten hat. Sie hat dafür gesorgt, dass er zwei Meter durch die Luft geflogen ist. Ich brauchte ihn nur noch zu packen und daran zu hindern, noch einmal auf Loga loszugehen.« Er spülte ein Stück Lammkotelett mit einem Schluck von seinem Bier herunter und fuhr fort. »Sie hat gesagt, die Trolle würden ihr vertrauen, und sie hatte recht. Sul hat ihr tatsächlich vertraut, und einzig deshalb sind die Trolle nicht mit Pfeil und Bogen auf mich los.«

»Thars Vater ist mit Eian in die Schlacht gezogen und wie Eian selbst gefallen. Ich kannte ihn nicht wirklich gut, aber das weiß ich noch. Und ich weiß auch, dass Thar mit uns zusammen in den See gesprungen ist, als das Schwert sich von mir hat finden lassen.«

»Wahrscheinlich hatte er gehofft, dass er es dir jetzt abnehmen kann.«

Das Lächeln, zu dem Keegan seinen Mund verzog, war bar jeden Humors. »Tja nun, da wird er weiterhoffen müssen, weil für einen Angriff auf das Leben eines anderen nur ein Urteil möglich ist. Auch wenn wir uns natürlich anhören werden, was er uns zu sagen hat.«

»Das war jetzt mit der Sache an Samhain bereits das vierte Attentat, und dazu gibt es auch noch Toric und die anderen. Ich frage mich, wie viele Leute dieses Schlages leben unter uns?«

»Ich hoffe, dass es nicht allzu viele sind. Du hast gesagt, der Rabe wäre durchs Portal gekommen«, stellte Keegan fest.

»Das stimmt. Doch ob er auch versucht hat, auf demselben Weg zurück in Odrans Welt zu fliegen, weiß ich nicht, denn ich bin direkt aus dem Lager der Trolle hergekommen, um dich über dieses neuerliche Attentat zu informieren«, erklärte Brian ihm. »Vor allem war es Breen, die den verdammten Raben dort gesehen hat, nicht ich.«

»Wie ist es möglich, dass sie ihn gesehen hat und du nicht?«

»Sie hat gesagt, dass sie eine besondere Verbindung zu Isolde hat.«

Keegan stand auf, marschierte durch den Raum, riss, da er Luft brauchte, die Türen auf, nahm wieder Platz und trank den nächsten Schluck von seinem Bier.

»Ich habe nie erlebt, dass irgendwer, der keine Flügel hat, so hoch gestiegen ist.« Brian sah den Taoiseach fragend an. »Kriegst du das hin?«

»Ich habe es noch nie versucht. Wenn man sich konzentriert, hebt man problemlos ein paar Zentimeter ab. Dabei verschmilzt man mit der Luft und gibt sich ihr ganz hin. Wenn man damit ein ganz bestimmtes Ziel verfolgt, muss man sich noch mehr konzentrieren und braucht vor allem jede Menge Willenskraft.«

»Und wie sie dann auch noch geredet hat. Entschlossen und mit dieser ganz besonderen Willenskraft, von der du gerade selbst gesprochen hat. Es war, als würde sie vollkommen in sich ruhen und ginge gleichzeitig total aus sich heraus, auch wenn das keinen echten Sinn ergibt.«

Auch Keegan hatte das schon mal bei Breen erlebt. »Oh, doch, das tut's.«

»Und ihre letzten Worte auf Talamhisch gingen mir durch Mark und Bein. Ich sage dir, wenn sie den Satz an mich gerichtet hätte, wäre ich vor Furcht erbebt.«

Sie hatte eben Mut und Kampfgeist, dachte Keegan. Oder, wie die Iren sagten, *Misneach*.

»Du hast gesagt, dass sie den Riss wieder versiegelt hat. Am besten suchen wir jetzt auch noch alle anderen Portale nach so kleinen, praktisch unsichtbaren Rissen ab, die sich öffnen und dann wieder schließen lassen.«

»Als wir zusammen in der Luft waren, hat sie viel mehr als ich gesehen.«

»Weil du nicht so empfänglich für Isoldes Zauber bist wie sie. Zumindest sind wir nach der Sache vorgewarnt, doch falls wir auch noch weitere Risse finden, lassen wir die offen stehen.« In Brians Nicken stellte Keegan fest: »Du denkst wie ich.«

»Wenn wir sie schließen, kommt kein Rabe mehr hindurch, den wir verfolgen können so wie Duncan dieses Mistvieh heute Nachmittag.«

»Genau.« Abermals hob Keegan seinen Bierkrug an den Mund und dachte nach. »Wir könnten auf die Weise zwar verhindern, dass auf diesem Weg noch irgendwelche Nachrichten von hier nach dort oder von dort nach hier gelangen, aber dann würden die Spione auch nicht mehr so leicht von uns entdeckt. Dann könnten wir in Zukunft auch nicht mehr verhindern, dass ein Fey ermordet und der Mord dann einem Unschuldigen angelastet wird. Inzwischen ist mir klar, dass Odran Zwietracht unter den Bewohnern unseres Landes sähen will. Das sagt mir, dass er sich anscheinend nicht so sicher ist, dass er uns schlagen kann, solange wir als Fey zusammenstehen.«

»Das werden wir auch weiter tun.«

»Auf jeden Fall.« Der Taoiseach prostete dem Sidhe zu. »Auf dass wir weiter eine Einheit sind.«

Spät in der Nacht – er war allein – marschierte Keegan unruhig auf und ab und überlegte, ob er Cróga rufen und ein wenig durch die Gegend fliegen sollte, doch er kannte sich und wusste, dass er dann nach Westen fliegen würde in sein Tal und weiter auf die andere Seite des Willkommensbaums. Er sehnte sich nach Breen, dann aber behandelte er sie genauso wie Shana.

Dann würde er nur sein Verlangen stillen, und auch wenn sie mit Freuden mit ihm schlafen würde …

Nein, er würde nicht nur für ein kurzes Schäferstündchen zu ihr fliegen, weil sie ihm dafür – auch wenn ihm das nicht unbedingt behagte – einfach viel zu wichtig war. Also tigerte er weiter auf und ab und grübelte über die für morgen angesetzte Ratsbesprechung, das Verfahren gegen Thar, das Training, die Patrouillen und die ganzen anderen Dinge, um die sich ein Taoiseach kümmern musste. Aus Neugier blieb er stehen, schloss die Augen und versetzte sich in die fürs Schweben notwendige Trance.

Er konzentrierte sich gleichzeitig auf sich selbst und alles rund um sich herum.

Er und die Luft waren eins.

Er nahm die Wärme der Umgebung in sich auf und sandte Kälte aus.

Er spürte innen, außen, das, was ihn umgab und was ihn trug.

Dann konnte er den Boden unter seinen Füßen nicht mehr fühlen und streckte seine Arme aus.

Er schwebte einen Zentimeter höher und dann noch ein kleines Stück, ergab sich ganz der Luft und nahm sie in sich auf.

Dann schlug er seine Augen wieder auf. Jetzt befand er

sich auf Höhe des Kaminsimses, aber er stieg noch dreißig Zentimeter höher.

Sein Verstand war völlig klar, sein Herz jedoch fing an zu rasen, und er keuchte angestrengt, als quälte er sich eine steile Anhöhe hinauf.

Er schwitzte, und obwohl er darum kämpfte, weiter in der Luft zu bleiben, plumpste er aus knapp zwei Metern Höhe unsanft auf den Boden. Dort blieb er in der Hocke sitzen, bis er wieder annähernd zu Atem kam.

»Verdammt. Das ist echt anstrengend. Ich werde trotzdem weiter üben, bis ich's hinbekomme, weil mir das bestimmt mal nützlich ist.«

Er füllte seinen Krug mit Wasser statt mit Bier und leerte ihn in einem Zug.

Anscheinend floss in ihren Adern auch ein bisschen Sidheblut, doch so ging es ihm auch. Und wenn er es noch mal versuchte, würde er sich ganz auf diesen Erbteil konzentrieren, denn vielleicht hülfe ihm das ja.

Er zog sich aus und legte sich aufs Bett, das unter einem Fresko von Talamh stand. Er sah das Tal und hatte solches Heimweh, dass er fast verging. Dann lenkte er den Blick auf den Willkommensbaum in seiner ganzen sommerlichen Pracht und wünschte sich, er könnte ihn durchschreiten und dann weiter bis zu ihrem Häuschen auf der anderen Seite gehen. Lag sie wohl schon im Bett? Bestimmt, denn schließlich war es spät. Und Faxe läge sicher auf seinem Plätzchen vor dem Kamin.

Er dachte daran, wie sie schlief, wie ihre feuerroten Haare auf dem Kissen ausgebreitet waren und wie das Mondlicht, das durchs Fenster fiel, ihr liebliches Gesicht erstrahlen ließ.

Dann fielen ihm selbst die Augen zu, und plötzlich war sie

da. Sie schlief nicht mehr in ihrem eigenen Zimmer, sondern stand an seinem Bett.

»Ich träume«, meinte sie und sah ihn fragend an. »Und du?«

»Ich war noch wach und habe mir dich vorgestellt.«

»Ich träume, und in diesem Traum geht es um dich. Bin ich tatsächlich hier?«

Er richtete sich wieder auf, und sie stand da in der Pyjamahose und dem Schlabber-T-Shirt, das sie oft zum Schlafen trug. Wahrscheinlich hätte er sie sich im Traum in einem anderen Aufzug vorgestellt, und trotzdem brauchte er sie so wie seinen nächsten Atemzug.

»Bin ich bei dir?«, fragte sie noch mal und legte eine Hand auf seine Brust. »Ich fühle dich, und ich kann deinen Herzschlag spüren. Das heißt, ich bin tatsächlich hier. Spürst du mich auch?«

Er nickte knapp und griff nach ihrer Hand. »Selbst wenn es nur ein Traum ist, sollten wir ihn nutzen, findest du nicht auch? Ich habe mich nach dir gesehnt, Breen Siobhan.«

Jetzt kniete sie sich neben ihm aufs Bett und schlang ihm die Arme um den Hals. »Zeig mir, was man in Träumen alles machen kann.«

Dann presste sie ihm ihre warmen Lippen auf den Mund und wiederholte das Versprechen, das ihm längst von ihr gegeben worden war. Und dieser Kuss war erst der Anfang eines wundervollen Traumes, und im Licht des Feuers und der beiden Monde, die am Himmel hingen, gaben sie sich einander hin.

Leise murmelnd zog er ihr das T-Shirt aus, fuhr mit den Fingerspitzen die Konturen ihres Rückens nach und schnupperte an ihrem Haar. Er schmeckte, roch und spürte sie. Es war total real.

Er küsste ihr Gesicht, den Hals, die Schultern, und als ihre Münder sich erneut begegneten, sog er ihren Seufzer in sich ein.

Breens Brüste unter seinen Händen waren herrlich weich und straff, und ihre Lippen waren honigsüß.

Und alles das gehörte ihm.

Dann rollte sie sich über ihn und spürte seinen harten Kriegerkörper unter sich. Seine kräftigen Muskeln und der Duft von seiner Haut erregten sie, und voll Verlangen presste sie ihm ihre Lippen auf die Brust und nahm auf diese Weise seinen Herzschlag in sich auf.

Aber noch immer war es nicht genug, weshalb sie ihre Hände und den Mund an ihm herunterwandern ließ.

Sein unrasiertes Kinn war rau, und seine breiten, muskulösen Schultern waren hart wie Stein, doch seine Haut war überraschend weich.

Und alles das gehörte ihr.

Und während sie ihn eingehend erforschte, spürte sie in ihrem Herzen seinem wilden Herzschlag nach. Er streichelte sie sanft, doch tief in ihrem Innern spürte sie, wie sehr er sich zusammenriss. Obwohl er sie begehrte, zwang er sich, es langsam anzugehen, was noch erregender als alles andere für sie war.

Sie zog sich die Hose aus und richtete sich auf.

Der Blick, mit dem er sie bedachte, zeigte, dass es keine andere für ihn gab. Sie griff nach seinen Händen, legte sie an ihre Brüste, damit er dort ihren Herzschlag spürte, und nahm ihn erschaudernd in sich auf.

Er füllte sie zur Gänze aus, und trotzdem wartete er weiter ab.

Dann fing sie an, sich zu bewegen, und sein Blut fing an

zu kochen und erfüllte ihn mit einem heißen Glücksgefühl. Sie hatte ihn in ihren Bann gezogen und verhext. Er war ihr hoffnungslos verfallen, und er wusste, dass er ihren Augen, die auf ihn heruntersahen, und den roten Haaren, die ihr wie ein Vorhang ins Gesicht fielen, hilflos ausgeliefert war.

Dann reckte sie die Arme, ließ den Kopf nach hinten fallen und nahm ihn, wie er nie zuvor genommen worden war. Sie war in helles Licht gehüllt und ritt ihn so, dass er sich vollständig in ihr verlor.

Es war, als würden sie verschmelzen und als würde er die Freude, die sie in dem Augenblick verspürte, selbst spüren. Gemeinsam schwangen sie sich in ungeahnte Höhen auf, und als sie kam, empfand er ihre Erleichterung nach.

Dann bäumte er sich auf, als sie mit ihren Händen über ihren eigenen Körper glitt, packte ihr Haar und zerrte ihren Mund auf sich herab.

Sie schlang ihm abermals die Arme um den Hals und ließ erneut die Hüften kreisen, wodurch sie ihn vollends in den Wahnsinn trieb.

Er murmelte etwas, was er im Grunde selbst nicht verstand.

Und endlich, endlich ließ auch er sich fallen, bis er vollends in ihr versank.

Dann sackte sie in sich zusammen, und er klammerte sich an ihr fest.

Mit einem wehmütigen Seufzer meinte sie: »Ich weiß, wir müssen aufwachen. Auch wenn ich das nicht will.«

Er wickelte sich eine Strähne ihrer feuerroten Haare um die Hand. Sie schenkte ihm den Frieden, den er sonst nicht kannte, wurde ihm bewusst. Den vollkommenen Frieden, der ihm selbst und seinem Land bisher verwehrt geblieben war.

»Hast du den Traum herbeigezaubert?«

»Nein.« Sie hob den Kopf. »Ich würde nie …«

»Das hätte mich gefreut, denn wie gesagt, ich habe mich nach dir gesehnt.«

»Ich dachte, dass du vielleicht kurz vorbeikommen würdest.«

»Um mit dir zu schlafen? Wie mit Shana? Nein.« Er ließ die Strähne los und wickelte sie sich noch einmal um die Hand. »Du bist nicht Shana. Du hast keine Ähnlichkeit mit ihr.«

Lächelnd warf sie ihren Kopf zurück. »In all der Zeit, seit wir uns kennen, hast du bisher niemals etwas so Romantisches zu mir gesagt.«

»Das findest du romantisch?«

»Ja.« Sie wandte sich dem Feuer zu. »Hast du das auch gehört?«

»Was hätte ich denn hören sollen?«

»Ich – oh, das ist nur Faxe«, meinte sie und wandte sich ihm wieder zu. »Bis bald.«

»Moment.«

Doch sie war bereits fort, und er blieb mit dem Feuer im Kamin und mit dem Fresko von Talamh zurück.

Es dauerte zwei Tage, bis der Anführer der Trolle in die Hauptstadt kam. Zwei Tage, bis der Taoiseach die Gelegenheit bekam, sich Logas deutliche Worte und Thars hasserfüllte Rede anzuhören.

Zwei Tage, bis es wieder einen Verräter zu verbannen galt.

Sie öffneten das Tor zur dunklen Welt, verschlossen es, und danach traf sich Keegan mit dem Anführer der Trolle auf ein Bier im Ort.

»Ich habe schon für uns bestellt, das heißt, dass du nur noch zu trinken brauchst«, erklärte Loga ihm.

»Ich danke dir.« Er setzte sich zu Loga an den abgenutzten, doch stabilen Tisch und griff nach seinem Krug. »Ich hoffe, dass sich mit dem Bier der bittere Geschmack des Urteils wegspülen lässt.«

»Du hast ein schweres Los gewählt, als du das Schwert ergriffen hast, nicht wahr?« Stirnrunzelnd sah der Troll in seinen eigenen Krug.

Er trug dem Gericht zu Ehren einen neuen Brustschild sowie einen blank polierten, unversehrten Helm, doch sein Gesicht wies tiefe Furchen auf, und auch die dunklen Schatten unter seinen Augen waren nicht zu übersehen.

»Ich kannte Thar, seit er ein Baby war. Ich dachte mal, er wäre was für meine Narl, aber sie wollte nun mal Neill. Narl und Neill, habe ich ihr gesagt, das klingt doch total lächerlich.« Er rollte mit den Augen, und zum ersten Mal seit Tagen lachte Keegan fröhlich auf.

»Aber er ist ihr tatsächlich ein guter Mann und auch ein guter Vater, und inzwischen ist mir klar, dass Thar ihr so das Herz gebrochen hätte wie jetzt seiner armen Ma.«

»Sie ist nicht zum Prozess gekommen.«

»Nein, sie wollte nicht. Sul hat erzählt, sie heult sich nachts die Augen aus dem Kopf, doch wenn es hell ist, nimmt sie seinen Namen nicht mehr in den Mund. Er war direkt vor meiner Nase, und ich habe trotzdem nie etwas gemerkt. Auch wenn es rückblickend betrachtet nicht zu übersehen war.«

»Auch Caitlyn hatte Eltern und Geschwister, und sie haben nicht nur im selben Lager, sondern unter einem Dach gelebt. Und dazu hatte sie noch einen Freund. Und trotzdem haben sie alle nichts bemerkt. Manche Leute können wirklich gut vor anderen verstecken, was ihnen durch den Kopf geht.«

»Wie viele solcher Leute gibt es hier wohl noch? Natürlich halten alle Trolle in Talamh jetzt ihre Augen auf.«

»Das weiß ich nicht.« Vorn auf dem Podium spielte plötzlich jemand Dudelsack, und ein paar Gäste klatschten fröhlich mit.

»Ohne die Tochter des O'Ceallaigh wäre ich jetzt tot. Sie ist der Schlüssel, davon bin ich überzeugt. Sie hat mich vor dem zweiten Messerstich bewahrt und wollte nicht mal etwas dafür haben, dass sie mich danach behandelt hat.« Er grübelte darüber nach. »Das heißt, dass ich ihr jetzt verpflichtet bin. Das bin ich nicht gewöhnt.« Er zuckte mit den breiten Schultern und trank einen weiteren Schluck von seinem Bier. »Sul sagt, wenn unser Kind ein Mädchen wird, nennt sie es Breen. Wenn man mit Frauen streitet, kriegt man auch schon in normalen Zeiten einen Schädel wie von schlechtem Bier, doch wenn sie obendrein noch schwanger sind, treten sie einem dafür so lange in die Eier, bis man eine Stimme wie ein kleines Mädchen hat.«

»Meine Schwester hat drei Kinder, ich weiß genau, wovon du sprichst. Geht es ihr gut? Ich meine, Sul? Weil sie nicht mitgekommen ist.«

»Sie hätte mich begleiten wollen, aber obwohl ich echt an meinen Eiern hänge, habe ich zu ihr gesagt, dass sie in ihrem Zustand nicht mehr so weit reisen kann. Das hat sie zwar entsetzlich aufgeregt, doch sie ist alles andere als dumm, deshalb hat sie's am Ende eingesehen. Ich musste dafür zwar drei andere Leute mitnehmen, aber so war ich zumindest nicht allein unterwegs.«

»Du und deine Leute werdet heute Abend mit mir essen

und kriegt Zimmer auf der Burg, bevor es für euch heim nach Westen geht.«

»Das Essen nehmen wir gerne an, doch wir kampieren lieber auf dem Feld und reiten dann bei Tagesanbruch los.«

Er sah sich in der Wirtschaft um, in der jetzt auch noch jemand Mandoline spielte und die Luft nach frischem Brot und Würzfleisch roch.

»Es ist schon ein paar Jahre her, seit ich zuletzt hier in der Hauptstadt war. Sie liegt für mich nicht hoch genug und ist zu voll, doch hier in dieser Wirtschaft gibt es wirklich gutes Bier. Ich habe schon an anderen Prozessen teilgenommen, aber nicht, wenn du Recht gesprochen hast. Ich finde, du hast deine Sache wirklich gut gemacht und dass du deinem Vater Kavan wirklich alle Ehre machst. Er war ein wirklich guter Musiker und wusste, wie man mit dem Schwert umgeht.«

»Das wusste er.«

»Dann hole ich die nächste Runde, und wir stoßen auf ihn an«, schlug Loga vor und kämpfte sich durch das Gedränge an den Tresen.

# 14

Der Regen kam und ging, als Breen mit ihrem Hund vom Haus der Großmutter zum Hof der Freunde lief.

Marco war in aller Früh mit Brian aufgebrochen, um dessen Familie zu sehen.

»Ich nehme an, dass sie inzwischen angekommen sind«, klärte sie Faxe auf. »Ich habe ihn noch nie so aufgeregt erlebt. Wie oft hat er sich umgezogen und den Koffer neu gepackt? Am Schluss habe ich aufgehört zu zählen. Und ich bin schon gespannt darauf, wie's wird, wenn Brian ihm den Antrag macht.«

Vor Freude wackelte der ganze Hund.

»So geht's mir auch! Aber wir haben wie versprochen dichtgehalten, stimmt's? Auch wenn ich wirklich froh bin, dass das nicht mehr nötig ist. Sieht aus, als wären wir beide heute Abend ganz allein.« Sie streichelte den wuscheligen Kopf. »Wie wäre es mit Popcorn und mit einem Film? Dann hauen wir uns zusammen aufs Sofa und …«

Bevor sie ihren Satz beenden konnte, rannte Faxe fröhlich bellend los.

Sie dachte, dass es Aislings Jungen wären, und tatsächlich waren sie auf dem Hof.

Und Keegan auch.

Genauso wie die Zielscheiben fürs Bogentraining, merkte sie und verzog das Gesicht.

Dann kam Harken mit der kleinen Darling aus der Scheune,

und die beiden Hunde stürzten so begeistert aufeinander zu, als hätten sie sich schon seit einer Ewigkeit nicht mehr gesehen. Sie fingen an zu balgen, und als Finian und Kavan losliefen, um mitzuspielen, drehte sich auch Keegan um.

»Er hat schon alles für das Training vorbereitet. Kaum zurück, und schon geht's wieder los«, bemerkte Harken, als sich ihre Wege kreuzten, und Breen nickte knapp.

»Das sehe ich.«

»Er ist erst vor einer Stunde angekommen, und auch wenn er es nicht sagt, ist nicht zu übersehen, dass er total erledigt ist. Das heißt, du brauchst Geduld mit ihm, denn wenn er müde ist, blafft er die Leute noch mehr an als sonst.«

»Oje.«

Er tätschelte ihr aufmunternd den Arm und stellte lächelnd fest: »Da bin ich doppelt froh, dass ich im Haus verschwinden kann. Morena ist bei Seamus und Finola, und damit ich nicht verhungere, hat Finola mir etwas von ihrem Brathühnchen geschickt. Das heißt, ich esse erst mal was.« Er wünschte Breen viel Glück und wandte sich zum Gehen.

»Danke.«

Lächelnd winkte sie auch noch den Jungen zu und ging zu Keegan.

»Du kommst zu spät«, stellte er zur Begrüßung grimmig fest.

»Brian dachte, dass du frühestens morgen oder übermorgen kommen würdest, deshalb hätte ich mit Aisling meine Heilkünste verbessern wollen.«

»Für Loga haben sie ausgereicht.«

»Weil es nur eine Wunde war und er so stark wie Harkens preisgekrönter Bulle ist.«

»Trotzdem hast du deine Sache gut genug gemacht, dass

Aisling noch bis morgen warten kann. Aber mit Pfeil und Bogen hast du's immer noch nicht drauf.«

Er war erschöpft, erinnerte sie sich. Das sah auch sie ihm an. Doch das war sicherlich kein Grund, so unhöflich zu sein.

»Und woher willst du wissen, dass ich nicht inzwischen besser bin? Schließlich warst du letzte Woche gar nicht hier.«

»Okay, dann zeig mir, ob du es inzwischen hinbekommst.« Er drückte ihr den Köcher mit den Pfeilen in die Hand und hielt ihr den Bogen hin. Dann schob er seine Hände in die Taschen seines Ledermantels und erklärte barsch: »Ich hatte Pflichten, falls du das vergessen hast. Ich wäre gerne früher heimgekommen, aber ich hatte eben noch zu tun.«

»Ich weiß.«

Sie griff über ihre Schulter nach dem ersten Pfeil, doch plötzlich legte Keegan ihr die Hände ans Gesicht, presste ihr die Lippen auf den Mund und sah sie forschend an.

»War das ein Traum, oder warst du tatsächlich da?«

»Ich war tatsächlich da.«

Er lehnte seine Stirn an ihre. »Okay.« Und machte wieder einen Schritt zurück. »Okay. Und jetzt zeig mir, wie sehr du dich verbessert hast.«

Sie spannte einen Pfeil in ihren Bogen ein und zog die Sehne gleichmäßig zurück. Dann ließ sie los. Surrend traf der Pfeil den äußeren Ring der Zielscheibe.

»Tja nun«, murmelte sie.

»Bei allen süßen Göttinnen, du hast Augen. Also guck, wohin du schießt.«

»Das mache ich. Und du … eng mich gefälligst nicht so ein.« Sie wedelte mit ihrer Hand, versuchte es noch mal und traf den anderen Rand der Zielscheibe.

»Ich kenne achtjährige Mädchen, die beim ersten Training

besser sind als du. Verändere deine Haltung und halt deinen Arm so ruhig wie möglich, Frau.«

»Verändere deine Haltung und halt deinen Arm so ruhig wie möglich«, äffte sie ihn nach.

Er hatte ihr gefehlt, rief sie sich in Erinnerung. Sie hatte ihn zurückgewollt. Sie schoss ein weiteres halbes Dutzend Pfeile ab, wobei sie auch nicht besser traf.

»Erspar mir einen Kommentar«, fuhr sie ihn an. »Ich bin viel besser, wenn Morena mit mir übt. Du kannst sie fragen, wenn du mir nicht glaubst. Das heißt, es liegt an dir.«

»An mir?«

»Du stehst hier rum und starrst mich böse an.«

»Und wenn dich jemand angreift, lächelt er dich freundlich an?«

Um einen Angriff abzuwehren, bräuchte sie ganz sicher nicht Pfeil und Bogen, denn sie hatte schließlich andere Möglichkeiten.

Ja, genau.

Sie atmete tief durch, legte den nächsten Pfeil in ihren Bogen, dachte an den Mittelpunkt der Scheibe … und traf haargenau ins Ziel.

Als Keegan seine Stirn in Falten legte, fragte sie in selbstzufriedenem Ton. »Was sagst du jetzt, *mo chara?*«

»Das ist reines Glück gewesen. Versuch's noch mal.«

Sie schoss ein zweites und ein drittes Mal und beide Pfeile landeten genau dort, wo der erste Pfeil gelandet war.

Inzwischen machte es ihr Spaß, doch als sie wieder über ihre Schulter griff, nahm Keegan ihre Hand und stellte finster fest: »Du zauberst sie ins Ziel.«

»Na und? Auf diese Weise treffe ich auf jeden Fall. Ich frage mich, warum ich nicht schon eher auf die Idee gekommen bin. Warum hast du mir nicht gesagt, dass ich das machen soll?«

»Ich hätte nie – weil man das nicht so macht. Das ist …«

»Geschummelt oder was? Vielleicht beim Jagen oder während eines Wettbewerbs. Da wäre das nicht fair. Aber in der Liebe und im Krieg ist alles erlaubt, nicht wahr? Warum sollte ich nicht alle Waffen nutzen, die mir zur Verfügung stehen, wenn ich mich selbst oder jemand anderen nur auf diese Weise retten kann?«

Sie sah, sie hatte ihn verblüfft.

»Aber so geht das nicht.«

»Ach nein? Es funktioniert. Das ist das Einzige, was zählt.«

Sie griff nach einem weiteren Pfeil und sparte sich die Mühe, ihn in ihren Bogen einzulegen, als sie ihn erneut ins Schwarze fliegen ließ.

In ihrem Rücken brachen Aislings Jungs in laute Jubelrufe aus. Sie drehte ihren Kopf, als sie den nächsten Pfeil ergriff, und sah, dass Harken wieder aus dem Haus gekommen war und grinsend bei den Kindern stand.

»Wie willst du lernen, mit Pfeil und Bogen umzugehen, wenn du dich auf deine Zauberkraft verlässt?«, argumentierte Keegan.

»Ich kann ja weiter ohne Nutzung meiner Zauberkraft trainieren, aber zumindest weiß ich jetzt, wie ich's im Notfall machen muss. Mitunter gibt es eben mehr als einen Weg«, erklärte sie, schoss einen letzten Pfeil mithilfe ihrer ganz besonderen Kraft und fuhr danach mit dem normalen Training fort.

Auch so war sie am Ende besser, auch wenn sie auch weiter gerade so die Scheibe traf. Doch wenn sie ihre ganz besonderen Kräfte nutzte, war sie mindestens so gut wie Hawkeye von den Avengers.

»Du hast echt Glück«, erklärte sie, als sie durchs abendliche Dämmerlicht mit Keegan zum Willkommensbaum und weiter bis zu ihrem Häuschen lief.

»Ach ja?«

»Wir haben noch Reste von dem Jambalaya, das es gestern Abend gab.«

»Das habe ich noch nie gegessen. Schmeckt das gut?«

»Es schmeckt hervorragend. Und es freut mich, dass du Brian die vier Tage geben konntest, um Marco seiner Familie vorzustellen.«

»Die hat er mehr als verdient. Ich schätze, dass er Marco einen Antrag machen wird.«

Fast wäre Breen gestolpert. »Warum sagst du das?«

»Sonst würde er ihn ja wohl kaum seiner Familie vorstellen wollen. Vor allem war er furchtbar aufgeregt, und das ist er normalerweise nie. Also schätze ich, dass er ihm einen Antrag machen wird.«

»Gott sei Dank! Wenn du das denkst, brauche ich ja nicht mehr den Mund zu halten.«

»Weshalb hättest du das sollen?«

»Weil Brian mich darum gebeten hat, als er mit mir gesprochen hat. Das war echt süß von ihm!« Mit einem versonnenen Lächeln griff sie sich ans Herz. »Ich habe ihm versprochen, niemandem etwas davon zu sagen, und ich hätte lieber noch sechs Stunden Pfeile auf die blöde Zielscheibe geschossen, statt dir etwas zu erzählen, von dem du noch nichts hättest wissen sollen. Er wird ihm einen Antrag machen. Vielleicht heute Abend. Und sie werden sogar zweimal heiraten.«

Sie hakte sich bei Keegan ein, und Faxe sprang begeistert auf und ab.

»Einmal hier, wenn auch nicht hier in Irland, sondern in

Talamh, und dann noch mal in Philadelphia, weil Marco dort dann seine Schwester, Derrick und natürlich Sal einladen kann.«

»Und was ist mit seinen Eltern? Marcos Eltern, meine ich.«

»Die würden sowieso nicht kommen, obwohl ich sie natürlich fragen werde, ob sie nicht dabei sein wollen. Ich werde Marco nichts davon erzählen, aber wenn wir in Philadelphia sind, werde ich auch zu seiner Mutter fahren. Obwohl ich jetzt schon weiß, dass sie nicht kommen wird.«

»Dann stimmt mit ihnen etwas nicht.«

»Egal. Ich weiß, dass Marco dieses Fest im Sally's steigen lassen wollen wird, und alle, die ihn lieben, werden dort sein, also wird es sicher wunderschön. Du kommst doch sicher auch. Du wirst doch sicher für die beiden da sein, oder nicht?«

Als Keegan zögerte, fügte sie noch hinzu: »Die Feier findet sowieso erst statt, wenn dieser Krieg gewonnen ist. Egal wie lange es auch dauert: Diese Hochzeit findet erst im Anschluss statt.«

»Ich wäre wirklich gern dabei.«

»Das reicht mir für den Augenblick.«

»Du wirst die Hochzeit planen, wenn du im Frühjahr drüben bist.«

»Worauf du dich verlassen kannst.« Inzwischen hatten sie die Lichtung vor dem Haus erreicht, und Faxe rannte runter zur Bucht. »Ich weiß zu schätzen, dass du gegen meinen Trip nichts einzuwenden hast.«

»Du hast Familie und auch beruflich dort etwas zu erledigen.«

»Das stimmt, aber wenn ihr mich hier braucht, fliege ich trotzdem nicht.«

»Das hast du schon einmal gesagt.«

Im Haus warf er den Ledermantel über den Garderobenständer, nahm ihr die Jacke ab und hängte sie daneben auf.

»Wie wäre es mit einem Gläschen Wein oder mit einem Bier, während ich die Reste aufwärme?«

Noch während sie es sagte, zog er sie bereits an seine Brust.

»Das hat noch Zeit. Am besten machst du erst einmal ein Feuer im Kamin, *mo bandia*. Hier.« Beim Sofa blieb er stehen. »Ich denke, das ist nah genug.«

»Auf jeden Fall.«

»Ich hätte früher kommen wollen.«

»Ich weiß.«

Und das war alles, was sie wissen musste, dachte sie, als er sie rücklings auf die Kissen schob.

Später an dem Abend saßen Brian und Marco, eingehüllt in eine Wolldecke, auf einem Hügel, tranken Sidhewein und blickten auf das Feuer, das in einem Steinkreis brannte, während über ihnen die Sterne funkelten und die beiden Halbmonde so dicht zusammenstanden, dass sie aussahen wie ein riesengroßer weißer Ball.

Noch nie war Marco gegen Mitternacht zu einem Picknick eingeladen worden, und mit einem Lächeln auf den Lippen wandte er sich Brian zu. »Ich mag deine Familie wirklich furchtbar gern.«

»Das trifft sich gut, denn schließlich sind sie andersrum total vernarrt in dich.«

»Man merkt, dass sie dich lieben, und sie haben mir sofort das Gefühl gegeben, dass ich ihnen willkommen war. Nach zwei Minuten hat sich meine Aufregung gelegt, und nach zehn Minuten kam es mir so vor, als hätte ich sie schon mein Leben lang gekannt.«

Er küsste Brian auf den Mund.

»Und meine Eltern waren völlig hin und weg, als du behauptet hast, mein gutes Aussehen hätte ich anscheinend von meinem Da und meine Klugheit offenbar von meiner Ma. Das war echt clever.«

»Oh, ich habe einfach ausgesprochen, wie es ist.«

Jetzt lehnte Marco seinen Kopf an den des Liebsten und sah den weißen Wölkchen ihres Atems hinterher, die sich erst verbanden und dann in der Dunkelheit verschwanden.

»Und jetzt sitzen wir hier zusammen unter einem Himmel voller Sterne und zwei Monden, und ich sehe auf das Tal, in dem du auf die Welt gekommen und aufgewachsen bist, und auf den Baum, auf dem du dich mit noch nicht reifen Äpfeln vollgestopft hast, bis du fast vor Bauchschmerzen vergangen bist.«

»Ach, meine Ma und die Geschichten, die sie über mich erzählt.«

Überglücklich schmiegte Marco sich noch enger an ihn an. »Ich kann es nicht erwarten, mir noch ihre anderen Geschichten anzuhören. Genau wie ich es nicht erwarten kann, dich endlich Sal und Derrick nicht nur über FaceTime, sondern ganz persönlich vorzustellen. Sie werden dich genauso lieben, wie ich selbst es tue, denn im Grunde sind sie meine richtige Familie. Die zwei und Breen und meine Schwester, die nicht so borniert wie meine Eltern ist.«

»Werden sie mir auch Geschichten über dich erzählen?«

»Allerdings, das werden sie.«

»Es ist wichtig, die Familie kennenzulernen, damit man selbst ein Teil davon und auch von der Geschichte der Familie wird. Genauso wichtig, wie das Lächeln in den Augen meiner Mutter für mich war, als sie dich sah. Sie hat mich angeschaut, und ihre Augen haben gesagt: ›Natürlich. Mir ist klar, warum du Marco liebst.‹«

»Warum ich dich liebe, war ihr schon vorher klar.«

»Natürlich war es das. Du willst doch wohl nicht sagen, dass es etwas an mir gibt, was man nicht lieben kann.«

Lachend füllte Marco ihrer beider Gläser noch mal auf.

»Es ist auch wichtig, selbst eine Familie zu gründen, mit dem Wesen, das man liebt, begehrt und mit dem man die Jahre, die noch kommen, verbringen will. Auf diese Art wird man ein Teil des Ganzen und setzt die Geschichte fort.«

Brian nahm Marcos Hand und küsste sie. »Ich will eine Familie mit dir gründen, Marco, will mit dir ein Teil des Ganzen werden und auf diese Weise die Geschichte fortsetzen. Das heißt, ich bitte offiziell um deine Hand, an diesem Ort, an dem ich auf die Welt gekommen bin.«

Marco hielt den Atem an, und rund um ihn herum stellten die Nacht, die Luft, die Welt und alle Welten, die dahinter lagen, jegliche Bewegung ein.

»Du willst mich … heiraten?«

»Das will ich, und in diesem Augenblick finde ich es völlig lächerlich, wie aufgeregt ich deshalb war, denn diese Worte auszusprechen war das reinste Kinderspiel.« Er küsste Marcos Handballen. »Ich werde dich für alle Zeiten lieben, für dich da sein, und ich möchte mir ein Leben mit dir aufbauen, das dich glücklich macht. Ich weiß, das kommt vielleicht ein bisschen plötzlich, aber …«

»Nein, das tut es nicht. Brian Kelly, mein Geliebter, Freund und Sidhekrieger. Es kommt mir so vor, als hätte ich mein Leben lang auf dich gewartet, und an unserem ersten Abend in der Bucht war mir schon klar, dass du die Liebe meines Lebens bist.«

Er küsste Brian auf den Mund, und damit fing bereits das Glück ihres Zusammenlebens an.

»Dann sagst du also Ja?«, erkundigte sich Brian trotzdem, während er die Lippen über Marcos Wange gleiten ließ.

»Ich hätte dir dieselbe Frage stellen wollen. Moment, ich zittere total. Nach dem Besuch bei deinen Eltern hätte ich Breen sagen wollen, dass ich dir einen Antrag machen will.« Er schmiegte sich an Brian an und schloss die Augen. »Sie ist mein Polarstern, und ich hätte mir mit ihr zusammen überlegen wollen, wie ich den Antrag zu was ganz Besonderem machen kann.«

Lächelnd legte Brian ihm die Hände ans Gesicht und nahm in Marcos wunderschönen Augen seine ganze Welt und sein gesamtes Leben wahr. »Du hättest mir tatsächlich einen Antrag gemacht?«

»Ich wollte immer jemanden, den ich so lieben kann wie dich, und der mich andersherum so liebt wie du mich. Natürlich hätte ich dir einen Antrag machen wollen, nur dass du mir jetzt zuvorgekommen bist.«

»Dann sag mir, dass du mir versprichst, mein Mann zu werden.«

»Ich verspreche dir, dein Mann zu werden.«

»Also ist es abgemacht. Wir werden heiraten.«

Mit einem neuerlichen Kuss besiegelten die beiden ihr Versprechen, sich für alle Zeit zu lieben, füreinander einzustehen und sich miteinander eine Zukunft aufzubauen.

»Ich habe dich gefunden«, stellte Marco leise fest. »Ich brauchte nur in eine andere Welt zu reisen, und schon warst du da.«

Es regnete erneut, als Breen am nächsten Nachmittag aus ihrem Arbeitszimmer kam. Sie ließ den Hund hinaus, denn auch bei Regen wollte er hinunter in die Bucht, und ging dann weiter in die leere Küche, um sich eine Cola zu holen. Sie musste sich erst wieder daran gewöhnen, dass sie zukünftig öfter in die Küche käme, ohne dass ihr Freund am Herd stand oder vor dem Laptop saß.

Es würde nicht mehr lange dauern, bis er seine eigene Küche hätte und ein eigenes Heim zusammen mit seinem Ehemann.

Sie schlenderte zur Tür und blickte in den Regen und hinunter auf die Bucht. Sie liebte diesen Ausblick, ganz egal, wie gut oder wie schlecht das Wetter war. Sie kannte ihn im Sommer, Herbst und Winter und in ein paar Wochen bräche hier ihr erster Frühling an.

Doch damit hatte sie es nicht eilig, denn im Frühjahr würde sie durch das Portal nach Philadelphia reisen, und sosehr sie Sal und Derrick sehen wollte, musste sie dort auch ihrer Mutter gegenübertreten. Außerdem wartete die Agentin auf ihren Erwachsenen-Fantasyroman.

»Entweder er gefällt ihr oder nicht«, sagte sie sich. »Auf alle Fälle hast du ihn geschrieben, und das ist bereits viel mehr, als du jemals erwartet hast.«

Und wenn er der Agentin nicht gefiele, würde sie versuchen, ihn noch zu verbessern.

»So, wie ich mich selbst verbessert habe, als ich nach Talamh gekommen bin.« Sie blickte auf die Innenseite ihres Handgelenks.

*»Misneach*. Vergiss nicht, dass du mutig bist.«

Sie hatte sich in Irland und Talamh ein neues Leben aufgebaut, in dem sie produktiv und glücklich war. Und dieses

Leben, diese Produktivität und dieses Glück gäbe sie niemals wieder auf.

Es reichte, einen finsteren Gott zu schlagen, damit diese Dinge weiter sicher wären.

Es regnete auch noch am nächsten Nachmittag, als Breen die Rezepte ihres Freundes durchging. Zumindest in dem Brotrezept waren die erforderlichen Mengen der verschiedenen Zutaten notiert, bei den Spaghetti, die sie zum Empfang der Freunde machen wollte, aber sah es anders aus.

»Ich habe ihm doch x-mal bei der Zubereitung der Tomatensoße zugesehen«, erklärte sie dem Hund, der bei ihr in der Küche saß. »Und er kommt sicher nicht als Frischverlobter heim und kocht dann erst einmal für uns.«

Sie warf die Kräuter in den Topf, rührte die Soße um und widerstand dem Wunsch zu zaubern, damit ihr das Essen nicht misslang.

»Das wäre zwar nicht unbedingt geschummelt, aber vielleicht würde ja was schiefgehen, und dann?«

Sie zerrte das Geschirrtuch von dem Teig, der so gut aufgegangen war, dass die von ihr geformten runden Laibe einen dicken Kloß mit einer kleinen Kerbe in der Mitte bildeten.

»Verdammt. Was soll das? Aber kein Problem.«

Sie zog den Teig mit ihren Fingern wieder auseinander, doch bevor die beiden Teile wie geplatzte Luftballons in sich zusammenfielen, hielt sie einfach ihre Hände über die zwei Hälften und zerteilte sie auf diese Art. »Das war ganz sicher nicht geschummelt, denn ich hatte schließlich all die Arbeit und sorge nur dafür, dass sie nicht ganz umsonst gewesen ist.«

Sie schob die Brote in den Ofen zu der flachen Schale Wasser, die bereits dort stand. Aus welchem Grund auch immer hatte Marco ins Rezept geschrieben, dass die nötig war.

Dann stellte sie den Timer ein, hoffte auf das Beste und begann mit dem Aufräumen.

Die Küche wirkte wie das reinste Schlachtfeld, und sie hatte alle Hände voll zu tun, bis ihre Brote endlich fertig waren. Sie sahen überraschend gut aus, und sie atmete erleichtert auf.

»Das ist echt anstrengend! Ich werde nie verstehen, wie jemand gerne kochen kann. Lass uns von hier verschwinden, Faxe.«

Eilig schnappte sie sich ihre Regenjacke und trat aus der heißen Küche in die kühle, feuchte Luft. Falls drüben in Talamh genauso schlechtes Wetter wäre, würde Marco ja vielleicht ein bisschen später als erwartet heimkehren, aber da kam er schon den Weg herauf.

»Marco!« Sie und Faxe rannten auf ihn zu, und während Faxe an ihm hochsprang, warf sie sich ihm an die Brust.

»Ich dachte gerade, dass du bei dem Wetter vielleicht etwas später kämst.«

»Das Wetter in Talamh ist wunderbar.« Er drückte sie, schob sie ein wenig von sich, und als sie seine Augen leuchten sah, bat sie: »Erzähl mir alles ganz genau.«

»Ich weiß von Brian, dass du eingeweiht gewesen bist. Und du hast mir mit keinem Wort verraten, dass er mir auf dieser Reise einen Antrag machen will.«

»Was ganz bestimmt nicht einfach war. Und jetzt erzähl mir, wie es war! Wie hat er dich gefragt, und wo und wann?«

»Willst du denn gar nicht wissen, ob ich seinen Antrag angenommen habe?«

»Was denn sonst?«

»Lass mich noch schnell die Tasche reinbringen, dann können wir gehen.«

Sie winkte mit der Hand, und seine Tasche flog davon. »Du findest sie nachher in deinem Schlafzimmer. Und jetzt schieß endlich los, sonst platze ich vor Neugier.«

»Wir haben um Mitternacht gepicknickt.«

»Oh!« Sie griff sich an die Brust.

Er sprach im Gehen weiter, und die Tränen liefen ihr wie Regentropfen über das Gesicht.

»Wie schön, romantisch und perfekt. Das passt zu euch.«

»Auch seine Mutter hat geweint. Vor Freude, so wie du, und sie und Brians Dad sind wirklich supernett. Ich habe auch ein paar Tränen vergossen, als sie mir angeboten hat, sie Ma zu nennen. Falls ich will.«

»Ich liebe sie schon jetzt.«

»Und Brian hat gemeint, du hättest ihm gesagt, ich würde in Talamh und dann noch mal in Philadelphia feiern wollen. Du kennst mich wirklich gut.«

»Ich glaube nicht, dass irgendwer dich besser kennt als ich.«

»Wir dachten an September für Talamh, weil wir uns im September dort zum ersten Mal begegnet sind.«

»Was ebenfalls total romantisch ist.«

»Und seine Mom will eine Riesenfeier.«

»Wie gesagt, ich liebe sie schon jetzt.«

»Oh, Mann, ich auch! So, wie sie redet, wäre es ein bisschen wie bei Harken und Morena. Eine riesige Fey-Hochzeit mit jeder Menge Spaß. Und wann wir dann im Sally's feiern können, werden wir ja sehen. Dann muss der Krieg vorbei sein, stimmt's? Denn vorher sollte Brian hier nicht weg. Also vielleicht irgendwann im Winter, im November, im Dezember oder Januar.«

»Ich habe erst vorhin gedacht, wie toll und ausgefüllt mein momentanes Leben ist und dass ich die verdammte letzte Schlacht verschieben würde, wenn das möglich wäre, aber jetzt kann ich es plötzlich kaum erwarten, bis es endlich so weit ist.«

»Im Grunde spielt es keine Rolle, wann wir diese beiden Feste feiern können, Breen.«

Er strahlte so, dass ihr erneut die Tränen kamen.

»Wir sind auf jeden Fall verlobt. Als seinen Trauzeugen für unsere Hochzeit in Talamh hat Brian seinen Bruder ausgewählt, und er will Keegan fragen, ob er das im Sally's übernimmt. Ich hätte beide Male gerne dich.«

Sie schlang ihm die Arme um den Hals und brach in lautes Schluchzen aus.

»Na komm.« Er küsste ihr das Haar. »Am besten gehen wir rüber in die Sonne, und wenn wir zurückkommen, rufen wir bei Sal und Derrick an.«

»Oh, ja!«

»Ich werde schon ein bisschen früher wieder rübergehen«, erklärte er auf ihrem Weg durch den Willkommensbaum. »Du kannst mir vielleicht helfen, etwas Fisch zu tauschen, denn dann mache ich uns Fish and Chips.«

»Oh, nein. Ich habe schon für uns gekocht.«

Er starrte sie verwundert an und merkte kaum, dass er jetzt statt im Regen in der Sonne stand. »Ach was.«

»Es gibt Spaghetti, und ich habe sogar Brot gebacken.«

»Jetzt kommen mir die Tränen.«

»Vielleicht, wenn du es isst, aber wenn es nicht gut ist, lüg mich bitte einfach an.«

Sie nahmen Hand in Hand die kurze Treppe bis zur Mauer, wo schon Faxe saß. »Was für ein schöner Tag. Was für ein wunderwunderschöner, rundherum perfekter Tag. Und jetzt lass uns den anderen erzählen, dass du ganz offiziell vergeben bist.«

Nicht einmal der Gedanke an das Training und die Qualen, denen Keegan sie wahrscheinlich wieder einmal unterziehen würde, konnten ihre Stimmung trüben, als sie nach der kleinen Feier und dem Zauberunterricht bei Marg zum Hof lief, auf dem Marco mit den anderen darauf angestoßen hatte, dass er offiziell mit Brian verbandelt war. Und wenn Brian später käme, würde dieses Fest in ihrem Häuschen auf der anderen Seite fortgesetzt.

»Dies ist ein wirklich guter Tag«, erklärte sie dem Hund. »Als hätte man in einem Buch ein neues Kapitel angefangen, das man jetzt so schnell wie möglich lesen will. Ich freue mich schon unglaublich auf das Gesicht von Sally, wenn er es erfährt.«

Sie stellte sich die Miene ihres väterlichen Freundes vor und nahm dann plötzlich eine graue Wolke über der Straße wahr. Dann trat aus dieser Wolke eine dunkle Fee mit schwarzen Zackenflügeln, und mit einem unterdrückten Fluch griff Breen nach ihrem Schwert.

»Breen Siobhan O'Ceallaigh, Odran, Herrscher über alle Welten, hat mich hergeschickt.«

»Na klar.« Das blöde Trugbild hatte ihr ganz sicher niemand anderes als Keegan auf den Hals geschickt.

Als Faxe knurrte, meinte sie: »Das hat der Taoiseach wirklich sauber hingekriegt.«

Statt mit dem Schwert ging sie mit einem Kraftstrahl auf den Gegner los, dann aber hörte sie die Stimme und erkannte, dass es Odrans war.

»Der Sand in deinem Glas ist fast verronnen, und wenn

das letzte Körnchen fällt, geht alles hier in Flammen auf. Dann wird es Blut und Feuer regnen, und ich kann dir gern an deinem lächerlichen Köter demonstrieren, wie das aussehen wird.«

»Oh, nein! Mach Sitz!«, wies sie das Tier mit derart scharfer Stimme an, dass er den Hintern krachend auf den Boden fallen ließ, und baute sich entschlossen vor ihm auf. »Du rührst den Hund nicht an!«

»Ich könnte ihn und eine Handvoll anderer, die du auswählen darfst, verschonen, wenn du freiwillig mit mir auf die andere Seite kommst.«

»Du würdest nichts und niemanden verschonen. Du kennst nichts anderes als den Tod. Und ich komme bestimmt nicht mit.«

»Mit jedem Sandkorn, das durch deine Sanduhr läuft, nehmen deine Möglichkeiten weiter ab. Komm mit durch das Portal im Schlangenbaum. Komm auf die andere Seite, wenn es hier nicht Blut und Feuer regnen soll. Dein Name wird verflucht werden, wenn alles brennt und blutet, also komm und nimm den Platz an meiner Seite ein, geschätzte Enkelin. Verleih mir deine Kraft, und du wirst reich für dein Geschenk belohnt. Wenn du dich weigerst, werde ich mir alles nehmen, was du bist, und du wirst gerade lange genug leben, um die Welten, die dir so am Herzen liegen, untergehen zu sehen.«

Seine Worte waren furchteinflößend, aber sie ergäbe sich ganz sicher nicht der Angst.

»Du sprichst durch ein Phantom, durch eine Illusion, denn du bist schwach, und ich kann die Verzweiflung riechen, die aus allen deinen Poren dringt. Du hast nicht die geringste Chance gegen mich.«

Dann schlug sie zu, und als die Schwerter klirrend aufeinandertrafen, konnte sie die Wut und so etwas wie Freude in den Augen ihres Gegners sehen.

Bevor sie seinen Angriff abwehren konnte, traf er ihren Arm und schnitt ihr ins Fleisch. Sie schrie auf und taumelte zurück. Zu wütend, um noch zu gehorchen, machte Faxe einen Satz nach vorn … und musste feststellen, dass das Trugbild nicht zu packen war.

»Jetzt kannst du zusehen, wie dein Köter stirbt, denn ich bin stark, und du bist schwach.«

»Nein!«

Als Faxe wieder Anlauf nahm und das Phantombild seinen Schwertarm hob, schoss sie mit Feuer auf die Illusion und löste, angefacht durch ihre Angst und ihre Wut, ein schreckliches Inferno aus.

Das Trugbild ging in Flammen auf, als sie sich auf den Boden fallen ließ.

»Entscheide!«, ließ die Stimme noch ein letztes Mal die Erde beben. »Leb oder stirb!«

Dann lag nur noch ein Häuflein schwarzer Asche auf dem Weg.

»Bleib hier! Geh ja nicht in die Nähe von dem Zeug.«

Winselnd schmiegte Faxe sich an sie, während sie ihren verletzten Arm umklammerte. »Wir brauchen Salz. Ich kann nicht denken. Sicher stehe ich noch unter Schock. Ich muss aufstehen, aufstehen. Ich darf jetzt nicht umfallen. Ich muss die Wunde heilen, aber ich …«

Dann hörte sie ein Pferd und rappelte sich mühsam wieder auf.

Sie musste sich verteidigen.

Doch es war Keegan, der auf Merlins nacktem Rücken saß.

»Wir brauchen Salz«, stieß sie mit rauer Stimme aus, bevor sie wieder auf die Knie fiel.

»Du blutest. Bei den Göttinnen und Göttern, der verfluchte Bastard hat dich wirklich schlimm erwischt. Beweg dich nicht und lass mich tun, was möglich ist.«

»Ich dachte – Gott, das brennt!«

»Ich weiß, ich weiß. Ich muss die Blutung stillen. Den Rest wird Aisling übernehmen. Halt still, du Mutige, und lass mich tun, was möglich ist.«

Sie kniff die Augen zu. »Ich dachte erst, du hättest das Phantom geschickt, um mir zu zeigen, dass ich immer auf der Hut sein muss. Ich war deshalb echt sauer. Au, das genügt, es reicht. Das ist ja schlimmer als der Schnitt.«

»Gleich haben wir's geschafft.«

»Wir müssen noch die Asche salzen, bevor irgendwer – vielleicht ein Kind – vorbeikommt und …«

»Das machen wir. Da kommt Harken.«

»Woher wusstest du, dass ich dich brauche?«, fragte Breen Keegan.

»Der verdammte Bastard hat mit seinem Gebrüll beinah die Toten aufgeweckt. Siehst du, da kommen auch Marg und Sedric auf Igraine. Harken! Geh und salz die Asche, und dann sammele sie ein und vergrab sie in den Höhlen der Bitterkeit.«

»Lass mich erst nach ihr sehen.«

Wie Keegan sprang auch er von seinem Pferd und berührte sachte ihren verletzten Arm. »Wie schlimm war es?«, fragte er und nickte, weil der Blick seines Bruders Bände sprach. »Dann hast du es sehr gut gemacht. Und jetzt kann Marg sie sich noch einmal anschauen, das heißt, dass du jetzt aufhören kannst.«

»Ja, bitte«, stöhnte Breen.

»*Mo stór, mo stór.*« Jetzt kniete Marg sich neben sie.

»Es geht mir gut«, erklärte Breen, denn endlich brannte es nicht mehr. Doch auch das Pochen, das sie jetzt verspürte, war nicht wirklich angenehm.

»War das Odran? Dafür schicke ich ihn in die Hölle.«

»Eigentlich war es nur eine Illusion.«

»Die Blutung habe ich gestillt«, mischte sich Keegan ein. »Doch das reicht noch nicht.«

»Das hast du gut gemacht. Ich bringe sie zu Aisling, und dann machen sie und ich den Rest.«

»Denk an das Salz, Harken, und richte Aisling aus, dass Breen sie braucht.«

»Ich reiche sie dir rauf.« Sedric pflückte sie vom Boden, setzte sie vor Keegan auf das Pferd und gab ihr einen Kuss. »Ich bleibe hier und passe auf, dass niemand in die Nähe der verfluchten Asche kommt, bevor sie nicht gesalzen ist. Und du bist jetzt in guten Händen, also mach dir keine Sorgen, Breen.«

»Was ist mit Faxe?«

»Der ist hier bei mir«, versprach ihr Marg und stieg, den Hund in ihren Armen, auf Igraine.

Dann galoppierte Merlin los, und von der schaukelnden Bewegung wurde Breen ein bisschen schlecht.

»Ich dachte erst, du hättest das verdammte Trugbild auf mich angesetzt.«

»Das sagtest du bereits, und die Idee wäre nicht schlecht gewesen«, räumte Keegan unumwunden ein.

»Doch dann war klar, dass das ein echter Angriff war. Er hätte Faxe umgebracht, nur um mir wehzutun.«

»Ich wette, dass das nicht so leicht gewesen wäre wie er dachte, weil Faxe ein echter Kämpfer ist.«

Ermattet ließ sie ihren Kopf nach hinten fallen. »Das Bild hat mir erzählt, dass es mit Odrans Augen sehen und mit seiner Zunge sprechen würde, und das hat es tatsächlich getan.«

»Das war ein wirklich starker Zauber, wenn er dich dazu auch noch mit seinem Schwert verwundet hat.«

Kaum hatten sie den Hof erreicht, kam Marco aus dem Haus gestürzt und betastete behutsam ihr Gesicht. »Was ist passiert? Was ist passiert? Ich habe das Geschrei gehört, aber ich hatte keine Ahnung, wo du bist.«

»Nimm sie mit rein, Bruder. Sie ist verletzt, aber die Wunde geht schon wieder zu. Nimm sie mit rein, dann kümmern Marg und Aisling sich um sie.«

»In Ordnung, alles klar. Jetzt ist es gut, Baby, jetzt bin ich für dich da.«

»Bringt sie herein und legt sie auf die Couch«, rief Aisling ihnen aus Richtung Haustür zu. »Leg sie da drüben auf den Diwan, Marco, und nimm Kelly.«

Eilig drückte sie das Baby Marco in den Arm, zog ein paar Nadeln aus der Tasche ihres Rocks und steckte sich die Haare auf.

»Am besten läufst du mit ihm auf und ab und schuckelst ihn ein bisschen. Er hat Hunger, aber er muss noch ein bisschen warten, bis es etwas gibt. Erst mal ziehen wir Breen die Jacke und den Pulli aus und sehen uns die Wunde an, okay? Keegan, nimm die viereckige blaue Flasche mit dem blauen Stopfen und lös sieben Tropfen von der Flüssigkeit in zwei Fingerbreit Whiskey auf.«

»Aber ich trinke keinen Whiskey«, meldete sich Breen zu Wort.

»Jetzt schon. Und hier kommt deine Gran. Schenk du die Tropfen ein, bevor er es vermasselt, ja?«

»Ich würde es ganz sicher nicht vermasseln«, stellte Keegan böse fest.

»Halt einfach ihre Hand, dann sehe ich mir die Verletzung an. Dieses verdammte Schwein. Marco, könntest du kurz in den Hof gehen und den Jungen sagen, dass sie draußen bleiben sollen, wenn sie keinen Ärger kriegen wollen?«

»Ich wünschte mir, ich könnte so Befehle bellen wie du«, bemerkte Breen mit einem schwachen Lächeln und kniff ihre Augen zu. »Du klingst wie eine Generalin vor der Schlacht.«

Die Freundin nahm Breens andere Hand. »Das lernt man automatisch, wenn man mit so vielen Mannsbildern zusammenlebt wie ich. Ich brauche eine Kerze, Keegan.«

»Soll ich jetzt die Kerze holen oder ihre Hand halten?«

»Mach einfach beides, ja? Und, Breen, du guckst die Kerze oder eher die Flamme an. Guck in das Licht, das sie verströmt, weil es gleich ein bisschen wehtun wird.«

»Das tut's doch schon.«

»Ich fürchte, dass es gleich noch etwas schlimmer wehtun wird. Und jetzt sieh auf die Kerze und ins Licht. Direkt ins Licht, genau. Du musst es spüren. Geh darin auf. Im Licht und in der Wärme, denn die tut dir gut.«

Zwar spürte Breen den Schmerz, doch distanziert, als träume sie ihn nur. Und Margs und Aislings Stimmen waren so beruhigend wie das Licht, und sie trieb ruhig auf diesen Stimmen und der warmen Helligkeit dahin.

Ein paarmal stockte ihr der Atem, als die Schmerzen näher kamen, doch dann verblassten sie.

»Und jetzt bist du ein braves Mädchen und trinkst das hier aus. Und zwar bis auf den letzten Tropfen.«

»Aber das ist furchtbar bitter und brennt im Hals.«

»Es schmeckt vielleicht nicht gut, aber es wirkt hervorragend«, erklärte Aisling ungerührt, während sie sich mit einer blutverschmierten Hand über die Braue fuhr. »Und jetzt lieg noch kurz still.«

Breen konzentrierte sich auf ihr und Margs Gesicht und sah den Schweiß, der beiden Frauen auf die Stirn getreten war.

»Es hat euch wehgetan. Es hat euch wehgetan, mir meine Schmerzen abzunehmen.«

»Die Kunst des Heilens ist ein Geschenk, aber das gibt es nun mal nicht umsonst«, erklärte Aisling ihr. »Doch diesen Preis bezahlen wir gern.«

Keegan stand auf. »Ich muss mich erst einmal um Merlin kümmern«, meinte er und stapfte aus dem Raum.

»Er ist noch immer angefressen«, stellte seine Schwester fest.

»Ich kann mir vorstellen, dass er wütend auf mich ist, aber ich konnte schließlich nicht …«

»Doch nicht auf dich. Sei doch nicht dumm.« Die Freundin gab ihr einen leichten Klaps und wandte sich an Marco, der, den Säugling in den Armen, wieder durch die Tür getreten war. »Und jetzt gib mir den Kleinen, damit ich ihn endlich stillen kann.«

Sie nahm ihm Kelly ab, schlug ihre Bluse auf und legte ihn an ihre Brust.

»Und du, Breen, ruhst dich noch ein bisschen aus. Wenn sich Keegan abgeregt hat, stoßen wir auf Marcos und auf Brians Verlobung an. Und dann erzählst du uns, was zum Teufel eben auf der Straße los gewesen ist.«

# 15

Als Marco vor die Tür getreten war, um Aislings Jungen davor zu warnen reinzukommen, war auch Morena aufgetaucht. Nachdem sie sich versichert hatte, dass Breen bei den anderen Frauen gut aufgehoben war, hatte sie sich mit dem Salz für Harken wieder auf den Weg gemacht und ihm bei der Beseitigung der verfluchten Asche geholfen. Auch Seamus und Finola waren angestürzt gekommen, und ungefähr das halbe Tal war losgerannt, um wem auch immer gegen wen auch immer beizustehen.

Inzwischen saß Breen mit verheiltem, nicht vernarbtem Arm, der nur noch etwas pochte, zwischen all den ihr nahestehenden Leuten um den großen Tisch.

Die meisten tranken Whiskey oder Tee mit einem Tropfen Whiskey, doch sie selbst nippte vorsichtig an ihrem Wein, während sie den anderen erzählte, was geschehen war.

»Das war echt dreist von ihm«, warf Sedric ein. »Dreist und ziemlich überstürzt.«

»Das passt zu ihm. Wahrscheinlich wusste er von seinen Spionen, dass ihr mit Trugbildern trainiert«, bemerkte Marg. »Und das hat er ausgenutzt. Durchaus gewieft, aber das ist er schließlich ebenfalls.«

»Er versucht, mit dir zu handeln«, fuhr Morena fort. »Tu dies, wenn du nicht willst, dass das geschieht. Aber wenn er diesen Worten Taten folgen lassen könnte, würde er das tun.«

»Er wollte mich erschrecken und mir wehtun. Das hat er

geschafft, das heißt, dass er durchaus erfolgreich war. Aber ich denke, dass er wirklich glaubt, dass er mich mit Versprechungen ködern kann.«

»Weil ihm das schon bei vielen anderen gelungen ist«, meinte Keegan.

Sie blickte ihn an. »Vielleicht hätte er mich töten können, doch er will mich lebend haben, weil er etwas ganz Bestimmtes von mir will. Aber er hat mich nicht gekriegt. Dafür hat dieses Trugbild nicht gereicht. Ich weiß, dass ich mich mit dem Schwert nicht wirklich gut geschlagen habe, aber das lag teilweise auch daran, dass ich dachte, er könne mir nicht wirklich wehtun.«

»Man sollte trotzdem jeder Waffe mit Respekt begegnen.«

»Das ist mir inzwischen klar. Aber ihm nicht. Das heißt, im Gegensatz zu mir hat er aus dieser Sache nichts gelernt. Dafür ist er zu überzeugt von sich. Ich hatte an der Schule manchmal Schüler, die so waren wie er. Sie haben für Misserfolge keinen echten Preis bezahlt, deswegen haben sie aus ihren Fehlern und aus ihren schlechten Noten nichts gelernt.«

»Er ist kein Kind mehr«, stellte Marco fest.

»Aber er hat es immer wieder auf dieselbe Sache abgesehen und sie bisher trotzdem nie erreicht.«

»Was zeigt, dass er ein echter Psycho ist. Aber das war mir auch schon vorher klar.«

»Es ging ihm bisher nie um etwas so Besonderes wie dich.« Keegan saß am Kopfende des Tischs und starrte seinen Whiskeybecher an. »Du bist der Schlüssel zu seiner Macht, und das ist ihm bewusst. Er hat dich vor die Wahl gestellt, ob du auf unserer oder seiner Seite stehen willst, und hat dich heute bluten lassen, um zu zeigen, welchen Preis du dafür zahlst, wenn du ihm weiterhin die kalte Schulter zeigst.«

»Er ist ein Lügner«, meinte Harken. »Und auch diese angebliche Wahl ist keine echte Wahl.«

»Ich bin kein Krieger.« Seamus hatte seine Mütze abgenommen und fuhr sich mit einer seiner Hände durch das auch schon vorher wirr um seinen Kopf stehende Haar. »Und ich bin auch niemand, der so wichtige Entscheidungen treffen muss wie ein paar andere hier. Aber ich frage mich, weswegen Odran dich als dunkler Sidhe angesprochen hat«, wandte er sich an Breen. »Warum hat er kein Trugbild von sich selbst gezeigt? Das wäre doch bestimmt noch furchteinflößender gewesen, oder nicht?«

»Das ist eine gute Frage.« Mahon wandte sich vom Fenster ab, durch das er in den Hof gesehen hatte, wo die Kinder mit den Hunden waren.

»Ich frage mich, ob jemand eine Antwort darauf hat.«

»Das kriegt er einfach noch nicht hin«, erklärte Marg. »Und auch Isoldes Kräfte reichen dafür offenbar nicht aus. Er sitzt in seiner schwarzen Burg, aber er schafft es noch nicht hierher. Und – die Frage war tatsächlich gut, Seamus – ich glaube, dass das Trugbild mehr als nur ein Trugbild war.«

»Ach ja?« Mit einem verwirrten Achselzucken räumte Marco ein: »Aber ich kenne mich mit diesen Sachen sowieso nicht aus, deswegen kann ich gern auch wieder rausgehen und nach den Kindern sehen, wenn ihr wollt.«

»Den Kindern geht es gut«, meinte Mahon und kehrte an den Tisch zurück. »Und dazu passen Mab und Faxe, Harkens kleiner Hund und Liam auf sie auf. Auf Liam ist Verlass, Marco, deshalb bleibst du am besten hier bei uns.«

»Vor allem ist das Trugbild ja verbrannt, gesalzen und begraben und kann Breen jetzt nichts mehr tun«, fügte Morena noch hinzu. »Ich bin zwar eine Sidhe, doch ich habe genug

Kenntnisse über die anderen Künste, um zu wissen, dass der Angriff große Kraft erfordert haben muss. Und die hat sie zerstört. Ist das richtig?«

»Richtig.« Keegan starrte weiter seinen Whiskeybecher an. »Und nein, bisher hat Odran nicht die Kraft, um selbst herzukommen. Doch er wollte eine Waffe, mit der er Breens Blut vergießen kann. Mit einem normalen Trugbild hätte er das nicht geschafft.«

»Aber er hat mich doch erwischt.« Breen legte eine Hand auf ihren frisch verheilten Arm.

»Wenn du das nicht verstehst, hast du dich offenbar beim Unterricht nicht genügend angestrengt.«

Breen funkelte ihn zornig an, bevor sie aber etwas sagen konnte, stellte Harken fest: »Im Gegensatz zu uns hat sie bisher nur ein paar Monate für ihre Ausbildung gehabt. Der Sidhe, der dich attackiert hat, Breen, war echt. Ein Sidhe hier von unserer Seite, der in Odrans Diensten stand. Sie haben ihn in ihre Welt geholt, dort als Gefäß benutzt, das Odran nach Belieben füllen konnte, und mit einem starken Blutzauber dafür gesorgt, dass er wie eine Illusion aussah.«

»Und was war mit dem Schwert?« Finola drückte Marg die Hand und sah sie fragend an.

»Das Schwert kam auch von hier. Und sie haben einen zusätzlichen Zauber angewandt, damit es eine Illusion und trotzdem tödlich war. Er hat dir eine Botschaft zukommen lassen und dir gleichzeitig eine Lektion erteilen wollen, *mo stór.*«

»Und er hat in beiden Fällen sein Ziel erreicht«, gestand Breen unumwunden ein. »Als Faxe mich beschützen wollte, ist er durch das Bild hindurchgesprungen, aber unsere Schwerter haben geklirrt, als ich versucht habe, den Hieb mit seiner

Waffe abzuwehren. Und als er mich erwischt hat, habe ich das Bild mit einem Feuerstrahl verbrannt. Wie kann das sein?« Sie schlug sich mit der flachen Hand gegen die Stirn. »Der umgedrehte Sidhe, der in seine Welt gewechselt ist. Den habe ich getötet, stimmt's? Den habe ich verbrannt. Ich ha…«

»Du hast getan, was nötig war«, erklärte Keegan barsch. »Du hast dein Schwert und deine Zauberkraft genutzt, um einen Feind aus dem Verkehr zu ziehen, der ebenfalls mit einer Waffe und mit Zauberkräften auf dich losgegangen ist.«

»Und deine Kräfte wurden durch Vergießen deines eigenen Blutes noch verstärkt«, erklärte Sedric sanft. »Odran wusste, dass das Trugbild und der Sidhe brennen würden, wenn du dich verteidigst, aber das war ihm egal.«

»Er wollte sehen, wie du dich schlägst«, fügte der Taoiseach noch hinzu. »Auch wenn er immer noch kein Blut von dir bekommen hat, weil die mit deinem Blut beschmierte Waffe ebenfalls in Flammen aufgegangen ist. Was sicher eine ziemliche Enttäuschung für ihn war.«

»Mein Blut. Okay, verstehe. Wenn er es für einen Zauber hätte nutzen können, hätte er dadurch die eigenen Kräfte noch verstärkt, und dafür hätte er wahrscheinlich jeden Preis bezahlt. Und ja, er wollte sehen, wie ich mich schlage, aber schließlich habe ich ihn ebenfalls gesehen. Er hätte Faxe töten können, als er auf ihn losgegangen ist. Aber das hat er nicht getan, weil er mit diesem Angriff nicht gerechnet hat. Statt auf den Hund hat er die ganze Zeit auf mich geguckt. Er brauchte diesen Schwertkampf, weil er darin besser ist als ich, um so an mein Blut zu kommen. Er giert danach, aber er braucht es auch, damit er uns besiegen kann.«

»Ich hätte da noch eine Frage«, mischte sich jetzt wieder

Seamus ein. »Woher wusste Odran, wo und wann er dich erwischen kann?«

»Ich könnte jemanden, der derart gute Fragen stellt, im Rat gebrauchen.«

Seamus lachte auf. »Oh, nein, mein Junge, ich bin einfach neugierig, doch in den Rat oder die Hauptstadt würde ich nicht einmal dir zuliebe wollen.«

»Routine«, stellte Marco achselzuckend fest. »Ihr wisst schon, wie die Cops im Fernsehen immer sagen, dass das Opfer jeden Morgen um die gleiche Zeit dieselbe Strecke lief oder jeden Abend gegen sieben mit dem Hund noch einmal um den Block gegangen ist. Deshalb wusste der Täter, wo er sie erwischen kann. Und Breen läuft an den meisten Tagen um dieselbe Zeit von ihrer Nan zum Hof.«

»Das tut sie. Und sie kommt auch jeden Tag fast um die gleiche Zeit mit dir und Faxe rüber nach Talamh. Und auch das Training findet meistens um dieselbe Uhrzeit statt. Und da sie selbst die Abläufe so gewohnt ist, war sie für den Angriff nicht so gut gewappnet, wie sie hätte sein sollen. Doch damit ist jetzt Schluss. In Zukunft werden wir an manchen Tagen erst trainieren, und an anderen arbeitest du erst mit Marg.«

»Damit er meinen Tagesablauf nicht mehr einfach so vorhersehen kann. Okay, doch waren wir uns nicht einig, dass ihn dieser Angriff heute viel gekostet hat? Ich glaube also nicht, dass er mich noch mal einfach auf der Straße attackieren wird.«

»Er findet mühelos ein anderes Gefäß«, erklärte Marg. »Du siehst dich also besser vor.«

»Und morgen früh trainieren wir erst einmal, und nach dem Training bringe ich sie dir«, bot Keegan an. »Aber jetzt gehen wir auf die andere Seite, denn es wird bald dunkel, und vor allem setzt gleich der Regen ein.«

Natürlich lag er mit seiner Prophezeiung richtig, und als Breen aus dem Haus kam, wehte ihr ein kalter Wind entgegen, und die ersten Regentropfen platschten auf den Hof.

Mahon und Aisling sammelten die Jungen ein, Liam sprang in Hirschgestalt davon. Und ihre Gran schwang sich behände wie ein junges Mädchen auf ihr Pferd, Sedric folgte ihr als Kater.

»Ich helfe dir beim Kochen, und dein Da hilft Harken bei den Kühen«, bot Finola an. »Dann sind sie fertig, bis der große Regen kommt.« Sie wandte sich an Breen, umarmte sie und flüsterte ihr zu. »Pass auf dich auf, mein Schatz.«

»Das mache ich.«

Flankiert von ihren beiden Männern lief Breen durch den Regen zum Willkommensbaum.

Und wie zuvor auf ihrem Weg von Irland nach Talamh hörte der Regen plötzlich auf. Die Luft war kühl und feucht, zumindest aber schüttete es nicht.

Sie hätte ein paar Dinge sagen wollen, doch das konnte sie noch tun, wenn sie zu Hause wären.

Marco nahm ihre Hand und sah sie fragend an. »Geht es dir gut, Liebes?«

»Auf jeden Fall.« Das leichte Pochen an ihrem Arm war wirklich nicht so schlimm.

»Du hast mir einen Heidenschrecken eingejagt.«

»Mir selbst auch. Doch es sind Odran oder eher sein Trugbild und der umgedrehte Sidhe, die nur noch ein Häuflein Asche sind.«

»Und jetzt genug davon, denn heute Abend feiern wir.« Sie sandte ein paar kleine Lichtstrahlen durch die Luft. »Also geh erst mal rauf und gönn dir die Dusche, die du schon seit deiner Rückkehr hättest nehmen wollen. Und danach packst du erst mal aus, bevor dich die nicht ausgepackte Tasche in den Wahnsinn treibt, und sobald Brian da ist, kommt das von mir gekochte Abendessen auf den Tisch.« Am Rand des Waldes wandte Breen sich an den Hund, der ihr nicht von der Seite wich. »Und du gehst schwimmen wie sonst auch. Na los.«

Obwohl er loslief, sah er sich auf seinem Weg hinunter in die Bucht noch mehrmals nach ihr um.

»Was riecht denn hier so gut?«, wollte Marco wissen, als sie durch die Tür des Häuschens traten.

»Oh, nein.« Mit vor der Brust verschränkten Armen baute Breen sich vor ihm auf. »Die Küche ist für dich tabu.«

»Ich wollte nur …«

»Oh, nein. Du gehst jetzt erst mal rauf.«

»Elende Diktatorin.« Er sah ängstlich Richtung Küche, aber dann gehorchte er und ging ins Bad.

»Du kannst schon mal ein Feuer machen«, wandte Breen sich an Keegan und legte die von ihrer Gran gereinigte und ordentlich geflickte Jacke ab. »Und dann kannst du erklären, warum du es erforderlich gefunden hast, mir derart eine reinzuwürgen.«

Sie marschierte in die Küche. Mit einer Handbewegung machte Keegan Feuer im Kamin und folgte ihr.

»Dir eine reinzuwürgen?«

»Weil ich endlich das gemacht habe, was ich schon lange hätte machen sollen. Ich habe auch schon vorher stets mein Möglichstes getan.« Sie griff nach einem Topf, stellte ihn krachend in die Spüle und ließ das Nudelwasser einlaufen.

»Das hast du nicht, und deshalb hat er dich erwischt.« Er glitt mit einem Finger über ihren Arm.

»Ich habe mich behauptet und gekämpft, bis von dem

Sidhe nur ein Häuflein Asche übrig war. Was hätte ich denn sonst noch alles machen sollen?«

»Dich mit allen Mitteln, die dir zur Verfügung stehen, verteidigen.« Er nahm die offene Flasche Wein, von dem auch etwas in der Soße war, füllte ein Glas für Breen und holte für sich selbst ein Bier.

»Du hast in einer Schlacht gekämpft, in der es jede Menge Tote gab, und nicht mal einen Kratzer abbekommen. Heute dagegen hätte dich beinah ein gottverdammtes Trugbild umgebracht.«

»Ein Trugbild, das ein *Gott* heraufbeschworen hat.« Sie schnappte sich ihr Glas und leerte es in einem Zug.

»Du bist die Enkelin von diesem Gott.«

»Was ja wohl nicht dasselbe ist. Du weißt genauso gut wie ich, dass ich ein Mischling bin und dass in meinen Adern auch das Blut jeder Menge anderer Wesen fließt.«

»Du hattest Angst vor ihm.«

»Verdammt, die hatte ich, das heißt, die *habe* ich.«

»Was keine Schande ist. Nur hast du hauptsächlich an deine Angst und deine Selbstzweifel gedacht und deshalb nichts getan.«

»Ich habe was getan.«

»Doch deine schärfste Waffe hast du nicht eingesetzt. Die Dinge, die du in dir trägst. Wie hast du selbst gesagt, als du die Pfeile einen nach dem anderen ins Schwarze hast treffen lassen?«

»Das weiß ich noch genau. Genau, wie ich noch weiß, was deine Antwort darauf war.«

»Das weiß ich auch noch sehr genau. Aber ich habe mich geirrt. Deshalb war das, was heute Nachmittag passiert ist, auch nicht deine, sondern meine Schuld.«

»Ach ja?«

»Ich bin verantwortlich für deine Ausbildung, und jetzt hat dieser Bastard dich erwischt. Ich habe dich gefunden, wie du blutend auf der Erde lagst. Er hätte dich nicht so verletzen dürfen, aber er hat's geschafft. Das heißt, dass ich als Trainer nicht erfolgreich war.«

»Schwachsinn.« Sie griff nach dem Topf, doch er schob sie zur Seite und nahm ihn ihr ab.

»Wo soll der hin?«

»Dreimal darfst du raten.«

Achselzuckend stellte er ihn auf den Herd. Wütend fügte sie noch Salz hinzu und schaltete die Platte an.

Dann presste sie die Finger vor die Augen und trank den letzten Rest aus ihrem Rotweinglas. »Wenn wir noch mehr trainieren würden, wäre ich mit blauen Flecken übersät. Das heißt, am Anfang war ich das, nur weiche ich den Hieben dank des Trainings immer besser aus. Und auch beim Zaubern strenge ich mich wirklich an.«

»Vielleicht war ich ein bisschen harsch.«

»Vielleicht?« Mit einem neuerlichen Seufzer rührte sie die Soße um, die wirklich lecker roch. »Und wenn ich auch was über dunkle Zauber wissen muss, studiere ich auch die.«

»Es war nicht richtig, dich so anzufahren. Aber ich war einfach furchtbar wütend, weil der Kerl dich angegriffen hat.«

Sie ging an ihm vorbei, um etwas Käse zu holen. »Was du gesagt hast, war nicht völlig falsch.«

Er nippte nachdenklich an seinem Bier. »Das war es wirklich nicht.«

»Ich war tatsächlich abgelenkt. Es war ein wunderschöner Tag, und ich war in Gedanken noch bei Marco und bei Brian.

Ich kann nicht ständig auf der Hut sein, Keegan. Das kriegt niemand hin. Nicht einmal du.« Sie wandte sich ihm wieder zu. »Aber ich habe zu viel nachgedacht. Als ich seine Augen sah und seine Stimme hörte, habe ich – statt alle meine Kräfte einzusetzen – zu viel nachgedacht. Ich dachte, dass das nur ein Trugbild wäre und mich deshalb nicht verletzen kann.«

»Und trotzdem hast du dich vor deinen Hund gestellt. Da hast du reagiert.«

»Das stimmt. Das war Instinkt. Und aus Instinkt und Schreck habe ich meine Kräfte eingesetzt, nachdem er mich verwundet hatte. Seine Lügen konnten mich nicht täuschen, aber diese Illusion? Das war ein wirklich guter Trick, auf den ich prompt hereingefallen bin.«

»Er hat bestimmt noch andere Tricks auf Lager.«

»Trotzdem habe ich ihm die Verzweiflung und die Gier, den Stolz und das Verlangen angesehen. Er weiß nicht, was ich alles sehen kann. Wenn er mich anguckt, sieht er nur die Dinge, die er haben will. Dann sieht er nur, dass ich der Schlüssel bin und die besonderen Kräfte habe, die ihm fehlen. Mich selbst sieht er nicht. Auch wenn ihm klar ist, dass ich ein paar Schwächen habe. Wie zum Beispiel meinen Hund.« Sie spürte, dass er vor der Tür stand, machte ihm mit einer Handbewegung auf und fragte Keegan: »Könntest du ihn bitte abtrocknen, bevor er in die Küche kommt?« Dann wandte sie sich wieder ihrem eigentlichen Thema zu. »Er weiß, dass ich Faxe liebe, aber er kann das Gefühl nicht nachvollziehen. Für ihn ist Liebe einfach eine Schwäche, die es auszunutzen gilt.«

Als Faxe trocken war, gab Keegan ihm das Futter, und Breen warf die Nudeln in den Topf.

»Aber das ist keine Schwäche oder wenigstens nicht nur.

Im Grunde ist es eine Stärke und der Grund, für andere einzustehen. Wahrscheinlich habe ich vorhin nicht richtig reagiert, aber ich bin schließlich auch ein Mensch, und du musst eben damit leben, dass ein Mensch auch mal den einen oder anderen Fehler macht.«

»Der Mensch in dir macht dich zu dem besonderen Wesen, das du bist. Auch das ist keine Schwäche, sondern eine Stärke und eine besondere Gabe, die dir zusätzliche Kraft verleiht.« Er legte ihr die Hände auf die Schultern und erklärte rau. »Ich hatte vorhin Blut von dir an meinen Händen, Breen. Und als ich das gesehen habe, habe auch ich zu viel nachgedacht.«

»Ich würde gerne sagen, dass es ja noch mal gut ausgegangen ist, nur dass das leider nicht das Ende dieses gottverdammten Krieges ist.«

»Für heute ist es jedenfalls gut ausgegangen«, meinte er und drehte sie zu sich herum. »Also trink noch ein bisschen Wein, und dann erzähl mir, wie ich dir beim Kochen helfen kann.«

»Weißt du, wie man Spaghetti mit Tomatensoße macht?«

»Eher nicht.«

»Dann geht es dir wie mir. Aber vielleicht rührst du die Nudeln um, damit sie nicht zusammenkleben.«

Er ließ den Finger über den Spaghetti kreisen, und sie stellte augenrollend fest. »Nicht so. Das heißt, warum eigentlich nicht? Und dann kannst du mir helfen, den Salat zu machen, ich erkläre dir, wie es geht. Und nach dem Essen heute Abend bekommt Marco sein Reich zurück, solange er noch keine eigene Küche hat.«

Tatsächlich hatte sie die Küche und die Kocherei im Griff, als Marco wieder runterkam, deshalb wies sie ihn an. »Bleib, wo du bist.«

»Aber ich hätte in Erwartung dieses feinen Essens gern ein Gläschen Wein.«

»Das schenkt dir Keegan ein. Komm ja nicht rein.«

Obwohl er ihn mit einem mitfühlenden Blick bedachte, trat ihm Keegan in den Weg und drückte ihm ein volles Weinglas in die Hand. »Am besten überlässt du alles ihr, Bruder. Ich nehme an, sie kriegt das hin.«

»Auf alle Fälle riecht es schon mal gut.« Er trat den Rückzug an, marschierte aber unruhig vor der Tür der Küche auf und ab, bis plötzlich Brian erschien.

»Da bist du ja.« Er gab ihm einen Kuss und zeigte durch die offene Küchentür. »Breen kocht für uns.«

»Das sehe ich.« Jetzt wandte Brian sich an sie. »Geht es dir gut?«

»Nur weil ich einmal koche, geht es mir nicht automatisch schlecht.«

»Das hätte ich auch nicht gedacht. Ich habe eher gefragt, weil sich der Angriff heute Nachmittag zu mir herumgesprochen hat. Ist deine Wunde gut verheilt?«

»Ja, danke.«

»Er hat derart laut vor Wut geheult, dass es bestimmt bis in den hohen Norden rauf zu hören war. Ich konnte meinen Posten nicht verlassen, doch ich habe Duncan losgeschickt. Er kam mit der Nachricht wieder, dass du trotz der schlimmen Armverletzung das verdammte Trugbild abgefackelt und ihn mit der Warnung heimgeschickt hast, dass er selbst verbrennen würde, falls er dir noch mal zu nahe kommt.«

»Es war ein bisschen an…«

»Mara hat schon ein Lied dazu verfasst. *Von Breen, die mit dem Trugbild kämpft*.«

Breen runzelte die Stirn, als Keegan leise kicherte.

»Ich habe eigentlich …«

»Sehr schön.« Jetzt drückte Keegan auch Brian ein Weinglas in die Hand. »Wir brauchen alle Lieder und Geschichten, die wir kriegen können. Hoch lebe Breen für ihren Sieg und für das Essen, das sie uns gezaubert hat.«

»Haha, aber ich habe es gekocht und nicht gezaubert«, korrigierte sie und stellte die Spaghetti und die Soße auf den Tisch.

»Das sieht … fantastisch aus«, erklärte Marco, wobei ihm die Überraschung überdeutlich anzuhören war.

»Wenn's anders ausgesehen hätte, hätten wir eben bei Kerzenlicht gegessen«, meinte Breen.

»Moment. Damit die Nudeln nicht zusammenkleben, musst du sie noch abschrecken.«

»Ach ja. Das habe ich total vergessen. Kein Problem. Dann nehmt euch einfach schon einmal Salat.«

»Den habe ich gemacht. Das Lob dafür gilt also mir«, erklärte Keegan, als er die Schüssel brachte. »Nehmt Platz, damit ich einen weiteren Toast aussprechen kann. Auf euch, zwei Freunde und zwei Männer, die ich respektiere und sehr gerne mag. Ich wünsche euch viel Glück und dass die Göttinnen und Götter die Verbindung segnen, die ihr eingegangen seid.«

»Jetzt fange ich gleich an zu heulen. Die Mahlzeit, dieser Toast, aber vor allem du und Breen bedeutet mir sehr viel.« Marco prostete den beiden zu. »*Sláinte.*«

Zwar wäre der Salat, den sie nicht hatte zubereiten müssen, sicherlich genießbar, aber als Marco das Brot probierte und sie aus zusammengekniffenen Augen ansah, hielt Breen kurz den Atem an.

»Warum backst du nicht schon die ganze Zeit das Brot für uns, Mädchen?«

Auch sie schob sich den ersten Bissen in den Mund. »Es hat

geklappt. Es hat geklappt! Es musste *dreimal* gehen, stand in dem Rezept. Warum ist einmal nicht genug?«

»Chemie. Es ist unglaublich nett, dass du für mich und Brian auch noch extra Brot gebacken hast.«

»Es kommt schließlich nur einmal vor, dass sich mein bester Freund und mein Cousin verloben«, meinte sie und stellte die inzwischen abgeschreckten Nudeln auf den Tisch.

»Geht's deinen Eltern gut, Brian?«, wollte Keegan wissen. »Freuen sie sich für dich?«

»Es geht ihnen sehr gut, und sie sind überglücklich, denn sie lieben Marco ebenso wie ich.«

»So geht's mir andersherum auch, und Mann, all die Geschichten, die mir seine Mom erzählt hat …«

»Fang bloß nicht schon wieder davon an.«

»Okay.«

Begeistert machten sie sich über die Spaghetti her.

»Die sind so lecker, Breen. Wirklich super.«

Sie nickte Marco zu. »Nicht ganz so gut wie du, aber ich finde auch, dass es durchaus genießbar ist. Im Notfall hätte ich uns Tiefkühlpizza in den Ofen schieben können, aber ich bin froh, dass das nicht nötig ist.«

»Marco hat beim Kochen seine eigene Magie, doch wenn ich seine leckere Soße nicht gekostet hätte, hätte ich gesagt, dass das hier die mit Abstand leckerste Tomatensoße, die ich je gegessen habe, ist.«

»Ich danke dir für dieses Kompliment.«

»Essen ist Liebe«, meinte Brian und prostete ihr zu. »Und all die Liebe, die du in die Zubereitung dieses Essens investiert hast, schmecke ich bei jedem Bissen raus.«

»Hör auf, wenn ich nicht heulen soll«, bat Breen und lächelte ihn glücklich an.

# 16

Trotz Februarwind und Regen setzte sie ihr Training und die Arbeit in Margs Werkstatt fort. Zwar wechselten die Abläufe ab, doch Keegan trieb sie gnadenlos wie immer an.

Sie schoss Pfeile, während sie auf Lonrach flog, focht auf dem Rücken ihres Pferdes mit dem Schwert, lief meilenweit mit Schwert als auch Pfeil und Bogen durch die Gegend, robbte durch den Schlamm und kämpfte gegen Trugbilder im Wald.

Eines Tages führte Keegan sie zum Fuße eines Felsens außerhalb des Tals und wies hinauf.

»Na los.«

»Ich soll auf einen verdammten Berg klettern? Ich weiß nicht, wie das geht, und habe keine Ausrüstung dabei.«

»Da oben ist der Feind. Sie halten kleine Kinder dort gefangen«, fügte er hinzu, und als sie mit den Augen rollte, fragte er: »Die überlässt du doch bestimmt nicht einfach ihrem Schicksal, oder? Wenn du sie nicht rettest, werden sie als Opfer dargebracht.«

»Was für ein Schwachsinn. Warum sollte ich nicht einfach meinen Drachen rufen, raufliegen und Feuer auf sie regnen lassen?«

»Weil's bei diesem Training um was anderes geht. Du musst allein da rauf, nur mit den Sachen, die dir zur Verfügung stehen.«

»Und wenn ich runterfalle, bin ich tot.«

»Dann fall einfach nicht runter«, wies er sie mit einem gleichmütigen Achselzucken an.

»Dann fall einfach nicht runter«, äffte sie ihn nach. »Na, klar. Darauf hätte ich auch allein kommen können.«

Sie fing an zu klettern und brauchte eine gute Viertelstunde, bis sie nicht mehr auf dem Boden war.

»Bis du dort oben angekommen bist, haben sie die Kinder schon am Spieß gebraten und gefressen. Und zum Nachtisch kommen die kleinen, süßen Babys dran.«

»Ach, halt die Klappe!«

Wieder streckte sie den Arm nach oben aus, geriet ins Rutschen und schrie leise auf.

»Jetzt wissen sie auf alle Fälle, dass du kommst. Also pass jetzt auch auf die Pfeile auf, die sie auf dich regnen lassen, und die dunklen Feen, die angeflogen kommen, um deine Hände abzuhacken.«

Sie presste ihr Gesicht gegen den kühlen Stein und atmete tief durch, bevor sie sich den nächsten Meter in die Höhe schob.

Der Schweiß rann ihr über den Rücken und die Stirn. Sie holte zischend Luft, als sie Blut an ihren Fingerkuppen sah.

Weswegen hatte sie sich nicht geweigert, die verdammte Felswand zu erklimmen? Er hätte sie nicht zwingen können, aber wie gewöhnlich tat sie brav, was er befahl. Und jetzt hing sie in diesem blöden Felsen fest. Sie blickte unter sich und klammerte sich panisch fest.

Wenn sie aus dieser Höhe abstürzen würde, bräche sie sich garantiert die Knochen, höchstwahrscheinlich sogar das Genick.

»Vielleicht sind es ja lauter freche Gören und Babys, die den ganzen Tag nur schreien. Vielleicht sind sie wie dieser

Junge, der einmal in meiner Klasse war. Genau, vielleicht sind sie wie Trevor Kuhn. Ein widerlicher kleiner Schei…«

Der Stein, den sie umklammert hielt, brach ab und hilflos glitt sie ab. Dann aber hing sie plötzlich in der Luft wie vorher in der Wand, und Keegan schwebte neben ihr und nickte knapp.

»Genau.«

»Du … kannst das auch?«

»Ich habe in der letzten Zeit trainiert.«

»Warum hast du nicht gleich gesagt, dass ich statt klettern schweben soll?«

»Ich habe dir gesagt, du sollst da rauf, und zwar nur mit den Sachen, die dir zur Verfügung stehen«, rief er ihr in Erinnerung. »Du hast dich für den harten Weg entschieden, und ich denke, das war gut für dich. Doch als du abgerutscht bist, hast du selbst verhindert, dass dir was passiert.«

»Meine Finger bluten, und ich habe mir den Ellenbogen angestoßen.«

»Diese Wunden werden wieder heilen, aber du jammerst hier herum, während die Kinder auf dem Felsplateau nach Hilfe schreien.«

Sie blickte über sich. »Das ist echt hoch. So hoch bin ich noch nie geschwebt.«

»Ich auch nicht, aber lass es uns versuchen, ja?« Er streckte seine Hände nach ihr aus.

»Das ist echt anstrengend.«

»Das ist der Preis, den du dafür bezahlst, doch er wird kleiner, wenn du Luft holst, damit sie dich auch von innen trägt.«

Zusammen schwebten sie an Ziegen mit gewundenen Hörnern, einer kleinen Höhle und den Nestern von verschiedenen Raubvögeln vorbei und landeten auf einem mit Ziegenkötteln übersäten, felsigen Plateau.

»Das sind doch sicher über zwanzig Meter«, überlegte Breen.

»Knapp dreißig. Schließlich hätte ich's beim ersten Mal nicht übertreiben wollen.«

»Mir ist nicht ganz so schwummrig wie beim Wasserfall, was vielleicht daran liegt, dass dort so einiges zusammenkam.«

Sie hatte etwas auf dem Grund des Flusses liegen sehen und es herausziehen wollen. Das aber war ihr nicht gelungen, und da sie nicht mehr wusste, was genau sie dort gesehen hatte, tat sie die Erinnerung mit einem Achselzucken ab.

»Trotzdem könnte ich jetzt gut ein Nickerchen hier oben machen, weil ich trotz der unglaublichen Aussicht vollkommen erledigt bin.«

»Bleib trotzdem auf der Hut und sei vor allem abwehrbereit.«

Wie Pawlows Hund zog sie ihr Schwert. Was offenbar der Sinn der Übung war.

Doch den Gedanken sollte sie erst später haben, denn jetzt kämpfte sie erst einmal gegen dunkle Feen, eine Hexe, die mit Feuer um sich warf, einen Wer in Berglöwengestalt und zwei Höllenhunde an.

Zu ihrer Überraschung kämpfte Keegan ebenfalls gegen die Trugbilder.

»Wir sind zusammen hier raufgekommen, also stehe ich dir hier auch bei«, erklärte er. »Das würde ich in einem echten Kampf schließlich genauso machen. Runter«, fügte er hinzu, sprang über ihren Rücken, landete auf seinen Füßen und durchbohrte die zwei letzten Trugbilder mit seinem Schwert.

»Geschafft.«

Zur Antwort legte sie sich auf den Fels und klappte abgrundtief erschöpft die Augen zu.

»Du liegst in Ziegenscheiße.«

»Mir egal. Es gibt nicht eine Stelle, die mir nicht wehtut. Meine Finger und vor allem meine Lunge brennen, und du hast gesagt, wir hätten es geschafft, das heißt, dass diese armen, unschuldigen Kinder und die süßen Säuglinge gerettet sind. Deswegen lege ich mich erst mal hin.«

Grinsend hockte er sich neben sie. »Und was, wenn hinter diesen Felsen dort noch andere Feinde lauern?«

»Die sind dann wohl dein Problem. Und wie bekommen wir die Kinder jetzt von diesem Berg?«

»Im Grunde ist es eher ein Hügel als ein Berg. Aber wir rufen einfach nach den Drachen, und die fliegen sie dann heim.«

»Sehr gut. Dann stell dir einfach vor, dass ich die Drachen rufe, während du die letzten Angreifer unschädlich machst.«

Sie schlug die Augen wieder auf und fand, dass Keegan ebenfalls etwas ermattet wirkte, wobei vielleicht eher ihr Wunsch Vater des Gedankens war.

»Sag mir, dass unser Training für den Tag beendet ist.«

»Tja nun, wir müssen erst noch wieder runter und danach zurück ins Tal. Aber dann hast du es geschafft.«

»Halleluja. Und zu Hause werde ich erst einmal eine Stunde duschen, und dann leere ich allein eine Flasche Wein zu dem von Marco marinierten Steak, das es zum Abendessen gibt.«

»Dann stehst du besser langsam wieder auf.« Damit richtete er sich selbst auf, gab ihr die Hand und zog sie hoch. »Das hast du wirklich gut gemacht. Ich finde, dass du immer besser wirst, auch wenn die Fortschritte, die du im Schwertkampf machst, noch immer eher bescheiden sind.«

»Ich versuche, weniger zu denken und es einfach aus dem Bauch raus anzugehen. Ich werde trotzdem sicher niemals eine echte Kriegerin …«

»Ein Krieger kämpft, um andere zu schützen, und riskiert sein Leben, wenn er andere retten kann. All das hast du bereits getan und wirst es wieder tun. Das heißt, du hast den Zopf verdient, wenn du ihn willst.«

Sie starrte ihn mit großen Augen an. Dann drehte sie sich um und blickte auf das Grün und Braun und Gold und Blau, die Täler und die Berge von Talamh.

Breen Siobhan O'Ceallaigh, Kriegerin der Fey.

»Ich hätte nie erwartet, so etwas aus deinem Mund zu hören.«

»Am Anfang hätte ich selbst nicht gedacht, dass ich das jemals sagen würde, aber du hast in den letzten Monaten sehr viel trainiert, und wenn etwas nicht klappt, versuchst du es noch mal. Auch wenn du dich beschwerst, gibst du nicht auf. Du hast gekämpft und bist verwundet worden, aber trotzdem greifst du täglich weiter nach dem Schwert. Und das macht einen Krieger aus.«

»Ich fühle mich … geschmeichelt. Aber nein, ich möchte keinen Kriegerinnenzopf. Wenn diese Schlacht geschlagen ist, würde ich mein Schwert gern an den Nagel hängen, weil ich hoffe, dass ich dann nie wieder kämpfen muss. Es wird dann selbstverständlich einen Ehrenplatz bekommen, aber ein echter Krieger legt sein Schwert bestimmt nie aus der Hand.«

»Das musst du selbst entscheiden.«

»Jetzt bist du enttäuscht.«

»Oh, nein, das bin ich nicht. Und jetzt komm mit.« Noch

einmal nahm er ihre Hände, heilte sie mit einem Kuss und schlug ihr vor: »Lass uns den Berg verlassen, wie wir raufgekommen sind.«

»Du hast also geübt? Denn vorher konntest du doch gar nicht schweben«, meinte sie, trat aber furchtlos an den Rand des Felsens und ins Nichts.

»Nur ein paar Zentimeter, doch dann musste ich an deine Worte denken, dass in meinen Adern Blut von allen Stämmen fließt. Also habe ich den Sidhe und den Weisen in mir aufgerufen und trainiert.«

Sie schwebten den Fels hinab Richtung Tal.

»Ich gebe zu, dass mich der erste Meter jede Menge Kraft gekostet hat. Doch dann wurde es leichter, und inzwischen bin ich wirklich froh, dass ich es kann. Ich wäre nie darauf gekommen, es zu trainieren, deshalb war es gut, dass du davon gesprochen hast.«

»Ich schwebe auch sehr gern«, stimmte sie nach der Landung zu. »Auch wenn ich lieber auf dem Rücken meines Drachen durch die Gegend fliege oder festen Boden unter den Füßen habe. Bestimmt trainierst du dir jetzt auch noch Fähigkeiten von den anderen Stämmen an.«

»Tja nun.« Er blickte Richtung Wald und rannte los.

Nach wenigen Sekunden konnte Breen ihn nicht mehr sehen, doch dann kam er zu ihr zurückgelaufen, und mit einem überraschten und erfreuten Lachen meinte sie: »Das war echt schnell!«

»Zwar hole ich noch keine Elfe ein, doch ich bin bereits deutlich flinker, als ich es zu Anfang meines Trainings war. Auch du bist ganz schön schnell«, bemerkte er, als er mit ihr zurück zu ihren Pferden ging. »Und ausdauernd. Das kommt wahrscheinlich auch von deiner morgendlichen Hüpferei.«

»Die *Hüpferei* ist Kardiotraining, wie die Ärzte es empfehlen.«

»Ich finde, es sieht gut aus, wenn du diese Übungen machst, und diese enge Hose, die du dabei anhast, steht dir wirklich gut. Das heißt, dass dieses Training auch aus anderen Gründen durchaus zu empfehlen ist.«

Amüsiert schwang sie sich in den Sattel und sah ihn fragend an. »Kannst du dich auch in einen Baum verwandeln oder dich in ihn hineinversetzen, oder wie ihr das auch immer nennt?«

»Nicht ganz. Aber ich kann die Bäume und die Steine und die Erde besser spüren als zuvor.«

»Hast du auch eine Wergestalt?«

»Es gibt mich nur in dieser einen Form.«

»Die mir durchaus gefällt.«

Er grinste über diese Feststellung. »Genauso wie bei dir ist es der Drache, der mich ruft. Und mit ein bisschen Übung kann ich jetzt mit ihnen sprechen, auch wenn es was anderes als mit Króga ist. Mit ihm ist es …«

»Intimer, weil ihr nicht nur die Gedanken, sondern auch eure Gefühle miteinander teilt.«

»Genau, aber ich kann jetzt auch die anderen Drachen rufen, die mit niemandem verbunden sind. Ich nehme an, dass das an meinem Werblut liegt. Sie haben mich als einen der ihren akzeptiert, auch wenn ich nicht ihre Gestalt annehmen kann. Ich bin dir wirklich dankbar, dass du mich auf die Idee gebracht hast, meine Fähigkeiten auszubauen.«

»Ich würde gerne sehen, wie du sie rufst.«

»Dafür ist sicher irgendwann mal Zeit.«

»Das wäre schön. Jetzt bleiben nur die Trolle und die Leute aus dem Meer.«

»Ich würde lieber ausprobieren, wie gut ich schwimmen kann, wenn's etwas wärmer ist. Und meine Beine würde ich auf jeden Fall behalten wollen. Und von den Trollen habe ich wahrscheinlich meine Kraft. Wenn ich mich konzentriere, kann ich ziemlich schwere Sachen heben, auch wenn ich glaube, dass ich mich in dieser Hinsicht noch verbessern kann. Obwohl … Es heißt, dass Trolle bei der Paarung unermüdlich wären. Es heißt, sie würden sich so schnell erholen, dass man die Pausen, die sie einlegen, gar nicht bemerkt.«

»Ach ja?«

»So wird's auf jeden Fall erzählt, und in den Liedern über Trolle wird das ebenfalls erwähnt. Vielleicht ist das nur Angeberei, aber ich fände es vernünftig, mal zu testen, wie's in dieser Hinsicht um mich steht.«

»Und sicher sollte ich mich für die Tests als Tochter eures Landes zur Verfügung stellen.«

»Das wäre wirklich nett. Vor allem, wenn du dich vorher waschen würdest, damit du nicht mehr nach Ziege riechst.«

Sie schnupperte an ihrem Arm und zuckte zusammen. Lachend trieb er seinen Hengst zu einem schnelleren Tempo an.

Bei ihrer Ankunft auf dem Hof zerstörte ihre Freundin ihre Illusion, dass sich der grässliche Gestank verflüchtigt hatte, als sie durch die kühle Luft geritten war.

»Du riechst wie Finnegan, der Ziegenhirte, wenn er sich mal wieder nicht gewaschen hat«, stellte Morena naserümpfend fest.

»Ich werde sofort duschen, wenn ich heimkomme«, versprach ihr Breen. »Wo steckt denn Faxe? Ist er bei Marco?«

»Die beiden sind schon rüber auf die andere Seite. Marco

sagte irgendetwas von Kartoffeln, die er in den Ofen schieben will, und dachte, dass es bei dir später werden würde, weil dein Training heute außerhalb des Tales stattgefunden hat.«

Morena kratzte, während Breen den Sattel in die Sattelkammer schleppte, Boy schon mal die Hufe aus.

»Ich sollte irgendwelche Kinder, die es gar nicht gab, aus den Klauen imaginärer Feinde befreien, die sie hätten rösten und dann fressen wollen.«

»Die Mühe, sie zu rösten, hätten sich die Teufel doch bestimmt gespart.«

Während sie den Wallach trocken rieb, erzählte Breen ihr von der Kletter-Schwebe-Tour den steilen Berg hinauf.

»Das war anscheinend ziemlich anstrengend, wenn du dich hinterher in Ziegenköttel hast fallen lassen. Aber da seid ihr beide wirklich ganz schön hoch geschwebt. Kannst du nur rauf- und runterschweben, oder geht es auch vor oder zurück, wenn du keinen Kontakt mehr mit der Erde hast?«

»Keine Ahnung. Bisher brauche ich noch meine ganze Kraft, um raufzukommen. Runter geht's deutlich leichter, auch wenn ich nicht sagen kann, warum.«

»Ich kann mir vorstellen, dass du auch die Richtung ändern kannst. Das wäre dann beinah wie fliegen, und das hast du dir als kleines Mädchen mehr als alles andere gewünscht. Ich habe es geschafft, dich hochzuheben und ein kurzes Stück zu tragen, und dann hat dir Ma noch diese kleinen Spielzeugflügelchen aus Draht und …«

»… leuchtend grünem Stoff gemacht«, fiel es Breen selbst wieder ein. »Sie waren grün mit einem blauen Rand. Wie Flügel eines Schmetterlings, und ich bin damit übers Feld gerannt und habe so getan, als flöge ich mit dir zusammen durch die Luft.«

»Und dann hat Phelin …« Traurig brach Morena ab und schmiegte ihre Wange an den Pferdehals.

»Er hat mich andauernd gefoppt«, erinnerte sich Breen.

»Genau. Wobei er dich bestimmt nicht hätte traurig machen wollen, als er dich mit den falschen Flügeln aufgezogen hat.«

»Er dachte, dass ich sauer werden und mich auf ihn stürzen würde, und als er gesehen hat, wie verletzt ich war, hat er mich hochgehoben und ist mit mir hin und her geflogen, bis ich wieder fröhlich war. Er hat gesagt, ich wäre eine Sidhe ehrenhalber und bräuchte nur zu sagen, wenn er eine Runde mit mir drehen soll.«

»Das ist eine schöne Erinnerung«, meinte Morena und fuhr fort, das verschwitzte Pferd zu striegeln. »Sie passt zu ihm, denn schließlich war er ein echt netter Kerl. Natürlich sind wir alle immer noch sehr traurig, und erst gestern hat mein Grandda meine Gran im Arm gehalten, als sie während ihres Frühjahrsputzes auf ein Bild stieß, das ihr Phelin mal gemalt hat, und in Tränen ausgebrochen ist.« Mit einem Seufzer legte sie den Striegel fort. »Ich mag es lieber, wenn ich mich mit Freude und mit Spaß an ihn erinnern kann.«

»Ich rieche zwar nach Ziegenscheiße, aber trotzdem werde ich dich jetzt umarmen«, meinte Breen und trat entschlossen auf sie zu.

Morena schlang ihr ihrerseits die Arme um den Hals und stellte naserümpfend fest. »Du stinkst tatsächlich wie ein gottverdammter Ziegenbock.«

»Vermischt mit einem Hauch von meinem eigenen Schweiß.«

»Na los, haut ab und nehmt die Dusche, die ihr wirklich dringend nötig habt. Ich bringe Boy und Merlin in den Stall«, bot ihre Freundin ihr und Keegan an.

»Vergiss nicht, dass er auch noch eine Möhre haben will.«

»Als ob ich das nicht wüsste.« Lächelnd streichelte Morena Merlin zwischen den gespitzten Ohren. »Und wie sieht's morgen mit dem Training aus?«

»Das findet direkt nach dem Frühstück statt«, sagte Keegan entschlossen.

»Wann sonst«, murmelte Breen.

»Okay, wir sehen uns dann. Na kommt, Merlin und Boy, jetzt gibt es Abendbrot.«

Die Tiere folgten ihr in Richtung Stall, als Harken mit den Kühen zum Melken Richtung Scheune lief.

»Du könntest noch kurz bleiben und ihm helfen«, wandte Breen sich an Keegan. »Dann gehe ich schon einmal vor.«

»Ich habe heute früh gemolken und danach den widerlichen Haferbrei gegessen, den Morena für uns zubereitet hat. Und so begeistert, wie mein Bruder dieses Klumpzeug in sich reingeschaufelt hat, bin ich mir zwischenzeitlich sicher, dass das zwischen ihnen die große Liebe ist.«

»Glaubst du, dass ich mit Harken wegen Boy verhandeln kann? Wäre er bereit, ihn gegen irgendetwas einzutauschen und ihn weiter bei sich stehen zu lassen, weil ich ihn wohl kaum mit rüber in mein Häuschen nehmen kann?«

»Ist er das Pferd, das du gern hättest?«

»Ja. Wir mögen uns und fühlen uns miteinander wohl. Ich kann ihn mir natürlich weiter ausleihen, falls Harken ihn behalten will, aber …«

»Er würde ihn dir sicherlich auch schenken, denn er hat ihn schließlich extra für dich ausgewählt, weil ihr so gut zusammenpasst.«

»Das ist mir klar, aber ich hätte eben gerne andersrum auch was für ihn. Nur weiß ich nicht, was ihm gefallen würde oder was er vielleicht braucht.«

»Er bräuchte dringend ein neues Geschirr für seinen Pflug. Das Alte hat er schon so oft geflickt und repariert, dass es bestimmt bald vollends auseinanderfällt.«

»Und wo bekomme ich so was?«

Sie liefen durch das Wäldchen auf der anderen Seite des Willkommensbaums.

»Wenn du Lust hast, gehen wir morgen zu dem Elf, der solche Sachen macht.«

»Okay, und was kann ich ihm dafür geben, dass er ihn auch weiter füttert und in seinem Stall stehen lässt?«

»Dafür nimmt er ganz sicher nichts, weil du als Schwester von Morena schließlich jetzt auch seine Schwester bist. Aber das Geschirr kann er sehr gut gebrauchen, um die Frühjahrsaussaat auszubringen, und er wird sich freuen, weil er so etwas Praktisches von dir geschenkt bekommen hat.«

»Wirst du ihm bei der Aussaat helfen?«

»Wenn ich dann nicht gerade wieder in der Hauptstadt bin. Solange aber dort nichts Dringendes anliegt, lege ich bestimmt den einen oder anderen Tag hier ein. Vielleicht kommst du ja wieder einmal mit. Es tut den Leuten in der Hauptstadt immer gut, wenn sie dich sehen.«

»Okay.«

»Ich weiß, dass du auch noch nach Philadelphia willst, also reisen wir am besten ein, zwei Tage vorher hin.«

»Findet dann auch eine Gerichtsverhandlung statt?«

»Wahrscheinlich, auch wenn es dann nur um irgendwelche Kleinigkeiten geht. Wir haben bisher noch keine anderen Spione ausfindig gemacht, und ich muss einfach hoffen, dass es keine mehr zu finden gibt.« Er stopfte seine Hände in die Taschen, verzog grimmig das Gesicht und räumte ein: »Ich habe dieses Jahr schon mehr Leute verbannt als in der ganzen

Zeit, seit ich der Taoiseach dieses Landes bin, und trotzdem fällt es mir noch immer schwer.«

»Wenn's anders wäre, täte mir das leid.«

Als sie zum Haus kamen, schwang die Haustür auf, und Faxe kam so stürmisch angerannt, als hätte er sie schon seit einer Ewigkeit nicht mehr gesehen.

»Mein süßer Schatz. Warst du auch brav?«

»So brav, wie es nur geht«, rief Marco ihnen zu. »Die Kartoffeln sind im Ofen, und wenn Brian auftaucht, grill ich noch was von Seamus' Spargel zu dem Steak. Lasst uns – mein Gott, was ist das für ein furchtbarer Gestank?«

»Ziege oder eher deren Hinterlassenschaften«, klärte Breen ihn auf. »Am besten dusche ich erst mal.«

»Das hoffe ich doch sehr. Aber vorher will ich noch die zwei Kapitel haben.«

»Was?«

»Zwei Wochen waren abgemacht, aber ich habe dir noch etwas Zeit gelassen, weil ich dachte, dass du erst mal diesen Angriff von dem Psychogott verkraften musst. Aber du hast versprochen, dass du mir die ersten zwei Kapitel gibst, und jetzt will ich sie haben, damit ich sie heute Abend vor dem Schlafengehen lesen kann.«

»Ich würde wirklich gerne vorher …«

Er bedachte sie mit einem ausdruckslosen Blick. »Versprochen ist versprochen, obendrein mit einem Kleiner-Finger-Schwur.«

»Mist.« Sie stürmte in ihr Zimmer, wo ihr Schreibtisch stand.

»Was ist ein Kleiner-Finger-Schwur?«, wandte sich Keegan Marco zu. »Und dieses Buch würde ich auch gern lesen.«

»Nein«, erklärte sie entschieden und hielt einen mitgebrachten USB-Stick so hoch in die Luft, dass er für Marco nicht erreichbar war.

»Warum darf er es lesen und ich nicht?«

»Weil er mir das Versprechen abgenommen hat. Und jetzt, Marco, versprich mir andersrum, dass du nur diese zwei Kapitel liest und keine Seite mehr. Es ist zwar mehr auf diesem Stick, aber du hörst nach zwei Kapiteln auf.«

»Ich bitte dich.«

»Versprich es mir. Mit einem Kleiner-Finger-Schwur.«

»Okay, okay.« Er verschränkte ihrer beider kleinen Finger und riss ihr den USB-Stick aus der Hand.

Überrascht verschränkte Keegan seine beiden kleinen Finger. »Das hier ist ein Schwur? Warum ist das ein Schwur?«

»Warum denn nicht? Es geht dabei um Ehre und Vertrauen. Zwei Kapitel«, wiederholte Breen. »Dann hörst du auf. Und du liest nicht, solange ich im Zimmer bin. Dann würde ich vor Anspannung verrückt.«

Sie machte auf dem Absatz kehrt und lief zusammen mit Faxe in das obere Geschoss.

»Warum riecht sie nach Ziegenköttel? Sie hat gesagt, es wäre Ziegenköttel. Das war das erste Mal, dass ich so was gerochen habe.«

»Das erzähle ich dir, nachdem ich sie überredet habe, dass ich auch die ersten zwei Kapitel lesen darf.«

»Da wünsche ich viel Glück.«

Kaum hatte Breen die Dusche aufgedreht, wurde die Glastür aufgezogen. »Echt jetzt?«, fragte sie, als sich Keegan zu ihr in die Duschkabine schob.

»Ich brauche selbst dringend eine Dusche und vor allem dich.« Er schmiegte sich von hinten an sie und zog mit seinen Händen die Konturen ihrer Schultern nach. »Das heiße

Wasser fühlt sich gut an. Und du auch.« Er presste seine Lippen auf ihr Schulterblatt. »Wie wäre es mit einem Kleiner-Finger-Schwur?«

»Oh, nein.« Obwohl sie über diese Frage lachen musste, blieb sie hart. »Auf keinen Fall.«

»Dann denkst du also, dass ich keine Ehre habe, und vertraust mir nicht.«

Sie wandte sich ihm zu und schob sich, eingehüllt in heißen Wasserdampf, die Haare aus der Stirn. »Du bist die ehrenwerteste Person, die mir in meinem ganzen Leben begegnet ist, und ich vertraue dir sogar mein Leben an. Trotzdem.« Wieder schüttelte sie vehement den Kopf.

»Und warum darf dann Marco die Kapitel lesen?«

»Weil er mich zu dem verdammten Kleiner-Finger-Schwur genötigt hat. Ich hatte eigentlich gehofft, er hätte ihn vergessen.«

»Nun, ich finde sicher einen Weg, dass du mir auch den kleinen Finger gibst«, erklärte er und goss sich etwas von dem von ihr selbst mithilfe ihrer Gran gemachten Duschgel in die Hand.

»Auf keinen Fall«, erklärte sie noch mal, auch wenn sie mit dem Rest der Dinge, die er mit ihr machte, durchaus einverstanden war.

Als sie die Augen aufschlug, wedelte ihr Hund zum Zeichen, dass sie aufstehen und in die Gänge kommen sollte, mit dem Schwanz.

Sie war zufrieden und vor allem wunderbar entspannt. Was gab es Besseres als Sex unter der Dusche, eine wirklich feine Mahlzeit, die von jemand anderem zubereitet worden war, etwas Musik und jede Menge Schlaf?

Sie zog sich ihre Stiefel an, während Faxe nervös neben dem Bett tänzelte.

»Ich komme ja«, erklärte sie und zog sich auch noch ihren Morgenmantel an.

Gewohnheitsmäßig öffnete sie ihm die Tür, und als er durch die Morgendämmerung zum Wasser rannte, machte sie im Wohnzimmer ein Feuer im Kamin und holte sich einen Kaffee.

Noch immer halb verschlafen, trat sie mit ihrem Kaffee vor die Tür. War es möglich, dass sie das bald anbrechende Frühjahr roch? Wahrscheinlich nicht, doch schon bei dem Gedanken wogte freudige Erwartung in ihr auf.

Sie würde später sehen, ob ihre Setzlinge gewachsen waren und ihren kleinen Kräuter- und Gemüsegarten planen. Im Grunde bräuchte sie den nicht, weil sie die Dinge, die sie brauchte, auf dem Hof oder bei Marg bekam, doch Marco würde es bestimmt gefallen, wenn er seine eigenen Tomaten ernten könnte, und wahrscheinlich böte ihnen ein solcher Garten jede Menge zufriedenstellender Tätigkeiten.

Vor allem machte es ihr große Freude, sich ihr zukünftiges Leben auszumalen.

Im Osten schimmerte die aufgehende Sonne, während Faxe gut gelaunt im Wasser planschte und sie ihren Kaffee genoss. Das erste Licht fing sich im aufsteigenden Nebel und verlieh ihm einen silbrig-rosafarbenen Glanz.

Die Morgendämmerung war ihre Lieblingszeit, erkannte sie. Sie liebte die Verheißungen und Möglichkeiten, die der Tag beim Anbruch bot.

Dann stellte sie sich auf der anderen Seite Harken bei der morgendlichen Arbeit vor. Und Keegan, der auf einem dreibeinigen Schemel hockte und die Kühe molk.

Das wäre sicherlich ein wunderbares Bild.

Und bald schon würden Eltern in Talamh und Irland ihre Kinder für die Schule wecken, sich für ihre Arbeit anziehen und mit der Familie frühstücken.

Bei allen Unterschieden ähnelten sich in diesen beiden Welten viele Dinge. Und da sie selbst sowohl in die eine als auch in die andere Welt gehörte, wusste sie, dass es auf beiden Seiten sowohl Pflichten als auch Freude gab.

Sie hockte sich vor Faxe, als er wieder angelaufen kam, trocknete ihn ab und teilte mit ihm das Vergnügen über diesen neuen Tag.

»Jetzt ist es Zeit für meinen Sport. Du hattest deinen schon, nicht wahr? Ich nicht, deswegen ziehe ich mich besser langsam um. Und vorher kriegst du noch dein Frühstück«, sagte sie ihm zu und küsste seinen Wuschelkopf.

Sie ging zurück ins Haus und machte einen Riesensatz zurück, als sie den Freund mit seinem Laptop auf dem Sofa sitzen sah.

»Mein Gott! Du hast mir einen Riesenschrecken eingejagt! Was machst du denn so früh schon auf den Beinen?«

»Ich lese.«

»Oh.« Ein wenig unbehaglich ging sie weiter in die Küche, fütterte den Hund und schenkte sich noch einmal Kaffee nach. Die Scheibe Toastbrot, die sie für gewöhnlich dazu aß, ließ sie erst einmal weg, weil ihr mit einem Mal ein bisschen flau im Magen war.

»Ich ziehe mich schnell um und mache meinen Frühsport«, rief sie Marco im Vorbeigehen zu.

Er blickte auf und zeigte auf den freien Platz an seiner Seite. »Setz dich erst mal hin.«

»Oh, Gott. Ist es so schlecht? Ich hätte nicht gedacht, dass es so furchtbar ist.«

»Hör auf und setz dich hin.«

»Okay.«

Sie setzte sich und sagte sich, dass sie sich wünschte, dass er völlig ehrlich war. »Vielleicht fängt alles zu schnell an. Oder zu langsam. Oder …«

»Stopp.« Er legte seinen Laptop fort und hob seinen Kaffeebecher an den Mund. »Ich habe die paar jämmerlichen Seiten, die ich lesen durfte, jetzt schon zweimal durch. Du musst mich weiterlesen lassen.«

»Aber wenn die ersten zwei Kapitel schon so schrecklich waren …«

»Jetzt werde bitte nicht wieder die alte Breen.« Er tippte mit dem Zeigefinger gegen ihre Stirn. »Ich bin schon mit den Hühnern aufgestanden, weil ich endlich weiterlesen will. Die ersten zwei Kapitel haben mich total mitgenommen, denn sie sind gut, wirklich. Und halt den Mund, bevor du irgendetwas Dummes sagst, wie etwa: Ich würde das ja nur sagen, weil du mir am Herzen liegst.«

»Aber ich liege dir am Herzen.«

»Allerdings, und deshalb würde ich dich nicht belügen, wenn du Mist geschrieben hättest, denn ich würde ganz bestimmt nicht wollen, dass du dich blamierst. Dann würde ich …« Er strich sich nachdenklich über das kleine Ziegenbärtchen, das er trug. »Genau, dann würde ich behaupten, dass die Sache Potenzial hat, Mädchen, aber dass du sie noch etwas aufpolieren musst. Ich würde dich ermutigen, doch das kann ich mir sparen, weil das, was du geschrieben hast, auch so schon super ist.«

»Ist das dein Ernst?«

Er presste seine Lippen aufeinander, runzelte die Stirn und bedachte sie mit einem durchdringenden Blick.

»Es ist dein Ernst.«

»Und ob. Und jetzt lässt du mich weiterlesen, ja?«

»Wenn ich dir wirklich noch ein weiteres Kapitel …«

»Nein«. Er wackelte mit seinem Zeigefinger hin und her. »Ich will noch drei Kapitel haben, um mich besser in der großen Welt zurechtzufinden, die du in dem Buch erschaffen hast. Ich sehe darin Teile von Talamh, doch sie ist größer, weil es darin auch noch andere Länder, Kontinente, Meere gibt. Also gib mir fünf Kapitel, damit ich mir ein genaueres Bild von dieser Welt und von den Charakteren, die du eingeführt hast, machen kann.«

»Noch drei Kapitel«, meinte sie und atmete vernehmlich aus. »Aber wenn es nicht hält, was es bisher versprochen hat, sagst du mir das. Und du schreibst für die Kapitel drei Rezepte für das Kochbuch, die du mir dann im Gegenzug zu lesen gibst.«

»Ich habe schon ein paar Rezepte notiert«, rief ihr Marco in Erinnerung.

»Pepp sie noch etwas auf, mit deinem Humor und deinem Charme. In dem dir eigenen Plauderstil – du weißt schon, was ich damit sagen will. Und wenn's nicht hinhaut, sage ich dir das.«

Wortlos hielt er ihr den kleinen Finger hin.

Sie hakte ihren kleinen Finger darin ein und stand dann wieder auf. »Und jetzt muss ich mich wirklich umziehen.«

Als sie wieder nach unten kam, reckte er einen Finger in die Luft und bat sie: »Stör mich nicht.«

Wortlos ging sie weiter in ihr Arbeitszimmer und fing direkt mit ihrem Work-out an. Als sich ihre Aufregung, obwohl sie jede Menge Schweiß vergoss, nicht legte, hängte sie noch eine halbe Stunde Yoga dran.

Dann kehrte sie ins Wohnzimmer zurück. Aus der Küche roch es nach gebratenem Speck.

»Wenn ich schon auf bin, kriegst du vor dem Schreiben noch ein ordentliches Frühstück von mir vorgesetzt«, erklärte Marco, als sie einen Teller mit besagtem Speck, Rührei mit Käse sowie einer halben eingekochten Birne mit talamhschem Honig von ihm hingestellt bekam.

Er stellte für sich selbst einen zweiten Teller hin, drehte sich zu ihr um und nahm sie in den Arm.

»Versuchst du, den Schlag abzumildern, den du mir jetzt gleich versetzen wirst?«

»Ach, Breen, ich bin unglaublich stolz auf dich. Ich habe laut gelacht, als du mich *Faxes zauberhafte Abenteuer* hast lesen lassen. Ich konnte ihn genauso deutlich vor mir sehen, als würde er mir gegenüberstehen. Und das hier ist was völlig anderes. Ich höre dich genau wie in dem anderen Buch, aber es hat mehr Tiefgang, und die Welt, die du darin beschreibst, ist unglaublich facettenreich. Wenn Mila es nicht schafft, bricht mir das Herz.« Er schob sie sachte von sich. »Du hast es wirklich drauf, Mädel. Du hast den Bogen einfach raus. Und jetzt gib mir die restlichen Seiten zu lesen.«

»Marco …«

»Was? Du musst es mir ja nicht auf einmal geben, doch ich werde dich von nun an jeden Tag belämmern, bis du einlenkst. Und jetzt hör zu.«

»Ich höre zu.«

»Du wirst mir zuhören und mir vertrauen«, befahl er ihr. »Wer hat dich dazu gebracht, den Blog zu schreiben?«

»Du.«

»Und wer hat dir gesagt, du solltest tun, was du schon immer hättest machen wollen, und Bücher schreiben?«

»Du.«

»Und wer sagt dir, dass du die fünf Kapitel auf der Stelle Carlee schicken sollst?«

»Oh, Marco, ich muss sie erst noch überarbeiten und …«

»Du willst mir doch nicht sagen, dass du das, was du mich lesen lassen hast, noch irgendwie verbessern musst.«

»Ich würde es gern noch einmal durchgehen.«

»Wer kennt dich gut genug, um ganz genau zu wissen, dass du das nur willst, weil du dich davor fürchtest loszulassen?«

»Du.« Sie seufzte abgrundtief. »Ich hätte mir noch zwei, drei Wochen nehmen wollen. Oder so.«

»Die brauchst du nicht. Schick ihr die fünf Kapitel. Jetzt sofort«, befahl er ihr so streng, dass sie zusammenfuhr. »Und zwar bevor dein Frühstück kalt wird, ja?«

»Wenn ich das mache, schreibst du die Rezepte.«

»Habe ich dir nicht versprochen, das zu tun? Na los, schick die Kapitel ab. Dann mache ich mich an die Arbeit, wenn wir mit dem Frühstück fertig sind.«

# 17

Da Carlee nicht gleich etwas von sich hören ließ, versuchte Breen, sich möglichst abzulenken, um nicht durchzudrehen.

Und drehte trotzdem beinah durch.

Sie feilte auch an Marcos Buch, obwohl er ein Naturtalent im Kochen, bei Gesprächen und beim Schreiben übers Kochen war und es im Grunde kaum was zu verändern oder zu verbessern gab. Als der Anruf aus New York kam, nahm sie das Telefon mit in ihr Arbeitszimmer, während Marco eine selbst gemachte Pizza für sie beide in den Ofen schob.

Sie beide waren allein, weil Brian mit Keegan in der Hauptstadt war.

»Das wird die beste Pizza, die du je gegessen hast«, erklärte Marco, als sie wieder in die Küche kam.

»Das war Carlee.«

»Und?« Er fuhr zu ihr herum und sah sie fragend an.

»Sie fand es gut. Ich kann dir gar nicht sagen, wie erleichtert ich deswegen bin. Sie fand es wirklich gut.«

»Sie ist schließlich nicht dumm.« Er breitete die Arme aus, zog Breen an seine Brust und schwenkte sie übermütig durch die Luft.

»Zum Feiern ist es noch zu früh. Das heißt, für eine kleine Feier wäre jetzt vielleicht durchaus der rechte Augenblick.«

»Auf jeden Fall. Deswegen trinken wir statt Wein aus dem Geschäft den guten Feenwein.«

»Oh, nein, den heben wir uns lieber noch ein bisschen auf.

Sie hat gesagt, dass ich den Inhalt des Buchs für sie zusammenfassen soll, damit sie ein Exposé erstellen und es meinem Verleger schicken kann. Meinem Verleger, wie das klingt …«

»Dann tu das, ist schließlich Teil von deinem Job. Hör zu, wenn du die Pizza mit an deinen Schreibtisch nehmen willst …«

»Oh, nein, ich habe mich auf diesen Abend nur mit dir und Faxe, Pizza, Wein und einem Film gefreut. So hatten wir's geplant, und dabei bleibt es auch. Ich habe ihr gesagt, dass sie mir noch zwei Wochen geben soll.«

»Ach, Mädel.«

»Nein, nein, nein. Zwei Wochen, um den Rest noch einmal durchzugehen, damit ich ihn ihr schicken kann. Das heißt, sie kriegt das ganze Buch. Ich brauche einfach noch die Zeit, um mich zu vergewissern, dass es nichts mehr zu verbessern gibt.«

Er lächelte. »So ist's recht. Das klingt echt schlau. Und jetzt gibst du mir noch ein paar Kapitel, die ich lesen kann, wenn's ohne Brian in meinem Bett zu einsam wird.«

»Jetzt brauche ich auf alle Fälle ein Glas Wein.«

»Sofort.« Er lächelte sie an. »Ich bin echt stolz auf dich.«

»Ich auch. Ich habe Carlee noch gesagt, dass du ihr in zwei Wochen schon mal einige Rezepte schickst, damit sie ein Gefühl für deinen Schreibstil kriegt.«

»Ach, Mädel«, wiederholte er, sie aber wackelte mit ihrem kleinen Finger und grinste ihn unbekümmert an.

Die nächsten beiden Wochen konzentrierte sie sich morgens völlig auf das Buch, bevor sie rüber nach Talamh ging, um sich dort dem Training und dem Unterricht im Zaubern zu widmen. Wenn sie schon in zwei Welten lebte, würde sie in beiden alles geben, was ihr möglich war. Am Ende der zwei Wochen überreichte sie dem überraschten Harken das brandneue Pfluggeschirr. Er sah es sich von allen Seiten an und streichelte es so wie jemand anderes ein kostbares Juwel.

»Wie schön. Das heißt, es ist viel mehr als schön.«

»Genau wie er.« Breen schmiegte ihre Wange an Boys Hals. »Du hättest das Geschirr schon vor der Frühjahrsaussaat kriegen sollen, aber der Sattler, der es angefertigt hat, hat mir erklärt, so etwas bräuchte Zeit.«

»Zumindest, wenn man Sorgfalt walten lässt. Und das hat er auf jeden Fall getan, denn dies ist ein Geschirr, das auch von meinen Kindern und dann später ihren Kindern noch verwendet werden wird.« Er streichelte das Leder liebevoll wie eins der Kinder, die er einmal würde haben wollen. »Vor allem, weil du den Namen unserer Familie in das Leder hast brennen lassen.«

»Das hat mir Keegan vorgeschlagen.«

»Das bedeutet mir sehr viel.« Er schob sich seine Mütze aus der Stirn und sah sie an. »Weißt du, im Grunde hat dir Boy bereits gehört, als du zum ersten Mal auf ihm gesessen hast.«

»Im Grunde habe ich dort eher gehangen, aber trotzdem war sofort eine besondere Verbindung da. Danke, Harken, dass du bereits vor mir wusstest, welches Pferd zu mir gehört. Es tut mir leid, dass ich nicht morgen auf ihm in die Hauptstadt reiten kann, aber in ein, zwei Tagen kommen wir zurück.«

»Du weißt, dass er bei uns in guten Händen ist. Genieß die Hauptstadt und den Flug dorthin. Jetzt kommt das Frühjahr«, meinte er und schaute sich auf seinen Feldern um. »Und dann erblüht das ganze Land.«

Natürlich kannte er sich als Bauer viel besser als sie selbst mit den Jahreszeiten aus, erkannte Breen, als sie am nächsten Morgen in die Hauptstadt flog. Die Luft war fraglos wärmer als bei ihrer letzten Reise Richtung Osten und versprach ihr, dass der Winter bald zu Ende war.

Sie ritt mit Faxe, dessen wilde Locken in der Brise flatterten, auf Lonrach, während Keegan links von ihr auf Cróga saß und Aislings Mann Mahon zu ihrer Rechten flog.

Und unter ihnen pflügten die Bauern ihre Felder für die anstehende Frühjahrssaat. Nach ihrer Rückkehr würde sie auch ihre eigenen Beete umgraben, schließlich hatten sich die reiche, braune Erde und die Luft genügend aufgewärmt.

Inzwischen hatte sie ihr Manuskript und Marcos Entwürfe für das Kochbuch abgeschickt, deswegen hätte sie genügend Zeit und freute sich auf diese Arbeit ebenso wie auf das Schreiben ihres nächsten Faxe-Buchs.

Sie hatte sie am Vorabend so spät wie möglich nach New York gemailt, damit ihre Agentin sie erst sähe, wenn sie selbst bereits auf dem Weg in Richtung Hauptstadt war.

Und hatte Marco noch den Rest des Buchs hingelegt, bevor er wach geworden war.

Als Cróga einen Schwenk nach Norden machte und die grünen Midlandhügel überflog, sah sie auf Keegan, doch der blickte gerade unter sich.

»Er will kurz gucken, wie die Dinge an dem Übergang hier stehen«, erklärte ihr Mahon. »Vor allem ist es gut für alle, die hier Dienst tun, wenn sie dich und ihren Taoiseach sehen.«

»Oh.«

In ihren Leggins, Stiefeln, ihrem Wollpullover und der Jacke sah sie alles andere als präsentabel aus. Und auch wenn sie sich vor dem Abflug ihre Haare vorsorglich zu einem Pferdeschwanz gebunden hatte, standen sie inzwischen dank des Windes sicher längst wieder in alle Richtungen von ihrem Kopf ab.

Keegan landete auf einem Feld, das hinter einer langen Reihe hoher Bäume lag, und Breen nahm einen ersten schwachen grünen Schimmer an den Ästen wahr.

Der Wer, die Elfe und die Sidhe, die sie in Empfang nahmen, waren mit Schwertern oder Pfeil und Bogen ausgerüstet, wie es bei den Wachen üblich war.

Die Sidhe, eine schlanke Frau mit kurzem, honiggelbem Haar und einem Kriegerinnenzopf, trat einen Schritt nach vorn. »Willkommen, Taoiseach, Tochter und Mahon. Der Frieden hier hält bisher an.«

»Das freut mich.« Keegan sah sich suchend um.

»Wir halten unsere Augen offen, doch wir haben bisher keinen Raben oder so gesehen.«

»Ich weiß, dass ich mich stets auf euch verlassen kann«, erklärte Keegan, wandte sich an Breen und zog die Brauen hoch.

Hieß das, dass sie mit Reden an der Reihe war?

»Tja nun. Talamh und alle Welten danken euch für eure Wachsamkeit.«

»Es ist uns eine Ehre, für die Freiheit einzustehen.«

»Und wie geht's deinem Bruder, Lisbet?«, mischte sich Mahon mit einem breiten Grinsen ein.

»Der reist mit seiner Stimme und mit seiner Harfe immer noch von Pub zu Pub und ist so glücklich wie ein Schwein im Dreck.«

Auch Keegan sprach mit allen dreien und wandte sich dann abermals an Breen. »Siehst du den Schatten da?«

Er wollte sie anscheinend vor den Wachen auf die Probe stellen, dann aber schaute sie sich um, und ihre Aufregung verflog.

Sie *spürte* das Portal, es war fest versiegelt. Dann aber öffnete sie sich und nahm den schwachen Schatten wahr.

»Da vorn.« Sie wies auf einen kahlen Ast. »Der Ast dort wurde aufgerissen, um den Raben mit der Nachricht durchzulassen, und dann wieder zugemacht. Der Spalt war nur so groß wie meine Faust und ist jetzt wieder völlig dicht. Es hat sie Blut und Kraft gekostet, ihn zu öffnen, und auch wenn sich diese Mühe nicht gelohnt hat, haben sie jederzeit genügend Blut, um es noch einmal zu versuchen, also haltet eure Augen weiter für Talamh und alle Welten auf.«

»Das werden wir«, versprach ihr Lisbet. »Aber ich bin auf diesen Baum geklettert, durch den der verdammte Rabe durchgeflogen ist, und habe diesen Riss, auch als ich fast davorgestanden habe, kaum gesehen.«

Als Nächstes flogen sie nach Norden, wo der Winter längst noch nicht vorüber war, und sprachen mit den Wachen auf dem schneebedeckten Berg.

Auch dort nahm Breen den Schatten wahr, und ihr ging auf, dass es die gleichen Risse offenbar in allen Übergängen gab.

»Ich kenne mich mit Strategien und Taktik nicht besonders aus«, wandte sie sich an Keegan, als sie wieder auf den Rücken ihres Drachen stieg. »Aber ich weiß, wie aufwendig und kraftraubend es ist, die Übergänge so weit aufzureißen, dass ein Rabe sie passieren kann. Wären da ein, zwei Risse nicht genug? Es würde vielleicht länger dauern, bis der Vogel ihn erreicht, doch dafür hätten sie sich all diese Mühen erspart.«

»Ich kenne mich sehr gut mit Strategien und mit Taktik aus.« Er blickte über seine Schulter zurück auf den Berg. »Deswegen frage ich mich erst mal, warum man hier überall die Schatten dieser Risse sehen kann. Ich gehe schließlich davon aus, dass sie mit Sorgfalt bei dem Zauber vorgegangen sind. Doch vielleicht hatten sie ja jeweils Helfer auf der anderen Seite, die nicht ganz so gründlich waren.«

»Okay, verstehe, aber …«

»Wir benutzen diese Übergänge selbst zum Handeln und zum Reisen, auch wenn das in letzter Zeit nicht mehr so einfach ist. Und wenn ich Odran wäre, hätte ich die Zeit genutzt, um mir zu überlegen, wie ich meine Leute von der einen auf die andere Seite wechseln lassen könnte, ohne dass die andere Seite etwas davon mitbekommt. Wenn es ihm nur um Spionage ginge, würde es doch reichen, die Spione nur durch ein Portal zu schicken, oder nicht?« Sie flogen weiter Richtung Osten, und er blickte wieder geradeaus. »Deswegen stelle ich mir diese Frage selbst.«

»In Ordnung. Und wie lautet die Antwort?«

»Wenn du im Lauf der Zeit mit Zielgerichtetheit und blutiger Magie einen faustgroßen Spalt aufreißen kannst, versuchst du doch bestimmt, auch einen größeren hinzukriegen und dann einen, der noch größer ist. Bis du am Ende eine Öffnung hinbekommst, durch die eine Armee so wie im Süden oder wie am Schlangenbaum hier einfallen kann.«

»Das heißt, dass er durch sämtliche Portale gleichzeitig hier eindringen will?«

»So würde ich's an seiner Stelle machen, wenn ich alle Zeit der Welt und keine Skrupel hätte, mit dem Blut von anderen dafür zu zahlen.«

»Aber wie willst du das verhindern?«, fragte Breen.

»Darüber reden wir ein andermal. Jetzt sind wir erst mal da.« Er zeigte vor sich auf eine Burg, die auf dem Hügel stand, das Banner mit dem Drachen auf dem weißen Grund, und auf das Meer, das laut gegen die Felsen brandete, sich zurückzog und erneut dagegenschlug. Und in der Ortschaft, die am Fuß der Burg lag, herrschte dasselbe rege Treiben wie damals, als Breen zum ersten Mal hierhergekommen war.

Beim letzten Besuch war ein Teil des Landes während der Schlacht in Flammen aufgegangen, doch inzwischen ragten erste grüne Triebe aus der frisch gepflügten Erde, und über den Häusern, Höfen, Wirtschaften und Geschäften stieg Rauch durch die Schornsteine zum Himmel auf.

Hinter der Burg erstreckte sich der dunkle Wald, in dem die Schlacht begonnen hatte, und sie landeten mit ihren Drachen dort, wo Breen Isolde zwar besiegt und schwer verwundet, aber nicht getötet hatte, weil sie sie in ihrem grenzenlosen Zorn nicht hatte umbringen, sondern leiden lassen wollen. Und deshalb brachte Odrans Hexe jetzt mit ihrem dunklen Zauber weiter Unschuldige um.

Wasser plätscherte in einem Brunnen, und obwohl hier die Luft noch immer kühl war, blühte es schon überall.

Faxe blickte sehnsüchtig in Richtung Fluss, lief dann aber neben Breen zum Burgtor, wo sie Minga in Empfang nahm. In ihren braunen Leggins und der weißen Tunika, um die ein breiter, kupferroter Ledergürtel lag, war sie so elegant wie eh und je.

»Willkommen, Taoiseach. Breen, Mahon.« Sie nahm Breens Hände, küsste ihr die Wangen und stellte fest: »Die Luft ist noch ein bisschen frisch. Am besten setzt du dich erst mal an den Kamin. Auch du bist mir willkommen.« Sie streichelte den Hund. »Tarryn schlichtet gerade einen kleinen

Streit, was aber sicher nicht mehr lange dauern wird. Und eure Zimmer sind gerichtet.«

Noch während sie sprach, stürzte eine junge Elfe auf Breen zu, nahm ihre Tasche und lief damit derart eilig in den ersten Stock, dass man sie nur noch als verschwommenen Schatten sah.

»Ich muss noch ein paar Dinge tun, bei denen Mahon mir helfen muss«, erklärte Keegan und wandte sich an Breen. »Das Abendessen nehmen wir mit meiner Mutter ein. Das heißt, dass wir in aller Ruhe essen können, den Göttern und den Göttinnen sei Dank.«

»Okay. Gibt's irgendetwas, was ich tun sollte?«

»Bestimmt. Am besten bleibst du irgendwo, wo ich dich finden kann. Mahon.«

Die beiden Männer gingen los. Lächelnd schaute Minga ihnen hinterher. »Er verliert wirklich keine Zeit. Na komm, ich bringe dich erst einmal rauf. Dann trinkst du einen Tee und packst in Ruhe deine Sachen aus. Und du bekommst auf jeden Fall ein Leckerli.«

Bei diesem Worten wedelte Faxe begeistert mit dem Schwanz.

»Und wie geht's Aisling und den Jungen? Ich weiß, dass Tarryn schon die Tage zählt, bis sie sie endlich alle wiedersehen kann.«

»Es geht ihnen sehr gut. Morena bringt den Kindern bei, wie man mit einem Falken umgeht. Das heißt, natürlich nur den beiden großen, auch wenn Kelly täglich süßer wird.«

Sie nahmen die große Treppe in der Eingangshalle, die in Kriegszeiten zu einer hohen Plattform wurde, die unmöglich einzunehmen war.

»Und wie geht's deiner eigenen Familie?«

»Sehr gut. Wir sammeln Kraft, denn wenn das Frühjahr anfängt, geht's hier wieder richtig los. Und was macht Marco, unser Freund? Die Leute hier, vor allem in der Küche, sind total enttäuscht, weil er nicht mitgekommen ist.«

»Er ist verlobt.«

»Das habe ich bereits gehört. Mit Brian Kelly – einem wirklich netten, anständigen Mann. Wenn er mal wieder herkommt, feiern wir.«

Statt in den Flügel abzubiegen, in dem Breen und Marco während ihres letzten Aufenthalts genächtigt hatten, gingen sie weiter bis zu den Gemächern, die dem Taoiseach vorbehalten waren.

»Brigid hat gefragt, ob sie sich wieder um dich kümmern darf. Ich habe Ja gesagt, weil du mit ihr sehr gut zurechtgekommen bist.«

»Auf jeden Fall. Ich würde sie tatsächlich gerne wiedersehen.« Dann hatten sie ihr Ziel erreicht. »Und wie ich sehe, hat sie schon ein Feuer im Kamin gemacht und dir etwas zu essen und zu trinken hingestellt. Und dazu hast du schon Besuch.«

»Ich konnte einfach nicht mehr warten.« Lachend lief Kiara auf Breen zu und fiel ihr um den Hals. »Ich bin sofort heraufgekommen, als ich die Drachen sah. Ich hoffe nur, dass dich mein Überfall nicht stört.«

Zwar hatte Kiara die gleiche goldene, samtig weiche Haut und auch das gleiche dicke, schwarze Haar wie ihre Mutter, doch statt Mingas würdevoller Ruhe besaß Kiara eine ansteckende Fröhlichkeit.

»Im Gegenteil. Ich freue mich unglaublich, dich zu sehen.«

»Dann lasse ich euch beiden jetzt allein. Aber, Kiara, rede bitte nicht so viel, dass Breen von deinem Geplapper schwindlig wird.«

»Aber ich habe so viel zu erzählen, dass ich gar nicht weiß, womit ich anfangen soll!« Lachend kniete sich das Mädchen auf den Boden und nahm Faxe in den Arm. »Oh, du bist gewachsen, aber du bist immer noch unglaublich süß. Ich habe eben auf die Kleinen aufgepasst, und da ich keine Zeit damit verlieren wollte, mich noch umzuziehen, habe ich noch meine alten Sachen an.«

Die *alten* Sachen waren eine schicke pflaumenblaue Hose, farblich darauf abgestimmte Stiefel, ein lavendelfarbenes, weites Hemd und goldene Ohrringe.

»Du siehst fantastisch aus«, erklärte Breen, weil Kiara einfach immer gut aussah. »Vor allem die Frisur steht dir echt gut.«

»Findest du?« Sie glitt mit einer ihrer Hände über die zahlreichen dünnen Zöpfe, die sie über ihrem Kopf zusammengebunden hatte, wo die Enden eine wilde Lockenwolke bildeten. »Ich wollte mal was Neues ausprobieren.«

»Es sieht echt super aus. Am besten setzen wir uns an den Tisch, trinken zusammen Tee, und du erzählst mir alle Neuigkeiten aus dem Ort und aus der Burg.«

Begeistert tischte Kiara ihr die jüngsten Klatschgeschichten auf, und während Breen ihr lachend lauschte, rollte Faxe sich nach dem Genuss von seinem Hundekuchen neben dem Kamin zusammen und döste friedlich vor sich hin.

»Jetzt bist du dran. Ich will alles über die Verlobung und den Antrag hören. Wer hat ihn gemacht, und wo und wie?«

»Das war Brian, aber offensichtlich hatte Marco was ganz Ähnliches geplant. Brian war mit ihm bei sich zu Hause, um ihn der Familie vorzustellen.«

»Die selbstverständlich ganz begeistert von ihm war. Ich kenne sie zwar nicht, aber ich kenne Brian, ich weiß, dass er nicht dumm ist, und ich gehe davon aus, dass er das von zu Hause mitbekommen hat.«

»Das stimmt, und nachdem seine Eltern hin und weg und Marco genauso hingerissen von ihnen war, hat Brian ihn gefragt.«

»Etwa vor der Familie?« Enttäuscht sprang Kiara auf und fuchtelte mit ihren Händen durch die Luft. »Das ist echt süß, aber nicht unbedingt romantisch, oder?«

»Nein, aber so war's auch nicht. Die beiden waren allein. Sie haben gepicknickt, und zwar nicht am Tag, sondern um Mitternacht.«

»Oh!« Jetzt griff das Mädchen sich ans Herz und sank zurück auf seinen Stuhl. »Ich schmelze dahin. Sag den beiden, dass ich mich unglaublich für sie freue und entsetzlich traurig wäre, wenn ich nicht zu ihrer Hochzeit eingeladen würde.«

»Kein Problem – wenn du mir dafür meine Haare für die Feier machst.«

»Na klar, denn schließlich gibt's nichts Schöneres für mich, als dich zu frisieren. Tja nun, ich hätte dich nicht lange stören wollen und sollte deshalb langsam wieder gehen. Aber vorher habe ich noch was für dich.« Sie ging ins Schlafzimmer und kam mit einem hübsch in goldenes Papier gewickelten Paket für Breen zurück. »Ich hoffe, dass es dir gefällt.«

»Du musst mir doch nichts schenken.«

»Nein, aber ich möchte es. Nun mach es endlich auf und sag mir, ob es dir gefällt.«

Breen zog die Feenstaubschleife auf, entfernte das Papier und klappte vorsichtig den Deckel auf.

»Oh! Gott!«

Auch Mingas Ledergürtel hatte diesen wunderbaren, warmen Kupferton gehabt.

»Jetzt nimm ihn endlich raus! Probier ihn an! Oh, ich halte es nicht länger aus.« Ungeduldig zerrte Kiara Breen von ihrem Stuhl, bevor sie selbst den Mantel aus der Schachtel nahm. »Wenn er nicht passt, trete ich Daryn derart kräftig in den Arsch, dass es das war mit seinem Kinderwunsch. Oh, er passt, er passt! Er sitzt ganz wunderbar. Na los, guck dich im Spiegel an. Die Farbe passt perfekt zu deinem Haar. Genau das wollte ich für dich, und ich hoffe, dass du selbst so einen Mantel haben willst.«

Benommen trat Breen vor den großen Spiegel und starrte den wundervollen Mantel an, der ihr bis zu den Knien reichte. Er war butterweich mit tiefen, schrägen Taschen und hatte goldenes Innenfutter aus Seide.

»Kiara, ich …«

»Das ist der Mantel einer Drachenreiterin. Jetzt dreh dich um und guck dir noch die Schnalle auf dem Rücken an. Sie sorgt dafür, dass er sich eng an deine Taille schmiegt, damit deine Figur zur Geltung kommt.«

»Er ist einfach unglaublich. Aber, Kiara …«

»Ich verdanke dir mein Leben und noch sehr viel mehr.« Statt aufgeregter Freude strahlte sie mit einem Mal die ruhige Würde ihrer Mutter aus. »Du hast mir auch gezeigt, dass wahre Freundschaft nicht darin besteht, den anderen ständig auszunutzen, zu belügen und seine Gefühle zu manipulieren. Ohne dich und Faxe wäre ich vielleicht gestorben, und dann würden meine Eltern um mich trauern wie die anderen Eltern um die Söhne und die Töchter, die in dieser Schlacht gefallen sind. Vor allem wäre ich gestorben, weil ich einer Frau, von der ich dachte, dass ihr etwas an mir liegen würde, auf den Leim gegangen bin. Also bitte nimm den Mantel an. Es würde mich sehr stolz machen, wenn du ihn tragen würdest, denn ich habe ihn für dich gemacht. Das heißt, im Grunde hat natürlich Daryn ihn gemacht, aber ich habe ihm genau erklärt, wie er aussehen muss, und ihm mit meinen vielen Sonderwünschen sicherlich den letzten Nerv geraubt.«

»So einen schönen Mantel hatte ich noch nie und hätte mir nicht träumen lassen, dass ich so ein Prachtstück je besitzen würde.«

»Wirklich?«

»Wirklich. Vielen, vielen Dank.« Breen nahm Kiara in den Arm. »Ich danke dir für diesen unglaublichen Mantel und vor allem dafür, dass du meine erste Freundin in der Hauptstadt warst, als ich mir hier noch ziemlich deplatziert und seltsam vorgekommen bin.«

Als Kiara ging, trat sie mit ihrem Mantel vor den Schrank. Die flinke Elfe hatte ihr überschaubares Gepäck schon weggeräumt, doch ehe sie den Mantel ebenfalls auf einen Bügel hängen konnte, trat sie wieder einen Schritt zurück.

»He, Faxe, lass uns diesen tollen, neuen Mantel noch ein bisschen ausführen. Und ja, du darfst auch schwimmen gehen. Wenn auch nur kurz«, fügte sie, als er fröhlich aufsprang, einschränkend hinzu.

Sie traten aus der Burg, und Breen sah auf die Plätze, wo die Krieger immer noch trainierten, und dann weiter Richtung Wald. Sie wäre gerne hingegangen, um die Übergänge dort zu überprüfen, aber Keegan hatte sie gebeten, sich nicht zu weit zu entfernen, deshalb lief sie nur bis zur Brücke, wo der Hund begeistert in den Fluss sprang.

Als Faxe wieder aus dem Wasser kam, tauchte auch Keegan auf.

»Ich hätte schneller fertig werden sollen, aber es dauert eben immer länger, als man denkt. Na komm, wir mü…« Stirnrunzelnd hielt er inne und streckte eine Hand nach ihrem Mantel aus. »Wo hast du den denn her? Warst du im Ort? Gibt es für Frauen nichts Wichtigeres auf der Welt, als einkaufen zu gehen?«

»Wahrscheinlich gäbe es auch Männer, die als Erstes sagen würden, wie gut mir der Mantel steht. Und nein, ich war nicht einkaufen«, gab sie zurück. »Ich war auch nicht im Ort. Den Mantel hat Kiara mir geschenkt. Das war sehr nett und großzügig von ihr.«

»Das stimmt. Und sie hat wirklich gut gewählt, weil dieser Mantel zu dir passt.«

»Er passt also zu mir«, stellte sie augenrollend fest.

»Okay, er steht dir ausgezeichnet, aber trotzdem ist und bleibt es eine Sache, auch wenn sie natürlich dadurch aufgewertet wird, dass du sie trägst.«

»Okay, das hast du schön gesagt. Wo gehen wir denn hin?«, erkundigte sie sich, als Keegan ihren Arm ergriff und losstapfte.

»Du bist kein Ratsmitglied hier in der Hauptstadt, und bei uns im Tal bist du das auch nicht offiziell. Trotzdem ist es an der Zeit, dass du die Ratsmitglieder kennenlernst.«

»Jetzt?« In ihrem Innern wogte ein Gefühl von Panik auf. »Aber die kenne ich doch schon.«

»Den Meermann Neo, Sean, den Wer, Bok, den Troll und Nila, die für Uwin als Vertreterin der Elfen neu dazugekommen ist, aber noch nicht. Sie kommen in den Sitzungssaal, damit ich sie dir vorstellen kann, und auf Geheiß von meiner Mutter werden wir dort etwas trinken und ein bisschen plaudern, wie es sich gehört. Das einzig Positive daran ist, dass ich auf diese Art die blöde Ratssitzung auf morgen früh verschieben kann.«

»Du nutzt mich also aus, damit du diese Sitzung schwänzen kannst?«

»Ich schwänze sie ja nicht, sondern schiebe sie nur noch ein bisschen vor mir her. Und es ist wirklich höchste Zeit, dass du die Leute alle kennenlernst.«

»Meinetwegen, aber vorher laufe ich schnell rauf und ziehe mir was anderes an.«

»Warum denn das? Du siehst doch gut aus, und vor allem hast du diesen wirklich schicken Mantel an.«

»Das stimmt, aber …«

»Du trinkst ein Tässchen Tee, plauderst mit den Leuten und zeigst ihnen, wie du bist, wenn du nicht gerade in die Schlacht ziehst oder vor Gericht einen Verräter in die Knie zwingst.«

Es war das erste Mal, dass sie den Sitzungssaal mit seinem langen Tisch, den hochlehnigen Stühlen und dem riesigen Kamin betrat … und all die Leute traf, die den Taoiseach dort berieten.

Es waren Vertreter aller Stämme, Minga, die aus einem fremden Land gekommen war, und Keegans Mutter Tarryn, die an seine Stelle trat, wenn er nicht in der Hauptstadt war.

»Ich bringe euch Breen Siobhan, die Tochter des O'Ceallaigh und der Fey.«

In einer schmalen Hose, Stiefeln, einem Hemd und einer Weste und mit sonnenhellem, zu einem dicken Zopf geflochtenen Haar trat Tarryn auf sie zu, nahm ihre Hand und gab ihr einen Wangenkuss.

»Willkommen zurück. Es tut mir leid, dass ich dich nicht sofort bei deiner Ankunft begrüßen konnte.« Sie gab ihr einen zweiten Wangenkuss und raunte ihr ins Ohr: »Du hast Kiaras Mantel an. Womit du ihrer Mutter eine große Freude machst.« Dann führte sie den Gast ein bisschen weiter in den Saal und stellte ihn den anderen vor. »Flynn von den Sidhe, doch den kennst du ja bereits.«

»Kleiner roter Hase.« Lächelnd zog er sie an seine Brust, und ihre Aufregung nahm merklich ab. Dann trat er einen Schritt zurück, schüttelte förmlich ihre Hand und funkelte sie fröhlich an. »Der Sidhe heißt die Tochter hier im Rat willkommen.«

»Die Tochter dankt dem Sidhe und … verspricht, dass sie ihm selbst und seinem Stamm die Treue halten wird.«

Als Tarryn nickte, wusste sie, sie hatte entsprechend reagiert.

»Neo, der Nix.«

An Land hatte er Beine wie die anderen und trat höflich auf sie zu. »Der Meermann heißt die Tochter hier im Rat willkommen.«

So nahmen sie nacheinander die Vertreter aller Stämme in Empfang, bis schließlich Minga ihre Hand ergriff. »Talamh, das mich so freundlich aufgenommen hat, nimmt auch die Tochter freundlich auf.«

»Ich danke diesem Land, in das ich heimgekommen bin, und schwöre, ihm auch weiter treu zu sein.«

Auch mit dem anschließenden Small Talk kam sie klar, vor allem, da ihr Tarryn unauffällig dabei half.

»Dann treffen wir uns morgen wieder«, stellte Keegan schließlich fest. »Ich danke euch, dass ihr gekommen seid.«

Erst als sie außer Hörweite der anderen waren, fragte Breen ein wenig spitz: »Hättest du dich nicht auch mit den Leuten unterhalten sollen?«

»Sie alle haben mich schon reden hören, oder nicht? Du warst es, die sie sehen und hören wollten, und das haben sie. Das heißt, dass ich jetzt endlich ganz in Ruhe etwas essen und ein Bier trinken kann.«

»Ich muss mich erst noch umziehen.«

»Was hast du bloß für ein Problem mit deinem Zeug? Warum hast du was angezogen, was du sofort wieder ausziehen willst?«

»Wenn wir mit deiner Mutter essen …«

»Es ist ein normales Essen im Familienkreis. Das heißt, dass du auf jeden Fall so bleiben kannst.«

»Ich setze mich wohl kaum in einem Mantel an den Tisch.«

»Dann zieh ihn einfach vor dem Essen aus«, fuhr er sie ungeduldig an.

»Du änderst dich wahrscheinlich nie«, murmelte sie, als er sie über die geschwungene Steintreppe nach oben zog.

»Weswegen sollte ich? Das heißt, das ist nicht wahr. Ich habe mich verändert, denn ich habe früher nie so viel erklärt.«

»Kann sein, nur hast du es versäumt, mir vor dem Abflug zu erklären, dass wir noch zu den Übergängen fliegen und ich mit den Leuten reden soll. Oder dass du mich den Ratsmitgliedern vorstellen würdest und ich mich auch mit ihnen unterhalten soll. Dann wäre ich zumindest vorgewarnt gewesen.«

»Und genau deswegen habe ich dir vorher nichts davon gesagt. So hattest du nicht so viel Zeit, um nachzudenken und darüber nachzugrübeln, wie du dich verhalten sollst.«

Da sie ihm schwerlich widersprechen konnte, hielt sie einfach ihren Mund.

»Und du hast dich in beiden Fällen wirklich gut geschlagen«, fügte er hinzu. »Und jetzt kannst du so viel oder so wenig reden wie du willst, weil jetzt nur die Familie zusammen ist.« Er trat durch eine Bogentür. »Ich wette übrigens um einen Sack mit Steinen von den Trollen, dass sich auch meine Mutter nicht extra fürs Abendessen umgezogen hat.«

# 18

Der Raum war deutlich kleiner und bei Weitem nicht so furchteinflößend wie der große Saal, in dem der Taoiseach für gewöhnlich in Gesellschaft aller anderen Burgbewohner aß.

Er wurde durch das Feuer im Kamin und Dutzende von Kerzen angenehm gewärmt, und auch wenn an dem Tisch problemlos fünfzehn Leute Platz gefunden hätten, war er nur für vier gedeckt. Der Tisch, die Stühle, das mit wunderschönen Schnitzereien verzierte Sideboard und die Böden glänzten, und die offenbar frisch aufgetragene Politur verströmte einen frischen Apfelsinen-Vanille-Duft.

Keegan holte für sich selbst ein Bier und ein Glas Wein für Breen.

»Das haben wir uns verdient.«

Sie nahm das Glas, lief durch den Raum und schaute sich die Drachen in den beiden Bogenbuntglasfenstern und die Länder, Meere, Dörfer, Höfe auf den geknüpften Wandteppichen an.

»Für jeden unserer Stämme wurde hier ein Teppich aufgehängt«, erklärte Keegan ihr. »Sie sind so alt wie diese Burg.«

»Aber die Farben strahlen derart, als hätte man sie gestern erst geknüpft. Ich frage mich, ob ich hier auch gegessen habe, als ich nach meiner Entführung damals zum Prozess hier in der Hauptstadt war.«

»Wohl kaum, denn das hat deine Mutter nicht erlaubt. Dein Vater hat die Räumlichkeiten damals unserer Familie überlassen, denn wir haben getrauert, und hier hatten wir's behaglich und waren ungestört. Vielleicht warst du ja vorher einmal hier, aber das weiß ich nicht.«

»Vielleicht. Der Raum kommt mir zwar nicht bekannt vor, aber ich kann mir gut vorstellen, wie mein Vater hier an diesem Tisch gesessen hat. Mit Nan, als sie noch Taoiseach war, und später, als er selbst das Schwert des Anführers getragen hat. Genau wie dein Vater, weil sie beide schließlich praktisch Brüder waren.«

»Oh, ja, das waren sie.«

Dann tauchten auch Mahon und Tarryn auf, und wie nicht anders zu erwarten hatte Keegan recht damit gehabt, dass seine Mutter sich für die Mahlzeit im Familienkreis nicht extra umgezogen hatte.

»Was ist es doch für eine Freude, endlich einmal unter uns zu sein. Ich gratuliere dir zu deinem Auftritt, Breen. Normalerweise lässt sich Neo nicht so leicht beeindrucken, doch er war hin und weg, als er mit dir gesprochen hat. Und in dem Mantel wirkst du ungeheuer tough und äußerst selbstbewusst.«

Feixend gönnte Keegan sich den nächsten Schluck von seinem Bier. »Was trinkst du, Ma?«

»Ich hätte gerne einen Wein wie Breen. Und Mahon hätte sicher gern ein Bier wie du.«

»Du kennst mich wirklich gut.«

»Das tue ich. Vor allem aber bin ich halb am Verhungern, und wenn wir etwas zu essen haben wollen, setzen wir uns besser langsam an den Tisch. Statt meinen Tee zu trinken, musste ich dazwischengehen, als zwei dumme Frauen wegen der Wolle eines bisher nicht einmal geschorenen Schafes aufeinander losgegangen sind. Ich habe ihnen gesagt, dass sie

sie teilen und sich darüber freuen sollen, dass es nach der Auseinandersetzung überhaupt was für sie gibt. Womit die Angelegenheit dann Gott sei Dank erledigt war.« Zufrieden lächelnd nahm sie Platz.

»Du bist geduldiger als alle Katzen und noch weiser als die Eulen von Talamh«, schmierte Keegan seiner Mutter Honig um den nicht vorhandenen Bart.

»Das sagt er nur, damit er sich nicht noch mehr derartigen Blödsinn anhören muss.«

»Ich bitte dich, von diesen Sachen kriege ich auch so genug zu hören.« Er stellte ihr ein volles Weinglas hin.

»Na komm, Breen, setz dich neben mich, damit du mir die Neuigkeiten aus dem Tal erzählen kannst. Ich habe schon versucht, Mahon nach Brian und nach Marco und der Hochzeit auszufragen, doch das hätte ich mir sparen können, weil die Infos, die er hatte, geradezu erschreckend dürftig waren.«

Tatsächlich wurde es ein ruhiges, ungezwungenes Essen, und bei Brathähnchen, Kartoffeln und Gemüse tauschten sie den neuesten Tratsch und amüsante Anekdoten über die Familie aus.

Breen trank den leckeren Wein und spürte, wie sich die Anspannung des Tages langsam legte, doch als sie nach dem Hauptgang eine Platte mit Gebäck serviert bekamen, lehnte Keegan sich auf seinem Stuhl zurück und stellte fest: »Es tut mir leid, doch vor der Ratsversammlung morgen gib es ein paar Dinge, über die ich mit euch sprechen muss.«

»Wir sitzen nicht nur als Familie hier zusammen, sondern stehen auch für die Fey, Talamh und alle anderen Welten ein«, fiel seine Mutter ihm ins Wort. »Das heißt, wir scheuen auch vor ernsten Themen nicht zurück.«

»Okay, dann sage ich euch jetzt, dass sämtliche Portale

außer dem Willkommens- und dem Schlangenbaum von Odran und Isolde aufgerissen worden sind. Die Spalte sind jetzt zwar verschlossen, aber man kann ihre Schatten sehen. Und auch die letzten beiden Übergänge sollte Breen sich vorsichtshalber ansehen, um zu sagen, ob sie wirklich sicher sind.«

»Du denkst, sie sind auch am Willkommensbaum gewesen?«, fragte Breen.

»Ich wüsste nicht, wie sie das hätten anstellen sollen, denn die Zauber, die ihn schützen, sind noch älter als Talamh, und um sie außer Kraft zu setzen, reichen seine Fähigkeiten sicherlich nicht aus.« Mit einem Achselzucken fügte er hinzu: »Dagegen kommst nicht einmal du mit deinen ganz besonderen Talenten an.«

»Das wäre auch logistisch viel zu kompliziert für ihn«, meinte Mahon. »Er kommt an diesen Baum von seiner dunklen Welt aus nicht heran. Er bräuchte eine starke Kraft in Irland oder in Talamh, die den besonderen Zauber bricht, unter dem der Baum steht. Und wenn das irgendwer versuchen würde, wüssten wir davon. Beim Schlangenbaum aber sieht's anders aus. Den hat er schon mal überwunden.«

»Und danach haben wir das Siegel noch verstärkt. Doch was ist mit dem Übergang zur dunklen Welt?« Stirnrunzelnd stand Tarryn auf und schenkte ihnen Tee zu ihrem Kuchen ein.

»Den sollte Breen sich auch ansehen. Zwar haben die dorthin Verbannten nicht die Kraft, ihn aufzukriegen, aber wenn ich Odran wäre, würde ich versuchen, einen Weg zu finden, all jene, die unsere heiligen Gesetze schon gebrochen und auf seiner Seite stehen, zu befreien, um für ihn in den Krieg zu ziehen.«

»Das alles und noch mehr werde ich morgen bei der Ratssitzung erklären«, fügte Keegan noch hinzu. »Es wäre dumm, derart viel Blut und Kräfte einzusetzen, nur um eine Handvoll Spione nach Talamh zu schicken, um hier ein paar unwichtige Dinge rauszufinden. Aber wenn er diese Spalte noch vergrößern könnte, um durch sie hier einzufallen?«

»Das wäre ein geringer Preis dafür, dass er in Talamh von allen Seiten gleichzeitig mit seinen Armeen einrücken kann. Ich denke also, dass die Durchbrüche im Süden und hier in der Hauptstadt durch den Schlangenbaum nur eine Übung dafür waren, was noch kommen soll.«

»Hältst du das für möglich?« Tarryn legte eine Hand auf Keegans Arm. »Glaubst du tatsächlich, seine Kräfte und die Planung reichen für den Einmarsch einer derart großen Zahl Kämpfer aus?«

»Ich habe keine Ahnung, doch ich weiß, dass er problemlos einen Ozean an Blut vergießen würde, um es zu versuchen, und dass in den Welten hinter den Portalen sicher einige bereit wären, für ihn in den Krieg zu ziehen. Ob aus Habgier, Mordlust oder weil sie wirklich so wie Toric und die Seinen an ihn glauben, spielt keine Rolle.«

»Wir werden kämpfen bis zum letzten Atemzug«, erklärte ihm Mahon und sah ihn fragend an. »Was willst du tun, um einen solchen Einmarsch abzuwehren?«

»Am besten gehen wir strategisch vor.« Bei diesen Worten wandte Keegan sich an Breen. »So haben wir's im Süden und, wenn auch zu spät, auch hier gemacht. Wir werden ein paar Trainingscamps verlegen und an den Portalen neben den erfahrenen Soldaten jetzt auch Neulinge postieren. Sie müssen reifer werden, damit sie für diesen Kampf gewappnet sind.«

»Du meinst doch sicher nicht die Kleinen, Keegan.« Tarryns unglückliche Miene schnitt dem Sohn ins Herz.

»Du weißt genauso gut wie ich, dass er sie töten würde

oder Schlimmeres. Aber auch die, die noch zu jung oder zu alt sind, um mit Pfeil und Bogen oder einem Schwert zu kämpfen, haben ganz besondere Fähigkeiten, und sie müssen lernen, damit umzugehen. Es tut mir leid. Ich wünschte mir …«

»Oh, nein, natürlich hast du recht. Ich schwöre dir bei allem, was ich bin, der Tag wird kommen, an dem ein Kind nicht für den Krieg trainieren muss und einfach nur ein Kind sein kann. Aber was ist mit denen, die nicht kämpfen können?«

»Für die wird's Zufluchtsorte geben, gut gesichert und mit Schutzschilden versehen. Ich habe eine halbe Ewigkeit im Kartenraum verbracht, um festzulegen, wo die besten Orte dafür sind.«

»Was ist – es tut mir leid, ich habe keine Ahnung von all diesen Dingen, aber du wirst Odran doch wahrscheinlich überraschen wollen, denn so hast du es im Süden schließlich auch gemacht«, bemerkte Breen.

»Ich glaube, dass er denkt, dass er uns diesmal überraschen kann.«

»Aber würde er nicht merken, dass wir was von seinen Plänen wissen, wenn ihm einer seiner Späher sagen würde, dass du deine Truppen und die Trainingscamps verlegst?«

»Das ist eine gute Frage dafür, dass du nichts von Taktik und von Strategie verstehst. Wir werden einfach etwas frischen Wind in unser Training bringen, weiter nichts. Wir verlegen einfach ein paar Truppen. Auf diese Weise sind sie näher an ihrem Zuhause, oder falls es ihnen noch an Disziplin fehlt, weit genug entfernt, um sich auf ihre Ausbildung zu konzentrieren. Vor allem können die Soldaten auf den Höfen mit dem Vieh und bei der Frühjahrsaussaat helfen und bescheren den Leuten dort, wo bisher keine Trainingslager waren, die guten Geschäfte, die ihnen bisher entgangen sind.«

»Das heißt, die Truppen sollen rotieren.«

»Genau.« Er streckte seine Hände aus, und an der Wand erschien ein Bild wie das Gemälde über seinem Bett. »Hier ist Talamh, und das hier sind die Übergänge. Wenn ein Bauer eines von seinen Feldern nicht beackert, nutzen wir es zukünftig als Trainingsplatz. Und hier in diesem Dorf brauchen die Häuser neue Dächer oder sonst etwas, und wenn wir nicht trainieren, gehen wir den Leuten bei den Arbeiten zur Hand. Und hier und hier und hier in diesen Wäldern fällt es doch bestimmt kaum auf, wenn wir dort gleichzeitig ein Lager haben, während wir dort jagen gehen.«

»Wir würden frische Truppen in den Süden schicken«, stimmte ihm der Schwager nickend zu. »Die Posten wären sicher heiß begehrt, wogegen in den Norden, wo es nicht so mild ist, ein paar Leute kämen, die es noch ein bisschen abzuhärten gilt.«

»Und die, die bisher kaum was von der Welt gesehen haben, kämen endlich auch mal raus«, mischte sich Tarryn ein. »Und durch die Rotation fällt nicht so auf, wenn ihr die Zahl der Truppen gleichzeitig verstärkt.«

»Ich frage mich …« Breen zögerte.

»Na los«, fuhr sie der Taoiseach ungeduldig an.

»Ich weiß, das klingt vielleicht etwas frivol, aber wie wäre es mit ein paar Wettbewerben oder so etwas in der Art? Bogenschießen, Pferderennen, Schwertkämpfe?«

Sie dachte an die Renaissance- und Mittelaltermärkte, die es in den Staaten und in Irland gab. »Mit Handwerk und mit Kunsthandwerk, mit Spielen für die Kinder und Musik. Eine Art Ritterfest in jeder Gegend, als Belohnung für das harte Training und die harte Arbeit, die von allen geleistet wird. In meiner Schule haben sich die Kinder meistens mehr ins

Zeug gelegt, wenn's etwas zu gewinnen gab. Und wenn wir jetzt Märkte oder Feste veranstalten, wirkt es so, als ob wir völlig arglos wären.«

»Verdammt, das ist brillant. Essen und Musik, Wettbewerbe, Feuerspucker und Jongleure und der ganze andere Kram. Als würden wir uns wie die Lämmer Richtung Schlachtbank führen lassen, oder nicht? Im Tal, der Hauptstadt, hoch im Norden, tief im Süden, in den Midlands und im fernen Westen, bei den Trollen, bei den Elfen, überall.«

»Dann sähe es für ihn so aus, als tanzten wir in unseren Tod«, fügte Mahon hinzu.

»Wir haben ihn im Süden und auch hier zurückgeschlagen«, stimmte Tarryn zu. »Und auch die Tochter haben wir bisher vor ihm beschützt. Und jetzt im Frühjahr fängt das Leben wieder an, und auch wenn wir natürlich die Soldaten weiterhin trainieren lassen, haben wir es bisher geschafft, den Frieden zu bewahren.«

»Und mit dem Sommer kommt der Überfluss zurück, und unsere Tochter ist seit einem Jahr wieder im Land. Das feiern wir mit Festen im ganzen Land.«

»Oh, Keegan …«

»Das ist eine gute Taktik«, kam er ihrem automatischen Protest zuvor. »Würde ich als Taoiseach deine Rückkehr nicht gebührend feiern wollen? Es zeigt, wie selbstbewusst wir sind, wenn wir nach den Verlusten und der Trauer wieder feiern wollen. Falls Odran früher zuschlägt, werden wir gewappnet sein, doch falls er wartet – wie ich selbst an seiner Stelle es auf alle Fälle machen würde, um Talamh in einem Augenblick der größten Freude zu vernichten? Falls er also wartet, werden wir ihn zur Sommersonnenwende, wenn das Licht auf unserer Seite steht, vernichten.«

Beim ersten Tageslicht ging Breen mit Keegan und mit Faxe in den Wald, wo sie gekämpft, geblutet und getötet hatte und so viele tapfere Fey gefallen waren.

Sie hätte diesen Weg problemlos auch bei Dunkelheit gefunden, und sie spürte, dass der Hund, der immer dicht an ihrer Seite blieb, sich ebenso erinnern konnte wie sie selbst.

Und vor dem Baum, der eigentlich kein Baum war, blieb er wachsam stehen.

»Du brauchst dich hier nicht mehr zu fürchten«, meinte Keegan, doch sie schüttelte den Kopf.

»Oh, doch, denn Odran ist mir hier so nah, dass ich ihn beinah atmen hören kann.«

»Aber er wird dich nicht noch mal auf seine Seite ziehen«, erklärte Keegan und nahm ihre Hand. »Ich halte dich hier fest.«

»Erinnerst du dich noch an unsere gemeinsame Vision von ihm, wie er auf seiner Seite stand? Er hat mit aller Kraft gegen den Übergang gedrängt. Im Frühjahr oder Frühsommer.«

»Das weiß ich noch.«

»Ich weiß noch immer nicht, ob das ein Omen war. Aber ich weiß, dass er hier in der Nähe ist, weil das hier wie der Wasserfall im Tal der Schlüssel für ihn ist. Hier residiert die Macht, und hier hat alles angefangen. Hier und in dem Tal, in dem Nan meinen Dad empfangen hat und wo wir beide, du und ich, zur Welt gekommen sind.«

»Und trotzdem kann ich keinen Schatten sehen. Ich komme jedes Mal zu diesem Baum, wenn ich im Osten bin, doch einen Schatten habe ich bisher noch nie bemerkt.«

»Aber ich spüre diesen Schatten so wie Odran selbst. Das heißt, dass ihm dieser … Ort wichtig ist. Vor allem, weil er durch diesen Baum wie durch den Wasserfall direkt aus seiner Welt in unsere gelangen kann. So kann er sich die Umwege durch andere Welten sparen. Du hast gesagt, er würde einen Ozean an Blut vergießen«, murmelte sie leise vor sich hin. »Er würde jeden Tropfen davon nutzen, dafür, dass sich dieser Übergang noch einmal öffnen lässt.«

»Dann werde ich mir überlegen, wie man das verhindern kann. Du musst dir auch den Übergang zur dunklen Welt ansehen. Ich sehe und ich spüre dort nichts von den Dingen hier.«

»Aber du fühlst etwas?«, erkundigte sich Breen und folgte Keegan zu dem anderen Übergang.

»Ich spüre die Verzweiflung und den Zorn, den Hass, den Blutdurst und die Bitterkeit. Die Wesen dort haben nichts anderes mehr, was sie am Leben hält.«

Der Wald jedoch war wunderschön, und der Geruch der Pinien und der gerade erst erwachten Knospen an den Bäumen war verheißungsvoll. Dort tanzten Licht und Schatten, und ein Falke flog mit schnellen Flügelschlägen durch die Luft.

Am Übergang und an dem Stein, der ihn markierte, aber blies ein kalter Wind, der Breen erschaudern ließ, und Schatten wirbelten um sie herum und dämpften das bisher so helle, warme Licht. Und in den Schatten spürte Breen die elenden Gefühle, die auch Keegan dort empfunden hatte, und noch mehr.

»Mach einen Schritt zurück. Geh mit dem Herzen auf Distanz.« Er presste eine Hand an ihre Brust. »Sie müssen ihre Schmerzen selbst ertragen, und vor allem würde jede der Gestalten dir den Hals aufschlitzen für die Chance, von diesem Ort zu fliehen.«

»Wie viele sind dort eingesperrt?«

»Zu viele«, gab er knapp zurück. »Halt dich von ihnen fern, *mo bandia*.«

»Sie bringen sich gegenseitig einfach zum Vergnügen um.«

»Ich weiß.«

»Sie werden niemals mehr das Licht sehen.« Widerstrebend trat sie einen Schritt zurück. »Das ist ihm ebenfalls bewusst, und er nutzt ihre Ängste, ihren Zorn und ihre Schwächen schamlos aus und flüstert ihnen Drohungen und Versprechungen ins Ohr. Betet mich an und unterwerft euch mir, dann wird die Rache euer sein.«

»Hör auf.«

Er wollte sie nach hinten ziehen, als ihre Stimme dunkler wurde, doch sie schüttelte ihn ab.

»Er herrscht in dieser Welt auf seine Art. Er sitzt in seiner Burg, genießt das Elend und frohlockt darüber, dass ihm diese Kreaturen treu ergeben sind. Er flüstert ihnen, wenn sie schlafen oder toben, Drohungen und Versprechungen zu. Ich will, dass ihr euch gegenseitig umbringt und die Felswände mit eurem Blut beschmiert. Dann führe ich die Würdigen von euch ans Licht, damit ihr vergewaltigend und brandschatzend durch alle Welten ziehen könnt. Badet in Blut und betet meinen Namen an. Sagt meinen Namen«, rief sie laut. »Denn ich bin Odran, euer aller Gott.«

Bei diesen Worten fiel sie auf die Knie, und während sich Faxe zitternd an sie schmiegte, sah sie auf. »Der Schatten. Da.«

»Komm mit.«

»Es geht mir gut. Er herrscht im Dunkeln, Keegan. Mach den Durchgang nicht noch einmal auf. Er will, dass du ihn öffnest, weil er dann noch größer wird. Und die Verräter, die du in den letzten Wochen in die Welt der Finsternis verbannt hast, hat er absichtlich geopfert, denn sie waren wichtig für das Ritual, mit dem er diesen Spalt vergrößert hat.«

»Dann lasse ich ihn zu.« Jetzt kniete er sich vor sie, rahmte ihr Gesicht mit seinen Händen ein und erklärte: »Dir ist kalt. Komm mit. Wir gehen.«

»Ich muss …« Sie sah noch einmal auf den Stein. »Sie sind verdammt und werden entweder verrückt oder existieren nur von ihrem Zorn. Aber keiner, nicht ein Einziger, bereut, dass er Talamh verraten hat. Das heißt, dass du den Übergang nicht noch mal öffnen darfst, solange Odran existiert, wenn er den Durchgang und die Kreaturen auf der anderen Seite nicht für seine Zwecke nutzen soll.«

»Okay. Und jetzt komm endlich mit.«

Er zog sie hoch und trug sie von der Lichtung zurück in den Wald.

»Ich glaube nicht, dass er mich über ihre Schreie hinweg hören kann. Wobei die Schreie und die Flüche eher Musik in seinen Ohren sind. Du kannst mich wieder runterlassen, denn es geht mir wieder gut. Da vorn auf der Lichtung war mir furchtbar elend und entsetzlich kalt, aber jetzt geht's mir wieder gut.« Sie blieb kurz stehen, streichelte den Hund und sah zu Keegan auf. »Ich weiß, dass ihr normalerweise kaum jemanden in die Welt der Finsternis verbannt. Auch wenn du das in den letzten Wochen öfter machen musstest, kommt das eigentlich eher selten vor.«

»Das stimmt.«

»Doch Odran freut sich immer riesig, wenn ihr jemanden verbannt. Wahrscheinlich stimmt, was Marco sagt, und er ist vollkommen verrückt. Vor allem aber ist er böse, und er liebt es, wenn auch andere böse sind. Die beiden Übergänge hier im Wald führen ins Dunkle und gehören deshalb mehr ihm als uns.«

»Wenn es vorbei ist, werden wir sie reinigen und weihen und den Schlangenbaum zerstören.«

»Ich glaube nicht, dass ihr den Baum zerstören müsst, weil er dann wieder blühen wird. Er wird erblühen und wieder Früchte tragen, wenn das Licht die Dunkelheit besiegt. *Réalta Milis*«, fügte Breen hinzu, und Keegan starrte sie mit großen Augen an.

»*Réalta Milis*?«

»Keine Ahnung, was das ist. Das heißt, Moment. Das sind besondere, himmelblaue Früchte, stimmt's? Sie sind sehr süß, sie haben eine Birnenform, und wenn sie reif sind, einen weißen Stern. Wobei ich keine Ahnung habe, ob es die tatsächlich gibt.«

»Ich dachte eigentlich, dass das ein Mythos ist. Sie werden auch die Gottesfrucht genannt, doch meines Wissens nach gibt's in Talamh nicht einen Baum, der solche Früchte trägt.«

»Vielleicht gibt es den dann ja nach dem Ende dieses Kriegs.«

»Vielleicht. Doch eines weiß ich ganz genau. Wenn dieser Krieg vorbei ist, werde ich zu allen Göttinnen und Göttern beten, dass ich niemals wieder jemanden in die Welt der Finsternis verbannen muss. Und falls ich in der Zwischenzeit noch mal ein solches Urteil fällen muss, wird seine Umsetzung so lange ausgesetzt, bis Odran ein für alle Mal geschlagen ist.« Er rieb ihr sanft die Hände, um sie aufzuwärmen. »Das hat dich viel gekostet, und das tut mir leid. Doch was du mir gegeben hast, wird auch die Mitglieder des Rates interessieren. Ich werde die Versammlung trotzdem auf den Nachmittag verschieben, denn dann habe ich noch etwas Zeit für dich.«

»Das musst du nicht. Es geht mir wirklich wieder gut, und du fängst bei den ganzen Plänen, die du schmieden musst, am besten sofort mit der Arbeit an.«

Inzwischen hatten sie den Rand des Waldes erreicht, und

sie sah auf den Trainingsplatz. »Was machen all die Kinder dort?«

»Natürlich stehen sie unter unserem Schutz, doch wenn die Gegner unsere Reihen durchbrechen, müssen sie auch in der Lage sein, sich selbst zu verteidigen. Sieh hier.«

Er zeigte auf den Ort am Fuß der Burg.

»Da unten gibt es jede Menge Leben – meiner Meinung nach zu viel an einem Ort, und trotzdem kommen die Leute prima miteinander aus. Natürlich gibt es auch mal irgendwelche dummen Streitereien, bei denen aber nie jemand ernsthaft zu Schaden kommt. Die Leute schaffen und erbauen Dinge, und sie pflanzen und erschaffen neues Leben wie die Frau da vorn, in deren Bauch bereits das nächste Leben wächst, mit dem kleinen Mädchen an der Hand. Du siehst dort unten Karren, Stände und Geschäfte, wo mit bunten Schals, Pullovern, Socken und Kristallschalen gehandelt wird, und Schänken, wo ein Reisender sich eine warme Mahlzeit holen kann. Und das da ist die Schule, wo die Lehrer schon einmal die Räume für die Schüler heizen, die dort gleich zum Unterricht erscheinen, auch wenn sie natürlich lieber Ferien hätten, um mit ihren Freunden rumzutollen. Und da am Brunnen treffen sich die Leute, um die neuesten Klatschgeschichten auszutauschen, während sie ihr Wasser holen.«

Sie sah, was Keegan sah und was er – auch wenn ihm der Ort zu wuselig war – liebte und in Ehren hielt.

Dann schob er ihren Kopf nach hinten und wies über sich. »Und da siehst du die Drachen und die Reiter, die an einem Himmel fliegen, der für alle offensteht. All das ist meine, deine und die Welt der anderen Fey. Es ist zu viel, als dass jemand wie Odran es sich einfach einverleiben kann. Wir werden diese Welt für uns und unsere Nachkommen bewahren.«

»Ich würde gerne glauben, dass das möglich ist.«

»Das solltest du auf jeden Fall, denn schließlich bist du selbst der Schlüssel und die Brücke, doch vor allem bist du selbst eine Fey.« Er sah sie an, und seine Augen waren grüner als die Hügel rund um sie herum. »Dies ist dein Leben«, stellte er mit Nachdruck fest. »Aufgrund der ganz besonderen Fähigkeiten und der Pflichten, die du hast, doch auch oder vor allem, weil du hier am Fluss spazieren gehen, am Brunnen tratschen und die Gegend auf dem Rücken eines anständigen Pferds erkunden kannst. Es ist ein gutes Leben, und egal was auch geschieht, hast du dir dieses Leben ausgesucht.«

Sie liebte ihn auch wegen dieser Sätze, deshalb legte sie ihm sanft die Hände ans Gesicht. »Und wie es aussieht, habe ich sehr gut gewählt. Und jetzt triff dich mit deinem Rat, denn schließlich geht es um die Rettung einer Welt und um das Leben, das wir weiterleben wollen.«

»Ich finde dich, sobald ich fertig bin, auch wenn das sicher eine Weile dauern wird. Ich hoffe nur, wir können morgen wieder heim.«

Als Keegan sich zum Gehen wandte, setzte auch sie selbst sich wieder in Bewegung, um dem Leben in der Hauptstadt nachzuspüren. Aus Keegans Sicht war es dort viel zu voll, sie aber fand das bunte Treiben in den Straßen durch und durch charmant, und als sie Kiara sah, einen Einkaufskorb am Arm und mit Baby auf der Hüfte, trat sie mit einem Lächeln auf sie zu.

»Und wer ist diese hübsche, junge Dame?«

»Das ist Katies Jüngste, Fi. Ich habe angeboten, sie für ein paar Stunden mitzunehmen, weil ich sowieso gleich bei den Kleinen helfen muss. Ich kann dir aber gerne noch Gesellschaft leisten, falls du dich hier noch ein bisschen umschauen willst.«

»Ich frage mich, ob Faxe vielleicht mit dir zu den Kindern und den anderen Hunden kommen kann?«

»Na klar. Hast du was vor, wobei du ihn nicht gebrauchen kannst?«

»Ich würde gern zur alten Mutter Dorcas gehen, und dachte mir, du kennst bestimmt den Weg zu ihrem Haus.«

»Mein Gott. Sie redet derart viel, dass einem schon vom Zuhören schwindlig wird. Und bei den ganzen Katzen hat man das Gefühl, durch einen Fluss aus Fell zu waten, wenn man ihr Häuschen betritt.«

»Deswegen hätte ich ja gerne, dass du Faxe nimmst. Es gibt da nämlich was, was ich sie fragen will.«

»Wenn sie dir keine Antwort geben kann, kriegt das auch niemand anderes hin. Du tust mir trotzdem jetzt schon leid. Tja nun, siehst du die Straße, die dort an den Ställen vorbeiführt und nach links abbiegt? Der folgst du bis zu diesem gelben Häuschen und gehst dann nach rechts bis in den Wald. Am ersten Abzweig gehst du dann nach links und kannst bereits ihr Häuschen sehen. Es liegt mitten im Wald und sieht mit seinem hübschen Garten und der leuchtend roten Tür trotz all der Katzen, die dort durch die Gegend schleichen, recht gemütlich aus.«

»Danke. Geh mit Kiara und spiel mit den Kindern und den anderen Hunden, Faxe. Ich bin spätestens in einer Stunde wieder da.«

»Sie wird dich bis zum Winter dort behalten und versuchen, dich mit ihrem Tee und ihren Plätzchen zu vergiften, wenn du ihr die Chance dazu gibst«, rief Kiara ihr noch hinterher.

Es würde sicher nicht so schlimm, sagte sich Breen, und der Spaziergang durch die hübsche Landschaft käme ihr jetzt gerade recht. Sie wusste bisher nur, dass Keegan auch schon mit der alten Frau gesprochen hatte und auf einen weiteren Besuch bei ihr nicht unbedingt versessen war. Zwar hatte Dorcas nicht mit Sicherheit gewusst, dass Odran was von einem Dämon in sich hatte, aber ihm versprochen, noch einmal in ihren Büchern nachzusehen.

Und vielleicht hatte sie ja irgendwas entdeckt, was ihnen weiterhalf.

Im schlimmsten Falle also müsste Breen einfach ein bisschen Zeit mit einer alten Frau, die gerne redete, in einem Haus voll Katzen überstehen. Und schließlich waren Katzen Tiere, die ihr alles andere als unsympathisch waren.

Sie mochte auch das hübsche gelbe Häuschen und die junge Frau im blauen Kleid und mit den bunten Schals, die Wäsche auf die Leine hängte, und das sanft gewellte grüne Feld, auf dem ein struppiger grauer Esel neben einer Herde Schafe Wache stand. Als sie in den Wald einbog, war es dort deutlich heller als auf ihrem morgendlichen Weg zum Schlangenbaum und ebenso voll Leben wie der Ort, aus dem sie gerade kam.

Ein Fuchs hielt seinen Mittagsschlaf in seinem Bau, ein Hase kratzte sich mit seinem Hinterlauf am Ohr, zwei Hirsche grasten friedlich auf der Lichtung, eine kleine Maus lief eilig durch das Unterholz, und eine Eule döste friedlich in der Höhle eines Baums.

Dann hatte sie die Abzweigung erreicht und ging nach rechts an einem schmalen Bach entlang, der plätschernd über glatt geschliffene Kieselsteine floss.

Ein Drachen schwebte durch die Luft, und seine Schuppen sahen wie blank polierte Amethyste aus. Dicht unter einem seiner Flügel zog ein junger Drache dahin und probierte erstmals seine eigenen Flugkünste aus.

Sie hörte keine Vögel singen, doch sie spürte, dass sie in

den Bäumen saßen, und sie sah das kleine Backenhörnchen, das mit einer Eichel zwischen seinen Zähnen im Gestrüpp verschwand. Es flüchtete vor einer, nein zwei Katzen, dachte sie. Das hieß, es waren sogar vier, die vor der leuchtend roten Haustür saßen, unterhalb der winzigen Veranda, wo drei weitere Katzen lagen, und dem schrägen Dach, auf dessen Rand die achte Katze wie ein Wasserspeier saß.

Und dann sah sie die Frau im langen, grauen Kleid, mit weißer Schürze und verblichenem blauem Schultertuch, die einen Eimer Wasser aus dem Brunnen zog. Sie hatte dünne, aber muskulöse Arme, ein fast schwarzes, runzliges Gesicht, hüftlanges, wirres, graues Haar, die Spitzen ihrer schwarzen Stiefel hatten Löcher, und die Absätze waren fransig wie das Fell des Esels auf dem Feld. Als sie Breen erblickte, reckte sie herausfordernd das spitze Kinn und blitzte sie aus leuchtend blauen Augen an.

Breen dachte nur, dass sie hier einer Hexe wie aus einem Märchen gegenüberstand. Das gäbe sicherlich den Stoff für eine weitere Geschichte ab. Die Hexe, die mit ihren Katzen in dem schiefen Hexenhäuschen lebte, wo sie höchstens alle hundert Jahre mal Besuch bekam.

Ob sie wohl so zurückgezogen leben wollte oder verbannt worden war?

Darüber dächte Breen am besten später nach, denn erst einmal war sie aus anderen Gründen hier.

»Die Tochter des O'Ceallaigh, der ein wirklich anständiger Taoiseach unseres Landes war«, stellte Dorcas krächzend fest. »Ich hoffe, dass die Göttinnen und Götter ihm auf allen seinen Reisen weiterhin gewogen sind.«

Genau wie ihre Augen war auch ihre Stimme trotz des Alters überraschend stark.

»Du siehst genauso aus wie er und deine Nan. Ich habe Marg bereits seit einer halben Ewigkeit nicht mehr gesehen. Ich hoffe, ihr und Sedric, diesem feinen Kater, geht es gut?«

»Oh, ja, das tut's«, gab Breen zurück und bot ihr lächelnd an: »Ich nehme dir gern den Eimer ab.«

»Das darfst du gerne tun, weil deine Arme schließlich deutlich jünger sind. Ich habe übrigens schon Tee gekocht, denn heute Morgen haben meine Finger so gekribbelt, und dann ist auch noch der Besen umgefallen. Deswegen habe ich zu meinen Freunden hier gesagt, dass irgendjemand uns besuchen kommen wird, und schon mal das Gebäck hervorgeholt.«

Die Katzen schnurrten und miauten, als sich Dorcas einen Weg in Richtung Haustür bahnte, und Breen gab sich alle Mühe, nicht auf eine Pfote oder einen Schwanz zu treten, als sie hinter ihr zur Haustür schritt.

Dann blieb die Alte stehen, klopfte dreimal an die Tür und wandte sich an ihren Gast:

*»Mit diesen Klopfern hier*
*sei du willkommen meinen Katzen und auch mir.«*

»Nun, ich danke dir.«

Sie wich den Katzen aus und trat entschlossen durch die rote Tür.

# 19

Breen kam sich in den engen Räumen und inmitten all der winzig kleinen Möbel wie in einer Puppenstube vor. Oder wegen all der trockenen Kräutersträuße in den Fenstern, all der Steine, all des Holzes, all der Bücher auf den schmalen Fensterbrettern und der Katzen, die auf Stühlen, Kissen, dem Kaminsims und dem länger schon nicht mehr gefegten Boden lagen, vielleicht eher wie in der Kulisse eines Horrorfilms.

Aufgrund der schieren Anzahl Stubentiger, die es sich im Haus gemütlich machten, hätte man vermuten sollen, dass es dort stark nach Katze müffelte. Stattdessen roch es nach den Kräutersträußen, die unter der Decke hingen, nach Kerzen, Staub und den orangefarbenen Blüten eines kleinen, eingetopften Bäumchens, das inmitten unzähliger Bücher in einem der Regale stand.

»Such einfach einen Platz, wo du den Eimer hinstellen kannst. Vielleicht da vorn. Genau.« Die Alte bahnte sich den Weg durch all die Katzen in die Küche, aus der Breen der Rauch aus einem kleinen gusseisernen Herd entgegenschlug. »Ich habe extra heute früh gebacken, auch wenn ich nicht wusste, dass die Tochter des O'Ceallaigh mich besuchen kommen wird. Jetzt setz dich erst mal hin, dann trinken wir zusammen einen Tee und unterhalten uns.«

Breen hätte nicht gewusst, wo sie sich hätte setzen sollen, aber Dorcas scheuchte wortlos eine kleine, rot gescheckte Katze von einem Stuhl.

Das Tier ließ sich geschmeidig auf den Boden fallen, doch als Breen sich setzte, sprang es ihr nicht weniger geschmeidig wieder auf den Schoß, drehte sich dort einmal um die eigene Achse, rollte sich zusammen und schlief auf der Stelle wieder ein.

»Mein Rory ist ein wirklich guter Mäusefänger, auch wenn er den halben Tag verschläft. Ich ziehe die Gesellschaft meiner Katzen der der meisten zweibeinigen Wesen vor.« Dorcas löffelte den Tee aus einer Dose in die dunkelbraune Steingutkanne und goss ihn mit dampfend heißem Wasser aus dem Kessel auf dem Ofen auf. »In meinem fortgeschrittenen Alter komme ich mit ihnen einfach besser klar. Ein nettes Wort, ein kleiner Streichler hier und da, etwas zu fressen, wenn sie Hunger haben, und wir kommen bestens miteinander aus.«

Aus einer anderen Dose nahm sie ein paar Kekse, die genauso dunkel wie die Kanne waren und wie Kieselsteine auf den dunkelgrünen Teller fielen.

»Du selbst hast einen Hund, nicht wahr? Einen Wasserspaniel. Das hat man mir erzählt.«

»Ja, ich …«

»Hunde sind genauso nett wie Katzen, nur dass sie nicht so gewieft und unabhängig sind. Ich selbst bewundere Gewieftheit, aber dir ist sie eher fremd, nicht wahr? Du solltest von den Katzen lernen, weil man es mit Gewieftheit sehr weit bringen kann.«

Achtlos schob sie einen Stapel Bücher und die Katze, die auf ihnen thronte, auf den Boden, damit auf dem Tisch genügend Platz für ihren Plätzchenteller war.

»Vor Kurzem hat auch unser junger Taoiseach mich besucht.«

»Ich weiß. Er woll…«

»Er hat gesagt, du hättest ihm erzählt, dass Odran was von einem Dämon in sich hat. Und deshalb hättest du das auch. Das heißt, du kannst durchaus gewieft sein, wenn es nötig ist.«

Sie schenkte Tee aus ihrer Kanne in zwei rote Becher, trug sie an den Tisch und schob Breen einen hin.

»Vielen Dank. Ich habe mich gefragt …«

»Der junge Keegan ist ein wirklich hübscher Bursche, und ich habe im Verlauf der Jahre jede Menge hübscher Burschen wie zum Beispiel deinen Da erlebt. Und was für eine wundervolle Stimme ihm gegeben war. Ich liebe es, wenn jemand singen kann. Auch meine Katzen singen mir oft was vor. Nicht wahr, Mary, warum gibst du uns keine Kostprobe deines Talents?«

Eine schlanke, schwarze Katze hob den Kopf und fing zu singen an. Im Grunde war es eher ein Jaulen, dachte Breen, doch es klang durchaus süß und überraschend melodiös.

Und als sie lachte, grinste Dorcas breit und zeigte Breen ihr überraschend kräftiges Gebiss.

»Wenn ich auf meiner Quetschkommode spiele – und damit hört meine musikalische Begabung auch schon auf –, singen sie immer alle mit. Das war sehr schön, Mary, ich danke dir. Und jetzt iss eins von meinen Plätzchen, Tochter, und trink deinen Tee. Du möchtest von mir wissen, was auch schon der junge Keegan hätte von mir hören wollen.«

»Er meinte, dass du es nicht sicher wüsstest, aber mal in deine Bücher schauen würdest, ob dort was darüber steht. Ich selbst habe gesehen …«

»Jaja, du hast gesehen, dass er etwas von einem Dämon in sich hat. Während eines Opfers, während eines dunklen

Rituals. Auch Odran ist ein hübscher Kerl. Ich habe ihn des Öfteren gesehen, als deine Nan noch Taoiseach war. Nur dass sein gutes Aussehen eine Lüge ist. Keine Maske, denn die wäre einfach eine kleine Täuschung, weiter nichts. Sein gutes Aussehen ist eine Lüge so wie alles andere an ihm. Es soll die Bestie verdecken, die in seinem Innern lebt.«

Breens Hals zog sich zusammen. »Du meinst den Dämon?«

»Ah, du machst dir Sorgen, dass du vielleicht auch so eine Bestie in dir hast, so eine Dunkelheit, ein blutrünstiges, grausames Geschöpf. Aber so einfach ist das nicht mit den Dämonen, Kind, weil nichts, was lebt, jemals so einfach ist. An deinen hübschen Händen hat schon Blut geklebt, vom Heilen und von der Schlacht. Bist du jemals auf die Idee gekommen, davon zu kosten? Hättest du es je probieren wollen?«

»Ganz sicher nicht.« Schockiert von dieser Frage und von der Gewieftheit in den Augen ihres Gegenübers schob sich Breen ein Stück von ihrem Plätzchen in den Mund. Es schmeckte trockener als Sägemehl und hatte eine Konsistenz wie Kies.

»Nicht einmal einen winzig kleinen Tropfen?«

»Nein.«

»Da haben wir's. Das zeigt, dass dir der Blutdurst fehlt. Den hatte Odran schon, bevor er sich von dem Dämon hat besitzen lassen. Die ganz besondere Gier nach Macht, für die man Blut vergießen und sich daran laben muss.«

»Die hatte er schon vorher? Ich verstehe nicht …«

Da sie das Sägemehl nicht trocken runterwürgen konnte, trank Breen einen Schluck von ihrem Tee, der wie in Brackwasser getränktes Laub schmeckte.

»Aber ich habe unserem jungen Keegan trotzdem seinen Wunsch erfüllt. Aus reiner Neugier, nicht, weil er gut aussieht und der Taoiseach ist. Ich forsche schließlich, seit ich denken kann, und werde weiterforschen bis zu meinem letzten Atemzug. Wobei der Tod auch gerne noch ein wenig warten kann«, fügte sie gut gelaunt hinzu und biss vergnügt von ihrem Plätzchen ab.

»Und, hast du was herausgefunden, alte Mutter?«

»Allerdings, wenn auch erst heute früh, nachdem der Besen umgefallen war. Ich musste Plätzchen backen, weil ich wusste, dass ich heute noch Besuch bekommen würde, und beim Backen habe ich die ganze Zeit darüber nachgedacht, dass es vor langer Zeit mal so eine Geschichte gab. Legende sagen wir dazu. Eine dieser alten Mythen noch von Anbeginn der Zeit, in denen es um Helden und um Schurken geht. Aber vielleicht hat ja diese ganz besondere Legende wie so viele andere Geschichten einen wahren Kern.« Sie trank von ihrem Tee und lehnte sich auf ihrem Stuhl zurück. »Und jetzt bist du gekommen, um mich danach zu fragen, was bedeutet, dass ich mir die Nachricht an den jungen, hübschen Keegan sparen kann. Und auch wenn ich mich freue, dich zu sehen, Tochter, bin ich eben gleichzeitig auch eine Frau, die tief in ihrem Innern immer noch ein junger Hüpfer ist. Deshalb tut es mir leid, dass er nicht noch mal auf ein Tässchen Tee und eins von meinen Plätzchen kommt. Und du teilst jetzt sein Bett?«

»Ich … ja.«

»Da bin ich wirklich neidisch, denn ich kann mir vorstellen, dass er neben seinem guten Aussehen auch noch viel anderes zu bieten hat. Ich kann mich schließlich noch sehr gut daran erinnern, wie es ist, wenn man sich voller Lust und kraftvoll paart wie ich mit Keegans Großvater, als wir im besten Alter waren.«

»Mit seinem Großvater?«

»Eher seinem Ururgroßvater oder so. Um es genau zu sagen, müsste ich zurückzählen, und das würde mich nur dran erinnern, dass das ewig her ist und ich heutzutage eine alte Schachtel bin. Aber er war ein sehr potenter Mann, mit dem mir damals eine lange, wundervolle Nacht beschieden war.« Sie lachte keckernd auf. »Wenn ich mich recht entsinne, hieß er Owain, und bevor er morgens aufbrach, hat er mir noch eine Rosenknospe auf das Kopfkissen gelegt. Noch Tee?«

»Nein, danke. Du hast also etwas über diesen Dämon rausgefunden, den in Odran?«, lenkte Breen die Sprache auf ihr eigentliches Anliegen zurück.

»Heute Morgen, als die Sonne gerade aufgegangen war, es mir in meinen Fingern kribbelte und als der Besen umgefallen ist. Und während ich die Plätzchen für den Gast, den ich erwarte, in den Ofen schiebe, sagt mein Hirn, Moment, Dorcas, Moment. War da nicht mal eine Geschichte, die dir irgendwer in deiner Kindheit vorgelesen hat? Also nehme ich mir noch mal all die alten Bücher vor, die ich besitze, denn all die Bücher in der großen Bibliothek der Burg hatte ich längst schon durch. Doch die Geschichte steht in einem meiner eigenen Bücher, und ich wusste auch noch, dass sie in der alten Sprache aufgeschrieben war.« Sie füllte ihre eigene Tasse wieder auf. »Also lehn dich zurück, Tochter, iss deinen Keks und höre die Geschichte von dem Gott und der Dämonin, die ihn liebte.«

Gehorsam schob sich Breen den nächsten trockenen Bissen in den Mund.

»Vor langer, langer Zeit, bevor Talamh Talamh war, als die Götter und die Menschen und die Fey friedlich zusammenlebten und es noch in allen Welten Zauber gab, hielt einer von den Göttern sich für besser als die anderen. Er dachte, dass er besser wäre als die anderen Götter, als die Menschen und die Fey. Er war aus Lust geboren, nicht aus Liebe oder Zuneigung. Von einer Frau der Tuatha Dé Danann mit einem Herz so kalt und hart wie Stein. Doch er erweichte es, deswegen zog sie ihn mit großen Privilegien auf, erzählte ihm, er wäre etwas ganz Besonderes und redete ihm ein, dass es sein Schicksal wäre, eines Tages über alle Welten zu regieren.«

Die Alte legte eine Pause ein und schlürfte ihren Tee.

»Er trank die Milch von dieser harten Brust und wurde kühn und stolz. Tja nun, das sind die meisten anderen Götter auch, nicht wahr? Und obwohl seine Mutter ihn von ganzem Herzen liebte, ihn verwöhnte und ihm jeden Wunsch erfüllte, reichte ihm das nicht. Sie hatte Großes mit ihm vor, doch eines Tages war er die Umklammerung durch seine Mutter leid. Statt Liebe für die Frau, die ihn geboren und großgezogen hatte, kannte er nur das Verlangen nach Blut und Macht. Und auch wenn sie auf diese Weise die Gesetze von den Göttern, Fey und Menschen übertrat, erfüllte seine Mutter ihm auch diesen Wunsch und opferte die Lebenden, um seinen Durst nach Blut zu stillen. Das hieß, er trank das Blut von Menschen und von Fey, doch sein Verlangen nahm dadurch nicht ab.«

Sie sprach von Odran, dachte Breen, unterbrach sie aber nicht.

»Und dann entdeckte seine Mutter diese junge, liebliche Dämonin, die die Fähigkeit besaß, sich nach Belieben zu verwandeln, aber der Geschichte nach ein liebes, nettes Mädchen war, das niemandem in seiner Welt etwas zuleide tat.

Sie sah die Möglichkeiten dieser jungen Frau und sagte ihrem Sohn, er sollte sie sich einmal ansehen, denn womöglich wäre sie genau die Richtige für ihn. Eine Jungfrau, rein und jung und kräftig, also reiste er in die Dämonenwelt und machte ihr den Hof. Und sie verliebte sich in ihn, doch als sie die Familie nicht verlassen wollte, schleifte er sie gegen ihren Willen mit in seine Welt. Natürlich gab es wegen der Entführung dieses jungen Mädchens ein entsetzliches Geschrei, aber mithilfe seiner Mutter fesselte er es an den Altar und begann mit dem finsteren Ritual.«

Wieder hob die Alte ihre Tasse an den Mund und nickte ihrem Gegenüber zu.

»Ich nehme an, das Ritual hast du gesehen. In der Vision des Gottes, der von dem Dämon besessen ist.«

»Hat er sie vergewaltigt, ihr die Kehle aufgeschlitzt und dann ihr Blut getrunken?«

»All das, und sie hat ihn um Gnade angefleht und laut nach ihrem Leben und ihrer Familie geschrien. Bis sie am Ende nicht mehr schreien konnte, weil sie von ihm ausgesogen worden war. Verstehst du, was ich damit sagen will? Ihr Blut, ihr Fleisch, die Eingeweide, ihre Knochen und ihr ganzes Wesen, alles hat der Kerl ihr ausgesaugt. Und als die Mutter sah, wie er einer Bestie gleich an dem Fleisch und an den Knochen riss, erkannte sie zu spät, was aus dem Kind, das sie geliebt hatte, geworden war. Sie flehte ihn verzweifelt an, die Sache zu beenden, aber wie von Sinnen ging er auch auf seine Mutter los, schlachtete sie wie zuvor das junge Mädchen ab und trank auch noch das Blut der Göttin, das durch ihre Adern floss. Dann fraß er die Dämonin auf, und dadurch wurde sie ein Teil von ihm. Ein Teil von seinem Blut, von seinen Knochen und von seinem Fleisch.«

Am liebsten wäre Breen erschaudert, denn sie konnte diese Szene allzu deutlich sehen. »Glaubst du, dass es so war?«

»Auf jeden Fall, und ich erzähle dir auch noch den Rest. Die Schreie der Dämonin wurden in der Götterwelt vernommen, Tochter. Sie durchdrangen die Zauberwände des geheimen Orts, an dem sie abgeschlachtet worden war, und fanden dort die tote Mutter und die Götterbestie und das schlichte Kleid des jungen Mädchens vor. In der Geschichte heißt es, zur Bestrafung für den Frevel hätten ihn die anderen Götter umgebracht, doch meiner Meinung nach ist das nicht wahr. In allen anderen Geschichten, die ich über Odran kenne, heißt es nur, er hätte die Gesetze übertreten und die anderen Götter hätten ihn dafür verbannt. Wegen der Blutopfer und weil er Fey- und Menschenfleisch gefressen hätte, weil er dachte, dass ihm das besondere Macht verleiht. Ich glaube eher, dass die Geschichte so geendet hat. Und es wird nirgendwo erwähnt, dass Odran unter seinen Vorfahren einen Dämon oder etwas in der Richtung hat.«

»Du sagst, sie wäre rein und jung und gut gewesen und sie hätte niemand ein Leid getan. Doch das, was ich gesehen habe …«

Ungeduldig reckte Dorcas einen dürren Finger in die Luft. »Das war die Korruption, das war das Böse, das er selbst einfach zum Spaß verbrochen hat. Die Bestie, die du in ihm gesehen hast, ist er selbst. Und auch wenn ihn die anderen Götter ausgestoßen haben, Tochter, haben sich durch die Geschehnisse an jenem Tag die ersten Risse in den Welten, in der Einheit dieser Welten und im gegenseitigen Vertrauen aufgetan. Das weiß ich ganz genau. Und ich weiß auch, dass keine Welt vor diesem schrecklichen Verlangen sicher ist, solange Odran nicht vernichtet ist. Er hat es auf dich abgesehen, mein Kind.«

»Ich weiß.«

»Und weißt du auch, wie du den Kerl vernichten kannst?«

»Ich … kannst du mir sagen, wie mir das gelingt?«

»Nicht ich verfüge über diese ganz besonderen Kräfte, sondern du. In allen Liedern und Geschichten rufen sie nach dir, weil nur die Tochter ihn vernichten kann. Zumindest hoffen sie, dass dir das möglich ist. Nur du allein kannst dafür sorgen, dass es auch so kommt. Als Göttin tötest du den Gott, und vielleicht kannst du als Dämonin ja auch die Dämonin, die in seinem Inneren gefangen ist, befreien.«

Sie lächelte Breen an. »Iss doch noch einen Keks.«

»Danke, Mutter, aber ich muss langsam wieder los und Keegan sagen, was du rausgefunden hast.«

»Dann nimm das Buch am besten mit.« Noch einmal watete sie durch die Katzen, die sich um sie drängten wie Kinder, die eine Gutenachtgeschichte anhören wollten. »Und falls der Taoiseach unsere alte Sprache nicht mehr lesen kann, soll er sich schämen«, fügte sie hinzu und reichte Breen ein dünnes, in verblichenes, braunes Leder eingehülltes Buch. »Und sorg dafür, dass ich das Buch zurückbekomme, ja?«

»Das mache ich.«

Die Alte legte ihre runzelige Hand auf die von Breen. »Du kannst es dir vielleicht nicht vorstellen, aber meine Augen sehen noch immer klar. Sie sehen vielleicht keine Jungfrau, aber eine junge Frau, die reinen Herzens ist. Nutz, was du bist, nimm, was du brauchst, und vertrau auf deine ganz besonderen Gaben, Kind. Er selbst hat nur die Dunkelheit und die, die darin wandeln, aber du hast Dunkelheit und Licht und solltest beides nutzen, wenn du ihn besiegen willst.«

»Danke, Mutter. Ich verspreche dir, dass du das Buch zurückbekommst.«

»Das hoffe ich.«

Das Buch an ihre Brust gepresst, trat Breen erleichtert in die kühle, frische Luft und wandte sich zum Gehen.

»Und mach dir weiter schöne Nächte, Tochter!«

Lachend drehte Breen sich nach der Alten um. Sie stand mit einer Katze auf der Schulter und mit anderen Katzen, die ihr um die Beine strichen, in der Tür und funkelte sie an.

»Das mache ich!«

Sie kehrte mit dem Buch, mit der Geschichte und mit unzähligen Eindrücken zur Burg zurück. Bevor sie Faxe in Gedanken rufen konnte, sah sie ihn mit Kiara, Sinead, einer ganzen Schar von kleinen Kindern sowie einer kleinen Hundemeute auf dem Rasen spielen, und als sie einen Schritt in seine Richtung machte, kam er bereits fröhlich auf sie zugerannt. Er lief um sie herum, blieb stehen, schnupperte an ihrer Hose und den Stiefeln und bedachte sie mit einem vorwurfsvollen Blick.

»Katzen«, klärte sie ihn auf. »Was du auf jeden Fall bereits gerochen hast. Auch wenn du dir bestimmt nicht vorstellen kannst, dass es so viele Katzen irgendwo auf einem Haufen geben kann.« Sie bückte sich und streichelte ihn sanft. »Und du wirst immer meine große Liebe sein.«

Dann kam auch Sinead auf sie zu. »Was für ein schöner Tag es noch geworden ist, und was für eine Freude, dass die Kleinen derart glücklich sind.«

»Spielt ihr gerade Plumpsack?«

»Ja genau! Ich weiß noch, dass du selbst, Morena und die anderen Kinder ganz begeistert davon wart.«

»Wobei sie immer einfach losgeflogen und mir abgehauen ist, wenn ich ihr hinterhergelaufen bin.«

»Das stimmt. Und das erinnert mich daran, dass ich noch

etwas für dich habe, falls du kurz mit in mein Zimmer kommen kannst.«

»Natürlich«, meinte Breen und sah verstohlen auf das Buch, das sie in ihren Händen hielt.

»Hättest du gerade irgendwo in Ruhe etwas lesen wollen?«

»Wegen des Buchs? Oh, nein. Das muss ich Keegan bringen. Ich war gerade bei der alten Dorcas. Ich soll es für ihn mitnehmen.«

»Bei Dorcas? Armes Kind. Vor lauter Katzen konntest du dich dort bestimmt nirgends setzen. Und hat sie dich gezwungen, ihren grauenhaften Tee und ihre fürchterlichen Plätzchen zu probieren?«

»Ja, wobei ich mir nicht sicher bin, ob man das Zeug als Tee und als Gebäck bezeichnen kann.«

»Dann hast du ja, da Keegan noch mit Flynn und Seamus spricht, ein bisschen Zeit für eine Tasse anständigen Tees und für ein Stückchen richtigen Gebäcks.«

»Da sage ich bestimmt nicht Nein. Wobei die alte Dorcas und auch ihre Katzen wirklich faszinierend sind.« Im Gehen blickte Breen auf ihren Hund, der immer noch an ihren Beinen schnupperte, und fügte an: »Was Faxe offenbar genauso sieht.«

»Ich weiß, dass niemand so viel weiß wie sie, aber ich schwöre dir, ich sterbe lieber dumm, als mir noch einmal ihren Tee und ihre Plätzchen anzutun. Wenn du noch einmal zu ihr gehst, nimm eine Flasche Wein und ein paar kleine Törtchen mit. Sie wird sich sehr darüber freuen, und der Anstand wird es ihr gebieten, sie mit dir zu teilen.«

»Daran hätte ich denken sollen, als ich vorhin zu ihr gegangen bin.«

»Ich habe diese ganz besondere Lektion im Lauf der Jahre

auf die harte Tour gelernt. Nun denn, es heißt, ihr kehrt wahrscheinlich morgen schon ins Tal zurück.« Im Gehen hakte Sinead sich bei ihrer jungen Freundin ein. »Da bin ich doppelt froh, dass ich dir jetzt ein paar Minuten stehlen kann.«

»Die Zeit ist ja wohl kaum gestohlen, denn schließlich bin ich selbst froh, wenn ich jetzt kurz mit dir zusammensitzen kann.«

Wahrscheinlich gab es keinen größeren Kontrast als zwischen Dorcas Häuschen und dem hübschen, hellen Wohnzimmer, das sie in diesem Augenblick betrat. Es war mit hübschen Farben, weichen Stoffen und bequemen Kissen eingerichtet, nirgends sah man eine Katze, in drei Vasen waren bunte Blumen arrangiert, und die Kristalle in den Fenstern sandten bunte Regenbogen durch den Raum.

»Nimm Platz«, bot Sinead lächelnd an. »Dann gibt es Zuckerplätzchen und den Tee mit Honig, den du früher schon so gern getrunken hast.«

Da Sinead Freude daran hatte, andere zu bemuttern, setzte Breen sich an den Tisch. »Was für ein hübscher Raum. Er passt unglaublich gut zu dir.«

Mit vor Freude roten Wangen klappte Sinead eine Dose auf. »Flynn meint, wenn es nach mir gehen würde, würde ich die Kissen auch noch aufeinandertürmen. Wahrscheinlich hat er recht.«

Sie trug ihr sommersonnenhelles Haar in einem dicken Zopf mit einem eingeflochtenen pinkfarbenen Band. Ihr Kleid, das etwas dunkler war, fiel auf die Knöchel ihrer Stiefel, deren Farbe dem des Haarbandes entsprach, und die Kristalle, die an ihren Ohren hingen, schimmerten wie die, die Breen schon in den Fenstern aufgefallen waren.

»Du warst schon früher immer hübscher angezogen als die

meisten anderen Frauen. Ich weiß noch, dass ich oft zu dir gekommen bin, damit du mir die Haare machst, denn meine Mutter hatte keine Ahnung, wie das geht, und meine Nan war oft nicht da. Und wenn du mir das Haar gemacht hast, fühlte ich mich immer furchtbar hübsch.«

»Ich habe es geliebt, denn das Rot und all die Locken waren und sind noch immer eine Pracht. Das kannte ich von meiner eigenen Tochter nicht. Im Gegensatz zu deinem ist ihr Haar so glatt wie Bindfäden.« Jetzt kam sie mit dem Tee und nahm auf einem Kissen Platz. »Sind dir noch andere Dinge eingefallen?«

»Und ob. Inzwischen kommt es mir wie gestern vor, dass ich als kleines Mädchen in Talamh gewesen bin. Dafür, dass ich erst drei war, als ich wegging, kann ich alles überraschend deutlich vor mir sehen.«

»Ich weiß, wie weh es deinem Vater tat, deine Erinnerungen auszulöschen, Schatz. Er hat sie dir genommen, weil er nicht wollte, dass du traurig bist, und da sie dich jetzt nicht mehr traurig machen, kommen sie ja jetzt vielleicht mit aller Macht zurück.«

»Kann sein. Oh, diese Plätzchen schmecken einfach wunderbar. Du warst schon immer eine unglaubliche Bäckerin.«

»Ich habe leider keine Leckerlis für Faxe, aber eins von diesen Plätzchen wird ihm doch bestimmt nicht schaden, oder was meinst du?«

»Ganz sicher nicht.«

»Dann wünsche ich euch beiden guten Appetit und hole schnell, was ich dir geben will.«

Sie saßen hier in einem Raum des Glücks, erkannte Breen und war beruhigt, weil Sinead trotz der Trauer um den toten Sohn in diesem Zimmer glücklich und geborgen war.

»Ich habe heute früh über den Spiegel meine Tochter kontaktiert, und sie hat mir erzählt, worüber ihr euch unterhalten habt.«

Breen blickte auf und sah die kleinen leuchtend grünen Flügel mit den blauen Rändern, die in Sineads Händen wirkten wie die Flügel eines Schmetterlings.

»Oh, meine Flügel! Dass du die noch hast!«

»Natürlich habe ich die noch. Du hast sie so geliebt und konntest sie nicht mitnehmen, als du rüber auf die andere Seite bist. Ich dachte, dass du dich vielleicht darüber freust, wenn du sie jetzt zurückbekommst. Nur eine Kleinigkeit von damals, als du noch ein kleines Mädchen warst.«

»Sie sind viel mehr als das!« Breen nahm die Flügel in die Hände, und in ihrem Hirn und ihrem Herzen stiegen die Erinnerungen auf.

»Ich weiß noch, wie du sie mir damals angezogen hast. Du hast gesagt, nur so zu tun als ob wäre genauso gut und manchmal sogar besser, als wenn man tatsächlich etwas tut, weil man dann alles tun und werden könnte, was man will. Und damit hattest du vollkommen recht.« Breen nahm sie lächelnd in den Arm. »In Philadelphia gibt es jemanden mit Namen Sally, der in all den Jahren wie eine Mutter für mich war.«

»Von Sally habe ich bereits gehört und bin sehr froh, dass es ihn gibt.«

»Und dazu habe ich noch dich und Nan im Tal. Ihr zwei wart damals und seid heute wieder für mich da. Wie viele Frauen können von sich behaupten, dass sie gleich drei Mütter haben?«

»Ah, mein süßes Mädchen. Damit bringst du mich zum Weinen.«

»Ich werde dieses Flügelpaar in Ehren halten und Seamus fragen, ob er einen Rahmen dafür macht, damit ich sie mir an die Wand hängen kann.«

»Das sind doch nur zwei Stücke alten Stoffs, der obendrein total verblichen ist.«

»Oh, nein. Sie sind mit Liebe angefertigt, und für mich strahlen sie heller als das Sonnenlicht.«

Nach einer Stunde bei der mütterlichen Freundin machte Breen sich auf den Weg in Keegans Räumlichkeiten, legte ehrfürchtig die Flügel auf den Tisch und schlug das Buch auf, um endlich ihre Neugier zu befriedigen.

Im selben Augenblick kam er hereinmarschiert und stellte mürrisch fest: »Ich habe dich bereits gesucht.«

»Ich war bei Sinead, denn sie meinte, dass du noch mit Seamus und mit Flynn zusammen wärst.«

»Das war ich, auch wenn diese blöde Ratsversammlung vorher eine halbe Ewigkeit gedauert hat. Und nachdem du hier bist und ich dich nicht mehr zu suchen brauche, trinke ich erst mal ein Bier. Ich nehme an, du hättest gerne einen Wein.«

Sie wusste nicht, wie spät es war, im Grunde aber war das vollkommen egal. »Okay. Und vielleicht setzt du dich dann kurz zu mir, damit ich dir …«

»Ich habe nicht viel Zeit, denn morgen reisen wir auf alle Fälle wieder ab, und vorher habe ich noch alle Hände voll zu tun.«

»Du nimmst dir besser trotzdem etwas Zeit, weil ich nämlich bei Dorcas war.«

»Bei Dorcas, der Gelehrten? Warum hast du dir das angetan? Hast du etwas verbrochen und auf diese Art dafür gebüßt?«

»Hör auf, sie ist gar nicht so schlimm. Auch wenn ihr Tee und ihre Plätzchen wirklich furchtbar sind.«

»Du hast mein Mitgefühl, im Grunde aber hattest du nichts anderes verdient, denn habe ich dir nicht gesagt, dass ich wegen der Sache mit dem Dämon selbst schon bei ihr war? Sie konnte sich nicht dran erinnern, so etwas gehört zu haben, aber meinte, dass sie sich noch mal damit befassen und mir sagen würde, falls darüber was in ihren Büchern steht.«

»Und das tut es.«

Jetzt herrschte er sie ungeduldig an. »Und warum hat sie dann nicht gleich nach mir geschickt?«

»Weil sie erst heute früh darauf gekommen ist, als ihre Finger anfingen zu kribbeln und ihr Besen umgefallen ist.«

»Ein Zeichen für Besuch.«

»Genau. Deswegen hat sie auch gleich ihre grauenhaften Kekse fabriziert, und dabei fiel ihr eine uralte Geschichte ein. Aus einem Kinderbuch.« Sie schob es Keegan hin. »Das hat sie mir geliehen, und ich habe ihr versprochen, dass sie es zurückbekommt. Es ist noch in der alten Sprache abgefasst, das heißt, wahrscheinlich ist es älter als Talamh.«

»Das stimmt.«

Statt sich sein Bier zu holen, klappte Keegan stirnrunzelnd die erste Seite auf und blätterte sich durch den ganzen Band. »Das ist auf jeden Fall ein Kinderbuch.«

»In dem es um Mord, um Vergewaltigung und Blutdurst geht.«

Er lächelte sie an. »Und worum geht es in den Märchen, die ihr Menschen euren Kindern seit Jahrhunderten erzählt?«

»Auch wieder wahr«, gestand sie widerstrebend ein und holte Keegans Bier und ihren Wein. »Kannst du die alte Sprache lesen?«

»Allerdings, auch wenn mir dann bestimmt der Schädel brummt. Hat sie dir schon erzählt, worum es in der Geschichte geht?«

»Oh, ja.«

»Dann nehme ich mir jetzt auf jeden Fall die Zeit, mir anzuhören, was du mir sagen musst. Natürlich werde ich das Buch dann auch noch selbst lesen, aber das wird ziemlich mühsam werden, also setz dich und erzähl mir, was ihr eingefallen ist.«

Er selbst blieb stehen, trank einen Schluck von seinem Bier und stapfte, während sie erzählte, auf und ab. Verwundert sah ihm Faxe dabei zu, dann aber streckte er sich vor dem Feuer aus und nickte ein.

»Und dann hat sie mir dieses Buch gegeben, damit du es selbst lesen kannst«, beendete sie den Bericht.

»Das werde ich auch tun. Wobei ich nicht verstehe, warum niemand außer Dorcas die Geschichte kennt.«

»Vielleicht steht sie ja nur in diesem Buch, das schon seit Ewigkeiten im Besitz ihrer Familie ist. Sie dachte selbst, es wäre nur ein Kinderbuch, und vielleicht ist es das ja auch.«

Er schüttelte den Kopf. »Ich glaube, dass es tatsächlich so war, auch wenn es eine ganze Reihe unterschiedlicher Geschichten über Odrans Mutter gibt. In einer wurde sie von einem sexlüsternen Gott gekidnappt und geschändet, und in einer anderen hat sie einem Gott ein Schlafmittel verabreicht und ihm seinen Samen geraubt. Es gibt verschiedene Erzählungen, aber keine klingt so wahr wie diese hier.«

»Aber sie endet doch mit seinem Tod.«

»Deswegen dachte Dorcas auch, es ist ein Kinderbuch, denn darin werden böse Taten hart und endgültig bestraft. Dort gibt es keine halben Sachen, und auch wenn die Götter ihn in Wahrheit nicht getötet haben, haben sie ihn auf jeden Fall aus ihrem erlauchten Kreis und ihrer Welt verbannt. Auch wenn das hier in diesem Buch vielleicht ein bisschen anders steht, bin ich der Meinung, dass der Kern dieser Geschichte und er selbst durchaus gut getroffen sind. Es ist ihm schließlich durchaus zuzutrauen, dass er das junge Mädchen hätte schänden und sich die Dämonin hätte einverleiben wollen.«

»Ich frage mich, warum es immer Jungfrauen sind«, bemerkte Breen.

»Sie stehen nun mal für Reinheit, auch wenn das total idiotisch ist. Und er hat sie gekidnappt, vergewaltigt und getötet, wie es Götter manchmal tun. Doch alles das zusammen, und sein Opfer dann aus reiner Machtgier zu verschlingen?« Er schüttelte den Kopf. »Das geht weit über das hinaus, was noch entschuldbar wäre oder sich mit einer harmlosen Bestrafung regeln lässt. Vor allem, weil er durch sein Vorgehen mächtiger als alle anderen Götter hätte werden wollen. Das konnten sie sich nicht gefallen lassen, deshalb haben sie ihn verbannt.«

»Okay, ich muss dir diese Frage stellen. Warum haben sie ihn nicht schon früher aufgehalten, und weswegen stellen sie ihm sich jetzt nicht in den Weg?«

»Die Aufgabe liegt jetzt bei uns«, klärte sie Keegan achselzuckend auf. »Die Welt der Götter hat sich von der unseren entfernt, deswegen sollen wir jetzt selbst das Urteil über Odran wegen der Verbrechen gegenüber unseren Welten fällen. Vielleicht hat Dorcas recht damit, dass dies der Anfang war. Auf alle Fälle sind die Welten jetzt getrennt, und wenn die Götter ihn dafür bestrafen würden, falls er unsere Welt zerstören sollte, könnten wir die Gründe dafür sicherlich nicht nachvollziehen. Du bist der Schlüssel, das ist alles, was die Götterwelt uns gegen Odran in die Hand gegeben hat.«

»Ich finde, das ist geradezu erschreckend kurzsichtig.«

»Oder vielleicht auch sehr gewieft.«

Sie öffnete den Mund und klappte ihn dann wieder zu. Wer wäre sie, daran zu zweifeln, dass die Gottheit wusste, was sie tat?

»Dann werde ich jetzt erst mal meine Arbeit weitermachen, und dann lese ich mir die Geschichte selbst noch mal durch. Und schicke morgen irgendeinen armen Boten mit dem Buch für Dorcas los.«

»Sie hatte einen One-Night-Stand mit deinem Großvater.«

»Sie hatte einen *was*?«

»Die beiden waren mal zusammen, wenn auch nur für eine Nacht.«

Er starrte Breen entgeistert an. »Sie und mein Großvater?«

»Mit ein paar *Ur* davor. Dein Urururgroßvater oder so. Sie wusste nur noch, dass er Owain hieß und offenkundig sehr potent gewesen ist.«

Er presste sich die Finger vor die Augen. »Bitte, Göttinnen und Götter, habt Erbarmen und erspart mir diese Vorstellung.«

Sie lachte, bis sie Bauchschmerzen bekam. »Und sie hat auch gesagt, du wärst sehr attraktiv und sicher ebenfalls ein wirklich guter Liebhaber.«

»Ich bitte dich …«

»Und auch wenn sie deshalb ein bisschen neidisch auf mich ist, wünscht sie mir noch viel Spaß mit dir im Bett.«

Er riss entsetzt die Augen auf und atmete vernehmlich aus. »Am besten lösche ich den letzten Teil von unserem Gespräch und fahre einfach mit der Arbeit fort.«

Er lief entschlossen los, und lächelnd blickte Breen ihm hinterher. Sie hätte nicht gedacht, dass er so einfach in Verlegenheit zu bringen war.

# 20

Auch diesmal speisten sie am Abend im Familienkreis und tauschten sich beim Essen über eine Reihe ernster Themen aus.

»In einem Kinderbuch«, bemerkte Tarryn und betrachtete den Wein in ihrem Glas. »Und dazu auch noch in der alten Sprache, die inzwischen kaum noch wer versteht. Und trotzdem glaube ich wie du, Keegan, dass es stimmt, was in dem Buch geschrieben steht. Es passt einfach zu ihm.«

»Das sehe ich genauso«, pflichtete Mahon ihr bei. »Und schließlich gibt es zahllose Geschichten über Götter, die sich ihresgleichen, Menschen, Fey und andere gefügig machen oder sogar töten, auch wenn sie das dann damit begründen, dass ihnen ein Krieg oder egal was keine andere Wahl gelassen hat.«

»Ich hatte das Gefühl, dass Odran mit dem Blutopfer und dem Kannibalismus eine Grenze überschritten hat«, beteiligte sich Breen am Gespräch. »Und dass er deshalb aus dem Kreis der anderen Götter ausgestoßen worden ist.«

»So heißt es auch in den Geschichten«, stimmte Tarryn zu. »Doch du hast selbst gesehen, dass er etwas von einem Dämon hat. Und du hast uns erzählt, und Marg hat es bestätigt, dass er hier ein Zeichen trägt.« Sie tippte sich ans Herz. »Das er anscheinend nicht verstecken kann oder es vielleicht auch gar nicht will.«

»Ich glaube eher, dass er es nicht kann«, warf Keegan ein.

»Er ist entsetzlich eitel, deshalb sieht er eine solche Narbe oder so ein Mal doch sicherlich als Makel an. Das heißt, dass er nicht nur verstoßen, sondern obendrein gebrandmarkt worden ist. Mit dem Mal des Dämons, mit dem Mal der Bestie, die er ist.«

»Das würde heißen, dass das Mal auf seinem Herzen eine Schwäche ist.« Nachdenklich nahm Tarryn einen Schluck aus ihrem Glas. »Weil er trotz seiner und Isoldes Macht das Zeichen nicht verstecken kann. Hast du die Geschichte in dem Buch gelesen?«

»Allerdings, und es ist alles so, wie Breen von Dorcas und dann mir von Breen berichtet worden ist.«

»Dann werde ich sie auch noch lesen, bevor Dorcas das Buch zurückbekommt.«

»Aber sie ist in der alten Sprache abgefasst«, warf Keegan ein.

Tarryn hob die Brauen. »Und wer hat dir die ersten Worte dieser Sprache beigebracht? Wenn ich dich darin unterrichten konnte, kriege ich es doch bestimmt noch hin, sie selbst zu lesen, oder nicht? Wirst du dem Rat von dieser Angelegenheit berichten?«

»Mir wird gar nichts anderes übrig bleiben, aber das hat noch bis morgen Zeit, bevor es mittags wieder in den Westen geht.«

»Dann zeige ich das Buch dem Rat und bringe es danach Dorcas zurück«, bot Tarryn an.

»Es reicht schon, wenn du die Geschichte lesen musst. Ich schicke jemand anderen mit dem Buch zu ihr.«

»Ich bringe es ihr selbst und nehme eine Flasche anständigen Wein und einen Korb mit Süßigkeiten mit.«

»Das hat mir Sinead auch geraten.«

Lachend wandte Tarryn sich an Breen. »Das haben wir beide auf die harte Tour gelernt, als sie uns immer wieder ihre grauenhaften Plätzchen hat essen lassen. Es wird sie freuen, Keegan, wenn die rechte Hand des Taoiseach sie besucht. Das heißt, ich tue einfach meine Pflicht. Es war sehr nett, dass du sie ebenfalls besucht hast, Breen.«

»Und der Geschichte und des Buches wegen hat sich der Besuch auf jeden Fall gelohnt. Vor allem finde ich sie wirklich faszinierend.« Sie konnte nichts dagegen tun. Bevor sie sich versah, hatte sie Tarryn von dem One-Night-Stand erzählt.

Als seine Mutter schallend lachte, wandte Keegan sich an Breen. »War das wirklich nötig?«, fragte er und blickte Tarryn fragend an. »Wusstest du davon?«

»Wie hätte ich das wissen sollen? Ich würde sagen, das war weit vor meiner Zeit. Wenn ich mich recht entsinne, gab's sowohl in meinem Stammbaum als auch dem von deinem Vater ein paar Owains, also kann ich dir nicht sagen, welcher Seite der Familie sie die denkwürdige Nacht verdankt. Vor allem ist das jetzt bestimmt schon über hundert Jahre her.«

»Wie alt ist Dorcas denn?«, erkundigte sich Breen.

»Tja nun, sie ziert sich, wenn man sie nach ihrem Alter fragt, doch meiner Meinung nach muss sie inzwischen locker hundertfünfzig sein.«

Breen riss bei dem Gedanken, dass sie nachmittags mit einer derart alten Frau geplaudert hatte, überrascht die Augen auf, und Tarryn fügte noch hinzu. »Sie wollte niemals Kinder haben, denn im Grunde hat sie sich von klein auf immer nur für Katzen und für ihre Studien interessiert. Doch es ist allgemein bekannt, dass sie ein reges Liebesleben hatte, deshalb überrascht mich nicht, dass sie auch mal mit einem unserer Vorfahren im Bett gewesen ist.«

»Er hat ihr eine Rosenknospe auf das Kopfkissen gelegt, bevor er ging.«

»Wie romantisch.« Tarryn seufzte und schlug Keegan auf den Arm. »Daran solltest du dir ein Beispiel nehmen, Sohn.«

»Okay, falls ich das Bett jemals mit Dorcas, der Gelehrten, teile, kriegt sie hinterher noch eine Rose von mir überreicht.«

»Ich muss euch was … gestehen«, begann Mahon. »Es heißt, mein eigener Großvater hätte drei volle Nächte lang mit ihr das Bett geteilt, als er noch jung und, um es höflich auszudrücken, unerfahren in romantischen Belangen war. Zu Zeiten dieses Unterrichts war sie wahrscheinlich mindestens so alt wie seine eigene Großmutter. Es heißt, sie hätte ihn genauestens darin unterwiesen, wie man Frauen Lust verschafft, und meiner Großmutter zufolge war sie eine wirklich gute Lehrerin.«

»Und haben dein Vater und du selbst die Lektion danach von deinem Großvater gelernt?«

Er lächelte die Schwiegermutter an. »Belassen wir's der Diskretion wegen dabei, dass deine Tochter bisher stets mit mir zufrieden war.«

»Dann trinken wir jetzt erst einmal auf Dorcas, die Gelehrte, auf ihr langes Leben, auf ihr grenzenloses Wissen und darauf, dass sie die Männer offenbar erfolgreich in der Kunst der Liebe unterwiesen hat.«

Am nächsten Mittag brachen sie bei leichtem Nieselregen Richtung Westen auf. Es regnete in ganz Talamh, mal stärker und mal schwächer, und dazwischen stiegen immer wieder weiße Nebelschwaden auf.

Auf den verschlammten Straßen unter ihnen waren die Soldaten und die Ausbilder in Richtung ihrer neuen Trainingslager unterwegs, und Breen war dankbar für den neuen Mantel, wenn sie bei den verschiedenen Portalen, die sich Keegan noch mal hatte ansehen wollen, im Regen stand.

Inzwischen war ihr klar, wie weise sein Entschluss war, die Truppen zu verlegen und vor allem zu verstärken.

Kurz vor dem Tal dann brach die Sonne durch die Wolken, und als Breen den wunderschönen Regenbogen sah, der sich über die grünen Felder und die frisch gepflügten braunen Felder spannte, nahm sie diesen Anblick als ein Zeichen dafür, dass die Heimat sie willkommen hieß.

Genauso hieß Morena sie willkommen, kaum dass sie mit ihren Drachen und Mahon gelandet waren.

»Willkommen zu Hause, Reisende.« Bis auf die Haut durchnässt, trat sie durchs Tor des Hofs. »Bis eben hat es hier geschüttet, also habt anscheinend ihr die Sonne mitgebracht. Mein Mann, der Bauer, hat mich eimerweise Dünger auf dem Feld ausbringen lassen, was man sicher schon von Weitem riecht.«

»Es riecht nach Frühling«, widersprach der Schwager ihr.

»Das sagst du nur, weil du der Bruder dieses Bauern bist.« Sie wandte sich an Breen, befühlte deren Mantel und erklärte neidlos: »Einen derart schönen Mantel habe ich noch nie gesehen. Hast du den in der Hauptstadt eingetauscht?«

»Oh, nein, den hat Kiara mir geschenkt.«

»Sie hat ganz einfach einen Blick für so etwas. Die beiden Großen machen gerade ihren Mittagsschlaf, Mahon, stehen aber ganz bestimmt gleich wieder auf.«

»Dann werde ich erst mal nach Aisling und den Kindern sehen, Keegan, falls du mich nicht mehr brauchst.«

»Erst morgen früh. Sag Aisling, was wir rausgefunden und beschlossen haben. Schließlich gehört sie zum Rat des Tals.«

»Das mache ich. Dann sehen wir uns also morgen früh.«

»Ich würde auch gern wissen, was ihr rausgefunden und beschlossen habt«, meinte Morena, als Mahon in Richtung Haustür flog.

»Das werdet du und Harken hören – wenn ich mit einem Bier im Trocknen sitze«, sagte ihr der Taoiseach zu.

»Soll ich auch Nan und Sedric holen?«, fragte Breen.

»Die zwei und Marco sind bei meiner Nan und backen wieder mal. Und da ich heute Abend leider dran bin, was zu essen auf den Tisch zu bringen, werden wir für alles, was sie mitbringen, dankbar sein.«

»Es reicht, wenn wir uns morgen sehen. Und da ich morgen früh noch ein paar andere Sachen machen muss, trainieren wir erst am Nachmittag«, legte der Taoiseach fest.

»Okay. Ich würde sowieso erst mal mit Seamus sprechen wollen«, meinte Breen. »Deine Mutter hat tatsächlich über all die Jahre meine alten Flügel aufbewahrt, Morena, und ich dachte, dass mir Seamus vielleicht einen Rahmen dafür macht, damit ich sie an eine Wand in meinem Häuschen hängen kann.«

»Das würde meine Mutter sicher furchtbar freuen, und wenn ich mich nicht irre, müsste er im Augenblick bei euch im Garten sein.«

»Perfekt. Na komm, Faxe, wir gehen erst mal heim. Viel Glück beim Kochen«, wünschte Breen der Freundin noch.

»Du hast gut reden, denn bestimmt hat Marco wieder mal was Tolles für euch vorgekocht. Wogegen Harken mich den halben Tag lang hat Mist karren lassen.«

»Du hättest vielleicht nicht die Frau von einem Bauern werden sollen.«

»Das stimmt. Was habe ich mir nur dabei gedacht?« Lachend strich Morena sich die nassen Haare aus der Stirn. »Ich werde Harken holen, Keegan, und dann gehen wir ins Haus, trocknen uns ab und holen uns ein Bier.«

»Ich komme später nach.« Der Taoiseach sah auf Faxe, der bereits am Fuße des Willkommensbaumes saß. »Ich nehme an, dass Marco vor mir heimkommen wird. Du kannst ihm ruhig alles erzählen, wenn du willst.«

»Dann würde ich mich wirklich besser fühlen.«

Er zog sie an die Brust, presste ihr die Lippen auf den Mund und überraschte sie, indem er mit den Händen über ihren Körper fuhr, bis sie gewärmt und trocken war.

»Es gibt keinen Grund, noch länger nass zu sein«, erklärte er und wandte sich zum Gehen.

Er hatte wirklich seine guten Augenblicke, dachte Breen, als sie über die Straße lief. Er hatte durchaus seine guten Augenblicke, auch wenn man sich darauf konzentrieren musste, sie zu sehen.

In Irland herrschte eitel Sonnenschein, und statt von Düngermief war dort die Luft eindeutig von Frühlingsduft erfüllt. Breen war nur ein paar Tage fort gewesen, aber trotzdem waren die Veränderungen nicht zu übersehen. Die Knospen waren praller als zuvor und gingen teilweise sogar schon auf, und automatisch dachte Breen an ihre Setzlinge und das Gemüse, das sie zwischen ihrem und dem von Marco und von Brian geplanten Haus anpflanzen wollte.

Noch nass vom Regen, planschte Faxe gut gelaunt im Bach, kam wieder raus und schoss dann fröhlich bellend aus dem Wald.

Aus Richtung Haus rief Seamus: »Braver Hund. Genau, halt dich von diesen Beeten fern, denn sie sind nicht zum Buddeln da.«

Auch Breen kam aus dem Wald. Seamus stand, seine Mütze auf dem Kopf und die behandschuhten Hände in die Hüften gestemmt, neben einem kleinen umgegrabenen Flecken Erde. Das braune Viereck lag direkt vor einer Fuchsienhecke, die die Grenze zwischen einer ausgedehnten Rasenfläche und den Feldern bildete.

Mit schnellen Schritten lief Breen auf ihn zu, wobei ihr der Geruch von frischem Mist entgegenschlug.

Anscheinend hatte Keegan recht, wenn er diesen Gestank mit dieser Jahreszeit verband.

»Du hättest diese Arbeit nicht allein machen sollen, Seamus!«

Er funkelte sie gut gelaunt aus seinen leuchtend blauen Augen an. »Du gönnst mir doch wohl meinen Spaß. Ich habe mich hier prächtig amüsiert, während bei mir zu Hause wieder mal wie wild gebacken wird.« Er tätschelte ihr sanft den Arm. »Also. Marco, Brian und ich haben in den letzten Tagen darüber gesprochen, dass es nett wäre, die Hecke hier zu öffnen, damit es einen Durchgang zwischen euren Häusern gibt. Wobei der Rest der Hecke stehen bleiben soll, denn dadurch seid ihr weiter ungestört. Auf diese Weise sehen sie die Hügel und die Bucht, und ihr teilt euch die Arbeit und die Ernte hier beim Beet. Beim Anlegen des Beets haben sie mir freie Hand gelassen, denn wir dachten, dass das eine nette Überraschung für dich würde.«

»Die euch echt gelungen ist. Es ist perfekt. Genau dort wollte ich das Beet. Marco und ich haben bisher noch nie Gemüse angebaut.«

»Ihre werdet eure eigenen Peperoni und Tomaten haben, und wir können auch noch ein paar Kartoffeln, Kohl, Schnippelbohnen und Karotten pflanzen, wenn ihr wollt.

Im kleinen Rahmen, weniger zur Selbstversorgung als zum Spaß.«

»Wenn du mir zeigst, wie man das macht.«

»Das werde ich mit Freuden tun. Wobei du mehr weißt, als du denkst, weil du es einfach in dir hast. Na komm, lass uns nach deinen Setzlingen sehen. Sie haben sich wirklich gut gemacht, und langsam wird es Zeit, sie abzuhärten, weil es nachts jetzt nicht mehr friert.« Er blickte Richtung Himmel und erklärte: »Glaub mir, jetzt wird's nicht mehr wirklich kalt.«

»Ich glaube dir.«

Er zeigte ihr die Reihe mit den Kästen voller junger Pflanzen, die auf der Terrasse stand. »Hier haben sie die Wärme und den Schutz der Hauswand, während sie sich an die kühle Luft gewöhnen. Und wenn sie bereit sind, kannst du sie entweder in die Erde oder in Töpfe setzen. Wie du willst.«

Breen und Seamus unterhielten sich noch eine ganze Weile über Pflanzen und die Gärtnerei, während ihr Hund in die Bucht lief und sich dort amüsierte.

»Du hast bereits so viel für mich getan, und trotzdem werde ich dich jetzt um einen weiteren Gefallen bitten«, stellte sie am Ende fest.

»Nur zu.«

Sie grub in ihrer Tasche, bis sie dort die sorgfältig verpackten Flügel fand.

»An die kann ich mich gut erinnern! Ich weiß noch ganz genau, wie du damit herumgerannt bist und wie wild geflattert hast.«

»Das weiß ich auch noch, und ich weiß auch noch, wie viel sie mir bedeutet haben. Deswegen würde ich sie gerne rahmen und hier aufhängen, wo ich sie immer sehen kann.«

»Schöne Erinnerungen sind was Wunderbares«, stimmte er ihr zu. »Du bräuchtest dafür aber keinen flachen Rahmen, sondern einen Schaukasten, in dem sie gut zur Geltung kommen.«

»Ja, genau. Ich dachte, dass du weißt, wie groß er werden muss und welches Holz dafür geeignet ist.«

»Und wenn ich diesen Kasten mache, werden auch ich selbst und Finola an die schöne Zeit erinnert, die wir damals hatten.« Lächelnd legte er die Handschuhe zur Seite, wischte sich die Hände ab und wickelte die Flügel aus.

Dann ging er heim, und Breen ging mit dem Hund ins Haus und roch den Duft des Essens, das im Ofen warm gehalten wurde.

Sie machte Feuer im Kamin, zog ihren neuen Mantel aus und meinte seufzend: »Weißt du was, Kumpel? Nach unserer langen Reise werde ich jetzt erst mal duschen, und du kriegst ein Leckerli. Und wenn wir dann das Häuschen immer noch für uns haben, schreibe ich vielleicht noch was.«

Als Erstes gönnte sie sich eine ausgedehnte Dusche, und statt sich im Anschluss aufwendig zurechtzumachen, cremte sie sich einfach ein und band ihr Haar zu einem Pferdeschwanz. Dann ging sie in die Küche, holte sich dort eine Cola und nahm schließlich an ihrem Schreibtisch Platz.

»Zeit für dein Abenteuer«, sagte sie zu Faxe und fuhr den Laptop hoch.

Die nächste Stunde brachte sie mit Schreiben zu und tippte die in der Hauptstadt in Gedanken formulierten Szenen in den Computer ein. Sie waren spannend und dramatisch, doch vor allem amüsant, denn so gehörte es sich schließlich für ein echtes Kinderbuch.

Erst durch das Klingeln ihres Handys wurde sie aus ihrer Arbeit aufgeschreckt. Sie sah verwirrt auf das Gerät, das in der Ladeschale lag, als wäre es ihr völlig fremd.

Doch schließlich kam sie in Talamh tatsächlich ohne die moderne Technik aus.

Sie sah den Namen auf dem Display und rührte sich noch immer nicht.

Wie hatte sie vergessen können, dass ihr Manuskript bei Carlee lag?

Breen tastete nach dem Tattoo an ihrem Handgelenk, doch schließlich ging sie an den Apparat. »Hallo?«

»Hi, Breen. Hier Carlee«, grüßte die Agentin sie. »Ich dachte, dass ich Sie um diese Zeit vielleicht erwische, wenn Sie nicht mehr bei der Arbeit und noch nicht beim Essen sind.«

»Das haben Sie.« Auch wenn Breen hätte weiterschreiben wollen, bis jemand kam. »Wie geht es Ihnen?«

»Super. Und ich hoffe, Sie haben Zeit für ein Gespräch über Ihr Buch.«

Breen kniff die Augen zu. »Na klar.«

Als Marco mit einer Schachtel duftenden Gebäcks in seinen Händen heimkam, saß sie schon mit einem halb geleerten Rotweinglas am Tisch.

»Hey, Mädel! Willkommen zurück! Erzähl mir, wie es war, auch wenn ich erst nach unserem Essen gucken muss. Ich habe Schweinebraten mit Knoblauch und mit Rosmarin für uns gemacht.«

»Ich habe wirklich jede Menge zu erzählen.«

»Davon bin ich überzeugt. Aber wir haben uns hier ebenfalls nach Kräften amüsiert. Zum Beispiel heute waren wir bei Finola, und ich habe dir ein paar von Sedrics leckeren Zitronenplätzchen und verschiedene andere tolle Sachen mitgebracht. Marg hat gezaubert, damit unser Essen nicht verbrennt, und, ja genau, es sieht so aus und riecht genauso wie es aussehen und riechen soll. Am besten hole ich mir erst mal einen Wein und komme dann zu dir ins Wohnzimmer.«

»Tu das. Marco …«

»Wow! Wo hast du diesen Mantel her? Verdammt.« Er stürzte zur Garderobe, um sich ihren Mantel aus der Nähe anzusehen. »Das ist echt der totale Wahnsinn. So ein Prachtstück habe ich noch nie gesehen. Wie hast du ohne mich gewusst, dass du ihn nehmen musst?«

»Den Mantel hat Kiara mir geschenkt.«

»Das glaube ich, denn schließlich zeigt er, dass sie ein Gespür für Mode hat. Na los, steh auf und zieh ihn an. Lass mich dich darin sehen.«

»Kannst du dich vielleicht erst mal setzen?«

»Oh, Baby, stimmt was nicht?«

»Doch, doch.« Sie selbst stand auf und schlenderte in Richtung Couch. »Auch wenn ein paar der Dinge, die passiert sind, wirklich seltsam waren. Am besten fange ich mit dem an, was ganz zuletzt passiert ist, weil ich vor allem darüber mit dir reden muss. Also hol deinen Wein und setz dich hin, während ich überlege, wo ich anfangen soll.«

Inzwischen saß auch Faxe auf der Couch, und während sie ihn streichelte, kam Marco mit dem Wein und nahm auf ihrer anderen Seite Platz.

»Schieß los.«

»Okay. Carlee hat eben angerufen.«

»Das heißt, dass sie das Buch gelesen hat. Und was hat sie dazu gesagt?«

»Ich erzähle rückwärts«, wiederholte Breen. »Und ganz zuletzt ging es um die Rezepte, die du aufgeschrieben hast. Sie fand es wirklich toll, wie du sie präsentierst, sie fand es lustig und auch die Musikstücke dazu haben ihr gefallen.«

»Den größten Teil der Arbeit hattest ja wohl du damit.«

»Oh, nein, ich habe dir geholfen, aber die Musik und die Geschichten kamen von dir, und du hast sie in deinem eigenen Stil verfasst. Wie dem auch sei, hat sie sie einer anderen Agentin dort gegeben, die bereits drei Kochbücher herausgebracht hat und die selbst kocht. Und Carlee hat gesagt, Yvonne hätte deine Spaghetti Bolognese nachgekocht und danach deinen Apfelkuchen ausprobiert und wäre derart hin und weg gewesen, dass sie dich auf alle Fälle kennenlernen will.«

»Verdammt.« Vor Überraschung quollen ihm fast die Augen aus dem Kopf. »Und du verarschst mich nicht?«

»Nein, natürlich nicht. Es sieht so aus, als ob du eine eigene Agentin hättest, Marco, und zwar eine, die so schnell wie möglich weitere Rezepte von dir haben will.«

Jetzt sprang er auf und lief nervös durchs Wohnzimmer. »Ich hätte nie gedacht, dass wirklich irgendwer Interesse daran hat.«

»Sag nicht, dass du das Buch jetzt nicht mehr schreiben willst!«

Er sah sie fragend an. »Sehe ich aus wie ein Idiot?«

»Auf keinen Fall.« Auch sie sprang auf und fiel ihm um den Hals.

»Ich muss mir überlegen, was für andere Rezepte ich noch schreiben soll. Wobei mein Hirn …« Er griff sich an die Stirn und machte ein zischendes Geräusch. »Ich hätte nie … ich habe keine Ahnung, wie das alles läuft.«

»Dafür hast du ja jetzt Yvonne. Du sagst immer zu mir,

dass ich Carlee vertrauen soll. Und das musst du jetzt eben bei Yvonne. Ich habe ihre Telefonnummer, und Carlee sagt, dass du dich morgen bei ihr melden sollst.«

»Okay, ich meine, wow. Ich muss mich erst mal wieder setzen. Ein verdammtes Kochbuch«, stieß er aus, bevor er sich zurück aufs Sofa fallen ließ. »Das ist der Wahnsinn, oder nicht? Ich muss das alles erst mal sacken lassen und mir sagen, dass so etwas Spaß macht, Breen. Genau, ich schreibe die Rezepte schließlich zum Vergnügen.«

»Allerdings.«

»Okay, ich habe mich beruhigt«, erklärte er. »Und jetzt erzähl mir weiter.«

»Meinetwegen. Halt dich fest. Sie mag das Buch. Mein Buch. Ich meine, Carlee, nicht Yvonne.«

»Habe ich es nicht gesagt?« Er schlug ihr auf den Arm und wiederholte noch ein bisschen lauter: »Habe ich es nicht gesagt?«

»Sie findet es echt gut, Marco, und sagt, dass sie es sicher an den Mann oder die Frau bringen kann.«

»Natürlich kann sie das. Weswegen also sitzt du hier herum, statt durch das ganze Haus zu tanzen?«

»Weil ich es erst noch begreifen muss. Sie hat gesagt, wir könnten es auch einem anderen Verlag anbieten, weil es anders als die Faxe-Bücher für Erwachsene wäre, sollten trotzdem erst mal fragen, ob sie es haben wollen. Du weißt schon, schließlich kommen wir bisher wirklich gut mit ihnen aus und wollen, dass es so bleibt.«

»Aber du würdest damit gern zu einem anderen Verlag?«

»Nein, nein, sie weiß am besten, wie man diese Dinge macht, und vor allem sind mir mein bisheriger Verlag und all die Leute dort durchaus sympathisch. Aber sie fand es wirklich gut, Marco. Sie hat gefragt, ob sie es weitergeben darf, und ich habe okay gesagt.«

»Weil du keine Idiotin bist.«

»Jetzt geht es meinem Gehirn genau wie deinem, und ich habe keine Ahnung, was ich denken soll.«

»Lass mich kurz überlegen.« Lächelnd legte er seinen Kopf ein wenig schräg und reckte einen Finger in die Luft. »Okay, ja, jetzt hab ich's. Wie wäre es damit, dass du ein gottverdammtes, wirklich gutes Buch geschrieben hast? Und zwar bereits zum zweiten Mal.«

»Bisher hat sie es nicht verkauft, das heißt, wir warten besser erst mal ab. Aber sie fand es gut, und da sie sogar über ein paar Stellen reden konnte, weiß ich, dass sie auf jeden Fall reingelesen hat. Vor einem Jahr war all das noch ein Traum, Marco. Ein Traum, den ich mir erst erfüllen konnte, als ich rausgefunden habe, dass es all das Geld von meiner Nan und meinem Vater gab. Als du gefragt hast, was ich machen will, und ich gesagt habe, dass ich nach Irland kommen will. Und dann ging alles furchtbar schnell.«

»Tatsächlich?« Marco strich ihr sanft über den Kopf. »Ich denke nämlich, du hast dieses Buch schon eine Ewigkeit in dir gehabt. Du musstest nur, tja nun, den Korken aus der Flasche ziehen, und alles andere kam dann von allein. Du hattest all die Dinge auch schon vorher in dir, nur hast du sie all die Zeit verdrängt.«

»Ich konnte die von mir in diesem Buch beschriebene Welt tatsächlich deutlich sehen, und mir ist klar, dass sie Talamh sehr ähnlich ist. Ich nehme an, das liegt zum Teil an den Erinnerungen und den Wünschen, die in meinem Inneren vergraben waren und jetzt wieder hochgekommen sind. Ich weiß nicht, ob ich so etwas noch einmal hinbekomme, aber …«

»Stopp. Das ist mein Ernst. Hast du ein Buch über den wunderbaren Hund geschrieben, der mit uns hier auf dem Sofa sitzt?«

Zur Antwort wedelte das Tier begeistert mit dem Schwanz.

»Das habe ich.«

»Und schreibst du jetzt dein zweites Faxe-Buch?«

»Das mache ich, und es läuft ziemlich gut.«

»Und schreibst du praktisch jeden Morgen einen guten, grundsoliden, ausnehmend beliebten Blog?«

Sie atmete vernehmlich aus. »Es ist echt gut, dass ich jetzt endlich mit dir sprechen kann.«

»Und werden wir jetzt tanzen?«

»Nicht, solange ich nicht weiß, ob es sich tatsächlich verkauft. Doch wenn es so weit ist, werden wir tanzen wie die Wilden«, versprach sie ihm.

»Okay, dann wollen wir es nicht beschreien und heben uns das Tanzen noch ein bisschen auf.«

»Du hast mir echt gefehlt«, erklärte Breen noch mal. »Doch jetzt, wo wir gesprochen haben, kriege ich allmählich wieder Luft. Als ich nach Hause kam, war Seamus hier. Er hat mit unserem Garten angefangen – mit unserem Gemüsebeet.«

»Im Ernst?« Marco sprang auf, stürzte zum Fenster und blickte hinaus. »Sieh dir das an! Er ist einfach ein Held!«

»Der Garten wird perfekt, und die Idee, die Fuchsienhecke aufzumachen, damit es einen Durchgang zwischen unseren Häusern gibt, ist ebenfalls perfekt. Ich kann es kaum erwarten, bis es endlich so weit ist. Als ich das Haus zum ersten Mal gesehen habe, wusste ich, genau so etwas hatte ich mir immer schon gewünscht. Auch wenn ich keine Ahnung hatte, was alles damit verbunden ist.« Sie trat zu ihrem Freund ans Fenster, breitete die Arme aus und stellte fest: »Dass du einmal mit mir in Irland leben würdest, dass du Brian kennenlernen und ihr zwei auf diesem Grundstück leben würdet, dass ich Bücher schreiben und so einen einzigartigen und tollen Hund bekommen würde, dass ich meine alte Heimat, meine Nan und alle anderen wiederfinden würde. Einen Ort, eine Familie und ein Ziel, für das zu leben und zu kämpfen es sich lohnt. Und manchmal, wie nach dem Gespräch mit Carlee, bin ich derart überwältigt, dass ich nicht mehr denken kann. Oder ich frage mich, ob all das vielleicht nur ein Traum ist oder ich vielleicht im Koma liege oder so.«

»Genauso geht's mir auch, Mädel, denn schließlich habe ich hier alles, was ich jemals wollte, und noch mehr.«

»Tja nun, falls wir in einer Art von Koma liegen, wachen wir am besten nicht mehr daraus auf«, schlug sie ihm vor und prostete ihm lächelnd zu. »Wobei das noch nicht alles ist, weil ich auch noch bei einer Frau mit Namen Dorcas war, die mindestens schon hundertfünfzig ist.«

»Ach was.«

»Zumindest meinte Tarryn, dass sie so alt wäre und – oh, Marco, ich mag Keegans Mutter wirklich furchtbar gern. Selbst wenn wir zwei nicht was auch immer wären, würde ich sie mögen. Aber darum geht es gerade nicht.« Sie nahm ihn bei der Hand und führte ihn zurück zur Couch. »Dorcas, die Gelehrte, die mit unzähligen Katzen ganz allein in einem kleinen Häuschen lebt. Sie lebt in diesem unheimlichen kleinen Hexenhaus in einem der Wälder unterhalb der Burg.«

»Und ist sie eine gute oder böse Hexe?«

»Eine gute Hexe. Seltsam, aber gut. Sie ist eine angesehene Gelehrte, die, die Tarryn meinte, als es um den Dämon ging, der offenbar in Odran lebt.«

»Ja, richtig. Keegan hat mir was von wirklich furchtbarem Gebäck erzählt.«

»Es hat wie Sägemehl geschmeckt, und dazu gab es Tee wie Teer, und in dem kleinen, engen, dunklen Häuschen habe ich mich beinah wie in einem Horrorfilm gefühlt.«

»Und du bist dir ganz sicher, dass sie eine gute Hexe ist?«

»Oh, ja, und sie ist wirklich interessant. Aber wie dem auch sei, hat sie ein altes Kinderbuch, in dem diese besondere Geschichte steht.«

»Ein hundertfünfzig Jahre altes Buch?«

»Ich nehme an, dass es sogar noch älter ist. Ich werde dir erzählen, was sie mir erzählt hat und warum sie denkt, dass es die Wahrheit ist. Und nicht nur sie, sondern auch Keegan und die anderen, als sie die Geschichte hörten, in der es um Odran und um den Dämon in seinem Inneren geht.«

Bevor sie weitersprechen konnte, hob der Freund die Hand, ging in die Küche und kam mit der Weinflasche zurück.

Dann fuhr sie fort, und als sie fertig war, stand er noch einmal auf und schaltete den Ofen aus, in dem der Schweinebraten garte.

»Ich kann nur hoffen, dass uns die Geschichte nicht den Appetit auf diesen wirklich feinen Schweinebraten verdirbt. Und du glaubst nicht, dass dieses Auffressen des jungen Mädchens nur eine Metapher oder so was ist?«

»Es tut mir leid. Ich glaube, dass es tatsächlich so war. Eine – wie nicht anders zu erwarten – Jungfrau und Dämonin, die jede beliebige Gestalt annehmen kann. Er wollte diese ganz besondere Fähigkeit für sich. Ich weiß nicht, ob er vor ihr auch schon andere gefressen hat, doch bin mir sicher, dass sie nicht die Letzte war.«

»Dann kehrt er in der Götterwelt also den Hannibal Lecter raus?«

»Auf den Vergleich kommst auch nur du, Marco. Vor allem würde er so eine Mahlzeit sicher nicht mit einem guten Rotwein runterspülen.«

»Aber der Dämon in seinem Inneren ist böse.«

»Weil er selbst böse ist. Das heißt, er hat ihn korrumpiert.«

»Und dieses Zeichen oder diese Narbe über seinem Herzen?«

»Ist vielleicht ein Ein- und Ausgang, und das würde heißen, dass es eine Schwachstelle ist.«

»Ein Ein- und Ausgang für den Dämon oder was? Für einen bösen Dämon, der in seinen Eingeweiden haust? Ich wüsste nicht, wie es das besser machen soll.«

»Wäre der Dämon noch böse, wenn er ihn verlassen würde, Marco?«, fragte Breen zurück und presste sich die Finger vor die Augen, weil es jetzt nicht mehr um Kochbücher und andere schöne, sondern abermals um lauter grauenhafte Dinge ging. »Ich frage mich, ob es so wäre wie damals, als wir die Seelen in der Ruine freigelassen haben oder so. Ob es was ist, was ich auf alle Fälle machen soll. Das weiß ich erst, wenn ich es tue, ganz egal, auf welche Art.« Sie raufte sich das Haar. »Vor allem hatte ich total vergessen, dass ich dir auch noch was anderes erzählen muss. Und zwar, dass es in allen Übergängen von Odrans Seite Risse gibt.«

»Wie den beim Wasserfall?«

»Genau. Außer beim Willkommensbaum, weil der zu gut gesichert ist. Und Keegan – Augenblick, da kommt er gerade, und am besten überlasse ich es ihm, dir von der Taktik und von seinen Strategien zu erzählen.«

»Meinetwegen. Wenn er da ist, taucht wahrscheinlich

auch gleich Brian auf. Dann können wir essen, während er uns seine Strategie erklärt.« Marco stand auf. »Und du erzählst ihm erst einmal von deinem Buch.«

»Es ist noch nicht verkauft. Und du erzählst von deinem Kochbuch, ja?«

»Das ist noch nicht einmal geschrieben und bestimmt noch nicht verkauft. Aber wir werden trotzdem drüber reden, so wie über all das andere Zeug, denn schließlich ist es schön, wenn's auch mal gute Neuigkeiten gibt. Neben den ganzen seltsamen, bizarren Dingen ist es gut, wenn's auch mal gute Dinge zu berichten gibt.«

Er würde keine Ruhe geben, wenn sie nicht von ihrem Buch erzählte, wusste Breen, und nickte resigniert. »Okay. Ich werde es ihm sagen.«

»Was?«, erkundigte sich Keegan, als er in die Küche kam. »Ich hoffe sehr, dass du mir sagen sollst, dass es gleich was zu essen gibt, weil ich inzwischen halb verhungert bin. Und bis ich mich gewaschen habe, ist auch Brian sicher da.«

»Da hast du wirklich Glück.« Marco häufte Möhren, Kartoffeln, Zwiebeln, Sellerie auf einer Platte rund um seinen herrlich krossen Schweinebraten an.

»Das sieht echt lecker aus«, erklärte Keegan, während er sich seine Hände an der Spüle wusch. »Und dazu habe ich gerochen und gesehen, dass Seamus mit dem Garten angefangen hat. Das heißt, dass du mir das nicht mehr erzählen musst. Gibt's sonst noch was?«

»Und ob. Und zwar, dass Breens Agentin von dem neuen Buch, das sie geschrieben hat, total begeistert war«, klärte ihn Marco grinsend auf. »Dem Buch, das sie jetzt gerade erst von ihr geschickt bekommen hat.«

»Okay.« Jetzt trocknete sich Keegan sorgfältig die Hände

ab und wandte sich an Breen. »Hast du gedacht, dass es ihr nicht gefallen würde?«

»Nun, das konnte ich erst wissen, als …«

»Hat es dir selbst nicht gefallen?«

»Doch, natürlich, aber …«

»Und du hast es Marco lesen lassen, und es hat ihm ebenfalls gefallen. Das heißt, dass deine Ängste völlig unbegründet waren, aber so seid ihr Frauen nun mal.«

»Ach ja?«

Mit einem gleichmütigen Achselzucken meinte er: »Das heißt, es gibt nun keinen Grund mehr, dass du mich dieses Buch nicht lesen lassen sollst. Aber nicht auf der Maschine, sondern auf Papier.«

»Aber ich habe keinen …«

»Kein Problem, ich drucke es dir aus. Und hier kommt Brian.« Marco trug die Platte an den Tisch und grinste seine beste Freundin fröhlich an.

Sie grinste zurück, als sie erklärte: »Und von Marcos Kochbuch war sie ebenfalls begeistert, weshalb er sich, wenn wir in New York sind, mit einer Kollegin von ihr treffen soll.«

»Sehr gut, Marco. Es ist wirklich großzügig von dir, dass du dein Kochtalent mit anderen teilst.«

»Das Buch ist lange noch nicht fertig. Aber erst mal wird gegessen«, meinte Marco und strahlte, als sein Liebster durch die Tür des Häuschens trat.

# Teil 3

# MISNEACH

*Nicht der Eid mache den Mann,*
*sondern der Mann den Eid glaubwürdig.*

Aischylos

*Mut ist nicht einfach eine Tugend,*
*sondern die, die alle anderen auf die Probe stellt,*
*das heißt, sie zeigt,*
*was es mit ihnen in Wahrheit auf sich hat.*

C. S. Lewis

# 21

Es überraschte Breen nicht wirklich, als sie morgens in die Küche kam und Keegan Löcher in den Kaffeeautomaten starren sah. Obwohl er an den meisten Tagen schon verschwunden war, wenn sie nach unten kam, brach er gelegentlich auch später auf.

»Willst du einen Kaffee?«

»Ich mag diese Maschine nicht, aber ich brauche etwas, was mich munter macht.«

»Ich kümmere mich darum.« Erst ließ sie Faxe raus, dann kochte sie Kaffee. »Dann musst du heute Morgen also nicht die Kühe melken?«

»Ich war gestern Abend dran und habe anderes zu tun.«

»Hast du nicht gut geschlafen?«

»Doch, nur viel zu kurz. Nach unserer … energiegeladenen Paarung bist du so schnell eingeschlafen, dass ich noch in deinem Buch gelesen habe. Was ich Marco zu verdanken hatte und nicht dir.«

Leise kichernd drückte sie ihm einen Becher in die Hand. »Tja nun …«

»Dann habe ich viel mehr gelesen, als ich hätte lesen wollen. Ich hatte vorher bereits eine kleine Kostprobe bekommen, als ich ein paar Unterlagen von dir auf dem Schreibtisch liegen sah, doch das hier war viel mehr, und zwar von Anfang an. Die farbenfrohen Bilder, die du malst, stellen meine Heimat dar.«

Sie ließ sich Zeit mit ihrem eigenen Kaffee. »Ich hatte mit dem Buch schon angefangen, bevor ich nach Talamh gekommen oder eher zurückgekommen bin. Bevor mir wieder alles eingefallen ist. Den Anfang hatte ich da schon im Kopf.«

»Weil sich dein Herz schon vorher an Talamh erinnert hat.«

Sie sah ihn an. »Ich glaube auch, dass es so war.«

»Die Hauptperson oder die Frau, um die sich alles dreht. Sie ist nicht du.«

»Ach nein?«, fragte sie fasziniert und ging zur Tür, weil sie den Morgen brauchte und die Bucht, den Nebel und das zarte erste Licht.

Er folgte ihr nach draußen, wo die Sonne blinzelnd aufging und der Nebel wie ein weißer Schatten aus dem Wasser stieg. »Sie ist nicht du, obwohl ich angenommen hätte, dass du in dem Buch über dich selbst schreibst. Warum auch nicht? Aber sie ist nicht du. Sie ist willensstärker, als du selbst zu Anfang warst. Und wütend. Sie ist jünger und entwickelt sich erst noch. Natürlich ist sie auf der Suche wie du einst, aber sie ist sich ihrer ganz besonderen Kräfte schon bewusst. Oder der Eigenschaften, die sie dafür hält. Und die Person, von der sie unterrichtet wird, ist weder deine Nan noch ich, sondern ein alter Zyniker, der mir durchaus sympathisch ist.«

»Warum?«

»Er hat sehr viel gesehen und noch viel mehr gelernt. Ich mag, dass er sie unterrichtet, nicht weil er es möchte, sondern weil sie ihn daran erinnert, was er selbst einmal war, was er verloren hat und vielleicht werden kann.«

Nachdenklich trank sie einen ersten Schluck Kaffee. »Es ist mir wichtig, dass du das in ihnen gesehen hast und es verstehst.«

»Ich bin schließlich kein Idiot und brauchte nur zu lesen, was du aufgeschrieben hast.«

»So sollte es auch sein.«

»So ist es auch. Hör auf, dir Sorgen wegen deines Buchs zu machen, weil das wirklich lästig ist.«

Sie musste lachen. »Wahrscheinlich kannst du das nicht nachvollziehen«, klärte sie ihn auf. »Obwohl du eine schwere Last auf deinen Schultern trägst, gibt es für dich das Dunkel und das Licht, richtig und falsch, was ist und was nicht sein kann. Aber die Geschichten, die ich schreibe? Sie sind persönlich. Und es ist mir wirklich wichtig, dass dir das, was du gelesen hast, gefallen hat.«

Er ließ den Kopf auf seinen Schultern kreisen. »Dafür werde ich auf jeden Fall bezahlen, weil ich nicht mal ansatzweise ausgeschlafen bin. Du hast eine besondere Gabe, Breen, das schwöre ich. Die solltest du umarmen und respektieren wie all die anderen besonderen Fähigkeiten, die du hast.«

Wieder hob sie ihren Becher an den Mund. »Ich arbeite daran.«

»Du wirst bald in dein Philadelphia und nach New York reisen.«

»Wenn ihr mich hier nicht braucht.«

»Ich denke, dass du fahren und dann wieder nach Hause kommen wirst. Du wirst deine Familie sehen, wie es richtig ist. Und du wirst deine Arbeit machen, wie es richtig ist, und dann kommst zu zurück.«

»Ich nehme an, du kannst uns nicht begleiten?«

»Nein, tut mir leid.«

»Das darf es nicht. Das kann ich nachvollziehen.«

»Es tut mir trotzdem leid. Ich mochte deinen Sally, seinen

Club und die Musik. Es gibt dort wirklich gutes Bier, und wenn ich mitkommen könnte, würde ich das tun.«

Sie sah, dass Faxe wieder aus dem Wasser kam und sich schüttelte.

»Er hat dich ebenfalls gemocht.«

»Ich weiß, dass Brian wirklich gern Marcos Familie kennenlernen würde – Sal und den Mann, den er liebt.«

»Derrick.«

»Ja, genau.« Er sah auf sie herab. »Ich würde ihm den Urlaub geben, wenn ich könnte, aber dies ist nicht die rechte Zeit.«

»Auch das kann ich total verstehen. Ich werde meine Mutter sehen, wenn ich in Philadelphia bin.«

Er schwieg einen Moment und sah den aufsteigenden Nebelschwaden hinterher. »Dann bereue ich es noch mehr, dass ich dich nicht begleiten kann.«

Sie hörte sein Bedauern, und es rührte sie wie jedes Mal, wenn er auf die ihm eigene, unwillige Weise freundlich war.

»Das muss es nicht, denn dies ist etwas, das ich allein machen muss.«

»Ihr werdet das Portal benutzen, das in eurer Wohnung liegt. Meabh zieht dort solange aus.«

»Das braucht sie nicht. Wir übernachten im Hotel und fahren am nächsten Morgen sofort weiter nach New York.«

»Trotzdem wird sie euch die Wohnung überlassen, und für eure Heimkehr nehmt ihr einfach den New Yorker Übergang.«

»Moment mal. Was? Es gibt auch in New York so ein Portal?«

Er starrte sie durchdringend an. »Das ist schließlich eine der wichtigsten Städte eurer Welt. Wenn ihr bereit seid, wird euch Sedric führen. Das ist seine ganz besondere Gabe, und von diesem Übergang aus bringt er euch durch den Willkommensbaum zurück. Wie kommt es, dass du das nicht weißt?«

»Vielleicht, weil niemand mir etwas davon gesagt hat?«

Schnaubend hob er seinen Becher an den Mund und trank den Rest seines Kaffees. »Jetzt sage ich es dir. Er wird euch führen, wenn ihr so weit seid.«

»Na toll. Dann habe ich die Zugtickets zurück nach Philadelphia also ganz umsonst gekauft.«

»Ich habe vor, den Übergang nach Philadelphia zu einer dauerhaften Einrichtung zu machen, damit du problemlos hinkommst, wenn es nötig ist. Auch wenn ich dafür noch die Zustimmung des Rats einholen muss, was mich echt nervt.«

Da war sie wieder, dachte Breen. Die unwillige Nettigkeit, die einfach typisch für ihn war. Jetzt drehte sie sich nach ihm um und schlang ihm ihre Arme um den Hals. »Das ist sehr rücksichtsvoll. Ich danke dir.«

»Vor allem ist es effizient.« Trotzdem nahm er sie auch in den Arm. »Ich muss allmählich los, wenn ich nicht den gesamten Vormittag verplempern will.«

»Was ist mit Brian?«

»Der hat erst heute Abend Dienst.« Er legte ihr die Hände ans Gesicht. »Du musst mit Marg und Sedric sprechen, denn ich habe keine Zeit.«

»Ich werde ihnen alles sagen, was wir wissen«, versprach sie ihm.

»Gut. Wobei du diese Sache zwischen meinem Vorfahren und Dorcas nicht erwähnen musst.«

Lächelnd klapperte sie mit den Wimpern und erklärte: »Doch, natürlich, denn das wird die beiden sicher mehr als alles andere interessieren.«

»Verdammt.« Trotzdem gab Keegan ihr noch einen Kuss, bevor er wortlos Richtung Wald und weiter nach Talamh entschwand.

Das war bestimmt der Grund, weshalb sie ihm derart verfallen war, erkannte Breen. Er war nun einmal einfach, wer und was er war. Licht gegen Dunkelheit und richtig gegen falsch.

Sie blickte auf den leeren Becher, den sie von ihm in die Hand gedrückt bekommen hatte, trank dann ihren eigenen Kaffee aus und genoss versonnen den anbrechenden Tag.

Nach ihrem Vormittag am Schreibtisch lief sie mit dem Hund und Marco aus dem sonnenhellen Irland in das sonnige Talamh. Der Himmel dort war strahlend blau und beinah wolkenlos. Lächelnd setzte Marco seine Sonnenbrille auf.

»Was für ein Tag. Und es ist fast schon warm. Und so was wie da vorn sieht man nicht alle Tage, außer man ist du und ich.«

Morena flog über ein frisch gepflügtes Feld und warf dort Samen aus, die Harken in die Erde stampfte, damit sie genauso wüchsen wie die jungen Pflanzen ein Feld weiter.

»Anscheinend hatten auch die beiden einen durchaus arbeitsreichen Vormittag.«

»Ich könnte ihnen helfen, während du bei deiner Nan und Sedric bist. Und dabei lernen, wie ich unser eigenes Beet beackern muss. Es riecht noch immer ziemlich stark nach Dung, aber ich schätze, dass man sich daran gewöhnt«, fügte er naserümpfend an.

Ein Stückchen weiter sahen sie Aisling, die in ihrem Kräutergarten bei der Arbeit war. Die beiden großen Jungen halfen ihr, während sie ihren Jüngsten wie so oft in einem Tuch auf ihrem Rücken trug.

»Ich nehme an, dass Aisling eher deine Hilfe brauchen kann. Die beiden anderen wirken auf mich wie ein eingespieltes Team.«

»Da hast du recht.«

Als sie die Straße überquerten, bellte Faxe zur Begrüßung, und die Jungen riefen fröhlich einen Gruß zurück.

»Dann schalte ich jetzt in den Bauernmodus um. Bis dann.«

»Er wird sich prächtig amüsieren«, erklärte Breen ihrem Hund, während sie sich über die Mauer schwang. »Wer hätte das gedacht?«

Auf ihrem Weg zum Häuschen ihrer Nan nahm sie den grünen Schimmer in den Bäumen und die ersten kühnen Wildblumen wahr, die das Licht der Sonne tranken.

»Jetzt habe ich hier alle Jahreszeiten einmal durch. Jetzt ist es ein Jahr her, dass sich mein Leben grundlegend geändert hat. Und wie sich rausgestellt hat, das von Marco auch. Die Busfahrt, um im Haus von meiner Mutter das zu tun, was ich dort immer machen musste, wenn sie nicht zu Hause war, auch wenn das vollkommen idiotisch war: Die Post sortieren, die Blumen gießen und vor allem jedes gottverdammte Fenster aufreißen, solange ich dort war. Und als ich Sedric in dem Bus gesehen habe, hat er mich total nervös gemacht. O Gott, wie unglücklich ich damals war.« Sie strich Faxe über den Wuschelkopf. »Ehrlich, mir war gar nicht bewusst, wie unglücklich ich war, bevor ich mich von allem losgerissen und mich selbst gefunden habe. Und natürlich dich.«

Er wedelte zustimmend mit dem Schwanz, und glücklich breitete sie ihre Arme aus und nahm auf diese Weise alles, was sie hatte, was sie wusste, was sie fühlte, in sich auf.

»Marco hat recht. Es ist ein wundervoller Tag.«

Dann bog sie um die letzte Ecke vor dem Haus von ihrer Nan und dachte an das erste Mal, als sie den Weg heraufgekommen war. Immer noch etwas benommen, nachdem sie hinter Faxe durch den Übergang gepurzelt war. Und dann der Schock, weil sie schon einmal hier gewesen war, und die Nervosität, als Mairghread in der offenen Tür gestanden hatte, die auch diesmal einladend geöffnet war.

Begeistert lief Faxe vor, und Marg trat durch die Tür und nahm ihn in Empfang.

Sie trug ihr wundervolles Haar in einem Knoten auf dem Kopf, und ihre grobe Hose und der ausgefranste Wollpullover bewiesen, dass sie wieder mal nicht untätig gewesen war.

»Ein wunderbarer Morgen für die Gartenarbeit«, rief sie gut gelaunt. »Und kaum dass wir auf einen Tee ins Haus gegangen sind, kehrst du von deiner Reise in die Hauptstadt heim.«

»Von der es jede Menge zu erzählen gibt.«

»Komm rein und setz dich erst mal hin. Wir haben gestern Nachmittag so viel gebacken, dass noch jede Menge Plätzchen übrig sind. Natürlich auch für dich«, versprach Mairghread dem Hund. »Für dich gibt es hier immer was.« Dann wandte sie sich wieder an die Enkelin. »Und wie ich sehe, steht dein neuer Mantel dir hervorragend.«

»Du wusstest, dass mir Kiara einen Mantel schenken wollte?«

»Sie hat mich deshalb um Rat gefragt.« Marg nahm sie zur Begrüßung in den Arm und gab ihr einen beidseitigen Wangenkuss. »Du strahlst ja heller als der Sonnenschein.«

»Ich dachte gerade, dass das Frühjahr hier viel eher kommt als in Philadelphia. Und dass ich jetzt die vierte Jahreszeit in

Irland und hier in Talamh erleben darf. Es gibt so vieles, was ich in den letzten Monaten zum ersten Mal erleben durfte, Nan. Das heißt, ich habe allen Grund zum Strahlen.«

Sie gingen in die Küche, in der Sedric ebenfalls in einer abgetragenen Arbeitshose stand, und als ihn Breen begrüßte so wie Mairghread zuvor, verströmte er den Duft von Erde und von frischem Gras.

»Als ich dich zum ersten Mal im Bus gesehen habe, habe ich dich unbewusst erkannt und war deshalb entsetzlich aufgeregt. Du hast für diese Windböe gesorgt, die die Papiere aus den Aktenschränken durch die Luft gewirbelt hat, damit ich endlich etwas von dem vielen Geld erfahre, das mein Dad und Nan für mich gespart haben. Das hat mein Leben völlig auf den Kopf gestellt.«

»Wobei es nicht das Geld allein gewesen ist.«

»Es hat mir durchaus auch etwas genützt. Mein Gott, wir haben immer fürchterlich geknapst. Aber wenn es nur der Geldsegen allein gewesen wäre, hätte ich mich ganz bestimmt nicht auf den Weg nach Irland und dann weiter hier zu euch gemacht. Deswegen strahle ich, auch wenn die Dinge, die ich euch erzählen muss, eher düsterer Natur sind. Es geht um die Geschichte, an die Dorcas, die Gelehrte, sich erinnert hat.«

»Heißt das etwa, dass du bei ihr warst? Sedric, schenk dem Mädchen einen Tee ein und gib ihr ein paar von deinen Plätzchen, denn sonst wird sie den Geschmack der Sachen, die das Weib ihr vorgesetzt hat, nie mehr los.«

Breen wusste, dass die beide Freude daran hatten, sie nach Strich und Faden zu verwöhnen, deshalb setzte sie sich an den Tisch.

Und während sie gewärmt vom Feuer im Kamin in Mairgheads heimeliger Küche saß, erzählte sie den beiden anderen die Geschichte der Dämonin, die von Odran erst geschändet und dann aufgefressen worden war.

»Davon habe ich bisher nie auch nur ein Wort gehört. Du, Sedric?«

»Jetzt fällt's mir wieder ein.« Er sah auf seine Hände, und das Silbergrau von seinen Haaren schimmerte im Sonnenlicht. »Ich habe die Geschichte mal als Kind gehört. Sie wurde mir erzählt, damit ich mich benehme und nicht einfach in den Wald laufe, wenn niemand in der Nähe ist. Doch später habe ich nie mehr daran gedacht.«

»Die Geschichte, die uns Breen erzählt hat?«, fragte Marg.

»Nicht ganz. Es ging darin um Odran, weil sein Name schon in meiner Kindheit für Angst und Schrecken gesorgt hat. Aber ein Dämonenmädchen kam, soweit ich mich erinnern kann, nicht darin vor. Ein alter Vater auf der Durchreise hat sie uns Kindern damals vor dem Schlafengehen erzählt. Er meinte, Odrans Mutter hätte sich so sehr nach einem Kind gesehnt und ihn dann unter Anwendung von einem dunklen Zauber auf die Welt gebracht. Und danach hätte sie den Jungen auf ein Podest gestellt und ihn derart verhätschelt und verwöhnt, dass er stolz und gierig wurde und sich ganz der Dunkelheit, die von Geburt an in ihm war, verschrieben hat. Ein Dämon kam in der Geschichte nur insofern vor, dass es dort hieß, er hätte Odran beigebracht, das Blut von Lebenden zu trinken und was es für eine Freude wäre, wenn man andere lebendig frisst. Dem alten Vater nach hatte er eine Vorliebe für junges Fleisch und hatte es auf Kinder abgesehen, die nicht auf ihre guten Mütter hören wollten und den Eltern wegliefen. Auf diese Weise hat er über Jahre im Verborgenen dieser dunklen Leidenschaft gefrönt, bis eine junge Hexe, die ihm gerade noch entkommen konnte, zu den anderen Göttern ging, um ihnen zu berichten, was er so trieb. Daraufhin haben sie ihn aus der Götterwelt verbannt, und seine Mutter hat sich vor Verzweiflung in die dunkle See gestürzt, in der sie elendig ertrunken ist.« Der Hauch von einem Lächeln huschte über sein Gesicht. »Ich hatte danach fürchterliche Albträume, doch meine eigene Mutter hat versucht, mich zu beruhigen, und gesagt, dass das totaler Unsinn wäre und mir der alte Mann nur hätte Angst einjagen wollen. Ich habe ihr geglaubt, inzwischen aber denke ich, dass vielleicht doch etwas an der Geschichte dran gewesen ist.«

»So was zu tun«, fing Marg mit nachdenklicher Stimme an. »Das Blut von anderen zu trinken und sie aufzufressen, nur damit man zusätzliche Macht erlangt? Die Götter können kalt und launisch sein, doch so was würden sie niemals verzeihen. Durch die von ihm begangenen Verbrechen hat er das Vertrauen zwischen den verschiedenen Welten nachhaltig gestört, und dadurch, dass sie ihn verbannt, doch nicht vernichtet haben, haben sie das Vertrauen nicht wirklich wiederhergestellt. Das heißt, dass es das Ende der Verbindung zwischen unseren Reichen war.«

»Das meinte Dorcas auch, und Keegan hat ihr zugestimmt. Der Anfang vom Ende. Das haben sie ebenfalls gesagt.«

»Indem er die Dämonin aufgefressen hat, wurde er zum Halbgott«, führte Sedric aus. »Und du bist eine halbe Göttin, Breen. Wahrscheinlich wusste er das nicht, und vielleicht ist ja die Geschichte deswegen so nebulös. Doch seine Kräfte wurden dadurch, dass er die Dämonin in sich aufgenommen hat, geringer statt stärker. Sie haben abgenommen, statt zuzunehmen, wie von ihm erhofft.«

»Das heißt, dass ich ihm quasi ebenbürtig bin?«

Marg schüttelte den Kopf. »Du bist viel mehr. Du bist das

Licht im Gegensatz zu seiner Dunkelheit. Die Dunkelheit versucht vielleicht, das Licht zu dimmen oder gar zu löschen, doch es findet immer seinen Weg. Das ist auch Odran klar, und deshalb hat er Angst vor dir.« Breens Nan stand auf und blickte durch das Fenster in den hellen Sonnenschein. »Inzwischen glaube ich, es hätte ihm niemals gereicht, meinem Jungen, meinem süßen Baby, seine Kräfte auszusaugen, und ich wage kaum daran zu denken, was aus meinem Sohn geworden wäre, wäre ich in jener Nacht nicht aufgewacht.«

»Aber du *bist* rechtzeitig aufgewacht.« Jetzt stand auch Sedric auf, trat hinter sie und nahm sie in den Arm. »Und du hast Odran in die Dunkelheit zurückgeschickt und so dafür gesorgt, dass Eian zu einem starken Mann herangewachsen ist. Und seine Tochter, die sogar noch stärker ist, sitzt hier bei uns am Tisch.«

»Er hat sich durch das Fressen der Dämonin selbst geschwächt, und dieses Wissen werden wir benutzen, um ihn zu zerstören«, meinte Breen. »Wobei das noch nicht alles ist, was ich euch sagen muss.«

Die beiden kamen an den Tisch zurück, und Breen erzählte ihnen von Keegans Strategien, von den geplanten Festivals und ihrem Plan, die Sommersonnenwende auszunutzen, um den Gegner ein für alle Mal zu vernichten.

»Am längsten Tag«, bemerkte Marg, »und wenn das Licht am stärksten ist. Das ist ihm ebenfalls bewusst, das heißt, wir brauchen einen guten Köder, wenn wir ihn dann in die Falle locken wollen.«

»Geliebte Marg, er denkt, wir wären dumm und schwach, doch damit hält er sich nur selbst einen Spiegel vor. Die Sommersonnenwende wird hier jedes Jahr gefeiert, aber diesmal haben wir auch Breen.« Ein Funkeln in den Augen, drückte

Sedric Breen die Hand. »Und zwar seit einem Jahr, deswegen feiern wir noch mehr als sonst. Mit Feiern überall im Land, mit denen wir zum einen die Sommersonnenwende und zum anderen die Tochter ehren. Ich kann mir vorstellen, dass er der Versuchung, uns an diesem Tag anzugreifen, schwerlich widerstehen kann.«

»Dann ist sie also nicht mehr nur der Schlüssel, sondern jetzt auch noch der Köder?«, fragte Marg und packte seine Hand. »Verzeih. Das ist die Schwäche einer Großmutter. Ich weiß, dass du dein Leben für sie geben würdest.«

»O nein.« Er küsste ihre Hand, die seine immer noch umklammert hielt. »Das ist die Stärke einer Großmutter.«

»Es muss ein Ende haben, Nan. Wir müssen ihn vernichten, und vielleicht ist dies der beste Augenblick und unsere größte Chance. Falls er durch sämtliche Portale gleichzeitig hier einfällt und wir ihn dann nicht töten, wann dann?« Sie legte die Hand auf die von ihrer Nan, die die von Sedric hielt. »Wenn dir noch etwas einfällt, was ich lernen kann, bring es mir bei.«

»In Ordnung, du hast recht. Natürlich gibt's noch jede Menge Sachen, die du lernen kannst, und falls diese Geschichte wahr ist, gibt es vielleicht einen Weg, ihn zu vernichten. Auch wenn du dafür wirklich noch verschiedene Dinge lernen musst.«

»Dann suche ich nach Keegan«, meinte Sedric und stand wieder auf. »Vielleicht kann ich ja unserem Taoiseach nützlich sein.«

»Du bist doch immer nützlich.« Marg erhob sich ebenfalls und gab ihm einen Kuss. »Pass auf dich auf, *mo chroí*.«

Als Sedric ging, tätschelte Marg der Enkelin die Hand. »Dann werden wir jetzt rüber in die Werkstatt gehen. Es gibt da ein paar Dinge, die dir helfen können, diesen neuen Weg zu gehen.«

Sie liefen los, und an der Brücke drehte Faxe sich mit hoffnungsvollem Blick nach seinem Frauchen um.

»Na los.«

Er hüpfte fröhlich in den Bach, während sich Breen lächelnd bei Marg einhakte. »Keine Sorge, Nan. Der Tag ist viel zu schön für Ängste oder Sorgen. Und vor allem gibt es auch noch ein paar positive Dinge, die ich dir erzählen will. Das Kochbuch, mit dem Marco angefangen hat? Tatsächlich ist es mehr als nur ein Kochbuch, denn es gibt darin auch Anekdoten und Geschichten und Musik, die mit den einzelnen Rezepten in Verbindung steht. Und meine Agentur hat riesiges Interesse an dem Buch.«

»Das ist tatsächlich eine wunderbare Neuigkeit!«

»Auf jeden Fall. Und mein zweites Buch hat meiner Agentin ebenfalls gefallen. Sie ist sich sicher, dass sie es bei einem Verlag unterbringen kann.«

»Oh, Breen! Warum hast du mir das nicht gleich erzählt?«

»Weil das bei Weitem nicht so wichtig ist wie …«

»Unsinn!« Marg blieb auf der Brücke stehen, legte ihr die Hände auf die Schultern und erklärte: »Das ist sogar mehr als wichtig, denn das ist das Leben, und zwar auf die denkbar wunderbarste Art. Meine Enkeltochter ist Autorin und der gute Marco ein berühmter Koch. Ihr wisst gar nicht, wie stolz ich auf euch bin.«

Sie zog Breen an die Brust, und unter ihnen wirbelte der Hund mit lautem Bellen und mit wilden Sprüngen das Wasser auf.

Lachend lenkte Breen den Blick nach unten und riss überrascht die Augen auf.

»Da unten. Auf dem Grund des Bachs.«

»Was siehst du dort?«

»Da vorn. Siehst du es nicht?«

»Ich sehe nur den Hund, das Wasser, Kieselsteine und den kleinen Fisch, der zwischen ihnen schwimmt. Was siehst du denn?«

»Den Anhänger. Die goldene Kette mit dem Drachenherz. Unglaublich hell und wunderschön. Ich habe sie schon mal gesehen, aber dann vergessen, dich danach zu fragen. Siehst du sie tatsächlich nicht?«

»Nein«, stieß Mairghread tonlos aus. »Ich kann nichts sehen.«

»Ich … auf dem Gemälde im Gerichtssaal hast du diese Kette um. Aber ich hatte sie auch vorher schon einmal gesehen.«

Sie massierte sich die Schläfen, und es fiel ihr wieder ein.

»Ich hatte einen Traum. Genau. Bevor wir Philadelphia verlassen haben, habe ich davon geträumt, dass ich durch grünes Licht gelaufen bin. Beim Fluss, unweit des Wasserfalls. Die Gegend war so schön, und dann sah ich den Anhänger im Wasser und wollte ihn rausholen. Ich war mir sicher, dass ihn irgendjemand dort verloren hat, aber ich kam nicht dran und fing plötzlich an zu rutschen. An derselben Stelle, wo ich in dem Glaskäfig gefangen war. Ich wusste nichts davon, ich wusste nichts davon. Ich war mir sicher zu ertrinken, weil ich nicht mehr an die Oberfläche kam, und dann hat Marco mich geweckt.« Sie drehte sich zu Mairghread um. »Ich habe von dem Anhänger geträumt.«

»Davon hast du mir nie etwas erzählt.«

»Ich hatte es vergessen. Seltsam.« Von der Anstrengung, sich zu erinnern, brummte ihr der Kopf. »Und dann, nachdem ich hier war, habe ich noch mal davon geträumt. Die Kette lag im Fluss, unweit des Wasserfalls. Wieder kam ich nicht dran und geriet ins Rutschen, doch ich wusste, dass ich keinesfalls ins Wasser fallen darf. Ich hatte solche Angst hineinzufallen.«

Ihr schwirrten wirre, undeutliche Bilder durch den Kopf.

»Aber … dann habe ich den Anhänger noch mal gesehen, und dieses Mal war es kein Traum. Ich war beim Wasserfall, mit Marco, an dem Tag, als mir der Schatten aufgefallen ist. Aber vorher habe ich den Anhänger im Wasser liegen sehen. So tief, dass ich nicht drangekommen bin. Aber … du hast ihn getragen. Auf dem Bild. Also gehört er dir.«

»Er hat mir mal gehört, doch das ist jetzt schon länger her. Und jetzt siehst du ihn auf dem Grund des Bachs?«

»Ja, ich …« Doch als sie noch mal hinsah, sah sie nur noch ihren Hund. »Jetzt ist er nicht mehr da. Ich habe ihn gesehen, aber jetzt … was hat das zu bedeuten? Hast du ihn verloren, oder hat ihn irgendwer gestohlen?«

»Nein.« Marg wandte sich entschlossen ab, ging ein paar Schritte und schlug sich die Hände vors Gesicht. »Sie wollen immer mehr. Sie kriegen nie genug.«

»Wer?«, fragte Breen,

»Die Götter und die Mächte, die uns überlegen sind. Sie wollen immer mehr. Ich dachte und ich hoffte, dass es reichen würde, aber jetzt verlangen sie auch noch das Letzte, was ich geben kann.«

»Ich weiß nicht, was du damit sagen willst.«

Jetzt wandte Marg sich ihrer Enkeltochter wieder zu, und die Erschöpfung war ihr überdeutlich anzusehen. »Warum gehst du nicht auf den Hof und holst dein Pferd, *mo stór?* Dann sattle ich schon mal Igraine, und wir reiten dorthin, wo du den Anhänger in deinem Traum und beim Besuch am Wasserfall gesehen hast. Und selbst wenn wir ihn dort nicht finden, werde ich dir sagen, was er zu bedeuten hat. Am besten gibst du mir ein bisschen Zeit, damit ich mich beruhigen kann, und dann erzähle ich dir die Geschichte dieses Amuletts.«

»Okay. Ich werde mich beeilen. Du bleibst bei Nan, Faxe.«

Da sie es wirklich eilig hatte, rannte sie den ganzen Weg zum Hof und ging erst in normalem Tempo, als die anderen sie erblickten.

»Nan möchte einen Ausritt machen«, rief sie ihrer Freundin zu. »Das heißt, ich brauche Boy.«

»Hilf mir und nimm mich mit«, flehte Morena lachend, während sie am Rand des nächsten frisch gepflügten Feldes stand.

»Wir haben es jetzt fast geschafft.« Harken zog Morena die Mütze ins Gesicht. »Noch eine Stunde, und dann gebe ich sie frei. Dann kann sie euch ja folgen. Sie wird wissen, wo ihr seid.«

Breen rief nach ihrem Pferd, und da sie abgelenkt war, konzentrierte sie sich ganz besonders auf den Sattel und das Zaumzeug, winkte ihren Freunden zu und trabte locker los.

Ihre Großmutter und Faxe warteten bereits auf sie, und sie erklärte Faxe, welchen Weg er nehmen sollte, um genauso schnell am Fluss zu sein wie sie.

»Am besten erzähle ich dir gleich, worum es geht.«

Doch erst nach einer Viertelmeile fing die Großmutter an zu sprechen.

»Der Anhänger hat keinen Namen oder keinen, den ich kenne, aber manche nennen ihn das Schicksalsamulett oder den Stein der Pflicht. Er ist aus dem Gold aus diesen Hügeln, und der Stein, der Herzensstein, ist aus dem Drachennest. Es ist ein echtes Drachenherz, das eines wahrhaft großen und, wie manche sagen, vielleicht auch des allerersten Drachen, das nach seinem Tod verzaubert worden ist. Es heißt, es wäre älter als Talamh und ein Geschenk der Götter, um den Frieden zwischen unseren Welten zu besiegeln, nachdem Odran aus der Götterwelt verstoßen worden war.«

»Er hat also eine besondere Macht.«

»O ja, doch die hat ihren Preis. Die Fey haben den Stein mit Glas versiegelt und in Ehren gehalten, aber so wie Odran es auf alles abgesehen hat, wollte er natürlich auch das Drachenherz. Er hat das Glas gesprengt, und danach ward das Herz nicht mehr gesehen. Es war verschwunden, oder wenigstens haben wir das gedacht.«

»Bis du es dann gefunden hast.«

»Wobei ich nicht die Erste war. Die Götter waren erbost, nachdem der Stein verloren war, obwohl ihn Odran uns in seiner grenzenlosen Gier gestohlen hat, deswegen gab es ein paar Unruhen, doch schließlich wurde der Vertrag wieder in Kraft gesetzt. Ein Rat der Weisen bewirkte einen Zauber, um den Anhänger zu finden, und beschloss, dass die Person, die ihn egal wo fände, einen Schwur zu leisten hätte, damit sie ihn tragen darf.«

»Was war das für ein Schwur?«

»Talamh sowie den Fey für alle Zeiten treu zu sein, und alle Welten sowie die Gesetze, die dort herrschen, so zu respektieren wie ihre eigenen. In guten Zeiten für Talamh und die Bewohner einzustehen und für sie zu kämpfen, wenn es nötig ist.« Sie machte kurz die Augen zu. »Und dazu noch ihr Leben für Talamh und für die Fey zu geben, wenn es nötig wäre, und zwar willig und in dem Moment, in dem darum gebeten wird.«

»In dem Moment, in dem darum gebeten wird?«

»Nicht in der Hitze des Gefechts, sondern in einem frei gewählten Augenblick. Weil all die anderen Leben und das Licht der anderen mehr wiegen als dieses eine Leben und das eine Licht. Sollte der Stein gefunden und getragen werden, ohne dass dieses Versprechen eingehalten wird, wird der Person, die es gebrochen hat, all ihre Macht genommen, und auch wenn sie weiterleben darf, verliert sie all das, was sie ausmacht, und all ihre Fähigkeiten.«

»Und du hast diesen Schwur geleistet …«

»… und gehalten«, meinte Marg. »Ich habe ein ums andere Mal gekämpft und Blut vergossen, um die Fey und alle Welten zu beschützen, und wenn der Moment gekommen wäre, hätte ich mein Leben hingegeben, aber das hat nicht gereicht. Es hat noch immer nicht gereicht. Und trotzdem habe ich mich weiter an den Schwur gehalten, selbst nachdem man dich mir weggenommen hat.« Sie stieg von ihrem Pferd und schmiegte ihr Gesicht an Igraines Hals. »Und dann verlor ich meinen Sohn. Mein Ein und Alles, mein geliebtes Kind. Den Anhänger trug ich zum letzten Mal, als Keegan nach dem Schwert getaucht ist, und als er der nächste Taoiseach wurde, bekam er von mir den Stab des Rechts, und ich flog übers Meer und warf das Drachenherz hinein. Das haben vor mir auch schon andere getan, entweder zu Ehren eines Lebens, das freiwillig hingegeben worden war, oder aus Trauer so wie ich. Mitunter sind Jahrhunderte vergangen, Breen, bevor der Anhänger sich jemandem gezeigt hat, deshalb habe ich beim besten Willen nicht gedacht, dass ihn zu meinen Lebzeiten noch einmal jemand zu Gesicht bekommt. Vor allem nicht du.«

»Du sagst, du hättest ihn ins Meer geworfen, aber trotzdem ist er hier.« Breen zeigte auf den Stein, der auf dem Grund des klaren, grünen Flusses lag.

»Das Amulett ist nicht für mich bestimmt, denn ich kann es nicht sehen. Ich hatte es als junges Mädchen finden sollen und fand es in dem Bach, in dem dein Hund vorhin geschwommen ist. Ich zog es aus dem Wasser, leistete den Schwur, sprang einen Tag später mit den anderen in den See und fand das Schwert. Es heißt, das Drachenherz taucht nur in Zeiten größerer Veränderungen auf.« Sie umklammerte Breens Hände und erklärte ihr in eindringlichem Ton: »Du kannst es einfach liegen lassen. Das ist keine Schande. Du entscheidest selbst, was du willst. Ich würde es noch einmal nehmen und tragen, wenn ich könnte, denn der Großteil meines Lebens liegt inzwischen hinter mir. Wogegen du dein Leben gerade erst begonnen hast.«

»Das stimmt. Mein wahres Leben hat vor weniger als einem Jahr begonnen, als ich nach Talamh zurückgekommen bin. Ich habe ebenfalls gekämpft und Blut vergossen, Nan. Doch … das war in der Hitze des Gefechts, und wenn ich nicht getötet hätte, wäre es um mich geschehen. Ich habe auch geschworen, für Talamh und alle Welten einzustehen, alles in meiner Macht Stehende zu tun, um Odran zu vernichten und dafür zu sorgen, dass es wieder dauerhaften Frieden gibt. Und das ist nicht genug?«

»Der Anhänger kann auch auf jemand anderen warten«, meinte Marg, doch ihre Enkeltochter schüttelte den Kopf.

»Ich habe schon davon geträumt, bevor ich nach Talamh gekommen bin. Auch von der Angst zu sterben«, gab sie unumwunden zu. »Konnte ich mich noch aus meiner Kindheit an den Stein erinnern? Hast du dieses Amulett damals getragen und mir die Geschichte von dem Anhänger erzählt?«

»Ich trug die Kette in der Schlacht und zu besonderen Festen, aber ganz bestimmt nicht, wenn ich in der Küche stand, um was für dich zu backen oder dir solche Dinge zu erzählen.«

»Und wenn ich diesen Stein jetzt aus dem Wasser ziehen und mich weigern würde, auf Verlangen mein Leben hinzugeben, würde ich verlieren, was ich bin. Ich will nicht sterben Ich will leben, schreiben, lachen, Kinder haben und ihnen zusehen, wie sie aufwachsen, aber trotzdem kann ich hinter das, was ich inzwischen bin, jetzt nicht noch mal zurück.«

»Du würdest weiterhin dieselbe sein, *mo stór.* Es würde alles bleiben, wie es ist.«

Als Marg jetzt wieder ihre Hände ergriff, spürte Breen die Angst in sich und in der Großmutter.

»Lass ihn im Wasser liegen und die Dinge so, wie sie sind.«

»Es ist mein Stein«, murmelte Breen. »Das spüre ich inzwischen ganz genau. Er ist ein Grund dafür, dass ich hier in Talamh bin, und Teil meiner Mission. Aber ich habe Angst davor, ihn rauszuziehen, und vor den Konsequenzen, die das vielleicht für mich hat, deshalb bin ich bisher noch jedes Mal davor zurückgeschreckt.« Sie wirbelte herum. »Er hat mich hier in diesem Fluss in einen Käfig eingesperrt. Er hätte mir mein Leben und somit auch alles, was mich ausmacht, ausgesaugt. Und deshalb wurde mir der Großteil meines Lebens vorenthalten, was ich bin. Das ist der Grund, aus dem der Stein sich mir auch immer wieder zeigt. Du weißt, dass es so ist. Du hast dich ebenfalls entschieden und den Schwur geleistet, Nan, als du noch jünger warst als ich. Als noch dein ganzes Leben vor dir lag. Und trotzdem hast du ihn genommen, denn das ist es, was dich ausmacht, und dahinter kann ich nicht zurückstehen.«

Das Trommeln ihres Herzens übertönte selbst den Wasserfall, als sie ans Ufer trat und durch das Wasser auf das Herz des Drachen sah.

Sie konnte sich entscheiden, dachte sie. Doch selbst wenn sie ihr Leben geben müsste, hätte sie im letzten Jahr auf jeden Fall gelebt. So intensiv wie nie zuvor.

Sie hörte Faxes Winseln und das Schluchzen ihrer Nan, als sie ins Wasser ging. Dann beugte sie sich vor, griff nach der goldenen Kette mit dem Stein und richtete sich wieder auf.

»Ich schwöre, diesem Land und seinen Bewohnern treu zu sein und alle Welten und deren Gesetze so zu respektieren, wie sie sind. Ich schwöre, in Zeiten der Freude für Talamh und alle, die dort leben, da zu sein und für sie in den Krieg zu ziehen. Ich schwöre, freiwillig mein Leben für Talamh und alle Fey zu geben, denn die Leben aller sind bedeutsamer als dieses eine Leben, und das Licht von allen ist wichtiger als dieses eine Licht.« Zitternd legte sie die Kette um. »Und falls ich einen dieser Schwüre breche, werde ich mit allen meinen Kräften und mit allen meinen Gaben dafür zahlen, und das habe ich verdient.«

Ein Blitz zuckte am leuchtend blauen Himmel, und sie hörten lautes Donnergrollen.

Dann wurde es vollkommen still, und sie stieg wieder aus dem Wasser und nahm Mairghread, die noch immer leise schluchzte, in den Arm.

»Du darfst nicht weinen, Nan. Ich sollte diese Kette finden, denn sie ist für mich gemacht. Weil ich allein Odrans schrecklichen Verbrechen ein für alle Mal ein Ende machen kann.«

Egal, auf welchem Weg.

# 22

Sie ritten aus dem sanften grünen Licht im Wald zurück in den noch immer strahlend hellen Sonnenschein.

»Warum besuchen wir nicht noch das Grab von deinem Da? Nur kurz, *mo stór*. Das täte uns jetzt sicher beiden gut.«

»Auf jeden Fall.«

Breen sprach mit Faxe, doch statt vorzupreschen, lief er weiter an der Seite ihres Pferds.

Sie spürte das Gewicht der Kette, nicht nur den des Goldes und des Steins, sondern der Symbolik und des von ihr abgelegten Schwurs. Ob sie sich wohl daran gewöhnen würde, überlegte sie, so wie an – beinahe – alles andere, was ihr bisher widerfahren war?

Auf ihrem Weg zum Friedhof schlug ihr eine milde Brise ins Gesicht. Die Luft war heute so verheißungsvoll, ging es ihr durch den Kopf, genauso wie die Erde, aus der links und rechts der Straße kleine, sternförmige weiße Blüten ragten, und die grünen Felder, die bereits mit leuchtend gelben Butterblumen übersät waren. Und oben auf den Hügeln, inmitten des dunklen Grüns der Pinien, nahm sie ebenfalls die Spuren neuen Lebens wahr.

Sie würden diesen Tag auch deshalb nie vergessen, nicht nur wegen des von ihr gefundenen Amuletts.

Sie sah den alten Steinkreis auf dem Hügel und die ausgedehnte, halb verfallene Abtei, aus der die Dunkelheit vertrieben worden war.

Und in der Nähe der Ruine grasten erstmals ein paar Schafe, die vielleicht von einem der Felder auf der anderen Straßenseite, wo eine Familie ihre Tochter nicht vor ihrer eigenen Schwäche hatten schützen können, dort hinaufgewandert waren.

Sie stieg von Boy, band beide Pferde an und trat zu ihrer Großmutter Marg, die schon am Grab des Vaters stand.

Die Blumen, die sie dort mit Liebe und mit Zauber hatten wachsen lassen, würden nie verblühen, wusste sie. Der farbenfrohe Teppich breitete sich auf dem Grab des Mannes aus, an den sie sich noch gut erinnern konnte, obwohl er ihr viel zu früh genommen worden war.

»Er ist unglaublich stolz auf dich. Das spüre ich. Er liebt dich und ist stolz auf dich. Als du erst ein paar Stunden auf der Welt warst und sich deine Mutter ausruhen musste, hielt er dich bereits im Arm und sang dir etwas vor. Ich habe diese ganz besondere Erinnerung an meinen Sohn und dessen Tochter, die zusammen im Licht stehen, während sie was von ihm vorgesungen bekommt. Das Bild ist so lebendig, Breen, als hätte ich es gestern erst gesehen, und ich kann seine Stimme noch genauso klar und deutlich hören wie an jenem Tag.«

»Und was hat er gesungen, Nan?«

»Ein altes, süßes Lied von Frieden und von Schönheit«, klärte ihre Großmutter sie auf. »Ein Lied von Talamh und von dem Licht, das mit der Liebe kommt.«

»Wirst du mir dieses Lied mal beibringen?«

»Gern.« Sie nahm Breens Hand. »Ich hätte dich nicht traurig machen, sondern dir besondere Kraft verleihen sollen.«

»Ach, Nan, du hast mich doch schon stark gemacht und aus der Ferne über mich gewacht, als ich in Philadelphia aufgewachsen bin. Dort war ich alles andere als stark.«

»Du warst viel stärker, als du denkst.«

»Ich habe immer nachgegeben und am Ende resigniert. Ich habe mich niemals gewehrt und nie gekämpft. Ich wusste nicht mehr, wie das geht. Aber du hast mich daran erinnert und mir das erforderliche Werkzeug in die Hand gedrückt. Das zurückliegende Jahr bedeutet mir die Welt. Ich hatte mich bereits entschieden, für Talamh und dieses Leben einzustehen und zu kämpfen, wenn es nötig ist. Und das hier?« Sie berührte vorsichtig die Kette, die sie trug. »Das hier ist einfach nur der nächste Schritt.«

»Doch diese Kette hat ein furchtbares Gewicht«, murmelte Marg. »Ich habe sie getragen und weiß, wie schwer man daran trägt.«

»Dann musst du wissen oder glauben, dass ich sie so tragen kann wie du. Du hast gesagt, du hättest sie ins Meer geworfen, Nan.«

»Das habe ich getan.«

»Und trotzdem hast du deine Fähigkeiten nicht verloren.«

»Ich hätte meinen Schwur niemals gebrochen. Nie. Ich bin in die Schlacht gezogen, werde wieder kämpfen, und ich war und bin bereit, mein Leben hinzugeben, wenn es nötig ist. Aber an meiner Stelle haben sie meinen Sohn genommen und hätten seine Tochter auf die andere Seite holen wollen, damit sie dort ein unglückliches Leben führt. Ich hätte diese Kette, dieses ganz besondere Symbol, unmöglich weitertragen können, doch wenn mir klar gewesen wäre, dass du sie dann eines Tages finden würdest – und, verdammt, das hätte mir bewusst sein sollen –, hätte ich sie niemals abgelegt.«

»Aber es war von Anfang an geplant, dass ich sie finde, oder nicht?« Das hatte Breen gespürt, als sie am Flussufer gestanden hatte, wo die Kette auf dem Grund des Wassers lag. »Du hättest also sicher nicht verhindern können, dass es dazu kommt. Dass ich die Kette trage und beherzige, wofür sie steht.«

»Inzwischen glaube ich das auch. Mitunter sind die Götter geradezu erschreckend kalt, und wenn sie ihre Netze spinnen, kann man ihnen nicht entgehen.«

»Ich habe ganz besondere Fähigkeiten, und ich werde kämpfen, um zu leben, Nan. Ich werde meinen Schwur nicht brechen, doch ich werde kämpfen, um bis zu dem Augenblick zu leben, falls er wirklich eines Tages kommt.«

Da Faxe schon so weit gelaufen war, nahm Breen ihn mit aufs Pferd, und da sie seine Ängste deutlich spürte, hielt sie an der Bucht, als ihre Großmutter nach Hause ritt.

Zwei Meerjungfrauen saßen auf den Felsen, und während ein halbes Dutzend Junger rund um sie herum im Wasser spielte, kämmten sie ihr Haar.

»Na los. Sie wollen mit dir spielen, und ich habe Lust, euch dabei zuzusehen.« Sie neigte ihren Kopf und presste ihre Lippen auf sein Fell. »Ich brauche auch ein bisschen Spaß. Na los, geh spielen. Ich habe wirklich Lust, euch zuzuschauen.«

Also stürzte er ins Wasser, wo die jungen Mere ihn willkommen hießen, und Breen lehnte sich an Boy und spürte, dass er dank der Brise, die aus Richtung Wasser wehte, ebenfalls rundum zufrieden war.

»Tochter«, rief ihr eine der zwei Meerjungfrauen mit Haar wie Gold und Feuer zu. »Kannst du ein bisschen näher kommen?«

Sie ging zum Rand des Wassers, zog spontan die Stiefel aus und watete hinein.

Die junge Meerjungfrau, die sie angesprochen hatte, sah sie aus Augen wie tiefe, dunkelgrüne Brunnen an. »Ich bin

Alana. Meine Tochter Ala, die da vorn mit den anderen spielt, schwimmt manchmal auf die andere Seite, um dort in der Bucht mit deinem braven Hund zu spielen.«

»Ach ja? Ich habe sie dort bisher nie gesehen. Ich wusste gar nicht, dass das möglich ist.«

»Sie ist sehr vorsichtig und schüchtern, wenn auch nicht, wenn sie mit diesem lieben Hund zusammen ist.« Alana lächelte. »Es gibt auch einen Übergang im Meer, doch der wird gut von uns bewacht. Meine Schwester Lyra wüsste gerne, warum du nicht schwimmst.«

»Weil ich nicht dafür angezogen und vor allem nicht so abgehärtet wie ihr Mere bin. Aber ich sehe euren Jungen gern beim Schwimmen und beim Spielen zu.«

»Sie sind sehr neugierig auf dich«, mischte sich Lyra ein und fuhr mit einem leuchtend weißen Kamm durch Haar so glatt und schwarz wie Ebenholz. »Und das sind wir natürlich auch. Ich habe mal mit deinem Freund, dem Menschenmann, gehandelt.«

»Marco.«

»Ja, für einen Menschen ist er wirklich ungewöhnlich attraktiv. Mit seinen Witzen bringt er unsere Jungen zum Lachen, und er hat was mit dem blauäugigen Sidhe, der genauso gut aussieht wie er.«

»Mit Brian. Oh, ja, sie sind verlobt.«

»Wie schön für sie. Ich selbst werde mich so schnell ganz sicher nicht noch mal verloben, denn ich trauere noch um meinen Partner, einen starken Krieger, der mit euch zusammen im Süden in die Schlacht gezogen und gefallen ist.«

»Das tut mir leid.«

»Das hat sie nur erzählt, weil du den Stein des Schicksals trägst«, mischte sich jetzt Alana wieder ein. »Das heißt, du hast geschworen, dein Leben für Talamh zu geben, weil die Leben und das Licht von allen mehr bedeuten als dein Leben und dein Licht.«

»Das habe ich.«

Alana streifte sich ihr Armband ab. »Das ist für dich.«

Das Armband und der weiße Kamm von Lyra trieben auf dem Wasser auf Breen zu.

Der Armreif war aus Perlen und aus glatt polierten, rosafarbenen Steinen, und der Kamm war mit Perlmuttperlen besetzt.

»Wie schön die beiden Dinge sind. Aber ich habe nichts, was ich dagegen tauschen kann.«

»Du trägst die Kette und hast geschworen, für uns einzustehen. Mit diesen Sachen wollen wir dir dafür danken, weil wir selbst und unsere Jungen jetzt schon viel zu lange unter Odrans Schatten leben, und weil du geschworen hast, dein Leben hinzugeben, um uns von dem Schatten zu befreien. Du bist ein Kind der Fey, aber du hast den größten Teil von deinem Leben auf der anderen Seite zugebracht. Und jetzt hast du entschieden, heimzukommen und uns beizustehen, wofür wir dir von Herzen dankbar sind.«

»Ich werde diesen Armreif und den Kamm in Ehren halten.«

Wie aufs Stichwort tauchte Faxe auf. Sie trocknete ihn ab, zog ihre Stiefel wieder an und wandte sich noch mal den beiden Meerjungfrauen zu. »Sagt Ala, dass sie jederzeit in meiner Bucht willkommen ist.«

»Und du als Tochter bist uns jederzeit im Meer willkommen und genießt dort unseren Schutz.«

Auf ihrem Weg zurück zum Hof nahm das Gewicht der Kette und der Pflicht zumindest für ein paar Minuten ab.

Bis sie auf Keegan traf.

»Warum kommst du so spät? Marco ist schon wieder auf der anderen Seite, um …«

Als sie von Boy stieg, brach er ab.

»Es tut mir leid, aber ich war verhindert.«

Er griff nach der Kette. »Ist die von deiner Nan?«

»Nein. Aber ich habe ihr den Ort gezeigt, wo ich das Amulett zum ersten Mal im Traum und dann noch mal in Wirklichkeit gesehen habe, und da hat sie mir erklärt, was für ein Anhänger das ist.«

»Gib her«, befahl er ihr in barschem Ton, und sie wich einen Schritt vor ihm zurück.

»Du weißt, dass ich das nicht so einfach kann.«

»Ich bin der Taoiseach, und da ich geschworen habe, für Talamh und alle, die dort leben, einzustehen, gehört sie mir. Also gib her.«

»Du hast mir selbst erklärt, dass du als Taoiseach etwas anderes als ein König bist. Ich habe diese Kette aus dem Fluss gezogen, in dem ich als Kind in einen Käfig eingesperrt gewesen bin. Ich habe sie gefunden und genommen so wie du das Schwert, und ich habe einen Schwur geleistet so wie du. Den ich bestimmt nicht brechen werde, auch wenn du das offenkundig denkst.«

Vor Zorn bebend wandte er sich ab, umklammerte den Zaun der Koppel und stieß aus: »Ich wusste es von Anfang an. Und trotzdem. Trotzdem hätte ich niemals gewollt, dass du die Kette trägst.« Er wandte sich ihr wieder zu. »Du hast übereilt gehandelt, aber vorher hättest du mit mir darüber sprechen sollen. Du hättest mir erzählen sollen, dass du den Drachenstein gesehen hast.«

»Ich hatte es vergessen oder vielleicht auch aus Angst verdrängt. Ich weiß nicht, aber heute fiel es mir wieder ein, und ich habe mich entschieden, diese Kette aus dem Fluss zu ziehen. Das war nicht überstürzt, Keegan. Ich denke eher, dass es … unvermeidlich war.«

»Ach, red doch keinen Quatsch. Natürlich hättest du die Wahl gehabt.«

»Tatsächlich? Also ist es auch kein Schicksal, dass ich jetzt hier stehe, nachdem ich vor einem Jahr noch nicht gewagt hätte, zumindest zu versuchen, das zu machen, was ich wirklich hätte machen wollen? Ich war nur einen Schritt davon entfernt, mein Leben völlig zu verändern, doch ich hätte nie im Traum daran gedacht, dass das tatsächlich möglich ist. Und trotzdem stehe ich jetzt hier. Du hast mir geholfen aufzuwachen, hier, auf diesem gottverdammten Trainingsplatz. Du hast mir geholfen, das zu werden, was ich bin, und auch ich selbst habe im Verlauf des letzten Jahres zahlreiche Entscheidungen gefällt wie eben die, die Kette aus dem Fluss zu ziehen. Es ist meine Kette, Keegan, und selbst wenn ich sie dir geben würde, würde sie auch weiter mir gehören, und ich würde weiter an den Schwur gebunden sein.«

Er starrte sie mit großen Augen an, und die Gefühle waren ihm überdeutlich anzusehen. »Ich hätte sie ins Meer geworfen, damit uns das Schicksal nicht mehr willkürlich in die eine oder andere Richtung drängen kann.«

»Vielleicht. Aber vielleicht ist es auch einfach nur das Leben, das uns zwingt, die eine oder andere Richtung einzuschlagen«, antwortete Breen. »Du wusstest bereits, als ich herkam, dass ich es vielleicht nicht schaffen würde, oder nicht? Um mir zumindest eine Chance zu geben, hast du mich im Kämpfen ausgebildet, obwohl dir bewusst war, dass ich sterben kann.«

»Das war was anderes.«

»Warum?«

»Verdammt, weil es das einfach war.« Er packte ihre Schultern, und sie wappnete sich für die Flut von Flüchen, die sich über sie ergießen würde, doch dann zog er sie an seine Brust und hielt sie einfach fest. »Ich hatte keine andere Wahl, denn falls es Odran schaffen würde, dich zu töten, bliebe uns dann gar nichts mehr.«

»Das ist nicht wahr. Ihr hättet immer noch Talamh. Und da ich sicher nicht die Absicht habe, einfach aufzugeben, gib auch du mich bitte jetzt nicht auf.«

Unglücklich vergrub er sein Gesicht in ihrem Haar. »Ich wäre wirklich sauer, wenn du sterben würdest.«

»Gut. Dann werde ich mir alle Mühe geben zu vermeiden, dass du sauer werden musst. Die Kette hat Gewicht, doch gleichzeitig auch Macht, und ich werde lernen, sie zu nutzen«, versprach Breen.

»Fürs Training ist es jetzt zu spät. Dafür strengst du dich eben morgen doppelt an.« Er machte einen Schritt zurück und führte Boy in Richtung Stall, während sein Bruder, einen Eimer in der Hand, in Richtung Brunnen ging.

Die beiden tauschten, als sie sich entgegenliefen, vielsagende Blicke aus, und Harken stellte kurzerhand den Eimer auf dem Boden ab. »Ich kümmere mich um Boy.«

Doch vorher ging er noch zu Breen, legte ihr die Hände ans Gesicht und küsste sie. »Es ist nichts geschrieben, was man nicht auf eine andere als die vorgesehene Weise lesen kann. Das weiß niemand so gut wie du.«

»Na komm.« Keegan nahm ihre Hand. »Lass uns zur Abwechslung einmal im Hellen rübergehen.«

Sie folgten Faxe zum Willkommensbaum, doch Breen

blieb unterwegs noch einmal stehen, schaute dorthin zurück, wo Harken stand, und wandte sich dann Keegan zu.

»Es gibt da noch etwas, was ich dich fragen muss. Hat irgendjemand, der das Drachenherz getragen hat, ein langes und erfülltes Leben führen dürfen?«

»Marg ist zwar schon alt, doch immer noch gesund und munter, wie du selbst weißt.«

»Aber sie hat ihren Sohn verloren. Also sei bitte völlig ehrlich, ja?«

»Nur zwei, von denen ich aus Liedern und Geschichten weiß, haben den Schwur jemals gebrochen. Dadurch haben sie ihre Ehre, ihre Fähigkeiten, ihre Kraft verloren, und ihre Leben waren kaum noch etwas wert. Andere, wie Marg, haben statt ihrer eigenen Leben jemanden verloren, der ihnen wichtiger als dieses Leben war, und wieder andere sind gefallen.«

»Das heißt, dass man, wenn man die Kette trägt, entweder selbst stirbt oder die eigenen Fähigkeiten und die eigene Ehre oder jemanden, den man von ganzem Herzen liebt, verliert.« Sie wechselte nach Irland, setzte sich auf einen breiten, sanft geschwungenen Ast und meinte: »Augenblick.«

»Es stimmt, was Harken dir gesagt hat.«

»Hoffentlich. Vor allem hatte keiner von den anderen, die den Drachenstein getragen haben, Götterblut in seinen Adern, was doch sicherlich von Vorteil für mich ist.«

Als sich auch Keegan setzen wollte, scheuchte sie ihn fort.

»Ich will nicht, dass du nett bist und mich tröstest. Also bleib am besten, wo du bist. Es gibt zwei Arten, wie es laufen könnte. Eine Möglichkeit ist die, dass alles das – von Odrans Sturz darüber, dass er meine Nan verführt hat, die dann meinen Dad von ihm bekommen hat, und weiter, dass dann meine eigene Mutter eines Abends in den Pub in Doolin kam, in dem mein Dad mit deinem und Morenas Dad und ihrem Freund Musik gemacht hat, um dann mit ihm nach Talamh zu gehen und mich zu kriegen, und ich selbst Jahre später in denselben Pub und weiter nach Talamh gekommen bin – am Ende dazu führt, dass ich mein Leben gebe, um das Leben eines dunklen Halbgotts zu beenden, Frieden nach Talamh zu bringen und die Welten zu bewahren.«

»Das nehme ich nicht hin.«

Ihre Stimme war rau, als hätte sie ein Stückchen Schmirgelpapier geschluckt; aber sie versuchte weiterhin, möglichst klar und kühl zu überlegen, welche andere Möglichkeit es gab.

»Das will ich auch nicht, doch ich habe jetzt bereits des Öfteren gehört, die Götter wären kalt und launisch, deshalb sollten wir auf jeden Fall dafür gewappnet sein. Wobei mir das andere Szenario deutlich lieber wäre, weil ich da am Ende wegen des Dämons und allem anderen, was ich bin, und der besonderen Kräfte, die mir das Drachenherz verleiht, im Vorteil bin und selbst überlebe, während Odran stirbt. Denn schließlich gab es schon genügend Opfer und Verluste und, verdammt noch mal, ich finde einfach, dass die Zeit von diesem Mistkerl langsam abgelaufen ist.«

»Diese Version gefällt mir deutlich besser als die erste«, stellte Keegan fest.

»Mir auch.« Sie streichelte den Hund, schob ihn ein wenig von sich fort und stand entschlossen wieder auf. »Ich hätte mich im Grunde niemals tätowieren lassen wollen. Zumindest nicht die Breen, für die ich mich in all den Jahren hielt. Aber dann bin ich an diesem Tag in das Tattoostudio gegangen und habe mir was ausgesucht.« Sie drehte ihren Arm und schaute sich die Tätowierung an. »Ich habe das Wort *Mut* gewählt, aber auf Irisch – und wie sich herausgestellt hat, auf Talamhisch, denn womöglich wusste ja ein Teil von mir schon da, dass ich die Sache hier zu Ende führen muss.«

»Und du wirst dabei nicht allein sein.«

Sie nickte und setzte den Weg zu ihrem Häuschen fort. »Heißt das, du würdest kämpfen, um mich zu beschützen?«

»Ja, natürlich.«

»Wärst bereit, für mich und deine Heimat in den Tod zu gehen?«

»Ich bin der Taoiseach …«

»Deine Antwort wäre auch nicht anders ausgefallen, wenn du an dem Tag nicht mit dem Schwert dem See entstiegen wärst. Du bist nun einmal, wer und was du bist, und wärst allein deswegen bereit, für mich und deine Heimat in den Tod zu gehen.«

»Das wäre ich.«

»Verlang von mir nicht, weniger zu sein. Das ist vielleicht idiotisch, doch das wäre für mich schlimmer als der Tod. Auch wenn du bitte Marco nichts von alledem erzählst. Ich werde es ihm auch nicht sagen, denn dann würde er sich viel zu große Sorgen machen und …«

Der Taoiseach blieb wie angewurzelt stehen und starrte sie entgeistert an. »Du willst ihn anlügen? Obwohl er wie ein Bruder für dich ist?«

»Ich will ihn nicht belügen, sondern einfach nichts von diesen Sachen sagen, weil ich diesen zusätzlichen Stress ganz sicher nicht gebrauchen kann.«

»Du willst ihn schützen wie ein Kind? Aber er ist kein Kind, sondern ein Mann«, fuhr er sie derart ungehalten an, dass sie erschrocken einen Schritt nach hinten tat.

So wütend hatte sie ihn nie zuvor erlebt. So wütend, dass er statt zu schreien gefährlich leise sprach.

»Keegan, ich …«

»Bei den Göttinnen und Göttern, du wirst ihn wie einen Mann behandeln und ihm den Respekt entgegenbringen, den er verdient. Du wirst ihn wie den anständigen Mann behandeln, der er ist, denn sonst beschämst du ihn und auch dich selbst. Sonst setzt du ihn herab, und du weißt besser als die meisten anderen, wie weh das tut.«

Sie holte zitternd Luft und fuhr sich mit den Händen durchs Gesicht. »Ich hasse es, doch du hast recht. Aber bitte nicht schon heute Abend, ja? Ich glaube nicht, dass ich es aushalte, wenn ich jetzt gleich noch mal darüber reden muss. Vor allem muss ich noch mit Leuten in den Staaten sprechen, muss mir alles gründlich überlegen und verschiedene Telefongespräche führen. Wahrscheinlich muss ich auch noch ein paar E-Mails schreiben, und bevor er morgen aufsteht, kann ich mir dann überlegen, wie ich ihm am besten von dem Anhänger erzählen soll. Ich werde es ihm sagen, wenn wir zwei allein sind. Ich denke, es ist besser, wenn wir während des Gesprächs allein sind.« Sie nahm die Kette ab und schob sie in die Tasche ihres Mantels, damit Marco sie nicht sah. »Ich werde es ihm morgen sagen, das verspreche ich. Ich werde es ihm sagen, denn natürlich hast du recht. Ihm nichts davon zu sagen käme einer Lüge gleich, als würde ich ihm nicht vertrauen. Und das hat er auf keinen Fall verdient, vor allem nicht von mir.«

Sie atmete tief durch, als sie das Häuschen sah.

»Tu mir einen Gefallen und lenk ihn etwas ab, während ich oben meine Telefongespräche führe, ja?«

»Mit wem willst du denn telefonieren?«

»Wenn ich den Mut aufbringen muss zu tun, was nötig ist, gibt's ein paar Vorkehrungen, die ich treffen muss. Ich habe sehr viel Geld, dafür haben mein Dad und meine Nan gesorgt. Und jetzt muss ich bestimmen, was im Falle meines Todes mit dem Geld geschehen soll, weil das auf dieser Seite wichtig ist.«

»Meinetwegen, auch wenn du bestimmt nicht sterben wirst, weil ich schließlich nicht sauer werden soll.«

»Ich wüsste wirklich keinen anderen Grund, aus dem ich würde überleben wollen.«

Es würde alles andere als leicht, auch wenn die Telefongespräche mit dem Vermögensverwalter und dem Anwalt auch nicht gerade leicht gewesen waren. Ihren Nachlass zu regeln war ziemlich kompliziert gewesen, und wenn sie jetzt gleich mit Marco spräche, würde das genauso schwierig und genauso kompliziert.

Direkt nach dem Aufstehen ging sie die ihr zugegangenen Dokumente durch, beantwortete Fragen und nahm ein paar kleinere Veränderungen und Korrekturen an den Entwürfen vor.

Für einen Laien kam sie überraschend gut damit zurecht, auch wenn es noch ein wenig dauern würde, bis die Angelegenheit geregelt war.

Das alles fraß an ihr, und als sie Marco in der Küche hörte, wartete sie noch ein wenig ab. Er hatte es verdient, dass er zumindest vorher noch in Ruhe seinen Kaffee trinken konnte, doch am Ende drückte sie den Rücken durch und ging zu ihm. Er trug ein Sweatshirt, dessen Arme abgeschnitten waren, weshalb sie die in den Bizeps tätowierte kleine Harfe sah.

»Seit wann legst du so früh schon eine Pause bei der Arbeit ein? Doch wenn du schon mal hier bist, kann ich uns auch gleich ein anständiges Frühstück machen«, bot er lächelnd an. »Mit Käse- und Spinatomelettes, mit Bratkartoffeln und mit ein paar dicken Scheiben Speck. Und Blaubeeren haben wir auch noch, wenn du willst.«

Sie glaubte nicht, dass sie jetzt etwas essen könnte, doch so konnte sie die Unterhaltung kurz verschieben und sich noch mal überlegen, wie sie ihrem Freund erklären sollte, was für eine Last sie trug.

»Klingt toll.«

»Die kleine Stärkung tut uns vor der Arbeit sicher gut.«

Sie half ihm in der Küche, während er von der bevorstehenden Reise in die Staaten und zwei weiteren Rezepten für sein Kochbuch sprach.

Wie aufgeregt er war. Und wie begeistert von der Aussicht auf ein Treffen mit den Menschen, die er bisher nur aus E-Mails, Zoom-Meetings und Telefongesprächen kannte, ohne dass er ihnen je direkt begegnet war.

Er wusste nicht, dass sie auch Karten für ein Musical am Abend ihrer Ankunft in New York geordert hatte, denn das sollte eine Überraschung sein.

»Bist du nervös wegen der Reise, meine Breen? Du bist erschreckend still.«

»Vielleicht ein bisschen wegen meines Buchs«, log sie.

»Das brauchst du nicht zu sein«, verkündete er ihr. »Denk einfach an die Shoppingtour, die wir zusammen machen werden, wenn wir in New York sind, denn die haben wir uns nach einem praktisch shoppingfreien Jahr in Irland und Talamh auf jeden Fall verdient. Wir werden shoppen gehen, und zwar in New York, und du bekommst ein neues Outfit für das Meeting mit den Leuten deiner Agentur und des Verlags.«

»Ich habe doch schon was, was ich dort anziehen kann.«

»Du brauchst was Neues. Hör auf deinen besten Freund. Die Läden sind auch sonntagnachmittags geöffnet, also ziehen wir gleich nach unserer Ankunft los.«

Sie widersprach ihm, weil sie dadurch auch beim Essen noch beschäftigt waren, und während sie danach den Abwasch machte, fuhr er seinen Laptop hoch und fing mit seiner Arbeit an.

Obwohl sie wusste, dass er durchaus gern im Haus geblieben wäre, scheuchte sie den Hund nach draußen, ging dorthin, wo Marco saß, und legte eine Hand auf seine Schulter.

»Ich muss dich leider bei der Arbeit stören. Ich muss was holen, was ich dir zeigen und worüber ich dann mit dir reden muss.«

Er schob den Laptop fort. »Du klingst erschreckend ernst.«

»Ich weiß. Moment.«

Mit schnellen Schritten lief sie in ihr Arbeitszimmer, wo der Drachenstein neben der Glaskugel auf ihrem Schreibtisch lag.

Als sie zurückkam, hatte Marco seinen Laptop zugeklappt und hielt ihr eine Flasche Cola aus dem Kühlschrank hin. Doch dann sah er das Amulett und riss die Augen auf.

»Verdammt. Wo hast du diese Kette her? Sie sieht uralt und furchtbar kostbar aus.«

»Sie ist auch wirklich alt.«

»Gehört sie etwa dir?«

Sie nickte knapp.

»Dann zieh sie an! Ich wette, unter dieser Kette wirkt dein schwarzer Pulli wie ein Abendkleid.«

»Marco.« Sie griff nach seiner Hand. »Ich muss dir sagen, was die Kette zu bedeuten hat, und du musst zuhören und mich erst zu Ende sprechen lassen, ehe du mir irgendwelche Fragen stellst.«

Das Licht in seinen Augen würde trüb. »Es wird mir nicht gefallen, stimmt's?«

»Hör einfach zu. Erinnerst du dich noch, als du vor unserer Abreise nach Irland heimkamst und ich diesen Albtraum hatte?«

»Das vergesse ich bis an mein Lebensende nicht. Ich hatte wirklich Angst, dass dich der Schlag getroffen hätte oder so.«

»Ich hatte diesen Traum. In dem es um diese Kette ging.«

Dann fing sie an, ihm alles zu erzählen, und er unterdrückte mühsam das Verlangen, ihr ins Wort zu fallen oder zu protestieren. Auf seiner Miene aber spiegelten sich Zorn und Angst, der Wunsch, das alles abzustreiten, und die Trauer, weil er wusste, dass das sinnlos war.

Und als sie fertig war, stand Marco auf, ging Richtung Tür und ließ den Hund herein, der traurig und geduldig auf der Schwelle saß.

Dann ging er in die Küche, nahm ein Leckerli aus einer Dose und erklärte Faxe: »Du bist unser bester Schatz. Und keine Angst, denn es wird alles gut.« Schließlich kam er wieder an den Tisch, nahm Platz und sah Breen an. »Du sagst, du hättest diese Kette auch dort auf dem Grund des Flusses liegen lassen können.«

»Ja, wobei …«

»Das ist ja wohl das Dümmste, was ich je gehört habe. Das hättest du niemals gekonnt. Nicht meine Breen. Und dieser ganze Schwachsinn, dass man sich entscheiden kann? Das ist nicht immer so. Manchmal oder sogar meistens tut man das, was man tun muss. Vielleicht hattest du Angst – wer hätte die wohl nicht gehabt? Aber am Ende hast du diese Kette aus dem Fluss gezogen und sie angelegt. Und sicher nicht, weil sie dir gut gefallen hat und ausgezeichnet steht.«

»Marco …«

»Halt den Mund.« In seinen Augen stiegen Tränen auf, doch er vergoss sie nicht. Und hinter diesen Tränen zeigte sich der heiße Zorn, den er empfand. »Ich habe eben schließlich auch geduldig zugehört, als du gesprochen hast. Es ist mir scheißegal, wie es in den Geschichten heißt und was die Arschlochgötter sagen oder nicht. Ich kenne dich. Du wurdest all die Jahre kleingehalten, aber du hast nie im Leben jemanden im Stich gelassen, auch nicht, bevor dir die Wahrheit aufgegangen ist. Und jetzt stehst du genauso für Talamh und für die Leute, die es brauchen, ein, und ich bin mir ganz sicher, dass du dich auch diesmal nicht geschlagen geben wirst.«

Das Leckerli im Maul, nahm Faxe neben Marco Platz und wedelte zustimmend mit dem Schwanz.

»Du musst einfach akzeptieren …«

»Ich muss gar nichts akzeptieren«, herrschte Marco seine Freundin an. »Und das musst du genauso wenig, weil du eine irre gute Hexe und ein toller Mensch und alles andere bist. Also hör zu, Mädel. Sperr deine Ohren auf und hör mir zu. Du wirst dem Psychogott den elendigen Arsch versohlen, und wenn du das getan hast, tanzen wir auf dem, was von ihm übrig ist. Und danach werden wir noch viele wunderbare Jahre haben. Das ist nicht nur, was ich glaube, sondern was ich *weiß*. Warum also, verdammt noch mal, weißt du das nicht?«

Sie atmete vorsichtig aus. »Ich habe ja mit vielem gerechnet, aber nicht mit dem, was du mir um die Ohren haust.«

»Auch das war geradezu erschreckend dumm, doch das ist alles, was du dazu von mir hören wirst. Ich glaube an dich, Breen. Ich habe schließlich immer schon an dich geglaubt und werde jetzt bestimmt nicht aufhören, das zu tun.«

Sie brauchte einen Augenblick, bis sie die nächsten Sätze rausbekam, dann aber meinte sie: »Von all den Sachen, die man mir gesagt hat, seit ich dieses Ding gefunden habe, ist das hier das Einzige, was mir tatsächlich weiterhilft. Okay, okay. Wir werden diesen Krieg gewinnen.«

»Allerdings.«

»Okay, okay. Es gibt da noch etwas, was ich dir sagen muss. Ich habe mich nach meiner Rückkehr gestern Abend noch mit meinem Anwalt und dem Typen, der mein Geld verwaltet, kurzgeschlossen.«

»Hat es deshalb eine halbe Ewigkeit gedauert, bis du zu uns runterkamst?«

»Ich musste ein paar Vorkehrungen treffen. All das Geld, Marco …«

»Ich bitte dich …«

»Oh, nein, *ich* bitte *dich*. Darüber denke ich schon nach, seit ich herausgefunden habe, dass ich relativ vermögend bin. Ein Testament – es ist ja wohl durchaus vernünftig festzulegen, was einmal mit meinem Geld und meinen anderen Sachen werden soll. Ich meine, schließlich habe ich bisher kaum etwas davon ausgegeben, seit wir hier in Irland sind. Und dadurch, dass es einfach auf der Bank liegt, wird es immer mehr. Und dazu kommen jetzt noch die Einkünfte aus meinem Faxe-Buch. Die habe ich benutzt, um dich für deine Arbeit zu bezahlen, aber wenn ich Glück habe und auch das zweite Buch verkaufe …«

»Das hat ja wohl nichts mit Glück zu tun.«

»Was auch immer, jedenfalls kommt dadurch noch Geld dazu, und dann verkaufe ich bestimmt auch bald das zweite Faxe-Buch und außerdem …« Sie holte Luft und fuhr sich mit den Händen durch das Haar. »Ich brauche dieses ganze Geld ganz einfach nicht. Ich habe schon seit Längerem darüber nachgedacht, und gestern Abend habe ich beschlossen, was ich machen will. Ich werde eine Stiftung gründen, deshalb musste ich mit all den Leuten sprechen, die mir sagen können, wie das geht. Und auch mit Sally werde ich noch reden, weil der ein erfolgreicher und cleverer Geschäftsmann ist.« Sie blickte Marco fragend an. »Warum bist du so still?«

»Weil ich dir erst mal zuhöre.«

»Sehr gut. Als Erstes dachte ich an eine Art Stipendium für Autoren oder wie man das auch immer nennt. Für Leute, die nicht wissen, wie sie ihre Miete zahlen sollen, während sie ein Buch schreiben. Dann aber dachte ich, dass das ein bisschen eng gefasst und ziemlich egoistisch ist. Was ist, falls jemand malen, musizieren oder Wissenschaftler oder sonst was werden will und so wie du zwei Jobs macht, weil er sonst das College nicht bezahlen kann? Also habe ich auch einen Teil des Geldes in die Stiftung investiert, in der sich Leute um die Sachen kümmern, die von diesen Dingen Ahnung haben, und ich hoffe, dass auch Sally mir dabei ein bisschen helfen wird. Vielleicht verändert sich dadurch das eine oder andere Leben, so wie sich mein eigenes Leben und auch deins geändert haben, als ich von dem Geld von meinem Dad erfuhr. Egal was auch passiert, will ich auf alle Fälle Geld in diese Stiftung investieren.« Mit einem leicht verkrampften Lächeln fügte sie hinzu: »Und für ein neues Outfit in New York reicht es dann sicher immer noch.«

»Dann brauchst du eine Webseite.«

»Das haben sie auch gesagt, doch erst wenn alles eingerichtet ist und wir entschieden haben, wen genau wir unterstützen wollen. Von all den Sachen, die es dabei zu bedenken gibt, hat mir am Ende vollkommen der Kopf geschwirrt.«

»Uhu – weißt du schon, wie die Stiftung heißen soll?«

»Ich dachte … *Finde dich*. Auch wenn ich keine Ahnung habe, ob das funktioniert.«

»Das tut's. Es funktioniert sogar hervorragend, weil all das einfach typisch für dich ist. All das, was du dir ausgedacht ist, ist ein zusätzlicher Grund, aus dem du diesem Hurensohn den Arsch versohlen wirst.«

»Dann stört dich also nicht, dass ich ein Testament geschrieben habe? Schließlich wollte ich damit im Grunde nur auf Nummer sicher gehen.«

»Da du nicht sterben wirst, ist dieses Testament mir vollkommen egal. Du hast dich selbst damit beruhigt, das ist das Einzige, was zählt. Und jetzt leg endlich diese Kette an. Ich will sie endlich an dir sehen.«

Sie tat, wie ihr geheißen, und er stellte fest: »Der Stein wird heller.«

»Ach ja?« Sie sah an sich herab. »Das hat er vorher nicht gemacht, doch er sieht wirklich heller aus.«

»Vielleicht liegt das ja daran, dass du dir erst noch von mir die Leviten lesen lassen musstest oder so. Ich kann nur wiederholen: Du bist eine starke Frau und wirst von dieser Stärke nichts verlieren. Und jetzt, wo du beschlossen hast, das Geld von deinem Konto zu verschenken, solltest du allmählich gucken, dass du weiter Geld verdienst, denn bis wir rübergehen, hast du jetzt nur noch ein paar Stunden Zeit.«

»Ich hätte dir das alles eigentlich nicht sagen wollen.«

»Was?« Er starrte sie entgeistert an.

»Das wäre falsch gewesen, und als Keegan davon hörte, ist er völlig ausgeflippt. Und jetzt muss ich ihm sagen, dass er selbst im Recht und ich im Unrecht war.«

»Wird dir das wehtun?«, fragte Marco und strich sich mit einer seiner Hände über seinen kleinen Ziegenbart.

»Allerdings, doch weißt du was? Das stecke ich als starke Frau problemlos weg.«

# 23

Bei ihrer Ankunft auf dem Hof sagte sich Breen, es würde sicher kein besonders angenehmer Tag. Es war ein bisschen kühler, immer wieder gab es Regenschauer, und da sie das Training gestern hatten ausfallen lassen, nähme Keegan sie bestimmt noch härter als gewöhnlich ran.

»Zuerst trainieren wir Schwertkampf und dann Bogenschießen«, beschied Keegan ihr. »Und wie du siehst« – er wies dorthin, wo seine Schwägerin Breens Freund beim Einlegen des Pfeils in seinen Bogen half – »trainieren Marco und Morena in umgekehrter Reihenfolge.«

Breen fühlte sich betrogen, als sie ihre Freunde lachen hörte, und sie stellte grimmig fest: »Es klingt, als würden sie sich dabei köstlich amüsieren.«

Mit dem gewohnten Achselzucken meinte Keegan: »Sie ist einfach froh, weil sie auf diese Weise Harken nicht beim Scheren der Schafe helfen muss.« Er griff nach seinem Schwert. »Erst kämpfst du gegen mich, dann gegen Trugbilder.«

»Moment. Bevor du anfängst, mich zu quälen, will ich dir noch sagen, dass du wegen Marco falschgelegen hast.«

»Und inwiefern?«, hakte er ungeduldig nach, doch diesen Ton war sie inzwischen hinlänglich gewöhnt.

»Ich meine, ja okay, du hattest recht damit, dass ich ihm etwas von der Kette sagen musste, aber mein Geständnis hat ihn anders als erwartet weder bestürzt noch geschockt. Er war nur sauer und sagte, dass das alles Schwachsinn wäre oder etwas in der Art. Er meinte, dass er an mich glauben würde und ich Odran so den Arsch versohlen würde, wie es sich gehört.«

»Nur wenn sich jemand selbst was zutraut und darauf vertraut, dass auch die anderen ihm was zutrauen, erreicht er irgendwas.«

»So kann man das natürlich sehen. Und dann hat er zu mir gesagt, ich soll die Kette anlegen, und als ich die dann trug, konnte ich spüren, wie der Drachenstein mit einem Mal geleuchtet hat. Ich konnte spüren, dass er plötzlich zusätzliche Kraft gewonnen hat.«

»Aber jetzt trägst du ihn nicht.«

»Der Stein ist nichts, was ich beim Training tragen würde.«

»Leg ihn morgen an, dann werden wir ja sehen, ob er dir was nützt. Und jetzt verteidige dich gegen mich.«

Sie hielt sich circa fünf Minuten auf den Beinen, und nachdem er sie das erste Mal getötet hatte, rief sie ihre ganze Kraft aus ihrem Innern auf. Zwar dröhnte ihr das Klirren der Schwerter in den Ohren, aber zweimal schaffte sie es, Keegan zu verletzen.

Und dann wurde sie ein zweites Mal von seinem Schwert durchbohrt.

»Denk an deine Füße«, wies ihr Ausbilder sie an. »Sie müssen tanzen.«

Als er seine Waffe sinken ließ, fuhr sie herum, traf ihn mit einem Fuß am Kinn und rammte ihm die Spitze ihres Schwertes in den Bauch. Zufrieden meinte sie: »Du warst nicht aufmerksam genug.«

»Das hast du gut gemacht.«

Er rief ein Trugbild auf, trat einen Schritt zurück, und kaum dass Breen das Bild geschlagen hatte, schickte er ihr zwei. Und als sie Feuerregen auf die beiden niedergehen ließ, ihr Schwertarm schmerzte und sie so erschöpft war, dass sie sich am liebsten einfach hätte auf den Boden fallen lassen, hielten drei Gegner auf sie zu.

Breens Lunge brannte, ihre Beine zitterten, und sie verspürte dort, wo einer ihrer Feinde sie getroffen hatte, einen heißen Schmerz im Arm. »Brennt, ihr Bastarde.«

Sie gingen in Flammen auf, doch während sie sich keuchend auf die Knie fallen ließ, kam zähnefletschend ein Dämonenhund von oben auf sie zugestürzt.

Und Faxe machte einen Satz und grub ihm seine Zähne in den Hals.

Das Bild verschwand, und Keegan starrte ihren Retter böse an. »Den hätte sie zerstören sollen.«

Doch Faxe wedelte vergnügt mit seinem Schwanz, tänzelte dorthin, wo Breen noch immer auf der Erde saß, und fuhr ihr mit der Zunge durchs Gesicht.

»Noch mal.«

»Für heute reicht es mit dem Schwert.«

Breen legte einen Arm um ihren Hund und sah zu Marco mit Morena, die gerade eine Pause machten. Sie saßen auf dem Zaun der Koppel und knabberten Kekse, während gleichzeitig die Sonne durch die Wolken brach.

»Ich könnte ebenfalls ein Plätzchen brauchen.«

»Erst das Bogentraining.« Doch zumindest reichte Keegan ihr die Hand und zog sie hoch. »Und dieses Mal versuchst du es mit Trugbildern, die sich bewegen und sich wehren können.«

Der Regen hatte sie bis auf die Haut durchnässt, deswegen trocknete sie erst mal sich und Faxe ab.

»Und in der ersten Runde kommst du bitte ohne irgendwelchen Zauber aus.«

»Warum denn das?«, stieß sie mit wehleidiger Stimme aus.

»Weil du nur so dein Timing und deine Zielgenauigkeit verbessern kannst.«

»He, Mädel. Ich muss immer ohne irgendwelche Zauber schießen.« Marco sprang vom Zaun und schlenderte gemächlich auf die beiden zu.

»Und trotzdem hat er dreimal haargenau das Ziel getroffen«, fügte seine Lehrerin mit vollem Mund hinzu. »Und als wir dann zu Trugbildern gewechselt haben, hat er zwei von fünf erwischt.«

»Angeber.«

»Ich habe es nun einmal einfach drauf, Mädel. He, Keegan, kann ich auch mal eine Armbrust ausprobieren? Dann könnte ich wie Daryl sein. Du weißt schon, Daryl aus *The Walking Dead*.«

»Ist das eine Geschichte?«, fragte ihn Keegan.

»Allerdings, und sie ist wirklich wild. Breen schafft es meist noch nicht mal hinzusehen.«

»Ich habe einfach keine Lust, mir anzuschauen, wie irgendwelche Zombies Menschen fressen. Aber trotzdem sollte auch ich selbst vielleicht einmal eine Armbrust ausprobieren, denn schließlich hat auch Buffy so ein Ding benutzt.«

»Und gegen die Vampire angekämpft. Weil sie die Auserwählte war. Genau wie unsere Breen«, stellte Morena fest und tätschelte ihr sanft den Arm.

»Mal sehen. Vielleicht, wenn du so gut wie Marco triffst. Und jetzt haben wir genügend Zeit mit unserem Geschwätz verloren.«

Augenrollend wollte Breen ihm folgen, aber plötzlich kam es ihr so vor, als stächen tausend kleine, spitze Nadeln gleichzeitig in ihre Haut. »Moment.«

Ihr wurde schwindlig, und sie tastete nach Keegans Arm. »Irgendwas ist auf dem Weg hierher.«

Er wandte sich ihr zu und sah sie fragend an.

»Das heißt, es ist schon hier.« Bevor sie in die Knie gehen konnte, packte Keegan ihre Arme, und dank der Berührung sah sie plötzlich völlig klar und hatte das Gefühl, als bohre sich ein Messer in ihr Herz.

»Die Drachen! Sie bringen sie um. Kannst du es sehen? Siehst du es auch?«

»Ich sehe es durch dich. *Nead na Dragain!«,* schrie er. »Hol Harken und sag ihm, dass er die Reiter und jeden, der Flügel hat, zusammentrommeln soll. Sie haben es auf die Jungen abgesehen.«

»Lonrach!«, rief Breen, in ihrem Kopf und Herzen aber hatte sie ihn längst herbeigewünscht.

Als Erstes sah sie Cróga, der gleich einem goldenen Meteor aus Richtung Westen kam, doch sie bekam erst wieder Luft, als sie auch Lonrach sah.

Mit zornblitzenden Augen sprang der Hund auf seinen Rücken, und da ihr bewusst war, dass sie ihn auf keinen Fall von dort verscheuchen könnte, stieg sie einfach selbst auf. Pfeilschnell kam Amish angeschossen, und dann stiegen sie zum Himmel auf und flogen ihm in Richtung Osten hinterher.

Sie hoffte und betete, sie kämen nicht zu spät. Entschlossen zückte sie ihr Schwert und ihren Zauberstab, und als sie Cróga in der dichten Wolkenwand verloren, musste sie blind darauf vertrauen, dass Lonrach wusste, was er tat.

Sie selbst sah nur noch Grau in Grau.

Und dann, als sie den ersten Drachen aus dem Himmel fallen sah, brach ihr das Herz.

Verbrannt und blutend fiel er durch die Wolken, und sie wusste, dass dem armen Tier nicht mehr zu helfen war. Die anderen Drachen griffen Lonrachs Wutschrei auf, und ihre Rufe hallten laut wie Donnerhall.

Breen kniff die Augen zu und reckte Schwert und Zauberstab.

»Ihr Wolken, teilt euch und zieht Richtung Meer.«

Die graue Wand löste sich auf, statt eines blauen Himmels aber sah Breen Rauch und Feuer auf dem Berg, auf dem die Drachen nisteten.

Und während eines schrecklichen Moments kam es ihr vor, als würde der gesamte Berg in Flammen stehen.

Doch dann erkannte sie, was wirklich dort geschah. Ein Heer von dunklen Feen ließ Speere und brennende Pfeile auf die unschuldigen Drachen regnen, und zwei Hexen auf geflügelten Dämonen schickten Feuerwellen hinterher.

Keegan flog auf Crógas Rücken direkt auf sie zu, und auf dem Berg spien die Drachen zur Verteidigung von ihren Jungen selbst dichte Feuerwolken aus.

Sie sah den nächsten Drachen fallen, nachdem er von Blitzen, die so scharf wie Dolche waren, getroffen worden war. Sie sah das rote Blut, das aus den offenen Wunden quoll, die schwarzen Brandmale auf seinen leuchtend blauen Schuppen, und sie verfolgte, wie der Taoiseach einem dunklen Sidhe mit dem Schwert den Kopf abschlug.

Sie war zu weit entfernt, um ebenfalls ihr Schwert zu nutzen, deshalb rief sie in Gedanken Pfeil und Bogen auf und schoss den Pfeil dorthin, wo eine der zwei Hexen offenbar die Absicht hatte, Keegan hinterrücks zu attackieren.

Mit einem Schrei gingen die Hexe und der Dämon, den sie ritt, in einer Aschewolke auf, und kreischend verwandelte Breens Drache einen anderen Angreifer in einen Feuerball.

Noch immer fielen tote Angreifer und Drachen durch den Rauch, der Breen die Luft zum Atmen nahm.

Aus Osten und in ihrem Rücken aus dem Westen drangen laute Drachenrufe an ihr Ohr. Da sie auch weiter dorthin sah, wo Keegan kämpfte, hätte sie den Feind, der sie von unten angriff, und den Flammenspeer, mit dem er Lonrachs Bauch durchbohren wollte, beinah übersehen, doch Lonrach wedelte mit seinem Schwanz, worauf der dunkle Sidhe mit zerrissenen Flügeln und zerfetztem Körper zu Boden ging. Wo Banrion, die Gefährtin Crógas, laut trompetend auf ihn zulief, um auf ihm herumzutrampeln, bis nur noch ein Häuflein Knochenmehl zu sehen war.

Lonrach flog dorthin, wo Harken mit Morena auf dem Rücken seines Drachen hockte und die zweite Hexe mitsamt ihrem geflügelten Dämon auf die Felsen krachen ließ, wo es den beiden wie Breens Angreifer erging. Auch wenn in diesem Fall die jungen Drachen sie zermalmten und nicht Crógas Partnerin.

Keegan flog auf Cróga einen Kreis und rief dem Bruder zu: »Zwei sind in Richtung Osten abgehauen. Flieg ihnen mit Abstand hinterher und guck, wohin sie wollen und wie sie es geschafft haben, hier einzufallen.«

»Lass mich das machen«, bat Morena ihn und breitete die Flügel aus. »Sie werden mich nicht sehen, denn sicher gehen sie davon aus, dass ihnen ein Drache folgt.« Dann pfiff sie leise, und der Falke landete auf ihrem Arm. »Die mörderischen Schweinehunde werden uns nicht sehen.«

»Das hoffe ich. Dann los.«

»Pass auf dich auf«, bat Harken und berührte ihre Hand. »Und komm zu mir zurück.«

»Sie werden uns nicht sehen«, versicherte Morena jetzt auch ihm und flog in Richtung Osten los.

Breen blickte durch den Rauch auf all die Toten und das Blut. Ein paar der Drachen waren kaum größer als der Hund, der hinter ihr auf Lonrachs Rücken saß. Und allzu viele lagen blutend und verbrannt und völlig reglos da.

Sie lenkte Lonrach auf das steinerne Plateau, sprang von seinem Rücken und ließ sich mit Tränen in den Augen neben eins der Jungen fallen.

Ein Drache mit Verbrennungen am Hinterbein und einer Halswunde kam knurrend aus dem Rauch gehumpelt, und sie sah ihn flehend an.

»Lass mich ihm helfen oder wenigstens versuchen, ihm zu helfen. Bitte. Ich kann seinen Herzschlag spüren und dass er Schmerzen hat. Lass es mich wenigstens versuchen, ja?«

Unter den Augen der erbosten Mutter sah sie sich die Wunden von dem Jungen an. Drei Pfeile hatten es erwischt, als es beim Spiel mit seinen Geschwistern gewesen war. Und seine blauen und grünen Schuppen waren zum größten Teil versengt.

Sie rief in ihrem Innern alle ihr verfügbaren Kräfte auf und hoffte, dass sich wenigstens dies eine Junge retten ließ.

Die Schmerzen brannten sich ihr durch die Haut bis in die Knochen, doch erfüllt von grenzenloser Trauer ging sie tiefer, als es für sie selbst noch sicher war. Sie musste einfach eins der Jungen retten, auch wenn sie zu mehr nicht in der Lage war. Mit Licht, mit ihrem Herzen und mit ihrer ganzen Kraft.

Sie fühlte, dass das Junge sich bewegte und wie jedes andere Kind nach seiner Mutter schrie.

»Warte, warte, bitte warte.« Trotz geschlossener Augen spürte sie, dass seine Mutter näher kam. »Ich brauche noch ein wenig Zeit. Ich spüre, dass sein Herz inzwischen wieder stärker schlägt. Sein Blut klebt zwar an meinen Händen, doch in seinen Adern wärmt es sich allmählich wieder auf. Ich weiß, das tut entsetzlich weh, ich weiß, ich weiß, aber wir haben es jetzt fast geschafft.«

Sie ließ den Kopf nach hinten fallen und stieß einen abgrundtiefen Seufzer aus.

»Ich sehe dich, ich sehe dich, Comrádaí, und sehe, wie der junge Finian auf deinem Rücken durch die Lüfte fliegt.« Sie schlug die Augen wieder auf und sah dem jungen Drachen ins Gesicht. »Ich kenne dich und kenne deinen Reiter, auch wenn du ihm selbst noch nicht begegnet bist. Und jetzt geh zu deiner Mutter, los.«

Der Kleine rappelte sich mühsam auf, und seine Mutter legte ihren Schwanz um ihn und dankte Breen mit einem Blick.

Ermutigt stand Breen auf. Wenn sie das eine Junge hatte retten können, schaffte sie das sicher auch bei anderen. Dann sah sie Marg, die neben einem anderen verletzten Jungen saß.

»Nan!«

»Ein paar der Jungen sind verloren, doch nicht alle, und auch wenn die anderen Heiler auf dem Weg sind, müssen wir schon einmal tun, was möglich ist. Wenn wir erst auf die anderen warten, haben die Jungen keine Chance mehr. Tu, was du kannst, *mo stór.* Tu, was du kannst.«

Sie heilte noch drei andere Junge, bis sie voll mit Asche und mit Blut war und der Geschmack von Asche und von Blut auf ihrer Zunge lag. Sie wusste, dass die beiden Männer Marg nach Kräften unterstützten, doch das schmerzliche

Gewinsel von den Jungen und die Trauerrufe von den Alten hallten in ihr nach.

Sie fuhr sich mit den Händen durchs Gesicht und ließ sie wieder sinken, als ein Drache ihr sein Junges brachte, das bei seiner Größe sicher gerade erst aus seinem Nest gekrabbelt war.

Sie wusste noch, bevor sie es berührte, dass das Herz des Jungen nicht mehr schlug und dass sein Licht erloschen war. »Es tut mir leid.« Mit Tränen in den Augen zog sie es an ihre Brust und wiegte es sanft hin und her. »Es tut mir furchtbar leid.«

»Na komm, Liebes, du kannst jetzt nichts mehr für ihn tun.« Behutsam nahm ihr Marg den Kleinen ab und hielt ihn hoch. »Ich kenne deine Trauer, Mutter, denn ich habe selbst ein Kind verloren. Das heißt, dass deine Trauer meine Trauer ist.«

Die Mutter nahm ihr totes Junges, und als sie es davontrug, zwang auch Breen sich, wieder aufzustehen.

»Du solltest dich ein bisschen ausruhen«, riet ihr Marg.

»Ich hätte wenigstens ein Junges retten wollen, aber tatsächlich haben wir mehr gerettet und schaffen es bestimmt, noch mehr zu tun. Wobei wir erst versuchen müssen, alle Jungen zu behandeln, weil die Großen drauf bestehen, dass wir zuerst nach ihnen sehen.«

Bis auch die anderen Heiler kamen und neben ihrer Kraft die notwendigen Salben und Tinkturen anwenden konnten, hatten Breen und Marg getan, was möglich war. Deswegen setzte Breen sich kurz mit Faxe hin, um Luft zu holen, bevor es weiterging.

Dann kam Morena und hielt ihrer Freundin einen Trinkschlauch hin. »Hier, trink. Das Wasser aus dem Drachenbecken gibt dir neue Kraft.«

Breen starrte sie benommen an. »Du bist zurück.«

»Ich bin bereits seit einer Stunde wieder da. Ich habe Amish dort zurückgelassen, um zu sehen, was sie machen, während ich zurückgekommen bin, um Keegan zu berichten, wo sie sind. Er und Harken und die anderen Reiter sind gleich losgeflogen, um zu tun, was nötig ist.«

»Wie haben sie es geschafft, hier einzudringen? Wie haben es so viele von der anderen Seite nach Talamh geschafft?«

»Sie haben ein Lager in den Höhlen in den Bergen, das anscheinend sehr gut eingerichtet ist. Ich würde sagen, dass sie dort bereits seit Monaten campieren. Das heißt, sie sind nicht durch die Übergänge nach Talamh gekommen, sondern waren längst schon hier. Und weil die dunklen Hexen ganz besondere Schutzschilde für sie entworfen haben, waren sie gut getarnt, und wir haben nichts davon gemerkt. Es sieht so aus, als wären noch ein gutes Dutzend Leute in dem Lager, und die beiden, die von hier geflüchtet sind, haben mich direkt hingeführt.«

»Jetzt trink erst mal etwas, und sicher hätte keiner von den Drachen was dagegen, wenn du dich auch noch in ihrem Becken wäschst.«

Breen nahm den Schlauch, hob ihn an ihren Mund und trank den ersten großen Schluck. »Das kann noch warten. Erst mal muss ich weiter nach den Drachen sehen.«

»Inzwischen sind die anderen Heiler da, und auch wenn mich das furchtbar traurig macht, könnt ihr für die Jungen, die jetzt noch übrig sind, wahrscheinlich nichts mehr tun.«

Als Breen den Kopf an ihre Schulter sinken ließ, legte Morena einen Arm um sie.

»Ein solches Grauen wie das hier habe ich noch nie erlebt. Ein paar der Jungen waren noch so klein, dass sie noch in den Nestern lagen, und ich hoffe, dass das widerliche Pack, das ihnen das angetan hat, ewig dafür in der Hölle schmoren wird.«

»Wie viele haben wir verloren? Wissen wir das schon?«

»Ich habe es bisher nicht übers Herz gebracht zu zählen. Aber, bei den Göttinnen und Göttern, Breen, auch Brians Hero ist gefallen.«

»Oh, nein.«

»Aisling ist hier und hat es mir erzählt. Da Brian als sein Reiter eng mit ihm verbunden ist, hat er gespürt, wie er gefallen ist. Als einer von den Ersten, während er gekämpft hat, um das Nest seiner Gefährtin und die anderen vor Schaden zu bewahren.«

»Wie wird es jetzt für Brian weitergehen? Oh, Morena.« Breen stand auf und drückte ihr den Trinkschlauch wieder in die Hand. »Ich wüsste nicht, was für so eine grauenhafte Tat als Strafe reicht.«

Bedeckt mit Blut und Asche trat sie in die Mitte des Plateaus und hob die Arme. Sie wartete und wartete, und dann hielt sie mit einem Mal die Kette mit dem Drachenherzen in der Hand. Sie zog sie über ihr beschmutztes Hemd, und der blutrote Glanz war heller als der Sonnenschein.

»Odran, der Verdammte, hör mir zu!«

*»Mo stór.«*

Als Marg sie stoppen wollte, wehrte sie sie ab.

»Hör zu und fürchte dich. Hör zu und wisse, dass dein Untergang besiegelt ist. Hör zu, während ich hier auf der verbrannten, blutbefleckten Erde stehe, wo der Zauber älter ist als du und wo man auch nach deinem Tod noch weiterleben wird. Hör meine Stimme, die aus dieser Welt in deine reist.«

Er hörte sie. Das sah und spürte sie genau. Sie sah ihn, Augen schwarz wie Rauch, in seiner dunklen Welt hoch oben auf den Klippen stehen. Er streckte seine Hände nach ihr aus, als wollte er sie packen, doch dann riss er sie zurück, als hätte er mit ihnen eine heiße Herdplatte berührt.

»Spür meinen Zorn und wisse, dass ich die bin, die dich endgültig zerstören wird. Ich werde dich bezahlen lassen für die Sünden, die du im Verlauf der Zeit begangen hast. Und du wirst brennen für das schreckliche Massaker, das du heute angerichtet hast. Kein Drachenfeuer brennt so heiß wie das, das auf dich niedergehen wird, wenn du mir endlich gegenüberstehst.«

Die Drachen rund um sie herum erhoben sich und wandten sich ihr zu.

»Hör zu und fürchte dich. Hör zu und wisse, dass dein Untergang besiegelt ist«, stieß sie noch mal mit lauter Stimme aus. »Hör meinen Schwur zu dieser Zeit an diesem Ort. Ich werde dich und alle vernichten, die auf deiner Seite stehen, und wenn das mein eigenes Ende ist. Mein Licht brennt heller als mein Leib und Leben und wird auch noch leuchten, wenn du selbst nur noch ein Häuflein schwarzer, kalter Asche bist.«

Sie lächelte zufrieden, als ihr heller Blitz wie eine Peitsche über seinen Himmel zuckte und die Erde unter seinen Füßen beben ließ.

»Sieh mich und fürchte dich. Sieh mich und wisse, dass dein Untergang besiegelt ist. Sieh mich und sieh, dass ich dein Ende bin. Das schwöre ich.« Sie zog ihr Messer aus dem Gürtel, schnitt sich in die Hand und presste ihre Handflächen zusammen. »Das schwöre ich bei meinem und dem Blut der Drachen, die du abgeschlachtet hast.«

Dann reckte sie die blutverschmierte Klinge in die Luft,

und all die bunten Drachen stiegen auf und schrien ihre Trauer laut wie Donnerhall heraus.

Dann wischte sie das Messer an der Hose ab, steckte es wieder ein.

Marg trat auf sie zu, nahm ihre Hand und heilte sie. »Du forderst ihn heraus.«

Breens Wangen glühten wie die Kette, die sie trug.

»Ich weiß, doch du musst einfach an mich glauben, Nan.«

»Das tue ich. Und jetzt komm mit, wir haben hier getan, was möglich war. Den Rest der Arbeit überlassen wir den anderen und kehren erst mal heim.«

»Ich gehe hier nicht weg, solange ich noch helfen kann.«

Es war schon dunkel, bis sie neben Faxe durch den Wald zurück zu ihrem Häuschen lief. Sie wusste nur, dass Keegan mit zwei Überlebenden des Lagers in den Bergen auf dem Weg in Richtung Hauptstadt war, doch wie es weitergehen würde, konnte sie nicht sagen, und am besten wüsche sie sich selbst erst mal Blut und Asche unter einer möglichst langen, kochend heißen Dusche ab.

»Na los, geh schwimmen«, schlug sie Faxe vor. »Du siehst genauso dreckig aus wie ich, und es war wirklich toll von dir, wie du die kleinen Drachen auf dem Berg getröstet hast. Du hast ein wirklich gutes Herz. Und jetzt lauf runter in die Bucht.«

Sie selbst ging zum Haus, und Marco öffnete die Tür.

»Ach, Breen.«

Obwohl sie hoffnungslos verdreckt war, lief sie auf ihn zu und nahm ihn in den Arm. »Es tut mir leid. Es tut mir wirklich furchtbar leid. Ist Brian hier?«

»Oben.« Marcos Tränen tropften auf ihr Hemd. »Er will

nichts essen, und ich weiß nicht, was ich sagen soll, denn es hat ihm das Herz gebrochen, Breen. Ich wusste, dass dir nichts passiert ist, weil Morena kurz zurückgeflogen kam, um uns zu sagen, was geschehen war. Aber Brian …«

»Es ist, als ob man einen Teil von seinem Herz und von sich selbst verliert. Ich weiß nicht, wie ich es erklären soll. Ich hatte fürchterliche Angst, als ich den Angriff sah und keine Ahnung hatte, wie es Lonrach ging.«

»Könntest du vielleicht – mein Gott, ich sehe, dass du vollkommen erschöpft bist –, aber könntest du vielleicht …«

»Du möchtest, dass ich mit ihm spreche, weil ich selbst einen Drachen reite«, meinte Breen und nickte zustimmend. »Natürlich rede ich mit ihm. Auch wenn du Faxe dann etwas zu fressen geben musst, wenn er vom Schwimmen kommt.«

»Ich kümmere mich um ihn. Ach, Breen, er leidet so, dass ich es nicht in Worte fassen kann.«

»Ich weiß.«

Auch wenn sie keine Ahnung hatte, was sie sagen könnte oder sollte, ging sie rauf und öffnete nach kurzem Klopfen vorsichtig die Tür des Zimmers, in dem Brian ohne Licht am Fenster saß.

»Ich bin es, Breen.« Sie schob die Tür hinter sich zu. »Ich kann auch wieder gehen, wenn dir das lieber ist. Es tut mir so unendlich leid.« Sie legte eine Hand auf seine Schulter, und er hob den Arm und drückte sie.

»Ich konnte spüren, wie er gefallen ist, und hatte das Gefühl, als sterbe auch ein Teil von mir. Ich konnte spüren, wie die brennenden Pfeile ihn getroffen haben, als er sich vor einen von den Jungdrachen geworfen hat. Und dann ist er gefallen, und sein großes Herz schlug mit einem Mal nicht mehr.«

Sie schmiegte wortlos ihre Wange an sein Haar.

»Und dann schlug auch mein eigenes Herz für einen Augenblick nicht mehr. Es stellte einfach seine Arbeit ein, als wäre auch ich selbst tot. Ich wollte nicht, dass es die Arbeit noch mal aufnimmt, aber trotzdem fing es plötzlich wieder an zu pochen, weil auch Marco Teil von diesem Herzen ist.«

Sie kniete sich vor seinen Stuhl und blickte zu ihm auf. »Um zu beschreiben, was du jetzt empfindest, reichen bloße Worte niemals aus. Das weiß ich wegen der besonderen Verbindung, die es zwischen mir und Lonrach gibt. Natürlich kannst du stolz sein, weil er sich für einen anderen Drachen aufgeopfert hat, doch dieser Stolz kommt gegen deine Trauer niemals an. Und natürlich ist dein Herz gebrochen, auch wenn Marco dort natürlich weiterleben wird.«

»Genau.« Noch einmal nahm er ihre Hand. »Er will mich trösten, aber dieser Teil von meinem Herzen wird nun einmal niemals wieder ganz. Wobei er das auch gar nicht soll.«

»Natürlich nicht. Auch wenn der Rest von deinem Herzen wieder heilen und zu Kräften kommen wird.«

»Wie viele sind gefallen?«

»Das weiß ich nicht, aber wir konnten viele heilen. Ein Junges war so schwer verletzt, dass ich schon Angst hatte, ich könnte ihm nicht helfen, aber es wurde doch noch mal gesund. Und plötzlich sah ich den jungen Finian, Mahons Sohn, vor mir, sitzend auf seinem Rücken. Die beiden werden irgendwann zusammen fliegen, Brian. Er und Finian.«

»Wirklich?«

»Wirklich.«

Brian nickte. »Und die Bastarde, die diese grauenhafte Tat begangen haben?«

»Bis auf zwei sind alle tot, und diese beiden werden in der Hauptstadt vor Gericht gestellt.«

»Vielleicht ist mir das irgendwann genug, doch heute reicht mir das ganz sicher nicht. Und über meinem ganzen Elend habe ich noch nicht gefragt, wie's deinem Drachen geht.«

»Dem geht es gut. Er ha ...«

»Ist das ihr Blut?«, murmelte er und legte eine Hand an ihr Gesicht. »Ist das da Drachenblut?«

Sie nickte knapp. »Vor allem von den geheilten«, meinte sie und brach in Tränen aus. »Vor allem von denen, die wieder gesund geworden sind.«

»Und warum weinst du dann?«, erkundigte er sich und wischte ihr das Blut, die Asche und die Tränen fort.

»Es tut mir leid. Ich bin einfach total erschöpft. Ich sollte ...«

Doch er nahm ihre Hände, und jetzt brachen sich die Tränen vollends Bahn.

»Es waren so unendlich viele«, stieß sie aus. »Wir konnten ihnen nicht allen helfen, und die Mutter eines winzig kleinen Drachen hat mich angesehen, und ich musste miterleben, wie ihr hoffnungsvoller Blick erstarb, als ich ihn in den Armen hielt. Und wenn sie weinen, Brian, wenn sie weinen, bricht ihr Schluchzen einem das Herz.«

Er ließ sich zu ihr auf den Boden gleiten, und sie klammerten sich Hilfe suchend aneinander fest und weinten um die vielen Drachen, die an diesem Tag gefallen waren.

In der Hauptstadt trafen Keegan, seine Mutter, Harken und Mahon sich mit dem Rat, und während sich unterhalb der Burg das Meer an den Klippen brach, berichtete der Taoiseach, was bei der Vernehmung der Gefangenen – eines Sidhemanns und einer Sidhefrau – herausgekommen war, und dann eröffneten sie den Prozess.

»Ihr habt wie Ungeziefer in den Höhlen einer Welt gelebt, die ihr verraten habt. Seit einem knappen Jahr habt ihr dort von den Höfen oder aus den Dörfern alles mitgehen lassen, euresgleichen umgebracht, wenn sie euch in die Quere kamen, und euch dann wieder in die Höhlen zurückgezogen, um den Angriff auf das Drachennest zu planen. Bei dem heute sechsundzwanzig Drachen – davon zwanzig Junge – von euch abgeschlachtet worden sind.«

Die Frau verzog verächtlich das Gesicht. »Das hat Odran uns befohlen, und als Herrscher über alle Welten hat er die uneingeschränkte Macht.«

Es störte Keegan, dass das Weib die Dreistigkeit besaß, sich mit dem Zopf der Kriegerin zu schmücken, doch bei dem Verfahren ging es um viel mehr.

»Und er wird euch verbrennen so wie wir die Drachen heute, und das wird ein wundervoller Tag! Dann wird nicht mehr der Taoiseach richten, sondern Odran selbst. Du kannst dir also sparen, so zu tun, als wäre es dein Recht, auf diesem Stuhl zu sitzen, und als hättest du mit deinem lächerlichen Schwert und Stab auch nur den allerkleinsten Funken echter Macht.«

»Ihr habt eure Verbrechen zugegeben oder eher damit angegeben, aber nein, ich habe in dem Fall tatsächlich nicht die Macht, euch zu verurteilen, denn für diese Taten gilt ein älteres Recht. Das Drachenrecht.«

Der Sidhe riss entsetzt die Augen auf. »Als Sidhe unterstehen wir dem Recht der Fey. Wir wählen die Verbannung.«

»Ihr habt euch Odran zugewandt und eurem Stamm den

Rücken zugekehrt. Ihr seid nicht länger Fey und habt euch heute auch nicht an den Fey versündigt, sondern an den Drachen, deren Gesetz wir respektieren.« Er klopfte mit dem Stab des Rechts. »Das war's.«

Der Sidhemann fiel auf die Knie und winselte um Gnade, und die Frau verfluchte Keegan, auch wenn ihr dabei die Panik deutlich ins Gesicht geschrieben stand.

Das Urteil würde durch die Drachenfrau vollstreckt, die Heros Partnerin gewesen war. Sie kam auf sie herabgeschossen, während Keegan nach der Hand seiner Mutter griff.

Er nahm das leichte Zittern ihrer Finger wahr, doch als der Drache Feuer spuckte, wurden sie ganz ruhig.

Es ging sehr schnell, was sicher eine Gnade war. Es dauerte nur einen Augenblick, bis von den beiden Sidhe nur zwei Häuflein Asche übrig waren.

Dann schrie die Drachenfrau vor Trauer auf, flog einen Kreis über dem Meer und schoss davon.

Sie alle schwiegen, bis am Ende Tarryn einen Schritt nach vorn machte und erklärte: »Auch wenn das Gesetz der Drachen schon seit Hunderten von Jahren nicht mehr angewendet wurde, ist es heilig, und wir haben es respektiert. Gebt überall bekannt, dass wir jetzt eine Woche trauern werden und die Fahne über unserer Burg zwei Wochen lang auf halbmast wehen wird.«

»Die beiden hatten es verdient«, bemerkte Flynn und sah die beiden Aschehäufchen an. »Obwohl ich so etwas ganz sicher nicht noch mal erleben will.«

»Ich bringe ihre Asche in die Höhlen der Bitterkeit«, bot Keegan an, doch Harken legte eine Hand auf seinen Arm und schüttelte den Kopf.

»Oh, nein. Das mache ich. Du hast auch so bereits genug

am Hals, und ich bin froh, wenn ich die Nacht in meinem eigenen Bett verbringen kann. Das heißt, ich bringe diese Asche weg und fliege danach heim. Du wirst noch hier gebraucht, und ich berichte in der Heimat, was geschehen ist.«

»Okay. Ich habe wirklich noch zu tun. Ich werde nach den Reitern schicken, deren Drachen bei dem Angriff umgekommen sind. Auch wenn ich sie bestimmt nicht trösten kann.«

»Gute Reise, Liebling«, wünschte Tarryn Harken, gab ihm einen Wangenkuss und wandte sich dann wieder Keegan zu. »Und du und alle anderen kommt jetzt erst einmal mit rein und stoßt mit mir auf die Gefallenen an.«

Doch Keegan blieb noch etwas draußen stehen und blickte auf das nächtlich dunkle Meer und auf die nicht sichtbare Brandung, die sich an den Klippen brach.

# 24

Am letzten Tag der offiziellen Trauerzeit waren sämtliche Stämme von Talamh auf Feldern, Hügeln, Bergen und Angern mit dem Ziel vereint, den Opfern den gebührenden Tribut zu zollen.

Am leuchtend blauen Himmel flogen Drachen jeder Größe, jeder Farbe, jeden Alters hin und her. Um den Verstorbenen auf ihre Art die letzte Ehre zu erweisen, zogen die, die schon seit Hunderten von Jahren flogen, und die Jungen, die gerade flügge geworden waren, von Nord nach Süd, von Süd nach Nord, von West nach Ost und Ost nach West stumm ihre Bahnen durch die Luft und warfen ihre Schatten auf Talamh.

Sie schwiegen so respektvoll wie die Reiter und die Reiterinnen, die auf ihren Rücken saßen, und zum Zeichen der besonderen Ehrerweisung hatte Breen die Kette mit dem Drachenherz, das Diadem der Trolle und den Armreif der Meerjungfrau angelegt.

Keegan saß auf Cróga, und das Drachenherz am Stab des Rechts funkelte im Licht.

Und Brian saß auf dem Rücken der Gefährtin seines toten Seelenfreunds.

In diesem Augenblick sprach nur der Wind. Land und Meer hielten als Zeichen des Respekts den Atem an.

Der junge Drache, den sie hatte heilen können und auf dessen Rücken einmal Finian sitzen würde, flog in Formation mit seinen überlebenden Geschwistern neben seiner Mutter her. Die Mütter und die Väter trugen ihre toten Jungen, und andere schulterten die Leichname der ausgewachsenen Drachen während ihres letzten Flugs.

Der Himmel war mit Gold, mit Scharlachrot, mit Smaragdgrün, mit Saphirblau, mit Silber- und mit Bernsteinfarben übersät. Auch Marg saß auf dem Rücken ihres Drachen, und an ihrer Seite flog der Drache ihres toten Sohns.

Breen spürte Lonrachs Herzschlag so wie ihren eigenen, und das war ihr ein Trost.

Und als die Sonne unterging, flog der gesamte Tross nach Westen und dann weiter übers Meer.

Ihr Ziel war Eile Dragain, eine Steininsel, die nicht mit Booten zu erreichen war. Der Ort war heilig, und die Drachen übergaben ihre Toten dort dem Feuer und dem Wind, der ihre Asche übers Meer zu ihrer letzten Ruhestätte trug, hatte ihr Marg erklärt.

Die, wie es aussah, leere See erstreckte sich in Richtung eines fernen Horizonts. Darüber leuchtete der Himmel wie die Drachen selbst und wurde von den letzten Sonnenstrahlen in rotes, violettes, goldenes Licht getaucht. Und dann erhob die Steininsel sich aus dem Meer. Ein graues, breites Stückchen Land mit hohen, spitzen Bergen, die wie Türme aussahen.

Und rund um Eile Dragain herum, hinter den Wellen, die sich an den Felsen brachen, warteten die Mere auf die Ankunft der Verstorbenen.

Lonrach flog mit anderen einen Kreis, und die Totenträger legten die Gefallenen auf der Insel ab.

So viele, dachte Breen, und allzu viele noch so klein. Breen sah den jungen Drachen, den sie nicht mehr hatte retten können, und wieder wogte ein Gefühl der Trauer in ihr auf, als sie zusammen mit den anderen Reiterinnen und Reitern Blumen auf die Toten regnen ließ.

Und als der letzte tote Drache auf der Insel ruhte und die Träger sich von Neuem in die Luft erhoben, fingen die Mere an zu singen, und ihr klagender Gesang erhob sich in die Luft und übers Meer bis zu der Insel, die den Drachen vorbehalten war. Und während sie mit wehmütigen Stimmen sangen, breiteten die Mere einen weiteren Blumenteppich auf dem blauen Wasser aus.

Und als der letzte Sonnenstrahl erstarb, erzitterte die Erde unter dem Gebrüll der Drachen, und dann steckten sie mit ihrem feurigen Atem ihre Toten und die Steininsel in Brand. Breen wurde in die Hitze des Feuers eingehüllt, dann aber stiegen reine, weiße Rauchsäulen zum Himmel auf, die Asche der Verstorbenen flog durch die Luft, und dann trug sie der Wind davon.

Und schließlich sah Breen statt Flammen, Rauch und Asche wieder nur die karge Insel mit dem hohen Gebirge unter sich.

Die Drachenschar umkreiste Eile Dragain dreimal, und während sich die ersten Sterne am Nachthimmel zeigten, flogen sie zurück in Richtung von Talamh.

Breen selbst kehrte zurück zum Hof, auf dem noch immer ehrfürchtige Stille herrschte, legte sich auf Lonrachs Rücken, streichelte ihm sanft die Schuppen, stieg dann ab, trat neben seinen Kopf und sah ihm ins Gesicht.

»Ruf mich, wenn du bereit bist, und dann fliegen wir, wohin du fliegen musst.«

Er drehte seinen Kopf und sah dorthin, wo Faxe mit Morena auf der Mauer saß.

»Natürlich nehmen wir ihn dann mit«, versprach ihm Breen.

Dann trat sie einen Schritt zurück, und Lonrach breitete die leuchtend roten Flügel aus und schwebte in Richtung Drachennest davon.

»So etwas habe weder ich noch jemand anderes je zuvor erlebt«, meinte Morena.

Breen nickte und nahm auf der anderen Seite ihres Hundes auf der Mauer Platz. »Nan hat erzählt, sie wüsste nicht, dass es das vorher je gegeben hätte, denn normalerweise ist der Tod von einem Drachen eine ganz private, reine Drachenangelegenheit.«

»Nur dass die toten Drachen heute weder alt waren noch in der Schlacht gefallen sind. Das war … tja nun, ich weiß nicht, wie ich es beschreiben soll. Ich weiß nur, dass es einfach wunderschön war.«

»Ja, das war's.«

»Sie sind ins Licht gegangen. Das Feuer war so hell, dass es bis hier zu sehen war, und selbst die Kleinen waren ganz still.« Morena blickte hinter sich. »Harken meinte, dass er kurz allein spazieren gehen müsste – oder höchstens in Begleitung seiner zweiten Frau, das heißt des Hündchens, das ihm nicht mehr von der Seite weicht. Er spürt die Trauer seines Drachen, dessen Bruder abgeschlachtet worden ist. Und da ich das nicht wirklich nachempfinden kann, kann ich verstehen, dass er jetzt kurz allein sein muss.«

Breen drückte tröstend ihre Hand und spürte, dass die Geste gleichzeitig auch für sie selbst tröstlich war.

»Vielleicht empfindet ihr nicht ganz dieselbe Nähe wie wir Drachenreiter, aber trotzdem trauert ihr genauso um die Drachen, die bei diesem Überfall getötet worden sind. Das wissen auch die Drachen, und ich denke, deshalb haben sie uns erlaubt, dabei zu sein.«

»So sehe ich das auch. Und bei den Göttinnen und Göttern, Breen, obwohl es wunderschön war, hoffe ich von ganzem Herzen, dass ich so was nicht noch mal erleben muss. Im Übrigen ist Marco schon mit Brian rüber. Keegan ist noch mit Cróga unterwegs, du kannst gern zum Abendessen bleiben, wenn du willst.«

»Wahrscheinlich braucht dich Harken, wenn er wiederkommt, und da mir ein bisschen Bewegung guttäte, laufe ich mit Faxe ganz gemütlich heim.«

»Dann gehe ich ins Haus und warte dort auf meinen Mann, nachdem er andersrum viel länger auf mich warten musste, als man für so einen Spaziergang braucht.«

Breen brach zu ihrem eigenen Spaziergang auf und folgte dem von ihr geschaffenen Licht in Richtung des Willkommensbaums. »Ich weiß, dass du vorhin gern mitgekommen wärst«, wandte sie sich an ihren Hund. »Und ich weiß, dass Lonrach dich auch gerne hätte mitnehmen wollen, nur war das diesmal nicht erlaubt. Aber bei unserem nächsten Flug bist du auf jeden Fall wieder dabei.«

Was sie an diesem Tag gesehen, gehört, empfunden hatte, hatte sich ihr unauslöschlich eingeprägt. Das Pulsieren aller dieser Herzen und die vielen Herzen, die nie wieder schlagen würden, weil das Böse in die Welt der Drachen eingedrungen war.

Inzwischen waren sie in Irland angekommen, aber statt ins Haus ging sie hinunter in die Bucht, und während Faxe in den Wellen planschte, setzte sie sich auf den Schieferfels und blickte zu der schmalen Mondsichel und zu den Sternen empor.

Wie ging es jetzt wohl weiter?, überlegte sie und wünschte sich, sie könnte in die Zukunft schauen. Sie hatte schon versucht, etwas im Feuer oder in der Glaskugel zu sehen, doch nichts entdeckt.

Und auch den Angriff auf die Drachen hatte sie zu spät bemerkt, um die zu retten, die gestorben waren. Wie war es möglich, dass sie diese ganz besondere Aufgabe und Fähigkeiten hatte, aber trotzdem nicht mehr rechtzeitig gekommen war?

Sie trocknete den Hund, als er sich zu ihr setzte, und zusammen sahen sie noch ein paar Minuten auf die Sterne und das Meer. Dann gingen sie ins Haus, und als sie dort nur Marco trafen, fragte Breen: »Wo ist denn Brian?«

»Der ist gerade rauf.« Marco nahm sie in den Arm. »Bei diesem Abschied auf der Burg kam es mir vor, als gäbe es nichts Schöneres und nichts, was einem so zu Herzen geht. Der Abschied heute aber war noch viel, viel mehr.« Er drückte sie noch mal und stellte seufzend fest: »Am besten isst du erst einmal etwas.«

»Das mache ich. Und du gehst rauf und kümmerst dich um Brian.«

»Das mache ich. Es war nicht leicht für ihn. Natürlich war es auch für alle anderen schwer, euch Reiterinnen und Reitern aber hat der Abschied sicher ganz besonders zugesetzt. Obwohl ich denke, dass es ihm inzwischen wieder etwas besser geht. Dass dieser Abschied ihm geholfen hat. Er hat etwas gegessen und gesagt, er würde spüren, dass Hero seinen Frieden hat. Dass er sein Leben hingegeben hat, um andere zu schützen. Und …« Er stopfte seine Hände in die Taschen seiner Jeans. »Ich habe ihm gesagt, ich würde hierblieben, wenn du nach Philadelphia und New York zu den Verlagen reist.«

»Wir könnten ja die Reise auch verschieben«, fing Breen an, doch Marco schüttelte den Kopf.

»Brian hat Nein gesagt, er kam mir sogar etwas angefressen vor. Er meinte, dass ich aufhören sollte, ein Idiot zu sein, und mit dir in die Staaten reisen soll. Und dann hat er mich noch daran erinnert, dass wir schließlich auch nach Philadelphia wollen, weil Sally Geburtstag hat.« Ein Lächeln huschte über sein Gesicht. »Das heißt, dass es ihm wirklich besser geht, wenn er schon wieder sauer werden kann. Aber vor allem ist er furchtbar stolz auf das Geschenk, das Sally kriegen wird.«

»Das sollte er auch sein. Ich meine stolz, nicht sauer. Aber geh jetzt trotzdem erst mal zu ihm rauf. Faxe und ich werden etwas essen und dann zeitig schlafen gehen.«

Da Marco sie nicht dafür schelten konnte, holte sie sich ihren Laptop und fuhr ihn bereits beim Essen hoch. Auch wenn sie nichts davon in ihrem Blog berichten konnte, hielte sie die Eindrücke des Tages besser fest. Dann könnte sie das Erlebte vielleicht irgendwann in einem Buch verwenden, oder vielleicht wäre es auch einfach etwas, um sie daran zu erinnern, wofür und wogegen sie und alle anderen kämpften, falls es einmal nötig war.

Schließlich räumte sie die Küche auf, arbeitete noch etwas weiter und entwarf den nächsten Blog. So sparte sie am nächsten Morgen Zeit und konnte sich ganz auf das nächste Faxe-Abenteuer konzentrieren.

»Damit bin ich ein bisschen in Verzug«, erklärte sie dem Hund, der auf dem Teppich vor dem Feuer lag. »Wahrscheinlich kriege ich es doch nicht fertig, bis es in die Staaten geht. Und an den nächsten Fantasyroman sollte ich frühestens denken, wenn das erste Buch verkauft ist, aber trotzdem gehen mir schon ein paar Ideen durch den Kopf. Und das ist sicher nicht verkehrt.«

Damit räumte sie den Laptop weg und nahm die Glaskugel vom Tisch. Sie stellte sie sich gerne auf den Nachttisch zu dem Foto ihres Dads und seiner Bandkollegen, wenn sie schlafen ging.

»Es ist schon spät, aber ich kriege sicher noch kein Auge zu.« Sie schloss die Tür des Schlafzimmers, und Faxe ging direkt zu seinem Hundebett und seinem kleinen Spielzeuglamm. »Im Gegensatz zu dir.«

Sie machte Feuer im Kamin und legte dann die Kette und den anderen Schmuck ab. Danach zog sie sich um und griff nach dem von ihrer Nan geliehenen Buch voller Geschichten aus Talamh.

Womöglich fände sie darin ja irgendetwas, was ihr weiterhalf.

Vor allem hoffte sie, sie könnte schlafen, wenn sie ein paar Seiten lesen würde, aber dann war sie so fasziniert, dass sie bereits nach kurzer Zeit wieder putzmunter war.

Und als der Hund den Kopf hob und ein leises Bellen ausstieß, sprang sie eilig aus dem Bett, packte ihr Schwert und rief ihre besonderen Kräfte auf.

Die Tür ging auf, und Keegan sah sie fragend an. »Warum schläfst du noch nicht? Es ist schon spät, und schließlich geht es morgen wieder auf den Trainingsplatz.«

Obwohl sie ihn seit Tagen nicht gesprochen hatte, nahm sie ihm den barschen Ton nicht übel, denn er wirkte abgrundtief erschöpft.

»Ich hätte nicht damit gerechnet, dass du heute Abend rüberkommst.«

»Ich brauchte eine Pause von dem Treiben in der Hauptstadt.« Statt zu ihr ging er ans Fenster, zog es auf und ließ etwas frische Luft herein. »Du hast dich heute wirklich gut gehalten, Drachentochter …«

»Drachen*was*?«

»So nennen sie dich jetzt. Tochter der Fey, der Menschen, Göttinnen und Götter und jetzt noch der Drachen, worauf du echt stolz sein kannst. Ich war schon weg, als du nach dem Gemetzel Odran angerufen und ihm Rache für den Angriff auf das Drachennest geschworen hast. Sie haben gesagt, die Erde hätte unter deinen Worten ebenso gebebt wie er.« Er sah sie fragend an. »Und, hat sie das? Und hat er ebenfalls gebebt?«

Sie nickte knapp.

»Und deshalb nennen sie dich jetzt so.«

»Wer nennt mich so? Ich ha…«

»Die Drachen, wer wohl sonst? Ich habe dir doch schon gesagt, dass ich sie rufen und verstehen kann. Deswegen wusste ich, wie's heute laufen soll.« Er nahm sein Schwert vom Gürtel und lehnte es an die Wand.

»Und es war wunderschön. Und richtig«, meinte Breen.

»So richtig so was sein kann«, schränkte Keegan ein. »Ich weiß nicht, ob es mutig oder dumm war, Odran so herauszufordern, also denke ich, dass es wahrscheinlich beides war.«

Urplötzlich waren die grauenhaften Bilder, die Gerüche und Gefühle wieder da.

»Oh, Keegan, ich war voll mit ihrem Blut. In meinen Armen lag ein totes Junges, und ich musste zusehen, wie die Hoffnung in den Augen seiner Mutter starb, weil ihm nicht mehr zu helfen war. Das war so schrecklich, fast nicht auszuhalten. Was ist mit den Gefangenen?«, fragte Breen. »Mit denen, die ihr in dem Lager in den Bergen festgenommen habt?«

Er wandte sich erneut dem Fenster zu. »Die haben wir nach Drachenrecht verurteilt.«

»Keine Ahnung, was das ist.«

»Es geht ganz schnell, doch es ist grausam und endgültig, und ich weiß nicht, ob ich es hätte verhindern können oder wollen. Aber bei dem Preis, den wir für die Verbindung zu den Drachen und für die Entehrung ihrer Toten zahlen, war es reiner Selbstmord, auf die Drachen und vor allem auf ihre Jungen loszugehen.«

Breen konnte deutlich hören, wie angewidert und erbost er war.

»Sie haben sie in Odrans Namen abgeschlachtet, einzig um die Fey zu demoralisieren. Ein Dutzend dunkler Sidhe und zwei Hexen gegen das gesamte Drachennest? Die Drachen hätten alle Überlebenden aufgespürt, denn wie hätten sie wohl aus Talamh verschwinden sollen? Nachdem sie ihre Jungen abgeschlachtet haben, was noch schmerzlicher als alles andere war.«

»Was ist das Drachenrecht?«, erkundigte sich Breen, obwohl das Herz ihr bis zum Hals schlug, als wüsste sie es schon.

»Der Tod durch Drachenfeuer.«

Zitternd setzte sie sich auf ihr Bett. »Hast du die zwei den Drachen überlassen, weil du das Portal zur dunklen Welt nicht noch mal hättest öffnen sollen? Weil ich …«

»Oh, nein. Das Drachenrecht ist älter als Talamh und unser eigenes Recht. Wir mussten sie danach verurteilen, aber jetzt ist es vorbei.«

Und trotzdem lastete das Urteil schwer auf ihm, erkannte sie und stand noch einmal auf. »Ich hatte blutende, verbrannte Junge in den Armen, von denen allzu viele unrettbar verloren waren. Und ich habe Brian im Arm gehalten, während er um Hero weinte, aber alles das ist Odrans Schuld, nicht deine. Du kannst nichts dafür.«

»Ich bin der Taoiseach«, antwortete er schlicht. »Und jetzt ist es vorbei. Ich habe zugesehen und dachte, dass sie nicht verstehen würden, dass sich Odran nicht mal ansatzweise für sie interessiert. Dass ihm nicht nur egal ist, wenn sie sterben, sondern dass er sie dem dunkeln Ziel, das er verfolgt, geopfert hat. Ich weiß, dass es so ist. Sie haben sich die ganze Zeit allein dort in den Höhlen durchgeschlagen, und zum Dank für die Entbehrungen hat er sie am Ende in den Tod geschickt.«

»Er wird niemals gewinnen.«

»Das hoffe ich doch sehr.« Er seufzte, und der Hauch von einem Lächeln huschte über sein Gesicht. »Tochter der Drachen.«

Sie nahm seine Hände, und als Keegan ihre Finger drückte, meinte sie: »Du solltest etwas essen. Ich kann dir was auf…«

»Nein, nein, ich habe keinen Appetit. Die Drachen haben geweint, während sie ihre Brüder, Schwestern, Kinder und Gefährten zu der Insel brachten, und ich werde nie vergessen, was für ein Geräusch das war. Ich würde also ganz bestimmt nichts runterkriegen, nicht einmal ein Bier. Ich brauche einfach etwas Schlaf und dich an meiner Seite.«

»Dann komm mit ins Bett.«

Er setzte sich, um sich die Stiefel auszuziehen. »Ich habe heute Nachmittag den Drachen deines Vaters neben dem von Mairghread fliegen sehen. Es heißt, dass er seit Eians Tod nur noch im Dunkeln fliegt und seine Tage auf der Steininsel verbringt. Es heißt außerdem, er würde auf sein eigenes Ende warten, aber heute flog er mit den anderen durch den Sonnenschein.«

»Ich habe ihn gesehen und ebenfalls erkannt. Ich habe meinen Vater oft im Traum auf diesem Drachen fliegen sehen.« Sie blickte auf das Foto ihrer beiden Väter, das auf ihrem Nachttisch stand.

Und plötzlich tauchten Bilder in der Kugel auf.

»Sieh dir das an, Keegan.«

»Ich kenne dieses Foto. Es ist eine sehr schöne Erinnerung an deinen Da.«

»Ich meine nicht das Bild, sondern die Kugel und die Schatten, die man darin sieht.«

Er trat zu ihr, blickte auf die Kugel, schüttelte den Kopf und räumte ein: »Ich sehe nichts.«

»Da drin bewegt sich was. Ich sehe Dunkelheit und Licht, und ich kann Stimmen hören. Jemand schreit. Hörst du das auch?«

Entschlossen nahm er ihre Hand, und dann sah er es ebenfalls.

Ein Feuer brannte im Kamin und tauchte das im Raum stehende Bett mit seinem goldenen Pfosten und den seidenen Bezügen in blutrotes Licht. Hinter den Fenstern war es Nacht, doch überall waren Kerzen aufgestellt.

Das Meer brach sich gewaltsam an den Klippen und klang wütend wie die Schreie und die Flüche der sich auf dem Bett windenden Frau.

Shana trommelte mit ihren Fäusten auf das Laken, krallte sich mit ihren Fingern in die Seide und verzog so schmerzlich das Gesicht, dass nichts von ihrer ursprünglichen Schönheit übrig war.

»Jetzt holt es endlich aus mir raus! Holt dieses Ding aus mir heraus!«

Das Haar zu einem Knoten auf dem Kopf geschlungen, mit einem Hundehalsband um den Hals und das Gesicht voll blutig roter Kratzer, dort, wo Shana ihre Krallen ausgefahren hatte, kniete eine Frau am Fußende des Betts.

»Es muss sich erst noch drehen.«

Isolde stand mit kaltem Blick und steinernem Gesicht daneben und erklärte: »Es ist noch zu früh. Das Kind darf noch nicht raus.«

»Aber die Fruchtblase ist schon geplatzt, und ich kann nicht verhindern, was passiert.« Der Stein an ihrem Halsband blinkte, und ein Ausdruck grenzenlosen Schmerzes huschte über das Gesicht der Frau. »Ich kann es nicht verhindern, ganz egal, was aus mir selbst wird. Ich muss versuchen, es zu drehen. Es tut ihr weh. Das siehst du selbst.«

»Gib ihr mehr Opium«, wandte sich Isolde an ein junges Mädchen, das am ganzen Körper zitternd in der Nähe stand.

»Vorsichtig«, wies die Hebamme jetzt Shana an. »Du darfst nicht pressen. Nicht.« Dann wandte sie sich abermals an Isolde und stellte fest: »Ich glaube nicht, dass sie das überleben wird.«

»Du tust, was nötig ist.«

»Dafür bringe ich dich um.« Vor Zorn und Schmerz schlug Shana nach dem jungen Mädchen aus, riss ihm mit ihrem Ring die Wange auf, und der mit Opium gefüllte Becher fiel der Kleinen aus der Hand. »Dafür bringe ich euch alle um und sage Odran, dass er euch zermalmen soll. Holt dieses Ding aus mir heraus!«

»Haltet sie fest«, befahl die Hebamme. »Isolde, vielleicht könntest du mit deinen Zauberkräften ihre Schmerzen lindern oder sie ein bisschen schlafen lassen …«

»Frauen gebären nun mal unter Blut und Schmerzen. Tu, was nötig ist.«

Unter Shanas grauenhaften, unmenschlichen Schreien schob die Hebamme die Hand in sie hinein und versuchte, das Kind zu drehen. Plötzlich zog sie mit einem Schrei die aufgerissene Hand zurück.

»Das Kind hat Krallen, und damit reißt es sie von innen auf.«

»Ihr zwei haltet sie fest, verstanden? Und du gehst zu Odran und sagst ihm, das Kind wäre gleich da. Und du?«, Isolde trat ans Bett und legte eine ihrer Hände um den Hals der Hebamme. »Du bringst das Kind zur Welt, wenn du nicht sterben willst.«

Ein neuer Schrei zerriss die Luft, und Shanas graue, schweißverklebte Haare fielen in ihr eingefallenes Gesicht.

Sie mussten sie zu viert aufs Laken drücken, als die Hebamme sich wieder an die Arbeit machte, und noch immer fluchte die Gebärende und nutzte jeden Atemzug, um die fünf Frauen und das Ding in ihrem Leib zu verwünschen, das verzweifelt darum kämpfte, auf die Welt zu kommen, auch wenn es ein Monster war.

»Jetzt hat es sich gedreht!« Verschwitzt und blutig richtete die Hebamme sich auf. »Jetzt musst du pressen. Press!«

Stattdessen lachte Shana nur. »Ich bringe euch verdammte Weiber um und bade dann in eurem Blut.«

Doch es war Shanas Blut, das auf die Seide troff, während die Hebamme in sie hineingriff, um das Kind herauszuziehen. »Du musst jetzt pressen, Liebes. Press. Isolde, bitte, hilf mir, denn sie ist zu schwach, und ganz allein schaffe ich es nicht.«

Isolde kam zurück ans Bett und blickte in die irren, trüben Augen ihrer Widersacherin. »Press dieses Kind heraus.« Sie hielt die Hände über Shanas aufgequollenen Bauch. »Bring's auf die Welt.«

Zähnefletschend stützte Shana sich auf ihren Ellenbogen ab und schrie beim Pressen gellend auf.

»Ich habe jetzt den Kopf. Du musst sie festhalten, Isolde, bitte, halt sie fest.«

Der blutverschmierte Kopf mit Augen, die geschwollene Schlitze waren, und einem Mund mit kurzen, scharfen Reißzähnen kam ans Licht.

»Die Götter seien uns gnädig«, murmelte die Hebamme und schrie vor Schmerzen auf.

»Es gibt nur einen Gott, und der heißt Odran«, rief Isolde ihr mit kalter Stimme in Erinnerung. »Und jetzt hol dieses Kind heraus.«

Es fiel der anderen zappelnd in die Hände, winzig klein und mit verdrehtem Leib, und stieß ein schwaches Jaulen aus.

Leichenblass lag Shana auf dem Bett und lachte irre auf.

»Er atmet, doch ich fürchte, dass er nur ein paar Minuten leben wird. Ich muss die Nabelschnur durchtrennen und die Nachgeburt rausholen. Ich muss mich um sie kümmern, wenn sie nicht genauso wie der Kleine sterben soll.«

»Gib mir das Kind«, ertönte Odrans Stimme hinter ihr, und zitternd drückte ihm die Hebamme die abscheuliche Kreatur in den Arm.

Er starrte es entgeistert an. »Ich sehe keine Kraft, nur Unförmigkeit, Krankheit, Tod. Kannst du das ändern?«, wandte er sich seiner dunklen Hexe zu.

Isolde blickte auf den Kleinen, der in seinen Händen lag. »Um zu verhindern, dass er stirbt, reicht meine Kraft nicht aus.«

»Und was ist mit der Mutter?«

»Die wird keine Kinder mehr gebären.«

»Aber kannst du dafür sorgen, dass sie überlebt?«

Isolde blickte auf die Hebamme.

»Sie hat viel Blut verloren und wurde während der Geburt verletzt. Ich kann allein kaum was für sie tun. Wenn mir Isolde hilft, kann ich vielleicht ihr Leben retten, aber das wird … sehr viel Arbeit und wird dauern, Herr.«

»Ich will, dass Shana erst mal weiterlebt. Also seht zu, dass sie das tut.«

Er machte einen Schritt zurück, und eilig trat Isolde auf ihn zu. »Mein Herr, Gebieter und mein Ein und Alles, was kann sie dir jetzt noch nutzen, da sie keine Kinder mehr bekommen kann und den Verstand verloren hat?«

»Sie wird mir gerade wegen ihres Wahnsinns nützlich sein. Also mach ihren Körper wieder stark.«

»Ich werde tun, was du verlangst, auch wenn das wegen ihres Zustands vielleicht Wochen dauern wird.«

»Du machst sie stark und findest eine Möglichkeit, sie nach Talamh zu schicken, sobald sie bei Kräften ist.«

»Ich werde tun, was möglich ist, auch wenn …«

Jetzt legte er die Hand um ihren Hals, so wie sie selbst vorher bei der Hebamme, und blitzte sie aus roten Augen an. »Hast du dafür gesorgt, dass dieses kranke, deformierte Ding in ihr heranwächst, Weib?«

»Mein Herr, ich würde niemals etwas tun, um dir zu schaden, und vor allem habe ich dir Shana erst gebracht. Ich werde alles tun, was du von mir verlangst. Ich war dir stets zu Diensten, und ich werde dir auch weiter stets zu Diensten sein, nur dir allein.«

»Dann mach sie wieder stark. Sie hat mich, seit sie hier ist, bestens unterhalten, und sie war mir nützlich, deshalb werde ich ihr ihren größten Wunsch erfüllen.«

»Mein Herr.«

»Sie wird zurückkehren und den töten, der sich von ihr abgewandt und sie verraten hat – den Taoiseach. Und dann wird das Kind von meinem Kind freiwillig zu mir kommen, weil es mich vernichten wollen wird.«

Er blickte auf das kleine deformierte Ding in seiner Hand. »Sein Blut ist dunkel, schwach und ohne jede Kraft.«

Mit diesen Worten warf er sein eigen Fleisch und Blut ins Feuer und marschierte, während Shana kichernd dalag, aus dem Raum.

Breen machte ein paar Schritte rückwärts, stieß gegen das Bett und ließ sich einfach fallen.

»Oh, Gott, oh, Gott.« Als Faxe seine Pfoten neben ihr auf die Matratze stellte, vergrub sie unglücklich das Gesicht in seinem Fell. »Er hat es einfach so in den Kamin geworfen, wie ein Holzscheit oder ein Stück Torf.«

»Bleib bei ihr«, befahl Keegan Faxe und verließ den Raum.

Dann kam er wieder rauf und drückte Breen ein Weinglas in die Hand.

»Ein Whiskey täte dir jetzt sicher besser, aber da du den nicht magst …« Mit diesen Worten gönnte er sich einen ersten Schluck aus seinem Tumbler.

»Du hast es auch gesehen? Du hast das alles auch gesehen?«

»Allerdings, und auch gehört. Ich habe es bisher vermeiden können, dabei zu sein, wenn eine Frau ein Kind bekommt, doch wenn es immer so ablaufen würde, gäbe es bestimmt nur Einzelkinder, oder was meinst du?«

»Ich habe selbst nur ein einziges Mal und nicht von Anfang an erlebt, wie eine Frau ein Kind geboren hat, doch ich kann dir versichern, dass das etwas völlig anderes war«, erinnerte sich Breen daran, wie Keegans Neffe Kelly auf die Welt gekommen war.

»Du hast auch vorher schon gesagt, dass mit Shanas Kind etwas nicht stimmt und es nicht lebensfähig ist.«

»Das habe ich.«

»Das hat gestimmt, und irgendwie hat es für mich so ausgesehen, als hätte Odran so was nicht zum ersten Mal erlebt.«

Breen zitterte am ganzen Leib. »Er hatte keinerlei Gefühle für das Kind. Er hätte ihm nur seine Kraft aussaugen wollen, sonst nichts.«

Jetzt setzte Keegan sich zu ihr aufs Bett. »Das Einzige, wofür der Kerl Gefühle hat, ist Macht. Du weißt, dass es so ist.«

»Das stimmt, doch ihn mit seinem eigenen Kind zu sehen ...« Sie nippte vorsichtig an ihrem Wein. »Wir müssen dieser Grausamkeit und diesem Leid ein Ende machen, Keegan, und zwar möglichst bald. Die Hebamme, die er als Sklavin hält. Das, was das Kind mit ihrer Hand gemacht hat und was Odran und Isolde mit mir machen. Das muss aufhören.«

»Und was ist mit Shana? Glaubst du, dass sie überleben wird?«

»Sie scheinen davon auszugehen, auch wenn sie meiner Meinung nach viel zu viel Blut verloren hat, als dass man sie mit Licht noch einmal heilen kann. Ich schätze also, dass Isolde einen dunklen Zauber wirken wird. Oh, Gott, das heißt, dass dann noch mehr geopfert werden. Damit Shana dich ermorden kann. Wir dürfen sie auf keinen Fall zurückkommen lassen.«

Aber Keegan saß ganz ruhig an ihrer Seite, dachte kurz darüber nach und stellte nüchtern fest: »Das alles durchzuziehen würde alles andere als leicht für sie.«

»Sie ist total verrückt und wird wahrscheinlich noch verrückter nach den Dingen, die sie mit ihr anstellen, damit sie nicht stirbt. Und dann hat Odran noch gesagt, dass ihr Isolde große Kraft verleihen soll. Das heißt, du brauchst besonderen Schutz. Pass also bitte auf dich auf. Ich werde meine Reise in die Staaten absagen und wir …«

»Das wirst du nicht.«

Sie funkelte ihn wütend an. »Denkst du, ich würde dich allein lassen, wenn er dich von diesem irren Weib ermorden lassen will?«

»Ich werde durchaus in der Lage sein, mich gegen jemanden wie Shana zu verteidigen.«

Sie raufte sich das Haar und hätte es am liebsten ausgerissen, weil sie so frustriert wie nie zuvor im Leben war.

»Hast du ihn nicht gehört? Es hat gesagt, er will ihr ihren größten Wunsch erfüllen, und er ist schlau genug zu wissen, dass ihr nichts so wichtig ist als Rache an dir dafür, dass du sie verlassen hast.«

»Ich würde sagen, dass sie es auf dich genauso abgesehen hat«, erklärte er im Ton des Anführers der Fey, der das Terrain sondierte und versuchte rauszufinden, was die Stärken und die Schwächen seiner Feinde waren. »Wir passen also alle auf, denn Shana ist verrückt genug, sich gegen Odran aufzulehnen und noch einmal zu versuchen, dich aus dem Verkehr zu ziehen, Breen. Sie haben gesagt, es würde Wochen dauern, sie gesund zu machen, und nach allem, was ich gesehen habe, bin ich mir im Grunde gar nicht sicher, ob das überhaupt gelingen wird. Und sicher haben wir gesehen, was wir gesehen haben, damit wir, falls sie tatsächlich wieder nach Talamh kommt, darauf vorbereitet sind.«

»Wahrscheinlich, und deswegen bleibe ich auch hier.«

»Das tust du nicht. Ich bin der Taoiseach und ein Krieger

und ein Weiser, und ich kenne unsere Feinde wirklich gut. Und Shana mag verrückt sein, aber sie ist keine Kriegerin, und du beleidigst mich, falls du der Ansicht bist, dass eine irre Elfe mich besiegen kann. Vor allem wirst du ja nur ein paar Tage weg sein, und wir werden allen, die es wissen müssen, mitteilen, dass sie ihre Augen an den Übergängen offen halten sollen. Da wir nicht wissen, welches der Portale sie benutzen wollen, werden wir an allen Übergängen wachsam sein.« Er küsste ihr die Stirn. »Und jetzt trink deinen Wein aus und beruhige dich erst mal.«

»Verdammt, ich bin vollkommen ruhig.«

»Das bist du allerdings. Du flatterst längst nicht mehr so aufgeschreckt herum wie damals, als du nach Talamh gekommen bist.«

»Das klingt, als wäre ich ein Huhn. Aber du versuchst nur, mich zu ärgern, weil ich dir nicht widersprechen soll.«

»Das wäre reine Zeitvergeudung, und wir brauchen unseren Schlaf.« Mit diesen Worten stellte er sein leeres Glas auf ihrem Nachttisch ab. »Vertrau mir. Ich erwarte, dass du mir in dieser Angelegenheit vertraust.«

»Das tue ich, nur fürchte ich, dass das in diesem Fall vielleicht nicht reicht.«

Er küsste sie noch mal, stand auf und zog sich aus. »Du darfst dir meinetwegen ruhig ein paar Gedanken machen. Aber nicht zu viele, denn auch das wäre beleidigend für mich.«

»Du bist nicht unverwundbar, Keegan.«

»Hexer, Krieger, Drachenreiter, Taoiseach gegen eine irre Elfe, die bisher nicht einmal in den Krieg gezogen ist.«

»Sie hat auch Loren umgebracht.«

»Weil er sie geliebt hat, doch das tue ich ganz sicher nicht.

Und jetzt geh in dein Körbchen«, wies er Faxe an. »Ich kümmere mich um sie.«

Entschlossen nahm er Breen das halb geleerte Weinglas aus der Hand, stellte es fort und drückte sie aufs Bett.

»Weißt du, was Han Solo zu Luke Skywalker gesagt hat?«

»Die Geschichten mag ich.« Er zog ihren Kopf auf seine Schulter, legte einen Arm um sie und fragte: »Möge die Macht mit dir sein?«

»Das passt natürlich auch, aber ich meine einen anderen Satz. ›Werde nicht übermütig.‹«

Lachend rollte er sich über sie. »Jetzt hast du mich herausgefordert, also wird es noch ein bisschen dauern, bis du deinen wohlverdienten Schlaf bekommst.«

# 25

Obwohl es auch nichts half, wenn sie sich sorgte, ließ die Angst um Keegan sie auch in den nächsten Tagen niemals wirklich los. Und wenn sie an die Oberfläche kam, versuchte sie, im Feuer oder in der Kugel mehr zu sehen.

Doch während der April mit Sonne und Blumen Einzug hielt, lag Odrans Welt für sie in vollkommener Dunkelheit.

Sie packte mit Bedacht und möglichst leicht, denn schließlich würde sie nur ein paar Tage unterwegs sein. Doch während dieser Tage würde sie auf eine Party gehen, hätte verschiedene Arbeitstreffen in New York und … würde oder musste ihre Mutter sehen.

»Leider kann ich dich nicht mitnehmen«, sagte sie zu Faxe, der beleidigt in der Ecke saß. »Und du weißt selbst, wie schön du es hier bei Nan, Brian und Keegan hast. Und dass du auf dem Hof mit Aislings Kindern und mit Mab und Darling spielen kannst.« Als er immer noch nicht aufblickte, fügte sie seufzend hinzu: »Ich bitte dich, ich bin doch nur drei Tage weg.«

Gerade als sie noch eine letzte Kleinigkeit in ihren bereits bis zum Rand gefüllten Koffer quetschte, tauchte Keegan auf.

Überrascht und schuldbewusst warf sie den Deckel ihres Koffers zu. »Ich dachte, dass wir uns erst auf der anderen Seite sehen.«

»Deine Nan hat mich mit diesem ganz besonderen Blick bedacht.«

»Mit diesem ganz besonderen Blick?«

»Sie hat mir damit zu verstehen gegeben, dass ich dein Gepäck für dich nach drüben schaffen soll.« Er sah sich ihren Koffer, ihre Laptop- und die Schultertasche an. »Du hast gesagt, dass du drei Tage in die Staaten willst. Keine drei Wochen, keinen Monat und bestimmt kein halbes Jahr.«

»Ich habe dort sehr viel … zu tun, und dafür muss ich jeweils passend angezogen sein. Ich gehe jede Wette ein, dass Marco noch viel mehr mitnimmt, also kannst du dir deine dämliche Bemerkung sparen.«

»Aber er kann seine Sachen selbst schleppen oder Brian dazu bringen, das zu tun.«

»Ich könnte mein Gepäck auch einfach rüberschicken«, meinte sie und wedelte kurz mit der Hand.

»Das könntest du, aber jetzt bin ich hier, und manchmal reicht gewöhnliche Muskelkraft vollkommen aus.« Er wuchtete den Koffer hoch. »Die man für dieses Ding auf alle Fälle braucht. Willst du den Leuten in den Staaten Steine von hier schenken, oder warum ist der Koffer derart schwer?«

Wenn man Klamotten hatte, die man wirklich mochte, war es schwierig zu entscheiden, was man mit auf eine Reise nehmen sollte und was nicht. Doch da er diese Antwort sicher nicht verstehen würde, nahm sie wortlos ihre Laptoptasche und hängte sich die andere Tasche um.

Vor einem Jahr hätte die Schultertasche für die Reise völlig ausgereicht. Weil ihre Kleider damals alle beige und langweilig gewesen waren. Weshalb der Koffer für den positiven Wandel stand, den sie in der Zwischenzeit durchlaufen hatte.

»Warum nimmst du nicht das Geschenk für Sally, wenn du mir beim Tragen helfen willst?«

Er klemmte sich das bunt verpackte Mitbringsel unter

den Arm. »Das habt ihr gut gewählt. Ich bin mir sicher, dass sich Sally sehr darüber freuen wird. Wäre das jetzt alles, oder hast du irgendwo noch eine andere Tasche oder so versteckt?«

»Das ist alles, und wenn du so weiterjammerst, sage ich zu Marg, dass sie sich diesen Blick in Zukunft sparen kann.«

»Das wäre wirklich nett von dir. Sie guckt nur selten so, doch wenn, jagt es einem eine Heidenangst ein.«

Lächelnd trug Breen ihr Gepäck zur Treppe, und noch immer schmollend lief ihr Faxe hinterher.

Im Wohnzimmer gab Marco Brian einen liebevollen Abschiedskuss. Keegan zeigte auf die Taschen, die zu seinen Füßen standen, und erklärte Breen: »Er hat viel weniger als du.«

»Weil ich auch die Geschenke und die … Mädchensachen habe.«

»Wenn ich über *Mädchensachen* sprechen würde, würdest du mich doch wahrscheinlich ebenso mit deinem Blick durchbohren wie vorhin Marg«, bemerkte Keegan etwas spitz und wandte sich dann Marco zu. »Bist du bereit?«

Er nickte, sah sich aber vorsichtshalber noch mal um. »Vergiss auf keinen Fall die Kasserolle. Wärm das Essen einfach auf. Und dazu habe ich auch noch Tomatensoße eingefroren, falls ihr Spaghetti essen wollt. Du musst dazu nur Wasser kochen und …«

»Ich bitte dich. Wir werden sicher nicht verhungern, bis ihr wiederkommt«, erklärte Brian und griff sich Marcos Koffer. »Nicht dass dein Essen mir nicht fehlen würde, doch vor allem wirst du mir fehlen.«

Lächelnd hängte Marco sich seine Laptoptasche um und nahm Keegan das Geschenk für Sally ab.

Dann traten sie vors Haus, und Breen sah sich noch einmal das von ihnen selbst angelegte Beet mit seinen ordentlichen Reihen und Erdhügeln, in denen ihre Setzlinge gediehen, an.

»Ich bin auf einem Bauernhof geboren und aufgewachsen«, rief ihr Keegan in Erinnerung. »Da komme ich mit einem solch kleinen Beet bestimmt zurecht.« Kopfschüttelnd trug er ihren Koffer Richtung Wald.

Sie hatte die von ihr und Nan gemachten Windspiele dort in den Zweigen aufgehängt. Sie waren schön, sie schmeichelten den Ohren und boten zusätzlichen Schutz, und als sie leise klirrend in der sanften Brise schwangen, fingen sie das Licht der Sonne und die Schatten ein. Und abends kämen zusätzlich die Feen, die Keegan vor Gefahren warnen würden, falls er über Nacht in ihrem Häuschen blieb. Und auf dem Hof waren Harken und Morena, und falls er noch einmal in die Hauptstadt müsste, würde er von den Soldaten dort beschützt.

Ach, könnte sie doch sehen, ob Shana sich erholt und ob Isolde einen Weg gefunden hatte, sie ins Land zu schmuggeln, wie es ihr von Odran aufgetragen worden war.

*Pass bitte auf ihn auf*, wandte sie sich in Gedanken an ihren Hund, und er sah auf. *Du musst auf Keegan aufpassen, okay? Du musst in seiner Nähe bleiben und verhindern, dass ihm was passiert. Tu es für mich.*

Jetzt wedelte er mit dem Schwanz. Er wurde nicht zurückgelassen, sondern hatte eine Aufgabe, solange sie auf Reisen war. Er sollte Keegan schützen, weil Breen selbst dazu in der nächsten Zeit nicht in der Lage war.

»Und macht gefälligst jede Menge Bilder, die ihr mir nach eurer Rückkehr zeigen könnt«, bat Brian die Reisenden.

»Von der Party und der großen Stadt. Und, Breen, du wirst von diesen Sachen schreiben, damit ich's auf der Maschine lesen kann, wenn ihr nach Hause kommt.«

*Nach Hause*, dachte sie auf ihrem Weg in Richtung des Willkommensbaums. Sie machte einfach eine kurze Reise in die alte Heimat, und in ein paar Tagen würden sie zurück in ihrem richtigen Zuhause sein.

Sie traten aus dem Sonnenschein in Irland in den leichten Nieselregen in Talamh, und Breen sah das Willkommens- oder Abschiedskomitee, das dort versammelt war. Nan, Sedric, Harken und Morena, Aisling und die Jungen. Es fehlte nur Mahon, der auf Patrouille war. Und Darling, deren Größe sich seit Weihnachten verdoppelt hatte, sprang vergnügt auf Faxe zu.

»Da sind ja unsere Reisenden.« Morena machte eilig einen Satz zurück, als sie den Hunden, die sich fröhlich balgten, in die Quere kam.

Breen stellte ihre Tasche ab und nahm den jungen Kavan, der sich ihr entgegenreckte, auf den Arm.

»Er würde gerne mitkommen«, erklärte Aisling ihr.

»Das wäre schön.« Sie schnupperte an seinem Hals. »Und eines Tages nehmen wir dich auf alle Fälle mit.« Sie setzte ihn auf ihre Hüfte ab und umarmte ihre Nan. »In drei Tagen sind wir zurück.«

»Genießt die Zeit in Philadelphia und New York und richtet Sally aus, dass wir ihm hier alle zu seinem Geburtstag gratulieren.«

»Das mache ich. Das machen wir.« Sie küsste Sedrics Wange. »Also dann, bis bald.«

Sie stellte Kavan auf den Füßen ab, doch ehe sie nach ihrer Tasche greifen konnte, gab ihr Keegan einen Kuss, der Finian lachen und den jungen Kavan vor Vergnügen kreischen ließ. »Du wirst mich vermissen, oder?«

»Könnte sein. In Ordnung, ja.«

»Sehr gut. Denn mir wird es nicht anders gehen. So viel Gepäck«, meinte er und blickte Sedric an.

Der aber stellte lächelnd fest: »Das schaffen wir auf jeden Fall. Und jetzt gebt euch die Hände, weil's so leichter geht.«

»Wir könnten ja auch fliegen – mit dem Flugzeug, meine ich«, erklärte Marco, ehe er Breens Hand ergriff. »Bist du dir auch ganz sicher, dass wir in der alten Wohnung landen werden?«

»Dort ist das Portal geöffnet«, rief ihm Keegan in Erinnerung. »Und Meabh weiß Bescheid, das heißt, dass sie nicht da sein wird. Und ihr wisst auch, wo der New Yorker Übergang zu finden ist.«

Breen nickte knapp, denn langsam wurde auch sie selbst etwas nervös. »Ich habe mir zur Vorsicht aufgeschrieben, wo er ist.«

»Dann kann ja nichts mehr schiefgehen«, meinte Keegan und sah Sedric an. »Ich weiß, dass du das auch allein schaffen würdest, aber trotzdem werde ich dir helfen.«

»Danke, das ist nett.«

Sie reckten beide ihre Arme in die Luft.

*»Was öffnete und schloss die ganz besondere Kraft,*
*sie öffne jetzt erneut den Reisenden in die andere Welt,*
*zur Pflege der besonderen Schwestern- und der*
*Bruderschaft,*
*die die Beziehung zwischen Fey und Mensch*
*seit Tausenden von Jahren schon erhellt.«*

Ein Lichtwirbel stieg von der Straße auf und breitete sich immer weiter aus, und während Kavan wieder vor Vergnügen juchzte, starrte Finian reglos darauf.

Er half, den Durchgang aufzumachen, merkte Breen. Mit der ihm eigenen Zauberkraft.

Sie atmete tief durch. »Auf geht's.«

Obwohl ihr Freund mit rauer Stimme »Scheiße!« rief, ergriff er ihre Hand und machte einen Schritt nach vorn.

»Auf Wiedersehen! Auf Wiedersehen!«, rief Kavan ihnen hinterher, und dann war alles, was Breen wahrnahm, Licht und Wind und Marcos Hand. Ihr Herzschlag setzte aus, und plötzlich standen sie in ihrer alten Wohnung, wo sich Marco erst mal auf die Knie fallen ließ.

»Bist du okay? Du bist okay, und du bist nicht allein. Ich bin ja da.«

»Mir ist ein bisschen schwindlig, und ich bin ein wenig außer Atem. Einen Augenblick.«

»Schon gut, ich bin ja da. Und habe uns ein Stärkungsmittel mitgebracht.«

»Ich muss erst mal zu Atem kommen. Es – mein Gott, wie schnell das ging. Es war zwar nicht so schlimm wie letztes Mal, aber ich meine: *Wow!*«

Noch immer keuchend saß er da und sah sich hektisch um. »Wir sind tatsächlich hier.«

»Wir sind tatsächlich hier.« Sie grub in ihrer Tasche nach der Flasche und hielt sie ihm hin. »Zwei Schlucke, und wenn sich der Schwindel dann noch nicht gelegt hat, trinkst du noch einen.«

»Nicht mir ist schwindlig, sondern das verdammte Zimmer dreht sich«, klärte er sie auf und setzte die Flasche an. »Okay, jetzt geht's mir besser. Das ging aber wirklich flott.«

Er schaffte es zu lächeln, und da er inzwischen nicht mehr ganz so elend wirkte, lächelte auch Breen.

»Sie haben uns hergebeamt, so wie in *Raumschiff Enterprise*.«

Sie setzte sich zu ihrem Freund und sah sich in der Wohnung um. Meabh hatte ein paar eigene Sachen mitgebracht und ein paar Möbel umgestellt, doch davon abgesehen sahen die Räume völlig unverändert aus. Breen spürte eine leichte Wehmut, denn schließlich hatten sie und Marco eine durchaus schöne Zeit zusammen hier verlebt. Auch wenn es sie nicht schmerzte, dass sie jetzt vorbei war.

Weil sie jetzt woanders lebte und in einer völlig anderen Welt zu Hause war.

»Die Wohnung sieht echt schön aus«, stellte Marco fest.

»Vermisst du sie?«

»Ich hatte mich gefragt, ob ich sie wohl vermissen würde, aber nein. Obwohl es schön ist, sie noch mal zu sehen. Es ist, als würde man durch seine alte Highschool laufen und sich dort an alte Erlebnisse erinnern, und egal ob die Erinnerungen gut sind oder schlecht, würde man nicht noch mal zur Schule gehen wollen.«

»Glaubst du, dass du etwas von hier mit rübernehmen willst?«

»Nein, ich habe alles, was ich wollte, mitgenommen, oder Sedric hat es mir geholt. Was ist mit dir?«

»Ich hätte gerne unseren Tisch, den Drachentisch. Den du für mich bemalt hast. Aber den kann ich auch später irgendwann mal mitnehmen.«

»Wir hatten wirklich gute Zeiten an dem Tisch.«

»Die hatten wir.« Jetzt stand sie wieder auf und reichte ihm die Hand. »Kann's losgehen?«

»Unbedingt.«

»Dann fahren wir jetzt erst mal zu unserem Hotel.«

»Ein seltsames Gefühl, in Philly im Hotel zu wohnen. Als wären wir irgendwelche VIPs.«

»So wird es während unseres ganzen Aufenthalts hier in den Staaten sein. Dann checken wir jetzt erst mal ein, und danach werde ich zu meiner Mutter fahren.«

Gekoppelt mit einem kurzen Umweg, um bei Marcos Mutter reinzuschauen.

»Ich sollte dich begleiten, Mädel. Lass mich …«

»Das ist was, was ich allein machen muss. Und danach brezeln wir uns auf und überraschen Sally. Wenn ich erst bei meiner Mutter war, wir alles andere ein Riesenspaß, Marco.«

»Aber du nimmst nicht den verdammten Bus.«

»Okay. Und jetzt fahren wir wie zwei Touristen erst einmal zu unserem Hotel.«

Vor der Tür der Olsen wogten weitere Erinnerungen in Breen auf. Von Grillfesten im kleinen Garten, davon, wie sie Mrs. Olsen zugesehen hatte, wenn sie in der kleinen, makellosen Küche Kuchen backte, und der wundervollen Gospelmusik, die sie hörte, wenn sie bei der Arbeit war.

Sie dachte gern daran zurück, auch wenn sie dabei die Erinnerung an das Unglück ihres Freunds verdrängen musste, weil ihn seine Eltern und sein Bruder nicht so akzeptieren konnten, wie er war.

Annie Olsen öffnete die Tür und lächelte sie höflich an. Dann blinzelte sie überrascht mit Augen, die den Augen ihres Sohnes geradezu verblüffend ähnlich waren, klatschte in die Hände und rief aus: »Mein Gott, Breen Kelly. Du bist fast nicht wiederzuerkennen. Sieh dich doch nur an!«

»Schön, Sie zu sehen, Mrs. Olsen.«

»Mädchen!« Die kleine, dralle Frau, die sich die kurzen Haare straff geglättet hatte, nahm sie in den Arm und führte sie ins Haus. »Komm rein. Ich wusste gar nicht, dass du wieder hier bist.«

»Weil wir heute erst hier angekommen sind und es schon morgen weitergeht.«

Das Haus war so wie früher blank geputzt, denn Mrs. Olsen legte größten Wert auf Reinlichkeit.

»Marco und ich sind hier, weil Sal Geburtstag hat, und danach haben wir noch verschiedene Arbeitstreffen in New York, bevor es zurück nach Irland geht.«

Mrs. Olsen nickte, doch ihr Lächeln wurde etwas unsicher. »Ihr seid inzwischen echte Weltenbummler. Aber jetzt setz dich erst mal hin und trink einen Kaffee mit mir.«

»Vielleicht könnten wir uns in die Küche setzen so wie sonst. Ich habe Ihnen immer gern beim Kochen zugesehen. Sein besonderes Talent als Koch hat Marco eindeutig von Ihnen.«

»Na, dann komm mit. Ich habe auch noch was von der Biskuitrolle von gestern, von der du auf jeden Fall ein Stück vertragen kannst.«

Sie nahm nicht einmal Marcos Namen in den Mund, erkannte Breen. Was wirklich traurig war.

»Wie geht es Ihnen, Mrs. Olsen?«

»Bestens. Setz dich an die Theke, so wie früher. Arbeitstreffen in New York?«

»Mit meiner Agentin und mit jemandem von meinem Verlag. Und Marco trifft die Leute aus der Marketingabteilung und eine Agentin, die ein Kochbuch von ihm anbieten will. Tatsächlich wollen sie, dass er, wenn wir in New York sind, den Vertrag für dieses Kochbuch unterschreibt.«

Mrs. Olsen setzte Kaffee auf und hob die Glasglocke über der Tortenplatte an.

»Wir sind unglaublich stolz auf dieses Buch, das du geschrieben hast. Ich finde es unglaublich süß, dass du für Kinder schreibst. Und meine Güte, Breen, du siehst unglaublich hübsch und durch und durch erwachsen aus. Wie geht's deiner Mama?«

»Ich werde heute zu ihr fahren. Mrs. Olsen, eigentlich bin ich vorbeigekommen, weil ich mit Ihnen über Marco reden will.«

»Ich schließe ihn genau wie dich in meine täglichen Gebete ein«, gab sie zurück und schnitt ein Stückchen Kuchen für Breen ab.

»Marco wird heiraten«, erklärte Breen ihr schnell, denn Mrs. Olsens Antwort war ihr bereits klar. »Brian Kelly, einen Cousin von mir, und …«

»Breen, der liebe Gott erkennt solche Verirrungen nicht an, und der Gedanke, dass mein Junge Gottes Wort und die Gesetze unseres Herrn missachtet, tut mir in der Seele weh. Ich bete jeden Tag für ihn. Er hat entschieden, so zu leben, und ich bete jeden Tag, dass er es irgendwann bereuen und auf den rechten Weg zurückkehren wird.« Sie tätschelte Breen sanft die Hand. »Und jetzt iss deinen Kuchen, denn du bist erschreckend dünn.«

»Sie müssen wissen, dass er glücklich ist. Sie müssen wissen, dass er glücklich und mit einem anständigen Mann zusammen ist, der ihn von ganzem Herzen liebt. Sie müssen wissen, dass ein Teil von ihm Sie stets vermissen wird, er davon abgesehen aber ein gutes Leben hat.«

Das Einzige, was Breen in Annie Olsens Augen sah, war abgrundtiefe Traurigkeit.

»Es gibt kein wahres Glück, wenn man in Sünde lebt, und der Gedanke macht mich traurig, dass er irgendwann vor unseren Herrn und Schöpfer treten und für seine Sünden büßen müssen wird.« In ihren Augen stiegen Tränen auf, doch sie hielt sie zurück und fuhr mit ausdrucksloser Stimme fort. »Ich habe diesen Jungen in meinem Herzen und in meinem Leib getragen und gelehrt, nach Gottes Wort zu leben, doch er hat den falschen Weg gewählt. Ich kann nur dafür beten, dass er eines Tages zu Besinnung kommen wird.«

Ohne ihren Kuchen anzurühren, stand Breen wieder auf. »Es tut mir leid. Ich sollte besser gehen. Ich hätte Sie nicht traurig machen wollen. Sie waren immer nett zu mir, und das vergesse ich niemals. Auch Marco hat ein warmes Herz und das freundlichste Wesen, das mir je begegnet ist. Ich finde, dass das wirklich wichtig ist, und zwar in diesem Leben und in dem, das vielleicht kommt.«

Sie ging und dachte, vielleicht täte es ihr gut, den alles andere als kurzen Rest des Weges bis zum Haus ihrer Mutter ebenfalls zu Fuß zurückzulegen.

Dass sich Marcos Mutter eines Besseren besann, war eine Illusion gewesen, das war ihr nun klar. Aber Marco hatte schließlich auch noch eine andere Familie. Sie, Sally, Derrick, all die Leute in Talamh und jetzt noch Brian, seinen zukünftigen Ehemann. Sie alle liebten ihn und akzeptierten ihn und hätten ihn nie anders haben wollen, als er war.

Das dürfte sie niemals vergessen, denn dasselbe galt für sie.

Sie hatte es nachgeprüft und wusste, ihre Mutter war daheim. Die Kugel zeigte ihr vielleicht nicht Shana oder Odrans Welt, aber sie hatte sie zumindest sehen lassen, dass Jennifer wie jeden Samstag um die Zeit bei ihrem wöchentlichen Hausputz war.

Als Erstes ging sie sonnabends ins Fitnessstudio, und dann kam der Wocheneinkauf dran. An jedem vierten Samstag ließ sie sich die Haare, das Gesicht sowie die Nägel machen, aber bei der Auswahl des Termins für ihre Reise hatte Breen vorsorglich nachgesehen und festgestellt, dass der Salontermin erst nächste Woche anstand.

Und es war noch zu früh im Jahr, um ihre Blumentöpfe rauszustellen, die Fenster aber würde sie wie jeden Tag für eine Stunde aufreißen; unterdessen machte sie den Teil der Wäsche, den sie selbst wusch, bezahlte Rechnungen und führte online irgendwelche anderen notwendigen Bankgeschäfte durch. Obwohl sie jemanden fürs Saubermachen hatte, ginge sie danach durchs Haus, um Kissen auszuschütteln, die am Vormittag gekauften Blumen zu arrangieren und anderes unnötiges Zeug zu tun.

Natürlich taten andere so was ebenfalls, nur nahmen sie das nicht so ernst wie Breens Mutter. Für Jennifer war Ordnung eine Religion, genauso starr und unflexibel wie die Religion von Marcos Mum.

Sie war in allen Dingen rundherum perfekt – mit Ausnahme von ihrem Kind, das den Erwartungen, die sie an es hatte, nicht mal annähernd entsprach.

Und nach dem Aufräumen der Wohnung würde sie vielleicht mit einer Freundin einen Cocktail trinken gehen oder sich der Arbeit widmen, denn als Leiterin der Medienabteilung einer gut gehenden Werbeagentur hatte sie immer alle Hände voll zu tun.

Und wie gesagt, sie war in allen Dingen rundherum perfekt.

Inzwischen hatte Breen das mütterliche Haus erreicht, trat vor die Tür und klopfte an. Dann machte sie einen Schritt nach hinten, bis sie wieder auf dem Gehweg stand.

Hier würde ihr bestimmt kein Kaffee und kein Kuchen angeboten, wusste sie. Doch hinter ihrer aufgeräumten, höflichen Fassade war die Mutter auch nicht anders als die Mutter ihres Freundes, wurde Breen bewusst.

*Ich habe dich geboren und aufgezogen, doch ich werde niemals akzeptieren, wer und was du bist. Und du wirst mir niemals willkommen sein, solange du dich nicht an meine Regeln hältst. Sei eine Tochter, die ich akzeptieren kann, sonst nehme ich nicht mal mehr deinen Namen in den Mund.*

Sie trug die Haare immer noch kinnlang und hatte immer noch dieselben Strähnen wie beim letzten Mal, erkannte Breen, als Jennifer ihr öffnete. Und trug ein samstägliches Outfit, das in diesem Fall aus einer schwarzen Hose, einem hellblauen Wollpullover, Ballerinas und nur einem Hauch Make-up bestand; dazu goldene Stecker in den Ohren, eine dünne Goldkette mit ein paar kleinen, goldenen Perlen und einen schicken Fitnesstracker, zu dem ihr vielleicht von ihrem Personal Coach geraten worden war.

Breen bemerkte jedes noch so winzige Detail, auch Jennifers Verblüffung, sie zu sehen.

»Breen. Ich wusste nicht, dass du in Philadelphia bist.«

»Nur kurz. Wir wollten Sally überraschen, der Geburtstag hat.«

»Verstehe. Nun, komm rein.«

Breen schüttelte den Kopf. »Ich weiß, dass was und wer ich bin, hier nicht willkommen sind.«

»Lass uns darüber reden.«

»Es wäre sinnlos, über was zu reden, was ich niemals ändern werde und was du nicht akzeptieren kannst.«

Die Mutter sah in Richtung Nachbarhaus.

»Machst du dir Sorgen, was die Nachbarn denken?«

»Sie sind übers Wochenende weg, aber ich werde diese Unterhaltung ganz bestimmt nicht zwischen Tür und Angel führen.« Sie machte einen Schritt zurück, doch Breen benutzte ihre ganz besondere Kraft und warf die Haustür zu.

»Das wirst du müssen, aber keine Angst, es wird nicht lange dauern«, versprach sie ihrer Mutter.

»Ich führe das Gespräch nicht auf der Straße, Breen. Das habe ich dir deutlich zu verstehen gegeben.« Ihre Stimme zitterte vor Zorn und Furcht.

»Das hast du, und du hast mir mindestens so deutlich zu verstehen gegeben, dass du mich, so wie ich bin, nie akzeptieren wirst. Du akzeptierst mich nur als die, zu der du mich in all den Jahren hättest machen wollen. Inzwischen aber bin ich eine andere, und ich wollte dir nur sagen, dass ich endlich glücklich bin. Mein Leben ist zwar nicht perfekt und wird es niemals sein, aber es ist das Leben, das ich führen will.«

»Das ist es nicht! Es ist das Leben, das dir diese Leute eingeredet haben. Aber ich bin es, die dich großgezogen, dir ein Heim, Stabilität, ein Ziel gegeben hat.«

»*Dein* Heim, *deine* Stabilität, *dein* Ziel. Doch jetzt habe ich selbst entschieden, wie ich leben will. Inzwischen habe ich ein Buch herausgebracht und fahre morgen nach New York, wo meine Agentur vielleicht schon einen Verlag für mein zweites Buch gefunden hat. Das Schreiben macht mich glücklich. Es ist oft nicht einfach, aber es ist eine Arbeit, die mich glücklich macht. Genau wie meine ganz besonderen Gaben, die genauso harte Arbeit, doch vor allem eine große Freude für mich sind. Inzwischen habe ich mein eigenes Ziel und weiche von dem eingeschlagenen Weg bestimmt nicht noch mal ab.«

»Das ist nur eine Fantasterei und hochgefährlich«, warnte ihre Mutter sie.

»Das stimmt, doch es ist eben meine Fantasterei. Aber ich weiß, du hast dich wirklich angestrengt, um mir ein Leben und ein Heim zu bieten, und weiß, du hast dich stets bemüht und dass das reichen muss.«

»Mach die verdammte Tür auf und komm rein. Ich höre mir hier draußen nicht noch länger solchen Unsinn an.«

»Ich mache sie gleich auf, aber ich komme sicher nicht mit rein.« Jetzt oder nie, sagte sich Breen und fuhr entschlossen fort. »Du hast mich all die Jahre angelogen, und mit diesen Lügen hast du mir was Kostbares geraubt. Du hast mir ständig das Gefühl gegeben, dass ich unzulänglich bin. Und mich dadurch echt unglücklich gemacht. Du musst doch mitbekommen haben, Mom, wie unglücklich ich war.«

»Du warst in Sicherheit, gesund, hattest eine gute Ausbildung genossen und einen mehr als ordentlichen Job.«

»Und habe all die Zeit versucht, in die verdammte Form zu passen, die du wegen deiner eigenen Ängste und der Vorurteile, die du hattest, für mich vorgesehen hast. Nur habe ich dort nie hineingepasst. Deswegen habe ich die Form verändert, auch wenn das nicht einfach war. Und jetzt passe ich ganz hervorragend hinein. Natürlich kann ich dich nicht zwingen, dich in die Form zu quetschen, die ich mir für dich als meine Mutter wünschen würde, und ich werde deshalb gar nicht erst versuchen, so etwas zu tun. Du hast dein Möglichstes getan, das akzeptiere ich und danke dir dafür. Doch es war falsch, mich anzulügen und mein Glück nicht ernst zu nehmen, bis ich selbst fand, ich hätte offenbar kein Glück verdient.« Sie machte eine kurze Pause. »Ich werde nicht noch einmal wiederkommen, aber diese Dinge musste ich dir sagen. Es war falsch, was du getan hast, und es hat mir wehgetan. Doch ich vergebe dir.«

»Ich habe …«

»Ich vergebe dir«, erklärte Breen noch mal. »Und hoffe, dass du selbst mit dem Leben, das du führst, zufrieden bist. Tür auf«, befahl sie knapp und wandte sich zum Gehen.

Es war, als wäre eine schwere Last von ihren Schultern abgefallen, und leichten Herzens ging sie durch den kühlen Frühlingsnachmittag davon.

Sie fühlte sich erstaunlich leicht und frei, als sie an einem Tattoostudio vorüberging. Sie blieb kurz stehen, sah auf die Uhr, trat durch die Tür und hielt dem Tätowierer ihren Schwertarm hin. Als sie wieder rauskam, traf sie Sedric auf der Straße an.

»Ich hätte wissen müssen, dass du nach mir sehen würdest«, meinte sie.

»Du brauchtest die Bewegung an der frischen Luft, doch dann sah ich dich in den Laden gehen und dachte, dass ich warte, bis du wieder rauskommst, um zu schauen, wie es dir geht. Du siehst gar nicht mehr traurig aus.«

»Weil ich das auch nicht bin.« Sie schmiegte sich an seine Brust. »Ich war bei Marcos Mum und habe dort getan, was nötig war. Ich habe ihr gesagt, was ich ihr sagen musste, und als ich danach bei meiner Mutter war, wurde mir klar, wie ähnlich sich die beiden sind. Sie sind vollkommen unverrückbar in den Dingen, die sie glauben. Man kann nichts dagegen tun. Und auch bei meiner Mutter habe ich getan, was nötig war. Ich habe ihr gesagt, was ich ihr sagen musste, und ihr dann verziehen.«

»Ah.« Lächelnd strich er mit einer Hand über ihr Haar. »Und deshalb ist die Last jetzt von dir abgefallen.«

»Im Grunde habe ich es für mich selbst und nicht für sie getan.«

»Auf alle Fälle hast du ihr verziehen.« Er rahmte ihr Gesicht mit seinen Händen, küsste sie auf die Stirn und stellte fest: »Weshalb du jetzt mehr Licht in deinem Herzen trägst. Marg wird sich freuen und stolz sein, wenn sie davon hört. Und jetzt zeig mir die neue Tätowierung, die du hast.«

»Hier oben«, meinte sie und tippte ihre Schulter an. »Es tut noch etwas weh. *Iníon n Fae*.«

Er lächelte sie mit den Augen an. »Tochter der Fey.«

»Weil ich das bin. Vor allem, seit die Sache zwischen mir und meiner Mutter und auch der von Marco endgültig geregelt ist.«

»Du warst schon unser aller Tochter, als du auf die Welt gekommen bist.«

»Ich sollte mir ein Taxi rufen, denn wahrscheinlich wartete Marco schon auf mich. Warum kommst du nicht mit zu Sallys Party?«

»Die bestimmt fantastisch wird, doch deine Nan erwartet mich bereits. Sie hatte Angst, du wärst vielleicht nicht glücklich hier, und jetzt kann ich ihr sagen, dass sie sich keine Gedanken um dich machen muss. Aber ich werde dir Gesellschaft leisten, bis dein Taxi kommt, und danach werde ich mir eine dieser leckeren Brezeln gönnen, die's hier gibt, denn die sind wirklich gut.«

Breen stürzte in ihr Zimmer im Hotel, um sich für Sallys Party umzuziehen. Natürlich hatte Marco ihr bereits ihr Partykleid und passende Dessous herausgelegt, doch danach hatte er nichts mehr zu tun gehabt. Seither lief er nervös hinter der offenen Durchgangstür zu seinem eigenen Zimmer auf und ab.

»Ich weiß, dass du mir eine Textnachricht geschrieben

hast, dass du in Ordnung bist und es nur etwas später wird, aber …«

»Es geht mir wirklich gut! Es ist einfach später geworden, als gedacht. Und du bist bereits umgezogen!«

»Schließlich wollten wir so früh wie möglich …«

»Ja, ich weiß. Ich beeil mich.«

»Erzähl mir, wie's bei deiner Mom gewesen ist. Na los, Mädel!«

»Es ist nicht schlecht gelaufen, und ich konnte endlich einen Schlussstrich unter alles ziehen.«

Von dem Besuch bei seiner Mom erzählte sie ihm nichts. Das hätte schließlich nichts gebracht.

Sie schnappte sich das Zeug von ihrem Bett und lief ins Bad.

»Ich habe ihr gesagt, was ich ihr sagen musste, auch wenn das natürlich nichts geändert hat. Ich glaube nicht, dass sie es jemals einsehen oder sich verändern wird. Das akzeptiere ich. Ich habe ihr gesagt, mir wäre klar, sie hätte es nur gut gemeint.« Sie musste schreien, damit Marco sie über das Wasser, das in ihrer Dusche rauschte, weiterhin verstand. »Ich habe ihr gesagt, sie hätte mich belogen und mir wehgetan, bla, bla, aber ich würde ihr verzeihen.«

»Autsch.«

Sie lachte fröhlich auf. »Ich nehme an, das hat ihr einen leichten Stich versetzt. Aber es war mein Ernst, Marco. Ich habe ihr verziehen. Ich hege keinen Groll mehr gegen sie, und das ist unglaublich befreiend.«

Sie sprang wieder aus der Dusche, trocknete sich ab und stieg in ihre Unterwäsche und das grüne Kleid, das ein Geschenk von Derrick und von Sal gewesen war. Und das fantastisch zu dem grünen Hemd und der Lederweste passte, die Marco trug.

Dann schminkte sie sich schnell, doch gründlich, damit Marco ja mit ihr zufrieden wäre, und zog die Ohrringe der Trolle und das Meerjungfrauenarmband an.

»Ach, Breen. Ich bin echt stolz auf dich.«

»Weil ich in weniger als zehn Minuten fertig war?«

»Du weißt, warum. Ich habe eine halbe Ewigkeit gebraucht, um meinen Eltern zu verzeihen, deswegen ist mir klar, wie schwer das ist. Du hast das innerhalb von weniger als einem Jahr geschafft. Deswegen bin ich – was ist das? Du hast dich noch mal tätowieren lassen. Ohne mich!«

»Es tut mir leid.«

Sie setzte sich aufs Bett und zog sich ihre Schuhe an.

»Ich hatte diese Tätowierung nicht geplant. Ich kam von meiner Mutter, fühlte mich total befreit, und plötzlich war da dieser Laden, und ich wusste einfach, dass ich mir noch eine Tätowierung machen lassen muss.«

»Verdammt, muss ich mir dann jetzt auch noch eine stechen lassen?«

»Nein.«

»Was steht denn da? Ich kann kein Gälisch lesen.«

»Tochter der Fey.«

Er atmete geräuschvoll aus. »Verdammt, ich kann verstehen, dass du dich noch mal tätowieren lassen hast. Nur warum ist der Arm kein bisschen rot?«

»Er tut durchaus noch etwas weh, nur wollte ich auf Sallys Party möglichst gut aussehen, deshalb …« Sie wackelte mit ihren Fingern.

»Gut, denn so sehen wir beide rundherum fantastisch aus.«

»Und ob. Und jetzt gehen wir zu *unserer* Mom.« Sie griff nach den Geschenken und lief los.

Es war ein herrliches Gefühl, als sie ins Sally's kamen. Natürlich hatte Derrick den gesamten Club zur Feier des Geburtstags seines Liebsten ganz besonders dekoriert, und Breen sah sich begeistert um. Sie waren extra früh gekommen, weshalb nur eine Handvoll Gäste an den Tischen und der Theke saß, wo sich eine Frau mit kurzem, rabenschwarzem Haar und riesengroßen, strahlend blauen Augen angeregt mit einem der Besucher unterhielt.

Ohne zu zögern, stapfte Marco direkt auf den Typen zu. »He, Joey.«

»Marco! Wir haben uns ja schon seit einer Ewigkeit nicht mehr gesehen. Die anderen haben mir erzählt, du ... Breen!« Er legte ihnen jeweils einen seiner Arme um die Schultern und bot strahlend an: »Ich gebe einen aus. Das hier ist Meabh. Sie kommt von dort, wo ihr inzwischen lebt.«

»Und sie hat meinen Job hier übernommen«, fügte Marco noch hinzu.

Das Mädchen blitzte Marco an. »Auch wenn du selbstverständlich unersetzlich bist. Es freut mich sehr, dass wir uns endlich kennenlernen.«

»Der Cosmo, den sie macht, ist einfach zauberhaft«, warf Joey ein.

»Das glaube ich.« Breen reichte ihr die Hand, und als sich Joey angeregt mit Marco unterhielt, fügte sie noch hinzu: »Ich soll dich aus der Heimat grüßen, und ich danke dir dafür, dass du hier eingesprungen bist.«

»Das brauchst du nicht. Ich wohne gern in eurer Wohnung, und das Sally's kommt mir wie zu Hause vor. Sie haben mich wie eine Tochter aufgenommen, und das ist ein Geschenk.«

Breen sah sie an und wusste, was das hieß. »Das heißt, dass du hierbleiben wirst?«

»Ich denke, schon.« Sie legte einen Finger unter das Tattoo, das Breen am Nachmittag gestochen worden war. »Ich habe endlich meinen Platz gefunden, so wie du.«

»Wir werden später was zusammen trinken«, sagte Marco Joey zu. »Nur wollen wir Sally vor Beginn der großen Party sehen.«

»Er ist in der Garderobe«, meinte Meabh. »Denn schließlich will er heute Abend möglichst gut aussehen.«

»Ich komme wieder«, drohte Marco scherzhaft an. »Dann werden wir ja sehen, ob deine Cosmos besser sind als die von mir gemixten Drinks.«

»Geht klar, Bruder.«

Dann liefen Breen und Marco los, doch plötzlich tauchte Derrick auf, schlug sich die Hände vor den Mund und starrte sie aus tränenfeuchten Augen an.

»Das kann nicht sein. Das kann einfach nicht sein. Oh, Mann, oh, Mann. Lasst mich euch ansehen. Alle beide, ja?«

Er zog sie beide eng an seine Brust, wobei er Breens Haar und Marcos kleinen Ziegenbart berührte. »Ihr seid es wirklich, und ihr wisst gar nicht, wie glücklich ihr den lieben Sally damit macht. Wie lange könnt ihr bleiben?«

»Nur bis morgen, denn dann geht's für ein paar Arbeitstreffen nach New York und von dort aus wieder heim.«

»Ihr solltet euch mal hören.« In Derricks Augen stiegen erneut Tränen auf. »Ihr fahrt für ein paar Arbeitstreffen nach New York. Ich weiß nicht, was das ist« – er zeigte auf das größere Paket – »aber so schön wie ihr zwei, die ihr für einen Abend hergekommen seid, ist es ganz sicher nicht.«

»Wir hätten Sals Geburtstag nicht versäumen wollen. Aber«, Marco legte eine Hand auf das Paket, »ich glaube, über das hier wird er sich genauso freuen.«

»Das werden wir gleich sehen. Mein Gott, ihr müsst uns alles ganz genau erzählen. Wo steckt im Übrigen das Bild von Mann, das du dir in der Zwischenzeit geangelt hast, mein Junge?«, hakte Derrick nach.

»Das Bild von einem Mann konnte dieses Mal nicht mitkommen. Vor allem schauen wir dieses Mal ja nur auf einen kurzen Sprung vorbei, doch vor der Hochzeit komme ich auf alle Fälle mit ihm rüber, damit ihr ihn kennenlernen könnt.«

»Am besten sprichst du Sally nicht auf deine Hochzeit an«, bat Derrick ihn vor der Garderobentür. »Sonst hört er nämlich nicht mehr davon auf.« Er klopfte an und rief: »He, Baby, bist du anständig gekleidet?«

»Das bin ich doch nie!«

Er öffnete die Tür und schob den Kopf hindurch. »Hier ist Besuch für dich.«

Sally saß, die Haare unter einem Netz, an seinem Frisiertisch, um sich seine falschen Wimpern anzulegen, als er Breen im Spiegel erblickte.

»Verdammt, das war's mit dem Make-up.«

# 26

Umarmungen, Tränen, weitere Umarmungen.

Ein Zuhause, dachte Breen, war mehr als nur ein Ort. Mitunter waren es auch Menschen.

»Ich hole den Champagner, aber lass bloß die Geschenke zu, bis ich zurück bin«, warnte Derrick seinen Schatz.

»Er kennt mich einfach viel zu gut.« Sally nahm wieder Platz und tupfte sich die Tränen fort. »Ich hätte mir kein schöneres Geschenk zu meinem Geburtstag wünschen können, als euch beide hier zu sehen. Gott, sieh sich einer meine beiden wunderschönen Kinder an.«

Als seine Augen sich erneut mit Tränen füllten, setzte Breen sich vor ihm auf den Boden und lehnte sich bei ihm an. »Ich habe dich vermisst.«

»Und ich dich noch viel mehr. Und du, Marco, hast dich verlobt. Ist er da draußen?«

»Diesmal nicht, aber du wirst ihn sehr bald kennenlernen, das verspreche ich. Er ist ein wunderbarer Mann, Sally. Ich liebe ihn so sehr.«

»Hör auf, wenn ich an diesem Abend irgendwann noch einmal aufhören soll zu heulen. Wir richten dir die Mutter aller Hochzeiten hier aus. Ich habe schon unzählige Ideen. Schwalbenschwänze, weiße Schlipse, weitere Schwalbenschwänze und natürlich Breen in einem goldenen Kleid, weil alles auf dem Fest in Schwarz und Gold gehalten ist. Mit weißen Blumen überall und …«

»Habe ich dir nicht gesagt, dass du die Hochzeit nicht erwähnen sollst?«

In diesem Augenblick kam Derrick mit einem Tablett zurück, auf dem neben vier Sektflöten der Kühler mit der schon geöffneten Champagnerflasche stand.

»Erst dachte ich an Regenbogenfarben, aber plötzlich ging mir auf, dass Schwarz und Gold viel eleganter sind.« Sally fuhr mit seinen Händen durch die Luft. »Und weiße Blumen. Ich hoffe nur, er hat dich auch verdient.«

»Auf jeden Fall.« Inzwischen hatte Derrick eingeschenkt, und Breen erhob ihr Glas. »Alles Gute zum Geburtstag, Sally.«

»Sehr gut. Und jetzt muss ich mir angucken, was ihr zwei den ganzen Weg von Irland mit hierhergeschleppt habt.«

»Mach als Erstes dieses Päckchen auf«, bat Breen und hielt ihm eine kleine, schmale Schachtel hin. »Das ist von meiner Nan.«

»Deine … deine Großmutter schenkt mir was zum Geburtstag?«

Beinahe ehrfürchtig schlug er die beigelegte Karte auf.

*Liebster Sally,*

*Du hast Breen so viel gegeben, als ich selbst dazu nicht in der Lage war, und kein Geschenk ist größer als jenes, nicht ganz allein durchs Leben gehen zu müssen. Als Breens und Marcos Mutter bist Du auch für mich Familie, deswegen wünsche ich Dir als der Herzensmutter meiner Breen einen glücklichen Geburtstag.*

*Lá breithe shona duit, Marg.*

»Wenn es so weitergeht, verbrauche ich heute Abend eine ganze Schachtel Kleenex.« Sally blinzelte erneut gegen die Tränen an und klappte dann die Schachtel auf. »Oh, wie schön!«

Als er die Silberkette von dem Samtbett nahm, fingen die drei Sterne, die daran befestigt waren, das Licht über dem Schminktisch auf und sandten Farben wie der Regenbogen aus.

»Sie hat sie selbst für dich gemacht.«

»Sie hat die Kette selbst gemacht?«

»Nan ist … wie soll ich sagen … handwerklich geschickt.«

»Sie hat gesagt, dass sie dir Sterne schenken will, denn schließlich wärst du selbst ein Stern.«

Überwältigt wischte Sally sich die Tränen aus dem Gesicht. »Okay, ich liebe deine Großmutter.«

»Ich auch.« Derrick nahm den Sonnenfänger, drehte ihn in alle Richtungen und stellte fest: »Der kommt ins Fenster unseres Schlafzimmers, dann schlagen wir, egal zu welcher Zeit, bei Sternenlicht die Augen auf.«

»Perfekt, ich schreibe Marg noch einen Brief, um mich persönlich zu bedanken, aber richte ihr schon einmal von mir aus, wie viel mir ihr Geschenk bedeutet, ja?« Er stellte sein Champagnerglas zur Seite und wickelte vorsichtig das nächste Geschenk aus.

»Du solltest vielleicht etwas schneller machen, denn die beiden müssen morgen früh schon für verschiedene Arbeitstreffen nach New York«, erklärte Derrick ihm.

»Unsere Profis. Ich bin wirklich stolz auf euch. Aber es ist ja wohl nicht meine Schuld, wenn es ein bisschen dauert, weil dieses Geschenk hier doppelt eingewickelt ist«, gab er zurück, als unter dem Geschenkpapier noch braunes Packpapier zum Vorschein kam.

»Das kannst du ruhig zerreißen, Sal. Na los.«

»Okay, okay. Er hält die Anspannung nicht aus.« Mit einem Seitenblick auf seinen Mann riss Sal das Packpapier entzwei und atmete geräuschvoll ein, als er den ersten Blick auf das Gemälde warf. »Mein Gott, was ist denn das?«

»Nun mach schon«, drängte jetzt auch Breen. »Ich kann es auch nicht mehr erwarten.«

»Oh, Baby, das bist du. Und zwar als Cher. Du siehst fantastisch aus.«

»Das stimmt.« Vor Rührung musste Sally schlucken, aber schließlich wandte er sich Marco zu und fragte ihn in ungläubigem Ton: »Das ist … hat dieses Bild etwa dein Brian für mich gemalt?«

»Er hat, und es ist echt gut geworden, oder nicht? Weil er einfach ein wirklich talentierter Maler ist. Im Grunde war es Breens Idee, und dann haben wir das Foto von der Webseite genommen, und Brian hat es abgemalt. Ich habe bei der Herstellung des Rahmens mitgeholfen, auch wenn das nicht gerade einfach war.«

»Den Rahmen haben Marco und derselbe Mann gemacht, der auch eure Erinnerungsbox gezimmert hat. Wir wollten schließlich beide an diesem Geschenk beteiligt sein.«

Auf dem Gemälde sah man Sal auf der Bühne stehen. Der Boden war mit Rosen übersät, und Sally stand, in einer Hand das Mikro und die andere in die Hüfte gestemmt, mit einem hautengen Paillettenkleid, roten High Heels und langem, schwarzem Haar im Rampenlicht.

»Ich weiß nicht, was ich sagen soll – und das passiert mir für gewöhnlich nie. Ich glaube, dass er deiner vielleicht würdig ist, Marco. Auf alle Fälle ist er wirklich talentiert. Das hier – ich bin total gerührt, weil ihr daran gedacht habt, so etwas für mich zu tun. Und dass ihr dann auch noch persönlich hergekommen seid, um mir das Bild zu übergeben und an meinem Geburtstag hier zu sein. Ich liebe euch zwei mehr als … meine Louboutins.«

»Verdammt. Wir sind ihm wichtiger als seine Louboutins«, stellte Marco mit vergnügtem Wackeln seiner Augenbrauen fest.

»Ich habe das Gefühl, als hättet ihr mit diesem Bild auch mir etwas geschenkt«, mischte sich Derrick ein und wandte sich an seinen Mann. »Wir hängen dieses Bild ins Wohnzimmer, aber für die Party erst mal in den Club.«

Sal nickte stumm.

»Dann bringe ich es jetzt erst mal nach vorn, und du siehst zu, dass du dich fertig schminkst«, wies Derrick Sally an und gab ihm einen Kuss. »Weil du gleich schließlich deinen großen Auftritt hast.«

»Ich komme mit, denn ich habe noch eine Wette mit der neuen Bartender am Laufen, die ich unbedingt gewinnen will.«

»Sie ist unglaublich, und ich bin mir sicher, dass auch du sie mögen wirst.«

»Das tue ich bereits.« Jetzt gab auch Marco Sally einen Wangenkuss. »Das Gold und Schwarz und Weiß gefallen mir übrigens sehr gut.«

»Kann ich noch mit dir reden, während du dich fertig machst?«, erkundigte sich Breen.

»Du weißt, dass du das kannst.« Nachdem die Tür ins Schloss gefallen war, fuhr Sal zu ihr herum und sah sie fragend an. »Hast du was auf dem Herzen, über das du mit mir sprechen willst?«

Breen nickte, und als Sally hörte, dass sie erst mit Marcos Mutter und danach mit Jennifer gesprochen hatte, legte er den Eyeliner zur Seite und erklärte: »Gut, denn jetzt kannst du den Groll, den du gegen die Olsens hegst, vergessen und nach vorn sehen. Sie sind nun einmal, wer sie sind.«

»Aber ich musste es versuchen. Auch wenn er das nie von mir erfahren wird.«

»Auch er hat damit abgeschlossen, und wenn du es ihm erzählen würdest, rührst du dadurch wahrscheinlich nur in einer alten Wunde. Und was deine Mom angeht …« Er legte eine kurze Pause ein und trank den nächsten Schluck aus seinem Glas. »Du weißt, dass Wut durchaus gesund sein kann, Baby. Aber wenn man schafft, die Wut zu überwinden, ist das reinigend. Sie tut mir leid, das ist die Wahrheit, Schatz. Die beiden Frauen tun mir leid. Und gleichzeitig bin ich den beiden dankbar, denn durch sie habe ich euch.«

»Du klingst wie Nan.«

»Dann muss ich wirklich clever sein, weil deine Großmutter echt clever ist. Und was ist das?«

Als er auf ihre neue Tätowierung zeigte, rieb sie sachte über ihren Oberarm. »Es heißt *Tochter der Fey*. Die Fey …«

»Ich weiß, was das bedeutet, Schatz. So nennen die die Feen. Und da du selbst in Irland lebst und das aus meiner Sicht ganz ausgezeichnet zu dir passt, ergibt die Tätowierung durchaus einen Sinn. Gibt's sonst noch etwas, was du mir erzählen willst?«

»Ich weiß inzwischen, was ich mit dem vielen Geld auf meinem Konto machen will. Und meine Agentin denkt, dass sie meinen Roman verkaufen kann und …«

»Mein Gott, Mädchen! Schenk sofort etwas von dem Champagner nach.«

»Das mache ich, auch wenn ich nichts beschreien will, bevor die Angelegenheit in trockenen Tüchern ist.«

»Ihr Fey seid geradezu erschreckend abergläubisch«, stellte Sally augenrollend fest.

»Wie dem auch sei, zurück zu meinem Geld.«

Breen erzählte Sally von der Stiftung, die sie gründen und mit einem Teil von ihrem Erbe finanzieren wollte, und fügte hinzu: »Ich weiß, dass die Finanzleute am besten wissen, wie man so was aufzieht, doch ich habe mich gefragt, ob du und Derrick, weil ihr euch mit Geld und Unternehmen auskennt, mir nicht dabei helfen könnt. Sie haben gesagt, wir bräuchten einen Stiftungsrat, und wenn der Rat zusammenkommen müsste, ginge das auch über Zoom. In diesem Rat wären Marco und ich selbst, und wenn du und Derrick …«

»Breen.« Er griff nach ihrer Hand und drückte sie. »Es wäre mir und Derrick eine Ehre, mit von der Partie zu sein. Ich habe deinen Dad zwar nicht gekannt, und das tut mir sehr leid, aber er wäre sicher furchtbar stolz auf diesen Plan.«

»Was er für mich getan hat, hat mein Leben über Nacht in eine völlig neue Bahn gelenkt. Ich danke dir von ganzem Herzen, denn ich fand das Vorhaben ehrlich gesagt vollkommen überwältigend. Aber wenn du und Derrick mir bei dieser Sache helft, gibt es mir das Gefühl, dass es tatsächlich machbar ist.«

»Dann ist es abgemacht.« Er zog sich sorgfältig die Lippen nach. »Und was ist mit dem heißen Iren?«

Breen lachte auf. »Wir leben halb zusammen.«

Über den Spiegel blickte Sal sie aus zusammengekniffenen Augen an. »Was zum Teufel soll das heißen?«

»Dass wir halb zusammenleben, weiter nichts. Es funktioniert, und für den Augenblick reicht mir das aus.«

»Liebst du ihn?«

Die Frage hatte ihr bisher noch nie jemand gestellt, deshalb geriet sie aus dem Gleichgewicht und gab spontan zurück: »Oh, ja. Mein Gott.« Sie presste eine Hand vor ihren Bauch. »Ich wusste es. Ich liebe ihn. Ich bin nicht dumm, nur habe ich es bisher nie laut ausgesprochen. Aber ja.«

»Und, liebt er dich auch?«

»Da bin ich mir nicht sicher. Ich weiß nur, dass er mich mag und dass es keine andere für ihn gab, seit diese Sache zwischen uns begonnen hat. Er ist mir gegenüber ehrlich, und das ist es, was mir wirklich wichtig ist. Und er behandelt Marco so wie einen Bruder und sieht ihn als Bruder an. Was mindestens genauso wichtig ist.«

»Dann bist du also glücklich.«

»Ja.«

»Das ist für mich das Einzige, was zählt.«

Später, als sie Sal als Cher das Publikum verzaubern sah, und nicht sagen konnte, ob der Cosmo ihres Freundes Marco oder der von Meabh besser schmeckte, fasste Breen einen Entschluss. Auf der Reise nach New York, während Marco durch das Fenster ihres Zuges Ausschau nach den ersten Wolkenkratzern hielt, erzählte sie davon.

»Ich habe gestern Abend was beschlossen, und ich wüsste gerne, was du davon hältst.«

»Na klar. Das war ein wirklich toller Abend, oder? Und jetzt kommt's noch besser, denn sobald wir unsere Taschen im Hotel haben, geht's los, Mädel. Ich habe nachgesehen und weiß, es wird ein sonniger und ziemlich warmer Tag.«

»Ich will es Sal und Derrick sagen.«

»Dass es heute warm und sonnig wird?«

»Hör bitte zu, Marco.«

»Verzeihung. Was?« Widerstrebend löste er den Blick vom Fenster, wandte sich ihr zu und sah sie fragend an.

»Ich will sie einladen, wenn endlich Frieden herrscht. So lange müssen wir noch warten, aber danach lade ich sie zu uns ein.« Falls sie dann noch lebte, dachte Breen, das aber sagte sie nicht laut. »Vielleicht im Herbst, vielleicht sogar für eure Hochzeit. Eure erste Hochzeit, meine ich.«

»Aber die feiern wir doch in Talamh, bei Brians ...« Er packte ihre Hände, als ihm aufging, was das hieß. »Ist das dein Ernst?«

»Ich halte es inzwischen kaum noch aus, dass sie nicht wissen, was dort läuft. Es ist, als würde ich sie anlügen. Das heißt, natürlich lüge ich die beiden an. Aber sie sind Familie, und ich glaube, dass ich das beschlossen habe, nachdem ich bei meiner Mutter war. Und gestern Abend war ich mir dann plötzlich völlig sicher, dass sie es erfahren sollen. Du musst mir sagen, falls du denkst, das wäre falsch.«

Er schloss die Augen, atmete geräuschvoll aus und meinte dann: »Ich trage diese Last bereits die ganze Zeit mit mir herum. Immer wenn wir mit den beiden reden und als Brian erstmals über Zoom mit ihnen gesprochen hat. Ich hätte wirklich gerne, dass sie alles wissen und seine Familie und Nan und alle anderen kennenlernen. Aber es ist deine Sache, ihnen alles zu erzählen. Mir steht es nicht zu.«

»Ich fürchte, dass es nicht nur meine Sache ist. Ich müsste vorher Keegan fragen, weil er schließlich nicht nur mein Geliebter, sondern obendrein der Taoiseach ist. Vielleicht ist er nicht einverstanden, und das müssen wir dann akzeptieren. Auch wenn ich mich nicht so einfach geschlagen geben werde. Das verspreche ich.«

»Auf meine Unterstützung kannst du zählen. Damit fällt

eine Last von meinen Schultern, Breen. Nur wenn sie es erfahren und du ihnen alles zeigst, könntest du vielleicht nicht ganz so …« Er warf seine Hände in die Luft und machte ein Geräusch wie eine Explosion.

»Ich gehe es ganz sachte an«, versprach sie ihm.

»Dann ist es gut. Ich hoffe, dass es trotzdem bei der zweiten Hochzeitsfeier bleibt.«

»Auf jeden Fall, denn schließlich will ich dieses goldene Kleid noch mehr als dich in einem weißen Schlips und einem Schwalbenschwanz sehen. Und hier haben wir New York.«

Sie war nicht weniger begeistert als bei ihrer ersten Reise in die Stadt, und jetzt war sie noch in Begleitung ihres Freundes, dessen grenzenlose Aufregung sich auf sie selbst übertrug. Und auch wenn das Hotel ihr noch von ihrem ersten Aufenthalt bekannt war, hatte sie bei diesem Trip nicht an den Kosten für die Unterkunft gespart, und Marco blickte sich mit großen Augen in der hübschen Suite um, die eine wundervolle Aussicht auf die Stadt bot.

»Du kannst es dir anscheinend leisten, Mädel!«

»Wir sind schließlich nur zwei Nächte hier und haben dieses hübsche, kleine Wohnzimmer verdient, in dem wir abhängen können, wenn wir vollkommen erledigt von dem ganzen Sightseeing und unseren Shoppingtouren sind.«

Dem Sofa mit den dicken Kissen gegenüber standen zwei bequeme Sessel, die man nutzen konnte, um den wundervollen Ausblick durch die großen Fenster zu genießen, und auf dem niedrigen Glastisch warteten eine Flasche Rotwein und zwei Gläser sowie eine Schale voll mit frischem Obst als Begrüßung.

Breen nahm die Fernbedienung, die daneben lag. »Hier, guck mal«, meinte sie und zeigte auf den großen Spiegel, der dem Sofa gegenüber hing.

Statt eines Spiegels sah man plötzlich einen Flachbildschirm.

»Nicht übel, oder?« Triumphierend reckte Marco seine Arme in die Luft. »Die Technik hat mich wieder! So ein Ding brauche ich auch. Wenn Brian und ich unser Haus in Irland haben, will ich auch so was.« Er wirbelte herum. »Ich muss ein Bild für Brian machen. Oder jede Menge Bilder, damit ich ihm alles zeigen kann. Am besten machen wir erst einmal einen Film. Ich will mich auf das Sofa setzen, in die Sessel, auf dem Bett in meinem Zimmer liegen und unter der Dusche tanzen. Und dann wiederholen wir das in deinem Zimmer, aber dann müssen wir los.«

»Ich packe erst noch aus. Wir haben schließlich noch den ganzen Tag, solange wir bis halb sechs fertig umgezogen sind.«

»Mach schnell, damit ich endlich etwas von der Stadt sehen kann. Was ist denn um halb sechs?«

»Bevor wir ins Theater gehen, habe ich noch einen Tisch fürs Abendessen für uns beide reserviert.«

»Moment! Theater? Wir gehen hier in eine Show?«

»Und zwar nicht irgendeine Show«, erklärte Breen und hielt ihm einen Umschlag hin. »Wir haben hier zwei Karten fürs Parkett, dritte Reihe Mitte für … Moment, jetzt kommt der Trommelwirbel … ja, genau: *Ein Käfig voller Narren.*«

Jetzt ließ er sich in einen der bequemen Sessel fallen. »Das ist ein Witz, oder?«

»Carlee hat mir geholfen, sie zu kriegen, denn wie könnte ich mit meinem schwulen besten Freund New York bereisen, ohne mir am Broadway dieses Stück anzusehen?«

Begeistert sprang er wieder auf, nahm ihre Hand und tänzelte mit ihr herum. »Es wird immer besser. Tausend Dank.

Ich liebe dich! Verdammt, wir sehen uns am Broadway *Ein Käfig voller Narren* an.«

Sie lachte, und er küsste sie.

»Und jetzt pack aus, denn dafür werde ich mich revanchieren. Als schwuler bester Freund suche ich dir perfekte Outfits für die Arbeitstreffen morgen aus.«

»Zehn Minuten«, sagte Breen ihm zu und trat durch ihre Zimmertür. »Outfits, hast du gesagt? Das klingt nach mehr als einem.«

»Weil du schließlich auch ein Arbeitsmittag- und ein Arbeitsabendessen hast.«

»Aber ich habe …«

Er hob abwehrend die Hand. »Muss ich erst streng werden?« Dann aber stimmte er mit lauter Stimme *Downtown* an und tänzelte vergnügt in Richtung seines eigenen Raums.

Er war eine Naturgewalt, die sich nicht stoppen und noch nicht einmal bremsen ließ, entdeckte Breen. Er zerrte sie in einen Laden nach dem anderen, plauderte dort mit den Angestellten und zog sie in seinen Bann.

Dazu machte er unzählige Videos und Fotos auf den Straßen, unterhielt sich mit den Standbetreibern wie mit alten Freunden und bestand darauf, mit einer U-Bahn nach Midtown zu fahren, um dort die Fifth Avenue hinunterzuflanieren, als ob sie Fred Astaire und Judy Garland wären. Er zerrte sie in Souvenirgeschäfte und Boutiquen und pausierte nur, um eine der New Yorker Pizzen zu probieren, die seiner Ansicht nach wirklich ungewöhnlich lecker waren.

Da er auch Breen völlig in seinen Bann gezogen hatte, kaufte sie zu viele Souvenirs und Kleider, was einem der besten Tage ihres Lebens aber keinen Abbruch tat. Im Gegenzug verschaffte sie dem Freund einen genauso wundervollen Abend, der in einem Restaurant bei Kerzenlicht, bei einer Flasche guten Weins und elegant servierten Speisen seinen Anfang nahm.

Schon wieder waren sie in einer für sie beide völlig fremden Welt. In einer Welt, in der sie nicht viel Zeit verbringen würden, aber die perfekt für diesen einen Tag und diesen einen Abend war.

Als Marco sich die Rechnung schnappte, schlug sie ihm entschlossen auf die Hand.

»Oh, nein, Marco. Das Essen geht auf mich.«

»Auf keinen Fall, denn du hast mir bereits New York geschenkt. Und Irland und Talamh und meinen zukünftigen Mann. Und dazu schreibe ich ein Kochbuch, für das es bereits eine Agentin gibt. Außerdem schenkst du mir noch den Broadway, also zwing mich nicht, dich hier in diesem eleganten Laden böse anzusehen, Breen. Ich lade dich als meine beste Freundin und als meine erste Liebe in New York zum Essen ein.«

Sie zog die Hand zurück und lächelte ihn an. »Ich danke dir, Marco.«

Grinsend zücke er seine Kreditkarte. »Nur gut, dass du mich anständig bezahlst und mich dazu noch mietfrei bei dir wohnen lässt. Ich hätte nie gedacht, dass ich mir jemals so ein Essen leisten kann, doch es fühlt sich fantastisch an. All das hier ist nicht unser Leben, aber gerade deshalb ist es etwas ganz Besonderes für mich.«

»Und unser Leben in Talamh und Irland ist das Leben, das du willst?«

»Ich werde irgendwann mit Brian hierher zurückkommen, und ich möchte auch noch andere Orte sehen. Und ich möchte einen dieser tollen Fernseher wie den in unserem Hotel. Aber ich habe dich und jemand, der mich liebt und sich mit mir ein Leben aufbauen will, und es gibt nichts, was ich mir jemals mehr gewünscht hätte als das.«

Die Show am Broadway war der Hit. Breen konnte gar nicht zählen, wie häufig Marco freudestrahlend zu ihr herübersah, denn offenbar gab es in allen Welten ganz verschiedene Formen von Magie.

Und hier am Broadway zogen sie die Farben und die Freude, die Bewegungen und Stimmen vollständig in ihren Bann. Sie würde, wenn sie könnte, sicher noch mal wiederkommen, um diesen ganz besonderen Zauber noch mal zu erleben, dachte Breen, und nachdem sie und Marco noch ein Gläschen Wein getrunken und den Tag und Abend noch einmal hatten Revue passieren lassen, nahm sie diesen Zauber mit ins Bett.

Als Marco morgens aufstand, saß Breen schon im Wohnzimmer vor dem gedeckten Tisch.

»Kaffee!« Glücklich schenkte er sich eine Tasse ein. »Du hast uns Frühstück raufbestellt? Ich dachte eigentlich, wir würden eins der Cafés in der Nähe ausprobieren.«

»Nur Bagels und Kaffee. Denn schließlich gibt's um halb zwei Mittagessen, und jetzt ist es schon nach zehn.«

»Erzähl mir bitte nicht, dass du bereits im Morgengrauen aufgestanden bist und was geschrieben hast.«

»Macht der Gewohnheit«, meinte sie. »Aber jetzt muss ich mit dir reden.«

»Sicher, aber warum reden wir nicht auf dem Weg zur Agentur? Erst treffen wir uns dort mit Carlee und dann – schluck – geht's wegen meines Kochbuchs weiter zu Yvonne.

Am besten denke ich gar nicht darüber nach. Und dann geht es zu dem Verlag, wo sie mich überall herumführen wollen, und danach findet dieses Mittagessen statt. Ich kann es nicht erwarten, all die Medienleute und Melissa aus dem Marketing zu treffen. Hey, der Kaffee ist echt gut!«

»Marco, vor einer Stunde hat mich Carlee angerufen.«

»Ach.« Er hob die Wärmeglocke über den noch warmen Bagels an. »Es gibt auch Beeren? Fein.« Dann sah er plötzlich auf. »Verdammt, sie hat doch den Termin nicht etwa abgesagt?«

»Nein. Marco …«

»Warum machst du dann so ein Gesicht? Du siehst mit einem Mal wie sieben Tage Regenwetter aus.«

»Dafür gibt's keinen echten Grund. Sie meinte, dass sie eben kurz mit Adrian gesprochen hat.«

»Mit dieser jungen Frau aus dem Verlag.«

»Genau, und sie … Marco, sie haben für das Buch geboten.«

»O mein Gott!« Begeistert sprang er auf. »Das ruft nach einem Gläschen Sekt!«

»Nein, Marco, nein. Moment.«

Als sie die Augen zukniff, hockte er sich vor sie hin.

»Dann war das Angebot also nicht gut? Okay, ein schlechtes Angebot ist immer noch besser als kein Angebot, nicht wahr?«

»O nein, es war nicht schlecht. Im Grunde, meinte Carlee, wäre es sogar recht ordentlich, aber – Marco, gib mir einen Augenblick. Sie hat gesagt, sie hätte das Gefühl, dass es ein bisschen niedrig wäre und dass es drei Möglichkeiten gibt.«

»Lass hören.«

»Die Vorverkaufszahlen für Faxes Buch sind ziemlich gut.

Sie sind erheblich besser als erwartet, was vor allem deiner Arbeit zu verdanken ist. Hat sie gesagt.«

»Okay, es freut mich, wenn dir meine Arbeit etwas nützt.«

»Das tut sie, und deswegen denkt sie, dass wir darauf warten sollen, dass sie ihr Angebot erhöhen. Natürlich könnten wir das aktuelle Angebot auch einfach annehmen, denn du weißt ja, wie es heißt. Und selbst wenn wir statt einer Taube nur den Spatz bekommen würden, wäre es ein ziemlich fetter Spatz, Marco. Dann brächten sie mein Buch heraus und das – bei dem Gedanken kriege ich nur noch mit Mühe Luft.«

»Dann atme erst einmal tief durch. Ich nehme an, die zweite Möglichkeit wäre, dass Carlee ihre Arbeit macht und sagt, dass sie ein bisschen mehr bezahlen sollen.«

»So in etwa«, stimmte Breen ihm zu. »Wobei es auch noch um Nebenrechte, um Prozente und verschiedene andere Sachen geht. Auf alle Fälle wäre das die zweite Möglichkeit. Als Drittes könnte ich sie auch das Manuskript noch anderen Verlagen schicken lassen, denn sie denkt, dass sie auf diese Weise das Interesse an dem Buch noch steigern kann.«

»Und jetzt erzähl mir, was du selbst willst.«

»Ich will einfach verlegt werden.«

»Das ist mir klar, doch du weißt selbst, dass das auf jeden Fall passieren wird. Aber wie willst du dabei vorgehen?«

»Ich könnte einfach dieses Angebot annehmen und einen Schlussstrich unter diese Sache ziehen. Vor allem würden sie mir mehr bezahlen, als ich je erwartet hätte – du hast mich bisher noch nicht einmal gefragt, wie viel sie zahlen wollen.«

»Dazu werden wir noch kommen, aber das ist nicht das Wichtigste.«

Sie schloss erneut die Augen, weil er sie so gut verstand. Aber natürlich tat er das. »Wenn sie das Buch noch anderen

Verlagen schickt, besteht die Möglichkeit, dass es in einem deutlich größeren Haus herauskommt als mein Faxe-Buch. Aber …«

»Du willst lieber bleiben, wo du bist, denn du vertraust darauf, dass Carlee ihren Job versteht, kennst die Lektorin und die anderen Leute dort bei McNeal Day. Du hast eine Beziehung zu dem Verlag aufgebaut.«

»Dann würde ich alles auf eine Karte setzen.«

»Aber was ist daran falsch, wenn man die beste Karte hat?«

»So sehe ich das auch. Sie hat gesagt, ich sollte drüber nachdenken. Ich sollte mich nicht gleich entscheiden, nur weil wir uns nachher sehen. Deshalb hat Adrian auch so früh am Morgen bei ihr angerufen, aber trotzdem sollte ich nicht das Gefühl haben, dass ich mich gleich entscheiden muss. Und jetzt versuche ich seit einer Stunde, meiner Aufregung darüber Herr zu werden, dass jemand mein Buch verlegen will, und mir zu überlegen, was das Beste ist.«

»Das Buch ist wirklich gut. Und jetzt werde ich erst mal meinen Kaffee trinken und in Ruhe meinen Bagel essen, denn ich kenne dich und weiß, dass du dich schon entschieden hast und Carlee ihre Arbeit machen lassen wirst. Vielleicht erhöhen sie das Angebot ja dann noch mal.«

»Wahrscheinlich hast du recht. Das heißt, natürlich hast du recht. Und wenn sie es nicht erhöhen, nehme ich das Angebot von heute Morgen an. Ich will bei dem Verlag bleiben, bei dem auch schon mein Faxe-Buch herausgekommen ist.«

Er klopfte auf das Smartphone, das neben Breens Teller lag. »Na los, ruf sie zurück. Du wirst erst etwas essen, wenn du diesen Telefonanruf erledigt hast.«

»In Ordnung, du hast recht. Wahrscheinlich werden sie sich nicht gleich heute Vormittag entscheiden, aber trotzdem sollten wir uns deswegen nicht seltsam fühlen, wenn wir die Leute heute Mittag und dann noch mal heute Abend sehen.«

»Weswegen sollten wir uns seltsam fühlen?« Er hob die Schultern an. »Denn dabei geht es schließlich einfach ums Geschäft, Mädel.«

Es ging nur ums Geschäft, sagte sich Breen, als sie in die von Marco für sie ausgesuchten Kleider stieg.

Noch immer leicht benommen zog sie den knielangen dunkelgrauen Bleistiftrock, den hellgrauen übergroßen Rolli und die Ohrringe an, die Marco für sie angefertigt hatte. Er hatte ihr die Hänger mit den kleinen Steinen zu Weihnachten geschenkt, und in einigen der Steinchen spiegelte sich das Rot der knöchelhohen Stiefel wider, die sie auf Geheiß des Freundes hatte kaufen müssen. Er hatte gemeint, sie bräuchte endlich ein Paar roter Schuhe so wie jede anständige Frau.

Da sie sich nicht entscheiden konnte, wie sie ihre Haare tragen sollte, ließ sie sie in Ruhe, und vor allem musste sie nach all der Zeit, die sie für das Schminken brauchte (so sehr zitterten ihre Hände), wirklich dringend los.

Sie wandte sich zum Gehen und sah, dass Marco in der offenen Tür zu ihrem Zimmer stand.

»Sieh dich nur an, ich wusste es! Statt eines wenig spannenden Kostüms trägst du jetzt den New Yorker Chic, Mädel. Du siehst echt super aus.«

»Genau wie du.«

Er trug ein helles, pinkfarbenes Hemd zu einem schwarzen Schlips mit leuchtend rosafarbenen Flamingos, eine schwarze Hose, eine Bomberjacke aus Leder sowie knöchelhohe, pinkfarbene Turnschuhe.

Und sah darin fantastisch aus.

»Marco.« Breen ging zu ihm, rahmte sein Gesicht mit

ihren Händen und erklärte: »Wir ziehen diese Sache wirklich durch. Wir beide, du und ich. Egal was heute, morgen oder später irgendwann passiert, ziehen wir die Sache wirklich durch.«

»Und wie auch alles andere werden wir es mühelos zusammen überstehen. Na los, wir zeigen den Agenten und Verlagen, dass wir es wirklich draufhaben.«

»Bist du denn nicht nervös?«, erkundigte sie sich, als sie mit ihm zum Fahrstuhl ging.

»Siehst du mein Outfit? Siehst du, wie es zu mir passt? Wenn man so aussieht, ist man nicht nervös.«

Auf ihrem kurzen Weg zur Agentur kehrte Marco in einen Blumenladen ein. Breen liebte ihn dafür und liebte ihn noch mehr, als Carlee einen der zwei Sträuße von ihm überreicht bekam.

»Wie nett. So werde ich nicht oft verwöhnt. Ich danke Ihnen, Marco, und ich freue mich, dass ich Sie endlich mal persönlich kennenlernen darf.«

»Die Blumen sind dafür, dass Sie sich derart gut um meine beste Freundin kümmern.«

»Sie macht es mir auch leicht.«

»Und dass Sie ihr geholfen haben, diese Karten für das Musical zu kriegen. Es war echt unglaublich. Ich weiß gar nicht, was ich sagen soll.«

»Das freut mich, und ich muss es endlich einmal schaffen, es mir selbst anzusehen. Wobei der Dank für die zwei Karten eher meiner Assistentin Lee als mir gebührt.«

»Tja dann.«

Er tat, als wollte er ihr die geschenkten Blumen wieder abnehmen, und sie meinte lachend: »Also werden wir sie teilen. Lee wird sie ins Wasser stellen und Sie dann zu Yvonne bringen, Marco, aber setzen Sie sich erst einmal. Geben Sie uns bitte zehn Minuten, Lee.«

»Natürlich.« Ihre Assistentin nahm die Blumen, und als sie den Raum verließ, nahm Carlee hinter ihrem zugemüllten Schreibtisch Platz. Sie trug wie schon bei ihrem ersten Treffen eine weiße Bluse über einer engen schwarzen Hose, und sie hatte immer noch den blonden Kurzhaarschnitt wie damals, als ihr Breen zum ersten Mal begegnet war.

Doch in der Zwischenzeit war viel geschehen.

»Gefällt es Ihnen in New York?«, wandte sich Carlee wieder an Marco.

»Ich bin vollkommen hin und weg, und wir sind gestern so viel herumgelaufen, dass wir abends vollkommen erledigt waren.«

»Es ist auf jeden Fall was anderes als Ihr Haus in Irland, auf das ich an manchen Tagen ganz schön neidisch bin. Sie beide fühlen sich dort anscheinend durchaus wohl, und wie ich hörte, haben Sie sich verlobt, Marco. Das heißt, ich gratuliere, wünsche Ihnen alles Gute und den ganzen Rest.«

»Wollen Sie ein Foto sehen?«

»Warum nicht?«

Er zog sein Smartphone aus der Tasche, scrollte sich zu einem Foto von sich selbst und Brian in der Bucht und hielt es Carlee hin.

»Mein Gott, er sieht fantastisch aus. Beinah so gut wie Sie. Ich hoffe, dass er Sie einmal hierher begleiten wird.«

»So ist's auf jeden Fall geplant.«

Dann steckte er sein Smartphone ein, nahm wieder Platz, und Carlee wandte sich an Breen. »Also, ich habe Adrian in Ihrem Namen angerufen und kann Ihnen sagen, dass sie angebissen hat. Sie hat mich eben erst zurückgerufen, kurz bevor Sie beide hier erschienen sind. Sie haben angenommen. Wir haben einen Deal.«

»Verzeihung. Was?«

»Sie sind auf unsere Bedingungen eingegangen, und ich würde sagen, dass das Gegenangebot nicht wirklich unerwartet für sie kam. Das heißt, wenn Sie es wollen, haben wir einen Deal.«

Statt einer Antwort beugte Breen sich vor und legte ihren Kopf auf ihren Knien ab.

Carlee sprang auf, doch Marco winkte ab. »Es geht ihr gut«, erklärte er und tätschelte Breens Rücken. »Alles klar.«

»Ich werde ein Glas Wasser für sie holen.«

»Es geht ihr gut, sie braucht nur einen Augenblick. Fang bloß nicht an zu heulen, Breen. Du hast dich heute Morgen wirklich gut geschminkt, das willst du doch bestimmt nicht ruinieren. Sie wird gleich Ja sagen, und vielen Dank.«

»Mit dieser Reaktion hätte ich nicht gerechnet«, räumte Carlee mit noch immer leicht besorgter Stimme ein.

»Es tut mir leid.« Breen richtete sich langsam wieder auf. »Es tut mir leid.«

»Das muss es nicht. Das war zwar nicht die Reaktion, die ich erwartet hatte, aber eigentlich war sie echt gut. Auf alle Fälle war es eine von den besten Reaktionen, die ich je erlebt habe auf so einen Deal. Wie wäre es mit einem Schluck Wasser?«

»Danke, nein, es geht mir wirklich gut. Und ja, ich danke Ihnen für alles. Wobei ein schlichtes Danke niemals reicht. Sie haben meinen Traum verwirklicht.«

»Das Buch haben Sie geschrieben und nicht ich.«

»Aber Sie haben an das Buch und an mich selbst geglaubt. Das ist das Allerwichtigste.« Breen blickte Marco an und drückte ihm die Hand: »Und ich glaube an dich. Deswegen gehst du jetzt zu deiner Agentin, damit sie mit dir über dein Kochbuch sprechen kann.«

»Ich habe eine eigene Agentin.« Grinsend stand er auf. »Tja nun, ich muss zwar den Vertrag noch unterschreiben, aber danach ist es offiziell.«

»Und darüber sind wir sehr froh«, gab Carlee ihm mit auf den Weg.

Am liebsten wäre Breen durch diesen Tag geschwebt, nur dass sie allerorts von grenzenloser Energie umgeben war. Beim Mittagessen gab es Toasts auf sie, auf Marco und auf Faxe, und von den Gesprächen über Bücher, Honorare, Vorschüsse und Absatzzahlen schwirrte ihr am Ende regelrecht der Kopf. Und bei dem Essen abends brachten die Begeisterung der anderen für ihr neues Buch, die vorsichtig von Adrian vorgeschlagenen Veränderungen und die Frage, ob sie eine Fortsetzung des Buches in Erwägung ziehen würde, sie vollkommen aus dem Gleichgewicht.

Sie nickte trotzdem und erklärte: »Das könnte durchaus sein, und eigentlich weiß ich auch schon, worum es darin gehen soll.«

Begierig beugte Adrian sich zu ihr vor. »Sagen Sie mir, dass es um Finn geht, Breen. Sie hatten zwar vollkommen recht damit, dass er für Mila nicht der Richtige gewesen wäre, aber trotzdem habe ich mich hoffnungslos in ihn verliebt.«

»Es soll tatsächlich um ihn gehen. Aber es ist bisher nur so eine Idee, die ich gern ausprobieren würde, wenn ich nicht mehr mit dem neuen Faxe-Buch beschäftigt bin.«

»Können Sie uns trotzdem schon ein bisschen was verraten?«

»Nun, es würde eine Fortsetzung des ersten Buchs, deswegen wären die meisten Charaktere gleich, auch wenn es daneben auch noch ein paar neue geben wird. Im Mittelpunkt steht eine alte Hexe, die mit ihren Katzen tief im Wald in einem kleinen Häuschen lebt.«

»Eine gute oder eine böse Hexe?«

»Das ist eine von den Fragen, auf die Finn die Antwort finden muss.«

Sie könnte dieses Buch ganz sicher schreiben, dachte Breen, als sie mit Marco durch den Lärm und die Hektik der Großstadt lief. Sie bräuchte nur den Mut, den ersten Satz in ihren Laptop einzugeben. Und genügend Zeit.

Und, bei Gott, ihr bester Freund brächte ein Buch mit eigenen Rezepten raus.

»Ich muss dich etwas fragen.«

»Heute Abend?«, meinte Breen und sah zum Himmel auf. »Da sage ich zu allem Ja, denn mir geht's einfach wunderbar.«

»Das freut mich, denn Yvonne – du weißt, dass sie meine Agentin ist?«

Breen lachte auf. »Ich weiß. Ich glaube, dass wir ihr vor ein paar Stunden in der Agentur begegnet sind.«

»Meine Agentin, die voller Ideen steckt, hat vorgeschlagen, dass du so was wie ein Vorwort zu dem Kochbuch schreibst.«

Bei diesen Worten blieb Breen mitten auf dem Gehweg stehen. »Ein Vorwort, für dein Kochbuch? Junge, Junge, ja natürlich. Das wird sicherlich ein Riesenspaß und mir eine große Ehre sein. Ich muss es jetzt noch einmal sagen, Marco: Sieh uns beide an!«

»Wir haben es ganz schön weit gebracht, Mädel.«

Und einfach zum Vergnügen tanzte er mit ihr das nächste Stück des Wegs zurück zu ihrem Hotel.

Sie checkten schon vor Morgengrauen aus und nahmen die U-Bahn bis zum Central Park. Breen hatte sich die Wegbeschreibung sorgfältig notiert, sie aber vorsichtshalber auch noch auswendig gelernt.

Jetzt folgten sie dem Weg mit ihren Rollkoffern und Einkaufstaschen, und als Marco wissen wollte, warum sie nicht einfach einen ganz normalen Flieger nähmen, murmelte sie knapp: »Vielleicht beim nächsten Mal«, weil auch sie selbst in dem fast menschenleeren, dunklen Park etwas verängstigt war.

Doch dann sah sie die Burg und darunter die Felsen, die sich für sie öffnen würden, wenn sie darum bat.

Und dann trat Sedric aus der Dunkelheit.

»Verdammt! Ich hätte beinah einen Herzinfarkt gekriegt.«

»Dafür bist du doch viel zu stark. Im Augenblick ist niemand in der Nähe, also machen wir am besten schnell und leise unseren Abgang hier.«

»Wie Katzen«, meinte Breen und blickte ihren väterlichen Freund mit einem schiefen Lächeln an. »Es tut mir leid, dass wir so viele Taschen haben.«

»Kein Problem. Gib mir ein paar, und dann reicht euch die Hände, ja?«

Er rief das Licht, und lautlos dehnte sich der helle Kreis am Fuß des Burggemäuers aus.

»Und jetzt macht schnell und seid vor allem leise«, wiederholte er.

Sie reichten sich die Hände, traten durch das Licht und standen wenige Sekunden später in der milden Luft und Sonne von Talamh.

»Marco«, wandte sich Breen an ihren Freund.

»Okay, das war gar nicht so schlimm. Am besten setze

ich mich trotzdem kurz hier auf die Mauer, weil mir etwas schummerig ist.« Er hockte sich hin und blickte Sedric an. »Ich habe dir im Übrigen was mitgebracht.«

»Ach ja?«

»Und allen anderen auch.«

Die Hand auf Marcos Schulter, blickte Breen sich um.

Auf einem Feld waren Harken und Morena. Boy und ein paar andere Pferde grasten friedlich auf der Weide, und ein Drache glitt mit seinem Reiter über sie hinweg.

Und dann kam fröhlich bellend Faxe angerannt.

Sie stürzte ihm entgegen, breitete die Arme aus und lachte, als er sich ihr an die Brust warf und mit seiner Zunge über ihre Wange fuhr.

# 27

Sie hatte ein Portal ums andere durchquert, und wenn sie nicht mehr hatte weiterreisen wollen, hatte diese nutzlose Isolde sie hindurchgezerrt. Ein-, zwei-, dreimal, wobei der Weg von Mal zu Mal beschwerlicher geworden war.

Shana verabscheute die Welten, durch die sie geschleift waren. Die eine voller dichter roter Ranken und voll stinkendem Morast, die nächste derart grell, dass einem die Augen schmerzten, und die dritte voller grässlicher Stürme sowie steiniger Gebirge, bis sie in der Menschenwelt gelandet waren.

Und dort hatte Isolde, dieses elendige Miststück, sie bei einem hartgesichtigen Spion gelassen, der sie erst in einem Wagen, dessen Motor laut gerattert hatte, über schlaglochübersäte Straßen bis zu einem Boot gefahren hatte, danach weiter mit dem Boot durch dichten Nebel und dann abermals in einem Wagen diesmal über Straßen mit so vielen Kurven, dass ihr schwindelig geworden war.

Er hatte sie zu einem Ort gebracht, an dem noch jede Menge anderer Fahrzeuge die Luft verpestet hatten und die Leute es verdient hätten, verbrannt zu werden, damit ihre Asche durch die Lüfte flog.

Und wenn sie nicht mehr leben würden, würde Shana lachen, lachen, lachen und nie wieder damit aufhören.

Von dort aus hatte sie dann weiterlaufen sollen. Und eines Tages würde sie Isoldes dürren Hals aufschlitzen und ihr Blut den Hunden geben, damit sie es aufleckten. Sie fühlte sich zwar nicht mehr krank und sogar stärker als jemals zuvor in ihrem Leben, aber diese Reise fand sie einfach grauenhaft.

Wenn die verdammte Hexe wirklich über Kräfte verfügte, hätte sie sie einfach an ihr Ziel gezaubert, doch inzwischen kämpfte sie sich vier Tagen und drei Nächte durch die bittere Kälte, die brutale Hitze und die nicht endende Langeweile, die mit diesem Weg verbunden war.

Sie überlegte nicht, warum nicht Odran, Herrscher über alles, was ihr wichtig war, sie an ihr Ziel gezaubert hatte, sondern gab Isolde ganz allein die Schuld an den ihr auferlegten Qualen.

Sie dachte auch nie an das Kind, doch die bei der Geburt erlittenen Schmerzen hatten sich ihr unauslöschlich eingeprägt.

Und das, so hatte es ihr Odran während eines Abendessens mit Champagner, butterzartem Fleisch und anderen Köstlichkeiten zugeraunt, war Keegans Schuld gewesen, denn der Taoiseach hatte seine Kräfte in die Welt der Finsternis geschickt und dafür gesorgt, dass Shana diese grauenhaften Schmerzen litt. Aus Gehässigkeit und Eifersucht hätte er den Sohn, den sie dem dunklen Gott geboren hatte, umgebracht.

Der Tod des Kindes war nicht ihre Schuld gewesen, hatte Odran ihr erklärt, sie konnte nichts dafür. Es war die Schuld von Keegan, denn er hatte sie verraten und gequält, nachdem er dieser Mischlingsschlampe aus der anderen Welt verfallen war.

Und dann hatte ihr Odran ein mit Gift versehenes Messer in die Hand gedrückt. Es war so tödlich, dass der allerkleinste Kratzer reichte, damit jemand starb. Sie hatte es zum Spaß an ihrer Sklavin Beryl ausprobiert, und als das Mädchen elendig an seinem eigenen Blut erstickt war, hatte sie vor Freude laut gelacht.

Für Shana schimmerte das Messer golden, und vor allem liebte sie den mit Juwelen besetzten Griff. Aber es war ein Trugbild, denn in Wahrheit war die Waffe schwarz und deformiert wie Shanas Geist und Herz.

Mit diesem Messer würde sie den Taoiseach töten und Talamh ins Chaos stürzen, und dann würde Odran auf dem Rücken seines geflügelten Pferdes durch das Chaos, durch das Meer der Tränen und die Schreie der Verzweiflung fliegen, sie für ihre Tat mit einer goldenen, juwelenbesetzten Krone schmücken, und gemeinsam würden sie das Land und all die Kreaturen niederbrennen, die ihr nicht wohlgesinnt waren.

Dann würde die verdammte rothaarige Hexe ihre Sklavin werden, und sie selbst säße auf dem goldenen Thron als Göttin an der Seite eines Gottes, der viel mächtiger als alle anderen Götter war.

Sie wollte diese goldene, juwelenbesetzte Krone, wollte diesen goldenen Thron, sie wollte, dass die rothaarige Hexe, der sie die Verbrennung an der Hand verdankte, ihre Sklavin würde, und sie wollte Keegan dieses Messer in den Leib rammen und sehen, wie er zu ihren Füßen lag und gleich ihrer Sklavin Beryl starb.

Den Rest der Reise legte sie zu Fuß zurück und lächelte dabei so hasserfüllt, dass alle, denen sie begegnete, erschauderten und sich beeilten, ihr so schnell wie möglich aus dem Weg zu gehen.

Niemand hätte es gewagt, sie anzusprechen, und die Eltern nahmen ihre Kinder eilig auf die Arme und wandten sich panisch von ihr ab.

*Tu es für mich, Schöne, und alle deine Wünsche werden dir erfüllt.*

In ihrem kranken Hirn ertönte Odrans Stimme so deutlich wie das Geräusch, als sie mit dem Champagner angestoßen hatten, der in Wahrheit kein Champagner, sondern Odrans eigenes Blut gewesen war. Sie hatte es wie Wein getrunken, und es hatte ihr besondere Kraft verliehen.

Und gleichzeitig den letzten Funken Licht in ihrem Inneren gelöscht.

Sie murmelte im Gehen vor sich hin und lachte manchmal laut. Dann stellte sie sich vor, wie sie in einem ihrer wunderschönen Kleider und behängt mit schimmernden Juwelen durch den Thronsaal glitt, um Platz zu nehmen auf dem goldenen Thron.

Ihr früher goldenes Haar war matt und ungekämmt, und ihre stumpfen Augen lagen eingesunken in dem fratzenähnlichen Gesicht. In ihrem kranken Hirn und allen Spiegeln in der Welt des dunklen Gottes aber sah sie eine strahlend schöne, junge Frau.

Sie stapfte durch den Wald und fühlte sich gleichzeitig federleicht und stärker als ein Pferd. Zum Spaß lief sie von Baum zu Baum und hatte das Gefühl, dass sie mit ihnen verschmolz. Von der Geburt des längst von ihr vergessenen Kindes aber war der Körper, den sie selbst für geschmeidig und beweglich hielt, noch immer aufgequollen, und ihre früher straffen Brüste hingen schlaff herab.

Sie war zwar schnell, doch lange nicht so schnell wie vor der Schwangerschaft.

Und dann sah sie das Häuschen und die Windspiele, die in den Bäumen hingen, und marschierte mit gebleckten Zähnen los. Dann aber wurde sie zurückgeworfen, krachte unsanft auf den Rücken und schlug wütend mit den Fäusten auf den Boden ein.

Sie sah den Garten, und sie schwor sich, all die jungen Pflanzen zu zertrampeln, all die bunten Blumen mit den Wurzeln auszureißen und das reetgedeckte Dach in Brand zu stecken und zu tanzen, wenn nur noch ein Häufchen Asche von dem Haus, das Marg für ihre Mischlingsbrut errichtet hatte, übrig war.

Und danach brächte sie sie alle mit dem goldenen Messer um.

Schließlich hörte sie, dass jemand kam, denn ihre Elfenohren vernahmen immer noch das leiseste Geräusch. Sie kroch auf einen Felsen, rollte sich darauf zusammen und hielt die Augen auf.

Er müsste sich die Zeit für diese Sache nehmen, dachte Keegan, als er durch den Wald in Irland lief. Sie käme bald zurück, und da es hier auf dieser Seite in den letzten Tagen nicht geregnet hatte, müsste er den gottverdammten Garten und die Pflanzen in den Töpfen gießen, wozu bisher keine Zeit gewesen war. Ja gut, er hätte sie sich nehmen können, doch er hatte eben anderes zu tun gehabt.

Natürlich hätte er auch Seamus darum bitten können, dass er ihren Pflanzen Wasser gäbe, aber schließlich hatte er sich vor der Frau damit gebrüstet, dass er der geborene Bauer war. Deswegen war es seine eigene gottverdammte Schuld, dass er jetzt auf dem Weg zu ihrem Garten war.

Er hatte eine Nacht in ihrem Haus geschlafen, eine in der Hauptstadt und die letzte auf dem Hof. Und während aller dieser Nächte hatte er sich unruhig hin und her geworfen, weil sie nicht an seiner Seite lag. Das war echt lächerlich, weil er auch sonst, wenn nötig, in der Hauptstadt schlief. Der Unterschied war einfach der, dass sonst er selbst unterwegs war und nicht sie – auch wenn das vollkommen idiotisch war.

Und da sie bald nach Hause kommen würde, dächte er am besten gar nicht mehr darüber nach. Das wäre das Vernünftigste, und schließlich war er ein vernunftbegabter Mann.

Und abgesehen von den ruhelosen Nächten und der Überlegung, was sie in den Staaten trieb, waren die letzten Tage ruhig und produktiv gewesen, und die Arbeit auf dem Hof war so befriedigend und fast so anstrengend gewesen, als würde er sich auf den Trainingsplätzen mit den anderen Kriegern messen.

Auf seinen Zwischenstopps während der Reise in den Osten hatte er gesehen, dass im ganzen Land der Frühling ausgebrochen war. All die jungen Fohlen, Lämmer, Kälber, die fruchtbaren Felder, all die Wäsche, die zum Trocknen auf den Leinen hing, und all die Blüten hatten ihm gezeigt, dass ein Versprechen eingehalten worden war.

Vor allem war es herrlich ruhig gewesen, dachte er. Nach dieser Ruhe hatte er sich unglaublich gesehnt.

Er spürte sie, bevor sie von dem Felsen sprang. Er war nicht überrascht, denn schließlich war er davon ausgegangen, dass es ihnen gelingen würde, sie ins Land zu schmuggeln, ganz egal auf welchem Weg.

Trotzdem war er schockiert, als er sie sah. Sie war verwelkt wie eine Blume, der das Wasser vorenthalten worden war. Ihr Haar, auf das sie einst so stolz gewesen war, war matt und hoffnungslos verfilzt, die früher hohen, straffen Brüste hingen schlaff herab, und sie trug eine alte Hose und ein vor Schmutz starrendes Hemd, von dem sie früher niemals zugelassen hätte, dass es die verwöhnte, seidig weiche Haut berührte.

Doch diese Zeiten waren eindeutig vorbei, und auch die alte Shana gab es längst nicht mehr. Und plötzlich hatte Keegan Mitleid mit der Kreatur, die aus der einst so stolzen, schönen Frau geworden war.

Sie hielt ein deformiertes, schwarzes Messer in der Hand, bedachte ihn mit einem irren Blick und ging mit einem genauso irren Lachen auf ihn los.

»Gibst du mir etwa keinen Begrüßungskuss? Und dabei habe ich so eine lange Reise unternommen, nur um dich zu sehen.«

»Lass mich dir helfen, Shana, aber leg erst einmal dieses Messer weg.«

»Du willst mir helfen?« Diesmal lachte sie verbittert auf. »Nach allem, was du mir angetan hast, Taoiseach? Du hast mich benutzt und danach für die Hure weggeworfen, die hier lebt. Erwartet sie dich vielleicht gerade jetzt im Haus? Ich hätte sie besuchen wollen, aber sie hat das Grundstück gut geschützt. Doch wenn ich dich getötet habe, finde ich ganz sicher einen Weg ins Haus. Dafür wird Odran sorgen, da kannst du dir sicher sein.«

»Das wird er nicht«, erklärte Keegan ihr in mitleidigem Ton. »Denn er hat dich zum Sterben hergeschickt.«

»Er hat mich hergeschickt, um alle Welten ein für alle Mal von dir und deinesgleichen zu befreien. Ich hätte neben dir geherrscht.«

»Ich herrsche nicht.«

»Genau das ist der Fehler, stimmt's? Das war es immer schon.«

Sie tänzelte im Kreis, und Keegan griff nach seinem Schwert, auch wenn er es nicht vermochte, es zu ziehen.

»Das hätte ich geändert, wenn ich deine Frau geworden

wäre. Aber du hast mich verraten, für die elendige Hure, die im Grunde nirgends hingehört. Odran will sie lebendig haben, um sie auszusaugen, das bedeutet, dass ich sie nicht töten soll. Aber vielleicht hat sie ja einen Unfall. Ups!« Sie warf den Kopf zurück und brach in keckerndes Gelächter aus. »Aber vielleicht lasse ich sie ja auch leben, damit sie mir auf dem goldenen Thron als Sklavin dienen kann. Der Thron ist wirklich wunderschön. All die Juwelen und das Gold und all das Blut und elende Geschrei, das einen dort umgibt. Ach ja, und wenn mich Odran fickt, bin ich erfüllt von Eis und Feuer, Angst und süßem, süßem Schmerz und einer dunklen, dunklen Leidenschaft. All das hast du mir nie gegeben.« Spielerisch fuhr sie mit ihrem Messer durch die Luft. »Und trotzdem bin ich hier. Ich habe mich durch Hitze und durch Kälte, durch Ranken und Morast gekämpft, ich war in klappernden Maschinen auf schwarzen Straßen und in Booten kaum größer als Nussschalen auf dem Meer unterwegs. Und trotzdem habe ich es bis hierher geschafft, und jetzt stehst du nur da und starrst mich an.« Sie grinste breit. »Wie wäre es mit einem Kuss?«

Und machte einen Satz nach vorn.

Morena kam mit schnellen Flügelschlägen angeflattert und rief aus: »Willkommen daheim, ihr zwei. Was habt ihr denn da alles mitgebracht?«

Breen fuhr zusammen, als sie auf die vielen Einkaufstaschen sah, doch Marco strahlte wie ein Honigkuchenpferd. »Es ist auch was für dich und deinen Mann dabei.«

»Ach ja? Na, dann gib her.«

»Wir wühlen jetzt bestimmt nicht alle Taschen durch.« Breen wusste, wenn sie einmal damit anfingen, bräche das völlige Chaos auf der Straße aus. Und um das zu verhindern, schickte sie die Taschen, Koffer, Laptops kurzerhand schon mal nach Irland vor.

»Wir gehen die Sachen drüben durch und bringen die Geschenke morgen mit.«

»Sie kann manchmal echt streng sein, findest du nicht auch, Marco?« Morena stieß ihn mit dem Ellenbogen an. »Aber wahrscheinlich ist es besser so, weil ich nach all der Feldarbeit ziemlich dreckig bin. Marg ist bei meiner Nan.« Sie zeigte dorthin, wo Finolas Häuschen lag. »Und Brian ist beim Wasserfall, und wie's der Zufall will, ist Keegan gerade rüber, weil er eure Blumen gießen muss.«

»Okay, da die Geschenke noch ein bisschen warten müssen«, sagte Marco, »reite ich vielleicht etwas aus und sage Brian kurz Hallo. Und auf dem Weg zurück tausche ich vielleicht ein paar Fische ein. Die Sachen, die ich hätte tauschen wollen, sind zwar in den Tüten, die schon drüben sind, aber ich habe bei den Meerleuten Kredit. Das heißt, ich mache heute Abend Fish and Chips.«

»Perfekt«, erklärte Breen. »Dann packe ich schon einmal aus und mache etwas Yoga oder vielleicht eher ein Nickerchen.«

»Wir hatten in den Staaten wirklich alle Hände voll zu tun. Wir waren auf Einkaufstour, wir haben uns eine Show am Broadway angesehen, und – bitte nimm es mir nicht übel, Breen, dass ich es schon verrate – wir haben darauf angestoßen, dass sie einen Verlag für den Roman gefunden hat.«

»Wie schön!« Morena sprang auf ihre Freundin zu, umarmte sie und schwenkte sie im Kreis. »Das freut mich wirklich. Das muss ich sofort Harken sagen.«

Grinsend stellte sie Breen wieder ab und flatterte davon.

»Ich freue mich für dich und bin sehr stolz auf dich.« Jetzt beugte sich auch Sedric vor und gab ihr einen Wangenkuss. »Soll ich es Marg erzählen oder mich zurückhalten, damit du es ihr selbst sagen kannst?«

»O nein, du kannst es ihr ruhig schon erzählen und auch, dass Marco jetzt eine Agentin für sein Kochbuch hat. Ich komme morgen Nachmittag zu euch, weil es schließlich auch noch jede Menge anderer Sachen zu berichten gibt.«

»Da sind wir schon gespannt. Soll ich dich bei deinem Ritt begleiten, Marco? Dann kann auch ich selbst ein paar Fische tauschen, und ich würde wirklich gerne alles über dieses Kochbuch hören.«

»Ich habe eine eigene Agentin in New York.« Lachend pikste Marco sich mit seinem eigenen Daumen in die Brust. »Es ist einfach unglaublich, was für Wendungen das Leben manchmal nimmt. Dann lass uns jetzt die Pferde satteln und die Mere fragen, was für Fisch es heute gibt. Und du geh schon mal auf die andere Seite, Breen.«

»Auf geht's, Faxe. Wir werden erst einmal nach unserem Garten sehen und schauen, was Keegan so treibt. Und dann packen wir aus, okay?«, fügte sie auf dem Weg nach Irland noch hinzu. »Ich weiß nicht, ob ihm dieser lächerliche Glasdrachen gefallen wird, zu dem ich mich von Marco habe überreden lassen, doch zumindest ist er besser als das Sweatshirt mit King Kong auf dem Empire State Building, das er mir erst vorgeschlagen hat.«

Dann kamen sie in Irland an.

»In einer guten Viertelstunde von der einen in die andere Welt und dann wieder zurück?« Sie atmete den Duft des Waldes ein. »Marco hat recht. Es ist tatsächlich seltsam, was für Wendungen das Leben manchmal nimmt, wobei das Leben, das wir führen, zwar bizarr, doch wirklich herrlich ist. Bizarr, doch wunderbar, meinst du nicht auch?«

Zustimmend sah er zu ihr auf und rannte los zum Bach, an dessen Ufern wilde, noch nicht ganz erblühte Akeleien wuchsen.

Blieb dann aber plötzlich wieder stehen, fletschte seine Zähne und fing an zu knurren.

Und ehe Breen ihn daran hindern könnte, stürzte er schon los. Sie griff instinktiv nach ihrem Schwert, das sie nicht trug. Natürlich nicht, ging es ihr durch den Kopf. Doch falls da vorn irgendetwas auf der Lauer läge, hätte sie zumindest ihre eigene, ganz besondere Kraft.

Er wich dem Angriff ohne Mühe aus. Sie war erschreckend unbeholfen, dachte Keegan, und auch längst nicht mehr so schnell wie einst.

»Shana.«

Sie hatte den Verstand verloren, und ihm war klar, dass sie inzwischen rettungslos verloren war. Trotzdem musste er es noch einmal versuchen, deshalb meinte er: »Es kümmert Odran nicht die Bohne, wer von uns sein Leben hier verliert. Es geht ihm einzig um das Blutvergießen und darum, dass jemand stirbt.«

»Du wirst sterben, und Talamh wird brennen, und dann wird mir Odran deine Mutter, diese Schlampe, überlassen, damit ich sie töte, und vor allem deine Hure ihrer Kraft berauben und sie mir als Sklavin schenken, die ich dann nach Lust und Laune quälen kann.« Sie wirbelte herum, verlor das Gleichgewicht und wirbelte erneut herum. »Ich werde dir die Schmerzen, die du mich hast erleiden lassen, zurückzahlen, und zwar doppelt«, drohte sie ihm an. »Und vielleicht hole ich mir deinen Bruder in mein Bett, bevor ich ihn dann ausnehme wie einen Fisch, denn schließlich sieht er aus wie du. Und vorher schneide ich noch seiner arroganten Sidhe, die mich stets verachtet hat, die Flügel ab und zwinge ihn, mir dabei zuzusehen. Ich bin jetzt eine Göttin.« Shana breitete die Arme aus und blitzte Keegan an. »Die Kräfte, die du hast, können mir nichts anhaben, denn Odran hat mich auserwählt. Na los, du hast die Wahl. Ich kann dich entweder in Stücke schneiden oder einmal richtig zustechen, dann geht's ganz schnell.«

Sie hörten es zur gleichen Zeit. Sie selbst mit ihren Elfenohren und er mit denen des Elf, der er wie vieles andere war. Die schnellen Schritte auf dem Weg.

»Besuch!« Sie wirbelte herum und lief davon.

Doch dachte sie im Ernst, er könnte sie nicht sehen? Dachte sie, sie wäre mit dem Baum verschmolzen, wo er sie nicht sehen könnte, um von dort aus mit dem Messer auf Breen loszugehen?

Jetzt zog er seine Waffe, und als Faxe dicht vor Breen den Weg herabgerannt kam, nahm er Shanas Schatten an der Rinde eines breiten Stammes wahr. Und sah die Mordlust und den dunklen Hass in ihrem Blick.

Sie stürzte sich auf Breen, und er durchbohrte sie mit seinem Schwert.

Sie machte kein Geräusch und rang nicht mal nach Luft, doch während eines endlos langen Augenblicks sah sie ihm ins Gesicht.

In ihrem Blick lag nur Verwirrung, weiter nichts.

Dann stürzte sie kopfüber aus dem Baum, und krachend fiel das Messer auf den Weg.

»Nicht anrühren. Stopp«, fuhr Keegan Faxe an. »Das Messer ist vergiftet, also halt dich von ihm fern.«

Er streckte einen seiner Arme aus, das Messer ging in Flammen auf, und über Shanas Leiche blickte er auf Breen.

»Ich bin nicht zu ihr durchgedrungen. Sie war nicht mehr ansprechbar.«

»Das tut mir leid.«

»Er hat sie hergeschickt, um mich zu töten, aber ihm war klar, dass sie nicht lange genug leben würde, um noch mal in die verdammte, bluttriefende Welt, die sie gewählt hatte, zurückzukehren. Hat ihn die Rachsucht derart blind gemacht, dass er nicht sehen konnte, dass dein Tod ihr wichtiger als meiner war?«

Mit dieser Frage schob er seine Waffe wieder in die Scheide, die an seinem Gürtel hing.

»Ich brauche Salz, aber ich habe keins dabei. Salz für den giftigen Fleck, den das Messer auf dem Boden hinterlassen hat. Und dann noch mehr für sie. Dann bringe ich sie zu den Höhlen der Bitterkeit.«

»Ich hole dir das Salz und komme mit.«

Er schüttelte den Kopf.

»Oh, doch, ich komme mit. Du machst das nicht allein. Wir beide kommen mit«, erklärte Breen und legte eine Hand auf Faxes Kopf.

»Cróga wird uns tragen, und sie auch. Und danach bringe ich euch wieder her und fliege weiter in die Midlands, weil ich ihre Eltern informieren muss.«

»Das solltest du nicht tun.« Sie ging vorbei an Shanas Leiche, bis sie direkt vor ihm stand. »Das solltest du nicht tun.«

»Ich soll ihrer Familie nicht erklären, dass sie durch meine Hand gestorben ist?«

»Sie haben sie bereits verloren und schon um sie getrauert.«

»Aber ich habe sie getötet.«

»Nein. Ihr Leben war bereits vorbei, als sie sich für den dunklen Gott entschieden hat. Du hast im Grunde nur beendet, was sie selbst begonnen hat, und was soll es schon nützen, wenn du ihren Eltern sagst, was hier geschehen ist? Dann würden sie sie nur ein zweites Mal verlieren, noch einmal um sie trauern, und vor allem würden die Erinnerungen, die sie an sie haben, durch das Wissen, dass sie dich ermorden wollte, zusätzlich getrübt. Wie sollten sie das je verwinden?«

»Ja, okay, wahrscheinlich hast du recht.«

Er rief nach Cróga. Währenddessen wartete er auf Breen, die auf der Suche nach dem Salz ins Haus gegangen war, und streichelte den Hund, der immer noch an seiner Seite saß.

»Du hättest nicht nur sie, sondern auch mich beschützt. Du bist ein wirklich feiner, mutiger, loyaler Hund.«

Als Breen zurückkam, salzte er den Fleck, bevor er sich mit ihr und Faxe auf den Rücken seines Drachen schwang. Und dann stieg Cróga, Shanas Leiche zwischen seinen Klauen, in die Luft und flog über das Lager und die Minen von den Trollen bis zu dem grauen, felsigen Gebirge, das am Rand des Meeres lag.

Die Höhlen trugen ihren Namen, weil die Luft in ihnen kälter als die Luft im Winter und noch härter war als Glas. Von der hohen Höhlendecke tropften Stalaktiten, deren Spitzen scharf wie Schwerter waren, und das von Keegan aufgerufene Licht fiel rot wie Blut auf sein Gesicht.

Er legte Shana in ein Loch im Boden, richtete sich wieder auf und verzog schmerzlich das Gesicht.

»Ich habe keine Ahnung, was ich sagen soll.«

»Wir sollten ihr den Frieden wünschen, den sie während ihres Daseins nicht gefunden hat.«

»Das ist sehr nett von dir. Aber genau, das machen wir.«

Dann trat er einen Schritt zurück und ließ den Drachen Feuer speien, bis nur noch eine Handvoll Asche von ihr übrig war.

Er salzte sie und machte wieder einen Schritt zurück.

*»Auf dass die Überreste dieser Frau nicht noch mal auf-*
*erstehen*
*und keine Seele je noch mal ein Leid durch sie erfährt.*
*Auf dass wir niemals wieder etwas von ihr sehen*
*und ihre letzte Ruhe hier an diesem Ort für alle Zeiten*
*währt.«*

Er schloss den Stein über der Asche und dem Salz und wandte sich an Breen.

»Wir können gehen.«

Doch vor der Höhle blieb er noch mal stehen. Der Berg war kalt und hart, die Welt darunter aber wunderschön.

»Ich hätte sie auch anders stoppen können. Sie war total verrückt, sie hat gelacht, getanzt und war total hinüber. Und sie hat mir genug erzählt, damit ich wusste, was mit ihr geschehen ist. Ich hätte sie schon vorher stoppen können, aber wir mussten diese Dinge, die sie mir erzählt hat, wissen, und sie hat gesagt, er würde dich lebendig haben wollen …« Mit einem müden Achselzucken brach er ab, doch schließlich fügte er hinzu: »Aber er hätte ihr versprochen, dass sie dich als Sklavin haben könnte, wenn er mit dir fertig wäre, und dass sie auch meine eigene Mutter töten würde, obwohl sie in all den Jahre immer freundlich zu ihr war. Ich konnte sehen, dass sie sie hasst. Das ist mir während all der Jahre niemals aufgefallen. Und dann meinte sie noch, sie würde meinen

Bruder in ihr Bett holen, ihn zwingen, dabei zuzusehen, wie sie Morena ihre Flügel abschneidet und ihn dann umbringen, weil er mir so ähnlich sieht.«

»Sie hat es ernst gemeint. Sie wollte dieses Blutvergießen, diese Morde und den gottverdammten goldenen Thron, den Odran ihr versprochen hat. Die Frau, die sie am Ende war, hatte nichts anderes mehr im Sinn.«

»Trotzdem hätte ich sie anders stoppen können.«

»Nein, Keegan. Ich habe sie gesehen. Sie hatte nicht mal mehr genug von ihrem alten Wesen in sich, um sich unsichtbar zu machen, deshalb habe ich sie auf dem Baum gesehen. Und wenn wir diesen Weg herabgekommen wären und du nicht da gewesen wärst, um sie zu töten, hätte ich sie selbst umgebracht. Ich hätte mich dafür entschieden, sie zu töten, denn infolge der Entscheidungen, die sie selbst getroffen hat, hätte ich keine andere Wahl gehabt.«

Sie hatten sich bisher noch nicht berührt, jetzt aber drehte sie sich zu ihm um und sah ihm ins Gesicht. »Denkst du, du hättest sie mit deinen Kräften fesseln und in die Verbannung schicken können? Dann hätte Odran sicher einen Weg gefunden, sie auch weiter zu benutzen, wenn er angenommen hätte, dass ihm das bei seinen Plänen weiterhilft.«

»Vor allem hätte die Verbannung ihr den Rest gegeben, und so grausam, sie noch dazu in die Welt der Finsternis zu schicken, konnte ich nicht sein. Ich fand es gnädiger, sie einfach mit der Spitze meines Schwertes zu durchbohren.«

»Das war es auch. Auch wenn mir leidtut, dass es so gekommen ist.«

»Ich muss den Rat im Tal und in der Hauptstadt über diese Sache informieren, doch sonst wird niemand was davon erfahren. Du hattest recht damit, dass ich auf keinen Fall zu ihren Eltern fliegen soll. Mich hätte das Gespräch erleichtert, aber ihnen hätte ich das Leben dadurch noch schwerer gemacht.« Er machte einen Schritt zurück. »Ich will dich nicht hier bei den Höhlen berühren, weil unter diesen Steinen einfach zu viel Dunkles liegt. So hätte ich dich nicht willkommen heißen wollen, als du heimgekommen bist.«

»Dann überlassen wir die Dunkelheit der Dunkelheit und fliegen heim.«

Als sie mit Faxe zwischen sich auf Cróga saßen, drehte er sich nach ihr um. »Die Blumen in deinem Garten brauchen dringend Wasser.«

»Wirklich?«

Achselzuckend bot er an: »Das übernehme ich.«

Erst als sie über all das Grün und Braun und all die bunten Frühlingsfarben flogen, beugte Breen sich vor und schlang ihm ihre Arme um den Bauch.

Und als sie wieder neben ihrem Haus in Irland standen, Cróga auf dem Rückweg auf die andere Seite war und Faxe runter in die Bucht lief, legte Keegan seinen Arm um sie. Und küsste sie im Sonnenlicht und in der milden Frühlingsluft, die wunderbar nach Erde, Gras und frischen Blüten roch.

Die kalte, harte Luft der Höhlen und das, was sie enthielten, löste sich in Wohlgefallen auf. Lächelnd legte er ihr seine Hände ans Gesicht und räumte, wenn auch etwas widerstrebend, ein: »Du hast mir mehr gefehlt, als du mir hättest fehlen sollen. Und auch der Anblick deines reizenden Gesichts hat mir gefehlt.«

»Sehr gut.« Jetzt legte sie ihm andersrum die Hände ans Gesicht und freute sich, als sie in seinen grünen Augen statt der Schuldgefühle und der Trauer einen Ausdruck reiner

Freude über ihre Heimkehr sah. »Und da du gerade froh bist, mich zu sehen, muss ich dich um was bitten.«

»Meinetwegen, auch wenn ich dir nichts versprechen kann.«

»Das ist mir klar. Ich war bei Marcos Mutter, doch ich bin nicht zu ihr durchgedrungen, und ich konnte sie nicht dazu bringen, zu verstehen und akzeptieren, wer er ist. Das werde ich ihm nicht erzählen.«

»Weil du ihn nicht damit belasten willst.«

»Genau. Am Ende habe ich es aufgegeben, denn ich habe ihr nur wehgetan. Und dann war ich bei meiner eigenen Mutter, und seit unserer Unterhaltung fühle ich mich wie befreit.«

»Ach ja? Wie das?«

»Ich habe ihr vergeben.«

»Das war wirklich klug von dir.« Er wandte ihr den Rücken zu und streckte seine Hände aus, wodurch ein leichter Regenschauer auf die Beete niederging.

»Du machst es dir mal wieder leicht.«

»Damit ich dir so schnell wie möglich weiter zuhören kann. Ich finde, es war wirklich weise, dass du ihr verziehen hast, auch wenn ich keine Ahnung habe, ob ich selbst dazu in der Lage wäre, hätte mir jemand so etwas angetan wie deine Mutter dir.«

»Es hat mich unglaublich erleichtert, also habe ich es hauptsächlich für mich getan. Und danach habe ich mir das hier zugelegt.« Sie zeigte ihm ihre Schulter, und er schüttelte den Kopf, als er die Tätowierung sah.

Dann aber zog er lächelnd mit dem Finger die in ihre Haut gestochenen Worte nach. »Das sieht sehr schmuck aus, *Iníon,* und passt sehr gut zu dir.«

»Das fand ich auch. Und danach waren wir im Sally's.«

»Willst du mir jetzt was erzählen oder mich was fragen?«

»Zu der Frage komme ich gleich noch. Aber das alles gehört irgendwie zusammen, das wurde mir bewusst, als wir bei Sal und Derrick waren. Sie planen bereits Marcos Hochzeit dort. Auch wenn den größten Teil der Planung, wie nicht anders zu erwarten, Sally übernommen hat.« Sie warf den Kopf zurück und unterzog ihn einer kurzen Musterung. »Der Schwalbenschwanz steht dir bestimmt sehr gut.«

»Der Schwanz von einer Schwalbe?«, hakte er verwundert nach.

»O nein, ein Schwalbenschwanz ist etwas Ähnliches wie ein Jackett. Nur förmlicher. Wie dem auch sei, ich möchte, dass sie die Feier dort im Sally's kriegen, denn dann wären auch Marcos Schwester und die Freunde, die wir dort in Philadelphia haben, mit von der Partie. Im Übrigen ist Meabh einfach wundervoll. Ich will, dass sie das alles haben«, fuhr sie fort. »Vor allem aber sollten Sal und Derrick auch bei Marcos Hochzeit in Talamh dabei sein können, weil ich endlich aufhören will, sie zu belügen und den beiden endlich meine andere Heimat und mein wahres Wesen zeigen will.«

»Okay.«

Jetzt trat sie einen Schritt zurück. »Mehr sagst du nicht dazu?«

»Sie kommen nicht durch den Willkommensbaum, wenn sie es böse meinen, aber Sally liebt euch beide sehr, und außerdem ist er ein kluger, interessanter Mann.« Er machte eine kurze Pause. »Dann hast du deiner Mutter also jetzt verziehen und dadurch akzeptiert, dass sie dich auf die Welt gebracht und großgezogen hat. Doch eine echte Mutter ist sie dir nicht. Deswegen kann ich nachvollziehen, dass du den

Mann, der stets wie eine echte Mutter für euch war, auch weiterhin in deinem und Marcos Leben haben willst. Und das hier ist nun mal das Leben, das ihr beide habt, seit ihr aus Philadelphia weggegangen seid.«

»So könnte man zusammenfassend sagen«, stimmte Breen ihm zu. »Das heißt, genauso ist es, und wenn dieser Krieg vorbei ist, möchte ich, dass sie herkommen, um sich alles anzusehen. Dann will ich ihnen erklären, dass wir neben Irland auch noch eine zweite Heimat ganz hier in der Nähe haben und sie rüber nach Talamh bringen, um sich alles anzusehen. Ich möchte, dass sie meine Nan und alle anderen kennenlernen.«

»In Ordnung«, meinte er.

»Okay.« Sie dachte an die vielen starken Argumente, die sie hätte vorbringen wollen, dann aber lächelte sie einfach. »Dann packe ich jetzt erst mal aus. Und gieß auch noch die Blumen in den Töpfen, ja?«

»Die kommen als Nächstes dran. Du hast noch gar nichts von New York, den Treffen und von allem anderen dort erzählt.«

»Es war sehr schön, und es gibt jede Menge zu erzählen. Marco hat eine eigene Agentin für sein Kochbuch mit dem vorläufigen, wenn auch etwas langweiligen Titel *Spaß am Kochen*.«

»Sehr gut. Dann werden wir ihm dadurch helfen, dass wir alles kosten, was vielleicht in dieses Kochbuch kommen soll.«

»Wie selbstlos du mal wieder bist. Und sie haben mein Buch gekauft.«

»Ich habe dir gesagt, dass sie es würden haben wollen. Doch wie ich sehe, brichst du deshalb wenigstens nicht noch einmal in Tränen aus.«

»Als ich es erfuhr, war mir zwar etwas schwindlig, doch auch dort habe ich nicht geheult. Meine Lektorin wird mir in den nächsten Tagen eine E-Mail schicken mit den Änderungen, die ich vornehmen soll.«

»Ich habe nichts gelesen, was du ändern müsstest.«

»Aber ihre Vorschläge sind wirklich gut. Noch ein paar Tage Arbeit, und das Buch wird besser und noch stärker sein.« Sie schlug sich ihre Hände vor den Mund und lachte auf. »Ich habe tatsächlich mein Buch verkauft.«

Glücklich schlang sie Keegan ihre Arme um den Hals, und da er das Vergnügen nicht versäumen wollte, kam ihr Hund aus Richtung Bucht gerannt und lief laut bellend um sie herum.

»*Von heller und von finsterer Magie,* Breen Siobhan Kellys ersten Fantasyroman gibt's bald in jeder Buchhandlung.«

»Das mag ich mehr, als dich heulen zu sehen.«

»Ich auch.«

»Doch ich kann mich noch gut daran erinnern, was nach dem Geflenne kam, und finde, dass das eindeutig nach einer Wiederholung schreit.«

Glücklich schlang sie auch noch die Beine um seine Taille, und er trug sie Richtung Haus.

»Auspacken kannst du auch noch später.«

»Allerdings«, stimmte sie zu, und da er es vergessen hatte, ließ sie auf dem Weg zur Haustür einen leichten Regenschauer auf die Blumentöpfe niedergehen.

# 28

Breen nahm im Tal an Ratsgesprächen teil und plante mit Finola, Marg und anderen das sommerliche Festival. Sie kümmerte sich um den Garten, änderte verschiedene Textstellen in ihrem Buch, drückte die Daumen, dass die Änderungen funktionierten, und auch wenn sie sich in ihrer Arbeitszeit vor allem auf das neue Faxe-Abenteuer konzentrierte, nahm sie sich – wenn die Gedanken für den neuen Fantasyroman zu laut und hartnäckig durch ihren Kopf schwirrten – ein wenig Zeit und schrieb sie auf.

Die Tage wurden länger, aber trotzdem hatte sie von Sonnenauf- bis Sonnenuntergang zu tun. Dann kam der Mai, und fast unmerklich dehnten sich die Risse in den Übergängen aus.

Würde Odran bis zur Sommersonnenwende warten oder schlüge er womöglich früher oder später zu?

Obwohl Breen den Frühlingsregen und die Frühlingssonne und die Tatsache liebte, dass in Talamh und Irland jeden Tag der Himmel etwas länger hell blieb, sehnte sie das Ende dieses Kriegs herbei. Sie hoffte, dass es nicht mehr lange dauern würde, bis er auf die eine oder andere Art ein endgültiges Ende fand.

Und dann begannen die Fey den Bau von Marcos und Brians Haus und brachten ihre Zeit und Fähigkeiten – und vor allem ihre Ratschläge – in das Vorhaben ein.

»Wir könnten es auch schneller bauen so wie das Haus

für dich«, erklärte Marg. »Aber wir haben genügend Zeit, denn beide sagen, dass sie bei dir wohnen bleiben wollen, bis Odran endgültig geschlagen ist.«

»Egal wie schnell oder wie langsam dieser Bau auch vonstattengeht, es wird auf jeden Fall ein wunderschönes Haus. Ich bin total begeistert von dem Laubengang, den Seamus angelegt hat, denn so hat man auf dem Weg von einem Haus zum anderen das Gefühl, als wäre man in einem Märchenland.«

»Für solche Dinge hat der Mann einfach ein Händchen.« Ebenso zufrieden wie die Enkeltochter sah sich Marg den dicht mit weißen Rosen und mit Fuchsien bewachsenen Durchgang an. »Aber das hast du auch, *mo stór*, deswegen sieht der ganze Garten einfach prächtig aus.«

»Ich pflanze gerne an. Das habe ich von dir und meinem Dad.«

»Die Liebe zu den Pflanzen hast du sicherlich von uns, doch die besondere Verbindung hast nur du allein. Auch Eian hatte durchaus einen grünen Daumen, und ich selbst bin keine schlechte Gärtnerin, doch die Verbindung, die du selbst zur Natur hast, geht besonders tief. Ah, sieh dir diesen Hund an. Er rennt durch die Gegend, weil er einfach alles mitbekommen will.«

»Er liebt das Treiben hier. Für ihn ist jeder Tag ein Fest. Und wenn Morena oder Harken Darling mitbringt, ist er völlig außer sich vor Glück. Er wird begeistert sein, wenn er von einem Haus zum anderen rennen kann.«

»Wie steht es denn mit deinem Haus, *mo stór?* Gibt es dort irgendetwas, was du gerne ändern würdest? Das bekämen wir problemlos hin.«

»Ich liebe es genau so, wie es ist. Ich habe es schon auf den ersten Blick geliebt. Ich wusste damals nicht, dass dieses Haus mal mein Zuhause würde, doch das ist es seit dem ersten Tag.«

»Ja, aber …« Ihre Nan nahm ihre Hand und schlenderte mit ihr zusammen durch den Laubengang. »Ich frage mich, ob du nicht vielleicht gern ein echtes Arbeitszimmer oder einen Raum für deine Bücher und zum Lesen hättest.«

Breen ließ die Haustür offen stehen, wie Marg es immer tat. Sie könnten sich mit einem Tee und mit ein paar von Marcos Plätzchen raus auf die Terrasse setzen, dort die warme Frühlingsluft genießen, während sie den anderen bei der Arbeit zusahen.

»Das wäre wirklich kein Problem«, fuhr ihre Nan fort. »Auch wenn es vielleicht etwas schwierig wird, wenn du auf Dauer ein, zwei zusätzliche Zimmer brauchst.«

»Ich habe das von Marco, sobald er und Brian umgezogen sind.«

»Das stimmt, doch vielleicht reicht das nicht. Falls Kinder kommen, die du doch sicher einmal haben willst.«

»Das will ich«, gab Breen zu und hoffte, dass es Teil von ihrem Schicksal wäre, Kinder zu kriegen und mit Liebe großzuziehen. »Aber darüber kann ich noch nicht nachdenken, solange Odran existiert. Solange es ihn gibt, wäre ein Kind, das ich bekomme, automatisch in Gefahr. Doch falls ich überlebe …«

»Breen.«

»Du weißt genauso gut wie ich, dass ich auch fallen kann, doch falls ich überlebe und er stirbt, werde ich einmal Kinder haben wollen.«

»Verzeih mir meine Neugier, aber habt ihr beide, du und Keegan, schon besprochen, wie es zwischen euch mal weitergehen soll?«

»Nein.« Breen stellte Tassen, Kanne, Zucker, Milch und einen Plätzchenteller auf ein hölzernes Tablett. »Ich weiß nicht, was er nach dem Ende dieses Krieges will.«

Die jungen Leute, dachte Marg mit einem innerlichen Seufzer, gingen diese Dinge manchmal geradezu erschreckend langsam an. »Dann hast du ihn also noch nicht danach gefragt und ihm auch nicht gesagt, was du dir für die Zukunft wünschst?«

»Ich muss erst wissen, dass ich eine Zukunft habe, aber dann kann ich mir vorstellen, ihn zu fragen oder ihm zu sagen, was ich will. Im Augenblick bin ich zufrieden, und das ist bereits sehr viel wert.«

»Das stimmt natürlich, aber mein geliebtes Mädchen, sind dir seine Blicke denn nicht aufgefallen? Wenn er dich ansieht, hat er immer diesen ganz besonderen Blick.«

»Ach ja?«

Lachend tippte Marg Breens Wange mit dem Finger an. »Ich sehe, wenn ein Mann verschossen ist, auch wenn er selbst davon vielleicht nichts weiß. Deshalb werde ich mich weiterhin damit vergnügen, mir dich hier in diesem Haus mit einem ganzen Stall voll Kinder und mit einem wundervollen Arbeitszimmer vorzustellen.« Sie schlenderte ins Esszimmer. »Oh, ja, und dazu noch mit einem kleinen Wintergarten, wo du auch im Winter deine Blumen pflanzen kannst.«

»Das klingt …«, Breen griff nach dem Tablett, »verführerisch, und so war's sicher auch gemeint. Aber wir warten trotzdem besser ab und planen erst mal weiter dieses mehrtägige Festival.«

»Das machen wir, und da kommen auch Finola und Morena, um dabei zu helfen.«

»Das bedeutet, dass ich noch zwei Tassen holen muss«,

erklärte Breen und stellte das Tablett noch einmal auf den Tisch.

Außer sich vor Freude, weil er jetzt noch mehr Gesellschaft hatte, rannte Faxe durch den Laubengang. Die Frauen streichelten ihn zur Begrüßung, und Finola nahm ein Leckerli aus ihrem Korb und hielt es ihm lächelnd hin.

»Was für ein wunderbarer Tag! Und seht euch diesen Garten an!« Finola sah in ihren rosafarbenen Leggins und dem langen weißen Hemd mit Rosenmuster selbst wie eine Blume aus, und ebenso begeistert wie zuvor der Hund sah sie sich strahlend um. »Du hast auf jeden Fall den grünen Daumen einer Sidhe«, erklärte sie Breen, die mit dem Tablett auf die Terrasse kam.

»Das liegt daran, dass Seamus sehr geduldig und ein wirklich guter Lehrer ist. Falls es euch wegen all der Arbeiten zu laut hier draußen ist, können wir gern auch reingehen«, bot Breen den drei anderen Frauen an.

»An einem solchen Tag sitzt ja wohl niemand gern im Haus. Ich habe übrigens sehr feinen Käse und ein frisch gebackenes Brot dabei.« Finola holte beides aus dem Korb. »Und ein paar Vorschläge für dieses Festival. Am besten überlegen wir erst mal zu viert und legen unseren Plan danach den anderen vor.«

»Nan sagt, dass es so schneller geht und wir uns außerdem den Ärger stundenlanger Diskussionen sparen.« Morena schnappte sich ein Plätzchen, biss genüsslich davon ab und fügte dann mit vollem Mund hinzu: »Vor allem will sie nicht, dass Jack und seine Schwester Nelly sich in unsere Planung mischen, weil wir dann vor lauter Diskussionen einfach nicht vorankämen.«

»Das stimmt. Und deshalb bringen wir einen Teil von diesem wundervollen Tag mit unserer Planung zu, und dann wird Marg mit unseren Plänen zu Michael Maguire und Dek von den Trollen gehen.«

»Wie kannst du das von mir verlangen, Fi, obwohl du während all der Jahre meine beste Freundin warst?«

»Niemand würde jemals wagen, dir zu widersprechen und dich obendrein halb tot zu quatschen so wie mich.«

»Vor allem Nelly«, stimmte ihr Morena zu. »Sie ist die Uroma von Mina, Breen, der jungen Elfe, die du oft mit ihren Freunden auf dem Feld oder im Wald spielen siehst.«

Finola nahm sich ein Stück Brot, belegte es mit einer Ecke Käse und fuchtelte mit dem Bissen durch die Luft. »Ich habe vor drei Jahren mit meinem Pfirsichkuchen bei dem Wettbacken im Tal den ersten Preis gemacht, und das hat sie mir nie verziehen.«

»Und dann hast du sie noch mit deinem Pflaumenmus geschlagen«, rief Breens Nan der Freundin in Erinnerung.

»Das stimmt, aber bescheiden, wie ich bin, hätte ich das nicht selbst erwähnt.« Lachend strich Finola sich mit einer ihrer Hände über den kastanienroten Kurzhaarschnitt. »Aber wir brauchen so ein Wettbacken auch auf dem Festival, selbst wenn dort sicher niemand eine Chance gegen Marco haben wird. Ist er jetzt gerade drüben auf der Baustelle?«

»Das ist er, auch wenn er mit seinem Hammer meist auf seine eigenen Finger haut statt auf die Nägel, die er treffen soll.«

Finola lächelte Breen an. »Dann gehe ich kurz rüber, um Hallo zu sagen und zu sehen, wie es läuft. Und mich am Anblick all der Männer, die dort den Hammer schwingen, zu erfreuen.« Sie schlenderte davon, und ihre Enkeltochter sah ihr hinterher.

»Sie wird sich wirklich freuen, wenn sie dort all die hübschen Männer sieht, vor allem aber wollte sie, dass wir in Ruhe über Dinge reden können, von denen sie nichts mitbekommen soll. Du hast gesagt, es wäre sicher, hier zu reden, Marg.«

»Odran kann nichts sehen und hören, was hier im Haus und auf dem Grundstück drum herum gesprochen wird. Dafür haben wir gesorgt. Wir überlegen auf dem Hof meist zweimal, was wir sagen, außer wenn es dort eine Ratsversammlung gibt, bei der der Hof dann zusätzlich gesichert ist. Und trotzdem kommt es mir so vor, also ob uns Odran kaum noch aus den Augen lässt. Aber womöglich bilde ich mir das ja auch nur ein.«

»Ich bin mir sicher, dass er weiß, dass Shanas Attentat auf Keegan nicht erfolgreich war.« Breen blickte Richtung Wald. »Zwar weiß ich nicht, ob Odran überhaupt erwartet hat, dass sie es schafft, ihn umzubringen, aber da der Anschlag jetzt schon Wochen her ist, muss er wissen, dass der Angriff fehlgeschlagen ist. Und jeden Tag gehen die Risse in den Übergängen etwas weiter auf.«

»Isoldes dunkler Zauber hilft ihm, durch die Spalte, durch das Feuer, durch den Nebel, durch das Glas zu sehen. Aber was sieht er dann?«, fragte sich Marg.

»Talamh«, erklärte Breen. »Die Vorbereitungen für das Fest zur Sommersonnenwende und zur Feier meiner Rückkehr, und dass wir uns während der drei Tage amüsieren wollen. Dass sich die Kriegerinnen und Krieger nicht mehr auf die Kämpfe vorbereiten, sondern auf die Wettbewerbe dieses Festivals.«

»Das heißt, wir werden tanzen, schlemmen und unseren Spaß haben, bis er Talamh in Flammen aufgehen lassen wird«, fügte Morena noch hinzu.

»Er kennt uns eben nicht.« Marg lauschte auf das Lachen und die klopfenden Geräusche nebenan. »In all den Jahren hat er nie begriffen, wer wir sind und was wir tun, um diese Welt vor Schaden zu bewahren. Er hat das böse Mädchen hergeschickt, um unseren Taoiseach zu ermorden, weil er dachte, dass nach seinem Tod das ganze Land in Chaos, in Verzweiflung und in Angst versinkt. Ich bin von ganzem Herzen dankbar, dass der Anschlag fehlgeschlagen ist, und schaffe einfach nicht, es zu bedauern, dass sie selbst dabei umgekommen ist.« Sie legte ihre Hand auf die der Enkelin. »Und ihre Eltern haben schon getrauert, deshalb war es wirklich rücksichtsvoll von Keegan, ihnen nicht zu sagen, was geschehen ist. Doch wenn er an dem Tag gefallen wäre, wären in Talamh nicht Chaos, Angst, Verzweiflung ausgebrochen, sondern …«

»Kampfeswille, Mut und Kraft.« Morena nickte zustimmend. »Wir werden selbst durch unsere Trauer stark gemacht. Und das, womit sie sich in ihrem Wahn gebrüstet hat? Die roten Ranken? Diese Welt ist uns bekannt, genauso wie die Welt des gleißend hellen Lichts und das Portal, durch das man weiter nach Talamh gelangt. Die Hitze und die Kälte und der Übergang, der durch das Aufeinanderprallen entstanden ist.«

»Und Sedric sucht jetzt gerade das Portal, das aus der dunklen Welt von Odran in die Welt der roten Ranken führt.«

Breen drehte ihre Hand und drückte die von Marg. »Du hast gar nicht erzählt, dass er auf Reisen ist.«

»Zumindest ist er nicht allein, sondern mit drei anderen zusammen unterwegs.«

»Aber du machst dir trotzdem Sorgen, stimmt's?«

»So geht es einem eben, wenn man liebt. Er hat gesagt,

es wäre eine kleine Welt, aber aufgrund der feuchten Hitze und der roten Ranken und der Sümpfe wäre sie brutal. Dort würde eine rote Sonne scheinen und ein kleiner, matter Mond. Er schwört, dass sie den Übergang auf dieser Reise finden, weil sie auf den anderen Reisen beinah schon in allen Gegenden von dieser Welt gewesen wären.«

»Und werden sie ihn dann versiegeln?«, mischte sich Morena an.

»Keegan sagt, dass sie stattdessen eine Falle stellen sollen.« Breen sah in Richtung Laubengang, denn was sie als Nächstes sagen würde, durfte niemand von den anderen hören. »Aber den Übergang nach hier werden sie schließen, wenn sie sicher sind, dass Shana ihn auf ihrem Weg hierher genommen hat.«

»Verstehe.« Nachdenklich schob sich Morena ein Stück Käse in den Mund. »Das heißt, dass es für sie aus dieser Welt dann nicht mehr weitergeht.«

»Und wenn die Falle zuschnappt, können sie auch nicht noch mal zurück. Wir werden wissen, wenn sie dort sind, und ich habe schon den Zauber vorbereitet, der den Rückweg in die dunkle Welt versperren wird«, erklärte Marg den beiden jungen Frauen. »Das kriegen wir dank Sedrics ganz besonderen Fähigkeiten hin. Dann kommen die, die Odran durch die Welt der roten Ranken nach Talamh schickt, weder vor noch zurück.«

»Sie würden Tage brauche, um auf diesem Weg hierherzukommen, Nan. Und du wirst auch diese Seite schützen, damit er uns hier nicht attackieren kann. Keegan und seine Gelehrten glauben, Shana wäre durch die Eiswelt erst nach Schottland und von dort aus weiter bis hier in den Wald gelangt.«

»Wir Fey haben geschworen, alle Welten zu beschützen,

und das werden wir auch tun. Habe ich trotzdem Angst? Natürlich. Schließlich teile ich mit Sedric sehr viel mehr als nur mein Bett. Er hat mein Herz aus einem tiefen Schlaf erweckt, doch er ist clever wie die Katze, die er ist, deshalb vertraue ich darauf, dass er von dieser Reise wieder heimkommen und an meiner Seite stehen wird, wenn wir das Ende dieses Krieges feiern, weil es Odran endlich nicht mehr gibt. Und jetzt, Morena-Schatz, hol deine Nan zurück. Dann planen wir das Festival und all den Spaß, den wir dort haben werden – auch wenn das bestimmt nicht einfach wird. Und überlegen, wie Talamh sich während dieser Zeit am besten schützen lässt.«

Die Planung einer landesweiten dreitägigen Feier war schon kompliziert genug, doch diesmal waren obendrein noch ganz besondere Maßnahmen zum Schutz des Landes während all der Wettbewerbe für die jungen und die nicht mehr ganz so jungen Leute notwendig.

Unter jedem hübsch gedeckten Tisch mit selbst gebackenem Kuchen, selbst gekochter Marmelade oder selbst gemachten Handarbeiten, die es zu bewerten gälte, würden sich die Waffen türmen, und jeder, der sich bei den Wettkämpfen im Fechten oder Bogenschießen mit den anderen maß, würde seine Waffen nutzen, um zu kämpfen, wenn es nötig war.

Und alle, die im Sonnenlicht und Mondschein zu den Klängen der Pfeifen und der Violinen tanzten, wären bereit, sich in die Schlacht zu stürzen, wenn das Horn zum Angriff blies.

Die Schutzmaßnahmen, die sie vorsorglich ergriffen hatten, damit Odran nichts von ihren Plänen mitbekäme, hinderten Breen allerdings daran, aus ihrem Haus in seine Welt zu sehen. Sie schaffte es inzwischen nicht mal mehr im Traum.

Und trotzdem spürte sie mit jeder Faser ihres Wesens, dass der dunkle Gott versuchte, diese Schutzmaßnahmen zu umgehen.

»Natürlich will er wissen, was passiert«, erklärte Keegan, als sie beide auf dem Rückweg von dem wieder einmal schweißtreibenden Training waren. »Sein Ego lässt nicht zu, dass irgendwas passiert, was er nicht mitbekommt.«

»Aber fragt er sich denn nicht, warum er keinen Einblick mehr in unsere Welt bekommen soll?«

Als Faxe ihm ein Stöckchen brachte, schleuderte es Keegan für ihn durch die Luft. »Deswegen habe ich ja Marg gebeten, diesen Vorhang zuzuziehen. Als deine Nan ist sie in Angst um dich, vor allem seit Shana hier war und dir praktisch vor der eigenen Haustür aufgelauert hat. Und trotzdem kommst du weiter täglich rüber nach Talamh und bereitest dort mit uns zusammen die Feierlichkeiten vor.«

Noch einmal warf er den vom Hund zurückgebrachten Stock, doch diesmal in den Bach.

»All das Gerede über Fahnen und Girlanden, ob es Pferderennen geben soll, wie viele Bonbons wir für all die Kinder brauchen, ob ein goldener Pfeil und goldener Speer als erste Preise für das Bogenschießen und das Speerwerfen geeignet wären und so. Und ich muss mir das alles ständig nicht nur hier im Tal anhören, sondern überall im Land.«

»Weil diese Dinge wichtig sind. Beinah so wichtig wie die Waffen, die ihr überall versteckt, wie all die Krieger, die du überall im Land postierst, und wie die Fallen, die du in den Welten, durch die Shana gereist ist, stellen lässt.«

»Das war die Idee von Sedric, aber er ist schließlich auch ziemlich gewieft.«

»Und kommt mit seiner aufgeschlossenen Art in anderen Welten mühelos zurecht. Es hätte tatsächlich nicht viel gefehlt, und eine Handvoll Handlanger von Odran hätten mich in meinem Haus in Irland angegriffen, während gleichzeitig die anderen auf der anderen Seite eingefallen wären.«

»Und jetzt bringen sie den stark verkürzten Rest ihres Lebens mit den roten Ranken in der Hitze in den Sümpfen zu.«

»Wahrscheinlich werden sie sich früher oder später gegenseitig an die Gurgel gehen«, überlegte Breen. »Denn das ist die Natur der Finsternis.«

Sie traten aus dem Wald. »Ich frage mich, seit wann es so rum läuft.«

»Ich weiß nicht, was du meinst.«

»Normalerweise hänge ich den düsteren Gedanken nach, nicht du. Und plötzlich ist es umgekehrt.«

»Was denkst denn du?«

Er folgte Faxe Richtung Bucht, und Breen tat es ihm gleich.

»Dass jetzt die Zeit ist, diese Sache ein für alle Mal zu beenden, und wir auch schon wissen, wie uns das gelingen kann. Wir haben die erforderlichen Waffen und als schärfste Waffe dich. Mein Vater ist genau wie deiner und wie unzählige andere vor den beiden umgekommen, als er es versucht hat, und auch wenn es uns niemals an Mut, an Einigkeit und an Kraft gefehlt hat, haben wir Odran bisher immer nur zurückgeschlagen, aber nicht zerstört. Natürlich gab's auch friedliche und ruhige Zeiten, doch wir haben sein schwarzes Herz niemals mit einem Schwert durchbohrt, und im Verlauf der Zeit hat er an Kraft gewonnen, und die Ruine seiner schwarzen Burg ist irgendwann in ihrem alten Glanz erstrahlt. Er hat Fey als Sklaven in die dunkle Welt verschleppt und immer wieder Kinder aus Talamh entführt, die er danach auf seinem Altar geopfert hat.«

»Das sind wirklich düstere Gedanken.«

Keegan schüttelte den Kopf und sah dorthin, wo Faxe seine Bahnen durch das Wasser zog. »So war es nun einmal. Doch wir bewahren mit unseren Gesetzen und mit unserer Art zu leben weiterhin den Frieden hier in unserer Welt. In einer Welt voller Magie, Breen Siobhan.«

»Ich weiß.«

»Und das will er zerstören, denn ihm geht es allein um die Macht.«

»So wie andere die Liebe, sieht er selbst die Macht als eine Art von Kuchen an.«

»Als eine Art von Kuchen?«, fragte Keegan erstaunt.

»Genau, als eine Art von Kuchen, der nur eine ganz bestimmte Anzahl Stücke hat. Und wenn jemand ein Stück davon bekommt, bleibt einem selbst weniger. Und Odran giert nach Macht, weil er nicht glaubt und nicht versteht, dass Macht – wie Liebe – keine Grenzen hat und wächst, wenn man sie teilt.«

»So etwas wie dein Kuchen«, wiederholte er. »Das ist ein sehr guter Vergleich. Aber jetzt werden wir ihn endgültig vernichten, und dann kriegt er nicht mal mehr den allerkleinsten Krümel von diesem ganz besonderen Kuchen ab. Weder in unserer noch in irgendeiner anderen Welt. Wir werden ihn zerstören, *mo bandia,* zu dieser und für alle Zeit. Das spüre ich genau, und deshalb hänge ich inzwischen kaum noch düsteren Gedanken nach. Das Licht ist auf dem Weg zu uns.«

»Und wenn der längste Tag anbricht, erreicht es uns.«

»Bald wissen wir, ob es so ist. Im Übrigen hat Faxe völlig

recht. Ein Bad wäre ein schönes Ende unseres leichten Trainings, findest du nicht auch?«

»Du fandest unser Training leicht?«

»Das war es schließlich auch. Ich bin es extra locker angegangen, damit Odran, wenn er uns beim Training sieht, den Eindruck kriegt, dass du problemlos zu besiegen bist.«

»Haha. Trotz meines *leichten* Trainings werde ich jetzt erst mal duschen, und dann setzte ich mich auf die Couch und trinke ein Glas Wein.«

»Ich glaube nicht, dass du nach deinem Bad noch extra duschen musst.«

Er streckte seine Hände nach ihr aus und warf sie mühelos wie vorher Faxes Stöckchen durch die Luft.

Sie schaffte es, einmal zu fluchen, ehe sie im Wasser landete. Dann rappelte sie sich tropfnass wieder auf, und während sie hüfttief im Wasser stand, schwamm Faxe gut gelaunt um sie herum. Keegan grinste breit.

»Mein Gott! Du bist ein dummer Junge und kein Mann!« Sie schob sich eine nasse Strähne aus der Stirn.

»Aber ich denke wie ein Mann, der eine nasse Frau in ihren nassen Kleidern sieht, die er ihr übrigens nicht ausgezogen hat, weil er nicht weiß, ob sie das will.«

»Stattdessen hast du mich ins – kalte – Wasser fallen lassen, während ich noch vollständig bekleidet war.«

»Das ist erfrischend.« Eilig zog er seine eigene Kleidung aus, bevor er selbst ins Wasser kam. »Genau, es ist erfrischend und nicht kalt.«

»Haha.«

»Ich schwimme wirklich gern im Meer.«

»Dann dreh du einfach deine Runden, und ich gehe schon mal vor ins Haus.«

»Ich bitte dich, *mo bandia,* lass uns an diesem lauen Frühlingsabend noch ein Ründchen schwimmen.«

Er legte ihr die Hände um die Hüften, zog sie weit genug ins Wasser, dass sie nicht mehr stehen konnte, und schlug lächelnd vor: »Am besten ziehe ich dir auch deine Sachen aus und lege sie zu meinen an den Strand. Natürlich nur, wenn du damit einverstanden bist.«

»Ich schwimme ganz bestimmt nicht nackt. Marco und Brian sind im Haus und könnten uns von dort aus sehen, und vor allem ist das Wasser dafür viel zu kalt.«

»Beim Schwimmen wird dir warm.« Er ließ den Zeigefinger kreisen und rief einen leichten Nebel auf. »Durch diesen Nebel kann uns niemand sehen. Und jetzt ziehen wir dir deine nassen Kleider aus und legen sie zum Trocknen an den Strand.«

Er zog sie nackt an seine Brust und küsste sie.

»Auch wenn dein Körper Brians und Marcos Blut im Gegensatz zu meinem nicht in Wallung bringt, sind sie trotz allem Männer, haben Sex und können sich wahrscheinlich denken, was hier zwischen uns passiert.«

»Wir schwimmen.«

»Aber danach werden wir auch noch was anderes machen, wenn du damit einverstanden bist. Ich will, dass du die düsteren Gedanken kurzfristig verdrängst.«

»Ich habe kein Interesse daran zu ertrinken.«

»Hab Vertrauen«, bat Keegan sie. »In meinen Adern fließt auch Merblut, und ich habe in den letzten Wochen viel geübt. Lass mich dir zeigen, wie erfolgreich dieses Training war.« Er küsste ihre Braue, ihren Kiefer, ihren Mund.

Und drang behutsam in sie ein.

»Gib dich mir hin, Breen Siobhan. Gib dich mir hier im Wasser und im Nebel hin.«

Er wiegte sie in seinen Armen, bis sie auf dem Wasser und im Nebel trieb.

Und als er sie nach unten zog, mit seinen Händen über ihren Körper glitt und seinen Mund auf ihre Lippen presste, um ihr Luft zu spenden, stieg statt Panik ein Gefühl der Freude in ihr auf.

Er nahm sie unter Wasser, und die Oberfläche glitzerte im Sonnenlicht, das durch die Nebelschwaden fiel. Und statt zu denken, ging sie ganz in den Gefühlen und der Hitze auf, die er in ihr wachrief.

Sie klammerten sich weiter aneinander, als sie wieder an die Oberfläche kamen, und dort spürte sie die Luft, die Wellen, den Nebel und vor allem ihn.

Sie kamen gleichzeitig, und als sie danach auf dem Wasser trieben, hätte sie nicht mehr behaupten können, dass sie fror.

»Und das hast du geübt?«

Er lachte dicht an ihrem Hals. »Nicht alles, nein, aber ich habe es mir öfter vorgestellt. Ich kann inzwischen deutlich länger unter Wasser bleiben als an dem Tag, als ich nach dem Schwert getaucht bin, obwohl damals ein besonderer Zauber auf dem Wasser lag. Und auch wenn ich im Wasser nicht so schnell bin wie die Mere und mich immer noch an Land von allen Elfen überholen lassen muss, bin ich inzwischen deutlich flinker, als ich es zu Anfang meines Trainings war. Ich habe wirklich hart an mir gearbeitet«, fügte er noch hinzu. »Doch das mit dir ist etwas anderes, das ist ein besonderes Geschenk.«

Er lichtete den Nebel weit genug, dass Breen den Hund am zwischenzeitlich geradezu erschreckend fernen Ufer sitzen sah.

»Wir sind inzwischen sehr weit draußen«, meinte sie,

und diesmal wogte Panik in ihr auf. »So weit kann er nicht schwimmen.«

»Er ist ein Wasserhund, aber wir treffen ihn am besten dort. Falls du ermüdest, bin ich da, aber ich weiß, wie gut du schwimmen kannst. Wir könnten um die Wette schwimmen, aber das wäre nicht ganz fair.«

»Gib mir doch einfach einen Vorsprung«, schlug sie vor und kraulte los. Sie war nicht gerade langsam, doch bevor sie ihren Hund erreichte, schoss ihr Liebster schneller als ein Fisch an ihr vorbei.

»Vielleicht musst du mich aus dem Wasser ziehen«, wandte sie sich Faxe zu. »Er muss anscheinend erst noch etwas angeben.« Als sie wieder Boden unter den Füßen hatte, rief sie Keegan zu: »Ich hätte gerne wieder etwas Nebel, wenn ich aus dem Wasser komme, damit mich nicht jeder sieht.«

Er stand bereits am Ufer, lächelte sie an und stellte fest: »Nur Menschen haben ein Problem damit, dass jemand sie so sehen könnte, wie sie auf die Welt gekommen sind.«

Er hatte offensichtlich kein Problem damit, denn er stand splitternackt am Strand, und sein gestählter Kriegerkörper glänzte feucht im Sonnenlicht.

Sie rief den Nebel selbst auf, bevor sie aus dem Wasser stieg, und trocknete sich mit den Händen ihre Haare ab. Und als sie kurz darauf in ihre Kleider stieg, schaute sie Keegan forschend an.

»Du glaubst, was du vorhin gesagt hast, stimmt's? Dass es diesmal für alle Zeit beendet wird.«

»Das tue ich. Genauso wie ich glaube, dass du dafür nicht dein Leben geben müssen wirst.«

»Ach nein?«

Mit einem gleichmütigen Achselzucken meinte er: »Ich bin mir sicher, dass es anders enden wird.«

»Und wie?«

»Mit Odrans Tod, mit Frieden in Talamh, mit dir in deinem Haus, wo du deine Geschichten schreibst und Faxe neben dem Kamin ein Schläfchen macht, bevor er Brian und Marco nebenan besucht. Und damit, dass du rüber nach Talamh kommst, wann du willst.«

Er sprach von *ihrem* Haus. Von ihrem, nicht von ihrer beider Haus. Es tat ihr weh, und trotzdem meinte sie: »Das klingt nach einem Happy End.«

»Und warum sollte uns das nicht beschieden sein? Du bist der Schlüssel, und wenn du es schaffst, die Tür zu öffnen, haben wir's geschafft. Wir werden kämpfen, damit du sie öffnen kannst, und manche von uns werden fallen. Das ist genug. Das ist, verdammt noch mal, genug. Ich glaube fest daran, dass es so kommt, und jeder Zauber wird erst dadurch stark, dass jemand an ihn glaubt. Deswegen glaube ich.«

»Dann werde ich versuchen, ebenfalls daran zu glauben«, meinte Breen und hätte Keegan gern gesagt, dass sie ihn liebte, aber dann ließ sie es sein. Sie hatte keine Angst, ihm die Gefühle, die sie für ihn hatte, zu gestehen. Was aber wäre, wenn am Schluss der Glaube doch nicht reichte und er gezwungen wäre, ihren Tod zu akzeptieren? Wenn sie ihm jetzt ihre Gefühle, Hoffnungen und Wünsche offenbarte, würde ihm das dann wahrscheinlich noch viel schwerer fallen.

»Ich werde es versuchen«, wiederholte sie und griff nach seiner Hand.

# 29

Der Frühling verging wie im Flug. Breen wusste noch, dass sich der Mai in ihrem alten Leben vor Beginn der Sommerferien immer endlos hingezogen hatte, aber jetzt verging er schneller als die Elfen liefen, auch wenn sie vergeblich versuchte, jeden dieser Tage festzuhalten.

Im Juni haderte sie mit sich. Sosehr sie sich ein Ende dieses Krieges und ein Leben ohne Furcht und Angst wünschte, dem letzten Kampf sah sie bang entgegen.

Aber er war unausweichlich.

Sie sagte sich, dass sie ein Jahr der Wunder und der Liebe, der Entdeckungen und erfüllten Träume hatte leben dürfen und dass diese Zeit ihr eben reichen müsste, sollte es jetzt bald vorüber sein.

Trotzdem suchte sie im Feuer und im Rauch, im Flackern einer Kerze, in der Kugel und in ihren Träumen nach den Bildern, um zu sehen, wie es weitergehen würde.

Aber die Visionen zeigten sich ihr nicht.

Sie schrieb, und ihre Arbeit war wie eine Flucht. Nach Ende ihres neuen Faxe-Bandes musste sie sich zwingen, ihn nach New York zu schicken, und um ihren Ängsten weiter zu entfliehen, begann sie umgehend mit dem nächsten Buch. Was ihr die Hoffnung gab, dass sie vielleicht tatsächlich überleben würde, um es zu beenden.

In den beiden Welten, die inzwischen ihre Heimat waren.

Sie setzte auch ihr Training fort, und obwohl Keegan vorgab, sie zu schonen, kehrte sie nach diesen Stunden stets mit blauen Flecken und mit Schmerzen heim. Sie übte auch mit Marg sowie allein in deren Werkstatt, denn je mehr sie konnte, umso stärker würde sie am Ende sein.

Genauso half sie weiter bei der Planung und den Vorbereitungen des Festivals, und plötzlich war die Zeit der Planung und der Vorbereitungen vorbei, und sie und Marco machten sich gemeinsam auf den Weg hinüber nach Talamh.

Obwohl der Freund sie gern in einem von den hübschen Sommeroutfits, die sie auf sein Drängen in New York erstanden hatte, auf dem Fest gesehen hätte, zöge sie ganz sicher nicht in einem dünnen Trägerkleid und hochhackigen Schuhen in den letzten Kampf. Vor allem würde sie ihr Schwert mit rübernehmen, und auch Marco hatte zugestimmt, dass sie dazu am besten eine Hose trug.

»Ich hoffe nur, das Wetter in Talamh ist heute gut.« Nachdem der arme Brian bereits einen Riesenschinken aus dem Ofen und verschiedene Backwaren auf die andere Seite hatte schleppen müssen, trug er selbst jetzt den Rest.

»Das ist es.«

»Was ist was?«

»Das Wetter in Talamh ist gut.«

»Und woher weißt du das? Das heißt, Moment. Du kannst von hier aus sehen, ob dort die Sonne scheint?« Er verdrehte die Augen und stieß sie mit seinem Ellenbogen an. »Warum hast du mir das nicht schon viel eher erzählt?«

»Als ich erkannte, dass ich rübergucken kann, wurde mir klar, dass dann die Überraschung flöten geht, deswegen mache ich das für gewöhnlich nicht. Doch heute habe ich der Feier wegen eine Ausnahme gemacht.«

»Dann setz mir bitte meine schicke Sonnenbrille auf, bevor wir rübergehen.«

Da Breen nicht so beladen war wie er, zog sie die Brille aus der Brusttasche von seinem Oberteil und schob sie ihm behutsam ins Gesicht.

Das rote Lederband, mit dem er sich das Haar zu einem Pferdeschwanz gebunden hatte, passte farblich zu dem T-Shirt und den knöchelhohen Turnschuhen, und mit dem Silberknopf im Ohr, dem Silbergürtel und den Schnürsenkeln im selben Ton verströmte er die elegante Lässigkeit, die einfach typisch für ihn war.

Und Faxe sah mit den von Marco in sein Fell geflochtenen Bändern, die ihm offenkundig gut gefielen, feierlich und fröhlich aus.

Marco hatte sich mit einem Kirsch- und einem Erdbeerkuchen zu zwei Wettbewerben angemeldet, daneben würde er an einem Kuchenstand bedienen und sich an einer Jury, die Marmeladen auszeichnen sollte, sowie bei zwei Wettrennen der Kleinen beteiligen. Zudem hatte er Breen gezwungen, mit ihm zusammen ein paar Lieder vorzutragen, weil die Fey von ihren Duetten immer ganz begeistert waren.

Inzwischen ging er eben ganz im Leben in Talamh und der Gemeinschaft auf, die ihn dort mit offenen Armen aufgenommen hatte.

»Bevor Brian zum Dienst muss, nimmt er noch am Bogenschießen teil. Da muss ich hin, denn schließlich habe ich ihn überredet mitzumachen, und wenn ich jetzt nicht dabei bin, nimmt er mir das vielleicht krumm.«

»Da hast du recht. Doch es war richtig, ihn zu überreden, denn die Ablenkung tut ihm wahrscheinlich gut. Es wird bestimmt nicht leicht für ihn, den anderen Drachenreitern bei der Flugshow zuzusehen.«

»Ich dachte mir, wir könnten drüben vielleicht einen hübschen Baum für Hero pflanzen oder so, nur weiß ich nicht, ob durch den Anblick nicht die alte Wunde immer wieder aufgerissen wird.«

»Ich finde, das ist eine ausgezeichnete Idee, Marco, und dass ihm so ein Baum auf Dauer eher ein Trost sein wird.« Sie brauchte seine Augen nicht zu sehen, um zu wissen, wie besorgt er immer noch um Brian war.

»Meinst du?«, fragte er unsicher.

»Oh, ja. Ein hübscher Baum mit einer Bank darunter«, meinte Breen. »Und vielleicht meißelt einer von den Steinmetzen ja noch ein Drachenbild hinein.«

»Ein Drachenbild. Genau. Das ist ein toller Vorschlag, Breen.« Inzwischen waren sie beim Willkommensbaum, und Marco schwang sich auf den ersten Ast. »Bist du bereit fürs Festival?«

»Nicht so wie du, aber ich bin bereit.«

Sie traten in den Sonnenschein und in das Farbenmeer.

Wie bunt hier alles war, fand Breen. Sie hatte selbst ein paar Girlanden und ein paar der bunten Bänder aufgehängt, die die Felder in verschiedene Bereiche für die Wettbewerbe unterteilten. Doch dass es derart farbenfroh und prächtig würde, hatte sie beim besten Willen nicht gedacht.

Der Rauch über den Feuern duftete nach Fleisch, und an den Ständen mit den hübschen Sonnendächern wurden Backwaren, Obst, Gemüse und Handwerkskunst feilgeboten.

Ein Stückchen weiter tänzelte ein bunt gekleideter Jongleur die Straße auf und ab. Dann breitete er plötzlich leuchtend blaue Flügel aus und warf im Fliegen weiter Bälle in die Luft.

Die Kinder hielten bunte Lollis in den Händen, aßen Kekse und sprangen ausgelassen Bällen oder Reifen hinterher, doch wie geplant nahm Breen bei jeder Kindergruppe drei bis vier Erwachsene wahr. Und auch wenn die Soldaten ebenso gemächlich wie die Bauern, Handwerker und anderen Festivalbesucher durch die Gegend liefen, waren sie gewappnet für den Kampf.

»Oh Mann, das alles sieht wie eine Filmkulisse aus. Hör dir nur an, wie gut das Mädchen Flöte spielen kann!«

Die meisten Frauen trugen Hosen für den Fall, dass sie kämpfen müssten, doch als Breen die bunten Kleider einiger der anderen Frauen sah, verspürte sie die feminine Sehnsucht nach der erfrischenden Fröhlichkeit des Sommerkleides, das sie auf Geheiß des Freundes hätte tragen sollen.

Sie erlaubte Faxe loszulaufen, und begeistert sprang er dorthin, wo die junge Darling, ebenfalls mit Bändern und mit kleinen Glöckchen rausgeputzt, im Hof des Hauses lag.

Auch Breen und Marco liefen Richtung Hof, und dort nahm sie Finola in Empfang. »Da seid ihr ja! Und ihr habt noch mehr Leckereien mitgebracht. Die Kinder waren so begeistert von den Plätzchen, die du Brian vorhin mitgegeben hast, dass nicht mal mehr der allerkleinste Krümel übrig ist, Marco.«

»Ach ja? Da trifft es sich ja gut, dass es jetzt Nachschub gibt.«

»Ich habe an dem Stand bedient und hoffe, dass du mit den Sachen, die ich für dich eingetauscht habe, zufrieden bist. Und jetzt bringen wir besser erst mal deine beiden Kuchen rüber in das Zelt, denn die Bewertung fängt in einer Stunde an.«

Finola scheuchte Breen und Marco vor sich her, und während sie sich einen Weg durch das Gedränge bahnte, meinte sie: »Die erste Runde Kräftemessen habt ihr zwei verpasst. Loga hat gewonnen, doch der junge Ban hat's ihm nicht leicht gemacht, weshalb er mit drei anderen in der nächsten Runde ist.«

»Hat Sul ihn zu dem Festival begleitet?«, fragte Breen.

»Oh, ja. Sie hat ihn lautstark angefeuert, und die kleine Breen, die sie in einem Korb auf ihrem Rücken trägt, wirkt mit nur einem Monat bereits stark genug, als würfe sie problemlos ein paar Teilnehmer des Wettbewerbs um.«

Inzwischen hatten sie den Kuchenstand erreicht. »Der ist hier sehr beliebt, das heißt, wahrscheinlich hast du alle Hände voll zu tun, Marco. Aber die Bogenschützen sind von hier aus wirklich gut zu sehen, deshalb kriegst du auf alle Fälle mit, wenn Brian an der Reihe ist. Und das rot-weiß gestreifte Sonnendach gefällt mir wirklich gut. Ich finde, es sieht einfach reizend aus.«

»Genau wie du«, erklärte er, und mit kokettem Augenaufschlag drehte sich Finola einmal um sich selbst, damit der Saum von ihrem Kleid um ihre Knie schwang.

»Mir war heute nach pink, denn schließlich ist dies ein besonderer Tag. Natürlich fehlt uns Keegan, aber es ist nun mal seine Pflicht als Taoiseach, an den Festlichkeiten in der Hauptstadt teilzunehmen, und ich bin mir sicher, dass es dir an Tanzpartnern auch so nicht mangeln wird, mein Kind«, wandte sie sich an Breen.

Ein Lächeln auf den Lippen, wandte Breen sich an den Freund. »Bring deine Kuchen für den Wettbewerb ins Zelt, Marco. Dann fülle ich in der Zeit hier die Plätzchenteller wieder auf und vertrete dich so lange, bis du wiederkommst.«

»Ist das für dich okay?«

»Auf jeden Fall. Vor allem, weil die Aussicht hier echt super ist.«

»Nicht wahr?« Finola zwinkerte ihr zu. »Und da kommt auch Morena, die dir hier ein bisschen helfen wird.«

Sie würde nicht für einen Augenblick allein gelassen werden, wusste Breen. Auch das war Teil des Plans. Bis sie zurück nach Irland ginge, würde ständig irgendwer in ihrer Nähe sein.

Wie schon bei ihrer Hochzeit trug Morena kleine Glöckchen in den Haaren. Diesmal aber waren sie in drei Zöpfen hochgebunden, denn die waren genauso praktisch wie ihre Leggins und die violette Batikbluse. Dazu trug sie ein kurzes Schwert und zusätzlich noch einen Dolch, der allerdings in ihrem Stiefel nicht zu sehen war.

»Wie gut, dass es jetzt endlich Nachschub gibt. Bevor wir anderen eine Chance hatten, davon zu probieren, hatten die verdammten Trolle deine Plätzchen schon verputzt, Marco. Nur gut, dass ich Breen helfe, während du die Kuchen wegbringst, denn dann kriege ich jetzt endlich auch mal einen deiner Kekse ab.«

»Auf jeden Fall. Bis dann!«

Morena trat zu Breen hinter den Stand und blickte auf die Schwerter, Bogen und Köcher, die unter dem Tisch gestapelt waren.

»Es hat gut angefangen«, meinte sie. »Die Kleinen sind vollkommen aus dem Häuschen, und die arme Aisling hatte alle Hände voll damit zu tun, sie für die Spiele in verschiedene Gruppen aufzuteilen, aber zum Glück war sie ja nicht allein. Auch Harken ist da unten, siehst du ihn? Und mit dem Ponyreiten und den Pferderennen – die in Höhe von Margs Haus beginnen – hat er ebenfalls genug zu tun.«

Sie packte eine erste Ladung Plätzchen aus. »Marg ist an einem Stand beim Cottage meiner Nan, an dem es Wolle und Pullover, Mützen, Schals und solche Sachen gibt. Ich hoffe nur, dass ich in meinem Leben nicht noch mal so viele Schafe wie in diesem Frühjahr scheren muss.«

Sie ließ sie wissen, wo die anderen alle waren, merkte Breen.

»Den Stand muss ich mir ansehen – nicht der Wolle wegen, denn in Handarbeit bin ich ein hoffnungsloser Fall –, doch die Pullover und die anderen Sachen interessieren mich durchaus. Hilft Sedric ihnen dort?«

»Er hat ganz in der Nähe einen Stand mit seinen eigenen Backwaren. Die Konkurrenz im Backzelt ist in diesem Jahr besonders groß.«

Sie unterhielten sich im Plauderton, und da Morena besser handeln konnte, überließ ihr Breen die Schacherei und packte selbst die Waren ein.

»Es heißt, dass Tarryn morgen mit ein paar der Drachenreiter kommt und etwas Zeit mit der Familie verbringen will, und Keegan erst die Feiern in den anderen Ecken von Talamh besuchen will, bevor er dann zur Sommersonnenwende auch herkommt.«

Natürlich wusste Breen das alles schon, doch es war tröstlich, es noch mal zu hören. »Es tut mir leid, dass deine Eltern nicht nach Hause kommen können, um zu sehen, wie schön es hier geworden ist.«

»Ich bin mir sicher, dass die Feier in der Hauptstadt auch nicht übel ist.«

Vor allem brauchten sie dort mehr Soldaten und Erwachsene, die dort nach den Kindern sahen.

Doch hier im Tal verspürte Breen nicht einmal einen Anflug von Gefahr. Um sie herum war alles aufregend und bunt, ein Volksfest, bei dem die Väter ihre Kinder auf den Schultern trugen und die Leute bei den Wettbewerben jubelten und applaudierten, wo die Fahnen und Girlanden in der warmen Brise wehten und die Pärchen Händchen haltend durch die Gegend schlenderten, um sich in Ruhe alles anzusehen.

Nach etwa einer Stunde kam Marco anstolziert.

»Beim Kirschkuchen hat Sedric mich geschlagen, aber gegen meinen Erdbeerkuchen hatte niemand eine Chance. Das heißt, es war ein denkwürdiger Nachmittag.« Einen Arm um ihre Schulter, ging er mit ihr los, um sich die erste Runde Bogenschießen anzusehen. »Wie geht es meiner Breen?«

»Hervorragend, obwohl noch jede Menge Arbeit vor uns liegt, weil du noch einmal jede Menge Plätzchen backen musst.«

»Und dazu backe ich für morgen noch ein Sodabrot, auch wenn Finolas Sodabrot auf jeden Fall unschlagbar ist.«

Sie sahen zu, wie Brian und Morena in die nächste Runde kamen, amüsierten sich beim Sackhüpfen der Kinder, feuerten die Reiter nach dem Start des Pferderennens an, besuchten Marg an ihrem Stand, und abends sangen sie im Duett. Und danach tanzte Breen mit Sedric, Brian und einem müden Kavan, dessen Kopf an ihrer Schulter lag.

Und als die Sonne unterging und sie am Lagerfeuer saßen, schob der junge Finian seine Hand in ihre und erklärte traurig: »Ich muss gleich ins Bett.«

Breen sah dorthin, wo Kavan in den Armen seines Vaters und der kleine Kelly in dem Tuch, das Aisling umgebunden hatte, schlief.

»Die Spiele und der Spaß werden ja morgen weitergehen.«

»Ich freue mich vor allem auf die Drachenreiter, weil ich

schließlich selbst mal einer werde, und ich habe jetzt schon öfter von dem Drachen geträumt, von dem du gesagt hast, dass er mal mein Drache wird.«

»Ach ja?« Breen nahm den Jungen auf den Arm, und müde lehnte er den Kopf an ihre Schulter.

»Glaubst du, dass ich ihn jetzt bald reiten kann? Auf meinem Pferd reite ich schon sehr gut, auch wenn ich noch nicht galoppieren darf.«

»Du wirst ihn früher reiten, als du denkst, auch wenn es noch ein bisschen dauern wird, weil er noch seine Mutter braucht.«

»Du hast ihn an dem Tag gesund gemacht. Das habe ich gespürt«, erklärte er und sah sie unter halb geschlossenen Lidern hervor an. »Die dunklen Kräfte haben ihm wehgetan und hätten fast sein Licht gelöscht. Aber du hast es gefunden und es wieder stark gemacht.«

»Hast du das gespürt oder gesehen?«

»Beides. Glaubst du, dass ich mal mit dir und deinem Hund auf deinem Drachen reiten kann?«

»Wenn deine Mutter damit einverstanden ist.«

Sie wollte ihn zu Aisling tragen, doch mit einem Mal sah sie das Feuer und den Rauch.

Sie sah sich selbst in Odrans Welt. In der von einem dunkelroten Himmel überspannten schwarzen Burg, zu deren Füßen sich das Meer gewaltsam an den rauen Klippen brach.

In ihrer Hand hielt sie ihr blutgetränktes Schwert, und Odran stand ihr gegenüber, und die von ihm aufgerufenen Stürme peitschten ihm die goldenen Haare ins Gesicht.

Und dann sah sie im Feuer, dass sie sich entschieden hatte. Weil nur dieses eine Ende möglich war.

»Ich habe dich gesehen.« Gähnend schmiegte Finian sich

noch enger an sie. »Aber ich weiß nicht, wo du warst. Ich habe diesen Ort zum ersten Mal gesehen, aber ich weiß, er war nicht gut. Das wusste ich, obwohl ich keine Ahnung hatte, wo das war. Warum bleibst du nicht hier bei uns im Tal? Hier ist es schön.«

Er hatte dieses Bild gesehen, weil er die Gabe hatte und mit ihr verbunden war. Doch er war noch ein kleines Kind und hätte noch nicht wissen sollen, dass es derart dunkle Orte gab.

»Ich komme morgen wieder«, versprach sie ihm, strich ihm über das Haar und füllte seinen Kopf mit süßen Träumen an.

Er lächelte sie an, dann aber fielen ihm die Augen zu, und er versank in dem vertrauensvollen, tiefen Schlaf, wie er nur Kindern möglich war. Breen übergab ihn seinen Eltern, und sie trugen ihn zusammen mit den beiden anderen Jungen heim ins Bett.

»Sag bloß nicht, dass du schon nach Hause gehen willst«, ertönte Marcos Stimme hinter ihr, und lächelnd drehte sie sich nach ihm um.

»Wer sagt, dass ich jetzt schon nach Hause will?«

»Normalerweise willst du immer gehen, wenn es am schönsten ist.«

»Ohne dass mein bester Freund mich auch nur ein einziges Mal zum Tanzen aufgefordert hat?«

»Na komm.« Er packte ihre Hand, zog sie vom Feuer und von den Visionen zurück ins Licht und zur Musik und schwenkte sie dort gut gelaunt im Kreis.

Nach ihrer Heimkehr schlief sie traumlos bis zum nächsten Morgen durch, und als die Bilder in der durchlässigen Stunde zwischen Tag und Nacht versuchten, sich in ihr

Gehirn zu schleichen, stand sie auf, ließ Faxe raus und lief in ihrem eigenen und im Licht der Elfen durch den Garten, um zu sehen, wie weit die Arbeiten an Marcos Haus gediehen waren.

Er hatte gelbe Außenwände haben wollen, denn die sahen selbst an trüben Tagen fröhlich aus, und Breen stellte sich ihn in seiner zukünftigen Küche und in seinem Musikzimmer mit seinen Instrumenten vor.

So vieles hatte sich in einem Jahr verändert. Wundersam und wunderbar.

Sie ging zurück ins Haus und schrieb dort einen Blog über den Garten, Marcos Haus und all die anderen wundervollen Dinge, die in einem Jahr geschehen waren.

Auch Marco stand früh auf, um neue Plätzchen für den Stand zu backen, und als gute Freundin räumte Breen die Küche auf.

Dann trugen sie die Backwaren wie am Vortag rüber nach Talamh. Breen half ihm an seinem Stand und schaute zu, wie ihre Freundin ihren Falken fliegen ließ. Dann sah sie, dass die Drachenreiter aus dem Osten kamen, und lud Finian zu einem Flug auf Lonrach ein.

Nach ihrer Landung rannte er dorthin, wo Tarryn stand.

»Hast du mich fliegen sehen, Nan? Hast du mich auf dem Drachen reiten sehen?«

»Na sicher, du bist wie der Wind geflogen, und ich hoffe sehr, du hast dich ordentlich bei Breen für diesen Ritt bedankt.«

»Das habe ich, das habe ich, aber noch einmal vielen Dank. Und jetzt komm mit und sieh mir zu, wie ich was an der Wurfbude gewinne.«

»Ich komme gleich.«

Noch immer strahlend lief der Junge los, und lächelnd wandte Tarryn sich an Breen. »Du hast seine Augen leuchten lassen.«

»Ich schätze, dass er eher von Lonrach als von mir derart begeistert war.«

»Und wo ist da der Unterschied? Aber egal, ich freue mich unglaublich, hier zu sein. Die Feier in der Hauptstadt ist zwar wirklich prächtig, aber trotzdem habe ich mich mehr als alles andere auf die Zeit bei euch gefreut. Genießt du unser Festival?«

»Auf jeden Fall. Wo ist denn Minga?«

»Dort, wo sie gebraucht wird. Und ich fürchte, dass auch Keegan heute noch nicht kommen kann. Doch morgen wirst du ihn hier sehen.«

Morgen, dachte Breen und sah auf Finian, der mit seinem Preis zu seiner Mutter lief, und auf Morena, die genau wie Brian abermals beim Bogenschießen war. Dann setzte sie sich neben Marg auf eine Mauer und aß eine von den fein gewürzten Fleischpasteten, die von Sedric zubereitet worden waren.

Wie prophezeit fiel Marcos Brot ein wenig hinter dem berühmten, von Finola für den Wettbewerb gebackenen Sodabrot zurück, doch sein Zitronenbaiser war ein Triumph.

»Dann hast du also jetzt bereits das zweite Siegerband bekommen. Da stellst uns alle in den Schatten, Marco«, stellte Marg mit einem gespielten Seufzer fest.

»Und dabei kommt mein Sandkuchen erst morgen dran.« Aufgeregt und glücklich ließ er sich zu ihnen auf die Mauer fallen. »Vor allem aber muss ich Brian morgen beide Daumen drücken, weil er schließlich meine große Liebe ist. Wogegen du, Breen, deiner Freundin beide Daumen drücken musst, weil schließlich einer von den beiden unbedingt den goldenen Pfeil gewinnen soll. Nur gut, dass Keegan in der Hauptstadt ist und nicht an diesem Wettkampf teilnehmen kann. Was eindeutig ein Nachteil seines Jobs als Taoiseach ist. Brian sagt, dass niemand so gut mit dem Bogen umgehen kann wie er, und schließlich müsstest du dann ihm die Daumen drücken statt Morena, weil sich das so zwischen Liebenden gehört. Versuch am besten gar nicht erst, mir zu erzählen, dass du ihn nicht liebst.«

Sie zuckte mit den Achseln, so wie Keegan es sonst tat. »Ich würde trotzdem zu Morena halten, denn wir Frauen müssen nun einmal zusammenstehen.«

Marco wackelte mit seinen Brauen und stieß Marg mit einem Ellenbogen an. »Was nicht heißt, dass sie ihn nicht liebt.«

Breen sagte nichts, doch sie genoss auch weiter jeden Augenblick des Tages, bis schließlich wieder einmal viel zu schnell die beiden Monde aufgingen.

Und als der längste Tag anbrach, stand sie auf einem Hügel in Talamh, betrachtete das erste Licht, hörte die Steine singen und spürte, dass ein ganz besonderer Zauber über allem lag.

Sie hätte sich kein schöneres oder stärkeres Zeichen dafür wünschen können, dass das Schicksal ihr und diesem Land gewogen war. Sie würde tun, was nötig war, damit auch nächstes Jahr am längsten Tag das Licht anbrechen und die Steine singen würden so wie jetzt.

Dann setzte sie sich zu den Leuten, die sie liebte, an den Tisch im Hof, an dem es Marcos großes Sommersonnenwendenfrühstück gab, lauschte ihren Stimmen, sah in die Gesichter und erkannte, dass ihr Glück in diesem Augenblick vollkommen war.

»Heute ist der große Tag«, bemerkte Marco, als sie mit dem letzten Berg an Backwaren auf dem Weg von ihrem Haus in Irland nach Talamh waren. »Und vielleicht läuft ja alles einfach so, wie's laufen sollte und wir feiern nur ein großes Fest, denn schließlich gab es in den letzten beiden Tagen keine Anzeichen dafür, dass es anders laufen wird, nicht wahr?«

»Darauf solltest du dich nicht verlassen, Marco. Trotzdem musst du weiterhin gewappnet sein.«

»Das bin ich. Auch wenn ich jetzt erst einmal mein drittes Siegerband gewinnen will, weil mein berühmter Rührkuchen einfach unschlagbar ist.«

»Das stimmt.«

»Auf jeden Fall. Aber natürlich bin ich auch bereit zu kämpfen, falls uns dieser Psycho dieses Fest vermasseln will. Wir passen auf dich auf, Breen, heute und für alle Zeit.«

Dann waren sie wieder in Talamh.

»Ich bin echt froh, dass wir so früh hier drüben sind, denn ich will sehen, ob Loga seinen Titel gegen Ban verteidigt oder nicht. Oh, Mann, sieh dir diese Jongleure an! Sie werfen ihre Fackeln durch die Luft und fangen sie sie wieder auf, als wäre es das reinste Kinderspiel. Nicht einmal im *Cirque du Soleil* kriegen sie so was hin.«

Breen ging mit ihm zu seinem Stand. »Du bist inzwischen hier im Tal zu Hause, und das wirst du auch in deinem Häuschen sein. Wir beide leben plötzlich in zwei Welten, Marco, dabei haben wir den Großteil unseres Lebens nicht einmal in eine Welt gepasst.«

»Außer wenn wir im Sally's waren.«

»Außer wenn wir im Sally's waren.«

»Ich sehe, dass du dir Gedanken machst.« Er tippte mit

dem Finger gegen ihre Stirn. »Du hast hier diese …« Lächelnd brach er ab, drehte sie um und zeigte in die Luft.

Sie folgte seinem ausgestreckten Arm und sah, dass Keegan auf dem Rücken seines Drachen und flankiert von anderen Drachenreitern angeflogen kam.

Die Leute fingen an zu jubeln, und Breen war sich sicher, dass der Jubel über seine Heimkehr überall im Tal zu hören war.

Sie selbst blieb einfach stehen. Es würde eine Weile dauern, bis er zu ihr kommen konnte, schließlich konnte er sich den Traditionen und den Pflichten nicht entziehen.

Irgendwann machte er sich endlich auf den Weg zu ihrem Stand, betrachtete die Backwaren, wies auf eins der Pfirsichtörtchen und erklärte Breen: »Das nehme ich. Was willst du dafür haben?«

»Für unseren Taoiseach gibt es das umsonst.«

»Oh, nein, denn schließlich wurde Arbeit in das Törtchen investiert, und deshalb hat der Bäcker einen Lohn dafür verdient. Warst du an der Herstellung beteiligt?«

»Ich habe nur die Pfirsiche geschält und nach dem Backen noch die Küche aufgeräumt.«

»Das heißt, dass du daran beteiligt warst. Tja nun, ich gebe dir die hier dafür.«

In seiner offenen Hand lag ein Paar Ohrringe in Tropfenform. Die zwei Saphire waren an feinen Silberdrähten festgemacht und schimmerten im Sonnenlicht.

»Das ist doch viel zu viel für dieses kleine Törtchen«, meinte Breen.

»Jetzt nimm sie schon«, wies er sie brummig an. »Ninia in der Hauptstadt hat gesagt, sie wären für dich gemacht. Also steck sie dir gefälligst in die Ohren, ja?« Er packte ihre

Hand, drückte die Ohrringe hinein und schnappte sich ein Stück Gebäck.

»Übernimm du kurz den Stand, Liam. Du sollst sie anziehen, habe ich gesagt«, wandte sich Keegan abermals an Breen, nahm wieder ihre Hand und stapfte los. »Ich will ein Stückchen laufen und vor allem einen gottverdammten Augenblick mal meine Ruhe haben.«

Er zerrte sie in Richtung des Willkommensbaums und wechselte von einer in die andere Welt.

»Was machst du da? Was hast du vor? Sie werden alle denken, dass du mit mir rüber bist, damit du mich flachlegen kannst.«

»Weswegen sollte ich dich … ah, verstehe.« Müde schob er sich die Haare aus der Stirn. »Ich wünschte mir, ich hätte Zeit dafür. Aber lass sie das ruhig denken, und lass ruhig auch Odran denken, dass wir deshalb hergekommen sind. Ich habe nämlich keinen Zweifel daran, dass er uns inzwischen kaum noch aus den Augen lässt, weil er uns heute überfallen wird. Das weiß ich so genau, so wahr ich Taoiseach bin.«

Sie begegnete dem intensiven Blick der leuchtend grünen Augen, die voll Licht und Leben waren. »Er wird uns wirklich heute überfallen.«

»Das weißt du, weil du es gesehen hast.«

»Ich kann es deutlich spüren.«

»Ich auch.« Er kehrte ihr den Rücken zu, marschierte auf und ab und stellte grimmig fest: »Er weiß, dass uns die Sommersonnenwende wichtig ist, und denkt, dass wir deshalb nicht auf ihn vorbereitet sind. Aber da irrt er sich. Ich wollte mir dir sprechen, wo er uns nicht sehen oder hören kann, und hätte schon ein bisschen früher kommen wollen, aber dann meinte Harken, dass die Stute, die wir von Merlin haben decken lassen, jeden Augenblick ihr Fohlen kriegt.«

»Sie kriegt ihr Fohlen? Soll ich sehen, ob ich ihr helfen kann? Das habe ich bisher noch nie gemacht, aber ich kann es gern versuchen, wenn ihr wollt.«

»Er meint, er kommt damit allein klar, und er glaubt nicht, dass es Probleme geben wird.«

Er wandte sich ihr wieder zu und runzelte die Stirn. »Warum legst du die Ohrringe nicht an? Gefallen sie dir nicht?«

»Natürlich tun sie das, denn schließlich sind sie wunderschön. Nur dass …«

»Dann leg sie an, damit ich mir darüber nicht mehr meinen Kopf zerbrechen muss.«

»Okay. Was wolltest du mir sagen, wovon niemand anderes etwas mitbekommen soll?«

»Das Odran heute seinen Angriff starten wird, auch wenn du das schon selbst wusstest, und dass du in unserer Nähe bleiben sollst. Ich muss mich unters Volk mischen, weil das von mir erwartet wird. Aber du läufst trotzdem nicht allein durch die Gegend, sondern bleibst so nah wie möglich bei den anderen.« Er packte sie bei den Schultern. »Sei bereit. Wir werden kämpfen und ihn nach Talamh locken wie geplant. Wir locken ihn nach Talamh, weil er hier nicht so stark ist wie in seiner eigenen Welt. Wir haben ihn ein ums andere Mal in seiner eigenen Welt bekämpft und jedes Mal gestoppt, aber vernichtet haben wir ihn nicht.«

»Das ist mir klar.«

»Hab keine Angst. Du weißt, dass ganz Talamh auf deiner Seite steht.«

»Ich habe keine Angst.«

Er tippte einen der Saphire an, und sachte schwang der blaue Tropfen hin und her. »Die Klunker stehen dir wirklich gut. Und auch wenn ich wirklich große Lust hätte, dich flachzulegen, ist dafür jetzt einfach keine Zeit.«

Mit diesen Worten zog er sie an seine Brust und presste ihr die Lippen auf den Mund.

Begierig sog sie seinen Geschmack und Duft und das Gefühl von seinen Lippen in sich auf. Und hielt ihn noch ein wenig fest.

Dann aber trat er einen Schritt zurück, hielt aber weiter ihre Schultern fest und sah ihr ins Gesicht. »Wir beide müssen in die Hauptstadt fliegen. Über ganz Talamh hinweg, damit uns alle sehen und wissen, dass die Dunkelheit geendet hat.«

»Es ist noch nicht vorbei.« Sie legte eine Hand an sein Gesicht. »Aber ich werde bei dir sein, und ganz Talamh wird wissen, dass die Macht der Dunkelheit gebrochen ist.«

»Und danach haben wir hoffentlich ein bisschen Zeit für uns allein, denn das ist alles, was ich will.«

Er küsste ihre Hand, doch auf die abwesende Art, die ihr verriet, dass er gedanklich bereits ganz woanders war.

Bei seinem Land, der Schlacht, dem Ende dieses Kriegs.

»Bleib bei den anderen«, bat er sie ein letztes Mal und führte sie zurück aus Irland nach Talamh.

Bei ihrer Rückkehr wurden sie in Farben, in Bewegung und Musik gehüllt. In den besonderen Zauber, der ihr altes Leben vollkommen verändert hatte und ihr neues Leben war.

Sie wandte sich an Keegan, rahmte sein Gesicht mit ihren Händen, und dann presste sie ihm in Talamh und vor den Augen aller, die es sehen wollten, ihre Lippen auf den Mund.

»Ich bin bereit und werde bei dir sein.«

Die Leute, die sie sahen, grinsten, aber hoch erhobenen

Hauptes kehrte sie zurück an ihren Stand, wo Liam sie vertreten hatte. »Ich kann wieder selbst weitermachen, vielen Dank.«

Und während über seinem Kopf die Drachen flogen, auf den Weiden Schafe grasten und die Felder voll mit goldenem Getreide standen, mischte sich der Taoiseach wieder unters Volk.

Breen öffnete sich für das Leben, das im Stall das Licht der Welt erblicken würde, und sah einen kleinen Hengst mit Merlins Zeichnungen.

Sie legte eine Hand auf Faxes Kopf, betrachtete versonnen diese ihre Welt, und ein Gefühl von Frieden wogte in ihr auf.

Für einen kurzen, klaren Augenblick war dieser Frieden absolut.

Und als das Horn ertönte und im ganzen Tal Alarm gegeben wurde, wusste sie, es gab nur eine Möglichkeit.

»Pass auf die Kinder auf!«, befahl sie Faxe und zog ihr Schwert.

# 30

Die Feen und die Elfen nahmen die Kinder auf die Rücken oder in die Arme, breiteten die Flügel aus und flogen sie durch den Willkommensbaum.

Die Kleinen würden auf der anderen Seite bleiben, bis es sicher wäre, wieder heimzukehren.

Nachdem die letzte Schlacht gewonnen war.

Die bis zu diesem Augenblick versteckten Schwerter, Bogen, Knüppel, Speere wurden an die Kriegerinnen, Krieger und an alle anderen, die kämpfen konnten, ausgeteilt. Breen schnappte sich zu ihrem Schwert noch einen Bogen sowie einen Köcher voller Pfeile, hängte ihn sich um und rannte los.

Die Zelte, wo die Festivalbesucher Kuchen und verschiedene andere Leckereien hatten kosten können, wurden von den Weisen in Stationen zur Versorgung der Verwundeten verwandelt, und wo eben noch Kinder um die Wette gelaufen waren, bezogen erwachsene Fey mit ihren Waffen Position.

So wäre es im ganzen Land.

Wenn Odran käme, träfe er auf eine gut bewaffnete und sorgsam vorbereitete Armee.

Er würde dieses Tal ganz sicher nicht erobern. Und auch keine andere Gegend von Talamh.

Breen bückte sich nach ihrer unter ihrem Stand versteckten Kette und dem Diadem und legte beides an.

Und während sie nach ihrem Drachen rief, zog eine Formation aus anderen Drachen bereits als Verstärkung Richtung Wasserfall, und die Kavallerie schoss dicht an ihr vorbei. Späher flogen Richtung Osten, um die anderen zu warnen, falls der Feind die Linien am nächsten Übergang durchbrach.

Wahrscheinlich aber hatte Sedric das Portal zur Welt der roten Ranken so verschlossen, dass der Feind darin gefangen saß.

Als Lonrach kam, stieg sie mit Faxe auf.

»Moment!« Mit Schwert und Armbrust kam der treue Marco angerannt. »Ich komme mit.«

Sie schüttelte den Kopf.

»Ich schaffe das, denn Brian ist beim Wasserfall. Verdammt, er steht dort in der ersten Reihe, und ich lasse ihn ganz sicher nicht im Stich.«

Breen seufzte, doch dann sagte sie zu ihm: »Wir passen auf, dass du nicht runterfällst.«

»Flieg einfach los.«

Sie spürte, dass er zitterte, als sich der Drache in die Luft erhob, doch wenige Sekunden später tauchten Harken und Morena auf dem Rücken von Harkens Drache neben ihnen auf.

»Wir kommen mit«, rief ihr die Freundin zu. »Keegan und Mahon und mindestens ein Dutzend anderer sind schon los. Aisling kümmert sich mit um die Kinder, die auf eurer Seite sind, und meine Nan hat weitere Kinder in einen der Schutzräume im Tal gebracht.«

»Was ist mit meiner Nan und Sedric?«, fragte Breen.

»Er lässt die Falle zuschnappen«, erklärte Harken ihr. »Das heißt, dort kommen sie nicht durch.«

Auch aus dem fernen Westen kamen Reiter und Soldatenfeen und -elfen, und Breen wusste, die Meerleute verstünden es zu verhindern, dass der Feind über das Wasser kam. Sie hörte auch das wilde Kriegsgeschrei der Trolle, die mit ihren Speeren und mit ihren Knüppeln wahrhaft furchteinflößend waren, und dachte kurz an Sul und deren kleine Tochter, die an einem sonnenhellen Tag im Mai geboren war.

Ihr Herz schlug bis zum Hals. Dies war was völlig anderes als die Schlacht am Schlangenbaum. Dort waren sie plötzlich angegriffen worden, aber diesen Kampf hier hatten sie erwartet und ihr Vorgehen sorgfältig geplant.

Jetzt flog sie nicht, um andere zu warnen, sondern um zu kämpfen. Um zu töten und die Sache ein für alle Mal zu beenden, ganz egal zu welchem Preis.

Obwohl sie etwas anderes behauptet hatte, verspürte sie die Furcht, nicht zu genügen und Talamh nicht ein für alle Mal von der Macht des Bösen zu befreien.

Sie schloss die Augen, um sich auf die Kräfte zu besinnen, die ihr mitgegeben worden waren.

Natürlich würde sie genügen, denn sie hatte keine andere Wahl.

Sie flogen durch die Wälder dorthin, wo der Wasserfall sich donnernd in den Fluss ergoss, wo lautes Kampfgeschrei ertönte und ihr der Gestank von Rauch und Tod entgegenschlug.

Mit einem dumpfen Knurren stürzte Faxe sich auf einen dunklen Wer in Wolfsgestalt und schlug ihm seine Zähne in den Hals. Breen packte Marcos Hand und sah ihm ins Gesicht.

»Bleib am Leben, Marco.«

Damit folgte sie dem Hund. Sie durfte jetzt nicht überlegen, sondern musste einfach handeln, ging ihr auf.

Sie schickte einen Kraftstrahl auf den dunklen Elf, der auf sie zugeflogen kam, und als die dunkle Fee, die auf sie losging, sie erkannte und kurz überlegte, ob sie sie tatsächlich attackieren sollte, wehrte sie den Schwerthieb ab und bohrte ihr die Spitze ihres eigenen Schwerts ins Herz.

Sie sollten sie gefangen nehmen und nicht töten, wurde ihr bewusst.

Und das hieß, dass sie im Vorteil war.

Sie nutzte diesen Vorteil weidlich aus und kämpfte mit dem Schwert, mit der ihr eigenen Kraft, mit Fäusten und mit Füßen, denn so hatte Keegan es ihr während seines gnadenlosen Trainings beigebracht. Sie nutzte alles, was sie hatte, um den Feind daran zu hindern durchzubrechen.

Doch es kamen immer neue Gegner nach.

Sie köpfte einen Dämonenhund, und der Geschmack von seinem Blut in ihrem Hals rief ein Gefühl des Grauens in ihr wach. Dann wehrte sie entschlossen einen Kraftstrahl ab, die Hexe mit den dunklen Zügen und dem dunklen Herzen aber kam auch weiter auf sie zu und schoss aus ihren Fingerspitzen winzig kleine Feuerkügelchen und Pfeile auf sie ab.

Breen spürte einen Stich, als einer von den Pfeilen ihre Flanke traf.

Die Hexe lächelte sie an. »Ich wollte dich nur leicht verletzen, damit noch genug von deinem Blut für Odran übrig ist.«

»Er wird mein Blut nicht kriegen.« Breen verschränkte ihre Arme vor der Brust, betastete die Wunde, breitete die Arme wieder aus und schickte einen Strahl aus ihrer Kraft und Blut aus ihrer Seite los. Die Hexe rannte kreischend los, doch dann ging sie in Rauch und Feuer auf.

Ein Gargoyle sprang aus einem Baum auf ihren Rücken,

grub ihr seine Krallen in die Haut und riss sein Maul im Blutrausch auf, um ihr die Zähne in den Hals zu schlagen, als er plötzlich, einen Pfeil im Rücken, auf die Erde fiel.

»Ich passe auf dich auf«, erklärte ihr Morena und schoss noch zwei andere Wasserspeier ab.

Dann rannte Faxe durch den Rauch und biss den Gargoyle tot, der noch kriechen konnte.

»Marco?«

»Hat sich wie von Sinnen bis zu Brian durchgekämpft. Gefahr von rechts.«

Breen wirbelte herum und drosch auf ihren neuen Gegner ein.

»Brian hat was abbekommen, doch zum Glück war es nicht schlimm.« Da ihr die Pfeile ausgegangen waren, zog Morena kurzerhand ihr Schwert. »Harken hat die Wunde schon geschlossen, aber dich hat's ebenfalls erwischt.«

»Aber nur leicht. Es sind zu viele.«

»Allerdings. Wir müssen uns zurückfallen lassen, damit sie uns jagen und dann auf die zweite Linie treffen. Keegan – ah, er gibt schon den Befehl dazu.«

Breen blickte auf, als Keegan auf dem Rücken seines Drachen angeflogen kam. Er beugte sich zu ihr herab, nahm ihren Arm und zog sie hoch. »Wir lassen uns zurückfallen.«

Bevor das Horn zum Rückzug blies, flog auch Morena bereits los.

»Du blutest«, stellte Keegan fest.

»Das kriege ich schon wieder hin.«

»Dann kümmer dich erst mal um dich. Wir haben ihnen schon riesige Verluste zugefügt.« Er wendete den Drachen und ließ Feuer auf die Reihen ihrer Feinde niedergehen. »Und wenn sie auf die zweite Linie treffen, setzen unsere

Leute ihnen dort noch stärker zu. Du hältst dich erst einmal im Hintergrund, denn wenn sie auf die zweite Linie treffen, werden sie endgültig erkennen, dass das eine Falle war.«

»Ich kann noch weiterkämpfen.«

»Und das wirst du auch, doch erst mal hältst du dich im Hintergrund. Ein paar von ihnen werden sicher durch die zweite Linie brechen, deshalb haben wir noch eine dritte aufgestellt.«

Er flog über die Bogenschützen und die Schwert- und Speerkämpfer hinweg. Sie ritten oder flogen oder waren auf ihren eigenen wieselflinken Beinen unterwegs, und er befahl: »Solange sie im Wald sind, haltet ihr die Stellung, aber danach bringt ihr die Verwundeten ins Lazarett. Und ihr«, rief er den Drachenreitern zu, »lasst eure Drachen erst auf meinen Befehl hin Feuer speien.«

Schließlich landete Cróga, und Keegan wandte sich an Breen und wies sie an: »Du steigst hier ab und hältst dich erst einmal im Hintergrund. Bleib weiter stark, doch misch dich erst einmal nicht ein.«

Sie ließ sich auf den Boden fallen und merkte, dass das Warten sehr viel schlimmer als das Kämpfen für sie war. Ihr Herz fing an zu rasen, und das Blut rauschte noch lauter als der Wasserfall in ihren Ohren.

Auch alle anderen standen reglos da, doch sie verströmten eine glühend heiße Energie, und während eines endlos langen Augenblicks schien die gesamte Welt im selben Maß zu glühen wie stillzustehen. Nichts rührte sich im grellen Licht des längsten Tags.

Dann aber ließ Morena sich an ihrer Seite auf den Boden fallen und legte einen Pfeil aus ihrem zwischenzeitlich wieder aufgefüllten Köcher nach.

»Sie denken, dass sie unsere Linie durchbrochen und wir Reißaus genommen haben.«

Dann kam auch Harken, und mit Tränen in den Augen registrierte Breen, dass Faxe vor ihm auf dem Rücken seines Drachen saß. Dicht hinter ihnen hörte sie das animalische Geschrei der Feinde und das gleichförmige Trommeln in der zweiten Linie, ehe Brian, einen Arm um Marco, angeflogen kam.

»Moment, ich helfe ihm mit unserem Freund.«

Morena rannte los, schlang einen Arm um Marco und nahm Brian einen Teil seines Gewichts ab.

Sie setzten ihn behutsam auf dem Boden ab und schwebten, Brian mit gezücktem Schwert und sie mit einem Pfeil im Bogen, über ihm.

»Brian hat was abgekriegt, aber es geht ihm wieder gut. Es geht ihm wieder gut.«

Breen packte seine Hand und atmete erleichtert auf, denn all die Eingeweide und das Blut auf seinen Wangen und auf seiner Kleidung waren nicht von ihm.

»Mein Gott, da kommen sie.«

»Bogenschützen«, brüllte Keegan aus der Luft. »Ihr wartet noch!«

Sie heulten triumphierend, weil sie glaubten, dass sie ihre Gegner in die Flucht geschlagen hätten. Aber als sie aus den Bäumen brachen, brüllte Keegan: »Jetzt!«, und unter einer Flut von Pfeilen stießen sie statt weiterem Triumphgeheul nun elendige Schmerzensschreie aus.

»Reiter! Feuer!«

Brüllend spien ihre Drachen grauenhafte goldene, rote oder blaue Flammen, und kreischend gingen ihre Feinde darin auf. Ein dichter, ölig schwarzer Rauch stieg in den Himmel auf und bildete dort dunkle Wolken aus Gestank und Tod.

Doch die, die ihre Pfeile und die Flammen nicht getötet hatten, brandeten auch weiter gegen ihre zweite Linie an, bis die Fey den Gegenangriff starteten. Auch Breen lief wieder los.

Sie kämpfte gegen alles, was die Linie durchbrach. Ob Flügel- oder Klauenwesen, Were oder Hexen, sie wehrte entschlossen jeden Gegner ab.

Sie brachen immer wieder durch, ihr Vorstoß aber war gestoppt, das spürte Breen genau. Egal wie vielen es gelang, die Linie zu überwinden, träfen sie dahinter abermals auf kampfbereite Fey.

Nur würde dieser Sieg noch nicht das Ende sein.

Breen wusste nicht, ob Odran wirklich erscheinen würde und was sie und alle Fey für einen Preis dafür bezahlen müssten, käme er tatsächlich ihretwegen nach Talamh. Denn selbst geschwächt, war er trotz allem noch ein Gott.

Sie war das viele Blutvergießen einfach leid, doch während sie sich eine Träne aus dem Augenwinkel wischte, hörte sie, dass Marco schrie.

Sie wirbelte herum und sah, wie er zusammenbrach. Sie sah sein plötzlich farbloses Gesicht, sie sah das Blut auf seinem Hemd und sah den Elf, der ihm den Todesstoß versetzen würde, wenn sie es nicht schaffte, ihn aus dem Verkehr zu ziehen.

Sie schleuderte ihm ihre Kraft und grenzenlose Wut entgegen, und noch während er zu Staub zerfiel, ließ sie sich neben Marco auf die Knie fallen und presste eine Hand auf sein inzwischen blutgetränktes Hemd.

Die Schnittwunde in seiner Seite war erschreckend lang und tief.

»Ich mache dich gesund, ich mache dich gesund«, erklärte

sie ihm zähneklappernd, denn inzwischen hatte kalte Angst die heiße Wut in ihrem Inneren ersetzt.

Statt auf das Kampfgetümmel konzentrierte sie sich ganz auf ihren Freund. Er blickte zu ihr auf, doch seine Augen waren glasig, er stand eindeutig unter Schock.

»Es tut nicht wirklich weh.«

»Aber das wird es gleich. Es tut mir leid. Ich mache dich gesund, auch wenn ich dir dafür erst wehtun muss.«

Sie drang so tief wie möglich in ihn ein, doch sie war blind für all das Blut und taub für jeden Schmerz und für die Kampfgeräusche rund um sie herum.

Für sie gab's nur noch Marco, ihren Freund und Bruder, der sie nie im Stich gelassen und sie ihren Träumen geöffnet hatte und mit ihr in eine andere Welt gesprungen war.

Auf ihren Wangen mischte sich der Schweiß mit ihren Tränen und mit Marcos Blut, doch sie drang unbarmherzig immer tiefer in ihn ein.

Obwohl sie seine Schmerzen in sich aufnahm, bäumte er sich unter der Behandlung auf.

»Schlaf ein.« Es wäre leichter für sie beide, wenn er schliefe, dachte sie.

»Schlaf ein.«

Als er erschlaffte, zwang sie sich, es langsam und behutsam anzugehen.

Sie nahm einen Aufschrei und ein Poltern hinter sich wahr, doch sie hörte nicht mit ihrer Arbeit auf. Sie musste sich auch weiter auf die Rettung ihres Freundes konzentrieren.

Dann stand urplötzlich Keegan neben ihr. »Verdammt. Wie schlimm ist er verletzt?«

»Es sah nicht gut aus«, stieß sie keuchend aus. »Es wird zwar langsam besser, aber trotzdem brauche ich mehr Zeit.«

»Die hast du hier ganz sicher nicht, denn schließlich hätten sie euch eben hier fast umgebracht. Ruf deinen Drachen und bring ihn zum nächsten Heilerzelt.«

»Wenn ich ihn bewege …«

»Wenn er hier bleibt, bring ihn früher oder später einer von den Schweinehunden um, und dich gleich mit. Also bring ihn in Sicherheit, verdammt!« Er sandte einen Kraftstrahl aus, und eine von den Bestien schrie gellend auf. »Es ist für ihn hier zu gefährlich, Breen.«

»Wahrscheinlich hast du recht.«

Als Lonrach kam, bat Keegan sie: »Wehr du die Gegner ab, dann hieve ich ihn für dich rauf.«

Sie würde jede Kreatur vernichten, die es wagen sollte, Marco oder Keegan etwas anzutun. Sie holte aus, um einen angreifenden Höllenhund mit ihrer Waffe zu durchbohren, aber vorher stürzte sich schon Faxe auf das Biest und biss ihm knurrend in den Hals. Dann schwang er sich auf Lonrachs Rücken, legte Marco seine Pfoten auf den Bauch und heulte wie ein Wolf.

»Bring ihn in Sicherheit«, bat Keegan sie. »Wir wollen ihn schließlich nicht verlieren.«

»Das werden wir auch nicht.«

Sie flogen los, und wieder legte sie dem Freund die Hände auf die Stirn, damit er weiterschlief und weiterhin genas. Und auf dem Weg zum Heilerzelt sah sie die Großmutter und Sedric, die mit ein paar anderen die Verfolgung einer Gruppe Feinde aufgenommen hatten, die auch durch die zweite Linie durchgebrochen waren.

Es waren nicht viele, dachte sie und lenkte Lonrach vor das Zelt. Doch immer noch genug.

Das Böse starb anscheinend niemals aus.

»Wir kümmern uns um ihn. Bei uns ist er in guten Händen, Tochter«, sagte ihr ein alter Heiler zu, bevor er Marco vorsichtig von Lonrachs Rücken zog. Er war anscheinend deutlich stärker, als er aussah, dachte sie. »Du hast ihn schlafen lassen und begonnen, ihn zu heilen. Das ist gut. Jetzt übernehmen wir dich, Marco, und bald bist du wieder ganz gesund.«

Im Zelt lagen noch andere Verletzte, einige im Tiefschlaf, andere bereits auf dem Weg der Besserung.

»Am besten gucke ich mir dich erst mal genauer an.« Der Alte schloss die Augen und zog vorsichtig mit seinen dünnen Händen die Konturen der Verletzung nach. »Das Schwert ist tief in seinen Körper eingedrungen. Ich kann noch seinen Schatten sehen und dass es in die Leber eingedrungen ist. Aber die hast du wieder geheilt, und auch die Wunde geht schon wieder zu.«

»Bekommt ihr ihn wieder … wird er überleben?«, fragte Breen.

Der Heiler schlug die Augen wieder auf und glitt mit seinen Fingern sanft wie mit den Flügeln eines Schmetterlings über den Riss in Marcos Fleisch. Breen spürte seine Kraft, da sie die Hand von Marco hielt, und ein Gefühl der Wärme breitete sich in ihr aus.

»Natürlich wird er das, denn schließlich ist er jung und stark, und unsere Tochter selbst hat angefangen, ihn zu heilen. Aber jetzt überlass ihn mir, mein Kind.« Dann wandte er sich einem seiner Helfer zu. »Geh los und hol mir etwas von dem Mittel gegen Blutverlust und gegen den erlittenen Schock.«

»Ich danke dir. Und jetzt muss ich wieder los. Ein paar der Feinde sind zu dicht beim Heilerzelt. Du bleibst bei Marco, Faxe. Du bleibst hier und passt gut auf ihn auf.«

»Du solltest dich kurz setzen und zu Kräften kommen, Tochter, denn die Heilung war bestimmt sehr anstrengend für dich.«

»Ich kann nicht, denn ich muss so schnell es geht zu meiner Nan.«

Als sie nach draußen rannte, wählte sie statt ihres Schwerts den Zauberstab, denn ihre körperliche Kraft ließ wirklich langsam nach.

Sie lief zur Straße, auf der sie im letzten Jahr so oft gelaufen war, und sah, dass ihre Hilfe nicht mehr nötig war. Inzwischen standen Marg und Sedric ganz allein dort. Die Straße war mit getöteten Feinden übersät, und die, die hatten flüchten können, wurden von den anderen verfolgt.

Sie wollte Mairghread fragen, ob sie helfen würde, Marco wieder ganz gesund zu machen, aber dann ging plötzlich alles furchtbar schnell.

Es dauerte nur einen kurzen Augenblick.

Marg wandte sich ihr zu, griff sich ans Herz und atmete erleichtert auf, doch plötzlich wirbelte in ihrem Rücken eine dunkle Nebelschwade durch die Luft, Isolde trat daraus hervor und sandte einen mörderischen, roten Kraftstrahl aus.

Mit katzenhafter Schnelligkeit sprang Sedric hinter Marg und schirmte sie mit seinem Körper ab.

Bevor er selbst zu Boden ging.

Breen schrie entgeistert auf, ihr eigener Kraftstrahl aber traf ins Leere, denn der Nebel hatte die verfluchte dunkle Hexe längst schon wieder eingehüllt.

Marg ließ sich neben Sedric auf die Straße fallen, zog seinen Kopf in ihren Schoss und rief mit rauer Stimme aus: »Oh, nein, oh, nein, oh, nein. Mein Liebster und mein Leben. Lass mich nicht allein.«

»Das wird er nicht.« Obwohl sie wusste, dass ihm keine Kraft der Welt mehr helfen könnte, ließ auch Breen sich neben Sedric auf die Straße fallen. »Wir wecken ihn zusammen wieder auf.«

Doch Mairghread schüttelte den Kopf und presste Sedrics schlaffe Hand an ihr Gesicht.

»Marg«, sagte er leise.

»Ich bin hier, *mo chroí*. Bei dir.«

Die Finger waren kalt und schlaff, als Breen behutsam seine andere Hand ergriff.

»Meine beiden Schönen. Marg«, stieß er noch einmal aus und starb in ihren Armen auf der Straße vor dem Haus, in dem sie noch so viele Jahre hätten glücklich miteinander leben wollen.

Der Himmel und die Erde bebten unter Mairghreads Klagerufen, und mit lauter Stimme rief sie aus: »Ich schwöre, dass sie diesen Tag nicht überleben wird. Ich schwöre es bei allen Göttinnen und Göttern, denen des Lichts und denen der Dunkelheit, dass sie den Tag nicht überleben wird.«

»Es tut mir leid, es tut mir leid.« Von ihren eigenen Schluchzern zitternd, schlang Breen ihre Arme um die alte Frau.

»Er ist für mich gestorben und für dieses Land.« Marg wiegte ihn in ihrem Schoß und presste ihre Lippen auf sein silbergraues Haar. »Wir waren so lange füreinander und für unsere Heimat da. Und jetzt hat sie ihn mir genommen, nachdem Odran mir schon meinen Sohn genommen hat. Doch jetzt verlange ich Gerechtigkeit.« Sie küsste Sedric auf den Mund und brach in hemmungsloses Schluchzen aus.

»Hier kannst du nicht bleiben, Nan. Ich werde Hilfe holen, weil auch Sedric hier nicht liegen bleiben kann.«

Breen rannte los, doch nach den ersten Schritten wurde sie in dichten Nebel eingehüllt und hörte Margs entsetzten Schrei.

Sie wusste, wie es weitergehen würde, doch trotz allem blieb sie völlig ruhig. Das Weibsbild hatte Marg zur Ablenkung und gleichzeitig aus kleinmütigem Konkurrenzdenken heraus ermorden wollen, dann an ihrer Stelle aber den Mann umgebracht, der ihrem Vater bis zu dessen Tod ein Vater und ihr selbst ein Großvater gewesen war.

Sie würde Sedric rächen, dachte Breen, und rief mit lauter Stimme: »Los, Isolde, zeig dich mir.«

»Erst müssen wir noch eine Reise machen«, drang die Stimme durch den Nebel an ihr Ohr. »Denn es ist Zeit, dass du nach Hause kommst.«

»In Odrans Welt werde ich nie zu Hause sein. Mein wahrer Großvater liegt hier im Schoß von meiner Nan, nachdem du ihn getötet hast.« Sie wusste, dass sie sich bewegten, doch sie ließ die dunkle Hexe glauben, dass sie es nicht mitbekam. »Das heißt, ich komme ganz bestimmt nicht mit.«

»Du dummes Kind bist einzig Odrans wegen auf der Welt, und du kannst deinem Schicksal nicht entgehen. Bereits vor deinem ersten Atemzug stand fest, was einmal aus dir werden wird.«

»Dann hast du alles das also vorhergesehen? Alles, was passiert ist, seit ich auf die Welt gekommen bin?«

»Natürlich.«

Was für eine schwache, elendige Lügnerin Isolde war.

»Aber warum hast du zugelassen, dass ich deine Haut in Fetzen schneide, wenn du alles das vorhergesehen hast?«

»Ich hätte nicht erwartet, dass du derart große Kräfte hast. Doch Odran wird mich für das kleine Opfer großzügig entschädigen, wenn er die Macht ergreift und über dieses Land und alle anderen Welten herrscht.«

»Seine Soldaten liegen tot in ganz Talamh verstreut.«

»Du bist und bleibst einfach ein dummes Kind.« Isolde lachte auf. »Was soll er noch mit einem Heer, wenn er dich in die Finger kriegt? Du bist der Schüssel, mit dem er das Schloss zur grenzenlosen Herrschaft aufbekommt.«

Sie flogen dicht am Wald vorbei, doch auch wenn Breen dort immer noch das Klirren von Stahl, die Trommeln und die Schreie hörte, waren die Kämpfe fast vorbei.

Es würde nicht mehr lange dauern, und sie hätten es geschafft.

»Traust du dich nicht, dich mir zu zeigen?«

»Keine Angst. Bald wirst du alles sehen, was du sehen musst.«

»Du hast Shana mit dem Auftrag, Keegan zu ermorden, nach Talamh geschickt.«

»Ein Jammer, dass es nicht geklappt hat, auch wenn das bei einer so dummen und schwachen Frau, die den Verstand verloren hatte, eigentlich nicht anders zu erwarten war.«

»Auch da hast du wie schon so oft versagt. Und jetzt fürchtest du dich vor einem offenen Kräftemessen zwischen uns. Weil dir bewusst ist, dass ich stärker bin als du.«

»Ach ja? Und warum hüllt dich dann noch immer dieser Nebel ein? Und warum hast du nicht verhindert, dass mein Kraftstrahl den Geliebten deiner Großmutter erwischt und ihr das Herz gebrochen hat und dass ihr jämmerliches Schluchzen wie Musik in meinen Ohren klingt?«

Inzwischen hatten sie den Fluss erreicht. Die Schlacht dort war geschlagen, und das grüne Wasser lag jetzt wieder still im grünen Licht.

Sie waren auf dem Weg zum Wasserfall, und der besondere Stein, den Breen über dem Herzen trug, griff ihren Pulsschlag auf.

Für Talamh und für die Fey, sagte sie sich und reiste, immer noch in dichten Nebel eingehüllt, in Odrans Welt.

Die Kinder spielten, wie es Kinder sollten, auf dem Rasen vor dem Haus und in der Bucht. Aisling hatte sie im Auge und betete voller Inbrunst, dass sie bald zurück nach Hause könnten und in ihrer Welt dann weiterhin willkommen wären. Sie betete auch für die Sicherheit von ihrem Mann. Von ihren Brüdern, ihrer Mutter, ihren Freundinnen und Freunden. Betete, dass ihnen während dieser letzten Schlacht kein Leid geschah.

Dann tauchte Finian bei ihr auf. »Sie ist an diesen dunklen Ort gegangen. An diesen dunklen Ort, den ich nicht kenne, Ma.«

»Was redest du da für ein Zeug?«

»Ich meine Breen. Breen Siobhan. Sie ist jetzt dort, genau wie wir's am ersten Abend von dem Festival gesehen haben. Als ich neben ihr am Feuer saß.«

Erschrocken hockte sie sich vor den Jungen, bis sie mit ihm auf Augenhöhe war. »Sag mir, was du genau gesehen hast, Fin.«

»Ich war sehr müde, deshalb konnte ich es nur verschwommen sehen, aber sie war an einem bösen Ort. Das hat sie auch gesehen.«

»Nimm meine Hände und kehr in Gedanken an den Ort zurück, damit ich ihn mit dir zusammen sehen kann.«

»Es war ein böser Ort«, erklärte er noch mal, umfasste ihre Hände, und die Mutter spürte die für einen derart kleinen Jungen ungeheure Kraft, die er besaß. Er lenkte seinen Blick zurück auf die Vision, und plötzlich konnte Aisling ebenfalls die dunklen Bilder sehen.

Entschlossen stand sie wieder auf. »Pass auf die Kinder auf, Liam.«

Obwohl er lieber in die Schlacht gezogen wäre, statt mit ihr die Kinder von dem Festival in Sicherheit zu bringen, kam er eilig angerannt.

»Was ist?«

»Ich muss nach drüben, und zwar jetzt. Ich muss mit Keegan reden.«

»Aber wir sollen erst wieder rübergehen, wenn sie sagen, dass es sicher ist.«

Sie zog ihr Messer aus dem Gürtel und griff mit der anderen Hand nach ihrem Zauberstab. »Ich werde tun, was nötig ist. Pass du solange auf die Kinder auf.«

Morena flog zu Marg. »Sie haben gesagt, dass Marco … bei den Göttinnen und Göttern, Sedric. Marg, was ist …«

»Isolde. Sie hat Breen.«

»Das kann nicht sein. Sie ist bei Marco. Keegan hat gesagt …«

»Isolde hat sie mitgenommen. Und vorher hat sie Sedric umgebracht. Ich kann nicht sicher sagen, wann die beiden weg sind, denn die Schwaden des verfluchten Nebels haben mich betäubt. Lass ihn hier nicht liegen. Bring ihn rüber in das Zelt.«

»Lass mich erst Keegan holen.«

»Ich weiß nicht, wann sie weg sind«, wiederholte Marg, während ihr Drache auf der Straße landete. »Es hat mit mir begonnen, doch ich lasse ganz bestimmt nicht zu, dass meine Enkeltochter ihnen in die Hände fällt. Das lasse ich nicht zu.«

Mit diesen Worten stieg sie auf und flog bereits davon, als Aisling angelaufen kam.

»Hol sie zurück, Morena! Breen ist in der dunklen Welt. Hol sie zurück. Oh, nein, was haben sie dem armen Sedric angetan?«

»Verdammt und zugenäht. Marg hat es auf Isolde abgesehen, denn die hat Sedric umgebracht und Breen entführt. Ich muss zu Keegan, denn wir müssen rüber in die dunkle Welt. Bitte, Aisling, lass den armen Sedric nicht hier liegen. Bring ihn rüber zu den Heilern. Marco ist ebenfalls dort.«

»Ist er verletzt?«

Morena nickte knapp. »Bitte, Aisling, ich muss …«

»Ich kümmere mich um Sedric und um Marco. Geh!«

Die Luft war anders in der dunklen Welt. Das konnte Breen selbst durch den Nebel hindurch spüren. Sie war eiskalt und machte einem das Atmen schwer. Genauso wusste Breen, dass einige von Odrans Leuten sich in diese Welt zurückgeflüchtet hatten und er sie in seiner Wut persönlich abgeschlachtet hatte, weil sie ihm jetzt nicht mehr nützlich waren.

Sie hörte, wie das Meer sich zornig an den Klippen brach, und nahm den aufgewühlten Himmel wahr.

Sie sah sich selbst, wie sie, noch immer eingehüllt in dichten Nebel, auf den Klippen außerhalb der Mauern an dem blutgefüllten Opferbecken stand. Die hohen, zerklüfteten Felsen waren mit Leichen übersät.

Dort lag auch Torics Leiche, aber schließlich hatte sie ihm dieses Ende auch vor Langem prophezeit. Dann hatte Keegan also recht gehabt, und Odran hatte die Verbannten aus der Welt der Finsternis befreit.

Und in den Tod geführt.

Wie unter einem Zwang stieg sie noch weiter auf.

Bis sie, im allmählich abnehmenden Nebel, auf der höchsten Klippe Odran gegenüberstand.

An ihrer Stirn, den Wangen und den Händen klebte Blut. Von Marco und von Sedric, und die Bestie, die schuld an diesem Blutvergießen war, stand makellos, von Kopf bis Fuß in Schwarz, mit einer Mähne goldener Haare vor ihr.

»Meine Enkeltochter. Endlich bist du da.«

»Mein Großvater ist für Talamh gefallen und ein Held. Wogegen du ein elendiger Kindermörder bist und deine Anhänger geschlagen sind.«

»Das macht nichts, denn es kommen immer neue nach. Isolde, du hast deine Sache wirklich gut gemacht. Und jetzt versiegele das Portal, damit ich die Zeit mit meiner Enkeltochter ungestört genießen kann.«

»Euer Wunsch ist mir Befehl, mein König und Gebieter.«

Tu das, dachte Breen. Weil sowieso hier alles enden wird. Laut aber sagte sie: »Trotzdem wird meine Großmutter sie töten, und kein Siegel hält sie davon ab.«

»Kann sein.« Er winkte lächelnd ab. »Aber wie ich schon sagte, es kommen immer neue nach. Geschöpfe wie Isolde sind uns dienlich, und wenn sie uns nichts mehr nützen, werden sie von uns entsorgt. Aber dir habe ich ganze Welten, grenzenlose Macht und die besonderen Kräfte angeboten, die sonst nur die Götter haben, Kind.«

»Was eine Lüge war.«

Lachend schüttelte er sich das goldene Haar aus dem Gesicht. »Wobei mir Lügen schon des Öfteren durchaus dienlich waren. Und jetzt komm mit in meine Burg, damit das Fest beginnen kann.«

»Ich bleibe lieber hier, und wir beenden diese Sache ein für alle Mal.«

Sie zog ihr Schwert und rammte es ihm in den Bauch.

Er machte einen Schritt zurück, doch mehr aus Überraschung als vor Schmerz, und mit einem enttäuschten Seufzer zog er ihre Waffe aus dem Loch in seinem Bauch.

Er blutete nicht mal. Das hätte sie sich denken sollen, doch kampflos gäbe sie bestimmt nicht auf.

»Ein Schwert? Bist du tatsächlich so naiv zu denken, dass mich eine ganz normale Waffe töten kann? Ich bin ein Gott und werde bald der Herrscher über alle Welten sein!«

Er reckte seine Arme in die Luft, rief einen Blitz am Himmel auf und lenkte ihn mit einer Armbewegung dorthin, wo ein dunkler Dämon flog. Das Ungeheuer ging in Flammen auf und stürzte kopfüber ins Meer.

Mit Augen dunkel wie Onyxe wandte er sich abermals an Breen. »Ich werde dir ganz langsam deine Kraft aussaugen, damit du es lernst und den Verlust auch spürst. Und wenn dein Licht verblasst, wirst du auf allen vieren angekrochen kommen und mich anflehen, dass du mir die Füße küssen darfst. Und dann behalte ich dich noch als Haustier, zum Vergnügen, bis was Neues kommt.«

So könnte und so würde er es machen, wenn sie es nicht schaffen sollte, ihn zu töten, wusste Breen. Wenn sie nichts unternähme, würde ganz Talamh in Flammen aufgehen, und auch alle anderen Welten würden fallen.

»Das ist nicht mein Schicksal«, widersprach sie ihm. »Mein Schicksal habe ich im Feuer und im Rauch gesehen und sehe es auch jetzt. Ich bin Breen Siobhan O'Ceallaigh. Bin der Schlüssel, der nichts öffnen, sondern etwas schließen soll. Ich bin die Letzte unserer Linie, mit der es enden wird.«

Sie bündelte all ihre Kräfte, sandte sie in seine Richtung aus und machte einen Schritt zurück.

Mein Leben für die Leben aller, dachte sie im Fallen. Mein Licht für alle anderen Lichter, für Talamh und jede andere Welt. So soll es sein.

Sie hörte Odrans Wutschrei, kniff die Augen zu und riss sie wieder auf, als weniger als einen Meter oberhalb des todbringenden Felsens plötzlich jemand ihren Arm ergriff und sie nach oben zog.

»Verdammt, was machst du da?«

Benommen lehnte sie den Kopf an Keegans Schulter und hätte fast gelacht, als sie auch Faxe auf dem Drachenrücken sitzen sah. »Das habe ich nicht kommen sehen. Aber ich musste … mein Versprechen halten. Ich …«

Dann sah sie Mairghread, die von ihrem eigenen Drachen sprang, um auf Isolde loszugehen.

»Nan, oh, Gott.«

»Sie braucht ihre gerechte Strafe, aber du hast hier in dieser Hölle nichts verloren.«

»Nein, nein, Moment.« Denk nach, wies sie sich an. Denk nach, denk nach. »Das Schwert, es kann ihm hier nichts anhaben. Das ist der Grund, warum es nie vorbei gewesen ist.« Sie packte Keegans blutgetränktes Hemd. Sie hätte freiwillig ihr Leben hingegeben, doch das Schicksal hatte anderes mit ihr im Sinn. Weil sie auch weiterhin der Schlüssel war. »Du brauchst den Stab, Keegan, den Stab und nicht das Schwert, denn hier geht es um Recht und um Gerechtigkeit. Du musst ihn holen. Wir brauchen deinen Stab.«

»Ich hoffe, du hast recht.« Er streckte einen seiner Arme aus, während Breens Nan ein Stückchen unterhalb Isolde gegenübertrat.

»Du hast schon mal dein Glück bei mir versucht und elendig versagt«, rief ihr Isolde in Erinnerung. »Und jetzt sind meine Kräfte noch viel größer, und vor allem habe ich den Herrscher über alle Welten, der auf meiner Seite steht.«

Marg sah sie reglos an, und ihre blauen Augen waren kalt wie Eis. »Genauso hast du schon mal dein Glück bei mir versucht und elendig versagt. Auch meine Kräfte sind inzwischen größer, und vor allem sind es Kräfte, die du selbst nie besessen hast. Ich habe damals Schwert und Stab freiwillig aufgegeben, aber trotzdem hast du mir mein Kind genommen, und heute hast du obendrein den Mann getötet, der die Liebe meines Lebens war und immer bleiben wird.«

Während ihrer Rede fing sie an, Isolde zu umkreisen, und in ihrem Rücken flogen andere Krieger durch das offene Portal, um Odrans letzte Truppen zu zerstören.

»In dem Versuch, die Tochter meines Sohnes zu töten und ihr alles, was sie ist, für einen Gott, für den du alle anderen verrätst, zu rauben, hast du mir das Herz gebrochen und die Liebe meines Lebens umgebracht.«

»Ich hätte dich vernichten wollen.« Isolde wedelte mit einer Hand, doch Mairghread schob die Flamme, die in ihre Richtung schoss, zur Seite, und der aufkommende Wind trug sie davon. »Er war einfach im Weg.«

»Typisch, dass du das so siehst.«

Isolde sandte eine zweite Flamme aus. »Ich kenne deine Schwächen, Marg. Ich weiß, dass deine Kräfte nachgelassen haben und dein Licht allmählich am Erlöschen ist. Ich kann auf deinen Wangen die noch nicht ganz trockenen Tränen sehen und brenne sie dir gerne aus.«

»Versuch es doch«, bot Marg ihr an, und wieder blies ein Windstoß die von ihrer Gegnerin geschickte Flamme aus. »Denkst du, dass du mit diesen Spielchen Zeit gewinnen kannst? Warum wagst du nicht mal etwas und zeigst mir deine grenzenlose, dunkle Kraft? Dies ist das letzte Mal, dass wir uns sehen, warum also zeigst du mir nicht zum Schluss noch alles, was du hast?«

»Das werde ich.« Auch sie bewegte sich im Kreis, doch während sie mit ihren Händen durch die Luft fuhr, bis sie schwärzer war als ihre Augen, wartete Marg einfach ab.

Und als Isolde lachte und die schwarze, dicke, glühend heiße Luft sich wie ein Höllenstrom in ihre Richtung wälzte, blickte sie ihr ins Gesicht, riss ihre Arme hoch und ließ der Trauer, die an ihrem Herzen, ihrem Bauch und ihren Knochen nagte, freien Lauf.

Ein gleißend helles Licht, so klar wie Glas, erschütterte die Luft, und auf dem Meer, das um die Klippen spülte, türmten sich haushohe, schaumgekrönte Wellen auf.

Dann prallten Licht und Dunkel krachend wie die Kanonenschüsse aufeinander, und noch immer stand sie völlig reglos da.

»Sei verdammt, Isolde«, rief sie ihrer Gegnerin mit lauter Stimme zu. »Was du geschickt hast, schicke ich dir mit dem Dreifachen an Kraft zurück.«

Das dichte, schwarze Feuer hüllte Odrans Hexe ein, und während sie an ihrer eigenen Schlechtigkeit erstickte, hob sie sich wie eine Säule aus geschmolzenem Teer vom dunklen Himmel ab. Einzig Isoldes Augen waren noch zu sehen, bis nur noch eine moderige Pfütze von ihr übrig war.

»Ich habe meinen Sohn und meinen Mann gerächt.«

»Ach, Nan«, murmelte Breen. »Sie …«

»Hat getan, was sie tun musste«, stellte Keegan fest.

»Bitte mach schnell. Ich will nicht, dass es heute noch mehr Tote gibt.«

»Der Stab muss von Talamh hierher. Das ist was anderes,

als würde man sich aus dem Nebenzimmer ein Glas Wasser kommen lassen.«

Dann lag der Stab mit einem Mal in seiner Hand. »Geh du zu Marg.«

»Verstehst du nicht? Ich muss den Kerl vernichten, jemand anderes kann das nicht. Es geht dabei um eine Göttin gegen einen Gott und darum, dass das gleiche Blut in unseren Adern fließt. Doch dazu brauche ich den Stab des Rechts, weil er allein das Böse ein für alle Mal besiegen kann. Vertrau mir und vertrau mir auch den Stab des Taoiseach an. Ich habe mich entschieden, für das Recht zu sterben, aber du hast mich gerettet und musst jetzt darauf vertrauen, dass ich es auch auf andere Art beenden kann.«

»Das tue ich.« Er überreichte ihr den Stab. »Doch ich bin nicht bereit, dich zu verlieren, weder heute noch an einem anderen Tag.«

»Bring mich zurück, damit ich ihn wie meine Großmutter Isolde endgültig vernichten kann. Lass mich der Schlüssel sein, der diese Tür verschließt, denn dann ist es vorbei.«

Er flog zurück zur schwarzen Burg, wo Odran auf den Klippen stand und Blitze schleuderte.

Als Odran einen Blitz in Crógas Richtung schickte, wehrte Keegan ihn zwar ab, verzog aber vor Schmerzen das Gesicht.

»Hier oben ist er noch stärker als anderswo, *mo bandia.*«

»Das bin ich selbst inzwischen auch. Er hat dort neben seinen Sklaven unschuldige Kinder eingesperrt. Die musst du rausholen.«

»Nachdem Isolde nicht mehr lebt, haben ihre Ketten sich gelöst, und sie sind wieder frei.«

Da sie ihm ebenso vertraute wie er ihr, sprang sie von Crógas Rücken, und als Faxe hinterhersprang, fluchte Keegan, tat es ihm dann aber gleich.

»Ah, der Taoiseach und der treue Hund. Ich hätte nicht gedacht, dass du bei deiner Rückkehr mit Geschenken kommst.«

»Die beiden gehen dich nicht das Geringste an. Und deine Hexe ist inzwischen nur noch Schlamm.«

»Das hatte ich mir schon gedacht, ich habe Mairghread damals schließlich mit Bedacht gewählt. Ihr Licht und ihre Kraft sind einfach köstlich, wenn sie strahlen. Ich werde sie zu meiner Sklavin machen, weil die Kräfte, die sie hat, noch größer als die von Isolde sind. Und wenn ich ihr verspreche, dass ich dich am Leben lasse, wird sie mir bereitwillig zu Diensten sein.«

»Du wirst sie niemals wieder anrühren. Weder sie noch sonst jemanden, den ich liebe.«

»Nein?« Er streckte lächelnd eine Hand in Faxes Richtung aus.

Breen hob den Arm und schüttelte den Kopf.

Sie war erfüllt von einer völlig neuen Kraft, die Odran daran hinderte, auf Faxe zuzugehen. Sie stieg in ihrem Innern auf und breitete sich immer weiter aus. Der Stein um ihren Hals fing an zu glühen wie eine rote Sonne, und das Drachenherz schlug hart an ihrer Brust.

Jetzt endlich hatte sie den Schlüssel zu dem Schloss gefunden, gerade noch im letzten Augenblick.

»Ich bin Odran, Herrscher über alle Welten«, stieß er brüllend aus. »Wenn du dich mir nicht beugst, wird alles brennen, werden alle sterben, und dein Name wird verflucht.«

»Nein«, wiederholte sie und trat entschlossen auf ihn zu.

»Ich bin Breen Siobhan O'Ceallaigh«, sagte sie und blickte ihn aus dunklen Augen an. »Tochter der Fey, der Menschen,

Götter und Dämonen, und als solche rufe ich das unschuldige Wesen an, das in deinem Inneren versteckt ist.«

»Das darfst du nicht. Ich habe sie mir einverleibt, deshalb ist sie mein Eigentum.«

Er riss sich los, doch als er auf sie zutrat, stieß sie ihn zurück und funkelte ihn an.

»Das ist sie nicht, denn dir kann nur gehören, was du korrumpieren kannst. Du trägst sie in dir, Odran, der Verdammte. Nicht als eine von den Gottheiten, die dich verstoßen haben, sondern als Dämonin, deren Licht und Unschuld niemals ganz erloschen sind. Ich rufe sie an diesem Tag des Lichts, an diesem längsten Tag des Jahres, an. Ich bin der Schlüssel, der die Schlösser deiner Fesseln öffnet, unschuldiges, helles Wesen, und der dir die Freiheit wiederbringt.«

»Ich werde dich verschlingen und alles, was du liebst, verbrennen.« Als Odran seine Zähne bleckte, ragten Reißzähne aus seinem Mund. Er fuchtelte mit seinen Händen durch die Luft, und seine Dunkelheit prallte gegen die Helligkeit von Breen. Die Luft um ihn herum sah aus, als würde sie in Flammen stehen, und erfüllte seine Burg mit einem unheilvollen roten Licht.

Wartet, hatte Keegan seine Krieger auf dem Schlachtfeld angewiesen, und genau das tat auch Breen, bis Odran direkt vor ihr stand.

Dann erst erklärte sie zum dritten Mal mit lauter Stimme: »Nein.«

Die Hitze und die Dunkelheit, die Schreie der Dämonen, der Unschuldigen und der Korrumpierten drangen von außen auf sie ein und stiegen gleichzeitig in ihrem Innern auf.

Sie war hellwach. So stark wie nie zuvor. Und plötzlich wusste sie, es gab nur eine Möglichkeit.

»Ich bin die Enkelin von einer Taoiseach, Tochter eines Taoiseach und Geliebte eines Taoiseach, und mit ihrem Stab und ihrem Recht mache ich dir endgültig den Garaus.« Sie nahm das Drachenherz und presste es entschlossen gegen Odrans Brust.

Die Narbe, die er auf dem Oberkörper trug, sprang auf, als hätte Breen tatsächlich einen Schlüssel in ein Schloss gesteckt.

Und während er entsetzt die Augen aufriss, drehte sie den Schlüssel um.

Sein Schrei klang wie die Abertausende von Schreien, die er in sich aufgesogen hatte, und auch wenn immer noch kein Blut floss, brach seine Brust dort auf, wo sie mit dem Drachenherzen zugestoßen hatte. Die goldenen Haare wurden schwarz und fielen ihm büschelweise vom vernarbten Kopf. Die Haut riss, und durch die Öffnungen krochen kleine, dunkle Maden, während über ihnen lauter Donner grollte und die Erde beben ließ.

Breen konnte nicht erkennen, was aus ihm herausflog, denn sobald sie an der Luft waren, gingen die Kreaturen in Flammen auf. Auch aus dem Meer rund um die Klippen stiegen Rauch und Feuer auf, und ganz am Schluss fing Odran selbst an zu brennen. Keegan packte Breen am Arm und stützte sie, als ihr ein heißer Wind entgegenblies.

»Los, *mo bandia*. Bring es zu Ende«, bat er sie.

Breen hatte das Gefühl, als würde auch sie selbst in Flammen stehen, als sie mit lauter Stimme über Wind und Donner hinweg brüllte:

*»Odran, du Verdammter, du Vampir.*
*Mit Blut von deinem Blut mein Schicksal ich erfüll'.*

*Ich bin die Tochter, und ich stehe hier,*
*weil ich die Welten dauerhaft von dir befreien will.*
*Jetzt komm ans Licht, Dämonin, und entfalte deine helle*
*Macht,*
*und hilf mir zu beenden diese lange, dunkle Nacht.«*

Sie nahm erst einen leisen Glimmer, danach einen Schatten und am Ende einen hellen Funken wahr.

*»Die Tür ist offen, und das Licht erwartet dich.*
*Vorbei die Zeit der Dunkelheit und Höllenpein.*
*Du bist nicht mehr gefangen in diesem Wüterich,*
*denn wie ich will, so soll es sein.«*

Der Funke wurde immer heller, schoss in Richtung Himmel und zerbarst dort wie ein Feuerwerk.

Odrans Skelett verfiel zu schwarzer Asche, und dann löste sich sogar die Asche auf, bis nichts mehr von ihm übrig war.

Breen machte einen Schritt zurück und gab Keegan seinen Stab, der ihn so kräftig auf den Fels rammte, dass das Geräusch bis nach Talamh zu hören war.

»Geschafft.« Er packte ihre Hand und drückte sie. »An diesem Ort bekommst du keinen Kuss von mir.«

Sie lachte atemlos, und immer noch erfüllt von ihrer ganz besonderen Kraft schlug sie ihm vor: »Lass uns nach Hause gehen. Mein Gott, Keegan, wir können tatsächlich nach Hause gehen.«

Er hob sie auf den Rücken seines Drachen, wartete, bis Faxe aufgesprungen war, flog los und blickte unter sich.

»Diejenigen, die dort gefangen waren, sind jetzt frei. Wir beide, du und ich, wir reißen diesen Ort des Bösen hier und jetzt zusammen ein. Du bist ein Kind der Fey«, rief er mit lauter Stimme aus, »du bist mit uns zusammen in die Schlacht gezogen, hast geblutet, hast im Licht gestanden und dafür gekämpft. Du hast den Tod von Odran miterlebt und wirst gleich seine Burg in Flammen aufgehen sehen. Wir reinigen die dunkle Welt, und dann versiegeln wir die Übergänge, damit es hier niemals wieder irgendeine Form von Leben geben wird und weder Licht noch Dunkel je an diesen Ort gelangen kann.« Er streckte seine Arme hinter seinem Rücken aus. »Reich mir die Hände und verbinde deine Kraft mit meiner Kraft, Breen Siobhan.«

Sie tat wie ihr geheißen und sah zu, wie Odrans schwarze Burg zu Staub verfiel.

# Epilog

Allmählich neigte sich der längste Tag des Jahres seinem Ende zu. Als Breen mit Keegan heimflog, läuteten in ganz Talamh die Glocken, denn inzwischen hatte sich herumgesprochen, was geschehen war.

Am Rand des grünen Waldes setzte er sie ab. »Ich würde gerne mitkommen, aber …«

»Du hast noch zu tun. Da drüben in der dunklen Welt.«

»Ich muss den Ort noch reinigen und die Portale dann versiegeln, aber danach komme ich zu dir. Ich habe dir sehr viel zu sagen.«

»Ich dir auch. Und ehe du zurückfliegst, schon mal vielen Dank dafür, dass du mich aufgefangen hast.«

»Als du gestürzt bist, hat mein Herz ausgesetzt. Du hast auf der Klippe einfach einen Schritt zurück gemacht, als ob … ich dachte wirklich, dass ich dich nicht rechtzeitig erreichen kann.« Er schüttelte den Kopf. »Aber das ist vorbei. Es ist vorbei, und wenn ich wiederkomme, komme ich zu dir. Und jetzt ruf deinen Drachen, der sich wirklich heldenhaft geschlagen hat. Und da kommt auch dein Freund, für den das Gleiche gilt.«

»Marco.« Vor Erleichterung und Dankbarkeit wurden ihr erst die Knie weich, dann aber flog sie auf ihn zu.

Er sprang von seinem Pferd, riss sie an seine Brust und schwenkte sie herum.

»Ich hatte vorhin wirklich Todesangst. Du hast von innen

heraus geglüht.« Er stellte sie auf ihren Füßen ab und schob sie etwas von sich fort. »Und dann hast du mich einfach so aus dem Verkehr gezogen!«

»Mir blieb gar nichts anderes übrig, denn ich dachte ...« Sie betastete behutsam seine Seite, die verwundet worden war. »Lass mich nach der Verletzung sehen.«

»Da gibt's nichts mehr zu sehen, nicht einmal mehr die allerkleinste Narbe, auch wenn Dagmare meinte, dass es vielleicht eine Zeit lang noch ein bisschen wehtun wird. Er hat gesagt, es wäre wirklich schlimm gewesen und dass du mich durch dein schnelles Eingreifen gerettet hast.«

»Du bist mein Leben, also blieb mir ja wohl keine andere Wahl.« Sie schlang ihm unglücklich die Arme um den Hals. »Das Gleiche hätte ich für Sedric machen wollen.«

»Ich weiß.« Mit einem unterdrückten Schluchzer legte Marco seinen Kopf auf ihre Schulter. »Sie haben ihn ins Zelt gebracht, als ich gerade wieder zu mir kam. Ich habe keine Worte, um zu sagen, wie es mir in dem Moment gegangen ist. Ich weiß nicht, wie ich's formulieren soll. Ich habe ihn geliebt. Ich habe Sedric echt geliebt.«

»Wir haben unseren Großvater verloren, Marco, und wir müssen jetzt für unsere Nan da sein.«

»Das werden wir.« Er wischte sich die Tränen aus den Augen und sah auf den Wasserfall. »Dann ist es also tatsächlich vorbei.«

»Das ist es, und du hast doch sicherlich gespürt, als ich auf Odran losgegangen bin.«

»Ich habe es gesehen, genau wie all das widerliche Zeug, das aus ihm rausgequollen ist.«

»Das Böse ist nun einmal hässlich, ganz egal in welcher Form.«

»Da hast du recht. Und dann stieg dieser Funke aus ihm auf, hat sich in ein Feuerwerk verwandelt und war plötzlich einfach weg. Und dann fiel Odran einfach auseinander und war tot. Brian hat gesagt, dass er beim Aufräumen geholfen hat. Es geht ihm wieder gut. Er war nicht schlimm verletzt. Wobei auch Keegan etwas abbekommen hat«, fuhr er im Gehen fort.

»Ach ja? Dann war ein Teil des Bluts, das an ihm klebte, also von ihm selbst?«

»Er hat was abbekommen, ist dann aber sofort wieder auf die Gegner los. Hör dir die Glocken an. Sie haben den perfekten Klang. Wir wäre es damit, dass wir uns sauber machen, dann wieder rüberkommen und ein Glas Wein trinken? Oder ruhig auch jeder eine ganze Flasche Wein.«

»Oh, ja.«

»Soll ich dich mitnehmen? Mein treues Pferd kann auch uns beide tragen, und für Faxe, unseren tapferen Kriegerhund, ist auch noch Platz.«

»Ich werde Lonrach rufen, der ein echter Kriegerdrache ist.«

»Dann reite ich einfach unter euch her. Zwei Flüge auf dem Rücken eines Drachen reichen mir bis an mein Lebensende aus.«

Es dauerte, bis sie in Irland und in ihrem Häuschen waren, weil es auf dem Weg so viele Leute zu umarmen und zu trösten gab.

Vor allem Marg.

Sie nahm die alte Dame in den Arm und sah sie fragend an. »Willst du mit rüberkommen? Du könntest ein paar Tage bleiben oder gern auch länger, wenn du willst. Du musst nicht zurück in dein Häuschen, falls du dich dort einsam fühlst.«

»Ich werde nicht allein dort sein, *mo stór.* Sedric, das heißt sein Herz wird bei mir sein, und das ist mir ein Trost.«

»Ich habe sie nicht kommen sehen. Oh, Nan, sie war einfach zu schnell.«

Statt Trauer blitzte Wut in Mairghreads Augen auf. »Das feige Weib hat sich von hinten an mich angeschlichen. Mich von vorn anzugreifen hat sie sich anscheinend nicht getraut.«

»Ich habe mitbekommen, wie du sie getötet hast. Ich wusste nicht, dass so was in dir steckt.«

»Das feige Weib hat sich von hinten an mich angeschlichen«, wiederholte Marg. »Und hat die Liebe meines Lebens umgebracht, denn das war er und wird es auch für alle Zeiten sein. Ich habe einfach, was sie war und freiwillig geworden ist, benutzt und gegen sie verwandt. Nicht mehr, nicht weniger. Aber jetzt geh. Ich werde mich ein wenig zu Finola setzen und den Kindern zusehen, wenn sie in der Sonne spielen, weil das jetzt nicht mehr gefährlich ist. Was du getan hast, hast du für die Fey, für deinen Da, für mich, für Sedric und dich selbst getan. Vergiss das nie.«

»Können wir Sedrics Asche neben der von Da begraben?«

Mairghread schmiegte ihre Wange an die Wange ihrer Enkelin. »Das würde ihm gefallen. Oh, ja, das werden wir, denn schließlich haben die beiden sich geliebt wie Vater und Sohn. Jetzt geh, und wenn du wiederkommst, werden wir tun, was sie gewollt hätten.«

Breen sah sie fragend an.

»Wir werden in der Sonne tanzen, bis der längste Tag zu Ende geht, und weitertanzen, bis wir zu erschöpft zum Tanzen sind.«

Sie ging zum Hof, und während Marco mit dem Pferd zum Stall ging, nahm sie ihre Freundin in den Arm.

»Ich habe nur das Ende mitbekommen, aber das hat mir gereicht. Bist du verletzt?«

»Nur ein paar kleine Prellungen und Schnittwunden. Und du?«

»Genauso geht's mir auch. Die werden wieder heilen, aber das mit Sedric macht mich krank, und es will mir nicht in den Kopf, dass er uns jetzt verlassen hat. Er war für mich ein Teil meiner Familie.«

»Ich weiß. Und was ist mit Harken?«

»Der hat höchstens ein paar Kratzer abbekommen. Ich schwöre dir bei allem, was mir heilig ist, er ist ein Bauer, aber er hat wie ein Wilder gegen diese Höllenbrut gekämpft. Ich wusste oft nicht, wo er war, und diese Angst – die werden wir nie wieder spüren. Wir werden selbst entscheiden, wie wir leben wollen, und ich glaube, dass ich ungefähr ein halbes Dutzend Babys kriegen will. Zumindest denke ich das jetzt in diesem Augenblick.« Sie blickte Richtung Stall. »Und jetzt sieht er nach Eryn und nach ihrem Fohlen, das zu Ehren dieses Tages Solas heißen soll, denn das bedeutet Licht.«

»Ein sehr schöner Name. Ich werde gleich kurz rübergehen und mich sauber machen, aber danach komme ich zurück.«

»Ich schätze, eine kurze Wäsche täte auch mir selbst gut. Und wo ich daran denke, nehme ich am besten Harken mit, denn schließlich müssen wir uns irgendwann mal an die Arbeit machen, wenn ich diese Babys haben will.«

Breen selbst ging mit Marco heim, und während Faxe in die Bucht lief, um zu schwimmen, gönnte sie sich eine ausgedehnte, heiße Dusche und begann, die viele Prellungen und Schnitte, die ihr in der Hitze des Gefechts nicht aufgefallen waren, zu heilen.

Danach zog sie sich an, trat vor den Spiegel und betrachtete sich in dem hübschen, blauen Sommerkleid, den schicken, aber wenig praktischen Sandalen und den Ohrringen, die ihr von Keegan für das Pfirsichtörtchen überlassen worden waren.

»Du siehst nicht aus wie eine Kriegerin. Du fühlst dich auch nicht so und musst das hoffentlich auch nie wieder sein.«

Als sie nach unten kam, saß Keegan am Terrassentisch vor einer Flasche Wein. Er hielt ein Glas in seiner Hand und hatte ihr ein zweites hingestellt, und während Faxe auf dem Boden lag und schlief, sah er hinunter auf die Bucht.

»Marco hat sich schick gemacht und ist schon wieder los.«

Im Gegensatz zu ihnen hatte Keegan sich nicht umgezogen, sondern saß in seiner Kampfmontur da, mit Blut an Stirn und Wangen.

»Ich dachte, dass du nichts dagegen hast, wenn wir hier noch ein paar Minuten sitzen und in Ruhe ein Glas Rotwein trinken, bevor es gleich wieder rüber zu den vielen Leuten geht.«

»Im Gegenteil.«

Sie trat zu Keegan an den Tisch, und er stand auf.

»Du siehst sehr gut aus.«

»Danke, ich wollte möglichst anders aussehen als vorhin. Vielleicht verbrenne ich das Zeug, in dem ich vorhin heimgekommen bin.«

»Ich hätte daran denken sollen, mich zu waschen und mir etwas anderes anzuziehen.«

»Du hattest eben viel zu tun.«

Er zog ihr einen Stuhl zurück, und überrascht hob sie die Brauen an.

»Das ist sehr nett von dir.«

»Der arme Faxe hat sich heldenhaft geschlagen und ist erst mal rechtschaffen erschöpft.«

»Das kann ich nachvollziehen.«

»Jeder Verlust ist schmerzlich, aber der von Sedric … schneidet mir ins Herz.«

»So geht's uns allen.«

»Es tut mir leid, dass ich dich bitten muss, noch einmal mit zurückzukommen, aber es ist wirklich wichtig. Meine Mutter kümmert sich im Augenblick um alles, aber es ist … wichtig, dass sie dich dort drüben sehen.«

»Oh, nein, ich will zurück nach drüben gehen – aber diese kurze Pause hier auf der Terrasse tut mir trotzdem gut. Ich will wieder nach drüben gehen und Teil von allem sein. Vor allem will ich rüber, falls mich Nan braucht, und um mir das neugeborene Fohlen anzusehen.«

»Der Kleine ist eine echte Schönheit.«

»Ich habe schon ein Bild von ihm im Kopf gesehen und finde, dass er seinem Vater ziemlich ähnlich sieht.«

»Das stimmt.«

»Ich will auch alle anderen sehen, ich will Musik hören, selbst welche machen, und will miterleben, wie es weitergeht.« Sie trank den ersten Schluck von ihrem Wein und blickte Keegan fragend an. »Wie wird's denn weitergehen?«

»Erst einmal gibt es Feste überall im Land. Und nächste Woche musst du mit mir in die Hauptstadt kommen, weil dich die Leute sehen und feiern wollen.«

»*Mich* feiern?«

Keegan schob tatsächlich seinen Arm über den Tisch, nahm ihre Hand und drückte sie. »Ich weiß, dass du darauf auch nicht versessener bist als ich, aber es ist den Leuten nun mal wichtig, Breen. Genauso wie die Lieder und Geschichten, die sie über dich, die letzte Schlacht und Odrans Ende schreiben werden, ihnen wichtig sind. Denn endlich können wir in Frieden leben, wenn wir wollen.«

Er stand auf, ging ein paar Schritte, kam zurück und nahm seufzend wieder Platz.

»Du hast freiwillig diesen Schritt zurück gemacht. Du hättest dich freiwillig von der Klippe stürzen wollen.«

»Ich hatte keine andere Wahl. Es war die einzig richtige Entscheidung. Das weißt du genauso gut wie ich.«

»Aisling sagt, du hättest es bereits am ersten Abend unseres Festivals gesehen. Und Finian auch, oder zumindest einen Teil. Aber du hast mir nichts davon gesagt.«

»Was hätte ich denn sagen sollen? Zu dir, zu Marco, meiner Nan oder zu irgendjemand anderem? In meinem tiefsten Innern war mir klar, dass es von Anfang an darauf hinausgelaufen ist. Egal, was einer von uns tun oder versuchen würde – der Augenblick musste kommen, an dem ich mich zu entscheiden hatte.«

»Wir hätten ihn auch rüberlocken können.«

»Nein. Und wenn ich die Entscheidung nicht getroffen hätte, hätte ich danach kein echtes Leben mehr gehabt. Dann hätte ich den Mut verloren und auch in Zukunft immer weiter Angst vor ihm gehabt.« Sie rieb ihr Handgelenk. »Dann hätte ich niemals riskiert, ein Kind zu kriegen, das er dann hätte entführen wollen.«

»Du hast getan, was nötig war, aber mir bist du gram, wenn ich dir nicht im Vorhinein erkläre, wenn ich irgendwelche Sachen machen muss.«

»Da hast du recht. Aber vielleicht kann ich ja sagen und vielleicht kannst du mir glauben, wenn ich sage, dass ich einfach wusste, dass ich es auf diese Weise machen muss.«

Er dachte kurz darüber nach, dann aber nickte er. »In Ordnung, das ist fair.«

»Und ich glaube, gerade weil ich diesen Schritt gegangen bin, warst du rechtzeitig da, um mich vor einem Aufprall auf den Felsen zu bewahren.«

»Der Teil gefällt mir. Also sind wir beide quitt.«

»Ich schätze schon, auch wenn … was kommt als Nächstes, Keegan? Ich muss wissen, was du willst. Wenn wir so weitermachen wie bisher, ist das für mich okay – das heißt, dass ist es nicht, denn ich will mehr.«

»Als was?«

»Als einfach nur mit dir das Bett zu teilen. Ich will Versprechen, Pläne, Schwüre und will alles, was dazugehört.«

Er starrte sie mit großen Augen an. »Habe ich dir nicht vor allen Leuten diese Ohrringe gegeben, und hast du sie dann nicht angelegt?«

»Das hast du, nochmals vielen Dank, aber …«

»Verdammt, Breen, es geht mir nicht um deinen Dank. Du hast die Ohrringe genommen, und du trägst sie, also ist die Angelegenheit geklärt.«

»Was ist geklärt?«

»Wenn man jemandem vor den Augen aller Leute so was schenkt, bedeutet das, dass man nicht nur das Bett, sondern das ganze Leben mit ihm teilen will.«

»Verzeihung, *was*?«

»Ich habe diese Steine mitgebracht und dir dort auf dem Festival geschenkt, weil du die ganze Zeit davon gesprochen hast, wie es nach dem Ende dieses Krieges weitergehen wird. Deswegen wollte ich nicht warten, bis die letzte Schlacht geschlagen ist.« Er schlug so kraftvoll auf den Tisch, dass ihre Gläser klirrten, und erklärte ihr: »Wir haben uns im Sonnenlicht und vor der letzten Schlacht versprochen, dass wir uns das Jawort geben werden, denn wir haben darauf vertraut, dass unser Leben nach dem Ende dieses Krieges weitergehen wird. Wir haben darauf vertraut, dass wir auch nach der letzten Schlacht zusammensitzen würden so wie jetzt.«

Erneut hob sie ihr Weinglas an den Mund, trank einen vorsichtigen Schluck und stellte es behutsam wieder auf den Tisch. »Dann sind diese Saphire also so etwas wie ein Verlobungsring?«

Die alte Ungeduld stieg in ihm auf. »Auch Ohrringe sind Ringe, oder etwa nicht? Und in Talamh gibt es erst bei der Hochzeit einen Ring für den Ringfinger, aber du bist auch ein Teil von jener Welt und hast die Ohrringe vor Zeugen angelegt. Womit die Angelegenheit erledigt war.«

»Das ist ja wohl totaler Schwachsinn.« Wütend sprang sie auf. »Das ist vollkommen lächerlich.«

»Bei den Göttinnen und Göttern, haben dir die Saphire etwa nicht gereicht? Okay, behalt die Dinger, und du kriegst noch etwas anderes von mir.«

»Du hast mich nicht gefragt.« Als er auf ihre Ohren zeigte, stieß sie schnaubend aus. »Du hast mich nie gefragt, du hast mir nie gesagt, dass du mich liebst, und nie gesagt, dass du mit mir zusammen eine Zukunft haben willst.«

»Wenn ich dich nicht lieben würde, hätte ich dir ja wohl kaum vor allen diesen Leuten diese blöden Ohrringe geschenkt.«

»Aber ich will es hören. Ich habe einen Anspruch darauf, es zu hören, und wenn du es nicht schaffst, diese drei Worte auszusprechen …« Sie griff nach dem Schmuck an ihren Ohren.

»Ich will nicht, dass du sie im Zorn abnimmst. Ich bitte

dich, das nicht zu tun. Es würde mir das Herz zerreißen, nachdem heute schon genug daran herumgerissen worden ist.« Auch er stand auf, nahm ihre Hände und zog sie an seine Brust.

»Sieh dich nur an. Nach allem, was du heute schon geleistet hast, trägst du jetzt dieses wundervolle Kleid und diese Dinger an den Füßen, die zwar durchaus hübsch, doch sicher keine echten Schuhe sind, und bist so wütend, dass du nicht mal weinen kannst.« Jetzt zog er ihre Hände sanft an seine Lippen, küsste sie und fügte rau hinzu. »Ich sehe, spüre und ich weiß, dass du mich liebst, Breen Siobhan. Aber das hast du mir noch nie gesagt.«

»Ich …«

»Du wolltest und du musstest diese Worte erst von mir hören, und das ist für mich okay. Ich will nur dich und keine andere sonst. Mein Herz war nie für eine andere frei, denn tief in meinem Innern wusste ich schon immer, dass du eines Tages kommen würdest und es danach nie wieder eine andere für mich geben wird. Ich liebe alles, was du bist, auch wenn das erst mal alles andere als einfach für mich war, denn schließlich wusste ich von Anfang an, dass es am Schluss vielleicht zu einem Augenblick wie auf den Klippen kommen würde, und ich hatte keine Ahnung, ob ich es dann schaffen würde, dich zu retten, denn womöglich hätte ja das Schicksal anderes im Sinn gehabt. Kannst du das nachvollziehen?« Wieder zog er ihre Hände an die Lippen und sah ihr in die Augen. »Dich zu lieben, ohne dass ich mir ein Leben mit dir hätte aufbauen können? Ich war hin- und hergerissen zwischen meiner Liebe und der Pflicht, die ich als Taoiseach eingegangen bin. Denn schließlich habe ich geschworen, für Talamh und alle, die dort leben, da zu sein.«

»Das ist mir klar.« Ihr Ärger löste sich wie eine Nebelschwade in der Sonne auf.

Dies war der Mann, den sie von ganzem Herzen liebte. Dieser Mann, der zwischen Pflicht und Liebe hin- und hergerissen war und nie vergessen würde, dass er einen Schwur geleistet hatte.

Gegenüber seinem Land.

Den Fey.

Und ihr.

»Und diese Kinder, die du haben willst.« Er lehnte seine Stirn an ihre. »Wie hätten wir die machen sollen, solange Odran ihnen gefährlich werden konnte?«

Sie schloss die Augen und war dankbar, dass er ebenso empfunden und gedacht hatte wie sie.

»Aber heute sollten du und alle anderen wissen, wie es mir geht. Auch ich habe mich entschieden, habe dich gewählt, weil dir mein Herz gehört, und will, dass du mich andersherum wählst, weil mir dein Herz gehört. Ich schwöre dir, ich dachte, dass du dich für mich entschieden hättest, als du dich von mir belämmern lassen hast, die Ohrringe nicht nur zu nehmen, sondern sie auch anzuziehen.«

Sie hatte einen Mann, der sie von ganzem Herzen liebte, ging es ihr verwundert durch den Kopf. Sie hatte Liebe, eine Chance und eine Wahl. »Ich habe dich schon in der Nacht gewählt, als wir in deinem Bett gelegen haben, dem des Taoiseach, und mein Blick auf das Gemälde von Talamh gefallen ist. Ich habe Keegan Byrne gewählt, den Taoiseach, alles, was du bist. Aber geliebt habe ich dich schon eher.«

»Ich liebe dich, und du liebst mich, das heißt, wir beide lieben uns.« Er küsste wieder ihre Hände, sah ihr ins Gesicht und meinte: »Aber trotzdem sollten wir ganz sichergehen.

Ich werde dich noch einmal fragen, ob du dir ein Leben mit mir aufbauen willst, und du wirst Ja sagen.«

»Auf jeden Fall.«

Er wollte sie an seine Brust ziehen, schob sie dann aber noch einmal von sich fort.

»Was noch?«

»Ich bin mit Blut und Eingeweiden und was sonst noch allem bedeckt.«

»Egal.«

»Das ist ganz sicher nicht egal, aber was soll's?« Er wedelte mit einer Hand und stand plötzlich in sauberer Hose, sauberem Hemd und einer durchaus schicken Weste da. »So ist es besser, oder?«

Endlich riss er sie an seine Brust und gab ihr den inzwischen heiß ersehnten Kuss.

»Der war schon mal nicht schlecht, Keegan.«

»Und es wird noch viel besser werden.« Zärtlich küsste er sie auf die Stirn. »Weil jetzt das ganze Leben vor uns liegt. Mit einem Häuschen hier für deine Arbeit und mit unseren wirklich netten Nachbarn, und Talamh für die Familie, die Pflicht, den Zauber und den Frieden, der uns allzu lang verwehrt geblieben ist. Und ich, Breen Siobhan, ich werde dich in beiden Welten bis ans Lebensende lieben«, sagte er ihr zu und schwenkte sie herum, bis Faxe wach wurde, sich auf seine Hinterbeine stellte und um sie herumtanzte.

So neigte sich der längste Tag des Jahres seinem Ende zu, und nach gewonnener Schlacht lag Breen als Tochter zweier Welten in den Armen ihres zukünftigen Ehemanns und konnte kaum erwarten zu erleben, wie es zwischen ihnen und auch sonst in ihrem Leben weiterging.